Herausgeber Sascha Eichelberg

The S-Files

Die Succubus Akten

W0356538

Besuchen Sie uns im Internet:

www.talawah-verlag.de

www.facebook.com/talawahverlag

TALAWAH
VERLAG

erschienen im Talawah Verlag

1. Auflage 2021

© Talawah Verlag

Herausgeber: Sascha Eichelberg

Umschlaggestaltung: Marie Graßhoff,

www.marie-grasshoff.de

Lektorat: Sascha Eichelberg

Satz: Julia Antonia Reimann

unter Verwendung von: © Pixabay

Printed bei Booksfactory

ISBN: 978 394 7550 685

THE
S FILES
DIE SUCCUBUS AKTEN

AKTENVERZEICHNIS

VORWORT

Diese Kurzgeschichtensammlung, die Succubus Akten, ist inzwischen schon das fünfte Buch in der Reihe unserer Anthologien. Die ersten Einhorn Akten sind damals als fixe Idee während einer Autofahrt nach einer Messe entstanden und keiner hätte damals wohl daran gedacht, was daraus einmal werden würde. Mehr als 150 Kurzgeschichten von über 70 Autoren in 5 Büchern, ausgezeichnet mit 2 deutschen Phantastik Preisen und einem Skoutz-Award.

Deswegen dachte ich, dass ich dieses Vorwort diesmal nicht nur diesem Buch widme, sondern einfach mal nutze, um mich bei all den Menschen zu bedanken, die uns in den vergangenen Jahren begleitet haben. Allen voran natürlich all den tollen Autoren, die es immer wieder schaffen, unsere verrückten Vorgaben in so wundervolle Geschichten zu verwandeln. Viele von ihnen begleiten euch und mich jetzt schon sehr viele Jahre und vollbringen immer wieder Höchstleistungen. Da wird bei Nacht und Nebel durch die halbe Republik gefahren, eine spontane Innenstadtlesung wegen ausgefallener Messe organisiert und wenn ich dann doch mal meinen Stand irgendwo aufbaue, dann kann ich mich immer darauf verlassen, dass ich einige Kurzgeschichtenautorinnen und -autoren an meiner Seite stehen habe. Neben den Autoren gibt es aber noch viele weitere, die an der Entstehung der Bücher mitgewirkt haben und meistens gar nicht so sehr im Mittelpunkt stehen. Deswegen

ein Danke an Norman Doderer, ohne den es weder Talawah noch mich als Verleger geben würde. Danke an Sandra Florean und Tom Finn, die sich die Mühe gemacht haben, sich als Herausgeberin und Herausgeber für uns durch den Geschichtendschungel zu wühlen. Danke an Jessie Weber, Melina Coniglio und Annette Brauer für die vielen Lektorate und Korrektorate. Danke an unsere Buchsetzerinnen Grit von Grittany Design und Julia Reimann. Ein großes Danke auch an Marie Graßhoff, die sich immer morgens um ein Uhr noch Zeit nimmt, um Änderungen am Cover zu diskutieren. Und selbstverständlich auch danke an euch Leser, die unsere Bücher mit Begeisterung lesen. Ohne all diese Menschen zusammen wäre unsere Anthologie nicht das, was sie ist.
Jetzt noch einige wichtige Worte zu diesem Buch. Wie euch vielleicht am Cover und Buchtitel aufgefallen ist, geht es diesmal um die dämonische Sukkubus (oder Succubus, beide Schreibweisen sind richtig) und den teuflischen Incubus. Aufgrund der eher bösartigen Natur von Dämonen gibt es diesmal eine kleine Triggerwarnung. Unsere Kurzgeschichten richten sich von jeher an Erwachsene und sind nicht für Kinder geeignet. Außerdem geht es in diesem Buch an unterschiedlichsten Stellen um Sex, Mord, Suizid, Depressionen, Mobbing und Sucht. Keines dieser Themen sollte auf die leichte Schulter genommen werden. Außerdem gibt es wie in jeder unserer Kurzgeschichtensammlungen einige homosexuelle, queere oder sonstig orientierte Dämoninnen und Dämonen. Ich finde es fast schon traurig, das heutzutage noch sagen zu müssen, aber: Das ist alles ganz normal! Unsere Welt ist bunt und alle Menschen sind gleich viel wert. Unabhängig von Geschlecht, Alter, Hautfarbe oder sexueller Orientierung. Solltet ihr damit ein Problem haben, würde ich empfehlen, das Buch zurück ins Regal zu stellen.

Und jetzt genug der Warnungen und viel Spaß beim Lesen.

A.M. Winter

EINE SCHNAPSIDEE

Hi, der Talawah-Verlag hat noch bis Ende Januar eine Geschichtenausschreibung laufen – Thema Succubus und Incubus.«, so der Inhalt der SMS, die ich kürzlich von meiner Zwillingsschwester Heidrun erhalten habe.

Da mich ihre Nachricht während der Arbeit erreichte und ich gerade absolut keine Zeit hatte mich näher damit zu beschäftigen, habe ich die SMS erst einmal wieder mit fragendem Blick geschlossen. Was wollte mir mein Schwesterherz denn damit bloß sagen? Und was sollen überhaupt diese Begriffe, Succubus und Incubus, bedeuten?

Recht schnell schwante mir dann aber, dass Heidrun von mir erwartete, ich solle eine Geschichte schreiben. Oh nein! Das war wegen der verlorenen Wette im vergangenen Sommer. Ich hatte das eigentlich schon vergessen gehabt, naja, vielleicht auch eher verdrängt gebe ich zu.

Und ausgerechnet ich soll nun die Wettschuld einlösen, indem ich diese Geschichte schreibe. Aber dabei kann ich so etwas doch gar nicht! Ich war schon immer ein rein analytisch denkender Mensch, der sich von jeher mehr für Zahlen interessierte. Schon während der Schulzeit waren Fächer wie

Mathematik, Physik und dergleichen meine Welt. Deutsch und Aufsätze? Fehlanzeige!

Ganz anders allerdings meine Schwester Heidrun. Obwohl wir Zwillinge sind, hat sie für die Logik rein gar nichts übrig. Ihre Spezialität sind eher die kreativen Sachen, eben so etwas wie phantasievolle Geschichten erfinden und diese dann auch noch fein säuberlich zu Papier bringen. Da geht sie voll drin auf, was ich ja überhaupt nicht verstehen kann.

Na jedenfalls ging mir ihre SMS seither nicht mehr aus dem Kopf. Ich wollte mich bei Heidrun deswegen mal melden, sobald ich die Zeit für ein nettes längeres Gespräch finden würde. Aber dafür war es heute nun definitiv schon wieder zu spät, nachdem ich erst zu fortgeschrittener Stunde von der Arbeit heimgekehrt bin.

Und doch will ich nun noch schnell meine Neugier befriedigen, welche sich den ganzen Tag mehr und mehr gesteigert hat, indem ich mich zumindest mal informiere was diese Begriffe »Succubus und Incubus« eigentlich zu bedeuten haben, um nicht ganz wie der erste Mensch da zu stehen, falls mich jemand irgendwann mal danach fragen sollte. Man kann ja schließlich nie wissen wofür man das mal brauchen kann.

Ich gebe die Begriffe in der Suchmaschine des Browsers ein und werde auch recht schnell fündig. Eigentlich reicht es mir aber auch schon, dass ich die Suchergebnisse rasch überfliege, die mir auf der ersten Seite angezeigt werden. Demnach handelt es sich um männliche oder weibliche Dämonen, die etwas nymphomanisch veranlagt zu sein scheinen und wohl hauptsächlich Sex im Kopf haben.

Auch nicht gerade ein Thema, zu dem mir viel einfallen würde zu schreiben. Wie war Heidrun nur auf diese Schnapsidee gekommen mir ausgerechnet so ein abstraktes

Thema vorzuschlagen? Stattdessen könnte ich mir wunderbar vorstellen die Bedienungsanleitung für irgendein technisches Gerät zu schreiben, oder von mir aus auch ein Kochrezept. Na jedenfalls irgendwas mit Struktur drin.

Mit einem etwas verständnislosen Kopfschütteln schließe ich das Browserfenster, ohne mich weiter über besagtes Thema zu informieren, und fahre anschließend den PC wieder runter.

Der Tag ist nun ohnehin schon fast gelaufen und ich habe noch einiges an Hausarbeit zu erledigen, bevor ich zu Bett gehe. Doch die ganze Zeit, während ich mich meinem Haushalt widme, verfolgt mich das Thema Succubus und Incubus. Es will mir einfach unter keinen Umständen gelingen, diese nagenden Gedanken zu vertreiben. Vielleicht sollte ich die Sache doch weiter verfolgen wie Heidrun sich das offensichtlich von mir wünscht?

Als es schon auf Mitternacht zugeht und es demzufolge bereits stockdunkle Nacht ist, stelle ich fest, dass ich längst noch nicht müde genug bin, um schlafen zu gehen. Ganz im Gegenteil sogar. Mein Inneres fühlt sich irgendwie aufgewühlt an. Noch dazu geht mir der Hinweis von Heidrun diese Geschichte zu schreiben nun gar nicht mehr aus dem Kopf.

Anstatt mich ins Bett zu begeben, setze ich mich also erneut an meinen PC und informiere mich darüber was denn dieser Verlag eigentlich für Vorgaben macht. Gleichzeitig keimt in mir die Frage auf warum ich das Schreiben nicht einfach mal versuchen soll, zumal ich nun ja wirklich überhaupt nicht mehr müde bin. Ich ertappe mich bei dem Gedanken, dass ich vielleicht sogar Lust darauf haben könnte auch mal etwas Kreativität an den Tag zu legen.

Aber dazu sollte ich mich zuvor vielleicht doch noch etwas

genauer mit diesen lüsternen Dämonen auseinander setzen und gehe zunächst mal auf Wikipedia, um mich ausführlicher zu informieren. Demnach scheinen diese Wesen Gegenstand der Mythologie zu sein. Aha. Filme und weiterführende Literatur gibt es anscheinend auch darüber. Soso. Einerseits gibt es weibliche Wesen, die Männer verführen, um diesem in der Nacht seinen Samen zu stehlen und den Gegenpart dazu, der männliche Dämon, der schlafende Frauen quasi vergewaltigt. Klingt weder realistisch noch nach einer tollen Liebeserfahrung für mich, aber sei's drum.

Da könnte jemand, dem das Schreiben in die Wiege gelegt ist, jetzt natürlich eine richtig phantasievolle Geschichte daraus basteln, die auch garantiert nicht jugendfrei wäre.

Aber wie schon gesagt, die Phantasie ist doch eher Heidruns Gebiet. Vielleicht sollte ich nun doch lieber zu Bett gehen und morgen mit meiner Schwester reden. Das kann sie doch unmögliche ernst meinen, dass gerade ich ausgerechnet zu diesem Thema was zu Papier bringen soll.

Plötzlich höre ich wie die Wohnungstür geöffnet wird. Ach ja, Peter kommt ja heute. Peter ist mein fester Freund, der ebenso unmögliche Arbeitszeiten hat wie ich. Wir haben es bisher allerdings noch nicht geschafft, dass wir zusammen in eine Wohnung ziehen. Aus diesem Grund treffen wir uns mal hier, mal da bei einem von uns zu Hause. Und heute scheint er wohl zu mir zu kommen. Das hatte ich angesichts meiner saukomischen Aufgabe, die Heidrun mir eingebrockt hat, doch glatt vergessen. Na immerhin ein Grund, diese Sache auf morgen zu vertagen. Um mich vor unliebsamen Aufgaben zu drücken, war ich um Ausreden noch nie verlegen.

Noch während ich so darüber nachdenke, ist Peter schon zu mir in mein Arbeitszimmer gekommen, ohne ein Wort zu sagen. Ich möchte mir meine Überraschung wegen seines

Erscheinens nicht anmerken lassen und begrüße ihn lediglich mit einem einfachen »Hallo«, ohne mich zur Tür umzudrehen. Er steht jetzt hinter meinem Bürostuhl und ich hoffe, dass er nicht unbedingt wahrgenommen hat, was vor kurzem noch im Browserfenster zu sehen gewesen ist. Schnell habe ich das Ding nämlich minimiert, als er eintrat. Wie sollte ich ihm das denn erklären, so etwas wäre mir unsäglich peinlich, in jeder Hinsicht. Erstens schreibe ich nie irgendetwas, aber schon gar keine Geschichte, die ich dann auch noch einem Verlag präsentieren möchte. Und dazu auch noch dieses aufreizende Thema, das mir in meinem ganzen bisherigen Leben noch nicht untergekommen ist.

Dankbar bemerke ich, dass sich Peter überhaupt nicht für das zu interessieren scheint was mein Monitor anzeigt. Seine warmen Hände, die nun auf meinen Schultern liegen, beginnen mich langsam, sanft und rhythmisch zu streicheln. Dabei wandern sie zunächst auf meinen Oberarmen entlang, über meinen Rücken und einige Zeit später auch über meine Brust. Ich spüre wie meine Brustwarzen hart werden. Peter scheint das ebenfalls aufgefallen zu sein, da er sich diesen Stellen nun etwas intensiver widmet. Dass wir beide schweigen, scheint dieses Erlebnis noch intensiver werden zu lassen.

Ich atme tief durch, genieße jeden Moment und schließe die Augen, während die warmen Hände jetzt immer tiefer meinen Bauch entlang wandern. Die liebkosenden Berührungen meines nach wie vor hinter mir stehenden Besuchers entlocken mir unwillkürlich ein leises und lustvolles Stöhnen, während ich mich mit geschlossenen Augen weiter auf meinem Bürostuhl zurücklehne. Meine Begierde ist nun fast schon ins Unermessliche gewachsen und als sich das Streicheln der Hände schließlich der Innenseite meiner Oberschenkel widmet, würde ich die Sache am liebsten beschleunigen. Doch immerhin ist es eine sehr lustvolle Qual, die ich zu ertragen habe und somit beschließe ich, mich weiter mit geschlossenen Augen den sinnlichen Freuden hinzugeben und meinem Besucher das Timing zu überlassen.

Knopf für Knopf wird nun langsam meine Bluse geöffnet, so dass meine Brüste frei liegen und sich der weiteren zärtlichen Massage entgegen recken. Ich kann es nun kaum mehr ertragen und habe das Gefühl gleich zu verbrennen. Nun öffnet er meine Hose, langsam und genussvoll. Ich helfe mit einer einladenden Beckenbewegung nach, sie nach unten zu streifen.

Gemeinsam gleiten wir nun endlich langsam und sanft zu Boden, ich spüre den warmen, muskulösen Männerkörper über dem meinen...

Du meine Güte, warum ist es plötzlich so hell? Erschreckt schlage ich die Augen auf, als ich mich aufrichte. Die gleißende Morgensonne, die direkt durchs Fenster auf meinen Schreibtisch scheint, blendet mich und ich frage mich wie spät es eigentlich sein mag.

Da muss ich letzte Nacht doch tatsächlich an meinem Schreibtisch sitzend eingeschlafen sein! Warum bin ich nicht im Bett? Und wo ist eigentlich Peter abgeblieben? War er nicht gestern Abend noch zu mir gekommen?

Ja und überhaupt: Gestern Abend, da war doch noch was. So langsam kehrt die Erinnerung an das unsagbar sinnliche Erlebnis zurück. War das eigentlich wirklich alles geschehen, oder hatte ich es gar geträumt, nachdem ich mich intensiver mit diesem Dämonen-Thema befasst habe?

Die blinkende LED an der Frontseite meines PC verrät mir, dass der Rechner zwar noch an ist, sich aber im Ruhemodus befindet, ebenso wie mein Bildschirm, der nur eine gähnende schwarze Leere anzeigt.

Meine Gedanken an das lustvolle Abenteuer, das ich erlebt oder geträumt habe, beschäftigen mich weiterhin. Ein Blick an mir herunter verrät mir, dass ich angekleidet bin wie ich es war, als ich mich gestern spät abends an meinen Schreibtisch gesetzt habe. Das ist so weit doch schon mal recht beruhigend, finde ich. Es scheint also nichts passiert zu sein. Und doch fühle ich mich seltsam erregt und kann mich nicht entsinnen, wann ich jemals zuvor schon so intensiv geträumt habe, dass es mir wie die Realität erschien.

Durch ein Drücken des Schalters versetze ich meinen PC wieder in den aktiven Zustand. Es dauert auch gar nicht lange bis mein Monitor ebenfalls zum Leben erwacht. Von meinem Bildschirm grinsen mich die Abbildungen von Succubus und Incubus vielsagend an.

Günter Gerstbrein

THE SINGLE GIRL

I

Regie

Die Anwesenden in der Regiezentrale verfolgten in gebannter Erwartung den letzten Spot des aktuellen Werbeblocks. Darin erzählte ein Mann in einem seriös wirkenden Anzug von seinen außerordentlich positiven Erfahrungen mit einem großen Finanzdienstleister.

»In Ordnung Leute«, sagte der Regisseur, »wir sind gleich wieder drauf. Das Intro in - fünf, vier, drei, ...«

Der Werbespot endete und wich dem Logo der beliebtesten Kuppelshow der letzten Jahre. Der markante Jingle erklang und aus sanft geschwungenen Buchstaben bildeten sich die Worte *The Single Girl*. Eine tiefe Männerstimme verkündete: »Eine Frau und zwölf Männer. Wer wird der Glückliche?«

Der Schriftzug verschwand und eine attraktive junge Frau lächelte in die Kamera. Ihre regelmäßigen Gesichtszüge ließen sie fast unwirklich erscheinen. Dunkle Augen verhießen Feuer und Leidenschaft, gleichzeitig lag auch etwas Geheimnisvolles darin. Das lange Haar trug sie zu einer außergewöhnlichen Frisur hochgesteckt. Es war eine Art breiter Haarkranz, der nicht am Hinterkopf, sondern weit vorne über der glatten Stirn thronte.

»Für wen wird Samara sich entscheiden?«, fuhr die Männerstimme fort. Bei diesen Worten kräuselten sich die Lippen der jungen Frau zu einem verführerischen Lächeln und sie zwinkerte in die Kamera. »Wer bekommt die Rose?«

Nun erschienen die Gesichter von zwölf jungen Männern im Bild. Untermalt vom Geräusch eines Bleistifts, der über Papier kratzt, wurden die meisten durchgestrichen. »Neun Kandidaten mussten die Show bereits verlassen«, sagte die Männerstimme. »Drei Finalisten sind noch im Rennen. Wer wird es sein? Wer erobert das Herz von unserem *Single Girl* Samara?«

Die Lautstärke der Musik steigerte sich, ehe sie in einem dramatischen Akkord ausklang.

»Okay, Kamera Sechs in drei, zwo, eins.«

Per Knopfdruck bekamen die Fernsehzuseher zuhause eine Totale vom Studio zu sehen. Ein Leuchtschild mit dem Schriftzug *The Single Girl* schmückte die Rückwand. Davor versprach ein breites Sofa Gemütlichkeit. Im Gegensatz dazu wirkten die drei Barhocker daneben alles andere als bequem.

Neben dem Schriftzug schwang eine Tür auf, und Samara betrat die Bühne.

»Auf die Zwei.«

Samara in Großaufnahme. Sie trug ein atemberaubendes Abendkleid in Rot, das Outfit einer Verführerin, die wusste, was sie wollte. Man hatte sie perfekt gecoacht. Erst ein Lächeln für die Kamera, dann ging sie - nein, sie schwebte - mit schwingenden Hüften zum Sofa. Mit tänzerischer Grazie ließ sie sich dort nieder, ohne ihr Kleid zu verknittern.

»Und jetzt die Acht.«

Das Live-Publikum. Tosender Applaus. Offenstehende Münder.

»Wieder die Sechs.«

Das Bild wechselte zur Bühne. Die drei Finalisten traten durch die Tür. Jeder von ihnen nahm auf einem der Hocker Platz.

»Nacheinander auf die Drei, Vier und Fünf, dabei die Namen einblenden. Kommentar abspielen.«

Der erste Mann. Ein kräftig gebauter Fitnesstrainer, der in mehreren Folgen wie zufällig sein T-Shirt ausgezogen hatte, um einen Oberkörper wie den einer griechischen Statue zu präsentieren. Heute Abend trug er ein weißes Hemd, dazu ein blaues Jackett. Die pechschwarze Mähne war mit Gel perfekt in Form gebracht worden. Seine ganze Erscheinung versprach viele schweißtreibende Stunden, nicht nur im Fitness-Studio.

Am unteren Rand des Bildes erschien der Schriftzug mit seinem Namen: Alex.

Die Männerstimme aus dem Off ergriff wieder das Wort. »Für wen wird Samara sich entscheiden? Für Alex, der sie in jeder Lebenslage zum Schwitzen bringen will?«

Schnitt zum nächsten Kandidaten. Ein unscheinbarer, glatt rasierter junger Mann, der in einer Bank arbeitete. Zu Beginn hatte ihm niemand große Chancen eingeräumt, doch dann war er aus jeder Folge mit einer Rose hinausgegangen. Unter dem blonden Haarschopf, den die Maskenbildner zu einem perfekten strubbeligen Chaos geföhnt hatten, glitzerten blaue Augen. Ständig in Bewegung, nahm ihr Blick alles in sich auf, nichts schien ihnen zu entgehen.

Der Name des Kandidaten wurde eingeblendet, gleichzeitig verkündete die Männerstimme: »Oder für Lars, der mit ihr die Geheimnisse des Lebens enthüllen will?«

Es folgte der letzte Finalist. Er war der Archetyp eines Latin Lovers. Gebräuntes Gesicht, Augen wie Kohlestücke, krauses Brusthaar, das sich hinter den geöffneten obersten Hemdknöpfen erahnen ließ. Auf dem Kopf trug er stets ein verwegen in die Stirn geschobenes Barett. Mit einem Lächeln, hinter dem strahlend weiße Zähne aufblitzten, zwinkerte er in die Kamera.

Sein Name erschien im Bild. »Oder Miguel«, sagte die Männerstimme, »der ihr Tage und Nächte voller Leidenschaft und Abenteuer verspricht?«

Von den Fernsehzusehern ungehört, meinte eine Frauenstimme in der Regiekabine: »Ich hoffe, sie nimmt Miguel. Alex und Lars sind ja so Nullachtfuffzehn.«

»Ruhe! Konzentration bitte. Auf die Sechs und Monitor ausfahren. Dann Wechsel zum Rückblick.«

Hinter dem Sofa schob sich ein Teil der Wand beiseite und gab den Blick auf einen überdimensional großen Bildschirm frei. Samara änderte ihre Haltung, um ihn besser sehen zu können. Auch die Finalisten richteten ihre Aufmerksamkeit darauf.

Begleitet von der Männerstimme, begann der Rückblick auf die Highlights der Show. »Zehn Wochen, zwölf Kandidaten. Viel ist passiert, viele mussten gehen.« Während Kamera Sechs den großen Monitor heranzoomte, huschten die Gesichter der Ausgeschiedenen in rascher Abfolge darüber hinweg.

»Und Übergang.« Für die Zuseher zuhause wechselte das Bild, sodass sie nun direkt die Einspielung verfolgen konnten.

Die Männerstimme berichtete von den Kandidaten, welche die Show verlassen hatten. Manche freiwillig, andere, weil Samara ihnen keine Rose gegeben hatte.

Nachdem die ersten vier Folgen nicht besonders aufregend

gewesen waren, verkündete die Männerstimme schließlich: »Und dann die fünfte Folge, das Date zu dritt.«

Samara erschien in einem traumhaften Kleid in Blau, das Haar wie üblich zu ihrer komplizierten Frisur über der Stirn hochgesteckt. Gemeinsam mit dem Autoverkäufer Georg und dem Masseur Andreas besuchte sie ein Nobelrestaurant, in dem die Regel galt: Je höher der Preis, desto kleiner die Portion.

Eine rasche Abfolge von verschiedenen Szenen des Abends folgte. In jeder davon buhlten die beiden Kandidaten um die Gunst vom *Single Girl* Samara.

»Aber Georg sorgte für ein abruptes Ende«, verkündete die Männerstimme. Geschickt zusammengeschnitten wurde gezeigt, wie der Genannte seinen Stuhl immer näher an Samara heranrückte. Die ließ es lächelnd geschehen, warf jedoch mehrere herausfordernde Blicke auf Andreas. Es war, als wolle sie den Masseur herausfordern, sein Glück ebenfalls zu versuchen.

Georg war nun direkt neben ihr. Während er ihr etwas zuflüsterte, das die Mikrofone nicht erfassten, streckte er eine Hand aus, um ihr über die Wange zu streichen. Samara ließ es zu und schloss in einem genießerischen Ausdruck die Augen. Dann berührte er ihr Haar und die kunstvolle Frisur.

Blitzschnell schoss Samaras Arm nach oben und packte ihn am Handgelenk. Er stieß einen Schrei aus, bei dem nicht klar war, ob aus Schrecken oder Schmerz. »Nicht die Haare«, zischte sie, das ebenmäßige Gesicht kurz zu einer Grimasse verzerrt.

»Tja, Georg«, verkündete die Männerstimme freundlich, »Samaras Haar ist ihr Heiligtum. Das wusstest du aber.«

Das Bild wechselte und zeigte einen kurzen Clip aus dem Interview vom Ende dieser Folge, nachdem Georg keine Rose erhalten hatte. »Es war merkwürdig«, meinte er. »Unter dem Haar konnte ich eine Beule fühlen.« Mit nachdenklichem Gesicht sah er in die Kamera. »Vielleicht gibt es ja einen Grund dafür, dass sie immer diese komischen Frisuren trägt.«

»Und offensichtlich wird Georg diesen Grund nicht mehr erfahren«, fügte die Männerstimme fröhlich hinzu. »Ebenso wenig wie Andreas.«

Das Bild wechselte und zeigte den Angesprochenen, der mit einigen kurzen Worten erklärte, die Show ebenfalls verlassen zu wollen. »Sie hat mir Angst gemacht«, sagte er. »Ich dachte schon, sie will ihm die Hand brechen.«

»Schade um Andreas«, kommentierte die Männerstimme. »Seine Chancen wären nicht schlecht gewesen. Aber die anderen Kandidaten durften sich freuen. Denn wenn jemand freiwillig geht, bleibt der Rest automatisch im Rennen. Und da sich sogar zwei der Jungs verabschiedet haben, musste auch in der nächsten Folge keiner gehen.«

Der Rückblick ging weiter.

»Die siebte Folge: das Übernachtungsdate.«

Zwei Kandidaten, Niclas und Benny, klopften an eine Haustür. Samara, gekleidet in einen Bademantel, öffnete ihnen. Auch diesmal trug sie das Haar zu der üblichen Frisur aufgetürmt. »Was dann wohl passiert ist?«, fragte die Männerstimme in verschwörerischem Tonfall.

Die beiden Männer traten ein, und Samara schloss die Tür. Die Kamera blieb draußen. Es folgte ein Schnitt zu einer Verandatür. Hinter zugezogenen Vorhängen waren Schemen zu erkennen, die sich bewegten. »Wir werden es wohl nie erfahren.«

Wieder wechselte das Bild und zeigte das Interview von Benny, als dieser nach dem Übernachtungsdate die Show freiwillig verließ. Er wirkte übermüdet mit roten Ringen unter den Augen. Durch sein dunkles Haar zogen sich graue Strähnen. »Ich kann mich an kaum etwas erinnern«, sagte er matt. »Wir haben ein Glas Wein getrunken, dann bin ich wohl eingeschlafen.«

Natürlich ließ die Männerstimme das nicht unkommentiert. »Wer bei einer Frau wie Samara einschläft, hat in dieser Show nichts verloren. Also tschüß, Benny.«

Es folgten Szenen aus weiteren Episoden, die man in der Regie gebannt verfolgte.

»In Ordnung, Leute. Bereitmachen, gleich sind wir wieder da. Auf die Sechs in drei, zwo, eins.«

Die Bühne kam ins Bild. Hinter dem Sofa schloss sich die Klappe und verbarg den Monitor. Samara wandte sich mit einem Lächeln um und strahlte erst das Publikum, dann die Kandidaten an.

»Die Zwei.«

Samaras Lächeln in Großaufnahme.

»Und die Sieben.«

Die drei Kandidaten auf ihren Hockern. Alex und Miguel lächelten zurück. Lars wirkte nachdenklich. Dann schien er zu merken, dass die Kamera ihn im Bild hatte, und seine Mundwinkel wanderten nach oben.

Abermals erklang die Männerstimme. »Und jetzt wird Samara uns verraten, wer von den Dreien die letzte Rose erhält. Mit wem will sie die nächsten Wochen und vielleicht sogar den Rest ihres Lebens verbringen? Und wen wird sie nach Hause schicken?«

»Wieder auf die Nummer Zwei.«

Samaras lächelndes Gesicht füllte das Bild, dann zoomte die Kamera langsam hinaus, bis sie und das Sofa ganz zu sehen waren. Auf einem Kissen neben ihr lag eine langstielige Rose. Sie griff danach, drehte sie in den Händen und legte sie schließlich wieder zurück, ehe sie aufstand.

»Auf die Sieben.«

Die Hüften schwingend trat Samara vor die Kandidaten, die sich beeilten, von ihren Hockern zu springen.

»Alex«, sagte sie in einem Tonfall, der aufrichtiges Bedauern ausdrückte. »Wir hatten viel Spaß, aber es hat nicht gefunkt.«

»Jetzt auf die Drei und rauszoomen.«

Der Fitnesstrainer kniff die Lippen zusammen, dann nickte er. Samara, die vor ihm stand, breitete die Arme aus. Er tat es ihr gleich, und sie umarmten einander. Als sie sich wieder lösten, wechselten sie einige Worte, jedoch zu leise, als dass die Mikrofone sie hätten aufnehmen können.

»Auf die Acht.«

Das Publikum applaudierte.

»Einer ist raus, bleiben noch zwei«, verkündete die Männerstimme.

»Auf die Sechs.«

Samara glitt zum Sofa zurück und nahm die Rose. Dann wandte sie sich wieder den Kandidaten zu.

»Für wen wird sie sich entscheiden?«, fragte die Männerstimme.

II

Kandidat

Die Tür schloss sich, als Samara hindurchgetreten war. Mit einer Handbewegung gab der Assistent Lars und den beiden anderen Finalisten zu verstehen, dass sie sich bereithalten mussten.

Das Publikum im Studio applaudierte pflichtbewusst, dann wurde es wieder ruhig. »Also gut, raus mit euch«, sagte der Assistent und zog die Tür auf.

Alex ging als Erster, gefolgt von Lars. Den Abschluss bildete Miguel.

Mit dem Fitnesstrainer war Lars nie wirklich warm geworden. Der Kerl schien ihm immer - zu viel zu sein. Zu viel Training, zu viel Proteinshakes, zu viel ›Ich bin der Beste‹. Nur Gesprächsthemen waren dünn gesät.

Ganz anders Miguel. Der war ein netter Kerl. In Wahrheit hieß er Michael und hatte erzählt, dass er ein kleines Szene-Lokal betrieb. Sie hatten vereinbart, in Kontakt zu bleiben, ganz egal, wie die Show endete.

Natürlich konnte Miguel nicht ahnen, was für ein Ende er im Sinn hatte. Denn er wusste nicht, was Samara wirklich war.

Ganz anders als Lars.

Sie gingen zu den Hockern und nahmen Platz. Samara beobachtete sie mit dem üblichen Lächeln. Ahnte sie, dass er sie erkannt hatte? Dass er wusste, was sie war? Warum sie diese ungewöhnliche Frisur trug?

Die nervende Moderationsstimme vom Band stellte jeden von ihnen kurz vor. Als ob die Fans der Serie das nicht ohnehin schon längst wussten.

Lars fühlte den Stoffbeutel in seiner Hosentasche. Wenn es stimmte, was er recherchiert hatte, würde er Samara damit enttarnen und besiegen können. Damit und mit dem Anhänger um seinen Hals.

Endlich hatte die Nerv-Stimme die Vorstellung beendet. Es folgte eine Einspielung der Highlights der Show. Lars erinnerte sich an alle Kandidaten, doch zwei davon waren besonders hervorgestochen. Denn sie hatten untermauert, was er ohnehin schon wusste.

Hinter dem Sofa, auf dem Samara wie eine dunkle Königin thronte, öffnete sich die Wand und ein Bildschirm erschien.

Als die Einspielung begann, eilte ein junger Mann zu ihnen. Die Zuseher zuhause merkten davon nichts, denn über deren Bildschirme flimmerte nun der Rückblick.

»Ein paar Schweißperlen«, sagte der Junge und tupfte mit einem Wattebausch über Alex' Stirn. Der rümpfte die Nase, ließ es aber geschehen.

»Jetzt wird's ernst, Kumpel«, raunte Miguel.

Du hast ja keine Ahnung, wie ernst, dachte Lars. Laut sagte er: »Genau. Aber wir trinken auf jeden Fall mal was miteinander, ja?«

»Sicher, Bro.« Er streckte Lars die Faust entgegen, und der schlug mit den Fingerknöcheln dagegen.

»Alter«, murmelte Alex neben ihnen. »Nehmt euch doch ein Zimmer.«

Nachdem der Assistent noch einen prüfenden Blick auf die Gesichter von Miguel und Lars geworfen hatte, verschwand er wieder hinter der Bühne.

Auf dem Monitor liefen gerade Ausschnitte aus dem Date zu dritt. Als die Szene kam, als Samara Georgs Handgelenk packte und verdrehte, beobachtete ihr reales Gegenstück dies mit steinerner Miene.

Du hast in diesem Moment die Beherrschung verloren, dachte Lars, *und alle konnten es sehen.*

Georgs Interview folgte. »Ganz kurz konnte ich etwas wie eine Beule unter dem Haar fühlen«, sagte er.

Lars wusste, dass er damit nicht ganz unrecht hatte. Samara verbarg tatsächlich etwas unter ihrer ungewöhnlichen Frisur. Nur war es keine Beule, sondern etwas ganz anderes.

»Das soll sie bei mir versuchen«, murmelte Alex.

Lars schenkte ihm einen kurzen Blick. Innerlich riet er seinem Mit-Finalist, sich besser nicht zu wünschen, dass es dazu kam. Er ahnte, dass Samara Georgs Handgelenk genauso gut hätte brechen können. Und vermutlich wäre sie dabei noch nicht einmal ins Schwitzen gekommen.

Weitere, uninteressante Sequenzen folgten, dann kam das Übernachtungsdate. Die Kandidaten dafür waren nach dem Zufallsprinzip ermittelt worden. Lars hatte sich gewünscht, dass das Los auf ihn fiel, denn das hätte ihm die Möglichkeit gegeben, die Sache vorzeitig zu beenden. Doch Fortuna hatte anders entschieden.

Er beobachtete, wie Niclas und Benny das Haus betraten, das der Sender für diesen Zweck gemietet hatte. Niclas war nach dieser Nacht unbeschadet zurückgekehrt.

Benny nicht.

»Seht euch den an«, meinte Alex. »Der hat sich die ganze Zeit die Haare gefärbt.«

Er spielte auf die grauen Strähnen an Bennys Schläfen an, die sich bei seinem Abschiedsinterview zeigten. Doch Lars wusste, dass Benny sich nie die Haare gefärbt hatte. Ebenso war ihm klar, dass die Müdigkeit, die er in dieser Szene zur Schau stellte, nicht gespielt war. Samara hatte ihm etwas geraubt, das er nie wieder zurück erhalten würde.

Wenn es nach Lars ging, würde so etwas sich nicht mehr wiederholen.

Die Einspielung endete. Samara und die Kandidaten wandten sich wieder den Kameras zu, darauf wartend, dass über einer davon das Licht anging.

Es erschien zuerst an der Kamera, von der Lars wusste, dass sie die ganze Bühne erfasste. Danach wechselte es zu jener, die für das *Single Girl* reserviert war. Pflichtbewusst zeigte Samara ihr verführerischstes Lächeln.

Lars machte sich keine Illusionen. Hätte er nicht herausbekommen, wer - *was* - sie war, wäre es bei diesem Lächeln auch um ihn geschehen. Ein Blick hätte gereicht, und er wäre ihr mit Haut und Haaren verfallen. Doch die Erkenntnis und das Wissen bildeten den wirksamsten Schutz.

In seine Gedanken versunken bemerkte er zu spät, dass das Licht über der Kandidatenkamera angegangen war. Seine beiden Mitstreiter grinsten vermutlich schon wie die Honigkuchenpferde, während er noch mit finsterer Miene vor sich hin grübelte. Er zwang sich zu einem Lächeln, dann ging das Licht der Kamera auch schon wieder aus. Gleichzeitig verkündete die Nerv-Stimme den oft gehörten Sermon von Samara, die nun ihre Entscheidung treffen musste.

Die Bewegungen des *Single Girls* wirkten auf Lars unnötig lasziv, als sie aufstand und vor sie trat. In diesem Moment, so war ihnen von der Regie vor der Show eingetrichtert worden, hatten sie ebenfalls aufzustehen.

Er folgte dieser Anweisung, ebenso die beiden anderen. Gab es vielleicht ein Anzeichen des Begreifens in Samaras Gesicht? Hatte sie erkannt, dass er sie durchschaut hatte?

Sie schenkte jedem von ihnen einen Blick, dann verharrte sie vor Alex. Seine aufeinander mahlenden Kiefer verrieten, dass er begriff, was das bedeutete.

»Alex«, sagte sie. Fast hätte Lars das Bedauern in ihrem Tonfall für echt halten können. »Wir hatten viel Spaß, aber es hat nicht gefunkt.«

Mit steinerner Miene nickte Alex, doch dann breitete Samara mit einem zuckersüßen Lächeln die Arme für eine Umarmung aus. Als sie wieder von ihm abließ, murmelte er ihr etwas zu. »Du machst einen Fehler, Babe«, glaubte Lars zu verstehen.

»Bestimmt nicht«, flüsterte Samara zurück.

Während die Nerv-Stimme das Offensichtliche verkündete, nämlich dass nun noch zwei Kandidaten übrig waren, spendete das Publikum Alex einen aufmunternden Applaus zum Abschied. Samara holte indessen die Rose vom Sofa und kehrte mit schwingenden Hüften zu Lars und Miguel zurück, mal den einen, mal den anderen ansehend.

Lars schob eine Hand in die Hosentasche, umfasste den kleinen Stoffbeutel darin. Die andere hob er wie zufällig zur Brust, um rasch seinen Anhänger herausziehen zu können.

»Für wen wird sie sich entscheiden?«, fragte die Nerv-Stimme.

Sie machte es spannend. Eine gefühlte Ewigkeit stand sie da und betrachtete die beiden letzten Finalisten. Lars vermutete, dass diese Szene für die Fernsehzuseher von dramatischen Akkorden untermalt wurde.

»Diese Rose«, sagte Samara schließlich mit klarer, gut verständlicher Stimme, »ist für ...« Sie verstummte mit einem Lächeln.

Lars zog die Hand mit dem Beutel aus der Tasche. Die andere schob er langsam unter sein Hemd, tastete nach dem Anhänger. Samara merkte, dass er etwas im Schilde führte. Ein Stirnrunzeln erschien auf ihrer glatten Haut.

»Lars?«, sagte sie. Es war unklar, ob sie damit ihre Entscheidung verkündete, oder nur ihre Verwirrung über sein Verhalten zum Ausdruck bringen wollte.

Für die Regie schien die Sache jedoch klar. Fanfarenklänge erschollen aus verborgenen Lautsprechern, und ein Konfettiregen ergoss sich über sie. Das Publikum brach in tosenden Applaus aus.

»Was zum ...«, begann Miguel.

Lars zog den Anhänger hervor. Es handelte sich um einen fünfzackigen Stern. Ein Drudenfuß. Dieses Amulett sollte Schutz vor dem Bösen in seinen verschiedenen Ausformungen bieten. Mit einem Ruck zerriss er die dünne Kette, um es Samara am ausgestreckten Arm entgegenzustrecken.

Sie ließ die Rose fallen und wich zurück. Ihr Gesicht verwandelte sich in eine Grimasse.

Nun führte Lars die Hand mit dem Beutel zum Mund und zog mit den Zähnen an der Schnur, die ihn geschlossen hielt. Mit einer schwungvollen Bewegung schüttete er den Inhalt in Samaras Richtung.

Getrocknete und zerkleinerte Blätter der Verbene, auch als Eisenkraut bekannt, flogen durch die Luft. Samara schaffte es nicht, ihnen auszuweichen. Wo die Krümel die Haut berührten, rötete sie sich und schlug Blasen. Sie kreischte. Hinter ihrem Rücken erschienen zwei schattenhafte Gebilde, wurden zu ledrigen Flügeln. Gleichzeitig verdrehten sich ihre Beine unter dem roten Abendkleid. Die zierlichen Schuhe platzten mit einem reißenden Geräusch auf und Hufe kamen zum Vorschein.

In Schmerzen warf Samara ihren Kopf hin und her. Dabei löste sich ihre Frisur, und das, was sie darunter verborgen hatte, kam zum Vorschein. Keine Beulen, wie Georg vermutet hatte, sondern kleine, geschwungene Hörner.

»Jetzt vernichte ich dich, Sukkubus«, brüllte Lars und stürzte sich auf sie, das Amulett vor sich gestreckt.

III

Single Girl

Es war aufregend, fand Samara. Ständig von Männern voller Testosteron umgeben zu sein, war einfach nur berauschend. Und die Show stellte eine nette Abwechslung zu der üblichen Weise dar, wie sie an ihre Beute kam. Hier musste sie nicht jagen, nicht lauern. Stattdessen kam die Beute zu ihr und balgte sich darum, sich ihr zu unterwerfen. Doch noch durfte sie nicht zugreifen. Denn die Regeln der Show sorgten dafür, dass sie ihre Ernte erst am Ende einfahren durfte.

Und sie wollte nach den Regeln spielen. Zumindest diesmal.

Jetzt saß sie hier, im großen Finale von *The Single Girl*. Auf dem Monitor hinter ihrem Sofa liefen noch die Höhepunkte der Show, doch schon in wenigen Minuten würde sie sich entscheiden. Im Moment wusste sie selbst noch nicht, wen sie wählen würde. Sie wusste nur, wer es bestimmt nicht wurde. Dieser Alex war uninteressant. An ihn zu denken, verursachte in ihr Empfindungen, die wohl dem glichen, was die Menschen beim Gedanken an Fast Food fühlten. Es gab nur einen Grund, warum er noch in der Show war: Sie liebte es, Typen wie ihn verlieren zu sehen. Um seine Enttäuschung perfekt zu machen, hatte sie ihn immer wieder mal angeflirtet. Hatte angedeutet, er hätte eine Chance. Was für ein Genuss würde es sein, sein Gesicht zu sehen, wenn sie ihn jetzt, so kurz vor dem Ziel, aus der Show kickte.

Wenn Alex nur Fast Food war, dann konnte sie die beiden anderen Männer wohl als Gourmet-Dinner betrachten. Aber für wen von ihnen sollte sie sich entscheiden? Da würde sie sich wohl spontan auf ihr Bauchgefühl verlassen.

Sie beobachtete die Szenen aus den vergangenen Folgen.

Ach ja, dieses verfluchte Dreier-Date. Georg hatte sie am Kopf berührt. Nicht, dass sie etwas gegen eine Berührung an sich einzuwenden hatte, ganz im Gegenteil. Aber er hätte es wohl nicht verstanden, wenn er gemerkt hätte, dass sie unter ihrer Frisur Hörner verbarg.

Diese verfluchten Hörner.

Wie alle von ihrer Art konnte Samara ihr Aussehen verändern. Die Bocksbeine so zu verdrehen, dass sie zu dem wurden, was menschliche Männer für wohlgeformt hielten? Kein Problem. Die Flügel unsichtbar machen? Nichts leichter als das.

Nur nicht die vermaledeiten Hörner. Die ließen sich nicht verwandeln. Sie zwangen sie dazu, Hüte und Mützen zu tragen. Oder, wie für diese Show, das Haar zu abenteuerlichen Frisuren hochzutürmen. Und alles nur, um sich unbemerkt unter Menschen bewegen zu können.

Georg gewähren zu lassen, hätte zu Fragen geführt. Fragen, die sie nicht beantworten wollte. Trotzdem sie hatte in ihrem Schreck überreagiert, das wusste sie nun. Zum Glück hatte Georg sich eine Erklärung zurechtgelegt, die in ein Weltbild passte, in dem es keinen Platz für Wesen wie sie gab.

Aber das war noch nichts gegen die Sache mit dem Übernachtungsdate, dessen Bilder nun über den Monitor flimmerten. Mit Niclas hatte sie an jenem Abend leichtes Spiel gehabt. Er war betrunken weggeschlummert, ehe sich die Gelegenheit zu irgendwelchen Dummheiten geboten hätte.

Nicht aber Benny. Er hatte mehr Wein vertragen als sein Konkurrent. Und sie war schwach geworden, hatte ihr Bestreben vergessen, die Regeln der Show einzuhalten.

Immerhin hatte sie sich zurückgehalten.

Der Ausschnitt seines unbeholfenen Interviews wurde nun gezeigt. »Wir haben ein Glas Wein getrunken, und dann bin ich wohl eingeschlafen.«

Es war mehr als nur ein Glas gewesen. Und eingeschlafen war er nur, weil sie dafür gesorgt hatte. Doch dann waren Gier und Lust zu stark geworden. Das graue Haar an seiner Schläfe sah sie als Mahnmal für ihre Schande. Sie hätte sich besser im Griff haben müssen. Zwar hatte sie ihm nicht viel entnommen, aber immer noch genug, um diese Spur zu hinterlassen. Zumindest hatte sie ihm die Erinnerung an diese Nacht nehmen können.

Dann war es so weit. Die Stimme aus dem Off verkündete, dass sie sich entscheiden musste. Neben ihr auf dem Sofa lag die Rose. Sie hob sie hoch und betrachtete sie aus der Nähe.

Eine schöne Blume. Ein Symbol für das Band, das es in Kürze zwischen ihr und dem Sieger der Show geben würde.

Sie legte die Rose wieder hin und trat vor die Kandidaten.

Um für das Publikum die Spannung zu erhöhen, zögerte sie einen Augenblick, als hätte sie nicht schon längst entschieden, dass Alex gehen musste.

Sie wandte sich an ihn. »Alex«, sagte sie, »Wir hatten viel Spaß, aber es hat nicht gefunkt.«

Er war in seiner Männlichkeit gekränkt, das fühlte sie deutlich, denn es strahlte wie in Wellen von ihm aus. Gierig sog sie diese Empfindungen in sich auf. Nein, er war kein Fast Food. Eher ein Aperitif.

Sie bot ihm eine Umarmung an, um besser in seine Enttäuschung eintauchen zu können. Er akzeptierte.

Zwar war es längst nicht so berauschend wie die Gefühle beim Sex, doch sein testosterongeschwängerter Zustand sorgte zumindest für einen kurzen Genuss.

Einen Aperitif eben.

»Du machst einen Fehler, Babe«, raunte er ihr zu.

Natürlich. Seine gekränkte Männlichkeit ließ keine andere Sichtweise zu.

Sie unterdrückte ein Lachen. »Bestimmt nicht«, sagte sie.

Während sie zurück zum Sofa ging, um die Rose zu holen, sagte die Moderationsstimme etwas. Sie hörte nicht darauf, denn nun wurde es ernst. Für wen wollte sie sich tatsächlich entscheiden? Sie sah beide Männer an.

An der Oberfläche wirkte Lars wie der Bravere der beiden. Doch da gab es auch eine Tiefe, die Alex gefehlt hatte. Sie ahnte, dass sie mit ihm kein so leichtes Spiel haben würde, wie bei den anderen. Das reizte sie. Wie lange mochte es wohl dauern, bis sie sich an ihm nähren konnte?

Oder Miguel. Bei ihm war es wohl leichter als bei Lars.

Und er strotzte vor Energie. An ihm würde sie sich tagelang sättigen können, und selbst dann wäre immer noch genug übrig.

Lars bewegte sich und steckte eine Hand in die Hosentasche. Machte er nun etwa auf lässig? Gleichzeitig ruhte die andere Hand an der Brust und schien nach etwas zu tasten. Vielleicht nach einem Glücksbringer?

Genüsslich zögerte sie den Moment hinaus. »Diese Rose ist für ...«, sagte sie schließlich und verstummte, um die Spannung noch ein wenig zu steigern. Dann sah sie, dass Lars sich bewegte. Er zog ein Stück Stoff aus der Hosentasche.

Sie runzelte die Stirn. »Lars?« Eigentlich wollte sie ihn fragen, was er da machte, doch die Regie schien es für ihre Entscheidung zu halten. Laute Musik erklang, gefolgt von einem Konfettiregen. Das Publikum applaudierte.

Als Lars etwas unter seinem Hemd hervorzog, erkannte Samara sofort, was es war. Ein Drudenfuß, jenes verhasste Symbol, mit dem die Menschen in alter Zeit sie und andere Ihrer Art in die Flucht geschlagen hatten.

»Was zum ...?«, brachte Miguel hervor, der das Geschehen fassungslos beobachtete.

Samara ließ die Rose fallen und wich zurück. Entsetzt sah sie zu, wie Lars die andere Hand zum Mund führte. Das Stück Stoff, erkannte sie, war ein Beutel, den er nun mit den Zähnen öffnete.

In diesem Moment nahm sie den widerlichen Geruch wahr. Verbene, jene Pflanze, die sie ebenso verabscheute wie den Drudenfuß.

Der Arm mit dem Beutel zuckte nach vorn, und streute den Inhalt über sie. Samara versuchte auszuweichen, war jedoch zu langsam. Wo die Blätter und Krümel sie trafen, bohrte sich brennender Schmerz in ihre Haut. Die Verbene leistete ganze Arbeit.

Samara fühlte ihre Tarnung in sich zusammenbrechen. Die Beine nahmen ihre richtige Form an, und hinter ihr materialisierten sich die Flügel. Dass sich ihre Frisur löste und so auch die Hörner preisgab, nahm sie nur mehr am Rande wahr.

»Jetzt vernichte ich dich, Sukkubus«, hörte sie Lars brüllen. Durch einen Schleier aus Tränen hindurch sah sie, wie er sich auf sie stürzte.

Vernichten würde er sie weder mit dem Amulett noch mit den Kräutern. Beides verbrannte ihre Haut und hinterließ schmerzhafte Spuren, die lange sichtbar blieben. Aber nicht mehr.

Mehr aus Instinkt, als dass sie sah, was sie tat, streckte sie ihren eigenen Arm aus, und bekam ihn am Hals zu fassen. Langsam hob sie ihn hoch, so dass seine Füße mehrere Handbreit über dem Boden zappelten. Der Drudenfuß segelte in hohem Bogen davon.

Das Publikum verharrte wie in Schockstarre, doch sie achtete nicht darauf. »Das war ein Fehler«, spie sie Lars entgegen, dessen Gesicht über ihrem Griff eine bläuliche Farbe annahm.

Dann stand Miguel neben ihr. »Nicht«, sagte er.

Sie erkannte, wie das Barett, das er alle Folgen hindurch getragen hatte, verrutschte. Darunter kamen Hörner zum Vorschein.

Hörner wie ihre eigenen.

Ein Inkubus.

Sie blinzelte die Tränen weg und ließ Lars los. Mit einem dumpfen Laut fiel er zu Boden.

»Sieht so aus, als hätten wir ähnliche Ideen gehabt«, meinte Miguel ruhig.

Allmählich beruhigte sich das Brennen auf ihrer Haut

wieder. Vielleicht würden die Spuren ja schneller wieder verschwinden, als sie befürchtet hatte.

»Ähnliche Ideen?«, fragte sie barsch. »Mir ging es um das Spiel. Um die Auswahl«, sagte sie.

»Und ich wollte wissen, ob ich mich in dieser Show gegen menschliche Konkurrenten durchsetzen kann. Ganz ohne - du weißt schon.«

»Und was jetzt?«

Er deutete auf Lars, der am Boden saß und entsetzt zu ihnen empor sah. »Lass ihn gehen.«

»Warum?«

»Ich mag ihn.«

Sie seufzte. Na schön, sollte Miguel seinen Willen haben. »Hier sind wir aufgeflogen«, sagte sie. »Verschwinden wir.«

Er nickte. Hinter seinem Rücken flimmerte es, dann erschienen ledrige Schwingen. »Ich würde immer noch gern was mit dir was trinken gehen«, sagte er freundlich zu Lars. »Das erste Bier geht auf mich.«

Dann breitete er die Flügel aus und stieg in die Luft. Nach einigen Metern verschwand er in einer schwarzen Rauchwolke.

Auch Samara wandte sich an Lars. »Du weißt nicht, was dir entgangen ist.«

Damit stieß auch sie sich vom Boden ab und wechselte, eine Rauchwolke hinterlassend, in die andere Welt.

Nele Sickel

SUCCUBUSSMILE

Hier«, sagte Mutter und hielt mir einen Lippenstift vor die Nase. »Versteck damit dein Succubussmile, ehe du zur Beichte gehst.«

Ich lehnte mich mit dem Rücken gegen das kühle Metall unserer Zimmertür, unterdrückte dabei ein Stöhnen. Am liebsten hätte ich gebockt wie früher als junges Mädchen. Nur hatten wir diese spezielle Diskussion mittlerweile zu oft geführt, als dass ich noch Spaß daran hätte haben können. Also nahm ich das blöde Ding einfach.

»Leihst du mir wenigstens deine Mirror-App zum Auftragen?«

Mutter verschränkte die Arme. »Wozu? Du willst doch nur noch mal sehen, wie voll und rot sie sind, ehe du sie verdeckst. Oder willst du kontrollieren, ob deine Wimpern immer noch so dicht sind? Ob das goldene Haar noch glänzt, hm?«

»Jetzt hör aber auf. Ich will es richtig machen, sonst nichts.«

»Du kriegst das schon hin. Kannst doch sonst immer alles allein.«

Wie ich sagte: Diskussionen waren völlig sinnlos. Also öffnete ich den Lippenstift, fand darin ein kränkliches Beige und schmierte mir das auf die Lippen. So entstellt lächelte ich Mutter an, bleckte die Zähne.

»Besser?«

»Kaum. Schlag diese verdammten Hexenaugen nieder, wenn du draußen bist, und lass die Haare unter der Kapuze.«

Wenn sie gewusst hätte ... Ich seufzte bloß. »Schon klar. Wie immer.«

»Und bleib nicht so lange!«

»Nur so lange, wie der Herr Pfarrer mich dort haben will, Mutter.«

Ich wandte mich um, betätigte das Türterminal und schlüpfte hinaus, ehe ich mir einen weiteren Insult von ihr einfangen konnte.

Kaum war ich auf der Straße, sah ich die hohen Mauern der Cathedral vor mir aufragen. Grau wie die Häuser links und rechts, nur viel höher und mit einem großen, neongelb blinkenden Kreuz anstelle der unaufgeregten Werbetafeln in Pastelltönen, die auf diese Drogerie und jenes Restaurant hinwiesen. Eine Drohne summte leise über meinen Kopf hinweg. Zwei Männer und eine Frau in beigen Arbeitsoveralls warfen mir im Vorbeigehen neugierige Blicke zu. Ich schlug die Kapuze über das allzu blonde Haar und senkte den Blick auf den Asphalt zu meinen Füßen. So ungern ich tat, was Mutter mir auftrug, gerade heute war es keine gute Idee, aufzufallen.

Der Weg kam mir länger vor als sonst. Wieder und wieder spielte ich in Gedanken den Streit durch, den ich gerade vermieden hatte. Hörte mir an, wie verdorben ich doch wäre. Warf Mutter an den Kopf, dass – wäre ich wirklich ein Dämon, wie sie sagte – sie sich lieber fragen sollte, mit wem sie da herumgehurt hatte, um mich zu zeugen. Bekam darauf zu hören, dass ich die Hure sei, nicht sie.

Meine Handflächen wurden feucht. Ich ballte die Fäuste, versenkte sie so tief in den Manteltaschen, dass meine Knöchel über die groben Salzkörner kratzten, die sich da im Stoff verfangen hatten. Vielleicht hatte Mutter recht. Womöglich war ich verdorben, unrein. Aber dafür war ich wenigstens jemand. Mehr als ein betender, psalmenleiernder Schatten. Und ich wollte doch nichts Böses. Ich wollte nur endlich wissen, wie es war.

Noch gut fünfzig Meter von der Cathedral entfernt, trat ich bereits in ihren Schatten. Prompt heizte die Luft sich auf, wurde stickiger trotz des freien Himmels über meiner Kapuze. Der Asphalt füllte sich mit Füßen. Ich hielt den Blick gesenkt, die Hände in den Taschen. Mein Smartphone in der Mantelinnentasche drückte schwer gegen meine Brust. Den Lieferdienstflyer, den ich daneben geschoben hatte, spürte ich nicht. Hätte ich mich getraut, hätte ich danach getastet, hätte ihn herausgeholt und noch einmal die Wünsche nach Verbindung und Zärtlichkeit gelesen, die ich heimlich an den Rand gekritzelt hatte. Doch ich wagte es nicht. So kurz vor der Cathedral hatte die Stadt tausend Augen.

Weihrauch lag schwer in der Luft. Ich war immer wieder überrascht, dass man ihn nicht nebelhaft umherschweben sah, wenn man durch das gigantische Tor in den Vorraum trat. Ich stellte mich in die Schlange vor dem Spendenscanner, zückte mein Smartphone, berührte flüchtig eine raue Ecke des Flyers und versuchte, nichts als Erleichterung dabei zu fühlen, dass er noch da war.

Aus den offenen Löchern links und rechts im Boden klangen Klagelaute. Dort hungerten und dürsteten Sünder, weil sie ihre Spende nicht entrichtet hatten oder weil sie sich in der Kirche entblößt hatten oder – na ja, eben weil sie etwas getan hatten, was man in Gottes Haus nicht tat. Direkt unter mir kauerte eine Frau, die mich schmerzlich an meine Mutter erinnerte. Derselbe strenge Kurzhaarschnitt, die gleichen müden Schultern im mausgrauen Kleid. Sie klagte nicht, schaute nur voll stechender Reue herauf. Das Loch im Boden war so breit, die Zelle so niedrig, ich hätte mich mit dem Oberkörper hinunterhängen und sie heraufziehen können. Doch ich tat es nicht. Weil sie es wohl nicht gewollt hätte. Vor allem aber, weil ich nicht hergekommen war, um die Heldin zu spielen. Ich war hier, um etwas Verbotenes zu wagen – und hoffentlich mit heiler Haut davonzukommen.

Die Schlange rückte weiter. Ich kam an die Reihe, ließ mein Smartphone scannen und gab meine Einwilligung zur Spendenbuchung mit einem flüchtigen Daumendruck. Sonst machte ich mir immer Sorgen darum, wie hoch der gewünschte Betrag diesmal sein mochte, doch heute schaute ich gar nicht hin. Ich konzentrierte mich auf meinen Atem, auf meine Haltung. Ruhig jetzt, auch wenn mein Herz raste. Ich hatte das hier lange vorbereitet. Ich hatte den richtigen Mann gefunden, den richtigen Ort auch. Salz und Salbei waren gestreut, alle Zauber gewirkt, bis auf den letzten, den, den ich in meiner Mantelinnentasche trug. Wenn es einen richtigen Moment gab, dann war es dieser.

Ich atmete tief ein und aus. Der Weihrauch ließ mich husten.

So trat ich mit tränenden Augen in die Düsternis der Cathedral. Hohe Säulen erwarteten mich, kalter Beton, unruhiges Murmeln, Psalmen und hohles Echo. Vorn am Altar ragten die Windows auf – keine echten Fenster, sondern riesige, geschwungene Bildschirme, opulent und farbgewaltig zeigten sie Engel mit riesigen Flügeln und wenig

Kleidung, manche in der Form vollbusiger Frauen, manche in der breitschultriger Männer. Die Windows strotzten von dem, was sonst in der Stadt keiner wagte: grelle Farben, sogar sündhaftes Rot, entblößte Körper, die rein waren, trotz allem, weil sie Seraphim und Cherubim gehörten und nicht uns sündigen Menschen. Mein Smartphone kannte nur eine Handvoll Pastelltöne und hätte mir kaum einen entblößten Knöchel gezeigt, geschweige denn einen Oberschenkel oder ein Schlüsselbein. Viele der ach so Gläubigen kamen wohl vor allem für den Anblick der Engel derart häufig zum Gebet. Gut. Solange sie die Windows anstarrten, ließen sie die Augen von mir und meinem Succubussmile, wie Mutter es nannte. Der Abdeckstift auf meinen Lippen juckte.

Ich hielt den Kopf gesenkt, klammerte mich an mein Smartphone und wanderte durch die Reihen der eng stehenden Stahlbänke bis zur dritten von hinten. Wir trafen uns immer auf der dritten von hinten. Dort setzte ich mich also. Das Metall war kalt, selbst durch meinen langen Mantel hindurch.

Ich ignorierte das Tuscheln um mich herum, die Mischung aus Furcht, Missgunst und Übereifer, die diesem Ort eine so unangenehme Energie verlieh. Auf meinem Smartphone rief ich eine Passage des Hohelieds Salomons auf und tat, als würde ich darüber meditieren.

Tatsächlich kannte ich die Worte auswendig. Fast alle. Hatte ich sie doch benutzt, um meinem Erwählten zu zeigen, was ich von ihm begehrte.

Früh wollen wir dann zu den Weinbergen gehen
und sehen, ob der Weinstock schon treibt,
ob die Rebenblüte sich öffnet,
ob die Granatbäume blühen.
Dort schenke ich dir meine Liebe.

Ich biss mir auf die juckenden Lippen. Ich fürchtete, hoffte, schwitzte. Vielleicht kam er ja gar nicht. Vielleicht hatte er heute keinen Dienst und ich dürfte noch etwas warten. Nur noch eine Nacht oder zwei, eine kurze Schonfrist ...

»Wofür betest du, Tochter?«

Meine Hand am Smartphone verkrampfte sich beim Klang seiner warmen Stimme. Ich war mir nicht sicher, ob vor Freude oder vor Furcht.

Am liebsten hätte ich ihn nicht angesehen. Jeder falsche Blick konnte uns verraten. Doch ein Gespräch ganz ohne Blick wäre noch verdächtiger gewesen, also sah ich auf. Langsam, scheu, so wie Mutter es mich gelehrt hatte.

Ich nannte ihn Father, doch er war so jung wie ich. Unter dem weißen Chorhemd waren seine Schultern schmal, der Bauch ein wenig nach außen gewölbt. Fern von dem Bild der physischen Stärke, das die Engel in den Windows abgaben, durchdrang ihn etwas Besseres: Zärtlichkeit. Ich sah sie in seinem sanften Gesicht, in seinen ruhigen Bewegungen, in der geschickten Handarbeit, mit der er hier in der Cathedral alles an seinem Platz hielt. Er lächelte mich an und ich hätte gern zurückgelächelt. Nur aus Vorsicht ersparte ich etwaigen Zuschauern mein ach so verruchtes Succubussmile.

»Was ist, Tochter?«, fragte mein Erwählter und ließ sich neben mir auf der Bank nieder. »Bedrückt dich etwas?«

Ich senkte den Blick zurück auf mein Smartphone. »Ganz im Gegenteil. Ich habe das Gefühl, dass heute ein besonderer Tag sein könnte. Ein Tag, an dem etwas Gutes passiert.«

»Nun, oftmals haben wir mit solchen Gefühlen recht. Nennen wir es himmlische Eingebung ... Ich sehe, du liest in der Bibel. Eine bestimmte Stelle?«

Ich reichte ihm mein Smartphone. »Schaut selbst, Father.«

»Du, den meine Seele liebt«, las er vor, *»sag mir: Wo*

weidest du die Herde? Wo lagerst du am Mittag? – Eine interessante Passage. Voller Fragen, die gewiss jeder von uns schon einmal auf den Lippen hatte. Weißt du eine Antwort darauf, Tochter? Deine persönliche Antwort, meine ich.«

»Es geht noch weiter. Swiped zur nächsten Seite.«

»*Wozu soll ich erst umherirren bei den Herden deiner Gefährten*?«, rezitierte er unbeirrt weiter, obwohl er nichts davon auf meinem Smartphone lesen konnte. Ich hatte dort eine Map versteckt, die Adresse für unser geheimes Treffen. »*Wenn du das nicht weißt, du schönste der Frauen, dann folge den Spuren der Schafe, dann weide deine Zicklein dort, wo die Hirten lagern.*«

Er gab mir mein Smartphone zurück und ich widerstand der Versuchung nachzusehen, ob er klug genug gewesen war, die Map direkt zu löschen.

»Salomons Hohelied spricht zu mir, Father. Mehr sogar noch, wenn Ihr es lest.«

»Du sehnst dich nach einer Vereinigung. Mit Gott. Das ist überdeutlich.«

»Ich ... ja. Ich fühle mich bereit. Ich meine, so bereit man für so eine Vereinigung sein kann.«

»Gut.« Ich schaute nicht auf, aber ich hörte sein Smile. »Dann bin ich mir sicher, dass der Herr dich erhören und deinen Wunsch gewähren wird. Noch heute. Der Weg wird nicht leicht sein, aber wenn du ihn mit Mut gehst, wirst du dein Ziel gewiss erreichen. Wer weiß, vielleicht schon vor dem Nachmittagsgebet.«

»Das wäre fast zu schön, um wahr zu sein.«

»Sind das die Dinge, die Gott uns zuteilwerden lässt, nicht oft?« Er stand auf. »Ich überlasse dich damit wieder dem Gebet, Tochter. Mögest du finden, was du suchst.«

Sein Ministrantenrock raschelte, als er ging.

Ich schloss die Augen, faltete die Hände um das Smartphone, tat, als würde ich beten. Meine Gedanken aber hingen nicht bei Gott und schon gar nicht in der Cathedral. Sie ruhten auf den Decken, die ich in den letzten Wochen nach und nach an unseren geheimen Treffpunkt getragen hatte. Es war die Abstellkammer einer Schule, die mittlerweile seit fast zwei Jahren für Umbauarbeiten geschlossen war. Die Baustelle lag still, die wertvollen Arbeitsgeräte waren zu anderen Einsatzorten geschafft worden. Deshalb hingen auch keine Wachdrohnen in der Luft darüber.

Wir würden in wunderbarer Stille liegen. Nur mein Erwählter und ich, die Decken und unser Atem. Er würde durch den Eingang für die Jungen eintreten. Ich durch den für die Mädchen. Niemand würde uns zusammen sehen. Niemand würde zu uns hereinkommen. Sollte jemand anderes zur falschen Zeit neugierig werden, würden Salz und Salbei ihn von der Schwelle vertreiben.

Ich vertraute auf meinen Zauber. Auf die Kraft meiner Wünsche und meiner positiven Gedanken.

Am Eingang unseres Verstecks gab es eine Stelle, an der der Asphalt aufgeplatzt war und weiche Erde frei lag. Dort würde ich den Flyer mit meinen Worten von Zärtlichkeit und Vereinigung vergraben, würde ihn mein Sehnen tief in das Innere der Welt tragen lassen. Dann würde ich gehen, mich auf die Decken legen und endlich herausfinden, wie es sich anfühlte, begehrt und berührt zu werden. Ich würde meinen Körper erkunden, genauso wie seinen. Und wer weiß, vielleicht würde ich sogar seinen Namen erfahren. Ich würde ...

Das Smartphone glitt mir aus den Händen. Ich schrak auf, versuchte es zu fangen, doch eine Hand an meiner Schulter presste mich zurück.

»Tochter«, sprach eine scharfe Stimme. »Sag, was hast du getan?«

Ich schaute auf, schrumpfte unter dem strengen Blick des Pfarrers. »Verzeiht«, krächzte ich. »Ich weiß nicht, was Ihr meint.«

»Tu nicht so. Ich habe schon länger ein Auge auf dich. Du versuchst, meine Ministranten zu verführen.«

»Was?« Das Blut toste mir in den Ohren. Der Schweiß machte meine Handflächen glitschig. »Aber ich ...«

»Überleg dir gut, was du als Nächstes sagst.« Der Pfarrer streckte die offene Hand aus und der Ministrant zu seiner Linken reichte ihm mein Smartphone. »Lügen werden dir nicht helfen.«

»Ich weiß nicht, was Ihr hören wollt«, log ich verzweifelt.

Da waren nur Psalmen und Bibelverse auf meinem Smartphone. Dazu eine Handvoll Nachrichten von Mutter. Nichts, was mich in Verruf bringen konnte, wenn mein Erwählter nur die Map gelöscht hatte. Er musste einfach.

Der Pfarrer swipete und swipete. Ich warf einen nervösen Blick durch die Cathedral, suchte nach einem Ausweg, einem freundlichen Gesicht. Doch da war nichts.

»Ah, da haben wir es ja. Willst du mir das erklären?«

Er drehte mir das Smartphone zu, ließ mich den Beweis meiner Schuld sehen. Es war tatsächlich meine Map. Das war der Bildausschnitt, den ich gewählt hatte, die gleichen pastellvioletten Häuser ... Nur das Zielkreuz war gewandert, befand sich jetzt etliche Straßenzüge südlicher als zuvor. Mein Erwählter musste es neu platziert haben. Fool!

»Hier.« Der Pfarrer reichte mein Smartphone an den Ministranten weiter. »Weit kann er noch nicht sein. Nimm dir Hilfe mit. Sucht ihn und bringt ihn zurück!«

Der Ministrant nickte und verschwand.

Noch ein Blick durch die Cathedral. Die meisten Betenden hatten ihre Köpfe extra tief gesenkt, doch das Murmeln war leiser geworden. Sie lauschten. Kaum würden sie die Cathedral verlassen, würden sie sich die Mäuler über mich zerreißen. Und dann würde irgendwer meine Mutter ins Bild setzen ...

»Du bist still geworden«, sagte der Pfarrer. »Siehst du nun also ein, Mädchen, dass du vom Weg abgekommen bist? Dass du gesündigt hast?«

»Ich verspreche Euch, ich wollte niemandem etwas Böses.«

»Darüber wirst du im Loch nachdenken können.«

Ich starrte ihn an, wollte protestieren, doch die Worte blieben mir auf den Lippen hängen. Was hatte ich erwartet? Drei Ave-Maria und alles wäre wieder gut? Es waren schon Leute für weniger ins Loch gewandert.

Ich stand auf, folgte, sträubte mich nicht. Es hätte keinen Sinn gehabt.

Der Keller der Cathedral war niedrig. Deutlich weniger beeindruckend als die große Halle darüber und entschieden weniger bunt. Der Pfarrer brachte mich in eine Zelle so eng, dass ich mit drei Schritten von einer Ecke zur gegenüberliegenden kam. Licht fiel nur aus dem Loch in der Decke, von dem aus die Gläubigen aus dem Vorraum der Cathedral anklagend und sensationsgeil zu mir herunterschauten. Eine Räucherschale stand an der unverputzten Betonwand. Ihr Weihrauch hing so schwer in der Luft, dass ich meinte, ihn im Schummerlicht tatsächlich nebelig wabern zu sehen.

»Meditiere über deine Sünden«, sagte der Pfarrer. »Und dann bitte Gott um Vergebung, Succubus!«

Jetzt war es auch schon egal. Ich antwortete ihm mit einem Lächeln voller Zähne.

Er schnaubte, verließ die Zelle und schlug die Tür ins Schloss. Mein Smartphone behielt er.

Einen Augenblick lang starrte ich wie gelähmt auf die geschlossene Tür. Dann drückte ich dagegen. Sie gab nicht nach. Eine Klinke existierte nicht und auch kein Terminal für einen Code. Dort kam ich also nicht raus, bis mich nicht jemand holte.

Allerdings gab es da noch das Loch in der Decke. Ich trat darunter, ignorierte die ungnädigen Blicke der Menschen über mir, streckte mich, so hoch ich konnte. Vergeblich. Auch wenn ich sprang, fuhren meine Finger nur durch die dicke, weihrauchschwangere Luft. Noch mal. Noch mal. So hoch ich konnte. Keine Chance.

Eine Frau in schmutzigen High Heels stand oben und lachte mich aus.

Das war es also. Ohne Hilfe kam ich nicht heraus und wenn ich den herablassenden Blick der verdammten Frau zum Maßstab nahm, dann konnte ich auf Hilfe lange warten.

Seufzend lehnte ich mich gegen den kalten Beton und zwang mich, nachzudenken. Es musste einen Weg geben. Es musste einfach. Ich hatte schon zu viel verloren, um aufzugeben. Mutter würde mich umbringen. Da sollte ich mich vorher wenigstens amüsieren.

Ich stieß mich von der Wand ab, ging mit drei Schritten durch die Zelle.

Mein Erwählter wartete am geheimen Treffpunkt auf mich. Da war ich mir sicher. Wieso sonst hätte er fliehen sollen? Wieso sonst hätte er das Zielkreuz auf der Map verschoben? Er hatte ihnen einen Beweis dagelassen. Etwas, dem sie nachjagen konnten. Deshalb ließen sie mich hier schmoren, ohne Verhör, ohne Guards. Eine bessere Chance zur Flucht würde ich nicht bekommen.

Drei Schritte zurück.

Meine Mittel waren begrenzt. Ich hatte meinen Mantel, doch

es gab keine Stelle oben am Loch, wo ich ihn hätte befestigen können, keine Möglichkeit, daran hinaufzuklettern. Damit blieben mir das bisschen Salz in den Taschen und der Flyer mit meinen Wünschen für eine erfüllte Begegnung. Zaubermittel, klar, aber ich hätte nicht gewusst, wie ich damit eine Leiter hätte erschaffen können.

Noch mal drei Schritte durch die Zelle, wieder und wieder. Im Laufen rieb ich mir die Farbe von den Lippen, lächelte mein trotziges Succubussmile ins Dämmerlicht hinein.

Als Mutter angefangen hatte, mich Hexe zu nennen, hatte ich beschlossen, eine zu werden. Und entgegen allen Aberglaubens hatte das nichts mit satanischen Riten zu tun. Nur mit ein paar simplen Zutaten und guten Wünschen.

Jetzt nannten sie mich Succubus. Da wurde es wohl Zeit, mich unter die Dämonen zu begeben.

Ich hielt inne, schloss die Augen, atmete flach, um dem Weihrauch zu entgehen, konzentrierte mich.

Noch nie vorher hatte ich etwas beschworen. Trotzdem war ich mir sicher: Wenn es einen Ort dafür gab, dann war es dieser hier. All die Menschen mit ihrem Glauben, ihren unterdrückten Gelüsten, ihren unausgesprochenen Wünschen und den unerfüllten Hoffnungen. All die brodelnde Energie. Wäre ich ein Dämon, wäre ich nie weit von der Cathedral.

Zuerst brauchte ich ein Opfer.

Die meisten Leute denken an Blut und geschlachtete Tiere, wenn sie von Zauberopfern hören. Manche sogar an Mord. Doch das ist Unsinn. Eine echte Hexe schadet niemandem. Sie gibt etwas von sich selbst auf, um ihren Zauber zu wirken – um zu zeigen, dass es ihr ernst ist.

Ich hatte nicht viel. Nur meinen Flyer. Der Gedanke, ihn wegzugeben, behagte mir gar nicht. Er war für einen letzten Zauber vor der großen Vereinigung bestimmt. Er sollte machen, dass alles klappte, und mehr noch: dass es schön wurde. Er sollte verhindern, dass ich verletzt wurde. Er war meine Safety. Ich brauchte ihn.

Bedauerlicherweise machte ihn das zum idealen Opfer.

Es half nichts. Was nützte mir Safety für ein Treffen, zu dem ich nicht erscheinen konnte?

Wehmütig zog ich den Flyer aus der Mantelinnentasche und kniete mich damit neben die Räucherschale. Dort schloss ich die Augen und konzentrierte mich auf das, was ich mit meinem Zauber erreichen wollte. Während ich den Flyer in die Glut drückte, malte ich mir einen Dämon der Sinnlichkeit aus. Ich versuchte mir vorzustellen, was meine Mutter und alle anderen in mir sahen. Die Verführerin mit den roten Lippen, den dichten Wimpern und den blonden Locken. Doch die Idee blieb abstrakt, sprach nicht zu mir.

Also ließ ich meine Gedanken treiben, fühlte nach Begehren, wie ich es kannte. Das Bild eines Mannes drängte sich in mein Bewusstsein. Mit nackter Brust und breiten Schultern, so wie sich sonst nur die Engel zu zeigen wagten. Stumm rief ich ihn herbei. Ich öffnete mich, ließ meine eigene Lust, mein unerfülltes Verlangen durch meinen Körper wallen. Meine Brüste spannten. Meine Lippen kribbelten voller Ungeduld. Das sehnsuchtsvolle Ziehen in meinem Unterleib tat beinahe weh.

»Komm zu mir!«, wisperte ich. »Ich brauche dich!«

Die Flammen leckten am Flyer hinauf und verbrannten mir die Finger. Ich zog sie nicht weg.

»Komm!«

»Es wäre einfacher, wenn du mir hilfst«, sagte eine samtige Stimme.

Ich schlug die Augen auf, zog die Hand aus dem Feuer und starrte auf den Mann vor mir. Er sah tatsächlich aus wie ein

Engel. Ein Engel ohne Flügel. Groß und stark. Nackt. Sein Haar war golden wie meins und in seinen warmen Augen loderte freudige Begierde.

Ich stemmte die Hand gegen die Wand, ließ den Beton meine Wunde kühlen und zog mich gleichzeitig auf die Füße.

»Du hast mich gerufen, Hexe. Hier bin ich.« Er beugte sich über mich, schlug meine Kapuze zurück, strich mir durchs Haar, betrachtete mich forschend, grinste. »Was sollen wir nun miteinander anstellen?«

In der Enge der Zelle standen wir Brust an Brust. Ich hatte Schwierigkeiten zu denken, Schwierigkeiten zu atmen.

»Ich ... ich brauche deine Hilfe.«

»Das spüre ich.« Er legte seine Hand ungeniert an meinen Bauch. »Ich helfe gern.«

»Erst –«, begann ich und verlor den Faden. Seine Hand war so warm. Sein Smile so verheißungsvoll. Ich schloss die Augen, versuchte es erneut. »Erst einmal solltest du dafür sorgen, dass die dort oben dich nicht bemerken. Sonst bleiben wir nicht lange ungestört.«

»Wenn es weiter nichts ist. Ich versichere dir, kein Mensch schaut zu uns herunter.« Er rückte noch näher. »Wie können wir einander helfen, Hexlein? Was denkst du?«

Ich spürte seinen Atem auf meinen Lippen, seine Hand an meinem Bauch. Sie wanderte tiefer.

»Du ... bist ein Incubus«, sagte ich dämlich.

»Was du nicht sagst.« Ein leises Lachen.

Wie warm seine Hand wohl erst wäre, wenn kein Stoff mehr zwischen seiner Haut und meiner lag?

Jetzt bloß nicht schwach werden!

Mühsam rief ich mir das Bild meines Erwählten vor Augen. Konzentrierte mich auf seinen freundlichen Blick, die weichen Linien seines Körpers, die Hände, von denen ich mir so viel geschickte Zärtlichkeit versprach. Sie waren vielleicht weniger verführerisch, doch sie waren echt.

Ich nahm all meinen Mut zusammen und sah den Incubus an. »Du stehst doch für die Begierde. Für Lust und Leidenschaft.«

»So sagt man.«

»Dann hilf mir, zu meinem Geliebten zu gelangen!«

»Wozu brauchst du den noch, jetzt, da du mich hast?«

Sein Kuss auf meiner Wange war überraschend zart. Ein Hauch, der den schweren Weihrauch vertrieb und mir kribbelnde Gänsehaut vom Kinn bis zum Ohr jagte.

»Ich brauche ihn nicht, ich will ihn«, sagte ich mit aller Entschlossenheit, die ich noch aufbringen konnte. »Ich habe ihn gewählt.«

»Du ahnst ja gar nicht, was du verpasst.« Seine Hand drängte tiefer, und ich war dem dicken Mantelstoff zugleich dankbar und böse, hielt er den Incubus doch davon ab, mich weiter zu erkunden.

Ich kniff die Augen zusammen, sammelte mich, atmete ein und aus. Dann schaute ich wieder auf. »Das wird mein erstes Mal sein und ich möchte es mit einem Menschen verbringen.«

»Mit einem Menschen? Wie langweilig.« Der Dämon schob mich rücklings gegen die Wand. Mit der freien Hand streichelte er meine Wange.

»Ich ... ich will es so«, hauchte ich wenig überzeugend.

»Und ich will dich.« Mit sanfter Gewalt bog er meinen Kopf zur Seite, küsste meinen Hals.

Eines war klar: Wenn ich ihn so weitermachen ließ, würde ich verlieren. Erst diese Diskussion und dann mich in seiner Berührung.

Ich hatte nichts mehr. Kein Smartphone, keinen Wünsche-Flyer und wenn das so weiterging, auch bald keinen Mantel mehr. Nur noch mein Succubussmile.

Was blieb mir also sonst? Nur die Flucht nach vorn.

Ich hob meine Hände an seine Wangen und zog seinen Kopf zurück, sanft, vorsichtig. Dann lächelte ich ihn an.

»Hab ich dich überzeugt?«, fragte er mit wölfischem Grinsen.

»Davon, dass du interessante Gesellschaft sein kannst? Durchaus. Ich aber auch.« Ich streckte mich hoch und hauchte einen Kuss auf seine Lippen. »Wenn ich es will.«

»Du willst. Ich kann dein Verlangen spüren.«

Ich ließ meine Hände seinen Nacken entlang gleiten, strich über seine Schultern, knetete sie ohne übertriebene Vorsicht und konnte nur hoffen, mich dabei nicht allzu clumsy anzustellen. »Du spürst mein Verlangen, aber es ist das Verlangen nach einem anderen Mann.«

Er bleckte die Zähne, tarnte es hinter einem neuerlichen Grinsen. »Das kann ich ändern.«

»Vielleicht.« Ich tastete mich weiter. Die festen Brustmuskeln hinab zu seinem nackten Bauch. »Doch du weißt gewiss besser als jeder andere, wie mächtig eine unerfüllte Sehnsucht ist. Hieltest du mich hier, ich wäre dir ausgeliefert. Aber sobald ich aus diesem Loch herauskäme, würde ich all meine Zauberkraft einsetzen, um meinen Erwählten zu bekommen. Keine Zeit, um mit Dämonen zu spielen.« Jetzt war ich es, die ihre Hand tiefer gleiten ließ.

Das Feuer in seinen Augen loderte gefährlich. »Du nimmst dir einiges heraus, Hexe.«

»Ich bin verliebt.«

»Du begehrst. Das ist etwas völlig anderes.«

»Davon weiß ich noch nichts. Lass es mich herausfinden! Heb mich nach oben! Dafür rufe ich dich, wenn es mich nach dir verlangt, nicht nach einem anderen.«

Er lehnte sich näher, presste seinen Körper gegen meine

Hand, atmete meinen Atem ein. »Ist das ein Versprechen?« Ich spürte seine Worte auf meinen Lippen.

Und auch wenn ich Angst hatte, darin zu verbrennen, hielt ich seinen Blick. »Das ist es. Hilf mir jetzt und wir werden uns wiedersehen, Incubus. Wenn ich meine Erfahrungen gemacht habe. Wenn ich bereit bin.«

»Daran werde ich dich gern erinnern.«

»Tu das. Aber hilf mir! Jetzt!«

Endlich rückte er von mir ab. Ich stieß mich von der Wand ab, straffte die Schultern und gab mir alle Mühe, nicht zu zeigen, wie sehr ich die plötzliche Distanz bedauerte. Es war zu kühl. Die Weihrauchluft schwer und zeratmet.

»Komm!« Er hielt mir die gefalteten Hände hin.

Ich trat darauf, fasste ihn bei den starken Schultern, hielt mich fest, während er mich in die Höhe stemmte. Dann griff ich nach dem Rand des Lochs und zog mich herauf.

Die drei Männer, die dort gerade an der Spendenschlange warteten, sahen mich entsetzt an. Sie redeten aufgeregt durcheinander. Einer lief sogar in die Cathedral, ohne zuvor gespendet zu haben. Gewiss rief er den Pfarrer.

Zeit zu verschwinden.

Vorher griff ich allerdings noch einmal in meine Manteltasche, kratzte nach den letzten Salzkörnern darin.

»Danke!«, flüsterte ich und war mir doch sicher, dass der Incubus jedes Wort verstand. »Wir sehen uns wieder.« Mit einer flinken Bewegung und zielgerichteten Gedanken streute ich das Salz um die Öffnung, verhinderte so, dass er mir folgen konnte. »Wir sehen uns wieder, sobald *ich* es wünsche.«

Der Dämon bleckte die Zähne zu einem Grinsen.

Ich wandte mich um, schlug die Kapuze über das Haar und verschwand in der Menge. Zu meinem Erwählten. Um herauszufinden, was ich bisher versäumt hatte. Vielleicht würde mehr daraus werden als ein paar geborgte Stunden. Eine Beziehung im Verborgenen womöglich. Liebe. Vielleicht auch nicht. Wer wusste das schon?

Nur eins war sicher: Irgendwann würde ich den Incubus zu mir rufen. Würde mich ihm hingeben und empfangen, was ich heute ausgeschlagen hatte. Nicht weil ich ihn jetzt schon vermisste, Unsinn. Aber was soll ich sagen? Eine Hexe hält nun einmal ihr Wort.

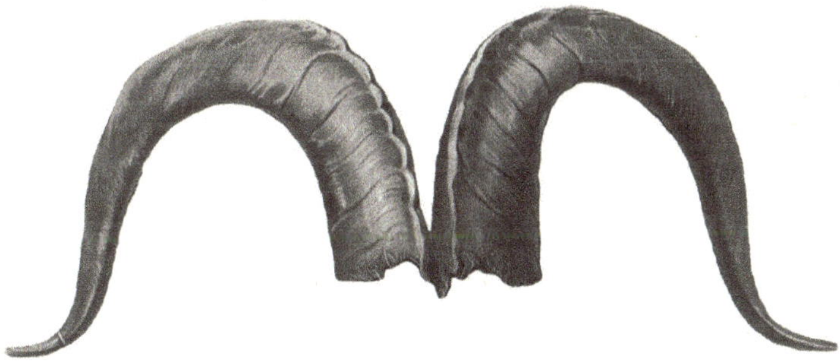

Anna Kügler-Stietenroth

INTERVIEW MIT EINEM SUKKUBUS

Azareas Schicht ist bislang ziemlich langweilig. Sie sitzt an ihrem Arbeitsplatz, die klauenbewehrten Füße auf die Tischplatte gelegt, und feilt sich die Nägel, als der Vorarbeiter ihr zuruft: »Wir brauchen einen Sukkubus an Portal drei!«

Na toll. Azarea legt die Nagelfeile weg und steht eher widerwillig auf. Und das kurz vor Feierabend! Auf dem Weg lässt sie ihr schwarzes Schuppenkleid verschwinden. Statt einer Dämonin mit Krallen und langem Schwanz schreitet eine schwarzhaarige Frau auf das Portal zu, die gewisse Männer wohl als üppig bezeichnen würden. Nur die Flügel bleiben. Mit einem tief ausgeschnittenen Kleid, das viel Rücken zeigt, ist das kein Problem.

»Wo geht's hin?«, fragt sie den Vorarbeiter und wirft die Haare in einer dramatischen Geste über die Schulter. Ihr dunkles Kleid schimmert im Widerschein der Höllenfeuer. »Ich hoffe, das dauert nicht so lange. Ich habe heute Abend noch was vor und ab morgen Urlaub.«

Der Vorarbeiter bedenkt sie mit einem verächtlichen Blick

aus gelben Augen und zuckte mit den Schultern. »Woher soll ich das wissen? Los jetzt.«

Es ist doch immer dasselbe. Azarea strafft die Schultern, gibt sich einen Ruck und durchschreitet das Portal.

Auf der anderen Seite erwartet sie das übliche Bild. Ein abgedunkelter Raum, tropfende Kerzen, ein Pentagramm auf dem Boden, in dem sie erscheint, umgeben von tiefrotem Licht. Zusätzlich ist ein breiter Salzkreis um das Pentagramm gestreut worden. Sie blinzelt. An den grauen Wänden hängen Plakate von Rockbands und alte Eintrittskarten von Konzerten, dazwischen ein Poster, das eine leicht bekleidete Frau aus der Gothic-Subkultur zeigt. Azarea ächzt leise. Bitte nicht schon wieder so ein hormongesteuerter Teenager, der ihr seine Jungfräulichkeit im Tausch gegen ewiges Leben anbietet!

Das Zimmer sieht beunruhigend danach aus. Es gibt einen Schreibtisch, eine Klappcouch und eine Menge Darstellungen von Fledermäusen. Azarea will das Gesicht in den Händen verbergen, doch das ist kein dämonisches Verhalten. Also lässt sie einen möglichst überheblichen Blick durch den Raum gleiten.

Sie entdeckt zwei Beschwörer. Beide tragen lange Kapuzenumhänge, bestimmt aus dem Faschingsladen, und schwarze Masken, die ihre Gesichter bedecken. Sie sind ungefähr gleich groß und scheinen nicht ganz sicher zu sein, wie es jetzt weitergeht.

Azarea unterdrückt einen Seufzer. »Was ist euer Begehr?«, raunt sie in bester Dämonen-Manier.

»Ich grüße dich, Sukkubus.« Der linke Beschwörer räuspert sich. Seine Stimme klingt ziemlich hoch.

»Können wir die Masken jetzt abnehmen?«, fragt der zweite Beschwörer. Noch so eine Piepsstimme. Wie alt sind die beiden, dreizehn?

Der erste Beschwörer hält irritiert inne. »Was?«

»Die Masken. Können wir sie abnehmen? Da kriegt man ja keine Luft drunter.«

Ein tiefer Seufzer. »Von mir aus. Aber dann geht die ganze Atmosphäre flöten.«

»Macht ja nix.« Die schwarze Maske wird heruntergezogen. Dahinter kommt ein braun gebranntes Gesicht zum Vorschein. Azarea zieht erstaunt die Augenbrauen hoch. Eine Frau!

Auch der erste Beschwörer nimmt die Maske ab. Im Gegensatz zu ihrer Freundin ist sie leichenblass. Dunkles Make-Up um die Augen verstärkt diesen Effekt noch. Ihre Kapuze rutscht zurück und enthüllt tiefrot schimmerndes Haar.

Azarea runzelt die Stirn. Wo ist sie denn hier gelandet?

»Ich heiße Sally«, stellt die Braungebrannte sich vor. Ihre hellen Haare sind eine einzige Masse aus Dreadlocks und Holzperlen. »Ich studiere Journalistik im vierten Semester. Seit einiger Zeit bringen wir eine Campus-Zeitung heraus.« Die Worte sprudeln nur so aus ihrem lächelnden Mund. Azarea weiß nicht, wie sie sich verhalten soll.

»Sie will ein Interview mit dir führen.« Die Grufti-Beschwörerin zuckt gleichgültig mit den Schultern. »Ich bin nur wegen der Beschwörung hier.«

Ein Interview?

»Das ist Midnight.« Sally blickt zu Azarea empor. »Und wie heißt du?«

Was ist das für eine Art, mit einer Dämonin zu sprechen? Unerhört! »Wisse, dass du dich in der Gegenwart von Azarea befindest, Ausgeburt der untersten Hölle und-«

»Ausgeburt der Hölle?« Fassungslos schüttelt Sally den Kopf. »So redet man über dich? Ist ja furchtbar!« Sie wendet sich an Midnight: »Und du bist sicher, dass sie den Kreis nicht verlassen kann?«

Midnight zuckt mit den Schultern und zieht die Mundwinkel nach unten. Ihrem Gesichtsausdruck nach ist es ihr herzlich egal, ob Azarea den Kreis verlässt und Sally den Kopf von den Schultern reißt oder nicht. »Nee«, sagt sie. »Ist ja der Sinn des Kreises, dass sie *nicht* rauskann.«

»Cool.« Sally lässt sich auf die Couch fallen und angelt Schreibblock und Kuli vom Boden. Ihre Füße sind nackt. »Also... Azarea. Schreibt man das so, wie man es spricht?«

In all ihren Jahrhunderten ist Azarea nie gebeten worden, ihren Namen zu buchstabieren. Ihr fällt keine passende Antwort ein. »Ja.«

Midnight wandert um das glühende Pentagramm herum und betrachtet Azarea von oben bis unten. »Geile Flügel«, findet sie.

»Ich möchte mit dir über die Sexualisierung von Sukkubi in der modernen Zeit sprechen«, verkündet Sally und lehnt sich entspannt zurück.

»Sukkuben«, korrigiert Midnight.

Sally zuckt mit den Schultern. »Ein wichtiges Thema. Ich arbeite an einem Artikel darüber und hätte gerne Erfahrungen aus erster Hand.«

»Ihr habt mich für ein Interview beschworen?«, entfährt es Azarea. So etwas ist ihr noch nie passiert! »Ich bin eine Dämonin der untersten Hölle! Ich habe Besseres zu tun als Interviews zu geben.«

»Bis Midnight es dir erlaubt, kannst du nirgendwo hin.« Sally grinst breit. »Das tut mir sehr leid, ich würde es gern anders lösen, aber ich weiß nicht, wie.«

»Wir hatten das schon«, schnappt Midnight. »Sie bleibt im Kreis.«

»Du hörst es ja.« Entschuldigend zuckt Sally mit den Schultern. »Gegen sie bin ich machtlos. Also. Es geht um Folgendes-«

Was wird ihr Vorarbeiter sagen? Azarea kann es sich nur zu gut vorstellen. Sie ist hier, um Unheil über die Welt zu bringen und nicht, um sich nett mit einem Menschen zu unterhalten! »Ich stehe nicht für Interviews zur Verfügung«, zischt sie.

Midnight hat ihre Runde um das Pentagramm beendet und steht wieder vor ihr. Sie zuckt mit den Schultern. »Ich seh das so«, fängt sie an. »Du hängst in diesem Kreis fest. Ich hab dich beschworen. Das bedeutet, du musst tun, was ich dir sage.«

»So funktioniert das nicht.«

»Im Grunde funktioniert es genau so. Du kannst dich zieren und alles unnötig in die Länge ziehen. *Ich* hab keine Probleme mit einem Sukkubus in meinem Zimmer. Passt zur Einrichtung.«

»Midnight!«, zischt Sally empört. »Wie redest du denn mit ihr?«

Midnight beachtet sie nicht. Ihr Blick bleibt auf Azarea gerichtet. »Ich kann dich hier tagelang festhalten. Vielleicht beschweren die Nachbarn sich, was soll's? Sind eh alles ignorante Arschlöcher. Klar, deine Rache trifft mich bestimmt ziemlich hart.« Wieder ein Schulterzucken. Midnight sieht nicht eingeschüchtert aus. »Aber davor hab ich keine Angst. Ich hab gute Verbindungen zu deinen Kollegen und längst einen Deal ausgehandelt. Also? Machst du mit oder sträubst du dich und guckst dir ein paar Tage mein Studentenleben an?«

Sie hätte Feierabend gehabt. Azarea knurrt unwillig. Feierabend, und ab morgen Urlaub. Schlimm genug, dass sie jetzt schon Überstunden machen muss! Sie traut dieser frechen Göre zu, sie noch stundenlang festzuhalten. »Na schön«, zischt sie. »Wenn das dein Begehr ist...«

»Ist es.«

Sally strahlt. »Wunderbar! Wir beeilen uns auch, Azarea, dann musst du nicht so lange im Netz bleiben.«

»Pentagramm.«

»Sag ich doch. Gut.« Sie platziert den Block auf ihren Knien und beugt sich vor. »Du kennst sicher diese übersexualisierten Darstellungen von Sukkubi und Dämoninnen im Internet.«

In der Hölle gibt es kein Internet. Aber Azarea hat genug von diesen Bildern ausgedruckt an Wänden gesehen. »Ja, kenne ich.«

»Wie fühlst du dich damit?«

Wie bitte? *Wie fühlst du dich?* Azarea zuckt mit den Schultern. »Weiß ich nicht. Die Zeiten ändern sich eben.« Als Sukkubus ist man nicht mehr länger der Albtraum aller Männer. Im Gegenteil.

Sally macht sich Notizen und nickt nachdenklich. »Beeinträchtigt dich die Wahrnehmung der Sukkubi-«

»Sukkuben«, wirft Midnight ungeduldig ein. »Hab ich dir schon hundertmal gesagt.«

Sally schneidet ihr eine Grimasse. »Beeinträchtigt dich die Wahrnehmung der Sukkuben in deiner alltäglichen Arbeit?«

Kurz denkt Azarea über ihre alltägliche Arbeit nach. »Na ja, es hat sich schon verändert«, gibt sie zu. »Früher habe ich Männer in ihren Träumen besucht, um ihren Samen zu stehlen.« Die gute alte Zeit. »Man hat mich gefürchtet. Und heute ... muss ich auf Beschwörungen von rotzfrechen Gören reagieren und mich ihren Wünschen beugen, weil sich das mit den Träumen nicht mehr rentiert.«

Midnight zieht gekonnt eine Augenbraue hoch. »Ich wär vorsichtig, wen ich hier ein rotzfreches Gör nenne.«

Sally winkt ab. »Du sagst doch immer, man soll sich nicht so anstellen.« Zu Azarea gewandt, fährt sie fort: »Das klingt nicht schön.«

»Es ist nicht schön«, stimmt sie zu. »Vor dreihundert Jahren war ich ein Albtraum! Nichts mit Befehle befolgen und in Kreise beschworen werden! Aber heute...« Sie wirft verzweifelt die Hände hoch und lässt sie wieder fallen. »Du siehst es ja selbst. Pentagramme, Salzkreise, Befehle und Männer, die sich über einen Sukkubus *freuen*. Die wollen, dass ich vorbeikomme. Die beschwören *ausdrücklich* einen Sukkubus.«

Ein leises Kichern entfährt Midnight. »Klar. Gothic-Girls sind in.«

»Ich bin *kein* Gothic-Girl.«

»Natürlich nicht.« Sally gestikuliert beschwichtigend. »Das muss furchtbar sein. Warum beschwört man ausgerechnet einen Sukkubus?«

In Midnights Augen sieht Azarea, dass die Beschwörerin die Antwort längst kennt und wahrscheinlich amüsant findet. »Um sich mit uns zu paaren«, gibt sie zu. Wenn man es so sagt, klingt es irgendwie peinlich. »Ich meine, das ist eh das, was wir mit den Männern machen. Mein Job. Dafür bin ich geschaffen worden. Aber doch nicht, wenn die Männer wach sind!«

»Du bist also praktisch eine unfreiwillige Sexarbeiterin«, schlussfolgert Sally. »Das ist nicht lustig, Midnight!«

Midnight zuckt mit den Schultern und holt eine Flasche Wein und drei Gläser aus einer Schublade unter ihrem Schreibtisch. »Für dich auch?«, fragt sie und wirf Azarea einen fragenden Blick zu.

»Ich bin nicht zum Weintrinken hier.«

»Gut, dann halt nicht.« Midnight füllt zwei Gläser und reicht eines davon Sally. Sie scheint sich prächtig zu amüsieren.

Sally sieht nicht so fröhlich aus. Ihr Gesicht ist ernst, sie sieht Azarea traurig an. »Das ist furchtbar, Azarea«, sagt sie voller Mitgefühl. »Gibt es bei euch einen Personalrat, an den du dich wenden könntest? Eine Gleichstellungsbeauftrage?«

Ein Personalrat in der Hölle? Azarea schüttelt den Kopf. Und was die Gleichstellungsbeauftragte angeht... Schon zu biblischen Zeiten war allen Dämonen bekannt, dass Frauen so viel Unheil anrichten können wie Männer. Gleichberechtigung in ihrer reinsten Form. »So was kann man auch nicht ändern«, meint sie. »Es ist eben so. In ein paar hundert Jahren sieht alles vielleicht ganz anders aus.« Und sie will wirklich nicht weiter darüber nachdenken. Sie hat fast Urlaub!

»Was würde denn helfen? Gibt es etwas, das wir Menschen tun können?«

Weniger vollbusige, paarungswütige Dämonenfrauen ins Internet stellen? Azarea ist nicht sicher, ob das helfen würde. Aber dann fällt ihr etwas ein, wie sie dieses Interview überstehen könnte, und zwar so, dass ihr Vorgesetzter zufrieden mit ihr ist. »Wenn ihr wieder an...« Sie gestikuliert vage nach oben. »Na ja, die große Eminenz und so...«

»Gott«, hilft Sally aus.

Azarea verzieht das Gesicht. »Ja, ja. Wenn ihr wieder daran glauben würdet, das würde helfen. Also, richtig *glauben*. Wie früher.« Sie denkt kurz nach. »Inklusive Hexenverbrennung«, fügt sie hinzu. »Mann, Hexenverbrennungen. Das waren vielleicht Events!«

Sally runzelt die Stirn. »Da sind unzählige Unschuldige qualvoll gefoltert und verbrannt worden.«

»Ohne Qual wäre es keine Folter«, gibt Midnight zu bedenken.

»Das stimmt.« Azarea nickt. »Ich mein ja nur. Mehr Religiosität und weniger, ich weiß nicht, Internet wahrscheinlich. Das würde mir und meinem Berufsstand echt helfen.«

Zögerlich schreibt Sally auf, was die Dämonin gesagt hat. »Ja, gut...« Sie beißt sich unsicher auf die Unterlippe. »Aber meinst du nicht, dass man mit Aufklärung mehr erreichen könnte? Wäre es nicht schöner, wenn du dir deinen Job selber aussuchen könntest?«

»Wenn ich mir meinen Job selber aussuchen könnte, würde ich wieder so arbeiten wie vor fünfhundert Jahren.«

»Das ist nicht sehr emanzipiert, Azarea, ich muss schon sagen.«

Der schrille Ton einer Türklingel unterbricht Sally. Midnight stellt ihr Weinglas auf den Schreibtisch. »Das ist die Pizza«, verkündet sie. »Können wir Schluss machen, Sally?«

»Aber...«

»Ich hab Hunger.«

»Und ich hab Feierabend«, rutscht es Azarea raus.

»Oh.« Sally legt ihren Block beiseite und nickt hastig. »Das wusste ich nicht, bitte entschuldige. Vielen Dank, dass du dich meinen Fragen gestellt hast.«

Midnight verdrehte ihre schwarz umrandeten Augen. »Mach mal dem Pizzaboten auf«, seufzt sie. »Ich banne den Sukkubus.«

»Sie hat einen Namen«, zischt Sally im Hinausgehen.

Azarea blickt ihr nach. Was für ein seltsamer Mensch.

Midnight bemerkt ihren Blick und zuckt mit den Schultern. »Der Deal war gut«, meint sie gelassen. »Ich beschwör ihr einen Sukkubus, sie bezahlt die Pizza. Perfekt, oder?«

»Ja?«

»Ja. Nun denn.« Midnight zieht sich die Kapuze über die roten Haare und hebt die Hände zu einer letzten Beschwörung. »Hebe dich hinfort, grässlicher Dämon, und kehre zurück in die Hölle, aus der du gekrochen kamst!«

Das Pentagramm leuchtet grell auf. Azarea schließt die

Augen und schüttelt sich, als sie aus Portal drei tritt. Ihr Kleid wird wieder zu Schuppen, die High Heels zu klauenbewehrten Füßen. Sie streckt die Flügel. Endlich zurück.

Ihr Vorarbeiter kommt auf sie zu. »Ich erwarte deinen Bericht noch vor deinem Urlaubsantritt!«, keift er.

Gelassen winkt Azarea ab. »Keine Sorge, den kriegst du.«

Auf der Erde sitzen Sally und Midnight über ihren Pizzen. Midnight ist zufrieden mit sich; ihre Freundin nicht so. Sie geht wieder und wieder ihre Interviewnotizen durch. »Mann, das kann ich doch so nicht schreiben«, klagt sie.

Midnight zuckt mit den Schultern. »Ich hab dir gesagt, dass das eine blöde Idee ist.«

»Ja, aber das sagst du immer.«

»Und wenn schon. Warum kannst du das jetzt nicht schreiben? Ein Interview mit einem Sukkubus, das hat noch keiner gebracht.«

»Ja, aber...« Sally schüttelt verzweifelt den Kopf. »*Bringt die mittelalterliche Kirche mit all ihren grässlichen Praktiken wieder an die Macht und schaltet das WLAN aus, damit die Sukkubi ein besseres Leben haben*? Das geht nicht. Das geht einfach nicht.«

Midnight seufzt tief. »Es heißt Sukkuben, Sally, nicht Sukkubi.«

Sally hört sie gar nicht. »Das kann ich so nicht schreiben«, murmelt sie nochmal.

Adrian Schwarzenberger

DIE RACHE DER VERSCHMÄHTEN

Herr Chong Yin wohnte in einem kleinen Haus auf dem Hügel, und in dem Haus wohnte auch seine Frau Qingmie. Die war so zart und lieblich, dass sich selbst der Mandelbaum vor ihrer Hütte vor ihr verneigte, wenn sie über die Schwelle des Hauses trat. Wenn Qingmie am Fenster saß, gesellten sich die Vögel zu ihr und sangen ihre Lieder zu ihrem Flötenspiel. Ging sie spazieren, schmiegten sich die Weidenzweige um sie und schmeichelten ihrem schlanken Leib. Und wenn die Schöne sich am Ufer des kleinen Sees ins Gras setzte, vergaßen die Fische das Schwimmen, die Frösche das Quaken und die Gänse das Schnattern, so verzaubert waren alle von ihrem Anblick.

Wen Qingmie aber nicht mit ihrer Lieblichkeit reizen konnte, das war ihr Gatte, der Herr Chong Yin. Er kannte nur einen Freund, und das war der Wein. Schönheit und Liebe fand er in den Häusern der Freude, die er jeden Tag besuchte und aus denen er erst im Morgengrauen unter lautem und falschem Singen heimkehrte. Man mag sich fragen, welch wildes Tier im Körper dieses Menschen steckte, welcher Teufel, welcher Dämon. Doch wird man es je erfahren?

So sorgte sich auch seine Frau Qingmie, und je mehr sie sich sorgte, desto mehr verlor sie von ihrem Liebreiz. Ihr Strahlen erlosch, wie wenn die Sonne untergeht, und ihre Liebe erkaltete wie ein Feuer, das sein Holz verzehrt hatte. Mehr und mehr vernachlässigte Chong Yin seine Gattin und suchte sein Glück in Wein und leichten Weibern, und mehr und mehr grämte sie sich darüber, dass sie ganz krank wurde. Doch stets hielt sie zu ihm, vernachlässigte ihre Pflichten nicht und klagte nie, so treu war sie.

Eines Tages kam ein Fuchsgeist daher, denn wo Kummer und Leid hausen, da gesellen sich gern die bösen Geister dazu. Der Fuchsgeist schaute durchs Fenster und erblickte Qingmie, wie sie sich in sorgenvollen Seufzern erging. Rasch sann er auf eine List, wie er sie in seiner Tücke verderben konnte. Mit seinem Zauber verwandelte er sich in den Bruder des Gatten, einen stattlichen und schönen jungen Mann, und klopfte an die Tür des Hauses. Qingmie öffnete ihm, und als sie ihren Schwager erkannte, geleitete sie ihn herein. Er bat um ein Bett für die Nacht und fragte auch nach seinem Bruder. In ihrer Schicklichkeit wagte Qingmie aber nicht, ihm zu sagen, in welchen verrufenen Gegenden sich ihr Gatte des Nachts herumtrieb und welche Freuden er genoss, statt sie mit seiner Frau zu teilen.

Ihr Schwager, wie sie meinte, der in Wahrheit der Fuchsgeist in Gestalt eines Menschen war, spürte, was sie bedrückte, und er konnte nur zu gut den Hauch des Kummers riechen, der sie umwehte. In seiner Hinterlist stellte er sich jedoch arglos, bat um ein Abendmahl und legte sich schließlich schlafen. Des Nachts aber erwachte er und schlich auf leisen Sohlen ins Zimmer der Herrin Qingmie und sagte: »Kann dich dein Mann nicht glücklich machen, so nimm doch mit mir vorlieb.«

»Mein Mann ist Euer Bruder!« rief Qingmie ganz erschrocken, als sie ihren Schwager so plötzlich vor sich stehen sah, in dunkler Nacht und verheißungsvoll wie ein junger Gott. Doch ihre Ergebenheit war stärker, und sie erwiderte: »Wie könnte ich je wieder in den Spiegel schauen! Wie könnte ich diese Schande überleben! Ich will auf der Stelle tot umfallen, wenn ich meinen Gatten unter seinem eigenen Dach betrüge!« So treu war Qingmie, dass sie selbst das Ansinnen ihres Schwagers ablehnte.

Doch der Fuchsgeist, der die Gestalt eines Menschen angenommen hatte, ließ sich nicht so leicht abweisen. Immer mehr und immer heftiger bedrängte er Qingmie, aber diese blieb standhaft. Da geschah es, dass genau in diesem Augenblick ihr Gatte Chong Yin heimkehrte und sie mit seinem eigenen Bruder in seinem Haus und in seinem Bett erwischte. Mit einem Schlag war der Weinrausch verflogen, und er meinte zu begreifen, was da vor sich ging. Mit Tritten und Fäusten prügelte er seinen vermeintlichen Bruder aus dem Haus und sparte auch mit Vorwürfen und Beschimpfungen gegen seine Frau nicht. Immer und immer wieder beteuerte sie ihm, dass sie ihm treu geblieben war, dass keine seiner Anschuldigungen die Wahrheit trafen, sie aber um so mehr verletzten, als er selber keinen Deut besser war, als er ihr nun ungerechtfertigt vorhielt. Das ging so weit, dass Qingmie nur noch kranker wurde und nach wenigen Tagen aus dem Leben schied.

Aber ihre Seele fand keine Ruhe und irrte rastlos in der Welt der Schatten umher, so sehr war sie in der Welt der Lebenden verhaftet, aus der sie doch die boshaften und schmerzlichen Worte ihres eigenen Gatten vertrieben hatten. Der Fuchsgeist indes erwartete sie schon im Reich der Toten, und Qingmie erkannte ihn nicht, denn er hatte wieder seine ursprüngliche Gestalt angenommen. Listig schlich er um sie herum und flüsterte ihr böse Worte ein: »Sieh nur, wie dein Mann dich all die Jahre behandelt hat. Keine Nacht hat er dir seine Liebe geschenkt, hat sich in den Häusern der Freude herumgetrieben, wo ihm hundert schöne Mädchen aufwarteten, und hat sich besoffen, dass er nicht mehr wusste, wo vorne und hinten war. Du aber warst ihm immer treu, hast deine Pflichten erfüllt und zu ihm gehalten. Und wie dankt er dir das? Indem er dich mit Schimpf und Schande in den Tod treibt. - Höre, lass uns auf eine List sinnen, wie wir ihm das vergelten können. Ich bin ein Fuchsgeist und will dir gerne meine Macht leihen, dich an deinem verderbten Gatten zu rächen.«

Qingmie wehrte ihn ab, so stark war ihre Liebe zu ihrem Mann immer noch. Sie wollte nichts hören von den bösen Einflüsterungen, wollte in ihrem Kummer allein sein und wollte sich in ihrem Gram verzehren. Vor allem fürchtete sie den Fuchsgeist, denn jeder wusste, dass Füchse über Menschen, die sie verzaubern, Unheil und den Tod bringen. Zu groß aber waren die Schmerzen, die ihr Mann ihr zugefügt hatte, zu tief die Wunden, die sein Treiben hinterlassen hatte, und zu drängend die hinterlistigen Worte des Fuchsgeistes, der nur seinen boshaften Schabernack mit den armen Menschen trieb. Je länger er sie umgarnte, je länger sie seinen Worten lauschte, desto mehr erkaltete ihre Liebe, und der Fuchsgeist vereinnahmte sie immer mehr und schwor sie auf eine List ein, wie sie ihren verdorbenen Gatten ins Unglück stürzen konnten.

Der nämlich hatte sich kein bisschen geändert. Im Gegenteil, niemand ahnte etwas von seinem Treiben. Nachbarn und Freunde sahen nur, dass seine arme Frau gestorben war, und trauerten mit ihm. Und wenn ihn doch einmal jemand in den

Armen eines leichten Mädchens erkannte oder ihn mit einem Krug Wein antraf, da hatten die Leute gar noch Verständnis und bekundeten ihm sein Mitgefühl, dass er in Wein und Weib Trost suchte, nachdem seine gute und treue Gattin von ihm gegangen war.

So dauerte es auch nicht lange - kaum dass die Trauerzeit vorüber war -, dass ihm schon eine befreundete Familie ihre Tochter anbot, er möge sie heiraten und wieder in den rechtmäßigen Stand der Ehe eintreten. Ein alleinstehender Mann, der über den Tod seiner ersten Frau vergeht, so meinten sie, das durfte doch nicht sein. Schon bald wurde also Hochzeit gehalten, und das Mädchen zog ins Haus des Chong Yin ein und nahm den Platz der Toten ein.

»Sieh nur«, sagte der Fuchsgeist wieder, und seine Worte wurden immer drängender, »selbst jetzt - trauert er um dich, nachdem er dich in den Tod getrieben hat? Nein, er ergeht sich in Wein und Weib, und da ist auch schon die nächste an seiner Seite, die ihm die Kissen wärmt.«

So kam schließlich der Tag, da Qingmie nachgab und mit dem Fuchsgeist auf Rache sann und einen Plan fasste, wie sie ihren verdorbenen Gatten ins Unglück stürzen konnte. Kaum war die neue Frau in Chong Yins Haus eingezogen, traten Qingmie und der Fuchsgeist, der ihr die bösen Worte einflüsterte, hinzu. Ihre Seele war nicht vergangen und fand keine Ruhe, und so schlüpfte der Fuchsgeist in den Körper der Verschmähten und schlich sich in die Träume ihres Mannes. Mit ihrer ganzen Schönheit umgarnte sie ihn, mit ihrem ganzen Liebreiz lockte sie ihn, und mit ihrer ganzen Verführungskunst schmeichelte sie ihm. Verdorben wie ihr Gatte war, ging er auch willig auf sie ein und beschlief sie selbst im Traume. Ja, er erkannte sie nicht einmal, denn es war ihm gleich, mit wem er sich verlustieren konnte, und wenn er nur genug Wein getrunken hatte, dann mochten ohnehin alle Weiber gleich aussehen. Über Stunden gab er sich der Lust hin, verausgabte sich nach Kräften und ließ erst im Morgengrauen völlig erschöpft von ihr ab.

Nacht für Nacht ging das nun so. Stets zur selben Stunde suchte Qingmie ihn heim, getrieben von den bösen Einflüsterungen des Fuchsgeistes, gab sich ihrem Gatten hin und gab ihm, was er begehrte, als forderte sie noch im Tode ein, was er ihr im Leben verwehrt hatte. Und er nahm sich, was er wollte, tat, wie ihm beliebte, und vergaß sich selbst und die Welt, als wäre der Teufel auch in seinen Leib gefahren.

Seine junge Gattin war die erste, die bemerkte, wie sich etwas an ihm veränderte und es ihm zusehends schlechter ging. Sein Gesicht fiel ein, seine Augen wurden trüb, seine Beine wurden schwach, und seine Hände waren bald nur noch Haut und Knochen. In ihrer Sorge fragte sie ihn: »Was macht dich so kränklich aussehen?« Aber er schüttelte den Kopf und sagte, das sei bloß eine große Müdigkeit.

In der Nacht aber war er ganz bei Kräften, als ihn die geheimnisvolle Schöne im Traum besuchen kam, und er erkannte sie immer noch nicht. Wie er sich in seiner Lust an ihr erging, erlebte er Rausch und Verzückung, die nicht von dieser Welt waren, und alles um ihn herum mochte vergehen. Er fühlte sich wie entrückt, als würde er schon im nächsten Augenblick in den Himmel enthoben.

Als der Verfall an ihm unübersehbar wurde, schickte seine junge Gattin nach einem Arzt, und der ließ nichts unversucht, Chong Yin am Leben zu erhalten. Schnell musste er aber einsehen, dass nichts und niemand ihn mehr von der Schwelle des Todes zurückzurufen vermochten. Er war schon so abgemagert, dass nur noch die Haut seine Knochen bedeckte und er sich kaum mehr rühren konnte, so schwach war er inzwischen.

Und immer noch suchte ihn Qingmie des Nachts heim, sog seine ganze Lebenskraft in sich auf, als könnte sie dadurch selbst in die Welt des Lichts zurückkehren, und ließ nicht ein Fünkchen in ihrem verderbten Gatten zurück. Doch der bemerkte nichts davon, fiel wie ein hungriges Tier über die unbekannte Schönheit her, die ihn jede Nacht aufs neue mit ihren Reizen lockte, und versank in einem Strudel wilder Sinneslust. Ja, in ihrer Nähe war es leicht, selbst den Tod zu vergessen.

Nachdem auch der Arzt Chong Yin nicht hatte retten können, rief seine junge Gattin den Priester ins Haus. Wie der aber über die Schwelle der Türe trat, blieb er vor Entsetzen ganz erschrocken stehen. Sofort hatte er bemerkt, dass der Mann vom Hauch des Todes umweht war, und er beschwor ihn, von seinem Treiben abzulassen, bevor er ganz ins Verderben stürzen würde: »Sonst ist Euer Weg zum Tod nicht lang.«

Hätte Chong Yin noch die Kraft dazu besessen, hätte er wohl Reißaus genommen vor diesen unheilvollen Worten. So aber konnte er nur die Augen schließen und in seine Träume der ungezügelten Lust und der ungebändigten Leidenschaft flüchten, wo ihn schon die geheimnisvolle Schöne erwartete, um ihm auch noch das letzte bisschen Lebenskraft zu nehmen, das er ihr geben konnte. In seiner Entrückung wandelte ihn nicht einmal mehr die Angst an, und seine junge Gattin, der Arzt und der Priester konnten nur noch zusehen, wie sein Atem erstarb und er endgültig in die Welt der Schatten einzog.

Lyakon

LOVE HURTS

Der Mond lugte scheu durch das Schlafzimmerfenster und tauchte den Raum in weiches Silberlicht. Seine samtenen Strahlen umschmeichelten die weiblichen Konturen des Körpers, der zwischen zerwühlten Laken lag.

Lilus Herz trommelte in Rhythmen wilder als die Tänze auf dem Voodoo-Festival in Benin, das er beinahe jedes Jahr besuchte. Ein Beben durchlief seinen Leib. Er biss sich auf die Unterlippe, um den Atem zu kontrollieren.

›*Love hurts, Love scars*‹, schoss ihm durch den Kopf. Weise Worte aus dem Mund der *Everly Brothers*. Wobei er die Version von *Nazareth* bevorzugte. Gleichwohl ihm bei letzteren die Namenswahl missfiel. Aber von der Musik her war das Cover von Nazareth um Längen besser als das Original.

Sein Blick wanderte zu Claire.

Lilus Mundwinkel hoben sich leicht, als er sie zwischen den seidenen Laken dort liegen sah. Selbst im Schlaf umspielte jenes schelmische Lächeln ihren Mund, das wirkte, als hecke sie gerade einen Streich aus. Dieser Anblick war es gewesen, der ihn verzaubert hatte. Ihm war, als stünde er unter einem Bann.

Seit er sie vor zwei Wochen zum ersten Mal erblickt hatte, ging sie ihm nicht mehr aus dem Kopf. Wenn er abends erwachte, war es der Gedanke an sie, der ihn begrüßte, und wenn er sich morgens niederlegte, dann war sie es, deren Bild ihm den Schlaf raubte.

Sein Magen krampfte. Vor Tagen hatte er den Appetit verloren. Ihm war, als sei alleine ihr Anblick wie ein Biss in die süße Frucht der Versuchung. Seit er von ihr gekostet hatte, erschien alles andere fad.

Lilus Lächeln wurde breiter, als er die rhythmischen Bewegungen ihrer Augen sah. Sie träumte.

Ob sie von mir träumt? Der Gedanke versetzte ihm einen Stich. *Wie soll das möglich sein, wo sie mich überhaupt nicht kennt.*

Schon in der ersten Nacht war er gleich eines Mondschattens zu ihr gekommen und lange vor dem ersten Sonnenstrahl verschwunden. Sie hatte seine Anwesenheit überhaupt nicht bemerkt. So hatte er es immer gehalten. Er war im Schutz der Dunkelheit eingedrungen, hatte sein Ding durchgezogen und sich aus dem Staub gemacht, ohne Spuren zu hinterlassen. Für die Opfer war er kaum mehr als ein besonders lebhafter Traum gewesen.

Das war ein so einfaches Leben gewesen. Jetzt ist aber dieser brennende Schmerz tief in meinem Herzen und plötzlich ist alles so kompliziert. Love Hurts, Love Scars.

Lilu presste die Lippen fest aufeinander. Seine Augenwinkel brannten.

Wie gerne wäre er einer jener Mondstrahlen, die so sanft über ihren Körper strichen. *Könnte ich doch neben ihr liegen und die Wärme ihres Leibes an meinem spüren.*

Lilu biss sich auf die Unterlippe. *So kann es nicht weitergehen. Ich muss etwas ändern.*

Claires Absätze klackerten wie die Kastagnetten eines tollwütigen Flamencotänzers auf dem Pflaster der Simeonstaße. Ihre Schultern schmerzten vom langen Tag im Büro. Vor ihrem inneren Auge sah sie bereits das warme Entspannungsbad in ihrer Wellnesswanne mit Massagedüsen vor sich. *Das ist eine wirklich lohnende Investition gewesen.*

»Achtung!« Unmittelbar auf den Warnruf erfolgte der Zusammenstoß. Sie stürzte, doch starke Arme fingen sie auf.

»Alles ok?« Die kernige Stimme vom Typ ›*Vin Diesel*‹ ließ sie an einen muskelbepackten Fitnessfanatiker denken. Ihr Kopf hob sich und sie erstarrte. Der Mann, der sie im Fallen aufgefangen hatte, erinnerte eher an ›*Oberyn Martell*‹ aus ihrer Lieblingsserie. Sie hatte Rotz und Wasser geheult, als der Seriencharakter so brutal ermordet worden war. Und jetzt stand er hier vor ihr, als sei er direkt einem ihrer Träume entsprungen.

»Entschuldigung«, hauchte sie ihm entgegen. »Ich war in Gedanken.« Ihr Blick traf auf warme Augen, deren Farbe sie an süße Vollmilchschokolade erinnerte. Auf seinen Lippen lag ein geheimnisvolles Lächeln.

Seit dem ersten Auftreten Oberyns in der Serie hatte sie sich gewünscht, auch einmal derart leidenschaftlich geküsst zu werden, wie ›*Ellaria Sand*‹ im Bordell von Königsmund.

Der Fremde half ihr auf die Beine. Er neigte leicht sein Haupt. »Eine Frau sollte sich niemals entschuldigen. Ich hätte besser aufpassen sollen. Jetzt ist mein ›*Dark Forest Kiss*‹ auf Ihrem Mantel. Dabei sollten Küsse doch andere Ziele finden.«

»Was?« Claire zog die Augenbrauen zusammen.

Er deutete auf ihren Mantel. Sie sah den Schalk in seinen Augen aufblitzen.

Ein Blick an ihr herab zeigte eine Mischung aus Kakao, Sahne, Schokoraspeln und einer einzelnen Amarenakirsche, die da gerade ihren Mantel hinabglitt.

»So heißt diese heiße Schokolade im ›*Coffee Fellows*‹. Es tut mir alles wirklich leid. Ich bestehe darauf, die Reinigung Ihrer Kleidung zu bezahlen. Zudem würde ich Sie gerne mit einem frisch zubereiteten Kuss entschädigen.« Er lächelte und offenbarte dabei kleine Grübchen.

Claire biss sich auf die Unterlippe. Ziemlich frech dieser Typ. Genau die Art von Mann, die sich nachts in ihre Träume schlich. Ein breites Grinsen stahl sich auf ihr Gesicht. »Na, dann nehme ich doch so einen ›*Dark Forest Kiss*‹. Wäre ja schade, wenn einzig mein Mantel in den Genuss eines schokoladigen Kusses kommen würde.«

Sein Lachen war erfrischend wie Sommerregen.

Gleich Tau auf sterbenden Herbstblumen lag ein feuchter Glanz auf Claires Augen.

Lilu schluckte.

›Love hurts, Love scars.‹ Ob Nazareth jemals in einer solchen Lage gewesen sind? Haben sie ebenfalls diesen stechenden Schmerz gespürt? Ihm war, als seien alle sechs Extremitäten an Pferde gebunden, die in unterschiedliche Richtungen strebten.

War es richtig, dass ich mich still und heimlich aus dem Staub gemacht habe?

Er war verschwunden, als dieses Kribbeln im Nacken, als ob hunderte Ameisen dort Polka tanzten, ihm vom nahenden Morgen kündete.

Claire hatte sich wie ein Kätzchen an ihn geschmiegt. Die Wärme ihres Körpers hatte sich mit der seinen vereint. Er hatte bei ihr bleiben wollen und doch war er gegangen.

In diesem Moment hatte er all jenes besessen, von dem er vorher nicht gewusst hatte, dass es ihm fehlte und es achtlos weggeworfen.

Wird dieser Schmerz jemals vergehen?

Als sie im leeren Zimmer aufgewacht war, hatte sie nach ihm gerufen. Zunächst war sie durch die Wohnung gelaufen, dann liefen die Tränen über ihr Gesicht.

Lilu war, als läge ein tonnenschwerer Stein auf seiner Brust und quetsche ihm die Luft aus den Lungen.

Ist dies der Preis der Liebe? Er schluckte. *Wenn ich doch nur die Zeit zurückdrehen und wieder neben ihr liegen könnte. Aber was würde ich damit erreichen? Wie soll ich ihr nur meine Gefühle offenbaren.*

Es war undenkbar, einfach zu sagen: »Hey, weißt du eigentlich, wie sehr ich dich liebe? Über Tage habe ich mich nachts in dein Zimmer geschlichen, nur um dich im Schlaf zu beobachten.«

Das hörte sich schon in seinen Ohren überaus verstörend an.

Ein Klingeln ertönte. Lilu und Claire zuckten im absoluten Gleichklang zusammen.

Claire eilte durch Lilu, der sich knapp außerhalb ihrer Wahrnehmung aufhielt, hindurch zur Tür. Ein Hauch von Hoffnung, flüchtig wie Morgennebel lag in ihren Augen. Sie riss die Tür auf und erstarrte.

Lilu erspähte den Werwolf, der vor seiner Liebsten stand.

Es war keine jener zähnefletschenden Bestien, wie man sie aus alten Sagen kannte, sondern eine Version, deren Anblick wie eine Schokotorte mit Sahne und Karamellsoße wirkte.

»Süßes, sonst gibt's Saures!«, knurrte das Mädchen und offenbarte ein Plastikgebiss mit Reißzähnen.

Rote Schminke formte ein Blutrinnsal in ihrem Mundwinkel, das wohl möglichst gruselig wirken sollte. Doch ihre allgemeine Kleidungswahl stand diesem Zweck diametral gegenüber. Der Haarreif mit den beiden Fellohren, die schwarz angemalte Nasenspitze und das rosa Petticoatkleid trugen nicht unbedingt dazu bei, der Kleinen mit den langen braunen Zöpfen ein monströses Aussehen zu verleihen.

»Ahhh, ein Werwolf.« Claires Stimme war noch vom vielen Heulen belegt, doch sie gab sich alle Mühe, sich nichts anmerken zu lassen.

Das Mädchen formte ihre Hände zu Klauen. »Harrr!«, knurrte es.

Der Augenblick zauberte ein Lächeln auf Claires Gesicht. Lilus Herz drohte zu zerspringen.

Verdammt, ich liebe diese Frau. Ich würde alles für sie tun. Irgendwie muss es doch mit uns klappen.

Er kannte ihre tiefsten Sehnsüchte und geheimsten Begierden.

Ich wäre der Mann, der hinter ihr steht, wenn sie Rückhalt braucht. Ich wäre jener, der neben ihr geht, wenn sie Gesellschaft benötigt. Ich würde mich ohne Zögern vor sie werfen, wenn sie Schutz bedarf. Das muss doch reichen, um sie für mich zu gewinnen.

Vor ihm hielt Claire dem Werwesen eine Schüssel voller Süßigkeiten hin. »Na, dann nimm dir mal was. Das hast du dir verdient.«

Und ich habe verdient, an deiner Seite zu sein.

Eine Idee brach mit der ungezügelten Kraft eines Vulkans aus seinem Innersten hervor. Lilu lächelte. *Wer nicht wagt, der nicht gewinnt.*

Ein Schmunzeln blitzte auf Claires Lippen auf, als die Werwölfin über den Gang zum Treppenhaus hüpfte. Die beiden Zöpfe wirbelten bei jedem Sprung wild durch die Luft. Die Kleine war zuckersüß.

Die Tür fiel ins Schloss. Claire sah die leere Wohnung vor sich. Tränen füllten erneut ihre Augen.

Dabei hatten wir uns doch so gut verstanden. Ihre Bekanntschaft vom ›*Coffee Fellows*‹ war schon vom Aussehen der Hammer gewesen. Dazu sein spezieller Humor, durchaus intelligent, wenn auch immer am Rande der Anzüglichkeit, der ihr Herz im Sturm erobert hatte. Noch gestern hätte sie es nie geglaubt, dass sie einmal einen Mann am Abend des ersten Kennenlernens mit zu sich nach Hause nehmen würde. Umso mehr hatte es sie geschmerzt, als sie heute Morgen in einem leeren Bett aufgewacht war.

Warum ist er verschwunden? Was habe ich falsch gemacht? Ich dachte, dass er mich wirklich liebt.

Die Türklingel ließ sie zusammenzucken.

Wahrscheinlich schon wieder Kinder auf der Jagd nach Halloween-Süßigkeiten. Was mich wohl jetzt erwartet? Eine Mumie, ein Vampir, ein Skelett oder gar ein Wandelwesen?

Claire öffnete, erstarrte, schrie auf und schlug instinktiv die Tür zu.

Sie hatte mit unzähligen Alptraumgestalten gerechnet, doch dieser Anblick hatte ihr Herz einen Schlag überspringen lassen.

Ein Klopfen erklang. »Entschuldigung!«, drang es gedämpft zu ihr.

In ihr tobte ein Wirbelsturm widerstreitender Gefühle. *Er war am Abend einfach so wundervoll und ich habe mich so wohl bei ihm gefühlt. Aber dann lässt er mich einfach so sitzen und verschwindet im Dunkeln der Nacht. Jetzt steht er da draußen mit einem breiten Grinsen und einem Strauß Rosen, gerade so, als sei nichts gewesen.*

Claire riss die Tür auf, verpasste ihrem One-Night-Stand eine schallende Ohrfeige und schlug die Tür wieder zu. »Du Arsch!«, keifte sie. »Verpiss dich.«

»*And I would do anything for love. I'd run right into hell and back.*« Die Töne klangen wie Fingernägeln, die über eine Schiefertafel kratzen. Trotzdem kamen ihr die Worte bekannt vor.

»Singst du gerade *Meat Loaf*?« *Was soll das*?

»Er kann besser ausdrücken, was ich für dich empfinde. Ich würde für dich bis in die Hölle und zurückreisen.«

Claire kniff die Augen zusammen, bis sie kaum mehr als schmale Schlitze waren. »Dann geh doch in die Hölle.«

»Da war ich schon, nachdem ich dich verlassen habe. Ich will lieber bei dir sein.«

»Und warum bist du dann einfach so verschwunden?«, fauchte Claire.

»Ich wollte mich echt nicht fortstehlen. Sorry.«

»Aha, da waren wohl ein paar Ninja, die dich unbemerkt aus meinem Schlafzimmer entführt haben, und du bist ihnen erst jetzt entkommen.«

Sie vernahm ein Seufzen. »Nein.«

»Und wer hat dich verschleppt?«

»Niemand.«

»Und warum bist du dann verschwunden?«

»Weil ich dich liebe.«

»Weil du mich liebst?« Claire riss die Augen auf und ihre Kinnlade fiel runter.

»Seit ich dich das erste Mal gesehen habe, spukst du mir durch den Kopf. Ich kann nicht schlafen, kann nicht essen, denke nur noch daran, wie schön es ist, bei dir zu sein.«

»Aber du bist verschwunden.«

»Weil ich dich nicht verletzen wollte. Du weißt nicht, wer ich wirklich bin. Meine Gefühle für dich ängstigen mich.«

Die Tür öffnete sich einen Spalt breit. Lilu atmete erleichtert auf. Vielleicht war doch noch nicht alles verloren.

Claire spähte zu ihm heraus. »Wovor hast du Angst?«

»Dass du mich zur Hölle schickst, wenn du erfährst, wer ich bin.«

Misstrauen umwölkte ihren Blick. »Das Risiko musst du wohl eingehen. Fangen wir ganz vorne an. Wie heißt du überhaupt?«

»Lilu.« Noch nie hatte er jemandem seinen wahren Namen offenbart. »Könnten wir drinnen weitersprechen? Ich möchte meine Geschichte nicht unbedingt mit dem Treppenhaus teilen.«

Claire seufzte. »Ok, komm rein.« Sie gab ihm den Weg frei.

Lilu schlich wie ein getretener Hund ins Wohnzimmer und kauerte mit runterhängenden Schultern auf der Couch. Den Rosenstrauch legte er neben Claires Tasche auf den Beistelltisch. »Ich habe nie gewusst, wie sehr Liebe schmerzen kann.« Seine Stimme brach. »Was für ein Arsch ich doch gewesen bin. Ich wollte dir echt nicht weh tun. Bisher habe ich mir da nie wirklich Gedanken drum gemacht. Das waren halt immer kurze Momente der Leidenschaft gewesen und dann war es schon wieder vorbei. Da habe ich nie etwas empfunden. Nicht so wie bei dir.« Lilu bemerkte, wie mit jedem Wort Claire bleicher wurde. Seine Kehle fühlte sich mit einem Mal trocken wie Saharastaub an und er verstummte. *Das ist wohl der falsche Ansatz.*

»Bist du einer dieser PickUp-Artists, für die es einen Sport darstellt, Frauen zu verführen?«

»Verführen? Nein, ich komme in der Nacht, wenn sie schlafen, und liege auf ihnen.«

Claire schluckte. »Du tust was?«

Scheiße, wieder falsch. Das hier lief nicht so wie erwartet. »Nein, du missverstehst mich. Ich mache das nur, weil das meine Aufgabe ist. So war es auch, als ich mich in deine Wohnung geschlichen habe. Aber dann habe ich dich gesehen und plötzlich war da dieses Ziehen hier.« Lilu deutete auf sein Herz, ließ die Hand aber sinken, als er Claire sah.

Drei tiefe Falten hatten sich zwischen ihren Brauen gebildet und ihre Augen waren zu schmalen Schlitzen verengt. »Du warst schon vor unserem ersten Treffen hier bei mir?« Ihre Hand näherte sich dem Beistelltisch.

»Eigentlich insgesamt vierzehn Mal. Aber ich habe nie auf dir gelegen«, sprudelte es aus Lilu. *Verdammt. Warum habe ich das gesagt?* Selbst in seinen Ohren hörte sich das unheimlich an.

Claire griff in die Tasche, riss etwas Rohrförmiges daraus hervor und sprühte den gesamten Inhalt in Lilus Gesicht. Der Geruch erinnerte ihn an den beißenden Odem des stygischen Sumpfes im fünften Kreis der Hölle – ein Hauch von Heimat.

Besorgt sah Lilu, wie Claire anfing, nach Luft zu schnappen.

Jedem Japsen folgte ein Husten. Ihr Antlitz nahm die Farbe einer überreifen Tomate an. *Was hat sie bloß? Warum hat sie mich mit Parfüm eingesprüht? Ob sie sich verschluckt hat?* »Soll ich dir ein Glas Wasser holen?«

Statt einer Antwort drang aus ihrer Kehle ein Krächzen, gleich einer rostigen Türangel. Sie deutete auf das Fenster.

Lilu stand auf und ließ frische Luft in den Raum. Er blickte zu Claire und stutzte. *Warum weint sie? Warum sind ihre Augen derart gerötet? Vielleicht hat sie erkannt, was ich für sie empfinde.* Es war Zeit nachzulegen. »Weißt du, ich bringe normalerweise den Frauen erotische Träume und sauge ihnen ihre Lebensenergie aus. Aber bei dir habe ich das Gefühl, dass du mir meine Energie raubst, wenn ich fern von dir bin.« Lilu ging zur Küche. »Ist schon seltsam, wie sich plötzlich die Sicht auf etwas ändert, wenn man selbst davon betroffen ist.«

Mit einem Wasserglas in der Hand kehrte er zurück ins Wohnzimmer. Claire stand am Fenster, lehnte sich hinaus in die kühle Abendbrise und rieb sich die tränenden Augen. »Du saugst Frauen ihre Energie aus? Bist du pervers?«, krächzte sie.

Lilu lächelte. »Nein, Incubus.«

Oh Gott, das ist ein Spinner. Gestern Abend im ›Coffee Fellows‹ ist er so süß gewesen und jetzt stellt sich heraus, dass er nicht mehr alle Tassen im Schrank hat. »Du bist also ein Nachtdämon? Ich dachte, die sehen anders aus.«

Lilu zuckte mit den Schultern. »Du meinst so?« Er breitete zwei schwarze Fledermausschwingen aus. Seine Augen schimmerten plötzlich in allen Farben des Regenbogens.

Das Wasserglas entglitt Claires Händen und zerbarst mit einem hellen Klirren auf dem Boden. Sie schnappte wie ein an Land geworfener Karpfen nach Luft.

»Ich kann meine Gestalt beliebig verändern und sie den Wünschen meines Gegenübers anpassen. So wusste ich auch, dass du diesen Schauspieler attraktiv findest. Doch funktioniert das bei mir als Nachtdämon nur bis zum Sonnenaufgang. Daher bin ich heute Morgen auch verschwunden. Ich wollte nicht, dass du mich so neben dir liegen siehst. Seit der Abend angebrochen ist, kann ich aber wieder all das sein, was du dir wünschst.«

An der Tür klingelte es. Noch immer spürte Claire das Brennen des Reizgases in ihrer Kehle. Ihr Blick irrlichterte zwischen dem Eingang und Lilu hin und her.

Dieser lächelte. »Ich kümmere mich darum. Komm du erstmal wieder zu Atem.« Lilu hielt, ohne zu zögern, auf den Wohnungseingang zu.

Claire wollte schreien. Doch ihre Brust fühlte sich an, als habe man sie in einen Schraubstock gespannt. Da schritt ein geflügelter Dämon mitten durch ihre Wohnung. Gleich hatte er die Tür erreicht.

Mit weit aufgerissenen Augen beobachtete sie, wie Lilu die Eingangstür öffnete. Lautes Kinderkreischen erscholl.

»Wow, das ist ja ein cooles Kostüm.« »Hey, die Schwingen sehen total echt aus.« »Quatsch, du Baby, man sieht voll, dass die aus Latex sind.« Mehrere Kinder plapperten durcheinander.

»Wollt ihr ein paar Süßigkeiten? Nehmt euch was.« Lilus Stimme war sanft wie eine Daunenfeder.

»Danke.« Die Kinder johlten vor Freude.

Claire wurde schwindlig. Alles um sie herum schien sich zu drehen. Da stand ein Nachtdämon mit Fledermausschwingen in ihrem Treppenhaus und schenkte Kindern Süßigkeiten.

Sie schleppte sich zur Couch, ließ sich darauf nieder und runzelte die Stirn, als sie die leere Dose Pfefferspray auf dem Boden sah. *Wahrscheinlich ist der solche Gerüche gewohnt. Eine Sprühflasche mit Weihwasser wäre wohl effektiver und für mich weniger schmerzvoll gewesen.*

Draußen alberte Lilu mit den Kindern herum. Er ließ sie seine scheinbare Verkleidung bewundern, sprang mit ihnen über den Flur und knurrte. Die Kleinen antworteten mit schaurigem Geheul. »Ein solch markerschütterndes Gekreisch habe ich selbst im vierten Kreis der Hölle nie vernommen. Jetzt aber ab mit euch«, lachte er. »Ich muss wieder zurück zu meiner Liebsten.«

Die Kleinen verabschiedeten sich überschwänglich und wollten kaum von ihm lassen. Minuten vergingen, bis sie endlich im Treppenhaus verschwanden.

Als Lilu zu ihr zurückkehrte, ließ er sich vor ihr auf dem Boden nieder und umfasste ihre Hand. »Ich wollte dich wirklich nicht verletzen. Wenn du willst, werde ich gehen und dich für immer in Ruhe lassen.«

»Du würdest echt verschwinden, wenn ich dich darum bitte?«

»Obwohl es mich innerlich zerreißen würde. Aber wie schon ›*Nazareth*‹ sang – ›*Love hurts, Love scars.*‹«

Claire atmete tief ein. »Wie soll unser Zusammenleben überhaupt klappen? Du bist ein Dämon! Was soll ich meinen Bekannten sagen, warum mein Freund nur nachts anzutreffen ist? Oder wie sollte ich ihnen erklären, dass er tagsüber Flügel hat?«

»Dein Freund?« Lilu lächelte. »Wir könnten das bei einem ›*Dark Forest Kiss*‹ besprechen.« Gewandt wie eine Katze stand er auf und zwinkerte ihr zu. »Bereit für ein zweites Date?«

»Aber du bist noch immer in deiner Dämonengestalt.«

Sein Kuss brachte sie zum Verstummen. Claire fühlte ein warmes Prickeln in ihrem Bauch. Da war wieder dieses schelmische Grinsen auf seinen Lippen, das ihr Herz schneller schlagen ließ. Ein sanfter Zug seiner Hand und sie stand auf.

»Das macht nichts. Heute ist Halloween«, sagte er und zwinkerte ihr zu.

Lilu lächelte, als sich ihre Hand um die seine schloss. Es war, als ob Elmsfeuer seinen Arm emporkroch. Das hier fühlte sich richtig an. Er genoss es, mit ihr an der Seite durch Trier zu wandern. Vor ihm entfaltete sich eine Zukunft voller Möglichkeiten, während er hinter sich die Fledermausschwingen ausbreitete. Maskierte Passanten lobten seine aufwendige Verkleidung und jubelten ihm zu. Er hätte nie gedacht, dass er sich unter Sterblichen so wohl fühlen könnte. Ihm zersprang vor Glück beinahe das Herz in der Brust.

Doch da war auch dieser kleine Stachel, der sich schmerzhaft in seinen Geist bohrte. Als Incubus hatte er gesehen, dass Liebe durchaus Folter sein konnte.

›*Love hurts, Love scars*‹, schoss ihm durch den Kopf. Und plötzlich wurde ihm klar, dass es egal war. Wenn Liebe wirklich schmerzte, dann würde er diese Folter mit Freuden auf ewig ertragen, solange Claire an seiner Seite war.

Mario Hammer

ROWENA

Josh Carlyle trocknete das gerade gespülte Whiskeyglas sorgsam mit einem weichen Tuch ab und stellte es hinter sich ins Regal. Er nahm ein weiteres Glas vom Tresen und seufzte leicht. Ein langer, anstrengender Tag lag hinter ihm. Es war bereits kurz vor Mitternacht und der große, breitschultrige Mann mittleren Alters gedachte, den Saloon für heute zu schließen. Er kratzte sich an seinem mit Bartstoppeln übersäten Kinn und seufzte erneut. Ja, es wurde wirklich Zeit, für heute Schluss zu machen.

Während draußen vor der Tür bereits die ersten Kojoten ihren nächtlichen Gesang anstimmten und sich Scharen von Moskitos zum gemeinsamen Tanz an der unstetig flackernden Straßenbeleuchtung einfanden, herrschte im ›Buzzard Bait‹ selbst mittlerweile fast gähnende Leere.

Obwohl Cashier City, das kleine Städtchen am südlichsten Ende des Rattlesnake Rivers, viel von seinem einstigen Glanz eingebüßt hatte und schon längst nicht mehr erste Anlaufstelle für Goldschürfer und Glücksjäger jeglicher Art war, die ihre tagsüber mühsam erbeuteten Funde des Abends im Saloon gegen ein paar Gläser Getreidesaft eintauschten, herrschte dennoch reger Betrieb in Josh Carlyles Heimatort; zumindest am helllichten Tag. Doch je mehr die Sonne gen Abend anstrengungsbedingt zu erröten begann und sich nach getaner Arbeit zur nächtlichen Ruhe begab, desto ruhiger wurde es in der Stadt. Dasselbe traf auf das Buzzard Bait zu. Verständlicherweise, musste man sagen.

Noch vor wenigen Monaten hatte Josh seine Gäste stets mit Freuden bis in die frühen Morgenstunden bewirtet, doch jetzt ... jetzt war alles anders. Jetzt sahen selbst die hartgesottensten Saufkumpanen und Raufbolde tunlichst zu, noch vor Ende des Tages in ihre Häuser zu gelangen und sich, in ihren warmen Betten liegend, die Decken über die Köpfe zu ziehen.

Auch an diesem Abend sollte es nicht anders sein, und so befanden sich, neben Josh selbst, lediglich noch ein einzelner Gast sowie der Alte Bob in der staubigen Spelunke.

Ja, der Alte Bob. Josh Carlyle konnte sich beim besten Willen nicht mehr daran erinnern, wann und vor allem warum er den dürren Klavierspieler mit mausgrauem Haar und Rauschebart eingestellt hatte. Er hatte nicht die geringste Ahnung, wie alt der Alte Bob überhaupt war, doch ging man nach seinem Aussehen, hätte es sehr gut sein können, dass er sich eines schönen Tages vor etlichen Jahren mit einem Klappstuhl bewaffnet in die Prärie gesetzt hatte und man Cashier City einfach um ihn herum erbaute. Und selbst damals dürfte der spindeldürre Greis schon kein spürbar musikalisches Talent besessen haben.

Zu später Stunde schlug Bob, um diese Zeit zumeist mit nur noch wenig Restblut im Alkohol, wahllos auf die Tasten seines holzwurmdurchlöcherten Klaviers ein, dass es keine wahre Freude war. Eine angeschossene, dreibeinige Katze, die man über die Klaviatur laufen ließ, hätte unmöglich grausamere Töne hervorrufen können. Nun ja, immerhin war der alte Mann sehr genügsam, wenn es um seine Bezahlung ging; ein paar Becher Whiskey hier und da und eine Schüssel mit gesalzenen Erdnüssen, mehr verlangte er meist nicht.

Erdnüsse schien auch der letzte, an diesem Abend übriggebliebene Gast nicht zu verschmähen. Zumindest folgerte Josh dies aus dem Umstand, dass er seinem Gegenüber die bereits dritte, beinahe sauber geleerte Schale vor der Nase wegziehen musste. »Sorry, mein Bester, aber wir schließen gleich«, sagte er mit leicht drängendem Unterton und schielte aus dem Fenster. Viel zu lange schon hatte er den Gast gewähren lassen.

Der kleine, leicht untersetzte Mann auf der anderen Seite der Theke schien ihn nicht gehört zu haben, zeigte er doch keinerlei erkennbare Reaktion. »Hey, Kumpel!« Zur Vorsicht setzte Josh ein Ausrufungszeichen ans Ende seines Satzes, nur, um ganz sicher zu gehen, dass er dieses Mal auf Gehör stoßen würde. »Wir schließen gleich«, fügte er erneut hinzu und blickte nervös auf die alte Standuhr neben sich.

»Hm? Was?« Wie aus süßen Träumen gerissen schreckte der Mann hoch. Er schien seine Gedanken zu sortieren, verarbeitete langsam das soeben Vernommene und antwortete wie folgt: »Was? Schon? Warum?«

»Na ja, es ist kurz vor Mitternacht«, entgegnete Josh. »Glaub mir, du willst zur ›Geisterstunde‹ hier nicht auf der Straße herumlaufen.« Er zwinkerte seinem Gast halbherzig zu, wohl wissend, dass es sich seinerseits nicht wirklich um einen Scherz handelte.

»Na ja«, erwiderte sein Gegenüber. »Ich wäre ja nicht auf offener Straße. Ich wäre ja hier bei Ihnen im Saloon.«

»Bist ein ganz ein pfiffiges Kerlchen, was?« Der Gastwirt konnte sich ein kurzes, dezentes Lächeln nicht verkneifen, welches jedoch schlagartig von erneut auftretender Nervosität vertrieben wurde.

»Viel zu selten«, antwortete der Mann, der auf den Namen Darren Mac Allister hörte, und schmunzelte. »Aber Sie haben ja recht. Nützt ja alles nichts. Dann werde ich wohl mal …« Er unterbrach sich selbst mit einem Räuspern, leerte in einem Zug sein Glas und rückte seine Krawatte zurecht.

Darren Mac Allister war sehr vornehm angezogen, das hatte Josh direkt gemerkt. Viel zu vornehm für eine Gegend wie diese, wenn es nach ihm ging. Und überhaupt wollte der kleine Mann mit seinem Erscheinungsbild nicht so recht hineinpassen in die Welt von Cashier City. Er trug einen feinen, schwarzweiß karierten Nadelzwirn, eindeutig zu sauber für eine alte, heruntergekommene Stadt im tiefsten Westen des Landes. Seine auf Hochglanz polierten Lederschuhe hatten augenscheinlich noch nie in ihrem Leben Staub und Sand aus nächster Nähe gesehen. Seine Hände waren glatt und weich, sanft wie ein Babypopo und ohne jegliche Spur Dreck unter den Fingernägeln. Sein rundliches Gesicht war glatt rasiert, sein schütteres Haupthaar fein gekämmt. Nein, er passte nun wirklich nicht in diese Gegend. Und je länger Josh Carlyle darüber nachdachte, desto mehr verwunderte es ihn, wie Darren Mac Allister es überhaupt geschafft hatte, in einem derart unbenutzt wirkenden Zustand in seinen Saloon gelangt zu sein. Beinahe zerbrechlich wirkte der Mann auf den Wirt, welcher von sich selbst behaupten durfte, eine verdammt gute Menschenkenntnis zu besitzen. Sprach man Josh darauf an, so entgegnete er stets, dass er sie, neben einigen weiteren durchaus nützlichen Eigenschaften, von seiner lieben Großmutter Mary geerbt hatte. Wie sie konnte er die Menschen lesen. So sah er Darren Mac Allister bereits an, um was für eine Art Mensch es sich handelte, als dieser vor wenigen Stunden den Saloon betreten hatte. Er war der typische Mann, der keine Lust mehr darauf hatte, allein zu sein. Der sich nach Gesellschaft sehnte. Nach weiblicher Gesellschaft, um genau zu sein. Und er war beileibe kein Mann, der die Frauen anzog wie das Licht die Motten. Ganz im Gegenteil. Er war der Typ Mann, der auf seine inneren Werte setzen musste. Und bislang schien er damit wohl wenig Erfolg gehabt zu haben. So wenig Erfolg, dass er sogar bereit gewesen war, sich in ein Etablissement zu begeben, das so gar nicht seinem gewohnten ›Jagdrevier‹ entsprach. Wahrscheinlich, und hier war sich Josh nicht ganz sicher, führte sogar ein Hauch von Verzweiflung zu Darrens Entschluss, an diesem Tag das Buzzard Bait zu besuchen.

Wie dem auch sei. Darren musste gehen. Und das zeitnah. Unter anderen Umständen hätte Josh sehr gern noch weiter mit seinem Gast geplaudert, ihm vielleicht sogar das ein oder andere Getränk spendiert. Doch nicht jetzt. Nicht jetzt, wo die Sonne bereits untergegangen war und die Straßen der Stadt von Gestalten heimgesucht werden würden, denen nichts ferner lag als ein kleines Pläuschchen mit wohlgekleideten Ortsfremden.

»Mein Herr«, sprach Darren in zwar wohldosierter Lautstärke, die es aber dennoch vermochte, nun ihrerseits den Barkeeper aus seinen Gedanken zu reißen. Er griff zu seinem Hut und erhob sich langsam. »Ich danke Ihnen vielmals für Ihre Gastfreundlichkeit.« Er schloss für eine Sekunde seine Augen und deutete eine Verbeugung an. Die Höflichkeit in Person, so viel stand fest.

Noch ehe Josh Carlyle etwas erwidern konnte, ertönte eine Stimme, die so klang, also habe man eine Nachtigall in einen ausgetrockneten Brunnen geworfen. Gleichsam wunderschön und befremdlich: »Willst du etwa schon gehen?«. Joshs Nackenhaare schienen ein Eigenleben zu führen und richteten sich erschrocken auf. »Der Abend ist doch noch jung«, fuhr die Stimme fort.

Es ergab ein seltsames Bild, als sich Josh Carlyle, Darren Mac Allister und der Alte Bob gleichzeitig in Richtung Eingangstür drehten, Mund und Augen weit geöffnet. Perfekter hätte man eine derartige Simultanität nicht einstudieren können. Was die drei dort sahen, traf sie wie eine Dampframme und verschlug ihnen ebenso sehr den Atem. Eine junge Frau hatte den Saloon betreten, deren äußeres Erscheinungsbild man kaum in Worte fassen konnte. Kein noch so umschmeichelnder Superlativ vermochte die Schönheit dieser Frau adäquat zu beschreiben oder ihr auch nur im Entferntesten gerecht zu werden.

Sie trat ein paar Schritte nach vorn und ließ die den Eingang säumenden Schwingtüren hinter sich, als streife sie sich einen Mantel von ihren schmalen Schultern. Sie trug ein seidenes Kleid, das sich wie feinste Spinnweben eng an ihren wohlgeformten Körper schmiegte und dem geneigten Betrachter nur ein Mindestmaß an Vorstellungskraft abverlangte. Ihr hochgestecktes, blutrotes Haar schimmerte im Schein der spärlichen Deckenbeleuchtung, als habe es das Mondlicht gefangen und für immer festgehalten. Die dunklen Lidschatten standen in direktem Kontrast zu ihrer schneeweißen Haut und ließen ihre hellbraunen Augen hervorstechen wie glühende Kohlen in den Augenhöhlen eines Totenschädels. Sie lächelte süffisant.

Die drei Männer waren noch immer nicht in der Lage, sich auch nur minimal zu bewegen. Lediglich dem Alten Bob gelang es, durch leichtes Husten die plötzliche Stille zu durchbrechen, die die spätabendliche Besucherin mit sich gebracht hatte.

Die Frau ging ein paar weitere Schritte auf den Tresen zu, so leichtfüßig, als würde sie auf Wolken schweben. »Was ist?«, fragte sie. »Hat es euch die Sprache verschlagen?« Erneut formte sie ihre dunkelroten Lippen zu einem Lächeln, das selbst steinharte Butter binnen Sekunden zum Schmelzen hätte bringen können. »Ist es so leicht, ein paar gestandene Mannsbilder zum Schweigen zu bringen?«

Kälte war der Frau gefolgt und hatte sich in den Saloon eingeschlichen. Joshs Atem formte feinste Nebelschwaden vor seinem Mund, und dennoch perlte unaufhaltsam der Schweiß von seiner Stirn. »Rowena«, gelang es ihm schließlich zu sagen. Er stammelte, und seine Stimme klang gleichsam enttäuscht und aufs Tiefste verängstigt; beinahe so, als habe man einem kleinen Kind zu dessen Geburtstag nicht das erhoffte Spielzeug geschenkt, ihm stattdessen aber mitgeteilt, ihm beide Beine abhacken zu wollen. Er kannte die Frau nur zu gut und ärgerte sich über sich selbst, dass es ihr stets auf Neue gelang, ihn in ihren Bann zu ziehen. »Rowena«, wiederholte er.

»So lautet mein Name«, erwiderte die Frau. »Er wird sich auch nicht mehr ändern, egal, wie oft du ihn sagst.« Erneut lächelte sie. »Und du bist?« Sie wandte sich an Darren und würdigte Josh keines weiteren Blickes.

»Da... Da... Darren. Ma... Mac... Ma‘am«, stammelte das Männlein und wischte sich mit einem sich zuvor in seiner Brusttasche befindlichen Taschentuch die Schweißperlen von der Stirn, die in ihrer Intensität denen des Schankwirts in nichts nachstanden.

»Da... Da... Darren. Ma... Mac... Ma‘am«, wiederholte Rowena. »Ein interessanter Name.« Sie lächelte nun noch mehr. »Du bist nicht von hier?«

»Nei... nei... nicht von hie... hie..., Ma'am«, stammelte Darren, der verzweifelt versuchte, sein Taschentuch zurück an dessen angestammten Platz zu befördern und stolpernd erneut auf seinem hölzernen Schemel am Tresen Platz fand. »Ho... hoppla«, kommentierte er seinen ungeplanten Ortswechsel und rang sich ein Grinsen ab.

»Darf ich mich zu dir gesellen?« Binnen eines einzigen Augenblickes hatte sich die junge Frau auf Darrens Schoß gesetzt, ohne dem zitternden Mann eine Gelegenheit zur Antwort zu geben. Ihr betörender Duft, eine Mischung aus bunter Blumenwiese und Honig, überrannte jegliche Gegenwehr und raubte ihm auch die letzten Sinne.

Josh Carlyle gelang es allmählich, wieder Herr seiner Selbst zu werden, wahrscheinlich einzig und allein der Tatsache geschuldet, dass er den nächtlichen Besuch der Rothaarigen bereits gewohnt war und ihr Zauber nicht allzu lange bei ihm wirkte. Sehr zu seinem Leidwesen suchte Rowena das Buzzard Bait in schönster Regelmäßigkeit auf; und in schönster Regelmäßigkeit verließ sie es wieder, immer mit einem anderen Mann an ihrer Seite, der ihr stets ebenso erlegen war, wie es bei Darren nun der Fall zu sein schien. Das Beunruhigende an diesem an sich nicht gerade ungewöhnlichen Schauspiel war, dass jeder einzelne dieser Männer daraufhin wie vom Erdboden verschluckt war. Keine Menschenseele hatte auch nur einen der Männer jemals wieder gesehen. Und Josh wusste: Schuld daran war Rowena.

»Was zitterst du denn so? Ist dir etwa kalt?« Die Frau legte ihre Hand an Darrens Wange. »Soll ich dich ein wenig aufwärmen?« Unendlich langsam ließ sie ihre Hand von seinem Gesicht über den Hals des Mannes bis zu seiner Brust fahren. »In meiner Nähe muss niemand frieren«, hauchte sie ihm sanft ins Ohr.

Ein misstönender Laut ließ sie aufschauen, und Josh Carlyle war sich sicher, ihre Augen für den Bruchteil einer Sekunde feuerrot aufblitzen zu sehen. Der Alte Bob war ebenfalls aus seiner Trance erwacht und mit dem Ellbogen auf die Klaviatur gekippt.

Ebenso schnell, wie es sich Rowena auf Darrens Schoß bequem gemacht hatte, stand sie nun in voller Pracht neben dem greisen Klavierspieler. »Bob, mein Lieber. Was für eine hervorragende Idee. Spiel uns was!« Schier endlos lange, schwarz lackierte Fingernägel fuhren dem Alten Bob durchs Haar, als seien sie auf der Suche nach längst verloren geglaubten Kleinstlebewesen. Der Alte Bob schluckte schwer.

Magie lag in der Luft. Unheilige, schwarze Magie. Anders ließ sich nicht erklären, dass die Töne, die der hagere Mann daraufhin seinem Instrument entlockte, nicht nur einer Melodie gleichkamen, sondern tatsächlich unerwartet schön anzuhören waren.

»Einfach herrlich!« Rowena tänzelte um Bob und sein Klavier herum, während der alte Mann augenscheinlich seinen dritten Frühling erlebte. »Darf ich an deine Nüsse?« Keine Antwort des schwer atmenden Musikers abwartend, griff die junge Frau an ihm vorbei und stibitzte sich eine Handvoll seiner gesalzenen Hülsenfrüchte, die er stets neben seinem Whiskeyglas vor sich auf dem Klavier deponiert hielt. Kichernd fuhr sie mit ihrem Tanz fort.

Josh Carlyle nutzte die Gunst des Momentes und zog den noch immer wie verzaubert grinsenden Darren mit beiden Händen zu sich heran. »Du musst hier weg, hörst du?« Er schüttelte den kleinen Mann, als erwartete er, die Magie der Rothaarigen so von ihm lösen zu können.

»Wa... was?« Darren Mac Allister stammelte.

»Du musst schleunigst hier weg, wenn dir dein Leben lieb

ist.« Josh rüttelte weiterhin an seinem verdutzten Gegenüber.

»Was? Wieso? Ich versteh nicht?« Darren hatte allmählich seine Sprache wiedergefunden.

»Wir haben zu lange gewartet. Und jetzt ist sie da. Die Frau da. Das ist eine Succubus. Und sie trachtet nach deinem Leben!«

»Eine was? Ich versteh nicht. Was meinen Sie?« Darren kniff seine Augenbrauen zusammen. »Haben Sie zu tief ins Schnapsglas geschaut? Sind wohl selbst Ihr bester Kunde, was?« Der Mann kicherte albern.

»Das ist nicht witzig!« Josh hatte seinen Griff noch immer nicht gelockert. »Die Frau da. Rowena. Sie ist eine Succubus. Ein Buhlteufel, wenn du so willst. Sie entreißt den Männern ihren Seelen. Sie ernährt sich von ihnen. Flieh! Ich werde versuchen, sie lange genug abzulenken.«

So seltsam und unglaubwürdig sich die Worte des Barkeepers auch anhören mussten, so sicher war sich Josh, dass er die Wahrheit sagte. Die Frau war auf der Suche nach Opfern. Stets hatte sie ihn dabei verschont, wohl wissend, dass sein Gasthaus das perfekte Jagdrevier ergab. Einmal sogar, nur für einen kurzen Moment, zeigte sie ihm ihre wahre Gestalt. Geschwungene Hörner wuchsen aus ihrem üppigen Haar. Riesige Flügel, in ihrer Form an die eines Flughundes erinnernd, trug sie auf dem Rücken. Anstelle von menschlichen Füßen trug sie Hufe wie der Leibhaftige persönlich. Sie war beinahe gänzlich unbekleidet. Lediglich zwei handgroße Spinnen sowie eine Fledermaus bedeckten ihre weiblichen Reize. Ihre Haut trug eine gräuliche Färbung und wirkte unnatürlich rau und spröde. Josh wusste nicht, warum sie ihm diesen Einblick gewährt hatte. Er nahm an, dass sie sich sicher war, dass er ihr ohnehin nie etwas anhaben oder sie von ihren nächtlichen Besuchen abhalten könnte.

Darren war noch immer nicht bereit, seinem Gastgeber Glauben zu schenken. Der kleine Mann riss sich von seinem Gegenüber los: »Was soll das? Was erzählen Sie mir da? Können Sie sich etwa nicht vorstellen, dass auch ich einmal Glück haben würde? Dass sich auch einmal jemand für mich interessiert?« Er richtete mit knubbeligen Fingern seinen Kragen. »Lassen Sie uns bitte in Frieden!«

»Ja, hörst du, Josh?« Rowena hatte ihren Tanz beendet und stand nun neben Darren, den Mann liebevoll in den Arm nehmend. »Lass uns in Ruhe!« Sie zwinkerte dem Barkeeper zu. »Schenk uns lieber noch einen ein!«

»Darren, bitte. So hör' doch!« Seine Stimme hatte etwas Flehendes.

»Hören Sie besser!» Darren Mac Allisters Stimme war nun unerwartet laut und gebieterisch. »Entweder, Sie tun, worum die Dame Sie gebeten hat, oder wir suchen uns ein anderes Etablissement.«

Rowenas Augen funkelten siegessicher. »Ach, lass ihn doch schmollen. Ich wohne nur einen Drink von hier entfernt. Was sagst du: gehen wir?« Mit diesen Worten biss sie Darren zärtlich in sein Ohrläppchen.

»Recht haben Sie.« Darren zurrte seine Krawatte fest. »Lassen Sie uns gehen.« Er rückte seinen Hut zurecht, umfasste selbstbewusst die schlanke Taille der jungen Frau und schickte sich an, gemeinsam mit ihr das Buzzard Bait zu verlassen.

Josh Carlyle ließ seine breiten Schultern hängen und seufzte. Hatte sie es also wieder geschafft. Würde es ihm je gelingen, die Succubus aufzuhalten? Auch diese Nacht hatte er nicht verhindern können, dass sie vorzüglich speisen würde. Er hatte nicht verhindern können, dass man auch von Darren Mac Allister nie wieder etwas hören oder gar sehen würde.

Josh schüttelte verzweifelt den Kopf, als er bemerkte, dass sich der kleine Mann noch einmal zu ihm umdrehte und ihm lächelnd zuzwinkerte.

Nein, Darren Mac Allister war beileibe kein Mann, der die Frauen anzog wie das Licht die Motten. Ganz im Gegenteil. Er war die Art Mann, die auf seine inneren Werte setzen musste. Und wie Rowena einst, so gestattete auch Darren dem Barkeeper einen kurzen Blick auf sein wahres Ich. Er erlaubte Josh für einen winzigen Moment, die geschwungenen Hörner zu sehen, die seine Stirn zierten. Seine gigantischen Flügel, die er wie einen Umhang am Rücken trug. Und seine hufartigen Füße, die nach jedem Schritt einen kleinen Brandfleck auf dem hölzernen Fußboden des Saloons hinterließen.

Ja, Darren setzte auf seine inneren Werte. Auf scheinbar kindliche Unschuld und Unbeholfenheit. Und ja, auch Darren sollte in dieser Nacht vorzüglich speisen.

Lyxa Knäulspitz

HEUMSIMILIBUMFLUM

Nun denn ...«, sagte die Therapeutin mit dem Namen Helprecht und wandte sich als nächstes dem neuen Paar in der Runde zu, das die ganze Sitzung über schon neugierige Blicke auf sich gezogen hatte.

»Wie Sie wohl alle schon bemerkt haben, dürfen wir heute Abend auch zwei Neuankömmlinge in unserem Kreis begrüßen. Hanna kenne ich schon aus einigen Einzelsitzungen bei mir und ich habe ihr vorgeschlagen, heute doch mit ihrer Partnerin hier an unserer kleinen Selbsthilfegruppe teilzunehmen. Es ist wirklich schön, dass Ihr beide hier seid«, fuhr sie fort und das neue Paar wurde mit freundlichen Grüßen von den anderen vier anwesenden Pärchen empfangen.

»Aber am besten stellt Ihr euch selbst vor, oder?«

Das machte Hanna dann auch: Hanna Talgrund, Lehrerin, auch sehr froh hier zu sein. Ihre Partnerin, welche schon die ganze Sitzung über allen ihr Missfallen durch eine demotivierte Sitzhaltung und diverse verdrießliche Blicke mitgeteilt hatte, stellte sich dann lediglich knapp als Lyzzi vor. Die abwartenden Augenpaare auf sich spürend, besonders die hoffnungsvoll leuchtenden von Hanna, fügte Lyzzi dann widerwillig hinzu: »Lyzzi ... uh, Lichtbringer, schätze ich ... keine Ahnung, was auch immer.« Dann auf die weitere Frage, was sie denn beruflich täte: »Weiß nicht. Schätze, am ehesten trifft es, wenn ich sage, dass ich ein Sexdämon bin.«

Lyzzi bekam daraufhin sehr viel Zuspruch aus der Gruppe. Man sagte, dass es sehr mutig sei, ihr Suchtproblem so früh und so offen zu benennen und dass es ja nicht wirklich ein »Problem« sei und sie ja nun alle füreinander da seien.

»Nein, nein. Ich bin wortwörtlich ein Sexdämon, ein Succubus, Wesen der Hölle, spezialisiert auf ... Sex. Abteilung Sex, Beischlaf und Lust und Begehren und ... so weiter«, versuchte Lyzzi zu erklären und verstummte, als sie aus dem Getuschel der Gruppe heraus die Wörter »Metapher« und »Verdrängung« vernahm. Von vornherein wissend, dass die ganze Sache mit der Gruppentherapie ein Fehler gewesen war, wollte Lyzzi schon gehen, doch Hanna hielt sie zurück. Sie erinnerte Lyzzi daran, dass sie versprochen hatte, es doch zumindest zu versuchen. Widerwillig ließ sich die Sexdämonin wieder auf ihren Sitzplatz nieder. Versprechen waren eine ernste Angelegenheit, da wo sie herkam.

»Nun, bevor wir darauf näher eingehen, warum erzählen Sie beide uns nicht etwas mehr über Ihre Beziehung«, schlug Helprecht vor, um das Eis zu brechen.

»Sprecht Ihr zwei darüber nicht eh schon seit Wochen?«, fragte Lyzzi kritisch und blickte zwischen Helprecht und Hanna hin und her, wenig erfreut darüber, dass ihre Beziehung jetzt sogar Teil eines öffentlichen Diskurses mit noch mehr Fremden war.

Hanna räusperte sich. »Nun ja, offensichtlich ... ich meine, wir sind jetzt ein gutes Jahr zusammen, sehr glücklich und wir lieben uns – ich liebe dich Engelchen, aus ganzem Herzen.«

»Jaja, ich auch. Bin ja hier deshalb.«

»... wir lieben uns, aber offenkundig gibt es ... Probleme.«

Lyzzi seufzte. »Ist das wieder diese Altersunterschied-Sache?«

»Der Altersunterschied?«, fragte nicht nur Helprecht. Hanna und Lyzzi sahen beide relativ gleichalt aus.

»Ja, anscheinend, keine Ahnung. Hanna ist, was war es? Dreißig, uh, Minuten alt?«

»34 Jahre. Das sind sehr, sehr viele Minuten, Liebes ...«

»Okay, sicher ... und ich bin ... Alles alt.« Man fragte Lyzzi verwundert, was dies bedeutete.

»Also seit Anbeginn der Zeit bin ich da. Alles, keine Ahnung. Obwohl nicht ganz. Da war die ganze Sache, wie mein Vater und meine Mutter ihre Jobs verloren haben, umgezogen sind und mich und meine Geschwister dann erst erschaffen haben, aber ... uff, weiß nicht. Zeit läuft da unten etwas anders. Im Grunde schau ich hier seit der Antike regelmäßig vorbei. Also, pffft, zwei-, dreitausend Jahre aufwärts, oder so? Mindestens.«

»Das scheint mir natürlich ein sehr großer Altersunterschied«, pflichtete Therapeutin Helprecht bei.

»Und dann ist da natürlich ihr Job«, sagte Hanna und Lyzzi verdrehte wieder die Augen. Helprecht animierte sie dann dazu, doch selber mehr darüber zu erzählen.

»Wie gesagt ich bin ein Sexdämon. Die Hölle gibt es, meinen Vater den Teufel gibt es und wenn man hier oben scheiße ist, landet man da halt und hat ewige Verdammnis. Und dämonische Arbeitsbienen wie mich gibt es halt auch. Ich weiß, niemand hier glaubt das. Ihr Menschen findet die absurdesten Wege, das zu rationalisieren, aber ich bin ein echter Dämon aus der echten Hölle.«

»Mach bitte nicht wieder das Ding mit den Flammen. Das war neulich nicht okay«, appellierte Hanna.

»Weiß ich denn, dass so ein bisschen beschworenes Höllenfeuer so viel Chaos stiftet? Es war deprimierend genug, dass mich deine Freunde für eine professionelle Illusionistin gehalten haben!«

»Ich habe dir von Sprinkleranlagen erzählt. Die sind nicht sehr kompliziert: Feuer gleich Wasser gleich niemand ist glücklich ...«, wandte Hanna ein und wurde von Helprecht ermahnt, Lyzzi doch bitte aussprechen zu lassen. Hanna entschuldigte sich.

»Auf jeden Fall, mein Job ist es, quasi, dass Sterbliche mich soweit begehren, dass sie ihre Seele meinem Vater – Satan, Fürst der Hölle – überschreiben und das involviert halt auch, dass ich gelegentlich mit ihnen Sex habe«, erklärte Lyzzi, während Hanna die Arme verschränkte.

»Und ich meine, sie wusste das von Anfang an«, deutete Lyzzi mit dem Daumen auf Hanna. »Ich hab' da überhaupt nie ein Geheimnis draus gemacht.«

Jemand aus der Gruppe warf ein, dass Lyzzis Sexsucht aber anscheinend ihre Partnerin belastete und das doch nicht gut sei. Lyzzi verdrehte wieder genervt die Augen.

»Es ist keine Sucht. Es ist nicht mal eine Wahl. Es ist mein Wesen, meine Bestimmung, mein Raison d'Être. Meine Eltern haben mich wortwörtlich darauf ausgerichtet geschaffen.«

Man warf daraufhin erneut ein, dass dies etwas traurig klang. Weiterhin: Dass Eltern ja immer irgendwie versuchten, einen zu kontrollieren. Oder: Dass sie sich nicht darüber definieren müsse und so viel mehr sein könne, wenn sie nur den Mut dazu hätte. Lyzzi versuchte freundlich zu lächeln und genauso freundlich die ganze fluffige Positivität zu ignorieren und niemanden in Brand zu setzen. Auch wenn sie der Überzeugung war, dass dies für alle Involvierten einen sehr therapeutischen Effekt haben würde.

»Und ich merke ja«, fuhr sie nach tiefem Durchatmen fort, »dass Han an einer ‚monogamen' Beziehung gelegen ist. Ist nicht so, dass ich noch eine Quote an Seelen zu erfüllen hätte wie früher. Seit soziale Medien erfunden worden sind, vollzieht ihr Menschen Todsünden ja eh quasi im Monatstakt – Monate waren die kleinste Einheit, oder Han? ... ... Sekunden? Sekunden waren die kleinste? – Okay, dann im Sekundentakt. Eitelkeit, Zorn, Neid, ich mein, Holla die Waldfee, Seelenseelenseelen. Und, uhm, Außendienstdämonen wie ich haben seitdem kaum mehr wirklich was zu tun. Papa musste einen ganz neuen Zirkel der Hölle dafür aufmachen – und baut immer noch an. Totaler Heimwerker in letzter Zeit. Spricht von nichts anderem mehr, stresst sich total und ich sag dann immer: Papa, entspann dich. Hast doch Ewigkeit und Unendlichkeit. Alles gut.«

Helprecht machte sich indes Notizen. »Lyzzi, Sie erwähnen sehr oft Ihren Vater ...«

»Ja, das macht sie sehr oft«, pflichtete Hanna mit einem etwas erschöpften Ton bei.

»Gar nicht«, protestiert Lyzzi, definitiv nicht bereit über dieses Thema mit einer Therapeutin zu sprechen – oder mit niemanden jemals. »Auf jeden Fall hab ich in Sachen Seelen gar keinen Druck mehr und die paar Mal, die ich beschworen wurde, seit wir zusammen sind«, sie überlegte kurz und zuckte die Schultern. »Eigentlich nur ein bisschen Handkram, bisschen oral und ... keine Ahnung, sehr viel verrücktes Fetischzeug hauptsächlich. Also nicht mal so wirklich richtig Sex. Ehrlich, ich geb mein Bestes, nicht ...«, sie machte Anführungszeichen in der Luft: »Fremdzugehen.« Sie sprach jede Silbe des Wortes aus, als wäre es ein frei erfundenes Fantasiewort, das unmöglich eine echte und ernsthafte Bedeutung haben könnte. Sie hätte genauso gut Heumsimilibumflum sagen können.

»Und Sie haben das Gefühl, dass Ihre Bemühungen von Hanna nicht ausreichend gewürdigt werden?«, fragte Helprecht und Lyzzi stimmte ihr enthusiastisch zu – jetzt plötzlich, da man auch ihre Perspektive einnahm, bedeutend weniger kritisch gegenüber der ganzen Therapiesache. Ja, bemerkte sie, es tat sogar seltsam gut, darüber mal mit anderen zu reden, auch wenn es dumme Nicht-Hanna-Menschen waren.

»Aber das ist gar nicht das Problem, oder Hanna?«, sprach Helprecht in einem pädagogischen Talkshowmaster-Ton. Lyzzi sah ihre Partnerin fragend an. »Nicht?«

Hanna seufzte. »Nein, also toll finde ich's natürlich nicht, aber ... ich weiß ja, worauf ich mich eingelassen habe und ich weiß, dass du bestimmte Verpflichtungen und auch Bedürfnisse hast. Es ist nur manchmal ... zu viel. Zu viel Sex, zwischen uns. Ich hab das Gefühl, du bringst deine Arbeit mit nach Hause. Dass du damit vielleicht auch etwas kompensierst, weil du beruflich nicht mehr so aktiv bist.«

»Zu viel? Zu viel?! Hah! Wie kann das Beste, was es gibt, zu viel sein?«, fragte Lyzzi. Man warf aus der Gruppe ein, dass die Sonne das Beste war, was es gibt, da sie Wärme, Licht und Leben für die ganze Welt spendete. Lyzzi ignorierte das.

»Ich mein, es ist toll«, sagte Hanna. »Befriedigend, auf jeden Fall und immer ... mehrmals, aber ich komm in meiner Freizeit fast zu nichts anderem mehr. Ich schlafe zu wenig, die Arbeit leidet, Kollegen und Kolleginnen stellen mir öfter Fragen, warum ich so müde sei und wir beiden reden auch über nichts anderes mehr.«

»Schatz, es sind nicht nur Bedürfnisse. Ich ernähre mich auch von menschlicher Lust und wenn wir eine feste Beziehung haben wollen, dann bist du mein kompletter Ernährungsplan.«

»Ich weiß ja, ich weiß. Und das ist auch irgendwie süß von dir, aber ...«

»Ich mein, ich würde ja masturbieren«, sagte Lyzzi grinsend an die Runde gewandt. »Aber im Grunde ist das so, als würde ich mich selbst aufessen. Gnah, mnom, mnom, mnom«, sprach Lyzzi fröhlich und tat so, als würde sie ihren eigenen Arm aufessen. Sie starrte dann lachend und erwartungsvoll in die seltsamerweise nichtlachende, sondern betreten auf den Boden blickende Runde.

»... es ist witziger, wenn man es mal bei den Völlerei-Sündern selbst gesehen hat«, erklärte sie kaum hörbar. Sie fand es extrem witzig, aber sie merkte wieder, dass infernaler Humor auf Erden nicht immer so gut ankam.

»Ich wünschte halt, wir würden auch mal was anderes machen«, fuhr Hanna fort. »Nicht immer nur Sex, Sex, Sex so ... andauernd.«

»Aber, uh, wir haben da doch neulich das ... das Ding gemacht, oder? Was du wolltest?«, wandte Lyzzi rechtfertigend ein. »Filmabend oder wie das hieß. Netflix und ... Schiller, Tschilling, Chili oder so?«

Man warf ein, dass sie wohl »Netflix and Chill« meinte und das ja eigentlich auch nur eine Umschreibung für Sex war.

»Ja, das. Auf der Couch aufrecht nebeneinandersitzen und dabei das flache Tafel-Fernseh-Ding ansehen.«

Hanna stöhnte müde und wandte sich an die Runde. »Ja, wir wollten gemeinsam Filme gucken. Ghost – Nachricht von Sam, weil ich dachte, dass er ihr auch gefällt mit den Schattendämon-Geister-Dingern und so, aber eine halbe Stunde in den Film hinein, hat sie dann gesagt, dass es da eine bessere Version gäbe und ...«

»Die fand ich halt interessanter. Wir wollten was gucken, was wir beide interessant fanden.«

»Es war eine Pornoversion des Films ...«

»Eine Parodie. Du hast gesagt, dass du Parodien magst!«

»Witzige! Keine mit nacktem Schlammringen!«

»Ich fand die sehr witzig!«

Helprecht schritt an dieser eskalierenden Stelle beschwichtigend ein und fragte Lyzzi, ob sie denn »ernährungstechnisch« wirklich so viel Sex bräuchte. Lyzzi gab zu, dass – nein – dies nicht der Fall wäre.

»Ich will halt einfach auch mal etwas anderes machen, weißt du, wie andere Paare auch«, flehte Hanna.

»Lyzzi«, setzte Therapeutin Helprecht nach. »Niemand will, dass Sie Sex komplett aufgeben. Man merkt, wie wichtig Ihnen dieser Part des Zusammenseins ist. Hanna weiß auch, wie wichtig Ihnen das ist«, sagte Helprecht. Allgemeines und verständnisvolles Nicken. »Aber eine Partnerschaft ist ein – Geben und Nehmen«, sagte sie und die letzten drei Wörter wurden im mantraartigen Einklang von der ganzen Gruppe wiederholt.

Lyzzi zuckte zusammen und sah sich irritiert um. Sie fragte sich, ob sie nicht doch schon wieder an irgendwelche Wochenend-Satanisten geraten war, konzentrierte sich jedoch schnell wieder auf das Wesentliche. Weniger Sex? Sie war nicht erfreut, blickte aber auf Hanna und seufzte dann resignierend. »Okay. Fein. Ich schätze ... Ich schätze, wir könnten, vielleicht, auch mal, gelegentlich, mehr Nicht-Sex-Sachen machen, ab und zu mal.«

»Gibt es vielleicht etwas, das Sie zuletzt gemacht haben, an dem Sie beide Spaß hatten und das kein Verkehr war?«, fragte Helprecht.

Beide überlegten mehrere Sekunden lang. Tatsächlich war es Lyzzi, der zuerst etwas einfiel.

»Uff ... uh, also .... ich mochte es, wie wir neulich, uh, Hummer essen waren.«

»Ja? Ja, stimmt. Das war nett. Ein schöner Restaurantbesuch am Hafen war das«, pflichtete Hanna bei.

»Ja. Lebewesen mit Seele, die bei lebendigem Leibe gekocht werden. Das war ... das war schön. Dazu bin ich als Kind auch immer eingeschlafen.«

»Nun, ja. Ich schätze, ja. Das können wir doch vielleicht weiterverfolgen, oder? Öfter mal wiederholen?«, fragte Hanna optimistisch die Therapeutin. Helprecht, die zwar mit etwas mehr Zeit wirklich gerne mit Lyzzi weiter über ihre Kindheit gesprochen hätte, stimmte zu und gab befriedigt mit den erzielten Fortschritten weiter zum nächsten Paar.

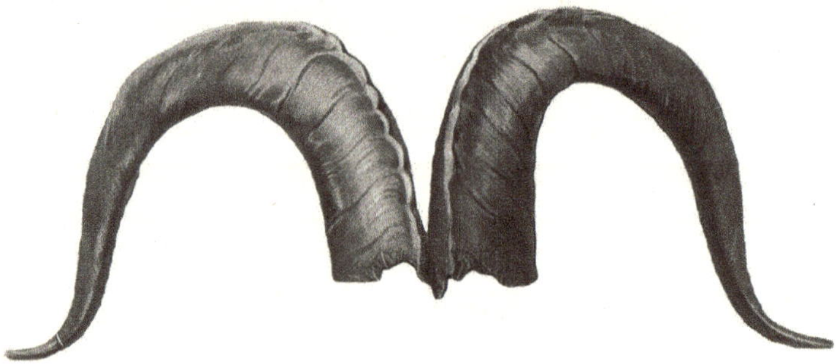

Christina Wermescher

FELDSTUDIEN

Bedächtig ging Belinda vor dem großen Hasenstall, der hinter dem Haus stand, in die Knie. Sie studierte die verschiedenen Schildchen, bis ihre Augen an einem haften blieben, auf dem in krakeliger Schrift geschrieben stand: »Freddy, Deutscher Riese«. Ein Blick durch das Drahtgeflecht verriet ihr, dass der Name hielt, was er versprach. Freddy war mehr Koloss als Kaninchen, genau das Richtige für heute. Schließlich wollte Belinda an diesem Abend ihre Ruhe haben. Zweifelnd besah sie sich ihren handlichen Picknickkorb, verschwand im Haus und kam wenig später mit einem Kartoffelsack zurück.

Obwohl der Garten von einer hohen Thuja-Hecke umgeben war, schaute sie sich kurz um, bevor sie Freddy mit einem beherzten Griff im Genick packte und in den Sack steckte. Der Kaninchenkoloss wurde nicht müde, panisch zu strampeln. Belinda war versucht, den Sack gegen den Türrahmen zu schlagen, als sie ins Haus zurückkehrte. Doch ohnmächtig oder gar tot würde der Schmaus nicht halb so viel Anklang finden.

Sie ging direkt zur Kellertür. Es hatte keinen Sinn, die unliebsame Begegnung unnötig lange hinauszuzögern. Und je eher sie sie hinter sich brachte, desto eher war sie wieder oben und konnte sich auf den Abend mit Wolfgang vorbereiten. Vorsichtig stieg sie die steile Treppe hinunter. Auf halbem Weg streifte sie ihre High Heels ab. Nicht, dass sie Belinda behindert hätten, sie hatte sich sehr schnell an diese Art Schuhe gewöhnt. Nein, aber sie wollte ihr Gegenüber nicht unnötig reizen. Die Treffen im Keller wurden ohnehin zunehmend unangenehmer.

Barfuß schritt sie durch das Halbdunkel. Nur eine nackte Glühlampe erhellte den Raum spärlich. Als sie vor der massiven Stahltür ankam, holte sie tief Luft. Der Schlüssel steckte im Schloss. Belinda drehte ihn um und zog die schwere Tür auf. Das grelle Licht der Neonröhren blendete sie wie jedes Mal, wenn sie dieses Zimmer betrat. So oft schon hatte sie sich vorgenommen, eine andere Beleuchtung zu installieren. Doch insgeheim wusste sie, dass sie es doch niemals tun würde. Zittra war es sicherlich egal, und die wenigen Minuten, die sich Belinda hier aufhielt, rechtfertigten den Aufwand nicht.

Zittra hockte auf einem der beiden Stühle, die ebenso wie der dazugehörende Tisch fest mit dem Boden verschraubt waren. Langsam sah sie auf.

»Du trägst ja immer noch diesen hässlichen Fetzen!«, blaffte sie statt einer Begrüßung. Belinda presste die Lippen zusammen. Nachdem sie die Tür hinter sich geschlossen hatte, schwang sie den Sack auf den Tisch. Das Riesenkarnickel hoppelte heraus und schaute für eine bange Sekunde in Zittras Richtung. Als sie es blitzschnell packte, kreischte es für ein Kaninchen ganz und gar untypisch, doch Belinda wusste, dass sich im Angesicht des Todes alle Säugetiere in etwa gleich anhörten. Kurz vor dem Exitus war ein Hund akustisch nicht mehr von einem Gnu zu unterscheiden, und warum sollte Freddy hier eine Ausnahme machen. Schließlich ließ Zittra ihn lachend los, und er flitzte in Windeseile vom Tisch herunter und in die gegenüberliegende Ecke des Zimmers schräg hinter Belinda, um sich dort zusammen zu kauern und vor Angst zu zittern.

»Freddy findet meine Erscheinung wohl ansprechender als deine«, kommentierte Belinda trocken.

»Bring doch morgen ein Salatblatt mit, dann fragen wir es nach seiner Meinung«, konterte Zittra ohne zu zögern.

Belinda seufzte. Sie hatte diese Streitereien so satt. Langsam setzte sie sich auf den zweiten Stuhl. Zittras Gesichtsausdruck verriet, dass sie diese Annäherung überraschte. Nicht dass Belinda ihr Einverständnis für irgendetwas brauchen würde, aber ohne die Gewissheit, einen Feind im Keller zu haben, wäre ihr doch wohler. Darum versuchte sie es nun mit versöhnlicheren Tönen.

»Mutter. Wie lange willst du denn noch mit mir streiten?«

Bei der Anrede »Mutter« zuckte Zittra kurz zusammen, doch ihre Miene versteinerte sich sofort wieder. Grimmig funkelte sie Belinda aus ihren orangefarbenen Augen an.

»So lange, bis du zur Vernunft gekommen bist!«

»Aber was ist denn so schlimm an meinem neuen Outfit?« Belinda strich sich durch die blonde Mähne und rückte ihren Busen zurecht.

»Ich verkleide mich doch auch nicht als Schwein!«, schrie Zittra. Speichel tropfte von ihren spitzen Zähnen, während sie Belinda angewidert musterte. »Das ist absurd und abstoßend. Kuronne, du bist unsere fähigste Jägerin, und nun rennst du herum in der Hülle eines Beutetiers. Schämst du dich denn nicht?«

Belinda atmete tief durch und bemühte sich, ruhig zu bleiben. Sie war gegen Zittras Vorhaltungen schon abgestumpft, trotzdem hörte sie den Zorn leise in sich brodeln. Allerdings lag ihr diesmal mehr daran, Verständnis bei ihrer Mutter zu wecken, statt der eigenen Wut freien Lauf zu lassen.

»Sie sind so viel mehr als Beutetiere«, versuchte sie sich zu erklären. »Sie haben so viele verschiedene Talente. Darin sind sie uns sogar recht ähnlich.«

Zittra funkelte sie böse an. »Wir sind uns überhaupt nicht ähnlich«, brauste sie auf. »Die Menschen sind faul und unfokussiert!«

»Das mag sein. Aber dennoch erschaffen sie ganz Erstaunliches! Es ist, als hätten sie den Müßiggang, den wir immer verteufeln und um jeden Preis vermeiden, für sich entdeckt und perfektioniert.« Begeisterung schlich sich in Belindas Stimme. »Sie bauen riesige Häuser und Rondelle, in denen man Geschichten auf einer großen Wand anschauen kann oder Spiele mit einem oder gar mehreren Bällen. Ja, du hast richtig gehört, Mutter. Auch die Erwachsenen spielen oder sehen einfach dabei zu und das mit einer Begeisterung, die wirklich faszinierend ist.«

Zittra schnaubte.

»Und diese Geschichten, auf dieser großen, weißen Wand, die werden nicht einfach nur erzählt. Man kann sich dort richtig ansehen, was geschieht, als ob man mittendrin wäre in der Handlung.«

Zittra ballte ihre schwarze, ledrige Hand zur Faust und schlug vehement auf die Tischplatte.

»Schluss jetzt!«

Belinda blieb noch einen Moment sitzen, und schaute ihre Mutter resigniert an. Das Gespräch schien beendet zu sein.

Schließlich erhob sie sich und ging wortlos zur Tür. Freddy kauerte noch immer verängstigt in der Ecke.

»Du brauchst nicht abzusperren, Kuronne«, rief Zittra plötzlich. »Ich werde brav hier warten, bis du zur Besinnung gekommen bist. Dieser Wahnsinn dauert nun schon viel zu lange, deshalb bin ich sicher, dass es bald vorbei sein wird.«

Belinda sah nicht zurück und schlug die Stahltür hinter sich zu. Ohne zu zögern drehte sie den Schlüssel um.

Auf dem Weg nach oben zog sie ihre High Heels wieder an. Wolfgang schien diese Art Schuhe an ihr zu mögen. Warum, erschloss sich ihr nicht. Aber wenn sie dieses Menschenleben ausprobieren wollte, dann musste sie sich damit abfinden, dass sie nicht alles verstand. Manchmal kam es ihr bei ihren Studien gar so vor, als würden die Menschen sich selbst oftmals nicht verstehen. Aber das würde sie Zittra natürlich nicht auf die Nase binden.

Sie zündete mehrere Kerzen an und füllte zwei bauchige Gläser mit einer dunkelroten Flüssigkeit aus Trauben, wie sie es in einer bunten, mehrseitigen Schrift extra für Menschenfrauen nachgelesen hatte. Dann schlüpfte sie in das kurze Kleid, auf das Wolfgang immer ähnlich freudig reagierte wie auf ihre High Heels.

Wenige Minuten später klingelte es. Wolfgang stand mit einem Blumenstrauß vor der Tür, was gemäß dem bunten Schriftstück in etwa das Pendant zu ihren Vorbereitungen hinsichtlich Kerzenlicht und vergorenen Trauben darstellte. Sie schien also alles richtig gemacht zu haben. Erleichtert bat sie ihn herein.

Sie hatte Wolfgang ausgesucht, da er nach menschlichen Maßstäben etwas war, was »gute Partie« genannt wurde. Diese Kategorie von Männern wurden von den Frauen bevorzugt als Partner gewählt und hatten nur wenige simple

Kriterien zu erfüllen: Er trug stets eine Art Uniform mit feinen Längsstreifen über einem weißen Hemd, besaß ein großes, geländegängiges Fahrzeug, mit dem er jedoch komischerweise nie ins Gelände fuhr, und er hatte keine Verpflichtungen in Form von anderen Weibchen oder Nachkommen. Außerdem war er durchtrainiert und, obwohl er die Dreißig längst überschritten hatte, nicht fett geworden.

Wolfgang hatte einen Film mitgebracht. So nannte er die Geschichten, die die Menschen sich auf den ominösen, weißen Wänden ansahen. Erstaunt hatte Belinda festgestellt, dass es neben diesen großen Bauten auch in jedem kleinen Haus einen Kasten für derartige bewegte Bilder gab. So auch in ihrem. Da sie die Funktionsweise dieser Gerätschaften noch nicht durchschaut hatte, bat sie ihn, sich um den Film zu kümmern, und holte inzwischen die Gläser. Auch das schien Wolfgang zu gefallen.

Die Geschichte hatte wenig Handlung, dafür aber viele Explosionen und verschiedene, interessante Ausführungen an Handfeuerwaffen. Sie stellte einige Fragen zu diesen beeindruckenden Jagdgeräten, was Wolfgang aber zu irritieren schien. Deshalb schwieg sie schließlich, und er legte den Arm um sie.

Als im Film ein Mann und eine Frau anfingen, sich zu küssen, legte Wolfgang die andere Hand auf ihren Oberschenkel. Unvermittelt beugte er sich zu ihr und küsste ihren Hals. Belinda war skeptisch gewesen, wie angenehm sexuelle Empfindungen innerhalb dieses menschlichen Körpers sein würden. Doch seine Küsse verursachten ein wohliges Kribbeln. Sie seufzte erleichtert.

Es dauerte nicht lange, da waren die bewegten Bilder in dem elektronischen Kasten vergessen, und Belinda und Wolfgang küssten sich engumschlungen. Seine Hände schienen plötzlich überall zu sein. Mit einem neugierigen Seitenblick prüfte sie, ob ihm eventuell neue dazu gewachsen waren. Dem war jedoch nicht so. Schließlich konzentrierte er sich auf ihre Brüste. Er zog den Reißverschluss ihres Kleides vorne auf und vergrub sein Gesicht in ihrem Dekolleté. Auch das entpuppte sich als erstaunlich angenehm. Belinda war mit dem Verlauf ihrer Studien mehr als zufrieden.

Als er seine Hand zwischen ihre Beine schob, japste sie nach Luft. Ihr Atem beschleunigte sich ebenso wie seiner. Schnell füllte die Lust ihren Körper aus, doch damit nicht genug. Wolfgang machte seine Sache so gut, dass sie bald das Gefühl hatte, die Lust würde wachsen und wachsen und hätte nicht genug Platz in diesem kleinen Menschenkörper. Sie stöhnte laut, was Wolfgangs Leistungen sogar noch verbesserte. In Ekstase rollten die beiden vom Sofa. Nun war Belinda auf Wolfgang, der sich rhythmisch unter ihr bewegte und ihre Lust weiter anheizte.

Ihr wurde fürchterlich heiß. Plötzlich hatte sie das Gefühl, sie müsse in der Enge von Belindas Körper verbrennen. Mit beiden Händen fasste sie sich an die Brust. Sie schlug die manikürten Nägel in das Fleisch und zerrte daran. Die Hülle riss zwischen den Brüsten auf. Keuchend schob sie sich aus dem Menschenkörper.

Wolfgangs Gesichtsausdruck veränderte sich. Kuronne konnte nicht genau sagen, ob sie gemeinsam zum Höhepunkt kamen, und die Ekstase seine Züge verzerrte, oder ob er Angst vor ihr hatte. Vielleicht war es auch einfach Überraschung, da es bei den Menschen wohl nicht üblich war, dass die Weibchen ihre Partner nach dem Sexualakt auffraßen. Sie hielt sich nicht lange mit diesen Überlegungen auf, zu verlockend war sein verschwitztes und hormongeflutetes Fleisch. Der süße, metallische Geschmack seines Blutes entfachte die Lust erneut in ihr. Doch der Hunger war größer. Viel zu lange hatte sie sich von abgepackten Häppchen ernährt, viel zu lange war sie nicht jagen gewesen.

Während sie genüsslich Wolfgangs Oberschenkelknochen abzauste, fiel ihr Blick auf Belindas Hülle, die in Fetzen auf dem Boden lag. Sie hatte ihr eine gute, interessante Zeit unter den Menschen ermöglicht. Ein Anflug von Wehmut streifte sie. Kuronne hörte bereits die selbstgefällige Stimme ihrer Mutter in ihren Gedanken, die erklärte, dass sie es ja gleich gesagt habe, und dass das Scheitern dieses Experiments nur eine Frage der Zeit gewesen sei. Zittra hatte Recht behalten, wie immer. Doch das musste sie jetzt noch nicht erfahren. Kuronne würde sie noch eine ganze Weile im Keller schmoren lassen.

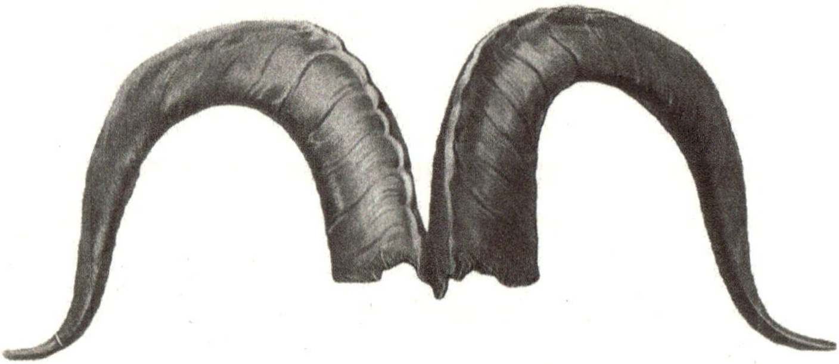

Kristin Ullmann

NOLAS HÖLLE

Wer ich bin und warum ich meine Zeit hier zwischen Gummizellen und Zwangsjacken verbringe? Long story short:

Mein Name ist Nola, ich bin neunzehn Jahre alt und bin vor einem Jahr aus der Hölle geworfen worden.

»Glückwunsch zum Abschluss«, keuchte Vale an meine geschwollenen Lippen, während er mit seinen starken Fingern meinen Körper verwöhnte.

»Nicht ... jetzt«, bemühte ich mich hervorzubringen, doch seine Zunge wanderte gekonnt über meinen Bauch und von da aus immer weiter nach unten.

Er durfte mich nicht daran erinnern, dass es ab morgen unser Job sein sollte, mit Menschen Nachkommen für Satan zu zeugen. Wie konnten wir unsere sowieso schon geheime Beziehung aufrechterhalten, wenn wir von unserer Bestimmung auseinandergedrängt wurden?

»Hölle an Nola.« Vale fixierte meine Augen und seine Iriden blitzten verschwörerisch in der Farbe der Morgenröte auf. »Liebste?«

Schwer trennte ich meinen nachdenklichen Blick von seinem und rollte uns im nächsten Moment herum. Ich griff nach seinen Handgelenken und pinnte ihn auf der Matratze fest. Je näher ich seinem Gesicht kam, desto mehr erkannte ich die Spiegelung meiner Augen in seinen.

»Sieh nicht hin«, ermahnte er mich und kämpfte eine Hand frei, die er sogleich an meine Wange legte. »Der Makel macht dich besonders.«

Der Makel ... Die eine Iris war royalblau, perfekt um Männer zu bezirzen. Die andere jedoch schneeweiß, irgendwie leblos. Als Succubus mit einem Schönheitsfehler geboren zu werden, hätte damals sofort meinen Tod bedeuten sollen. Allerdings wollten mich die Professoren als Versuchskaninchen behalten.

Vales Glück. Denn er stand auf beschädigte Ware und das schon seit zwei langen Jahren. Jahre, in denen meine Professoren mich an meine Grenzen gebracht hatten, nur um einen Grund zu haben, mich aus der Academy zu werfen.

»Sieh nicht hin«, wiederholte Vale seine Worte eindringlich. Ruckartig setzte er sich auf und wir befanden uns auf Augenhöhe. Er strich mein dunkles Haar zurück, um meinen Hals mit sinnlichen Küssen zu bedecken. »Du bist perfekt, No–«

»Nola!«, rief eine erzürnte Stimme und die Tür knallte gegen die Wand.

Hastig wichen wir auseinander und schlangen instinktiv die Decke um unsere entblößten Körper.

Die Gestalt trat aus dem Schatten des Türzargens. »Und Valentin?!«

»Oh, Fuck«, murmelte Vale, als unser Schulleiter vor meinem Bett Halt machte.

Zu meiner Überraschung bückte sich Professor Asmodäus, hob Vales Shirt vom Boden und reichte es ihm. »Anziehen. Mitkommen.« Dann machte der angsteinflößende Mann kehrt. Seinem Schatten im flackernden Licht der Fackeln nach zu urteilen, wartete er auf dem Gang.

Vale legte behutsam eine verschwitzte Hand auf meine Schulter, als hätte er meinen rasenden Herzschlag hören können. »Keine Panik. Wir sind hier in der Hölle. Was erwarten die eigentlich von uns? Uns wird in der Academy gelehrt, wie wir Menschen im Traum verführen.« Er schlüpfte in sein Shirt und fuhr sich durch sein haselnussbraunes Haar. »Verdammt noch mal. Hier rennen alle in enger Kleidung herum. Kein Wunder, dass Sex in der Luft liegt.«

»Ja«, funkelte ich ihn an. »Aber es geht darum, dass wir es mit Menschen treiben, um Lucifers Gefolge zu sichern. Nicht, dass Succuben und Incubi zum Spaß was miteinander anfangen.«

»Wir sind bestimmt nicht die Einzigen«, brummte Vale und hielt mir meinen aufreizenden BH vor die Nase. »Was anderes kann ich mir einfach nicht vorstellen.«

Ich schnappte mir den Push-Up und fädelte meine Arme hindurch. »Nenn mir einen, der bisher erwischt wurde.«

Er hob den Zeigefinger in die Luft und öffnete die Lippen. Doch es kamen keine Worte heraus.

»Dachte ich mir.«

Professor Asmodäus geleitete uns in sein Büro. Ich zerrte währenddessen meine Kleidung zurecht, was absolut hirnrissig war, da sie sowieso nur ein Hauch von Nichts war. Ganz so, wie es die Schule gerne sah.

»Setzen«, wies uns Asmodäus an und ging um den wuchtigen Tisch, nachdem wir seiner Aufforderung nachgekommen waren. Allerdings stellte er sich nur an die Seite und lächelte süffisant.

Dann drehte sich der mächtig gepolsterte Chefsessel um.

»Jetzt haben wir ein Problem«, flüsterte Vale.

Schnell stand ich auf und verbeugte mich. »Direktorin Lillith.« Und noch schneller setzte ich mich wieder demütig.

Sie trommelte ungeduldig mit ihren langen Fingernägeln auf den Armlehnen. »Wahrlich ist mir noch niemand untergekommen, der so dumm war wie ihr. Versteht ihr eigentlich, warum in unserer Academy Succuben und Incubi zusammen unterrichtet werden?«

Irgendetwas verriet mir, dass sie ihre Frage gleich selbst beantworten würde.

»Wir wollen eure Triebe ins Unermessliche steigern, damit ihr nach eurem Abschluss schnellstmöglich Wechselbälger produzieren könnt.« Ihre Augen verdunkelten sich. »Und ihr verballert euer Verlangen unter euresgleichen.« Sie schielte zu ihrem Untergebenen. »Wie dumm sind diese Kinder, Assi?«

»Sehr dumm, Eure Boshaftigkeit.«

»Wie ekelhaft sind diese Kinder, Assi?«

»Widerwärtig. Absolut widerwärtig, Eure Boshaftigkeit.«

Dann wurden wieder wir das Ziel ihrer erdolchenden Blicke. »Es wäre fast so, als würden Bruder und Schwester …« Sie beendete den Satz nicht, sondern verzog nur angeekelt das Gesicht.

»Jetzt mal halblang!«, rief Vale viel zu laut und schnellte nach oben. »Erstens, wir sind in der *gottverdammten* Hölle. Wir sollen doch böse und durchtrieben sein. Das bringen Sie uns hier bei! Außerdem sind wir keine Geschwister. Ich liebe Nola!«

»Liebe«, schnaubte Lillith verächtlich. »Schätzchen, du hast es erfasst. Wir sind in der gottverdammten Hölle. Hier gibt es keine Liebe. Nur Regeln, an die ihr euch zu halten habt. Meine Güte. Hättet ihr nicht einen Tag länger warten können, um wie Karnickel übereinander herzufallen? Dann wärt ihr nicht mehr mein Problem.«

Ich räusperte mich. Vales Worte gaben mir Mut, für uns einzustehen. »Verzeihen Sie mir die Frage, aber Ihr lehrt uns, Menschen im Traum zu vergewaltigen. Was ist so verwerflich daran, sich hier einvernehmlich zu vergnügen?«

Lillith fasste sich an die Stirn. »Nola, das ist doch dein Name, oder?«

Stumm nickte ich.

»Lucifer steht auf Regeln. Lucifer steht auch darauf, dass jeder einzelne seiner Bestimmung folgt und seiner Aufgabe nachgeht. Wer weiß, was bei eurem Liebesspiel rauskommt. Wir hatten schon viel zu viele Experimente. Mehr erträgt weder Hölle noch Himmel. Wieso unterhalten wir uns eigentlich noch? Du entsprichst sowieso nicht unseren Ansprüchen. Du wirst morgen nicht den Abschluss erhalten.«

Mein Herz stolperte. »Wie bitte?! Aber wenn ich die Ausbildung nicht abschließen kann, dann –«

»… wirst du verbannt«, endete Vale. Er baute sich schützend vor mir auf. »Auf keinen Fall.«

»Oh.« Ich konnte Lillith zwar nicht sehen, aber dafür das Lächeln deutlich aus ihren Worten heraushören. »Fallen ist ein gutes Wort. Aber wir hier unten, nennen es lieber *Aufsteigen.*«

Bevor ich mich's versah, packte Vale meinen Arm und zerrte mich hinter sich her. Wir liefen die Korridore entlang, verfolgt von den Rufen der Dämonen.

»Renn weiter«, feuerte er mich an. »Solange sie uns nicht sehen können, können sie uns auch nichts antun.«

Wir liefen und rannten und schnauften und gaben fast auf. Nach gefühlt hundert steilen Steintreppen und schwachbeleuchteten, hallenden Gängen taumelten wir endlich aus dem Academygebäude. Die Rufe waren schon vor einigen Durchgängen verebbt, doch konnten wir uns keine Pause erlauben.

Hand in Hand hasteten wir unter der dunkelroten Sonne in Richtung ... ja, wohin eigentlich?

»Vale«, presste ich zwischen den rasenden Herzschlägen heraus. »Wohin ... wohin sollen wir gehen?«

»Ich kenne ein Versteck«, antwortete er keuchend.

Und nach einer Ewigkeit führten halb ausgebrochene Pflastersteine vom Gelände der Academy und endeten bei einer abgelegen Baracke. Da diese jedoch der einzige Unterschlupf weit und breit war und nicht einmal hinter kargen Bäumen versteckt lag, würden sie uns hier bald finden.

Vale zog mich trotzdem hinein. Dann tigerte er auf und ab. »Verdammt. Was machen wir nur? Wir könnten ... Ja! Wir könnten in einen anderen Höllenkreis flüchten. Wir gehen bestimmt gut als 0815 Dämonen durch.«

»Dafür bist du zu attraktiv. Sie würden sofort erkennen, was du bist. Dazu brauchen sie nicht einmal deinen Schatten mit den spitzen Hörnern und weiten Flügeln sehen«, meinte ich nüchtern und sank dabei am kalten Gemäuer zu Boden. Ich vergrub mein Gesicht in den angezogenen Beinen. Es war aussichtslos.

Vale ließ sich neben mir nieder und legte einen Arm um mich. »Wir können noch weiter –«

»Das macht alles keinen Sinn.« Ich spürte, wie sich Tränen in meinen Augen bildeten. Noch konnte ich sie zurückhalten, solange ich ihn nicht ansehen musste.

»Das alles hier ist nur wegen mir. Du hast gehört, was sie gesagt haben. Ich hatte von Anfang an keine Chance. Sie hätten mich sowieso abkommandiert. Kein Mann würde sich auch nur im Traum auf mich einlassen.«

Zittrig hob er mein Kinn an und drehte es zu ihm. »Kein Mann hätte je von dir ablassen können. Ich habe fest geplant, sehr eifersüchtig zu werden.« Er lachte traurig auf. »Ich liebe dich, Nola.«

»Ich liebe dich, Vale«, versicherte ich ihm. »Gib mir ein Versprechen. Wenn sie uns finden, dann ergib dich. Ergib dich und nehme deinen Abschluss an. Werde der beste Incubus, den die Hölle je gesehen hat. Du warst immer perfekt darin, die schönsten Träume zu erschaffen.«

»Und dann soll ich mit ansehen, wie sie dich verbannen?« Er schnaubte verächtlich. »Das ist keine Option.«

Mein Blick wurde eindringlicher. Ich legte den Kopf schief und ergab mich der Kraft meiner Tränen. Warm rannen sie über meine Wange. »Versprich es mir. Du hast hart gearbeitet. Ich bin es nicht wert.«

Er schlug mit der Faust gegen die Wand. »Du bist es wert! Du warst es wert, als ich dich am ersten Tag unserer Ausbildung durch die Halle habe laufen sehen. Du warst es wert, als ich dich endlich ausführen durfte. Du warst es wert, als ich alle anlügen musste, um unser Geheimnis zu wahren.«

Ich antwortete ihm nicht. Ich bettete meinen Kopf auf seine Schulter und verschränkte meine Finger mit seinen. Denn ich wusste, es war nur noch eine Frage der Zeit.

Nach einer kurzen stummen Zeit spürte ich die Präsenz der mächtigen Dämonen. Sie kamen näher.

Vale presste seine Lippen auf meine und ich konnte die Sehnsucht und die Verlustangst gleichermaßen in seinem Kuss schmecken.

Wir fuhren nicht einmal auseinander, als sich schwere Schritte näherten. Wir ließen nicht voneinander ab, als uns Stimmen dazu zwingen wollten. Wir trennten uns nicht, als ich ein letztes Ich-Liebe-Dich an Vales Lippen hauchte.

Dann verstummte alles um mich herum und es wurde schwarz.

Hupen und Reifenquietschen weckte mich. Der Geruch von Abgasen und Fäkalien stieg mir in die Nase und brachte meine Augen erneut zum tränen, obwohl diese noch geschlossen waren. Einen Moment kauerte ich auf dem Teer und stellte mir Vales Gesicht vor. Ich wollte ihn nicht loslassen, doch ich wusste, dass es soweit war, sobald ich die Augen öffnen würde. *Noch einen kleinen Moment …*

»Hey, Sie da. Ist alles okay mit Ihnen?«, hörte ich eine verzweifelte männliche Stimme. Seinetwegen musste ich Vale loslassen.

Ich betrachtete ihn von unten. Besser gesagt, sein Doppelkinn.

»Alles okay?«, fragte er erneut mit einer nervtötenden Stimme.

Ich rappelte mich auf und testete, aufrecht stehen zu können.

»Sie sind … wunderschön«, stammelte der Mann. Ich betrachtete ihn. Dicker Bauch, Glatze, enge Krawatte, Aktenkoffer. Ich tippte auf Banker oder unglücklicher

Büroangestellter. Er wäre definitiv nicht die erste Wahl für Lucifer.

Ich schüttelte mich und lachte dann. Ein gellendes Lachen, das tief aus dem Bauch herauskam. Was interessierte mich noch Satan?

Der Mann ließ sich nur kurz von meinem hysterischen Anfall ablenken, dann begaffte er weiter meinen Körper, der immer noch in der Höllenkleidung steckte.

»Ist hier alles in Ordnung?«, mischte sich ein weiterer Mann ein. Nur dass dieser in Uniform steckte und mich das Blaulicht seines Wagens blendete, als ich in seine Richtung sah. »Habe ich Sie gefunden.«

»Mein Name ist Nola, ich bin neunzehn Jahre alt und bin vor einem Jahr aus der Hölle geworfen worden.«

»Hallo, Nola«, ertönte der bekannte Chor. Wobei nicht jeder mitsprach, denn einige waren damit beschäftigt, vor sich hinzusabbern oder mit sich selbst zu reden.

Um fair zu sein, machte ich ihnen keinen Vorwurf, dass sie mich nicht alle beachteten. Viele hier hatten wirkliche Probleme. Und ich hoffte für sie, dass sie eine Art Heilung erfahren würden, denn mir blieb sie verwehrt.

Ich war der Sonderling unter ihnen. Ich war diejenige, die in der Klapse nun mal fehl am Platz war und das bereits seit einem beschissenen Jahr. Trotzdem lebte ich gerne zwischen weißen Wänden und Kitteln.

Der Polizist hatte damals die richtige Entscheidung getroffen, mich hier abzuliefern, anstatt mich einzubuchten.

Ich bekam warme Mahlzeiten und mein Zimmer wurde für mich geputzt. Es hätte also alles schlimmer kommen können. Zudem war es heller und angenehmer temperiert, als es in der Hölle je hätte sein können.

»Nola, fahre fort«, bat mich die Therapeutin und riss mich aus meinen Gedanken an mein früheres Zuhause.

»Ich wurde jahrelang als Succubus ausgebildet. Doch ein Makel hat mir keine faire Chance gegeben.« Ich deutete auf mein rechtes Auge, das für die hier Anwesenden jedoch genau dem linken glich. »Mir wurde erst viel zu spät klar, dass sie es immer auf einen Fehler meinerseits angelegt hatten. Und als sie den fanden, wurde kurzer Prozess gemacht.« Ich ratterte wie gewohnt die gleichen Phrasen herunter. Solange ich meine Geschichte nicht ändern würde, hatte ich hier einen sicheren Platz. »Jetzt lebe ich unter euch Menschen und versuche mich anzupassen.«

Der strenge Blick der Therapeutin teilte mir stumm mit, dass ich mich nicht genug bemühte, mich anzupassen. Sonst würde ich nicht 365 Tage im Jahr immer die gleiche Story erzählen. Aber es war nun mal meine Geschichte. Oder?

Manchmal, in ganz schwachen Momenten, war ich mir selbst nicht sicher, ob Vale und die Hölle nur Einbildung waren.

Ich schüttelte den Kopf. *Weicht von mir ihr Dämonen.*

Wie erwartet wurde ich nach der Gruppensitzung noch in eine Einzelsitzung zitiert. Lilly, meine Therapeutin, musterte mich. »Wir kommen keinen Schritt weiter.«

»Ich soll die Wahrheit sagen. Und das tu ich auch«, versicherte ich ihr.

»Du hast uns schon so viele furchtbare Geschichten aus der Hölle erzählt, wie wäre es, wenn du dich einmal an einer schönen über den Himmel versuchst?«

Ich lachte auf. »Dort war ich aber nie. Man brachte uns ein bisschen die Basics in Geschichte bei, aber das war es auch.« Ich hielt eine Hand vor den Mund und flüsterte: »Die da oben können uns nämlich nicht leiden.«

»Was glaubst du, bringt dich dazu, dich als eine«, sie blickte auf ihre Notizen, »Succubus zu bezeichnen? Warum solltest gerade *du* für den Teufel arbeiten?«

Ich legte einen Finger auf meine Lippen. »Psst. Er mag es nicht, wenn man ihn so nennt. Er bevorzugt Lucifer oder Satan.«

Sie nickte in Zeitlupe. »Okay. Gut, dann wäre das auch geklärt. Um auf den Punkt zu kommen. Haben Sie noch einmal drüber nachgedacht, an einer Sitzung der Sexsüchtigen teilzunehmen?«

»Themenwechsel«, sagte ich knapp. Denn ich war nicht sexsüchtig. War es nie und werde es nie sein. Es wäre mein Job gewesen. Mit dem Arschtritt aus der Hölle hatte sich das allerdings erledigt.

Lilly seufzte. »Na schön. Du hast vorhin wieder gemeint, du wärst erst seit einem Jahr hier. Fühlt sich die Zeit wirklich so kurz für dich an?«

Ich runzelte die Stirn. »Ich zähle jeden Tag. Es ist genau 387 Tage her, als –«

»Als du aus der Hölle geworfen wurdest«, beendete sie meinen Satz, klickte den Kugelschreiber und fuhr damit über ihr Klemmbrett. »Als Dr. Deus mich in deinen Fall mit einbezogen hat, waren wir uns sicher, etwas erreichen zu können.«

Ich kicherte. »Sie wissen gar nicht wie witzig ihre Namen klingen.«

»Okay, ich glaube, wir kommen heute wieder nicht weiter.« Sie drückte einen Knopf neben der Tür. »Valentin? Können sie die Patientin bitte auf ihr Zimmer bringen?«

Routinemäßig wurde ich nach der Einzelsitzung von dem attraktiven Pfleger, der Vales Namen trug, in mein Bett gebracht. Und das war es, worauf ich jeden Tag hinarbeitete. Weshalb ich jede Pille schluckte, jede Sitzung über mich ergehen ließ und Freundschaften mit psychisch Kranken knüpfte. Nur für den Moment, in dem ich endlich die Augen schließen und in das Land der süßen Träume wegdämmern konnte.

Apropos Dämmerung. Seine Iriden leuchteten wie die untergehende Sonne, als er mich auf sich zukommen sah.

»Nola.« Er stand von der flauschigen Wolke auf, die er sich für den heutigen Traum ausgesucht hatte. Vielleicht könnte ich Lilly morgen doch eine schöne Geschichte über den Himmel erzählen.

»Ich habe dich vermisst, Vale.«

Silke Katharina Weiler

SUCCUBYTE

Donnerstag, 11.6., 20:35

»Den hat er vor zwei Monaten erst zusammengeschraubt«, sagt Lu. Unsere Blicke wandern zu dem Couchtisch, auf dem wir die Getränke abgestellt haben. »Aus geklauten Paletten. Drei Nächte lang ist er um den Supermarkt geschlichen, wisst ihr noch?«

»Dass den keiner erwischt hat«, sage ich.

Arnes Stimme klingt rau, als er klarstellt: »*Ich* hab geschraubt, *ich*, sonst würden die Dinger heute noch in seinem Flur rumstehen.« Er langt nach der Bierflasche, prostet der Luft zu und ruft trotzig: »Auf Ollis zwei linke Hände!«

»Auf Ollis linke Hände«, murmeln Lu und ich, und ich füge in Gedanken ein »Heuchler« hinzu. Da sitzen wir, auf dem Boden in Ollis fast leergeräumtem Arbeitszimmer, und tun so, als wären wir vier weiß Gott wie dicke gewesen. Damit wir uns nicht so schuldig fühlen. Damit wir für einen Moment vergessen, was Olli in unseren Augen tatsächlich gewesen ist:

der Blinddarm unserer Clique. Vorhanden, aber in Wahrheit überflüssig.

22:29

Arne und Lu sind bereits auf dem Heimweg. Eine Woche ist seit dem Anruf von Ollis Vermieter vergangen, die letzten beiden Tage haben wir damit verbracht, alles zu packen. Ich stehe auf dem Flur, wiege den Wohnungsschlüssel in der Hand, gehe wieder in sein Arbeitszimmer zurück. Habe das Gefühl, noch etwas erledigen zu müssen. Aber was? Vielleicht hätte ich mir die Frage früher stellen sollen.

Ich habe alle Lichter gelöscht. Der Schein der Straßenbeleuchtung fällt als halber Kegel durchs Fenster und reißt einen Stapel Kartons, in denen sich Ollis Besitz befindet, aus dem Dunkel. Olli hat keine Verwandten, seine Eltern sind seit fünf Jahren tot. Am Dienstag wird der Nachlassverwalter seine Habseligkeiten abholen. Für die Beerdigung kommt die Stadt auf, er wird in dem neuen Urnenfeld bestattet. Im Moment liegt seine Leiche noch in der Rechtsmedizin, könnte ja sein, dass er für irgendeine Statistik taugt.

Die Kartons sind teilweise voll mit Computerequipment. Das war seine Leidenschaft, Zocken bis in die Nacht. Konnte ich nie nachvollziehen. Ich bin mehr der aktive Typ, gehe joggen, Radfahren, Squash spielen. Ich habe nie verstanden, wie ein Mensch stundenlang in virtuelle Welten eintauchen kann. Trotzdem hat er immer wieder versucht, mir sein Hobby schmackhaft zu machen. Knapp drei Wochen zuvor hat er es das letzte Mal probiert, rief mich an, ob ich nicht vorbeikommen wolle, er hätte da ein neues Spiel ... Wahnsinns-Texturen, besser als die Realität, das würde auch mir gefallen ...

Ich lehnte dankend ab und fragte, ob er am Wochenende nichts Besseres zu tun hätte, als vor dem Computer zu sitzen.

Nein, antwortete er nach einer kleinen Pause. In einem Ton ... mir läuft es kalt den Rücken runter, wenn ich daran denke. Umso mehr, weil wir an jenem Tag zum letzten Mal miteinander gesprochen haben. Gott, was bin ich für ein beschissener Freund gewesen.

Blicken wir den Tatsachen ins Auge: Ich habe auf ihn herabgeschaut. Olli war ein Kindskopf, ein Träumer, der nie richtig erwachsen geworden ist. Arne und ich haben ihn toleriert, weil wir uns an ihm hochziehen konnten, wenn es uns scheiße ging. Wir haben unser Ego an ihm abgestreift, wenn wir mal wieder in einen der Haufen getreten sind, die uns das Leben vor die Füße gesetzt hat. Mehr war er für uns nicht.

Ein Bier später ist das Licht wieder an und ich knie neben den Kisten. Das ist von ihm übrig geblieben, denke ich. Überschaubar. Hat ja auch nur vierunddreißig Jahre gedauert dieses Leben. Zögernd klappe ich zwei Laschen auf, auch wenn es jetzt zu spät ist, sich für Olli zu interessieren. Der Karton ist bis zum Rand mit Büchern gefüllt. Den hat sicher Lu gepackt. Typisch, sie muss ihn ja nicht tragen. In einem anderen stapeln sich DVDs und etliche Spiele. Der nächste enthält nur Kabelsalat. Wer hat die denn da reingestopft? Ich bemühe mich, etwas Ordnung zu schaffen. Da fällt mir eine edle schwarze Verpackung auf, die zuunterst verstaut ist. Ich krame eine Box heraus, etwa so groß wie ein Schuhkarton. »V-Life D.E.S.« prangt in geschwungenen Goldbuchstaben auf dem Deckel, an der Seite dezent der Schriftzug des Herstellers: Succubyte Inc.

Ich öffne ihn. Innen befinden sich ein samtiges Etui und ein Stoffbeutel. Ich klappe das Etui auf und fördere eine VR

Brille zutage. Aus dem Beutel rutschen zwei Handschuhe aus festem Synthetikstoff. Im Bereich des Handrückens sind sie mit Plastik verstärkt, von dort laufen wie bei einem Exoskelett fünf filigrane Bögen zu den Spitzen von Finger und Daumen. Ich bin zwar kein Gamer, weiß aber, dass an VR Handschuhen gearbeitet wird, die herkömmliche Controller ersetzen und haptische Reize übertragen sollen. Die Dinger werden aktuell aber nicht für die breite Masse produziert, dementsprechend hoch ist der Preis. Wie hat Olli sich die leisten können? Ein beiliegendes Anschreiben liefert die Antwort:

Sehr geehrter Herr Kempf,

wir danken Ihnen für das freundliche Gespräch und freuen uns, Ihnen mitteilen zu dürfen, dass unser Entwicklerteam Ihre Bewerbung aus einer Vielzahl anderer berücksichtigt hat.
Anbei übersenden wir Ihnen den Prototyp der V-Life D.E.S. inkl. Handschuhe und Benutzereinweisung. Ihre Eindrücke zu Handhabung, Verbesserungsvorschläge etc. können Sie während des laufenden Betriebes ganz bequem per Spracheingabe übermitteln.
Wir wünschen Ihnen viel Freude mit unserem Produkt und bedanken uns schon jetzt für Ihre Mitarbeit.

Liliane A. Radt – Entwicklung
Succubyte Inc.

Davon hat er mir nie erzählt. Warum auch, es hätte mich ja ohnehin nicht interessiert ...

Freitag, 12.6., 00:05

Daheim genehmige ich mir noch ein Bier und packe die VR Brille aus, die ich aus Ollis Wohnung mitgenommen habe. *Ausgeliehen* habe. Soll er posthum wenigstens einen winzigen Teil der Wertschätzung erfahren, die ich ihm zu Lebzeiten verweigerte.

Die Brille sitzt wie angegossen, auch die Handschuhe schmiegen sich an wie eine zweite Haut. Ein PC ist nicht nötig, dafür WLAN. Was? Die komplette Hardware steckt in diesem Ding. Ob das etwas taugt? Ansonsten behauptet die Anleitung, die Bedienung sei intuitiv. Ich werde etwas nervös, als das Zimmer hinter dem Display verschwindet. Das Gerät kalibriert selbstständig. Eine angenehme Frauenstimme bittet mich, mit den Augen einigen Lichtpunkten zu folgen. Ich gehorche und fühle einen leichten Schwindel. Ist das schon »motion sickness«? Das Spiel hat doch noch gar nicht angefangen.

Einen Moment später ist die Übelkeit wie weggeblasen. Ich stehe mitten in einem Wald. Es riecht nach Pinie ... und Salz. Ich bin in Frankreich, am Atlantik, ich kann die Seeluft schmecken. Das Erlebnis ist so intensiv, dass ich nach Luft schnappe und mir die Brille vom Gesicht reiße.

Die Côte d'Argent, dort war ich einmal surfen. Das ist jetzt ... fünfzehn Jahre her. Kurz nach dem Abitur haben wir uns den Van von Holgers Eltern ausgeliehen und sind zu viert oder fünft ... Mann, das waren die drei besten Wochen meines Lebens. Wir waren jung, waren frei, hatten den Kopf voll schwachsinniger Pläne, von denen wir genau wussten, dass sie niemals in Erfüllung gehen würden. Doch in diesen einundzwanzig Tagen war alles möglich gewesen.

Ich atme tief durch und setze die Brille wieder auf.

Ich bücke mich nach dem Sand und lasse ihn durch meine Finger rieseln. Er ist warm, die Sonne knallt auf die Düne. Ich bin nicht allein. Unten am Strand, zu dem ein Pfad aus Bohlen führt, steht eine junge Frau mit dem Rücken zu mir. Mit einem unbestimmten Kribbeln im Bauch nähere ich mich. Als die Frau sich umdreht, bleibt mir die Luft weg. »Eva?«

»Hallo Kai.«

Arnes Freundin! Von dem Moment an, da er sie mir vorgestellt hat, habe ich mich gefragt, wie ein Trottel wie er an solch eine Frau kommt. Es vergeht keine Sekunde, in der ich nicht überlege, wie viel besser sie sich an meiner Seite machen würde.

Lächelnd streicht sie das blonde Haar aus der Stirn. Der knappe Bikini spannt sich über ihrem Busen, das Höschen ist locker an den Hüften geschnürt. Zwei Handgriffe und ...

»Warum so überrascht, Kai? Freust du dich gar nicht, mich zu sehen?«

Ich schlucke. »Doch. Klar. Aber, was machst du in diesem Spiel?«

»In dem Spiel?« Sie kommt auf mich zu, ein aufreizendes Funkeln in den Augen. »Das hier ist so viel mehr als nur ein Spiel.« Lasziv schiebt sie das rechte Knie zwischen meine Beine. »Dies hier ist eine Realität, die allein deinem Willen gehorcht. Die du mit deinen Träumen und Sehnsüchten formen kannst. Ob vergangen oder gegenwärtig, ob abgründig oder nicht ... alles ist möglich.« Sie hebt einen Zeigefinger und legt ihn auf meine Lippen. »Ohne Reue! Hier urteilt niemand über dich. Du musst dich nur dem Spiel öffnen. Dich ihm hingeben. Dann tut es alles für dich.« Ihr Oberschenkel streicht an den Innenseiten meiner Beine entlang. Am Ziel angekommen übt sie leichten Druck aus. »Willst du mir nicht aus diesem Fetzen helfen?«, haucht sie mir ins Ohr. Ihre Zungenspitze streicht über mein Ohrläppchen.

Ich schließe die Augen. Und ob ich will …

09:47

Mein Handy klingelt mich aus dem Schlaf. Ich stolpere aus dem Bett, es ist Arne.

»Mensch, Kai, wo bleibst du? Ich steh mir hier die Beine in den Bauch.«

Ich brauche einen Moment … Verflucht, ich habe versprochen ihn abzuholen, weil sein Auto in der Werkstatt ist. »Tut mir leid«, nuschle ich durch den Pelz in meinem Mund und stütze mich an einem Bettpfosten ab. »Nimm dir ein Taxi, ich zahle.«

»Ist bei dir alles klar, Mann?«

»Weiß nicht.« Mein Blick fällt auf die VR Brille neben meinem Kopfkissen auf dem zerwühlten Bettlaken. Schlagartig fällt mir das Spiel ein. Eva … »Ich glaub, ich brüte was aus. Sag Joachim, ich komme etwas später.«

»Ist gut.«

Kaum habe ich aufgelegt, reiße ich die Fenster auf. Die Luft im Zimmer ist stickig, es riecht nach … nach Sex. Was für eine Nacht. Ich muss mit der Brille eingeschlafen sein und dann einige verdammt wüste Träume entwickelt haben. Im Bad glotzt mich aus dem Spiegel ein bleicher Kerl mit dunklem Bartschatten und roten Augen an. Vielleicht brüte ich wirklich etwas aus. Hoffentlich keine Sommergrippe. Ich schmeiße mir kaltes Wasser ins Gesicht und schlucke ein paar Vitaminkapseln.

Im Büro kann ich mich auf nichts konzentrieren. Jedes Mal wenn mir Arne während der Arbeit über den Weg läuft, sehe ich Evas wippende Brüste vor meinem inneren Auge. Fühle Sand auf ihrem Hintern kleben. Zweimal renne ich aufs Klo, weil ich nicht mehr an mich halten kann. Dazu die Müdigkeit ... Mann, bin ich durch. Ich hätte besser mal auf das letzte Bier verzichtet.

Daheim nehme ich mir vor, die VR Brille wegzupacken und mich gleich ins Bett zu verziehen. Zehn Minuten später habe ich das Ding auf der Nase. Ich rieche Pinien, Salz, schmecke Eva. Schade, dass die Grafik doch an ihre Grenzen stößt. Aus einem bestimmten Blickwinkel sehen die Artefakte fast so aus, als wüchsen Eva Flügel.

Samstag, 13.06, 14:58

Ich strecke meinem Spiegelbild die Zunge raus. Grau-weiß belegt. Bestimmt eine Sommergrippe. Meine Augen sehen aus, als hätte ich sie mit Sandpapier bearbeitet. Sand ... Eva. Ich habe ihren Geschmack noch im Mund.

Ich bin erst seit einer halben Stunde auf den Beinen. Wenn man das so nennen kann. Meine Knie zittern, in meinem Bauch rumort es. Magen-Darm? Auch gut möglich. Ich werfe einen kurzen Blick in den Kühlschrank und schließe ihn unverrichteter Dinge. Wanke in mein Bett zurück, mache den Fernseher an, zappe mich durch die Kanäle. Ich habe das ganze Wochenende Zeit, mich auszukurieren.

Die VR Brille liegt noch immer neben dem Kissen. Eine Viertelstunde gelingt es mir, sie zu ignorieren, dann ziehe ich sie auf.

Sonntag, 14.06., 16:17

»Kai, wolltest du heute nicht zum Mittagessen kommen?«

Die vorwurfsvolle Stimme meiner Mutter. Ich kann mich zwar nicht daran erinnern, muss aber aufgestanden und ans Telefon gegangen sein.

»Entschuldige, Mama.« Ich bekomme die Zunge kaum rund.

»Warst du gestern feiern?«

»Nein, ich bin krank. Sommergrippe.«

»Ach, du Armer. Soll ich dir etwas zu essen vorbeibringen?«

»Nein, lass mal. Ist lieb, aber ich komme klar.«

»Du meldest dich, wenn du was brauchst.«

»Mach ich, Mama. Bis die Tage.«

Kraftlos krieche ich ins Bett zurück, zur Brille, zu Eva.

Irgendwann später

Hämmern in meinem Kopf weckt mich. Meine Augen sind völlig verklebt und als ich sie endlich öffnen kann, ist es im ersten Moment, als würde ich durch ein Fliegengitter schauen. Ich realisiere, dass ich noch immer die VR Brille trage. Und das penetrante Klopfen kommt nicht aus meinem Schädel, sondern von der Wohnungstür. Habe ich die Klingel abgestellt?

Mühsam ziehe ich die Brille ab. Ich schaffe es kaum, aufzustehen, schlurfe barfuß durch den Flur, murre »Komm ja schon.« Nachdem ich die Kette gelöst und die Tür geöffnet habe, blicke ich in Lus Gesicht. Sie wirkt zu gleichen Teilen erschrocken wie erleichtert, als sie mich sieht.

»Kai, Gott sei Dank. Alles ok bei dir?«

»Klar. Warum soll nicht alles ok sein?«

»Arne hat eben angerufen, du seist heute schon wieder nicht auf der Arbeit erschienen. Gestern hat er schon den ganzen Tag versucht, dich zu erreichen. Was ist denn mit deinen Augen los?«

Wie ... gestern? ... wir haben doch Sonntag ...

»Bindehautentzündung«, antworte ich gereizt. »Wie spät ist es?« Ich will mir durchs Haar streichen, merke, dass ich etwas in der Hand halte.

Lus Blick bleibt daran hängen. »Seit wann hast du eine VR Brille?«

»Die habe ich von Olli mitgenommen«, erkläre ich. »Als ... Andenken.«

»Hast du die etwa getragen?«

»Ja. Mal ausprobiert. Warum fragst du?«

Lu senkt die Stimme. »Hat Arne es dir nicht gesagt?«

Immer diese Gegenfragen ... Meine Beine fühlen sich wie Gummi an, ich will mich wieder hinlegen. »Nein, hat er nicht. Rück endlich mit der Sprache raus, mir geht's nicht gut.«

Lus Lippen brauchen einen Augenblick, den Satz angemessen zu umfassen. »Olli hat sie getragen, als er gestorben ist. Er hatte sie auf, als sie seine Leiche gefunden haben.«

Lu lässt sich nicht abwimmeln, besteht darauf, das Bett frisch zu beziehen und mir Tee zu kochen. Wie lästig sie ist. Vor einer Weile habe ich mir mal vorgestellt, wie es wäre, sie flachzulegen, jetzt bin ich froh, dass es bei dem Gedanken geblieben ist. Sie hat längst nicht Evas Klasse. Als ich sie erwische, wie sie die VR Brille und die Handschuhe wegpackt, platzt mir der Kragen. Ich herrsche sie an, die Finger von meinen Sachen zu lassen und sich endlich zu verpissen.

Sie guckt mich an wie ein verschrecktes Reh. »Ich habe eine Inventarliste für den Nachlassverwalter gemacht, weißt du nicht mehr? Das fällt auf, wenn die Brille fehlt.«

Unsere ordentliche Lu, was ist sie doch für eine pedantische Kuh. Das reimt sich sogar.

Ich reiße ihr den Karton aus den Händen und habe Lust, ihr eine zu verpassen.

»Das ist mir scheißegal, der Idiot kann sich ja bei mir melden, wenn er ein Problem damit hat. Und jetzt lass mich endlich in Ruhe.«

Lus Augen fangen an zu schwimmen. »Kai, was ist nur los mit dir? Du bist doch sonst nicht so ...« Ich erfahre nicht, was ich sonst nicht bin, weil ich sie am Arm packe und raus auf den Hausflur befördere. Danach lehne ich mich schweißgebadet gegen die Tür und hänge die Kette ein.

... viel später ...

Evas Kopf ruht auf meiner Brust. Er fühlt sich so schwer an, wie der Rest ihres Körpers. Kann mich kaum mehr bewegen. Habe versucht, mir die Brille vom Gesicht zu ziehen. Es ist, als wollte ich mir die Augenlider abreißen. Also hab ich's gelassen.

»Genießt du es, bei mir zu sein?« Ihre Finger streicheln über meine Haut, hinterlassen brennende Striemen.

Ob ich es genieße? Würde ich heute sterben, hier, an der Silberküste, es wäre mir egal. Es ist das perfekte Ambiente, von einer Göttin namens Eva totgeritten zu werden. »Was für eine Frage ...«, grinse ich. Könnte mich jemand so sehen, würde mein Gesichtsausdruck ziemlich dämlich wirken, glaube ich.

Eva seufzt. Ihr Atem ist kalt, die Härchen an meinem Körper richten sich auf.

»Wenn du doch nur für immer bei mir bleiben könntest.«

»Genau daran habe ich auch gerade gedacht.«

Ich berühre ihr Haar, ertaste etwas Hartes. Ihre Finger wandern derweil südwärts. A propos hart.

»Es gäbe eine Möglichkeit, dich mit mir zu vereinen.«

Vereinen? Tun wir das nicht die ganze Zeit?

Sie scheint meine Gedanken zu lesen. »Auf eine Art, die du dir nicht ausmalen kannst«, fügt sie hinzu. Ich höre ihr verführerisches Lächeln. »Willst du das, Kai? Willst du bei mir bleiben? Für immer? Diesen nutzlosen Körper hinter dir lassen?«

Körper? Habe ich denn noch einen? Muss der nicht auch mal gefüttert werden? Wann habe ich zuletzt etwas gegessen? Ich kichere. Mir fällt etwas anderes ein, das ganz dringend gefüttert werden muss. Der kleine Mann ist wieder ziemlich schlapp.

Eva richtet sich auf, der Druck auf meinem Brustkorb bleibt.

»Willst du, Kai?« Ihre Stimme wird schärfer. Bezwingend. Sie hat die Sonne im Rücken, die mich blendet. Ich senke den Blick, lasse ihn über ihre perfekten Brüste gleiten, den flachen Bauch. »Willst du dich mit mir vereinen?«

»Wir sind danach aber nicht verheiratet, oder so?«, lalle ich. Mein Mund ist so trocken. Ich will etwas trinken.

»Keine Sorge, das sind wir danach wahrlich nicht.«

»Dann mal los. Bin gespannt, was du noch auf Lager hast.«

Eva lässt die Hüften kreisen, was schnell zum gewünschten Effekt führt. Ich stöhne auf, packe sie, kralle mich fest. Sie beugt sich über mich. Ich spitze die Lippen, denke, sie will mich küssen, da bäumt sie sich auf. Schlagartig verschwindet die Sonne hinter dem gewaltigen Flügelpaar, das aus ihrem

Rücken bricht. Ich wünschte, sie würde mich weiter blenden, dann müsste ich den peitschenden Schwanz nicht sehen. Oder die Hörner, die sich aus ihrer Stirn drehen. Die Augen, in denen ein kaltes Höllenfeuer brennt. Ihr schrilles Lachen klingelt in meinen Ohren. Ich will schreien, aus meiner ausgedörrten Kehle dringt kein Ton. Ich will sie von mir stoßen, zugleich grabe ich meine Finger tiefer in ihr Fleisch, denn was immer dieses Ding auch ist, ich will es ... Ja, ich will ...

Vor mir verschwimmt alles. Dunkelheit sickert in mein Sichtfeld und füllt es aus. Meine Augäpfel scheinen in ihren Höhlen zu schrumpfen, aus der Brille bohrt sich etwas in meinen Schädel. Und dann beginnt das Saugen. Das Schlürfen. Das Schwinden.

Freitag, 26.06, 19:02

Luisa Orth, von ihren Freunden Lu genannt, sitzt mit rotgeweinten Augen am Schreibtisch, vor sich eine Flasche Chianti Rufina D.O.C.G., eine Packung Taschentücher, daneben eine schwarze Box ungefähr so groß wie ein Schuhkarton. Sie hat ihm nie gesagt, dass sie ihn liebt. Jetzt ist es zu spät, doch eine Sache kann sie noch für Kai tun: Die Umstände seines Todes aufklären!

Sein Vater wollte nichts aus dem Nachlass des Sohnes behalten. Bevor die Entrümpler anrückten, gab er Kais Freunden jedoch die Gelegenheit, sich umzusehen, ob sie etwas gebrauchen konnten. Lu hat die VR Brille mitgenommen. Mit dem Ding stimmt etwas nicht. Kai ist niemals an Herzversagen aufgrund einer verschleppten Grippe verstorben. Und zwei Todesfälle in solch kurzer Zeit, wer da noch an Zufall glaubt, dem ist wirklich nicht mehr zu helfen! Nein, die Brille war schuld und sie würde den Hersteller zur Rechenschaft ziehen.

Doch über »Succubyte Inc.« schweigt sich das Internet aus. »Inc.« deutet auf ein US amerikanisches Unternehmen, sie findet jedoch keinen Eintrag in ein Handelsregister und der angebliche Firmensitz scheint mitten im Nirgendwo zu liegen. Aber das macht nichts, Lus beste Freundin Chiara ist Journalistin, wenn eine etwas ausgraben würde, dann sie.

Sie verfasst eine E-Mail an Chiara, immer wieder von Weinkrämpfen geschüttelt. Danach recherchiert sie, ob es bereits vergleichbare Todesfälle im Zusammenhang mit der Verwendung von VR Brillen gegeben hat. Auch hier ist die Ausbeute gering, keine Treffer, bis auf die üblichen Gesundheitshinweise im Zusammenhang mit Epilepsie. Weder Olli noch Kai waren Epileptiker.

Nach dem dritten Glas Wein lehnt sie sich frustriert zurück. Lu hasst es zu warten, sie verabscheut Untätigkeit. Ihre Finger spielen mit dem Deckel der Box, bald darauf hält sie die Brille in Händen.

Und wenn sie selbst einmal ... Sie kann ja aufpassen und die Brille sofort absetzen, sollte etwas Ungewöhnliches passieren. Mit klopfendem Herzen folgt sie den Anweisungen auf dem Display. Ein Ladebalken baut sich auf. Bis jetzt ist noch alles in Ordnung, die Brille sitzt tadellos, die Handschuhe liegen angenehm auf der Haut. Und dann ...

Tauben fliegen vor ihren Füßen auf, hinein in den strahlend blauen Himmel über der Piazzale Michelangelo. Diese Aussicht ... Links von ihr spannt sich die Ponte Vecchio über den Arno, daneben liegt das Stadtzentrum mit der imposanten Kuppel der Kathedrale Santa Maria del Fiore. Florenz, ihr Sehnsuchtsort. Wie gerne würde sie noch einmal dorthin zurückkehren.

Sie spürt, dass jemand hinter ihr steht. »Lu ...« Wie ein Windhauch streicht die Silbe über ihr Ohr. Ihr Körper fängt an zu summen wie eine Stimmgabel, die Vibration setzt sich bis in ihren Schoß fort und konzentriert sich dort. Nur eine Person hat je solch eine Reaktion bei ihr hervorgerufen. Sie dreht sich um. »Kai!«

Die fahle Haut, die nässenden geschwollenen Lider – verschwunden! Kai sieht unverschämt gut aus, sein dunkles Haar scheitelt sich unordentlich, die graublauen Augen ruhen auf ihr.

»Aber ... aber du bist tot!« Sie kann es nicht glauben, berührt ihn zuerst am Arm, dann im Gesicht, spürt seine Bartstoppeln unter ihren Fingern.

»In der Welt da draußen vielleicht, hier lebe ich, wenn du es willst, so lange du willst.«

»Wie ist das möglich?« Gott, wie gut er riecht ... nach Zimt, Sandelholz und Moschus. »Obsession«, sie liebt diesen Duft an ihm.

»Betrachte dies hier als alternative Realität, in der du die Regeln machst.« Er dreht sich eine Strähne ihres Haars um den Finger und lächelt. Dann gleitet seine Hand über ihren Hals den Rücken entlang. Eine Gänsehaut folgt ihr. Erst als seine Finger ihr Gesäß berühren, die Grenze zwischen Slip und Haut streifen, bemerkt sie, was für ein verboten kurzes Sommerkleid sie trägt. Eines von der Sorte, das sie wegen ihrer Beine normalerweise nie anziehen würde. Wie hat Kai es genannt? Alternative Realität? Bedeutet das nicht, sie kann tragen, was sie will?

Er beugt sich zu ihr. »Wie heißt noch dieses gemütliche Hotel, von dem du immer so geschwärmt hast?«

»Casa Aurora«, flüstert sie.

»Wie wäre es, wenn wir uns für ein paar Tage dort einmieten und ich dir beweise, wie real diese Welt ist?«

Dieser verheißungsvolle Schmelz in seiner Stimme. Lu

wird heiß. Sie kann kaum atmen, ihre Antwort klingt wie ein Keuchen. »Ja …« Vergessen alle Vorbehalte gegen die Brille. Mit weichen Knien hängt sie sich bei ihm ein und stutzt, als ein Schatten auf sie fällt. Sicher nur ein Softwarefehler, aber für einen Moment ist ihr, als würden zwei geschwungene Hörner aus Kais Stirn wachsen.

Lea Baumgart

SCHLAFLOSE NÄCHTE

Nora fragte sich, warum die Gedanken nachts lauter wurden. Sie vermutete, dass es nicht daran lag, dass sie tagsüber beschäftigter war. Schließlich gab es triste, verregnete Tage, an denen sie überhaupt nichts unternahm und auch an diesen erhoben ihre wandernden Gedanken sich nie über ein Flüstern. Es musste an den Menschen liegen. Ab einer gewissen Uhrzeit fühlte es sich manchmal so an, als wäre Nora der einzige Mensch in der gesamten Stadt, der noch wach lag. Die Einsamkeit wirkte wie eine Echokammer, die ihre Gedanken zurückwarf, bis ihre eigene Stimme alle anderen Geräusche übertönte. Am liebsten hätte sie diese Stimme angeschrien endlich den Mund zu halten, aber auch dieser Satz fiel immer nur wieder auf sie zurück. Sei still, sei still, sei still, bis sie nichts anderes mehr hörte.

Heute auf der Arbeit hatte ein Kunde sich beschwert, weil er zu lange auf seinen Kaffee hatte warten müssen. Noras Gesicht fühlte sich heiß an bei der Erinnerung. Sie wusste, dass es nicht schneller gegangen wäre, aber sie wurde das Schuldgefühl trotzdem nicht los. Es war das irrationale Gefühl, etwas fundamental falsch gemacht zu haben; die Schuld, die man empfand, wenn man auf der Straße einen Polizisten sah auch wenn man nichts verbrochen hatte, oder wenn man die Alarmvorrichtung eines Geschäftes durchquerte und damit rechnete, dass sie losging, obwohl man seine Einkäufe doch bezahlt hatte.

Susanne hatte mit Sicherheit gehört, wie der Kunde sie beschimpft hatte. Natürlich würde auch sie wissen, dass es nicht Noras Schuld gewesen war. Kunden wie diesen gab es immer wieder. Aber es war ihr trotzdem unangenehm, was ihre Kollegin jetzt von ihr denken würde. Vor Kurzem hatte Susanne ihr ihren neuen Freund Hendrik vorgestellt, den Nora bereits aus einem Seminar an der Uni kannte. Er hatte eindringlich blaue Augen und wenn sie daran dachte, wie er Susanne mit diesen Augen ansah, fühlte es sich an, als würde sie innerlich weinen, weil ihr Körper nicht mehr die Energie aufbrachte, die Tränen nach außen dringen zu lassen.

Sie fühlte sich unendlich erschöpft und verstand nicht, warum ihr Körper sie nicht endlich schlafen ließ. Morgen würde sie wieder früh aufstehen müssen. Inzwischen sollte ihr Körper so verausgabt sein, dass er einfach abschaltete, sobald sie sich ins Bett legte. Aber die Stimmen hielten sie wach.

Nora fragte sich, wie groß wohl das Universum sein mochte und ob sie es sich überhaupt vorstellen könnte, wenn sie es wüsste.

Heute hatte eine unterdrückte Nummer auf ihrem Handy angerufen. Sie hatte sich nicht getraut, abzuheben. Ein unbekannter Anrufer musste natürlich noch nichts Schlimmes bedeuten. Aber die fehlende Namensanzeige auf dem Display nahm ihr die Gelegenheit, sich mental vorzubereiten. Die Aussicht einfach abzuheben, ohne vorher zu wissen, wer sich am anderen Ende der Leitung befand, und sich dann in Sekundenschnelle darauf einstellen zu müssen, ließ sie ganz starr werden vor Furcht. Sie würde nicht wissen, ob sie herzlich reagieren müsste oder förmlich oder irritiert und es schien ihr unmöglich, eine soziale Interaktion zu bestreiten, ohne sich vorher wenigstens auf die Grundparameter einstellen zu können. Sie hatte Angst, dass die fremde Nummer morgen noch einmal anrufen würde. Falls sie es mehrmals versuchte, war es vermutlich wichtig. Falls es wichtig war, würde Nora früher oder später rangehen müssen. Sie fragte sich, ob sie bereits heute etwas Entscheidendes verpasst hatte. Vielleicht lag ihre Mutter im Krankenhaus und sie wusste nichts davon. Vielleicht war ein Fehler in ihren Versicherungsunterlagen aufgetreten und wenn sie morgen von einem Auto angefahren wurde, könnte sie die Krankenhausrechnung nicht bezahlen. Vielleicht hatten Susanne und Hendrik sich getrennt und sie fühlte sich ganz umsonst traurig, wenn sie an seine blauen Augen dachte.

Nora drehte sich auf die Seite.

Sie wünschte, jemand würde jetzt in ihrem Schlafzimmer auftauchen und einfach ihr Gehirn entfernen. Sie stellte sich das Sandmännchen aus der Kindersendung vor, das sich über sie beugte und ihr mit einem Meißel ganz behutsam den Schädel spaltete, um ihr Gehirn aus ihrem Kopf zu heben und in seinem Beutelchen zu verstauen. Dann wären die Stimmen in ihren Gedanken endlich still und sie könnte friedlich schlafen. Sie fragte sich, wie es wäre mit einem leeren Kopf aufzuwachen. Vielleicht wäre sie dann nicht mehr sie selbst. Vielleicht wäre das überhaupt nicht schlimm.

Wenn jetzt jemand bei ihr wäre, würde sie sich vielleicht anders fühlen. Vielleicht könnte die Anwesenheit eines anderen Menschen die Gedanken fernhalten, oder zumindest ihre Lautstärke dämpfen. Vielleicht würden die Stimmen dann nur flüstern, um die Person neben ihr nicht zu wecken.

Nora dachte an Susanne und Hendrik und daran, wie sie jetzt vermutlich nebeneinander lagen und friedlich schliefen. Ihre Brust zog sich unangenehm zusammen. Die dumpfe Niedergeschlagenheit, die sie tagsüber empfand, schien sich in den schlaflosen Nächten in einen körperlichen Schmerz zu verwandeln, der ihr ins Brustbein stieß. Nora konnte sich nicht an die letzte Nacht erinnern, in der sie einfach durchgeschlafen hatte.

Sie wälzte sich auf die andere Seite, als würde das beim Einschlafen helfen. Ihr Blick richtete sich jetzt auf die Wand. Nur, dass ihr die Aussicht von einem Mann versperrt wurde.

Es gab keine rationale Erklärung dafür, wie der Mann von einem Moment auf den anderen in ihr Bett gelangt sein sollte. Trotzdem verspürte sie im ersten Augenblick nichts als Erleichterung. Endlich war ihr stummes Flehen erhört worden. Sie war nicht länger alleine mit ihren Gedanken.

»Hallo«, sagte sie und musterte den Mann.

Im Halbdunkel des Zimmers war es nicht einfach, etwas zu erkennen, aber der Mann gehörte zu denen, die man auch bei schlechter Beleuchtung nur schwerlich übersehen konnte. Er lag auf der Bettdecke neben ihr und hatte dunkles, wallendes Haar, einen gesunden Teint und eine glatte, muskulöse Brust. Er sah aus wie die Männer auf Schundromanen, die eine leicht bekleidete Frau in einer unbequemen Pose an sich pressten, während ihr offenes Hemd im Wind flatterte. Die Kleidung dieses Mannes würde jedoch nicht flattern, denn er trug keine. Seine Haut glänzte als habe man sie eingeölt, obwohl sie nicht feucht wirkte. Er hatte dunkle Augen und volle Lippen. Seine Gesichtszüge waren markant und ebenmäßig und so sehr Nora sich auch bemühte, den Blick nicht nach unten wandern zu lassen, hatte sie doch bemerkt, dass die Natur auch in anderer Hinsicht sehr großzügig mit dem Fremden gewesen war.

»Hallo, Schönheit«, raunte der Mann und warme Finger strichen über Noras Oberarm. Seine Stimme war tief und er flüsterte die Worte, als wäre er heiser.

Sie drehte sich fort, um der Berührung möglichst unauffällig auszuweichen. Sie hatte das Gefühl, dem Fremden etwas zu schulden, weil er sie endlich von ihren Gedanken erlöst hatte. Die Berührung gefiel ihr trotzdem nicht.

»Was machen Sie hier?«, fragte sie geradeheraus.

Der Mann senkte den Blick, aber es wirkte nicht betreten, sondern theatralisch.

»Ich bin hier, um dir eine Nacht voller Leidenschaft zu schenken, Nora«, murmelte der Mann heiser.

»Bitte nicht«, sagte Nora.

Einen Moment herrschte verlegene Stille.

»Doch, doch«, sagte der Mann schließlich. Er flüsterte jetzt nicht mehr.

Nora wälzte sich auf den Rücken und schaltete die Nachttischlampe an. Sie konnte den Mann auf ihrem Bett jetzt deutlicher erkennen. Und es gab wirklich viel zu sehen. Mit heißen Wangen bemühte Nora sich, ihm ins Gesicht zu blicken. Dank der Beleuchtung konnte sie jetzt erkennen, dass seine Augen braun waren.

»Wer sind Sie überhaupt?«, erkundigte Nora sich. Das erschien ihr wie eine angemessene Frage, wenn ein nackter Mann einfach so in ihrem Schlafzimmer auftauchte.

»Ich bin ...«, hob der Mann an und räusperte sich dann schnell. »Ich bin Connor«, fuhr er wieder mit gesenkter, heiserer Stimme fort. »Der Highlander.«

Er stützte sich auf seinen Ellbogen, was wohl seinen Bizeps betonen sollte. In erster Linie wirkte es allerdings ungelenk.

»Hi, Connor«, sagte Nora. »Meinen Namen kennen Sie ja offenbar schon.«

»Richtig«, sagte Connor. »Nora.« Er strahlte sie an, als wäre er stolz, dass er die richtige Antwort kannte. Er hatte ebenmäßige Zähne. Einen Moment lang grinste er einfach nur, bis ihm wieder einzufallen schien, aus welchem Grund er eigentlich hier war.

»Ein sehr schöner Name übrigens«, ergänzte er und streckte wieder die Hand aus, um mit den Fingern sanft ihren Unterarm entlangzufahren.

Nora setzte sich auf. Sie dachte, dass sich diese Position besser für eine Unterhaltung eignen würde.

»Erzählen Sie doch mal etwas über sich«, schlug Nora vor. Sie hoffte, dass das die körperlichen Annäherungsversuche erst einmal abhalten würde. Gleichzeitig fürchtete sie sich davor, dass Connor einfach wieder verschwinden könnte, wenn sie ihn nicht bei Laune hielt, und sie dann wieder alleine mit ihren Gedanken wäre. Sie wusste nicht, was er war – eine Geistererscheinung, eine Halluzination, ein Traum. Aber seine bloße Anwesenheit sorgte dafür, dass das schmerzhafte Ziehen in ihrer Brust nachließ.

»Wollen wir uns nicht duzen?«, schlug Connor vor. »Ich finde es immer so komisch, wenn ich versuche mit jemandem Sex zu haben, der mich siezt. Es heißt ja Connor der Highlander. Nicht Herr Connor. Oder Herr Highlander. Ich glaube, ich habe überhaupt keinen Nachnamen. So wie Batman.«

»Bruce Wayne«, sagte Nora automatisch.

»Was?«, fragte Connor.

Nora wandte den Blick ab und starrte auf den Stoff ihres blauen Schlafanzugs. Ihr war klar, dass das nicht die angemessene Reaktion gewesen war. Später würde sie sich darüber ärgern, etwas so Dummes gesagt zu haben. Stoff für nächste Nacht, um sie vom Schlafen abzuhalten.

»Batman heißt Bruce Wayne«, erklärte sie stockend. »Er wäre dann Herr Wayne.«

Ihre Stimme war beim Sprechen leiser geworden und sie wünschte, ihre Worte würden einfach ausklingen, ohne gehört zu werden und ohne mit ihrem Ausbleiben eine Lücke ins Gespräch zu reißen.

»Das wusste ich nicht«, sagte Connor.

Sie schwiegen wieder einen Moment. Nora ärgerte sich über sich selbst. Sie war wahrscheinlich der einzige Mensch auf diesem Planeten, der selbst ein Gespräch mit einem imaginären Mann unangenehm gestalten konnte. Connor schien sich ebenfalls unwohl zu fühlen.

Schließlich setzte auch er sich auf. Seine Nacktheit störte ihn dabei offensichtlich nicht. Nora schaute verlegen in die andere Richtung.

Ungeschickt beugte er sich vor und versuchte sein Gesicht irgendwie vor das ihrige zu manövrieren.

»Also, was den Sex angeht«, sagte Nora und hielt den Blick noch immer abgewandt. »Es wäre mir lieber, wenn wir das lassen könnten.«

Connor seufzte und lehnte sich zurück. Er saß jetzt mit dem Rücken gegen die Wand gelehnt, die Beine von sich gestreckt. Nora überlegte, ob sie ihn bitten sollte, sich mit irgendetwas zu bedecken.

»Was habe ich denn diesmal falsch gemacht?«, jammerte Connor. Er klang nicht eingeschnappt, wie Männer das manchmal taten, wenn man sie zurückwies. Er klang ehrlich besorgt.

»Nichts«, sagte Nora. Für einen so großen, muskulösen Mann schaffte Connor es, erstaunliche Ähnlichkeit mit einem nassen Welpen aufzuweisen. »Du machst das ganz toll.« Sie kam sich vor, als würde sie ein Kind loben. »Mir ist nur einfach nicht danach.«

»Aber du hast mich doch herbeigewünscht!«

Nora zögerte. Es stimmte, dass sie sich nach jemandem gesehnt hatte, der ihr Gesellschaft leistete, um die drückenden Gedanken zu vertreiben. Aber sie hatte nicht damit gerechnet, dass tatsächlich jemand auftauchen würde. Erst recht kein Highlander.

»Herbeigewünscht?«, vergewisserte sie sich.

Connor nickte eifrig. Er schien erleichtert über eine Frage, die er eindeutig beantworten konnte.

»Ja, ja!«, bestätigte er. »Ich bin ein Incubus! Ein Sexdämon sozusagen. Die Sehnsucht der Menschen zieht uns an. Wir erscheinen dann bei ihnen für eine Nacht voller Leidenschaft.« Er hatte den Ausdruck schon einmal benutzt, und Nora fragte sich, ob er wohl aus einem Handbuch stammte. »Die Menschen halten uns dann in der Regel für einen Traum, aber wir erfüllen ihre Fantasien.«

Nora musterte Connor noch eingehender. Sie konnte sich nicht vorstellen, dass er die Art von Fantasie war, die sie heraufbeschwören würde. Woran hatte sie als letztes gedacht, bevor er aufgetaucht war? An Susanne. Und Hendrik. Vielleicht hatte sie sich unterbewusst doch gewünscht, dass ein Mann wie Connor hier auftauchte. Möglicherweise hatte sie sich gewünscht, sich zu jemandem wie ihm hingezogen zu fühlen, damit all die anderen Gefühle endlich Ruhe gaben. Connor zu mögen würde ihr Leben ein ganzes Stück einfacher gestalten.

»Verstehe«, sagte Nora unverbindlich.

»Also«, sagte Connor hoffnungsvoll und stieß sich von der Wand ab, sodass er sehr aufrecht saß. »Wollen wir es vielleicht doch versuchen?«

Nora sah die ehrliche Begeisterung in seinem Blick.

»Eigentlich bist du nicht so ganz mein Typ«, antwortete sie ausweichend.

Bestürzt blickte Connor an sich herab. Nora konnte es ihm nicht verübeln. Mit seinem Körperbau war er eigentlich jedermanns Typ.

»Wirklich nicht?«, erkundigte er sich betroffen. »Ich bin aber sehr vielseitig im Bett.«

Nora konnte nicht umhin ihre Augenbrauen ein winziges Stück in die Höhe zu ziehen. Connors Aussehen schien in ihren Augen eine sehr spezifische Fantasie zu bedienen.

»Wirklich?«

Connor nickte eifrig.

»Ich kann nicht nur Highlander!«, sagte er und wirkte im nächsten Moment bereits kleinlaut. »Manchmal gebe ich auch Wikinger.«

Nora schüttelte den Kopf, musste aber schmunzeln.

»Komm schon, lass es uns wenigstens versuchen«, bettelte Connor. Wieder musste sie an einen durchnässten Welpen denken. »Das würde mir wirklich helfen. Meine Quote ist echt mies. Ich habe diesen Monat schon vier Aufträge in den Sand gesetzt und einmal war ich sogar im falschen Schlafzimmer. Bitte?«

Verlegen rutschte Nora hin und her. Sie war wirklich schlecht darin, jemandem etwas abzuschlagen. Und vielleicht hatte ja ein kleiner, unbewusster Teil von ihr sich nach dem hier gesehnt. Es musste schließlich seinen Grund haben, warum ausgerechnet Connor hier aufgetaucht war. Vielleicht wollte sie insgeheim von einem Highlander verführt werden, damit ihr Leben leichter wurde.

»Ich weiß nicht«, wich sie aus.

Connor räusperte sich und lehnte sich ihr wieder entgegen. Offenbar hatte er ihren mangelnden Nachdruck als Einverständnis gewertet – leider passierte ihr das nicht zum ersten Mal.

»Nora«, flüsterte Connor und Nora musste zugeben, dass er das eigentlich nicht schlecht machte. Wenn er mit seiner rauchigen Stimme ihren Namen so aussprach, konnte sie fast verstehen, was manche Frauen an Highlandern fanden. »Bitte, lass uns heute Nacht auf den Wogen der Leidenschaft reiten. Deine Schönheit bringt das Feuer meiner Lenden zum erglühen.«

Nora hatte sich bemüht, den Blick abgewandt zu halten, aber jetzt musste sie Connor einfach direkt anschauen. Sie wollte unbedingt wissen, was für ein Gesicht ein Mann machte, der solche Worte ernsthaft aussprach.

»Wow«, sagte sie gedehnt.

Connor schnitt eine weinerliche Grimasse.

»Verdammt, ich wusste es«, klagte er. »Das mit den feurigen Lenden hat noch nie funktioniert. Wer redet denn schon wie in einem Schundroman?«

Schuldbewusst tätschelte Nora ihm die Schulter. Sie hätte sich bei der Geste wohler gefühlt, wenn Connor bekleidet gewesen wäre. Aber sie wusste, wie es war, sich niemals gut genug zu fühlen und mit Selbstvorwürfen zu hadern.

»Es gibt bestimmt Frauen, denen so etwas gefällt«, tröstete sie ihn. »Du hast halt einfach die Richtige noch nicht gefunden.«

Connor ließ den Kopf hängen, sodass ihm sein seidiges Haar auf die Brust fiel.

»Das ist mal wieder so typisch für mich«, murmelte er. »Ich treffe einfach nie den richtigen Ton. Tut mir wirklich leid.«

»Könntest du es nicht bei jemand anderem versuchen?«, schlug Nora vor.

Connor schüttelte den Kopf. Die Spitzen seines dunklen Haares wippten im Takt der Bewegung.

»Wir werden registriert, sobald wir einen Auftrag

annehmen. Wenn ich den Vertrag nicht abschließen kann, wird das als Misserfolg in meine Kartei eingetragen und das wirkt sich dann negativ auf meine Quote aus.«

Jetzt hob er wieder den Blick.

»Könntest du mir nicht sagen, was ich machen soll?«, bat er. »Wir finden schon eine Lösung. Alleine kriege ich das nicht so gut hin, aber wenn du mir klare Anweisungen gibst, dann würde mir das bestimmt sehr helfen.«

Nervös fuhr Nora sich mit der Zunge über die trockenen Lippen. Sie wusste nicht, was sie sagen sollte.

»Also, ich glaube nicht, dass du …« Sie schluckte, obwohl ihr Mund sich so trocken anfühlte, als habe sie seit mindestens einem Jahrzehnt keinen Speichel mehr produziert. »Überhaupt«, sagte sie verlegen.

Connor sah sie verständnislos an. Er wirkte dabei nicht ungeduldig, sondern so als täte es ihm aufrichtig leid, dass er ihr nicht folgen konnte.

»Was denn überhaupt für ein Vertrag?«, wechselte Nora das Thema, erleichtert, dass ihr dieser Teil des Gesprächs wieder eingefallen war.

»Ah ja, genau«, sagte Connor, scheinbar ebenso erleichtert, dass er hierfür die Antwort kannte. »Während des Koitus entziehen wir Dämonen den Menschen ihre Lebensenergie. Der Mensch stellt uns damit quasi seine Seele als Energieressource zur Verfügung. Sehr praktisch. Der Mensch kann dabei allerdings sterben.«

Wieder lächelte er Nora an, als wäre er stolz auf die Lehrbuchantwort.

Nora erwiderte seinen Blick einen Moment lang.

»Der Mensch wäre ja in diesem Fall ich«, sagte sie langsam und wartete darauf, dass Connor die nötige Schlussfolgerung zog.

Er lächelte sie weiterhin an.

»Ich glaube nicht, dass ich das Risiko eingehen möchte«, ergänzte sie schließlich. »Es klingt ja nicht unbedingt vorteilhaft für mich.«

»Richtig«, sagte Connor und schlug sich mit der flachen Hand gegen die Stirn. Er erzeugte damit ein sehr lautes Klatschen. »Deshalb sollen wir das den Menschen ja auch nicht sagen. Ich vergesse das einfach ständig. Wenn mich jemand etwas fragt, dann antworte ich halt. Ist doch nicht schlimm, oder? Aber dann bekommen die Menschen Angst und ... ich weiß auch nicht.«

Mit einem resignierten Seufzen schüttelte er den Kopf. Er hatte sich inzwischen wieder gegen die Wand gelehnt, was Nora erleichtert zur Kenntnis nahm.

»Der Job fällt mir ja generell so schwer«, fuhr Connor fort. Er wirkte sehr froh, endlich mit jemandem darüber sprechen zu können. »Jemandem die Energie stehlen. Das ist doch nicht nett. Und dabei muss ich mich dann auch noch verführerisch geben. Ich kann doch die armen Menschen nicht einfach so anlügen. Manchmal ...« Connor senkte beschämt den Blick. »Manchmal kann ich dann einfach nicht. Also, du verstehst. Vor lauter schlechtem Gewissen. Deswegen auch die vielen verpatzten Aufträge in letzter Zeit.«

»Ah«, sagte Nora mitfühlend, auch wenn sie beim besten Willen nicht wusste, wie man angemessen auf die Erektionsstörungen eines Incubus reagieren sollte. »Vielleicht solltest du mal darüber nachdenken, dir einen neuen Job zu suchen«, schlug sie vor.

»Aber als was denn?«, rief Connor verzweifelt aus und warf die Arme in die Luft. Seine Gestik und Mimik waren sehr dramatisch, als wäre er nicht in der Lage, ein Gefühl für länger als ein paar Sekunden für sich zu behalten. Beinahe verspürte Nora Neid. Sie selbst trug ihre Gefühle nie derart nach außen, sondern verschloss sie möglichst tief in ihrem Innern. Vielleicht wären die Stimmen in ihrem Kopf nachts ein wenig leiser, wenn sie nicht so verzweifelt nach draußen drängen würden. Ihnen musste der Platz ausgehen.

»Hast du mal einen durchschnittlichen Dämon gesehen? Hörner und Pferdefüße und rotglühende Augen. Sieh mich an!« Connor gestikulierte an sich herab und Nora folgte seiner Bewegung. Sie bereute es sofort. Sie hatte fast vergessen, dass Connor noch immer vollkommen nackt war. Connor selbst schien das nichts auszumachen.

»Mit meinem Aussehen konnte ich quasi nur Incubus werden.« Er schüttelte den Kopf. »Und ich dachte, es läge mir. Menschen zu verführen ist immer noch besser, als sie heimzusuchen und ihnen Angst einzujagen. Jemanden bedrohen? Das kann ich einfach nicht. Ich würde mich so schlecht dabei fühlen. In der Schule bin ich im Ängstigen immer durchgefallen. Die Lehrer meinten, ich würde mich einfach zu oft entschuldigen. Da dachte ich, so als Incubus käme ich besser klar. Man trifft viele interessante Leute, kommt viel rum. Aber so wie es aussieht, werfen die mich bestimmt bald raus und dann muss ich Seelen foltern. Aber ich würde wirklich nur ungerne jemandem Schmerzen zufügen.«

Die Worte kamen jetzt immer schneller aus Connors Mund und seine Stimme wurde immer lauter. Nora kannte diese Spirale, auch wenn sie sich für gewöhnlich nur in ihrem Kopf abspielte. Die Selbstvorwürfe wurden lauter, die Zukunftsängste immer schwärzer und ehe man sich versah, ließ der Schmerz in der Brust einen kaum noch atmen. Die Sorgen und Selbstzweifel schaukelten sich immer weiter in die Höhe, bis die Situation so ausweglos erschien, dass der

Silberstreif am Horizont unsichtbar wurde und nichts blieb als nachtschwarze Panik.

Connors Brust hob und senkte sich hektisch, als würde er zwischen all den Worten, die nach draußen drängten, keine Gelegenheit mehr zum Atmen finden.

Nora wechselte ihre Position und kniete sich hin, um näher zu Connor rutschen zu können.

»Ruhig«, sagte sie sanft. »Nenn mir etwas, das du siehst.«

Connor starrte sie verdutzt an.

»Deinen Schlafanzug«, sagte er dann.

Nora hielt ihm den Ärmel entgegen.

»Gut«, sagte sie. »Beschreib ihn.«

»Er ist …« Connor hob den Blick, um ihr fragend ins Gesicht zu sehen, bevor er wieder ihren Ärmel fixierte. »Er ist blau. Dunkelblau.« Zögerlich streckte er die Hand aus und rieb den Stoff ihres Ärmels zwischen Daumen und Zeigefinger. »Weich, aber die einzelnen Fasern sind spürbar, also auch ein wenig rau. Der Stoff ist dicker als ich erwartet hätte. Er fühlt sich irgendwie fest an.« Er sprach langsam, aber sein Atem wurde ruhiger.

Nora nickte, als brauche er tatsächlich eine Form der Bestätigung.

Connor ließ die Hand wieder sinken.

»Geht es?«, fragte Nora.

Langsam nickte Connor. Er erschien ihr immer noch etwas verwirrt.

»Mir hilft es manchmal, mich auf meine Umgebung zu konzentrieren. Wenn du den Körper daran erinnerst, dass er sich in Sicherheit befindet, hört er auf, Panikhormone auszuschütten. Klappt leider nicht immer.«

Connor sah sie mit großen Augen an. Für jemanden mit so markanten Gesichtszügen gelang es ihm erstaunlich gut, kindliche Bewunderung zu zeigen.

»Danke«, sagte er. »Ich werde es mir merken.«

Nora winkte ab und lehnte sich zurück gegen das Kopfteil des Bettes.

»Du kennst dich damit wohl aus«, stellte Connor fest.

Nora wich seinem Blick aus. Er wirkte auf einmal etwas zu neugierig und sie sah Menschen ohnehin nur ungerne in die Augen. Langer Blickkontakt machte sie nervös.

»Ein wenig«, erwiderte sie unschlüssig. »Ich fühle mich halt oft überfordert. Ich schlafe auch nicht besonders gut.«

Connor nickte, als würde es für ihn Sinn ergeben, dass diese beiden Dinge zusammenhingen.

»Du wolltest wirklich, dass ich erscheine«, stellte er fest.

Nora dachte daran, wie sehr sie sich gewünscht hatte, jemanden bei sich zu haben, der sie von all den überwältigenden Gedanken ablenkte. Sie unterdrückte ein Gähnen. Inzwischen fühlte sie sich schläfrig; nicht nur müde, sondern tatsächlich schläfrig.

»Ja«, sagte sie leise. »Aber ich dachte eher an jemanden, der vorübergehend mein Gehirn ausschaltet.«

»Ich könnte es versuchen«, antwortete Connor. Auch er hatte jetzt die Stimme gedämpft, aber es war kein heiseres, verführerisches Flüstern wie am Anfang. Er sprach einfach nur sehr sanft. »Es könnte diesen Effekt haben. Wenn du dich darauf einlässt.«

Er streckte die Hand langsam aus, als wolle er sie nicht erschrecken, und legte sie sanft auf ihr Knie. Seine Berührung war warm und sehr beruhigend. Nora dachte, dass sie jetzt bestimmt schwach werden würde, wenn sie nur ein winziges bisschen auf Highlander stünde. Vielleicht hatte sie sich tatsächlich jemanden wie Connor herbeigewünscht, weil dann alles einfacher wäre. Aber jetzt, da er hier war, musste sie einsehen, dass es so leicht eben doch nicht sein würde.

»Nicht«, sagte sie und zog ihre Beine an.

»Liegt es an mir?«, fragte Connor. Zum ersten Mal klang er nicht besorgt oder weinerlich, sondern einfach so, als wäre er eine nette Person, die wissen wollte, was los war.

»Du bist nicht mein Typ«, entschuldigte Nora sich. »Ich steh nicht auf Highlander.«

Connor öffnete den Mund, vermutlich um zu diskutieren, wie Männer das manchmal gerne taten. Und sie musste zugeben, dass er ja recht hatte. Es wäre oberflächlich, ihn einfach zu verschmähen, weil sie ihn nicht attraktiv fand. Für einen Incubus erschien ihr Connor wirklich wie ein netter Kerl.

»Genau genommen«, kam sie ihm zuvor, bevor er irgendetwas sagen konnte. Sie hatte diese Worte noch nie ausgesprochen, weil sie alles so viel komplizierter machten. Aber Connor war ihr gegenüber sehr offen und verletzlich gewesen und wenn sie es nicht einmal einem Dämon anvertrauen konnte, der bei Tagesanbruch wieder verschwunden wäre, wem sollte sie es sonst sagen? »Genau genommen steh ich überhaupt nicht auf Männer.«

Es wäre ihr lieber, wenn es nicht so wäre. Wenn sie auf Männer wie Connor stehen könnte, oder auf Männer wie Hendrik mit den blauen Augen. Wenn sie sich ein bisschen weniger darüber sorgen könnte, was Susanne von ihr dachte, wenn ein Kunde sie vor ihren Augen schalt, und wenn es nicht ganz so schmerzhaft wäre, sie sich gemeinsam mit ihrem Freund vorzustellen.

»Verdammt!«, jammerte Connor augenblicklich. Seine Stimme war laut und gequält. Das war so ziemlich die letzte Reaktion, mit der Nora gerechnet hatte. Statt verletzt fühlte sie sich hauptsächlich ärgerlich. Sie hatte entschieden, sich ihm anzuvertrauen und er reagierte derart unsensibel?

»Nicht schon wieder!«, heulte Connor.

Nora runzelte die Stirn.

»Schon wieder?«, vergewisserte sie sich.

Connor zuckte mit den Schultern.

»Wir haben diese Akten. Da stehen Informationen zu den Zielpersonen drin und dann können wir uns jemanden aussuchen, bei dem unsere Chancen gut stehen zum Vertragsabschluss zu kommen. Also, ich würde mir jemanden aussuchen, der auf Highlander steht.«

»Oder Wikinger«, warf Nora ein, jetzt doch belustigt. Sie fühlte sich seltsam leicht, als wäre ein großes Gewicht einfach von ihrer Brust gerutscht. Es war erleichternd, dass Connors Reaktion nicht direkt ihr galt.

»Oder Wikinger«, bestätigte er. »Jedenfalls, nun, das Lesen liegt mir nicht so. Vor allem bei längeren Texten. Es dauert so lange, sich alle Informationen durchzulesen und dann ist mir das vor den anderen Dämonen peinlich, denn wie gesagt, ich bin nicht besonders gut im Lesen. Deshalb überfliege ich die Akten eher so. Und dabei passieren mir ständig Fehler.«

Nora versuchte mitfühlend dreinzuschauen, aber sie konnte nur daran denken, dass Connor wohl wirklich nicht zum Incubus berufen war.

»Noch ein Grund, warum meine Quote so schlecht ist«, gab Connor zu. »Letztens habe ich mich aus Versehen an den Ehemann der Zielperson herangemacht. Sie lag direkt neben ihm! Ich hätte sie wecken und ihn in Tiefschlaf versetzen sollen. Aber ich habe in der Akte nur den Nachnamen gelesen und es umgekehrt gemacht. Und dann habe ich mich gewundert, warum er nichts vom Feuer meiner Lenden wissen wollte.«

Nora musste lachen. Connor hatte den Vortrag wehleidig gehalten, aber er strahlte, als er sie lachen hörte, was sie annehmen ließ, dass er es darauf angelegt hatte.

Es tröstete sie, dass der Dämon in Fragen der Sexualität selbst nicht zu engstirnig zu sein schien. Offensichtlich hatte er sie das wissen lassen wollen.

»Ich glaube aber nicht, dass es diesmal dein Fehler war«, tröstete Nora ihn. »In meiner Akte stand vermutlich nichts davon. Ich rede nicht wirklich darüber.«

»Oh«, sagte Connor. Es klang nicht mitleidig oder verwirrt, sondern so, als habe er genau verstanden, was sie damit hatte sagen wollen.

Einen Moment lang schwiegen sie.

»Nun, dann wird das mit uns beiden wohl nichts«, stellte Connor schließlich fest.

Nora fühlte sich erleichtert, dass er nicht versuchte, die Sache mit ihr zu diskutieren.

»Heißt das, dass du jetzt gehen musst?«, erkundigte sie sich.

Die mögliche Antwort jagte ihr Angst ein. Sie wollte nicht wieder mit ihren Gedanken alleine zurückbleiben. Das Gespräch hatte sie müde gemacht, doch sobald es still wurde im Zimmer, würden ihre Gedanken wahrscheinlich erneut die Stimme erheben.

»Ja«, bestätigte Connor und es schien ihm aufrichtig leid zu tun. Nora fiel ein, dass er ja wissen musste, wie sehr sie sich nach Gesellschaft gesehnt hatte, damit er überhaupt hier erscheinen konnte. »Wir müssen nach dem Akt verschwinden. Oder wenn die Situation aussichtslos ist.«

Sie nickte langsam.

»Ich könnte ja noch ein wenig darüber nachdenken«, schlug sie dann zaghaft vor. »Ob es wirklich aussichtslos ist, meine ich.«

Einen Augenblick lang starrte Connor sie verständnislos an, doch dann hellte seine Miene sich auf.

»Du meinst, bis morgen früh?«

Nora zuckte mit den Schultern. Sie dachte daran, wie wenig geeignet Connor für die Arbeit eines Dämons schien. Vielleicht ließ sich die Lösung ihrer beiden Probleme kombinieren.

»Vielleicht auch länger«, sagte sie. »Falls nötig.«

Connors Augen weiteten sich und endlich schien er die volle Tragweite ihres Angebots zu begreifen.

»So eine Entscheidung sollte man wirklich nicht überstürzen«, pflichtete er ihr bei. »Nimm dir alle Zeit, die du brauchst.«

Nora lächelte und kämpfte erneut gegen ein Gähnen an.

»Schläfst du eigentlich?«, fragte sie und rutschte in ihrem Bett nach unten, um es sich wieder bequem zu machen.

Connor folgte ihrem Beispiel und streckte sich neben ihr aus. Obwohl die Bettdecke sie trennte, konnte Nora die Wärme seines Körpers spüren. Es war ein beruhigendes Gefühl und sie merkte, wie ihr eigener Körper sich entspannte.

»So was in der Art«, sagte Connor und schloss die Augen. Er lächelte dabei.

Nora griff nach der Nachttischlampe, um sie auszuschalten.

Für einen Augenblick lag sie im Dunkeln und lauschte auf Connors gleichmäßigen Atem.

Dann schlief sie endlich ein.

Markus Heitkamp

IMMER WIEDER HOUSTEN

Prolog

Sonntag, 20:13 Uhr

»Mundatus sum... pro te necavi. Sanguinem meum... pro te effundam... quo me dignum... esse demonstrem... « Die Worte erklangen laut und deutlich. Jede Silbe melodisch und betont. Drei Kerzen warfen ein flackerndes Licht auf das formvollendete Pentagramm in dessen Mitte ein kleiner Tropfen tiefroten Blutes zu pulsieren begann. Mit jeder Silbe blähte sich der winzige Tropfen auf, schien zu gedeihen, bildete bald eine unförmige Kontur und als die Stimme zum letzten Wort ansetzte... genauer genommen den Namen auszusprechen, der die Beschwörung vollenden würde, ... da wurde der Beschwörende von einem winzigen Partikel Staub in seinen durch einen Unfall beeinträchtigten Atemwegen gestört. »Hatschie!«

Die Kerzen erloschen, der aufsteigende Qualm der Dochte und das Räucherwerk aus einer tönernen Schale verdichtete sich zu wabernden Schwaden, die um einiges größer waren, als sie hätten sein dürfen und aus der verqualmten Dunkelheit erklang ein markerschütterndes Stöhnen. Dann entzündeten sich die Kerzen spontan wie von selbst, glichen jedoch eher Fackeln in ihrer Intensität, Stärke und Größe, als heimeligen Wachsstumpen. Ein Vorhang fing sofort Feuer und wurde von einem der Fenster gerissen, fiel zu Boden auf die nun nicht mehr aus einer Kontur bestehenden blutbesudelten Gestalt und eine Straßenlaterne warf ihr nächtliches Licht auf die absonderliche Szenerie.

»Ooooh mei... mein... Gott, so groß...!« krächzte es aus der Mitte des Pentagramms.

»OH MEIN GOTT!«, tönte es von der Wohnungstür.

Mittwoch, 20:13 Uhr, 96 Stunden vorher

In dem kleinen Esoterikshop in der Fußgängerzone von Castrop-Rauxel griff ein Mitarbeiter zu einem alten Telefon mit Wählscheibe. Verstohlen blickte er sich um, als ob ihn jemand belauschen könnte. Unsinn, er hatte den Laden gerade abgeschlossen. Beruhigt flüsterte er in die Sprechmuschel.

»Chefin?«

Undefinierbare Laute klangen aus dem antiken Sprechgerät.

»Ja Chefin, es ist alles vorbereitet. Es ist nur...«

Gutturales Stöhnen erklang. »... ja, auch für das leibliche Wohl ist gesorgt.« Entnervt hielt er den Hörer ein wenig in die Luft, zählte in Gedanken bis 100 und widmete sich dann wieder seiner offensichtlichen Vorgesetzten.

»Ja, warum ich eigentlich anrufe, wir scheinen eine vergessen zu haben.« Stille.

»Also da hat heute jemand ein paar Bücher bestellt.« Stille.

»Einen *Grimoire*, ein *Necronomicon...*« Immer noch Stille.

»... ein paar Abschriften der *Fluchtafeln*, die *Merseburger Zaubersprüche, Salomons Testament.*« Jetzt schwieg auch der Angestellte. Dann ein kleines Piepsen. »Ja, Chefin. Ich weiß, Chefin. Alles nix Besonderes, aber jetzt kommt der Hammer...« Erneut Stille am anderen Ende. »Die Kundin hat *Panische Rituale* gekauft.« Ein Aufschrei, ähnlich dem Gebrüll eines Löwen, dem Angestellten standen die Haare zu Berge. »Wie ich darauf komme, sie könnte bei der Einladung vergessen worden sein? Na, der Name, Chefin, der Name.«

Donnerstag, 08:32 Uhr

Wie jeden Tag gegen halb neun Uhr morgens lüftete Leila Rottbram das Tuch, welches unabhängig von der eigentlichen Uhrzeit immer den gleichen Tag- und Nachtrhythmus simulierte. Früher, vor dem Unfall, da hatte Housten sie immer mit mehreren ausgiebigen Niesern begrüßt. Jetzt saß er einfach nur auf der Stange, schaute sie aus verkniffenen Augen an und krächzte heiser.

»Dir auch einen guten Morgen, Housten.«

Was verdammt noch mal war an diesem Morgen gut? Okay, nach dem Brand vor gut einem Jahr hatte sie die geflügelte Brut, also seine Nachkommen und seine Ehegattin, an ihre Mutter abgegeben und nur ihn bei sich behalten, was aber nichts daran änderte, dass er immer noch ein eintöniges Leben führte. Es war weniger nervtötend als vorher, aber halt immer noch totlangweilig. Was nicht zuletzt an seiner Mitbewohnerin lag. Leila Rottbram, dreiundzwanzig Jahre alt, mittlerweile Journalistin bei einem kleinen Kölner Schmierblatt, immer noch alleinstehend und noch erfolgloser in ihrem Nebenjob als Autorin, als in den Jahren zuvor. Sie hatte sogar ihr altes Pseudonym, Viola Violett gegen ein neues, in ihren Augen viel Besseres getauscht, und war von der Fantasy in den seichten Markt der Romantasy gewechselt. Ja manchmal schrieb sie sogar erotische Geschichten. Und diese las sie ihm dann laut vor. Noch ein Grund mehr, endlich aus diesem Leben zu scheiden. Mal ernsthaft, Wellensittich-Sex war für ihn schon eine notwendige, aber eklige Angelegenheit gewesen, aber das ganze auch noch brühwarm von einer Möchtergernautorin auf die menschliche Spezies abstrahiert vorgekaut zu bekommen, raubte ihm den letzten Nerv. Zunächst hatte er darüber nachgedacht, ihr eine Parkuhr zu kaufen. Da hätte sie dann ein paar Cent einwerfen und sich mit ihr unterhalten können. Ein gemeinsamer Fernsehabend mit Leila und ihrer Mutter ließ ihn jedoch auf eine bereits verworfene Idee zurückkommen. *Hellraiser* hatten sie geschaut und plötzlich wusste er, sein leicht aus dem Ruder gelaufener Suizidversuch mit dem Brand vor einem Jahr war nur der unerfüllte Versuch der Pflicht gewesen. Nun war ihm klar, wie er die Kür folgen lassen konnte. Und diesmal würde nichts verhindern, dass er aus dem Leben scheiden würde. Als es an der Tür klingelte war Housten bewusst, dass der Paketbote, den Leila freudig begrüßte, das Unheil in ihre Heimstatt brachte. Und sie war vollkommen ahnungslos. Freudig krächzte er vor sich hin und kratzte sich mit einem Fuß an dem leicht orange schimmernden Gefieder. Wellensittiche können keine orangene Färbung haben? Von wegen. Wenn sie stark angekokelt in einen Eimer Latexfarbe fallen und darin gut durchgekocht werden, dann sind sie es bis an ihr Lebensende. Was bei Housten erfreulicher Weise ja nun bald in greifbare Nähe rückte.

»Sind sie Frau...«, er schaute auf die vielen Umschläge, die er auf seiner Karre hatte. »Sukki Bussi?« Housten verdrehte hinten in seinem Käfig die Augen, während Leila vorne an der Tür rumdruckste. »Ja.« Sie lächelte schüchtern. »Das ist mein Pseudonym.«

»Ach so,« sagte der Briefträger und Housten sah ihm an

der Nasenspitze an, dass er keine Ahnung hatte, was ein Pseudonym war. Trotzdem hievte er höflich den ganzen Stapel an Paketen und Umschlägen in die kleine Wohnung, lies Leila auf einem kleinen Gerät unterschreiben und verabschiedete sich dann mit dem typischen Grinsen der Marke »Ich habe eine Frau mit einer Amorelie Lieferung glücklich gemacht« von ihr.

»Komisch, ich hatte gar nicht auf dem Schirm, dass ich so viel bestellt habe.«, meinte Leila mit einem Blick auf den kleine Berg an Post. Hast du auch nicht, dachte Housten bei sich, flog auf Leilas Schulter, kackte ihr ein wenig spritzend auf ihre Bluse und lenkte sie damit zuverlässig davon ab, die Umschläge sofort zu öffnen. Als Leila aus dem Bad zurückkam, noch damit beschäftigt sich ein frisches T-Shirt über den Kopf zu ziehen, hatte der kleine Vogel bereits zielsicher zwei Sendungen hinter den Ohrensessel im Wohnzimmer geschleppt.

»Oh, ein Brief von *DELIA*.« Freudig riss Leila den Umschlag auf und begann sofort zu lesen. Laut. Sie hatte sich angewöhnt, alles laut zu lesen. Housten verdrehte erneut die Augen. »Liebe Leila, willkommen bei der *Vereinigung deutschsprachiger Liebesroman-Autoren und -Autorinnen*...« Bereits hier überkam Housten ein reflexartiger Würgereiz, der allerdings noch übertrumpft wurde, als Leila weiterlas. »... beglückwünschen wir dich zu deiner Mitgliedschaft, die wir wunschgemäß unter deinem, wirklichen gelungene Pseudonym Sukki Bussi, führen. Deinen Beitrag von momentan jährlich...« Die darauffolgende horrende Summe verschlug Housten den Atem. Wenn also sein erneuter Suizidversuch fehlschlagen sollte, was er allerdings für absolut ausgeschlossen hielt, dann würden sie halt über kurz oder lang verhungern. Ein überraschtes Kieksen von

Seiten seiner menschlichen Lebensabschnittsgefährtin riss ihn aus seinen Gedanken. »Oh, noch ein Brief von *DELIA*. Diesmal von der Ortsgruppe Castrop-Rauxel.« Diesmal überflog sie den Brief ausnahmsweise, ohne laut vor sich hinzubrabbeln. Castrop-Rauxel? Das konnte doch nur ein Zufall sein, dachte Housten bei sich. »Sie laden mich zu ihrem Halbjahrestreffen ein. Am kommenden Sonntag. Ich verstehe zwar nicht, warum das in Castrop ist, aber weißt du was?« Sie nahm Housten auf den Arm. »Ich fahre da hin. Gerade Mitglied geworden, da kann ich das ja nicht einfach ignorieren. Immerhin zahle ich ja Beitrag.« Und nicht zu wenig, dachte Housten bei sich. Aber Sonntag, das kam ihm gut in den Kram. Sonntag war ein guter Tag. Ein guter Tag zum Sterben. Eigentlich war er derjenige, der sich in diesem Haushalt zum Literaten eignete. Vielleicht würde er noch ein wenig in Leilas, äh Sukkis aktuellen Skript verbessern, bevor am Sonntag alles zu Ende gehen würde.

Sonntag, 09:14 Uhr

Die letzten beiden Tage waren für Leila und Housten wie im Fluge vergangen. Nicht dass Leila zum Wellensittich konvertiert war und auch nicht, dass Housten jemals zu einem wirklich guten Flieger getaugt hatte. Nein, dass wie im Fluge vergehen war hier eher sinnbildlich zu sehen. Am Freitag musste Leila bis spät in die Nacht arbeiten und Housten nutzte die Zeit um die bei dem kleinen Esoterikshop in Castrop bestellten Bücher mit okkultem Inhalt zu studieren. Als die junge Autorin spät in der Nacht schlaftrunken in die Wohnung taumelte, hatte der Wellensittich gerade die letzten Expressbestellungen in das Tablet auf dem Küchentisch gehackt. Ein wenig magische Kreide, drei Beschwörungskerzen, eine Räucherschale und Steinsalz. Jetzt musste er nur noch eine von Leilas Rasierklingen aus ihrem Damenrasierer klauen und irgendwie an Feuer kommen. Zu Feuer hatten er und auch seine Mitbewohnerin ein mehr als gespaltenes Verhältnis. Seit dem Brand vor einem Jahr, hatte Leila so ziemlich alles aus dem Haushalt verbannt, was zum Zündeln geeignet war. Aber Housten hatte eine Idee und der vorhin am Tablet aufgerufene Wetterbericht hatte ihn darin bestärkt auf die erfolgreiche Umsetzung eben dieser Idee hoffen zu dürfen.

Nach einer sehr kurzen Nacht lauerte Housten am nächsten Morgen in der Nähe der Wohnungstür auf den Postboten. Unerwarteter Weise hatte aber auch Leila etwas bestellt, deshalb musste sein Ablenkungsmanöver nicht ganz so ausufernd sein wie ursprünglich beabsichtigt. Er flog also nur kurz raus, schiss dem Briefträger auf die Mütze, kratzte ihn ordentlich am Hals und verzog sich dann hinter den Ohrensessel um, als Leila den jungen Mann ins Badezimmer begleitete, unbemerkt ein kleines Päckchen abzugreifen. Die junge Frau erhielt zum Abschied mit einem eher unfreundlichen »Da hammse!« ihr großes Paket und dann verließ der Briefträger fluchtartig das Gebäude. Leila riss die Lieferung auf, entnahm ein in Houstens Augen definitiv zu grelles, zu enges und zu kurzes Kleid von extrem auffälliger grüner Farbe und verschwand damit im Badezimmer. Aus diesem erklang einige Sekunden später das Rauschen des Wassers, welches in die Badewanne floss. Wasser. Ja, ertränken wäre eigentlich auch eine Alternative gewesen. Warum war er da eigentlich nicht früher draufgekommen? Nun, jetzt war es egal. Während Leila in der Wanne auf ihr Halbjahrestreffen der Ortsgruppe DELIA in Castrop-Rauxel vorbereitete, begann Housten mit seinen ganz eigenen Vorbereitungen. Er schlug den Teppich im Wohnzimmer zurück, malte mit der gerade gelieferten Kreide etwas auf den Boden und streute dann das ebenfalls im Paket befindliche Steinsalz einmal um die Zeichnung. Dann tauschte er die auf dem Fensterbrett in der prallen Sonne stehenden künstlichen Kerzen gegen die drei neu gelieferten. Die Tonschale mit dem Räucherwerk versteckte er unter dem Ohrensessel und zu guter Letzt suchte er nach dem am Vorabend markierten Spruch in dem Buch Panische Rituale. Housten erstarrte und wäre beinahe vorzeitig einem kapitalem Herzkasper erlegen, als urplötzlich die Badezimmertür aufgerissen wurde und eine triefnasse Leila durch die Wohnung stürmte. »Wo sind bloß die Rasierklingen. Ich könnte schwören, gestern war noch eine in dem Scheißding.« Sie blieb kurz stehen und Wasser tropfte von ihrem nackten Körper auf das gerade eben feinsäuberlich gemalte Pentagramm. Housten hatte vergessen den Teppich wieder an Ort und Stelle zu platzieren. Aber Leila schien das gar nicht zu bemerken. Endlich ging sie zur kleinen Garderobe im Flur, bückte sich, um eine der unteren Schubladen zu öffnen und entnahm ihr dann eine Packung Rasierklingen. Housten starrte derweil auf ihren nackten Hintern und schwor sich, es an diesem Abend auf jeden Fall zu einem Ende zu bringen. Kurz überlegte er sich, ein wenig Salz in seine Augen zu streuen, um den Anblick vergessen zu können, verwarf das dann aber wieder. In eine paar Stunden war es egal und würde nie wieder einen ekligen nackten Menschenkörper anschauen müssen. Als sie wieder im Bad verschwand stürzte er sich sofort auf den Boden, zog die verwischten Linien nach und war gerade dabei den Teppich wieder an Ort und Stelle zu zurren, da erklang erneut Leilas Stimme. »Und warum bist du ganz weiß am Schnabel, Housten?« Er erstarrte. »Hast du wieder am Zucker genascht?« Ihr Lachen klang glucksend durch die angelehnte Badezimmertür. Er hasste dieses Lachen.

Sonntag, 16:05 Uhr

Leise summend stand Leila vor dem Spiegel und betrachtete sich. Dann nickte sie zufrieden, nahm den Autoschlüssel und drehte sich noch einmal um.

»Ich fahr dann nach Castrop-Rauxel. Mach keinen Unsinn, Housten. Es wird bestimmt spät.« Sie warf dem Wellensittich eine Kusshand zu. Der krächzte kurz und konnte es nicht erwarten, dass sich die Tür hinter ihr schloss. Schönen Unfalltod auf der A61, dachte er bei sich und machte sich umgehend an die letzten Vorbereitungen. Das wichtigste in seinem Plan waren die Kerzen. Und um diese zum Brennen zu bringen hatte er nur noch sehr wenig Zeit. Er hüpfte auf die Fensterbank und konnte noch einen hoffentlich letzten Blick auf Leila werfen. Wie sie sich in ihrem hautengen Kleid hinter das Steuer ihres Kleinwagens zwängte. Wenn sie heute Nacht zurückkam, würde er bereits im Magen eines Dämons verdaut werden. Denn genau das war es, was er vorhatte. Die Beschwörung eines indonesischen Garudas. Es hätte jede Art von Dämon sein können, aber der Garuda war ein Gottdämon. Ein geflügeltes Wesen, in den alten Überlieferungen als Himmlischer Adler beschrieben. Naja, und wenn der dann später hier in seinem Pentagramm erschien, dann würde er stinksauer sein, dass ein kleiner Wellensittich ihn beschworen hatte und ihn kurzerhand fressen. Das war eigentlich der Hauptgrund, warum Housten gerade auf diesen Dämon gekommen war. In den Panischen Ritualen waren Bilder davon, wie sich ein Garuda von nackten Sukkuben kleine Vögel in den Schnabel stecken ließ. Und mit der großen Lupe, die Leila zum Puzzeln benötigte, hatte er auf den alten Zeichnungen erkannt, dass es sich dabei um Wellensittiche handelte. Sie waren die geheime Lieblingsspeise des geflügelten Gottes. So stand es in den Panischen Ritualen, dem schlimmsten aller Beschwörungsbücher. Das hatte wenigstens die Werbung des kleinen Esoterik-Shops in Castrop-Rauxel auf seiner Website behauptet und wieso sollte Housten daran zweifeln. Eben diese Lupe, die ihm überhaupt erst das Ziel seines Plans bescherte, wurde nun zum Hauptgegenstand seiner letzten Vorbereitungen. Ihm blieb noch eine knappe Stunde Abendsonne, die durch das Fenster schien und mit Hilfe des Vergrößerungsglas seine Kerzen entzünden würde. Die musste er dann nur noch beim Pentagramm am Boden platzieren, sich ein wenig mit der Rasierklinge anritzen und eine einfache Formel krächzen. Für Housten eine leichte Übung und schon zwanzig Minuten später blickte er von der Wohnzimmertischkante auf sein Werk hinab. Um 20:10 Uhr war Sonnenuntergang und um 20:15 Uhr würde das Werk vollbracht sein. Housten wollte die verbleibende Zeit nutzen, um Leilas, beziehungsweise Sukkis Manuskript weiter zu verbessern. Fröhlich pfeifend flatterte er an den Arbeitstisch und hieb mit dem Schnabel auf den Einschalter des Laptops. »Feuchte Lippen, nasse Lappen. Aus dem Tagebuch einer Putzfrau.«, leuchtete es ihm vom Bildschirm entgegen. Von Sukki Bussi.

Sonntag, 18:10 Uhr

»Und dein Name ist Sukki Bussi?«, fragte die junge Frau die neben Leila in der Schlange vor dem Esoterik-Shop im Wagenbruch in Castrop-Rauxel. Der Straßenname war Programm und Leila war sich nicht sicher, ob sie ihr Auto wirklich hier stehen lassen wollte. Aber sie war spät dran und so ließ sie es drauf ankommen. Sie war zu dem hell erleuchteten kleinen Laden gegangen, vor dessen Eingangstür sich eine kleine Menschenmenge versammelt hatte und, nach Vorzeigen des Einladungsbriefes, Person für Person eingelassen wurde.

»Das ist ja überhaupt mal der coolste Name, den sich eine aus unserer Zunft geben kann. Absolut endgeil.« Leila war sich nicht ganz sicher, was die dunkelhaarige Schönheit mit Zunft meinte, dachte dann aber sofort an die üblichen Marotten ihrer schreibenden Kolleginnen und sah darüber hinweg. »Ja, nicht wahr? Und es kommt unglaublich gut an.« Sie trug dick auf, man konnte nie früh genug Eindruck schinden. »Das glaube ich dir aufs Wort. Ich bin Hadschie.«

Leila verkniff sich das Gesundheit und wollte der jungen Frau die Hand reichen, die jedoch umarmte sie stürmisch, küsste sie mitten auf den Mund und leckte sich danach verführerisch über die Lippen. Eigentlich wollte Leila entrüstet reagieren, aber zum einen hakte sich Hadschie bei ihr ein und zog sie vor sich hin plappernd weiter zum Eingang und zum anderen empfand sie den Kuss erstaunlich anregend. Fast schon zu anregend. »Eigentlich mach ich mir ja nichts aus diesem ganzen Sexkram, bin bei Twitter deswegen sogar schon gedissed worden.«

»Was?«, fragte Leila.

»Was?« erwiderte Hadschie.

»Du meinst das im literarischen Sinn, oder?« Irgendwie hatte die Jungjournalistin den Faden verloren.

»Ja, wenn du das sagst. Du bist echt lustig.« Die Dunkelhaarige versuchte erneut Leila zu küssen, die schnell den Kopf zur Seite drehte, so dass Hadschie ihre Nase in ihrem zum Dutt gebundenen Haarschopf versenkte. »Und du riechst gut. Irgendwie komisch, aber gut.« Na, da hatte sich das Bad ja gelohnt, dachte Leila bei sich, zeigte dem erstaunlich gutaussehenden jungen Mann am Eingang des Shops ihre Einladung und trat dann ein. Schilder führten sie schnurstracks durch einen mit Büchern, Räucherwerk, und sonstigem esoterischem Kram vollgestopften Laden zu einer Treppe und dann in den Kellerbereich. Es ging es vorbei an ein paar verschlossenen Türen mit unterschiedlicher Beschriftung. Vorratsraum, Spielzimmer, Kühlraum, Küche, Hadschies Refugium. Leila drehte sich zu der jungen Frau um, die ihr nicht von der Seite wich. »Ja, ich wohne hier, die Besitzer sind meine Eltern.«, sagte Hadschie mit fast schon entschuldigender Miene. Am Ende des Gangs stand eine wuchtige Flügeltür offen und die beiden Frauen traten in einen großen Raum. An einigen Stehtischen stand eine Vielzahl von Menschen. Ein junger Mann in einem schwarzen Anzug kam ihnen entgegen und führte einen Besucher am Arm. »Zur Küche geht es hier lang, ich zeige dir gerne, was wir heute Abend alles vorbereitet haben.«, schnappte Leila das Gespräch der beiden auf. Der schwarzgekleidete lächelte sie an. »Guten Abend, ein Kollege wird sich gleich um euch kümmern.« Kaum hatte er ausgesprochen, trat ein weiterer Kellner zu ihnen und servierte auf einem Tablett eine Vielzahl an Gläsern mit roter Färbung und intensivem Alkoholgeruch. »Oh, das tut mir leid, aber ich bin mit dem Wagen da.« Leila wurde ignoriert und so stand sie wenige Sekunden später mit einem Red Russian in der Hand und einer ununterbrochen vor sich hin sabbelnden neuen Freundin an der Seite inmitten einer Vielzahl auffallend gutaussehender Menschen. Diese tauschten Begrüßungen, Umarmungen und Küsschen aus und palaverten ansonsten wild durcheinander. Leila dachte darüber nach, in der Gruppe irgendwelche bekannten Gesichter ausfindig zu machen. Vielleicht eine Vertreterin einer Literaturagentur, eine bekannte Autorin oder einen Verlagsvertreter. Schnell verwarf sie den Gedanken wieder. Sie musste sich selbst eingestehen, dass sogar, wenn eine dieser Personen anwesend wäre, sie keine erkannt hätte. Weil sie nämlich überhaupt keine Persönlichkeiten der Literaturszene kannte. Das hier war ihr allererster persönlicher Kontakt zur schreibenden Zunft und sie schalt sich innerlich, sich nicht wenigstens ein wenig vorbereitet zu haben. Das Einzige, was ihr auffiel war, dass fast alle Anwesenden ausnahmslos als Models hätten durchgehen können. Die Männer mit breiten Schultern, glatter Haut oder zumindest fachmännisch gestutzten Bärtchen, geschmackvoller Kleidung und wohlklingenden Stimmen. Die Frauen trugen ausnahmslos figurbetonte Kleider, kurz mittel und lang und hatten wohlgeformte Rundungen an Stellen, wo man bei ihr selbst vergeblich die Stellen gesucht hätte. Leila dreht sich zu ihrer Begleiterin um und erschrak. Hadschie stand so nah an ihr, dass sich ihre Nasen fast berührten. Wieder dieses schnuppern an ihrem Haar, an ihrem Hals. »Irgendwie riechst du komisch.« Und dann plötzlich leckte Hadschie ihr mit einer erstaunlich langen Zunge über die Wange. Anstatt angeekelt zurückzuzucken, lief Leila ein wohliger, geradezu anregender Schauer über den Rücken. Härchen an Armen und Beinen stellten sich auf und auch an anderer Stelle verhärteten sich Körperteilchen. Erschrocken verschränkte sie die Arme vor der Brust, dann griff sie wie eine Ertrinkende nach dem Red Russian auf dem Tisch und stürzte ihn hinunter. Ein leicht metallischer Geschmack, übertüncht von intensivem Wodka-Aroma floss durch ihre Kehle, die anschließend aber immer noch trocken war. »Kann ich noch einen haben, bitte?«, stotterte sie und wagte es nicht dem forschenden Blick Hadschies zu begegnen. In diesem Moment verstummten die Anwesenden und alle Aufmerksamkeit richtete sich auf das Pärchen, dass an ein Pult am Ende des Raumes trat. Leila war froh, dass der peinliche Moment vorbei war. Wobei, so ein klein wenig wünschte sie bei sich, dass Hadschie mit ihrer Zunge...

»Guten Abend und herzlich willkommen bei DELIA.« Mehr sagte die Frau am Pult nicht, aber irgendwie schienen diese kurzen Worte so etwas wie ein Startschuss gewesen zu sein. Wie auf ein Kommando hin begann sich nahezu jede Person im Raum auszuziehen. Leila wusste gar nicht, wo sie zuerst nicht hinsehen sollte. Egal wo sie hinblickte, sie sah Brüste schwingen, Glieder baumeln und was noch viel schlimmer war, eben diese Glieder nach kurzer Zeit in diversen Körperöffnungen verschwinden. In wenigen Momenten war aus einer unscheinbaren Versammlung von Literaturbegeisterten eine Orgie sondergleichen entstanden. Leila stürzte den zweiten Red Russian hinunter und starrte erst das immens große Geschlechtsteil des vor ihr stehenden Servierers an, bevor ihr die aus seinem Rücken wachsenden schwarzen Flügel, die kleinen Hörner an seiner Stirn und der zweite noch viel längere aber sehr viel dünnere Schwanz an seinem Hintern auffielen. Sofort konzentrierte sie sich wieder auf sein immens großes Glied, was es aber insgesamt nicht besser machte. Mittlerweile waren sie und Hadschie die einzigen beiden im Raum, die sich noch nicht entkleidet hatten. Die Dunkelhaarige lächelte sie fragend an. »Ich habe ja schon gesagt, ich bin ein Aussteiger, was ist deine Entschuldigung?« Hadschie machte eine verstohlene Geste mit dem Finger an einen ihrer Mundwinkel. Leila verstand nicht. »Du sabberst.« Hadschie nahm sie an die Hand und zog sie in Richtung der Flügeltür. »Wir müssen reden.« Leila ließ sich von ihrer Begleitung aus dem Raum ziehen, allerdings nicht, ohne zuvor noch einmal einen intensiven Blick auf den zurückbleibenden Ober zu werfen. Leila wurde von ihrer Begleitung in die Küche geschoben.

»Ach du Scheiße!« Vor Leila an einer der Wände hing der vorhin von einem der Ober aus den Raum geführte junge

Mann und blutete aus mehren Schnittwunden in eine große Schale.

»Ehrlich, was eine Sauerei.« Auch Hadschie schien erschrocken. Der Mann stöhnte laut.

»Er lebt noch.« Leila kiekste auf.

»Natürlich lebt der noch. Niemand trinkt Blut von einem Toten. Aber dieser billige Wodka-Verschnitt von Aldi, der geht gar nicht.« Hadschie schien ehrlich erbost.

»Was?«

»Was?«

»Mal ehrlich, du bist ein Mensch, oder?« Die Autorin schaute verständnislos aus der Wäsche. »Na, was denn sonst?«

»Na was denn sonst,« äffte Hadschie sie nach. »Ein Sukkubus du dumme Nuss.« Man sah Leila an, dass diese keine Ahnung hatte, wovon die dunkelhaarige Schönheit sprach.

»Sukkuben, weiblich Sukkubus, männlich Inkubus. Dämonen der Liebe, Geschöpfe der Nacht. Menschenfressende Monster und Lust spendende Begleiter.« »Aber DELIA?« Leila verstand tatsächlich gar nichts.

»Was ist mir DELIA?« Die nunmehr als Dämon erkenntliche Hadschie, der kleine Hörner aus der Stirn gewachsen waren, die Leila wiederum gleich begann anzutatschen, erwiderte die Frage. »Der Verein Deutscher Liebesroman Autorinnen und Autoren? Die sind cool diese Hörner.« Hadschie verdrehte die Augen. »DE LI A, Demonice Libidoului Anormali. Dämonen mit abnormaler Libido. Und ja, die sind echt heiß, oder? Soll ich dir mal meinen Schwanz zeigen?« Leila begann Hadschies Wange zu streicheln.

»Oh Moment.« Die Dämonin versetzte der jungen Frau eine schallende Ohrfeige.

»Aua.« Aber es wirkte. Leila schüttelte sich und schien wie von einem Bann befreit. »Ja«, sagte Hadschie. »Ihr verfallt uns sofort und könnt nichts dagegen tun. Halt dich zurück, ich steh nicht auf diesen Sexkram, habe ich dir doch gesagt. Los komm, du musst hier weg.« Sie schob Leila aus der Küche in Richtung ihres kleinen Zimmers. An der Tür zum Saal drängten sich ein paar nackte Dämonen. »MENSCH, MENSCH, MENSCH!« skandierten sie grölend.

»Mist, sie haben es bemerkt. Sukki Bussi, wie kann man nur so doof sein.« Hadschie riss die Tür zu ihrem Refugium auf, schubste Leila hinein und drehte dann schnell den Schlüssel im Schloss herum. »Das wird sie ein wenig aufhalten.«

»Na hör mal...« Leila begehrte auf. »So schlimm ist der Name auch nicht und was ist denn nun so schlimm, ich kann doch einfach gehen.« Sie hickste lauthals, kicherte, dachte an die Red Russian, dann an den leicht metallischen Geschmack, an den angebunden jungen Mann, die Wunden, die Schale... und kotzte mitten in Hadschies Zimmer.

»Vielleicht sollte ich die Tür direkt wieder aufmachen?« Die Dämonin klang nicht begeistert.

»Was würde dann passieren?« erwiderte Leila kleinlaut.

»Nun, zunächst werden sie dir alle möglichen Glieder und Gegenstände in alle möglichen Körperöffnungen stecken und dir mit ihren Mündern, Zungen, Händen und ... ach Glieder hatten wir schon... unsägliche Lust bereiten. In der Regel platzt dann irgendwann irgendein Gefäß in deinem Körper, irgendetwas reißt oder du erstickst an irgendeinem... »

»Glied?«

»Genau. Und wenn das noch nicht reicht, dann fressen sie dich einfach auf.« Leila rückte ein wenig von Hadschie ab.

»Keine Angst, ich bin quasi so etwas wie ein Lustvegetarier.« Leila nickte, kroch aber trotzdem in eine Ecke des kleinen Raums. An dieser Stelle war auf dem Boden ein Kreis gemalt worden, in dem einige unleserliche Runen und andere Schriftzeichen hinterlassen worden waren.

»Was ist das?«

»Ein Beschwörungskreis für Dämonen.«

Sofort hüpfte Leila wieder aus der Ecke.

»Keine Angst, der funktioniert wie ein Telefon. Irgendwo spricht jemand eine Beschwörung und nennt einen Namen und dadurch wird so ein Ding aktiviert. Und wir hüpfen dann rein, tauchen bei dem Beschwörer auf, machen diese Sachen mit ihm und verschwinden wieder.« Bei Sachen machte sie imaginäre Anführungsstriche in der Luft und drückte ihre Zunge auf eindeutig obszöne Art und Weise von innen gegen ihre Wange. Beinahe hätte Leila aufgelacht, da hämmerte es an die Tür. Bevor die beiden auch nur ein Wort sagen konnten hörten sie bereits die gutturalen Schreie. »MENSCH, MENSCH, MENSCH!« Hadschie lehnte sich gegen die Tür, überlegte es sich dann aber anders, als die Schneide einer großen Feuerwehraxt mit ohrenbetäubendem Krachen neben ihrem Kopf durch das Türblatt brach. Leila riss Hadschie in den Raum, sie stolperten und fielen übereinander auf den Boden. Die Ereignisse überschlugen sich. Wo gerade eben noch die Dunkelhaarige gestanden hatte, rissen die Dämonen unter lautem Gejohle die Tür in Stücke, hinter den beiden Frauen begann der Kreis am Boden zu glimmen und leichter Schwefelgeruch lag in der Luft. Hadschie sah sich um, dann sagte sie etwas, das sich anhörte wie »... Sukki Bussi, du wirst der erste beschworene Mensch sein... « küsste Leila auf den Mund und schleuderte sie mit unbändiger dämonischer Kraft in den Beschwörungskreis. Das letzte was Leila sah war ein riesiges Glied zwischen zwei stämmigen Beinen und das Spiegeln von Licht in der Schneide einer hocherhobenen Axt. Dann war da nur noch Dunkelheit. Oh mein Gott, war der groß...

Sonntag, 20:15 Uhr
»OH MEIN GOTT!«, tönte es von der Wohnungstür. Der Feuerwehrmann der freiwilligen Feuerwehr Köln Sülz, der gerade eben auf dem Weg zur Arbeit den dichten Qualm aus dem Fenster im ersten Stock gesehen hatte, stürmte mit einem Feuerlöscher im der Hand in das Wohnzimmer und begann unkontrolliert Schaum auf die liegende Frau im grünen Minikleid, die brennenden Vorhänge, die diversen Utensilien und Bücher am Boden und den vollkommen in sich aufgelösten Wellensittich zu sprühen.

Epilog

Einige Monate nach dem Vorfall, Leila hatte Köln den Rücken gekehrt und war zu ihrer Mutter ins Randruhrgebiet gezogen, klingelte es an der Wohnungstür. Housten saß mit rotgeränderten Augen am Fenster und ignorierte Leilas eilige Schritte. Seine Mitbewohnerin hatte nie ein Wort über die Vorgänge verloren, der Löschschaum und das Feuer hatten sämtliche Beweise Houstens eigentlich unfehlbaren Plans vernichtet. Aber es blieb ein Rest gegenseitigen Misstrauens. Housten wusste nicht, wie Leila in seinen Beschwörungskreis geraten war und Leila wiederum wusste nicht, wer in ihrer Wohnung eine Beschwörung ausgeführt hatte. Beide vermuteten, der Briefträger könnte seine Finger im Spiel gehabt haben, aber Beweise gab es keine. »Oh Gott, das kann doch nicht sein.«

»Was denn, Liebstes?« Leilas Mutter kochte in der Küche Kaffee.

»Ein Brief meines Verlages. Sie finden das Manuskript

umwerfend und bieten mir sechstausend Euro Vorschuss und die Option auf zwei Fortsetzungen.«

»Für diese Lappen und Lippen Story? Unglaublich.«

Ja, unglaublich dachte Housten frustriert bei sich, kackte auf die Fensterbank und betrachtete den von hier aus sehr gut einsehbaren und unweit entfernt liegenden Stausee. So viel Wasser. Was man damit alles machen konnte.

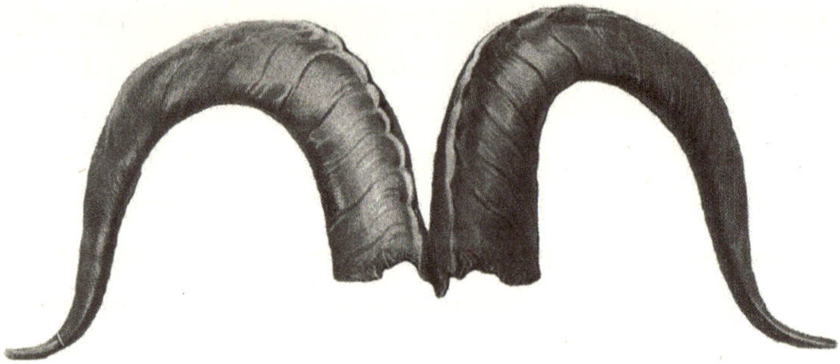

Nora Bendzko

PRINZ DER DÄMONEN

Wann immer am Hof gefeiert wurde, fühlte ich mich einsam. Ich spürte dann, dass mir, dem Bastard der Königin, die Welt der Adeligen verschlossen war. Dabei wünschte ich mir so sehr, Teil davon zu sein. Ich sehnte mich danach, aus den Schatten des Thronsaals zu treten und mich an die Tafel zu setzen, zu Königin Alsuna und ihren Söhnen.

Aber ich gehörte nicht dazu, darum blieb ich am Rand. Von meinem Posten aus beobachtete ich die Menge. Die Tanzenden kamen von überall her, trugen bunte Kleider und kostbaren Schmuck. Es war ein Ball wie aus dem Traum eines jungen Mädchens. Fast kam ich mir töricht vor, Wacht zu halten.

Da legte mir jemand die Hand auf die Schulter. »Guck nicht so grimmig. Das ist auf dem Geburtstag einer Prinzessin verboten.«

Ich lächelte, als ich die weiche Stimme von Janus hörte. »Das war mir nicht klar. Besser so?«

Ich wandte mich meinem Kindheitsfreund zu. Der nahm seine Hand weg und lächelte warm zurück. »Ja. Viel besser.«

Janus fiel unter den herausgeputzten Adeligen auf, weil er einem niedrigen Haus entstammte. Seine billige Zierrüstung war den Namen kaum wert. Auch konnte er sich keine Hilfsmittel leisten, um die braunen Locken zu glätten oder sein Gesicht zu pudern. Er passte nicht dazu, wie ich – vielleicht hatten wir uns deshalb immer so gut verstanden.

»Wer weiß«, meinte Janus. »Wenn du freundlich genug bist, lässt sich eine Dame vielleicht zum Tanz verführen.«

»Das denke ich nicht. Ich bin doch der unrühmliche Albert Ohneheim.« Ich sagte es verdrießlicher, als ich wollte. Ohneheim war mein Beiname als Bastard, ein Erbe meines unbekannten Vaters. »Warum soll jemand mit mir tanzen?«

»Du bist ein guter, ansehnlicher Mann. Reicht das nicht? Und ich dachte an eine bestimmte Dame, die sich nicht um Konventionen schert.« Sogleich hatte ich das stupsnasige Gesicht meiner Halbschwester vor Augen, deren Geburtstag gefeiert wurde. Prinzessin Svea. Ja, sie würde bestimmt über einen Tanz glücklich sein.

Janus zwinkerte mir zu und kehrte an seinen Posten zurück. War er etwa nur gekommen, um mich aufzumuntern? Wären wir noch Knappen, hätten wir wohl länger miteinander gescherzt. Aber nun waren wir beide Ritter, die Leibwachen der Königsfamilie. Wir mussten wachsam sein.

Die Zeit verrann, ohne, dass Prinzessin Svea sich zeigte. Vielleicht hatte sie mit ihrer Garderobe zu kämpfen oder wurde anderweitig aufgehalten. Ich ließ meinen Blick schweifen. Ein Teil von mir wartete darauf, sie zu entdecken, damit ich sie ansprechen und meinen Platz in den Schatten verlassen könnte. Doch es kam anders – der Ball fand ein jähes Ende, als unerwartet ein Fremder erschien.

Der Himmel verdunkelte bei seinem Kommen, sodass kaum Licht durch die großen Fenster fiel. Auch brachte er einen kalten Hauch mit, der die meisten Kerzen erlöschen ließ. Ein Schauer lief über meinen Rücken, und alle im Saal hielten inne. Die Leute raunten und beäugten den unvermuteten Gast. Er sah gespenstisch aus, mit einem Ledermantel und einer Krone aus Hörnern gekleidet. Langes schwarzes Haar fiel an ihm herab.

Er durchschritt den Saal, bis er dessen Mitte erreichte, und sagte: »Ich bringe eine Nachricht für Königin Alsuna.«

Erneut gab es Gemurmel. Ich sah angespannt zwischen meiner Königin und dem Fremden umher. Ein Wink von ihr und ich würde ihn festsetzen. Er schien mir gefährlich zu sein.

Alsuna beugte sich in ihrem Thron vor. Sie saß erhöht, sodass sie den Überblick behielt. Der Thron zu ihrer Rechten war leer. Seit ihr Gemahl vor vielen Jahren gestorben war, hatte kein König mehr an ihrer Seite gesessen. Sie hatte so manche Intrige überlebt und herrschte mit harter Hand. Alles musste sie kontrollieren, ob ihr Äußeres oder die Ordnung am Hof. Entsprechend war sie nicht erfreut über den unerwarteten Besuch.

»Wer wagt es?« Sie wirkte durch ihr perfekt weißes Kleid und das rotgoldene Haar wie eine zornige Heilige. »Wer wagt es, den Geburtstag meiner Tochter zu stören und sich nicht einmal vorzustellen?«

Der Fremde bat nicht um Verzeihung. »Ich bin Prinz Silvan. Mein Herr, der König der Dämonen, schickt mich. Ich soll Euch sagen, dass die Zeit gekommen ist. Nun müsst Ihr ihm das versprochene Kind überlassen.«

Das Gemurmel wurde lauter. König der Dämonen? Ist er etwa ... ein Inkubus? Ich konnte nicht glauben, dass eine Kreatur der Nacht unter uns sein sollte. Auch Königin Alsuna verschlug es kurz die Sprache.

Dann rief sie: »Wachen! Nehmt ihn fest!«

Ich rannte los, zog mein Schwert. Im Nu erreichte ich den Dämonenprinzen. Das, was ich für einen Mantel gehalten hatte, waren Flügel, wie ich aus der Nähe erkannte. Auch trug er keine Krone, die ziegenartigen Hörner wuchsen aus seinem Kopf. Er entfaltete die ledernen Schwingen, und unsere Blicke trafen sich. Mein Atem stockte. Er hatte unmenschlich silberne Augen. Sie anzuschauen, schien etwas tief Verborgenes in mir zu berühren. Ich war gebannt von seiner unheimlichen Erscheinung, gleichzeitig war er grauenhaft schön. Wie eine Mondfinsternis.

Ich zögerte nur einen Moment, aber lange genug, dass Silvan sich in die Luft schwang. Er flog bis zur Decke, von der er fledermausartig herabhing. »Das Kind«, beharrte er. »Ihr müsst mir erlauben, es mitzunehmen. Wenn Ihr den Pakt nicht erfüllt, so wird der Dämonenkönig Rache nehmen.«

Alsunas Stimme überschlug sich. »Tötet ihn!«

Silvan schüttelte den Kopf. Dann lief er auf allen Vieren die Decke entlang. Einige Ritter liefen ihm nach, doch er war nicht aufzuhalten. Einem Schatten gleich war er gekommen, und wie ein Schatten verschwand er.

Seit ich ein kleiner Junge war, warnte man vor Dämonen. Nachts solle immer ein Licht brennen, damit sie nicht ins Schlafzimmer kämen und sich einem auf die Brust setzten. Sie ernährten sich von Träumen, hieß es, und weckten verborgene Fantasien.

Nun sollte ich sehen, dass das alles stimmte, denn Silvans Drohung wurde wahr. Die Sukkuben und Inkuben brachten Krieg. Sie fochten ihn nicht mit Schwertern wie wir Menschen.

Stattdessen schlichen sie, von der Nacht verborgen, in unsere Häuser und Köpfe. Sie zehrten uns aus und lockten uns, indem sie die Gestalt unserer Wünsche annahmen.

Innerhalb von Wochen sah ich Unaussprechliches. Blutleere Menschen wurden gefunden, wie im Schlaf ausgesaugt. Sie lächelten, Entzücken in den lebensleeren Augen. Jenes Lächeln lag auch auf ihren Lippen, als sie wenige Tage nach ihrem Begräbnis zurückkehrten. Die Dämonen schlüpften in die Haut unserer Toten. Die Nacht war voll von ihren unheiligen Stimmen, Kinder, die aus dem Grab nach ihren Eltern riefen, verlorene Geliebte, die zum letzten Tanz hießen.

Es war grässlich. Mehr als einmal verfolgte ich ein Ungeheuer, oder hielt jemanden mit Gewalt davon ab, den Sirenen zu folgen. Und immer wieder sah ich Prinz Silvan. Er, der Anführer der Horde, ging im Schloss ein und aus. Niemand wusste zu sagen, wo und wann er auftauchen würde, und alle fürchteten ihn.

Alsbald ließ die Königin Jäger einberufen, die die Dämonen hetzen sollten. Die meisten von ihnen verstanden sich darauf, wildes Getier zu töten. Einige hatten schon nichtmenschliches Blut vergossen, als sie vor Jahren dabei geholfen hatten, alles Magische im Land auszurotten.

Ich wollte an ihrer Seite kämpfen. Es war doch meine Aufgabe, das Schloss zu verteidigen. Aber Königin Alsuna hatte andere Pläne. Als sie ihre Ritter aufstellte, ließ sie nach Janus und mir schicken.

Ich war nervös, als ich den Thronsaal betrat. Hier, wo vor kurzem der Geburtstag der Prinzessin gefeiert worden war, herrschte nun drückende Stimmung. Noch immer hingen

Girlanden an den Wänden. Sie setzten Staub an, niemand hatte sich um sie gekümmert, weil es wegen den Dämonen Wichtigeres zu tun gab.

»Albert«, begrüßte mich Alsuna. Sie sah steif aus, müde von den vergangenen Wochen. »Ich will, dass du fortan bei meiner Tochter Svea bleibst.«

Ich traute meinen Ohren nicht. »Wie meinen, Hoheit?«

Alsuna ging nicht auf mich ein, wandte sich an Janus. »Und du wirst an Alberts Seite bleiben. Meine Kinder müssen vor den Dämonen beschützt werden.« Er nickte pflichtbewusst. »Das ist alles. Bleibt im Schloss, und seid auf alles vorbereitet.«

Ihr harscher Ton machte klar, dass sie nicht mehr Zeit an uns verschwenden würde. Wir gingen.

»Wir sollen die Prinzessin beschützen?« Die Worte platzten aus mir, sowie wir den Thronsaal verlassen hatten. »Das ist so eine große Verantwortung.«

Janus runzelte die Stirn. »Ja. Wie kommt die Königin dazu, uns plötzlich dem Schutz ihrer Tochter zuzuteilen?«

Mir kam eine Idee. »Erinnerst du dich an die Worte von Prinz Silvan? Er sagte, er komme, um ein Kind für seinen König einzufordern.«

»Denkst du etwa, jenes Kind könnte die Prinzessin sein?«

Ich nickte. Königin Alsuna besaß sonst nur Söhne. Entsprechend war ihr die einzige Tochter kostbar, und mir schauderte bei dem Gedanken, dass Svea in Gefahr war. Warum hatte der Dämonenkönig es auf eine Jungfrau wie sie abgesehen?

»Was auch geschieht: Ich werde Alsuna nicht enttäuschen.« Vielleicht war dies meine Chance, sich der Königin als würdig zu erweisen. »Ich werde die Prinzessin vor den Dämonen verteidigen, komme, was wolle.«

Janus lachte grimmig. »Und ich helfe dir dabei, mein Freund.«

Als wir der Prinzessin gegenübertraten, sah ich sie zum ersten Mal seit Wochen. Sveas Gemächer waren mädchenhaft eingerichtet, obwohl sie vor kurzem ins Heiratsalter gekommen war. Eigentlich hatte sie Ehekandidaten auf ihrem Geburtstag kennenlernen sollen.

Auf dem Teppich lagen Puppen, Abenteuerbücher und Kleidungsstücke. Inmitten von alldem stand ein Himmelbett, und Svea versank in den Kissen. Sie sah uns mit großen Augen entgegen. Als sich unsere Blicke kreuzten, strahlte ihr Gesicht. Sie war leuchtend schön, ohne die Kälte ihrer Mutter.

»Albert!« Sie wühlte sich aus dem Kissenberg. »Ich habe gehört, du bleibst jetzt bei mir? Ein Glück.«

Sie kannte Janus, aber wahrscheinlich hätte sie mich auch vor seinen Augen umarmt, wenn dem nicht so gewesen wäre. Die Königin sah nicht gern, wenn Svea traut mit mir umging. Doch das war meiner Schwester gleich.

Zitternd drückte sie sich an mich. »Ich habe solche Angst. Du hast doch auch die Dämonen gehört, wie sie nachts schreien?«

Ich schob sie von mir, um ihr eine Strähne aus dem Gesicht zu streichen. »Du musst dich nicht fürchten. Wir werden nicht zulassen, dass dir etwas geschieht, und die anderen Ritter auch nicht.«

Janus sagte: »Hört Ihr, Prinzessin? Euer Bruder hat es versprochen, und holde Recken seines Schlags halten ihre Versprechen.«

Er sprach so scherzhaft theatralisch, dass alle Anspannung

von ihr abfiel. »Das stimmt.« Sie sah vertrauensvoll zu mir auf, und mir wurde warm ums Herz. Ja, ich würde dieses Lächeln bewahren.

Janus und ich beschlossen, abwechselnd Wacht zu halten. Die ersten Stunden waren wir beide munter, zusammen mit Svea, die im Bett lag und mit uns sprach. Manchmal verstummten wir, wenn Laute in der Nacht erklangen. Es waren flüchtige Eindrücke, die gleichermaßen Einbildung und Wirklichkeit hätten sein können. Unruhig trat ich ans Fenster, während Janus und Svea weiterredeten.

»Es heißt, Dämonen haben keine Seelen«, sagte die Prinzessin. »Deswegen essen sie Träume, um am Leben zu bleiben ... oder leben sie überhaupt?«

Janus murmelte: »Wer weiß. In jedem Fall ist es traurig, denkt Ihr nicht? Die Dämonen können nur fortbestehen, indem sie von Menschen zehren. Kann man einem Raubtier vorwerfen, dass es das Fleisch eines anderen Lebewesens frisst? Es kann ja nichts dafür.«

Svea schüttelte sich. »Aber es gibt kein Raubtier, dass seine Gestalt ändert und Tote zurückholt. Mir tun die Dämonen nicht leid. Sie hatten auch kein Mitleid mit jenen, die gestorben oder ihnen gefolgt sind.«

Irgendwann redete Svea sich müde. Eingesunken in ihren Kissen, dämmerte sie dahin. Ich kam neben Janus, der vor dem Bett saß und an seinem Schwert nestelte.

»Schließ ruhig die Augen«, sagte er. »Ich wecke dich zu deiner Schicht.«

»Danke.«

Vielleicht hätte ich mich wegsetzen sollen, aber seine

Nähe war tröstend. Ich lauschte seinem Atem, spürte seine Wärme. Als ich mich an seine Schulter lehnte, kamen mir Erinnerungen. Janus, wie er als Junge mit mir auf der Straße spielte, sein Gesicht verdreckt und doch leuchtend. Wie wir in die Lehre gingen, auf dem Übungsplatz rauften und unser erstes Bier im Gasthaus tranken. Er war immer da gewesen, hatte nie auf mich, den Bastard, herabgesehen. Ich war froh, dass ich ihn hatte.

Nach einiger Zeit schlief ich ein, und ich träumte von Prinz Silvan. Er kam zu uns ins Zimmer, kroch über die Decke. Sein langes schwarzes Haar wehte, als er sich herabfallen ließ. Er landete auf Sveas Bett.

Ich konnte mich nicht rühren, als läge ein lähmender Zauber auf mir. Gleichzeit brodelte es unter meiner Haut. Mir wurde immer heißer, je länger ich die Gegenwart des Dämons spürte.

Er beugte sich über Svea, wie um sich auf sie zu setzen, so, wie es Inkuben nachgesagt wurde. Da nahm die Hitze Überhand, und meine Starre löste sich. Ich riss die Augen auf. Mich traf die Erkenntnis, dass ich nicht nur geträumt hatte: Der Prinz war hier. Silvan starrte mich aus seinen silbernen Augen an.

Kurz hielten wir still. Ich konnte den Blick nicht losreißen, und auch er sah nicht weg. Es war, als wolle er auf den Grund meiner Seele schauen, um meine Wünsche zu erfahren und sie gegen mich zu verwenden.

Ich griff nach meinem Schwert. »Fass sie nicht an, du –«

Silvan sprang vor, über Svea hinweg. Sie wachte nicht auf, blieb starr liegen, verzaubert. Ich schlug zu, aber er wehrte mein Schwert mit seinem Flügel ab. Die Klinge schabte nutzlos über das Leder, und die Waffe entglitt mir.

Im nächsten Moment lag seine Hand an meinem Hals. Sein Haar kitzelte meine Haut, und sein Mund mit den Fangzähnen war direkt an meinem. Mir wurde schwindelig von seiner Nähe.

»Nichts kann mich aufhalten. Ich werde erst gehen mit dem, was meinem König versprochen wurde.« Sein Flüstern schlug gegen meine Lippen. »Ich komme wieder.«

Bevor ich versuchen konnte, mich gegen ihn zu wehren, entschwand er. Er ließ mich los und wurde eins mit der Nacht. Ich rang nach Luft, legte die Hände an meinen Hals. Da erwachte Svea. Sie schoss in die Höhe.

»Albert! Was ist passiert?«

Ich konnte nicht antworten. Langsam klärte sich mein Kopf. Als Silvan mich nicht mehr umnachtete, wurde mir klar, dass Janus nicht da war.

»Nein.« Der Dämonenprinz hatte gesagt, nichts würde ihn aufhalten. Was, wenn er dem wachenden Janus etwas angetan hatte? »Nein! Nein!«

Ich lief hinaus. Sveas Rufe verschwammen in meinen Ohren. Als ich auf den Gang rannte, drohte mein Herz stehen zu bleiben. Blut verschmierte den Boden, und da lag ein Körper. Ich stürzte neben ihn, drehte ihn auf den Rücken. Janus. Er war bleich und sein Kettenhemd zerrissen, als hätten riesige Krallen es durchbohrt.

»Janus!« Ich nahm sein Gesicht in meine Hände. »Bitte sei nicht ... Oh, Janus!«

Tränen der Erleichterung schossen in meine Augen, als seine Lider zuckten. Langsam öffnete er sie. »Albert?« Er klang schwach. »Prinz Silvan. Ich konnte ihn nicht stoppen, ich ... Was ist mit Prinzessin Svea? «

»Scht.« Vorsichtig drückte ich ihn an mich, und er lehnte sich zittrig in die Berührung. »Es ist alles gut. Silvan ist fort.«

Was für eine Lüge – nichts war gut, und nichts wurde besser. Die Furcht im Schloss wuchs, da der Dämonenprinz immer öfter unter uns wandelte. Ich hätte schreien könne vor Zorn, weil er Janus verletzt hatte.

Wann immer ich alleine war, spielte ich mit dem Gedanken, wie ich Silvan töten würde. Er begann mich zu beherrschen, und das nicht nur tags. Auch in meinen Träumen erschien er, um mich in den Wahn zu treiben.

Der Kampf gegen die Dämonen währte schon Monate, als ein Ball veranstaltet wurde. War es Wirklichkeit, oder nur ein Traum? Ich konnte es nicht sagen.

Schwarzer Flor schmückte das Schloss, die Gäste trugen dunkle Kleider wie zu einer Trauerfeier. Ich hörte Svea lachen. Da sah ich sie, wie sie durch den Saal wirbelte, in einem Ballkleid aus nachtfarbenem Stoff. Ihr Tanzpartner war genauso schön anzusehen. Seine Absatzschuhe klackten und sein schwarzes Haar flog, als er sich mit ihr drehte. Sein durchsichtiges Seidengewand verhüllte kaum den muskulösen Leib. Unverhohlen zeigte er sich, die Flügel ausgebreitet, Silberschmuck an seinen Hörnern. Prinz Silvan.

Ihn vertraut mit meiner Schwester zu sehen, fachte die Wut in mir an. Ich lief auf ihn zu, bereit, ihn von Svea wegzuzerren. Aber er brachte mich einmal mehr aus dem Konzept. Er ließ von Svea ab, und sie wandte sich jemand anderem zu – die

Tanzpartner wechselten. Dann lag eine Hand an meiner Hüfte, und Finger verschränkten sich mit meinen. Ehe ich wusste, wie mir geschah, rauschten wir über die Tanzfläche.

Es war ein Traum, zweifellos. Alles fühlte sich so unwirklich an, und eigentlich hätte ich mich Silvan entziehen sollen. Ich tat es nicht. Offensiv sah ich ihm in die Augen und zischte: »Verlass meinen Kopf.«

»Du weißt, dass ich das nicht tun kann. Wie lange willst du dich noch gegen mich wehren? Gib auf.«

»Nein.« Ich versuchte, mich seiner Führung zu widersetzen.

Er lächelte nachsichtig. »Früher oder später geben alle auf, die uns Dämonen verfallen.«

»Ich lasse mich nicht von dir verhexen.«

Diesmal hatte Silvan nicht sofort eine Antwort. »Verhexen«, sagte er schließlich. »Ihr Menschen sprecht gern über uns, als wäret ihr uns hilflos ausgeliefert. Dabei können wir nur jene in die Dunkelheit holen, die uns folgen wollen.«

»Ihr tötet. Ihr bringt Verstorbene wieder, besteigt uns im Schlaf –«

»Manche wollen sterben. Manche wollen diejenigen, die sie verloren haben, noch einmal sehen. Und viele hegen lüsterne Fantasien, von denen sie nur zu träumen wagen.« Er schüttelte den Kopf. »Wir Dämonen können euch nicht dazu zwingen, eure Seele aufzugeben. Menschen müssen von uns träumen, uns von sich aus einlassen.«

Ich hatte Mühe, seinem Blick standzuhalten. Die Vorstellung, dass die Dämonen uns nicht verzauberten, sondern uns mit Wünschen quälten, die wir längst in uns trugen, war zu schrecklich.

»Manchmal wollen Menschen Dinge, die ihnen nicht erlaubt sind. Deine Königin hat alle Magie verboten, Zauberkundige verfolgen lassen. Viele können sich nicht in dem unterdrückenden Licht ihres Reiches zeigen. Ist es so schwer für dich, zu glauben, dass manche die Dunkelheit suchen?«

Wir drehten uns schneller, und ich fragte: »Dunkelheit? Das will ich nicht.«

»Und doch bin ich hier, ein Gast in deinen Träumen. Machst du dir etwas vor, Albert Ohneheim? Was willst du wirklich?«

Auf einmal änderte sich seine Erscheinung. Sein Haar wurde noch länger und kräuselte sich. Das Gesicht nahm eine weichere Form an, die Lippen wurden voller, und das seidene Gewand wölbte sich von Brüsten. Nun hatte ich nicht mehr einen Inkubus, sondern einen gefährlich attraktiven Sukkubus vor mir. Ich hatte gewusst, dass Dämonen ihre Leiber ändern, fließend zwischen maskulinem und femininem Ausdruck wechseln können. Doch ich sah jene Verwandlung zum ersten Mal.

Vielleicht hätte der Körper in meinen Armen mich erregen sollen. Jetzt hatte ich die Führung, und das hatte ich doch immer gewollt. Ich wollte nicht zum unteren Teil der Gesellschaft gehören, und meine Anerkennung bekäme ich nur, indem ich ein großer Ritter wurde, mit der perfekten Frau an meiner Seite ... oder?

Der sinnliche Zug, der Silvans Lippen umspielte, verschwand. »Oh.« Seine Züge schmolzen, er wurde wieder zum Prinzen. »Ich verstehe. Das ist nicht, was du ersehnst.«

Der Moment, in dem ich den Tanz hätte bestimmen können, war vorbei. Stattdessen führte er mich wieder. Mein Atem stockte, weil er mich so kraftvoll wirbelte, und dann beugte er mich. Seine Hand lag in meinem Rücken, ich glaubte kurz zu fliegen, als ich nach hinten fiel. Die Welt blieb stehen, wie wir. Ich lag an ihm, und mein Blut begann zu sirren, wie all die Male, die wir uns nahe gewesen waren.

Schon einmal hatte mich jemand so gehalten – Janus. Wir hatten uns betrunken, uns unnötig berührt, gelacht. Und schließlich hatte ich ihn geküsst. Ich hatte es als Scherz abtun wollen, aber er hatte es erwidert. Aus einem Kuss wurden zwei, immer mehr, irgendwann fuhren seine Hände unter meine Kleidung und ... ich lief weg.

Panisch riss ich mich von Silvan los. *Wach auf.* Ich fiel schmerzhaft auf den Boden, kam sogleich auf die Füße. *Wach auf, Albert!*

Ich lief vor Silvan weg, der nach mir rief. Nun, da wir nicht mehr tanzten, wurde ich mir der anderen Traumgestalten bewusst. Die Ballgäste sahen mir nach, während ich an ihnen vorbeilief. Ihre Gesichter waren nur undeutliche Flecken, doch ich hatte das Gefühl, dass sie mich anstarrten und verurteilten.

Schaut ihn an, den Bastard. Perverser.

Ich rannte und rannte. Aber natürlich konnte ich nicht fliehen. Es war ja nur ein Traumgespinst. Als ich stehen blieb, hörte ich das Klacken von Absatzschuhen. Silvan war mir gefolgt. Ich drehte mich zu ihm um, schrie vor Verzweiflung.

»Warum tust du mir das an? Wieso musst du mich so foltern, wenn du nur Prinzessin Svea für deinen König entführen willst?«

Er wirkte seltsam traurig. »Was, wenn ich sage, dass es nie um die Prinzessin ging – sondern um dich?«

Ich starrte ihn ungläubig an. »Was?«

»Ganz recht. Wir haben lange genug umeinander getanzt: *Du* bist das Kind, das mein König will. Deine Mutter schloss vor langer Zeit einen Pakt mit ihm, um Macht zu erlangen. Ein solcher Handel hat stets seinen Preis, und mein König wünschte sich etwas, das er als seelenloser Dämon nicht selbst in die Welt bringen konnte. Er wünschte sich dich.«

Ich konnte kaum atmen vor Entsetzen. »Nein. Das sind Lügen –«

»Du weißt, es ist wahr. Warum sonst hätte Alsuna dir nie von deinem Vater erzählen sollen?« Er trat auf mich zu. »Sie hat alles Magische verboten, auf dass du nicht damit in Berührung kommst. Darum kam ich. Mein Auftrag war, dich zu deiner dämonischen Seite führen. Die Dämonen legten mich als Wechselbalg anstelle eines Menschenkindes in die Wiege, und ich wuchs mit dir auf, um dich zu leiten und zu schützen.«

Ich wich zurück. »Nein –«

Als ich begriff, was er sagte, änderte sich sein Gesicht. Er wurde Janus. Mein Freund, mein einziger Freund war der Dämonenprinz. Er hatte mich zum Narren gehalten, als ich ihn verletzt auf dem Gang gefunden hatte, ein doppeltes Spiel gespielt. Ich fühlte mich, als müsse mein Herz zerreißen.

»Janus war eine Verkleidung, wie der Mann, den du vor dir siehst. Prinz Silvan gab es nie. Er ist eine Illusion, das, was du hättest sein können.«

Das Schlimmste war, dass er mich nicht triumphal betrachtete. Kummer verzerrte seine falschen menschlichen Züge.

»Ich kann dich nicht zwingen, mir zu folgen, Prinz der Dämonen. Du selbst musst bestimmen, ob du im Licht oder Schatten wandelst.«

Ich erwachte, mit Tränen in den Augen. Es dauerte einen Moment, bis ich begriff, dass ich mich in Sveas Zimmer befand. Es war Nacht, Regen peitschte gegen das Fenster.

Die Prinzessin saß neben mir auf dem Boden, sah mich aus schreckensvollen Augen an. »Du hast geschrien im Schlaf.«

Ich atmete heftig. »Wo ist Janus?«

Er wäre mit der Wacht dran gewesen, aber befand sich nicht im Zimmer. Als Svea sagte, dass sie es nicht wüsste, wurde mir klar: Es war nicht nur ein Traum gewesen. Silvan war Janus, und nun, da die Illusion zerstört war, war mein Freund fort.

Ich half, ihn in jener Nacht zu suchen, doch vergeblich. Janus hatte sich in Luft aufgelöst. Die Worte, die er mir eingeflüstert hatte, hallten in meiner Seele. Du bist das Kind, das mein König will.

Die Tage vergingen, Tage, in denen ich mehrmals weinte, über mein Los und den Freund, der mich belogen hatte. All die wertvollen Erinnerungen, die ich mit Janus teilte, zerbröckelten. Hatte er mich von Anfang manipuliert? War jedes Lachen, jeder Moment nur Schauspiel gewesen?

Ich wusste es nicht. Aber ich wusste, dass ich nicht ignorieren konnte, was er mir anvertraut hatte.

Es war früher Morgen, als ich mich zum Thronsaal begab. Die Luft im Schloss war schwer vor Gram, weil der Krieg uns so zugesetzt hatte. Die Hand am Schwert, trat ich vor Königin Alsuna. Sie sprach mit ihrem Berater. Ich verschwendete gar nicht erst Zeit, zog meine Waffe und sagte: »Ich muss mit Euch reden. Allein.«

Der Berater keuchte auf, und Alsuna sah mich verblüfft an. Kurz war es völlig still. Dann sagte die Königin: »Du hast es gehört. Geh.«

Das ließ sich der Mann nicht zweimal sagen und lief los.

Alsunsa fauchte vor Wut. »Bist du verrückt? Was glaubst du, hiermit zu erreichen? Wenn mein Berater die Wachen alarmiert, werden sie dich hierfür in den Kerker werfen. Ist dir das klar?«

»Ich habe nichts zu verlieren, wenn das, was Prinz Silvan mir verraten hat, stimmt. Über Euch, den Dämonenkönig ... und mich.«

»Du weißt es also. Und nun?«

Es erschütterte mich, wie gleichgültig sie es sagte. Es stimmte. Ich war kein Mensch, nicht ganz. »Nun werdet Ihr mir sagen, warum Ihr es verheimlicht habt.«

»Warum wohl? Es ist ein Skandal, von dem niemand erfahren darf.«

»Und warum liefert Ihr mich nicht dem Dämonenkönig aus, um den Krieg zu beenden?«

Die Königin erzählte, mit eiskalten Worten. Sie erzählte, wie sie als Mädchen gezwungen wurde, einen viel älteren Mann zu heiraten. Eine politische, friedensstiftende Ehe. Alsuna selbst hatte keinen Frieden, denn ihr Gatte war gewalttätig. Als sie einmal mehr vor ihm floh, hinaus in den nächtlichen Schlossgarten, traf sie jemanden. Einen König, gekleidet in Sünde und Erlösung – einen Inkubus.

Er bot Alsuna einen Pakt an: Wenn sie ein Kind für ihn austragen würde, so würde er ihr die Macht geben, ihren verhassten Gatten zu töten, und nicht nur ihn. Alle Männer, die ihr Böses wollten, würden blutig bezahlen.

Ihr fiel die Entscheidung nicht schwer. Sie traf den Dämonenkönig bereits in der darauffolgenden Nacht, um den Samen zu empfangen, den er einem Lebenden gestohlen hatte. Am nächsten Tag starb ihr Gatte. Er wurde tot in seinem Bett gefunden. So manch einer im Volk munkelte, ein Dämon hätte ihn im Schlaf erstickt.

»Solange der Pakt nicht erfüllt ist«, schloss Alsuna, »schützt mich die Magie des Dämonenkönigs. Sie tötet all meine Feinde, verlässlicher als jede Waffe. Deshalb kann ich dich ihm nicht geben.«

Ich ließ mein Schwert sinken.

Das war ich also für sie, ein Mittel zum Zweck. Nichts sonst.

Ich wehrte mich nicht, als die Wachen mich festnahmen. Alles ließ ich über mich ergehen, die Härte, mit der sie mich anfassten, die Verachtung, mit der mir die Königin – meine Mutter – nachsah. Sie sperrten mich in den Kerker. Dort saß ich in dem kalten leeren Raum, den Blick auf meine Hände gerichtet. Ich wartete.

Es dauerte nicht lange, bis ich Besuch erhielt. Meine Schwester kam. Prinzessin Svea war in Begleitung eines Ritters, den sie sogleich fortschickte. Sie trat so nah wie möglich an die Gitterstäbe und fragte: »Albert?«

Ich sah auf. »Bist du wirklich Svea?«

Sie lächelte, auf eine ungewohnt verschlagene Art. »Du ahnst, dass ich jemand anderes bin? Du kennst mich eben zu gut.«

Sie verwandelte sich. Von einem Lidschlag auf den anderen stand Svea – nein, Prinz Silvan – vor mir. Das Gitter war kein Hindernis für ihn. Er trug Janus' Äußeres, aber seine Augen waren silbern. Eine Chimäre mit den Gesichtern der Männer, die mein Leben bestimmt hatten.

Ich fragte leise: »Was willst du?«

Silvan, den ich auch als Janus kannte, lächelte. »Ich glaube, ich wollte einst Anerkennung wie du.« Er setzte sich, sein Haar und seine Flügel umgaben ihn wie einen Schleier. »Ich wollte meine Mission erfüllen, meinen König stolz machen. Aber jetzt ...« Kurz stockte er. »Es sind zu viele von uns gestorben. Dies ist meine letzte Chance. Der Krieg wird heute enden, indem ich dich mitnehme oder mein König dich aufgibt.«

Einem seltsamen Impuls folgend, nahm ich seine Hand. »Ich sollte dich töten.« Ich hasste, dass meine Stimme brach. »Ritter töten Dämonen. Das ist meine Bestimmung.«

Er streichelte mit dem Daumen über meinen Handrücken. »Tu, was du tun musst. Vielleicht vergibt dir die Königin, wenn du ihr meinen Kopf bringst, und ... Ich will, dass du glücklich bist. Mein ganzes Dasein war dir gewidmet. Ich konnte nicht anders, als dich gernzuhaben, und hätte dich noch mehr geliebt, hättest du es mir erlaubt. Nun kann ich genauso gut verschwinden.«

Als er das sagte, erkannte ich, dass er mir nicht alles vorgespielt hatte. Ja, Janus hatte es nicht gegeben. Aber seine Zuneigung war echt gewesen.

Ich dachte nicht nach, als ich mich vorbeugte. Ich folgte einfach den Gefühlen, die ich schon immer in mir getragen hatte. Als ich den Inkubus küsste, fühlte ich wieder diese unbändige Hitze, unsere dämonische Verbindung. Er war nur kurz starr vor Überraschung, ehe er es erwiderte. Wir küssten uns lange, verzweifelt.

Ich löste mich von ihm, um Atem zu schöpfen. »Nein. Ich will nicht, dass du verschwindest. Du warst der Einzige, der immer für mich da war.«

Diesmal lächelte er auf Janus‘ Art, das wärmste Lächeln der Welt. »Du kommst also mit mir nach Hause?«

»Ja. Bring mich heim.«

Mein Freund hielt meine Hand. Er führte mich aus meinem Gefängnis, das mich nicht mehr einsperren konnte, nun, da ich meinen Dämon umarmt hatte. Wir flohen über die Dächer des Schlosses. Ein paar Wachen sichteten uns, schrien Alarm, aber sie konnten nichts tun. Wir entschwanden wie die Schatten, die wir waren.

Zur Grenze zwischen Leben und Tod, in die finsterste Nacht brachte er mich. Dort gab ich mich dem Inkubus hin. Er hielt mich, als hätte er sich nichts mehr gewünscht. Ich zitterte unter seiner Berührung, ließ mich in die Ekstase reiten. Jede Faser meines Körpers wollte ihn, und auch er verging unter meinen Händen, stöhnte meinen Namen.

Der Geschmack seiner Haut glühte auf meiner Zunge, dass die Flamme sich bis in meine Seele fraß. Ich wusste, wenn die Nacht endete, würde auch ich ein vollkommener Dämon sein. Meine Seele war der Preis, den ich für den Pakt mit meinem Geliebten bezahlte, und ich fürchtete mich nicht davor.

Geborgen von den Flügeln, die er wie einen schützenden Mantel um mich legte, schmiegte ich mich an ihn. Mein Rücken kribbelte von seinen Fingerspitzen. Vielleicht würden auch mir Schwingen wachsen, nun, da ich mich verändert hatte. Ich war nicht mehr der Bastard, der glaubte, kein Zuhause zu besitzen. Ich war nun der Prinz, den Janus in mir gesehen hatte, und wir beide würden nie mehr einsam sein.

Jessie Weber

VON HÜHNERN UND ANDEREN DÄMONEN

Allerlei übernatürliche Wesen hatte ich schon aufgespürt und ausgetrieben – Incubi, Succubi, Hausteufel, Luftgeister, Nachtmahre, Spukgestalten aller Art. Nie hätte ich vermutet, dass mich, Federico Vinci, Dämonenjäger in dritter Generation, in dieser Richtung noch etwas überraschen könnte – ich hatte mich geirrt.

Doch von vorn. Ich wanderte so durch die Lande, mein treuer Esel Giacomo zog meinen Karren, es verschlug mich hierhin und dorthin, immer auf der Jagd, immer auf der Hut. Ich war die Standhaftigkeit in Person, selbst die verführerischsten Frauen konnten mir nichts anhaben. Schließlich mochte sich hinter jeder ein Succubus verstecken!

So kam ich eines schönen Herbstes in einem von mir bisher unerforschten Landstrich in ein Dorf, in dem ich Dämonen vermutete.

Ich spüre ihre Anwesenheit. Und das ist gut so, sonst wäre ich wohl arbeitslos. Kein Mensch platzt gern damit heraus, dass er besessen ist. Sie halten sich für schwache Charaktere, dass sie nicht einmal einem Succubus widerstehen können. Dabei ist es für Männer, die nicht so unerschütterlich sind wie ich, kaum möglich, sich der Anziehungskraft eines solchen Dämons in Frauengestalt zu entziehen. Wenn man ihn denn als einen solchen erkennt. Wenn nicht, ist man ihm ohnehin verfallen. Welcher Mann will nicht glauben, dass ihn eine schöne Frau begehrt? Welche Frau ist nicht glücklich über die Zuwendung eines ansehnlichen Kerls? Wenn sich dieser dann als Incubus entpuppt, ist es allerdings schnell vorbei mit der Freude, denn die Damen und Herren Dämonen neigen dazu, ihren Opfern die Lebenskraft auszusaugen.

Ich allerdings vermag diesen Wesen nicht nur zu widerstehen, sondern beherrsche alle Arten von Kräutermagie und Wortzaubern, die den Dämonen das Leben – wenn man es so nennen will – nicht nur schwer, sondern unerträglich machen. Ich lernte es von meinem Vater und dieser von seinem. Beide endeten übrigens in den Fängen eines Succubus – nicht versehentlich allerdings. Als ihre Zeit auf Erden ablief, lachten sie sich absichtlich diese bezaubernd wirkenden Wesen an, um sich ihre letzten Tage angenehm zu gestalten. Die wenige Lebenskraft, die sie noch übrighatten, ließen sie sich gern aussaugen im Tausch gegen ein paar übernatürlich schöne Stunden. Ich habe mir allerdings vorgenommen, nicht so zu enden. Mir reichen die schönen Stunden mit den dankbaren Damen, denen ich den Dämon vom Hals geschafft habe.

Aber zurück zu diesem Dorf. Misstrauisch wie stets führte ich Giacomo die Hauptstraße entlang. Ich wurde freundlich gegrüßt, die Herren zogen die Hüte, die Damen knicksten, manche erröteten und kicherten hinter vorgehaltener Hand. Diese Reaktion löse ich häufig aus. Schließlich bin ich ein hübscher Kerl, wie ich ohne falsche Bescheidenheit zugeben kann.

Ich bezog Quartier in einem winzigen Gasthaus. Den ersten Abend verbrachte ich damit, aus dem Fenster zu starren. Nichts rührte sich. Ich konnte es kaum glauben, schließlich spürte ich die Anwesenheit von Dämonen.

Ich hörte jedoch nichts als lautes Gegacker.

Am Morgen streifte ich durch das Dorf. Es war ausgesprochen aufgeräumt, die Wege gefegt, die Beete gepflegt, sogar der Mist hinter den Scheunen war zu ordentlichen Haufen aufgetürmt. Die Ernte war eingebracht, das Korn sorgfältig in Säcken verstaut, das Stroh eingelagert, Äpfel und Birnen in Kisten in den Kellern. Nicht ein Blatt Laub lag herum. Dabei sah ich niemanden, der einen Besen oder Rechen schwang oder sonst einer Arbeit nachging. Seltsam.

Ich betrat unter diversen Vorwänden jedes Haus und sah mich ausgiebig um. Die Zimmer waren aufgeräumt, die steinernen Fußböden sauber, die Laken auf den Strohmatratzen fleckenlos. Nicht eine Laus krabbelte auf ihnen herum. Selbst die Nachtgeschirre sahen aus, als könne man aus ihnen essen – nicht, dass ich es versucht hätte.

Die Bewohner waren ausgesprochen freundlich, sahen durchweg gesund und munter aus. Ein wenig untätig vielleicht, aber ansonsten unauffällig. Niemand beklagte sich über Dämonen, obwohl ich – zwar vorsichtig, aber deutlich genug – darauf hinwies, dass ich die Lösung für derlei Probleme kannte.

Alles schien in bester Ordnung.

Nur das ständige Gegacker zerrte an meinen Nerven.

Hühner gab es reichlich in diesem Dorf. Hübsche, pechschwarze Hühner. Ich beobachtete sie. Sie taten, was Hühner so tun – scharren, picken, gackern, Eier legen, scharren, picken, kacken. Reichlich kacken. Und immer wieder von oben nachstopfen, damit ihnen auch ja die Kacke nicht ausging.

Sonst taten sie nichts.

Einmal allerdings meinte ich, aus dem Augenwinkel einen schwarzen Schatten zu sehen, der über die Straße huschte. Er erinnerte entfernt an ein Huhn. Als ich mich umwandte, war er verschwunden. In dem Moment lenkte mich der Anblick eines bezaubernden Wesens ab. War sie eine Frau oder ein Succubus? Ich konnte es nicht sagen. Nur bei den Frauen, die ich von Incubi befreie, ist gewiss, dass sie nicht selbst Dämonen sind. Deshalb lasse ich mich auch nur mit diesen ein.

Inständig hoffte ich, dass das schöne Wesen ein Dämonenproblem hatte, doch sie sprach mich nicht darauf an und wirkte auch nicht kraftlos und ausgelaugt. Sie senkte den Kopf, jedoch nicht ohne einen verführerischen Blick unter ihren dichten Wimpern hervor.

Hinter ihr huschte erneut ein Schatten vorbei. Es sah aus, als sprühe er Funken.

Was für ein Wesen ging in diesem Dorf um?

Als ich wieder die Frau ansehen wollte, war sie verschwunden. Verflucht!

Ich gab für diesen Tag auf, setzte mich in die Gaststube und bestellte ein Bier. Ernüchtert starrte ich in das Gebräu.

»Na, junger Mann, welche Laus ist Euch denn über die Leber gelaufen?« Der Wirt wischte sich die Hände in der Schürze ab und sah mich mit gerunzelter Stirn an. Ich bemerkte, dass er goldene Ringe und feine Leinenkleidung trug, maß dem Ganzen jedoch keine Bedeutung bei. Ich Dummkopf!

»Keine Laus.« Ich seufzte. »Und auch kein Floh. Kein Ungeziefer in diesem Ort. Weder tierisches noch anderes.«

Dabei hätte ich eine reichliche Bezahlung gut gebrauchen können.

»Anderes?« Der Wirt hob die buschigen Augenbrauen.

»Ja.« Es half nichts. Wenn ich an diesem Ort etwas verdienen wollte, musste ich meinen Beruf offenbaren. Und welche Person wäre hierzu geeigneter als ein Wirt? Dieser weiß meist am besten, was vor sich geht, da sich jeder bei ihm ausheult. »Ich bin nicht auf der Durchreise, wie ich bei meiner Ankunft angab. Ich bin Dämonenjäger.«

Der Wirt verschränkte die Arme vor der Brust, seine Miene wurde abweisend. »Hier gibt es keine Dämonen.«

»Seid Ihr sicher?«

»Und ob. Am besten reist Ihr rasch weiter, ehe Ihr noch welche herlockt.« Er wandte sich um und verschwand in der Küche.

Seltsam.

Ich trank mein Bier aus und ging in mein Zimmer. Schlaf fand ich jedoch wenig in jener Nacht. Ich meinte, das Gegacker der Hühner bis in die frühen Morgenstunden zu hören, bis schließlich die krähenden Hähne einstimmten. Schliefen diese Biester denn nie?

Wie gerädert kroch ich am Morgen unter meinem Strohsack hervor. Der Wirt knallte die Schüssel mit dem Frühstücksbrei schweigend vor mir auf den Tisch. Ich bemühte mich um Freundlichkeit, stieß jedoch auf eine Wand der Ablehnung. Vielleicht hätte ich tatsächlich besser rasch verschwinden sollen.

Ich tat es nicht, sondern sah nach Giacomo, dem es in seinem gepflegten Stall gut zu gehen schien, und wanderte wie am Vortag durch das Dorf. Alles friedlich, alles blitzsauber. Sogar die Gehege mit den gackernden, kackenden Hühnern. Dass sich die Leute die Mühe machten, dauernd die Häufchen zu beseitigen ...

Zurück im Gasthaus kam mir die schöne junge Frau mit sorgenvoller Miene im Flur entgegen. Was tat sie hier?

Plötzlich schoss mir ein Gedanke in den Sinn. Was, wenn sie doch ein Succubus war und der Wirt mit ihr verkehrte? Dann war er vielleicht deswegen neuerdings so unfreundlich zu mir. Er wollte nicht, dass sie ausgetrieben wurde.

Die Frau verschwand in der Küche, und ich spitzte die Ohren.

»... ihm nicht gut«, flüsterte sie.

Ein gedämpftes »Verdammt!« erklang. »Meinst du, er hält noch eine Weile durch?«

»Sieht nicht so aus. Zwei Tage vielleicht, eher einen. Wenn ich ihm Aufgaben vorschlage, schafft er es nicht einmal, die Anweisungen zu geben, geschweige denn, sich selbst welche auszudenken.«

Ein harscher Fluch ertönte.

Ich schlich näher, um besser hören zu können, starrte auf die geschlossene Küchentür.

»Wir brauchen jemand Neu...«

Rumpelnd schrammte der Tisch, gegen den ich gestoßen war, über den Steinboden. Die Stimmen verstummten. Verflucht! Rasch betrat ich fröhlich pfeifend den Speiseraum.

Die Worte hatten keinen Sinn ergeben. Aufgaben? Anweisungen? Und von wem hatten sie gesprochen?

Schon kam die junge Frau aus der Küche und bedachte mich mit einem wachsamen Blick.

»Bekomme ich ein Bier?«, fragte ich und lächelte gewinnend.

Sie nickte. Ich setzte mich an einen Tisch, sie zapfte ein Bier und stellte es vor mir ab. Mit wiegender Hüfte ging sie zurück in die Küche.

Ich lauschte, doch es erklangen keine Stimmen mehr. Ich

gab das Kundschaften auf und drehte und wendete diejenigen Informationen, die ich bereits besaß. Ich grübelte, trank, grübelte, trank, hob den Blick – und mir gegenüber saß die Frau. Sie lächelte.

»Möchtet Ihr ein weiteres Getränk?«, fragte sie honigsüß.

Diese Menschen verhielten sich verwirrend, und mir schwirrte schon der Kopf von dem vielen Denken. Oder vom Bier.

»Nein, danke.«

»Ihr seid Dämonenjäger, sagt mein Vater.«

»Euer Vater?«

Sie nickte in Richtung Küche.

Damit war meine Succubus-Theorie hinfällig. Wenn sie die Wahrheit sagte.

»Äh – ja, ich spüre Dämonen auf.«

»Und Ihr vermutet, dass es in unserem Dorf welche gibt?« Sie riss die Augen auf.

»Ich habe es vermutet, aber mittlerweile bin ich nicht mehr sicher«, log ich.

Sie legte den Kopf schräg. »Es wäre sicherlich ratsam, wenn Ihr dennoch ein paar Tage bleiben könntet. Ich würde mich besser fühlen. Was, wenn hier wirklich ein Dämon umgeht und es auf mich abgesehen hat?«

Ihre Unterlippe bebte. Ihre Augen wurden noch größer. Ich verlor mich in ihnen – beinahe. Dann erklang ein lautes Räuspern, und ich lehnte mich rasch zurück. Der Wirt stützte die Hände in die Hüfte.

»Lula«, sagte er mit warnendem Unterton.

»Ja, Vater?«

»Belästige unseren Gast nicht, hörst du?« Jetzt lächelte er mich sogar an.

Manchmal verstand ich die übernatürlichen Wesen besser als die Menschen.

»Sie belästigt mich nicht«, versicherte ich. »Wir haben uns sehr nett unterhalten.«

»Vater!«, rief Lula freudig aus. »Darf ich ... Ach, wie ist eigentlich dein Name?«

»Äh ... Federico.«

»Darf ich Federico meine Hühner zeigen?«

Ihre – was bitte?

Ich musste sie sehr entgeistert angesehen haben, denn sie zog einen Schmollmund.

»Die Hühner sind meiner Tochter sehr wichtig«, brummte der Wirt.

»Sie sind ja auch etwas ganz Besonderes!«

Lula sah so bezaubernd aus, dass ich nicht anders konnte. Gewöhnlich wollen mir Frauen zwar eher andere Dinge zeigen, aber – nun ja. Hühner. Warum nicht?

»Dann sehe ich sie mir gern an«, sagte ich mit gespielter Begeisterung.

Lula strahlte und winkte mir, mitzukommen. Hinter dem Gasthaus befand sich ein Gehege, und darin – nun, was wohl? Pickendes, gackerndes, kackendes Federvieh. Lula begann, mir die Mitglieder des Schwarms vorzustellen.

»Dies ist Tamas, der Hahn. Und das da sind Fanni, Reka, Zora ...«

Es kümmerte mich wenig, wie die Biester hießen, doch Lulas Gesicht leuchtete vor Freude, also gab ich vor, interessiert zu sein.

»Und die Kleine da heißt Arika. Sie ist mein Liebling.« Sie runzelte die Stirn. »Seltsam, eigentlich sollte sie brüten ... Komm mit!«

Sie lief voraus und schob den Riegel an der Stalltür zurück. Ich folgte ihr ins Halbdunkel. Sie kniete sich vor einen Strohhaufen.

»Oh, nein!«, rief sie plötzlich. »Das Ei!« Sie starrte mich mit tränengefüllten Augen an. »Es ist schon ganz kühl. Sie muss es verlassen haben. Oh, Arika. Wie konntest du?«

Das liebreizende Wesen schien verzweifelt. Ich wollte ihr helfen. Ich musste!

Die warnende Stimme in meinem Kopf schob ich beiseite. Was konnte schon geschehen? Ich ließ mich doch auf keine Beziehung mit ihr ein. Selbst wenn sie ein Succubus war – ihr mit einem verlassenen Ei zu helfen, würde mich schon nicht ins Verderben stürzen.

»Du musst es wärmen«, sagte ich. »Vielleicht ist es noch nicht zu spät.«

Sie erhob sich und sah mit tränennassem Gesicht zu mir auf. »Wie soll ich es denn wärmen? Ich würde es ja an meinem Körper tragen, doch ich muss arbeiten. Es würde zerbrechen.«

Federico, halt dein dummes Mundwerk!, rief ich mich zur Ordnung. Nur hörte mein Mundwerk leider nicht auf mich. »Ich könnte das übernehmen. Ich habe ja im Augenblick nichts zu tun.« Die Worte waren heraus, ehe ich sie aufhalten konnte.

Lula strahlte. »Ist das dein Ernst? Ich wäre dir ewig dankbar! Es sind auch nur noch wenige Tage. Sie hatte schon eine Weile gebrütet.« Plötzlich warf sie mir beide Arme um den Hals, zog meinen Kopf zu sich herunter und küsste mich.

Mich schwindelte. *Succubus*, schrie es in meinem Kopf. *Nimm dich in Acht!*

Doch meine vielgepriesene Standhaftigkeit verflüchtigte sich, als sie ihre Zunge zwischen meine Lippen schob. Wohlgefühle erfassten mich.

Viel zu schnell endete der Kuss.

»Zieh dein Hemd aus«, sagte sie und löste ihr Kopftuch. Dunkelbraune Locken fielen über ihre Schultern.

Ah, nun zeigte sie ihr wahres Gesicht.

»Nein, Dämon, ich werde mich nicht entblößen und dir zu Willen sein!« Ich griff zu dem Beutel mit den Kräutern, den ich stets am Gürtel trug.

»Dämon?« Erst sah sie verblüfft aus, dann kicherte sie. »Du denkst ... Oh.« Sie errötete. »Nein, ich will nicht mit dir ... du weißt schon. Du sollst dein Hemd ausziehen, damit ich dir das Ei an den Körper binden kann.« Sie schwenkte das Kopftuch. »Hiermit.«

Nun kam ich mir erst richtig dumm vor. Ich schwieg und zog mir das Hemd über den Kopf. Lula wand das Tuch um meinen Leib, dann holte sie ein winziges, schwarzes Ei aus dem Stroh und legte es hinein, nah an meiner Achselhöhle, der wärmsten Stelle des Körpers. Nun, jedenfalls der wärmsten, an der man ein Ei ausbrüten möchte ...

»Vorsichtig, dass du es nicht zerbrichst.« Sie half mir in mein Hemd und küsste mich auf die Wange. »Ich danke dir.«

»Warum bedeuten dir diese Hühner so viel?«, fragte ich.

Sie hob die Schultern. »Wir leben von ihnen. Es ist eine besondere Züchtung. Sie legen außergewöhnlich viele Eier, die wir verkaufen.«

»Und das ernährt ein ganzes Dorf?«

»Ja!«

Das leuchtete mir nicht ganz ein, aber Lulas dankbarer Blick war es wert, diese kleine Unannehmlichkeit auf mich zu nehmen. Vielleicht durfte ich am Ende dieser Sache doch einmal von meinen guten Vorsätzen abweichen und mit einer Frau verkehren, bei der ich nicht sicher sein konnte, dass sie kein Dämon war.

In den folgenden Tagen las mir Lula jeden Wunsch von den Augen ab. Ich bekam köstliches Essen vorgesetzt, mein Bierkrug war nie leer, und all das kostete mich keinen einzigen Taler. Ich wurde sogar noch mit süßen Küssen belohnt.

Das einzig unschöne Erlebnis inmitten des Wohlgefühls war, dass ich am Morgen des zweiten Tages aus meinem Zimmer trat und geradewegs in den Wirt und einen weiteren Mann hineinlief, die eine Leiche aus dem Zimmer am Ende des Ganges trugen. Sie bemühten sich, den bleichen, toten Leib vor meinem Blick zu verbergen, doch ich hatte leider schon zu viel gesehen. Leichen verursachen mir Übelkeit, und so aß ich an jenem Morgen nichts.

Das mit dem Küssen klappte dennoch ganz gut.

Am dritten Tag fiel mir bei meinem Spaziergang durch das Dorf etwas auf, das mich stutzen ließ. Vorbei war es mit der Sauberkeit. Laub und Unrat lagen auf den Straßen, die Hühnergehege waren vollgekackt und die Häuser, in die ich durch die Fenster hineinsehen konnte, unaufgeräumt und schmutzig. Dennoch rührte keiner der Dorfbewohner einen Finger. Ob das mit dem Toten zu tun hatte? Ich fragte Lula danach.

Sie zögerte kurz. »Ja«, sagte sie dann. »Er war nur ein Durchreisender, doch Todesfälle im Dorf bringen die Menschen durcheinander.«

»Woran ist er denn gestorben?«

»Ich weiß nicht. Vielleicht hatte er irgendeine Krankheit.«

»Wurde er schon begraben?«

»Nein, wir haben hier keine Kirche und keinen Friedhof. Er wird bald abgeholt und im nächsten Ort begraben. Aber lass uns nicht von traurigen Dingen sprechen. Wie geht es dem Ei?«

»Es regt sich etwas. Ich glaube, das Küken schlüpft bald.

Das ist gut, denn ich möchte mich endlich mal wieder waschen.«

Lula zwinkerte mir zu. »Ich mag dich auch schmutzig, mein Held.«

Es klang so zweideutig, wie es sicherlich gemeint war. Diese Mischung aus Unschuld und Koketterie machte mich verrückt.

Dennoch ging ich erneut allein zu Bett – allein mit dem Ei.

Mitten in der Nacht erwachte ich. Es war noch stockfinster. Etwas bewegte sich unter dem Tuch an meiner Brust.

Dann biss es mich.

Ich fuhr hoch, entzündete die Kerze auf dem Nachttisch und riss mir Hemd und Tuch vom Leib.

Zwei schwarze Eierschalenhälften und ein winziges Geschöpf purzelten auf die Bettstatt. Ich starrte das Wesen an. Es war unzweifelhaft ein Vogel, doch nicht flaumig und weich, wie ich mir ein Küken vorgestellt hatte. Es war nackt und besaß große Augen und einen für seine Gesamtgröße riesigen Schnabel, den es aufsperrte. Darin befanden sich – Zähne.

Zähne? Seit wann ...

Kein Wunder, dass die Stelle auf meiner Brust, an der das Vieh geschlüpft war, wie Feuer brannte. Blut tropfte aus zwei tiefen Bisswunden. Ich sprang aus dem Bett und riss die Tür auf. »Lula«, rief ich in die Stille des Hauses. Dann sah ich zurück zum Bett.

War das Vieh schon größer geworden? Konnte das sein? Mein Dämonengespür spielte verrückt.

»Lula!«

Die Schöne erschien im Nachthemd, die offenen Locken wild. Sie sah so verführerisch aus, dass ich meine guten Vorsätze und meinen neuen tierischen Kumpan beinahe vergaß – hätte nicht Letzterer in diesem Augenblick seine Zähne in meinen nackten Fuß geschlagen.

»Au!« Ich sah Lula an. »Was für ein Vieh ist das?«

»Du musst ihm Aufgaben geben«, sagte sie.

»Ich muss ... was?«

»Sag ihm, was es tun soll. Es tut alles, was du willst.« Sie lächelte mich an, doch nur mit dem Mund. Ihre Augen blieben traurig. »Da hatten wir aber Glück. Nur selten schlüpft ein solch besonderes Huhn, deshalb halten wir so viele. Und wer es ausbrütet, dem dient es.«

Schlagartig wurde mir einiges klar. »Es geht gar nicht um die Eier. Ihr lasst diese *Hühner* für euch arbeiten! Deshalb war das Dorf so aufgeräumt.« Und deshalb war der Wirt so unfreundlich, seit ich mich als Dämonenjäger zu erkennen gegeben hatte.

»Komm schon, gib ihm Aufgaben.«

Irgendwo in meinem Hinterkopf läutete etwas bei dem Wort *Aufgaben*. Ich kam nur nicht drauf, was es war.

»Hat das nicht Zeit, bis es hell ist?«

Sie schüttelte den Kopf, dann gab sie mir einen Kuss, verließ das Zimmer und zog die Tür hinter sich zu.

»Nun gut. Also, Huhn ...« Überrascht stellte ich fest, dass es zwar noch immer nackt war, aber bereits die Größe eines erwachsenen Tieres angenommen hatte. Die Sache wurde mir immer unheimlicher. Nur kannte ich keinen Dämon, der in Gestalt eines federlosen Huhns daherkam. »Bring mir heißes Wasser und Lappen.«

Es war nur noch ein schwarzer Schatten zu sehen, dann war das Wesen verschwunden. Durch das Schlüsselloch! Ich entschloss mich, die Kräuter für die Austreibung vorzubereiten. Es würde hoffentlich eine Weile dauern, bis das Huhn Wasser erhitzt hatte – was eine absonderliche

Vorstellung war, aber ich hatte ja schon einige seltsame Dinge gesehen in meinem Leben.

Ehe ich jedoch den Beutel mit den Kräutern auch nur geöffnet hatte, stand eine dampfende Waschschüssel vor mir. Ohne dass die Tür aufgegangen wäre. Und sofort hämmerte mir der Vogel seinen Schnabel in den Fuß. Ich seufzte. Mir blieb wohl nichts übrig, als vorerst mitzuspielen, wenn mein Fuß nicht demnächst in Fetzen hängen sollte.

»Also gut, eine neue Aufgabe. Feg die Straße und alle Wege des Dorfes.« Das sollte das Vieh doch wohl beschäftigt halten. Mir schwirrte der Kopf. Ich brauchte dringend ein Nickerchen, um dann mit aller Kraft an die Austreibung zu gehen.

Ich entkleidete und wusch mich. Kaum hatte ich mich hingelegt, schoss ein Schmerz in meine Brust. Auf meinem nackten Bauch stand das federlose, hässliche Huhn und hieb mit dem Schnabel auf mich ein.

»Sag nicht, du bist fertig.« Ich scheuchte es von mir und trat ans Fenster. Die Sonne ging gerade auf. Die Wege waren blitzsauber. Ich schnaubte. »Bring die Beete in Ordnung.« Ein schwarzer Blitz, und ich war allein.

Aber nicht für lange. An Schlaf war nicht zu denken, und das nicht nur, weil irgendwo im Haus lautstark gestritten wurde. Das hätte mich nicht wachgehalten, so müde, wie ich war. Aber dieses Huhn ... Das Vieh war eindeutig teuflischen Ursprungs! Die Austreibung konnte nicht warten, bis ich mich ausgeruhter fühlte.

Ich versuchte einige Beschwörungen, die bei Incubi großartig wirken, doch es entblößte nur seine Zähne und schlug sie mir einen Augenblick später in die Wade. Und was war das? Saugte es an mir? Schlagartig fühlte ich mich elend.

Auch das Abbrennen einiger Kräuter zeigte keinerlei

Wirkung auf den geflügelten Dämon. Offensichtlich trifft die alte Weisheit zu, dass man sich nicht selbst befreien kann, wenn man besessen ist.

Mir wurde übel. Ich musste Lula und ihren Vater zur Rede stellen. Ich zog mich an und wollte die Zimmertür öffnen. Sie war verschlossen. Das konnte doch nicht wahr sein! Ich zerrte und rüttelte, doch die Tür rührte sich nicht. Ich rief nach Lula und dem Wirt und horchte auf Schritte, doch es erklangen keine. Nur Gegacker.

Was ging vor in diesem verfluchten Dorf?

»Öffne die Tür«, wies ich das Huhn an. Schon flog die Tür krachend auf. Ich trat in den Flur – und prallte zurück, als ich mich einer Armbrust gegenübersah.

»Wieder rein mit dir«, knurrte der Wirt.

Ich taumelte zurück in den Raum und sah aus dem Fenster. Unten stand ein weiterer Bewaffneter.

Kurz war ich versucht, dem Huhn zu befehlen, alles im Dorf zu vernichten, was als Waffe dienen könnte. Ich traute ihm allerdings zu, den Menschen auf diese Anweisung hin die Gliedmaßen abzureißen, wenn nicht gar die Köpfe, und zum Mörder wollte ich nicht werden.

Ich hatte mich offensichtlich in eine ausweglose Lage gebracht. Wie dumm konnte man sein?

Das Huhn sah mich an und bleckte die Zähne.

Ich gab mein Bestes, den geflügelten Dämon zu beschäftigen, doch bald wollten mir keine Aufgaben mehr einfallen, und dass ich Lula noch einmal sehen würde, glaubte ich nicht mehr. Das Vieh knabberte an mir und ließ sich nicht abschütteln. Ich musste fort von hier!

»Bring mich in den Stall«, befahl ich. »Unbemerkt.«

Wenn das klappte, war ich im Nu auf meinem Esel und raus aus dem Dorf. Hühner blieben stets in der Nähe ihres Stalles. Vielleicht galt das auch für Dämonenhühner.

Es klappte – wie auch immer es das geschafft hatte, gemerkt hatte ich jedenfalls nichts davon –, nur stand Giacomo nicht mehr im Stall. Verdammt! Hatten sie mit meinem Fluchtversuch gerechnet? Hatten sie ihm etwas angetan?

Das Huhn saß auf meiner Schulter und saugte an meinem Ohrläppchen, das bereits wie Feuer brannte.

»Bring meinen Esel her«, befahl ich und ließ mich ins Stroh fallen.

Sofort sprang ich wieder auf. Ich war auf etwas Weichem gelandet.

Eine fahle Hand reckte sich steif aus dem Stroh. Ich unterdrückte einen Schrei, beugte mich angewidert herab und befreite auch den Rest des Körpers. Es war die Leiche, die aus dem Gastzimmer getragen worden war. Der Mann war nackt, sein Leib war mit Bissspuren und frischen Narben übersät. Er war kalkweiß und sah aus wie – ausgesaugt!

Nun fiel mir auch ein, wann ich das Wort *Aufgaben* schon einmal gehört hatte: bei dem Gespräch zwischen Lula und dem Wirt, das ich belauscht hatte. Sie mussten über ihn geredet haben! Er war schwächer und schwächer geworden, je mehr von seinem Blut das vorherige Dämonenhuhn gesaugt hatte. Ich schluckte krampfhaft gegen die Übelkeit an.

»Warum bist du nicht geflohen, du Dummkopf?«, murmelte ich.

»Weil er auf eine Zukunft mit mir gehofft hat.«

Ich fuhr herum. Das Huhn war zurück und mit ihm Giacomo – und auf dessen Rücken Lula.

Sie schluchzte auf. »Warum hast du mich zurückgeholt? Ich wollte fort von hier! Mein Vater verlangt, dass ich den Durchreisenden schöne Augen mache, damit sie die Eier ausbrüten und nicht fliehen, wenn sie die Sache mit dem Huhn durchschaut haben. Es hat auch immer geklappt. Und auch bei dir hätte es das, nicht wahr?«

Ich musste leider zugeben, dass sie recht hatte. Hätte sie es darauf angelegt, wäre ich schwach geworden.

»Ich habe mich aber geweigert, weiter mitzuspielen. Ich mag dich! Ich wollte nicht an deinem Tod beteiligt sein.«

»Deshalb entführst du meinen Esel, damit ich nicht mehr fliehen kann?«

»Eine Flucht würde dir sowieso nichts nützen.« Sie zeigte auf das Huhn, das mir schon wieder im Nacken hing und an mir saugte. Langsam gewöhnte ich mich an den Schmerz. Nur dass ich mich immer flauer fühlte. »Ich sage dir, wie du es loswirst. Aber versprich mir, mich mitzunehmen.«

»Du weißt, wie man die Biester vernichtet, und siehst mit an, wie Menschen sterben? Nur damit ihr alle faul sein könnt?«

»Ich kann doch nichts dafür!« Nun weinte sie haltlos. »Alle bezahlen meinen Vater, damit sie untätig leben können. Er zwingt mich, dabei mitzumachen.«

»Sag mir, was ich tun muss.« Ich wies auf das Huhn.

»Stell ihm eine unlösbare Aufgabe.«

Ich lachte auf. »Wie das? Das Biest kann alles! Wenn ich ihm befehle, die Sonne vom Himmel zu holen, tut es das vermutlich auch noch, und für uns alle wird es finster.«

»Denk dir was aus. Rasch! Ich lenke meinen Vater ab.« Sie gab mir einen Kuss. »Ach, und befiehl dem Huhn, alle Kackhaufen aus allen Gehegen und Ställen des Dorfes zu entfernen. Es ist zwar schnell, aber das dürfte es eine Weile beschäftigen.«

Ich wies auf den Toten. »Wo ist sein Huhn eigentlich hin?«

»Sie gehen in Flammen auf, wenn ...«

»Ich verstehe.«

Sie verschwand, ich gab den Befehl mit der Hühnerkacke, dann hockte ich mich hin und grübelte. Dabei starrte ich den

Esel an. Er war mir keine Hilfe, denn er war damit beschäftigt, sein Hinterteil ausgiebig an der Stallwand zu scheuern. Vermutlich plagten ihn Flöhe. Damit hatte ich zumindest eine gute nächste Aufgabe für das blutsaugende Huhn. Flöhe und Läuse töten. Am besten alle im Dorf. Überhaupt alles, was aus einem Ei ... Moment!

Aufregung erfasste mich. Diese Aufgabe konnte es nicht erfüllen! Und wenn doch ...

So oder so – ich war es los.

Schon kam das Vieh zurück und wollte sich zielstrebig auf mich und mein Blut stürzen, da gab ich ihm den entscheidenden Befehl.

»Töte alles im Dorf, was aus einem Ei geschlüpft ist.«

Das Huhn stürzte sich trotz des Befehls auf mich, und ich glaubte schon, versagt zu haben, doch es pickte nur das Ungeziefer auf, das aus dem Stroh auf mich gekrabbelt war. Danach machte es sich über Giacomo her, dann über die Leiche und den gesamten Stall. In Windeseile war es fertig und huschte nach draußen. Ich folgte ihm mit dem Esel. Ich hatte keine Angst mehr vor dem Wirt. Der Befehl war gegeben, er konnte es nicht mehr ändern. Außerdem würde mich der Mann ohnehin nicht töten, denn dann würde sein Arbeitssklave mit mir sterben.

Dennoch kam der Wirt wutentbrannt auf mich zugestapft, die Armbrust in der Hand. Lula hing an seinem Arm. »Vater, nicht!«

»Was fällt dir ein, fliehen zu wollen?«, raunzte er. »Los, zurück ins Haus!«

»Das wird Euch nichts nützen«, sagte ich triumphierend und deutete auf das nächstgelegene Hühnergehege. Panisches Gegacker ertönte, und bald stoben riesige Mengen Federn auf. Blutstropfen flogen bis auf die blütenreine Schürze des Wirtes.

»Ein Massaker«, entfuhr es ihm.

Von überall im Dorf erklang das Kreischen der sterbenden Hühner, die Menschen kamen gelaufen und betrachteten fassungslos das Gemetzel. Lula trat zu mir und presste sich an mich. Es fühlte sich gut an.

Dann verstummte das letzte Gackern. Schon stand das Dämonenhuhn wieder vor mir.

»Du bist noch nicht fertig«, sagte ich.

Niemand rührte sich, auch das Huhn nicht. Dann begann es zu kreischen, erst leise, dann immer lauter und wütender, schließlich ohrenbetäubend. Es schrie sich den Zorn aus dem Leib, doch er schien immer stärker zu werden.

Dann gab es einen gewaltigen Knall, und das Huhn zersplitterte. Seine Teile fielen zu Boden, wo sie in Flammen aufgingen.

Nichts blieb übrig als einige schwarze Ascheflocken.

»Du hast es geschafft«, wisperte Lula.

»Ja. Und jetzt verlassen wir diesen Ort.«

»Moment!« Der Wirt baute sich vor Lula auf. »Hast du ihm gesagt, wie er das Vieh loswird?« Seine Stimme klang drohend.

Lula ließ sich nicht einschüchtern. »Ja. Er war dein letztes Opfer, Vater!«

»Opfer?« Der Wirt lachte dreckig auf. »Noch ist er keins, aber gleich!« Er riss die Armbrust hoch und zog einen Bolzen aus seiner Schürzentasche.

»Nein!«, rief Lula. »Lass uns gehen, Vater. Du bist doch kein Mörder.«

Ich war versucht, sie darauf hinzuweisen, dass es sehr wohl Mord war, eine ahnungslose Person einem blutsaugenden Dämonenhuhn auszusetzen. Doch angesichts der auf mich gerichteten Waffe hielt ich besser den Mund.

Nach einer Weile, die mir wie eine Ewigkeit vorkam, ließ Lulas Vater die Armbrust sinken.

Auch von den anderen Bewohnern hielt uns niemand auf, als wir das Dorf verließen. Sie standen nur da und starrten auf die blutigen, fedrigen Scherben ihres Lebens, unfähig, sich nach Jahren der Untätigkeit auf Kosten anderer jetzt selbst die Hände schmutzig zu machen.

Und wieder einmal hatte sich herausgestellt, dass die wahren Teufel als ganz normale Menschen daherkamen.

Damit gilt Lula streng genommen auch als Frau, die ich von Dämonen befreit habe. Somit darf ich, meiner eigenen eisernen Regel gehorchend, hemmungslos der Leidenschaft mit ihr frönen. Ich ziehe sie an mich, küsse sie ...

... und pralle zurück.

»Was war das?«

»Was denn?« Lula sieht mit großen Augen zu mir auf.

»War da gerade Gegacker?«

Sie lacht. »Das kann nicht sein, sie sind alle – Arika!« Lula hockt sich hin. »Komm her, mein Schatz.«

Meine Nackenhaare stellen sich auf, als ich das winzige, schwarze Huhn erblicke. »Woher kommt die denn jetzt?«

»Sie ist neben mir hergelaufen, als ich mit Giacomo aus dem Dorf geflohen bin. Das Huhn hat nur ihn und mich zurückgebracht.« Lula strahlt und streichelt das schwarze Gefieder. »Können wir sie mitnehmen?«

»Kommt nicht infrage.«

Arika gackert traurig.

Lulas Unterlippe zittert.

Resigniert seufze ich.

Ich werde es bereuen, so viel ist sicher.

Lea Denkel

HELL'S NEXT TOP-SUKKUBUS

Ich ließ meinen Blick über die Dämonen wandern, die sich so eng an die Absperrung drängten, dass ich fast befürchtete sie würden sich ihre Eingeweide rausquetschen. Einen Moment überlegte ich, ob es wohl aussehen würde wie ein Miniatur-Feuerwerk, verwarf den Gedanken aber sofort wieder. Sie würden vermutlich eher aussehen wie sehr viele kleine, schnell endende Springbrunnenfontänen.

Sie jubelten und schrien als unsere Sänften an ihnen vorbei in Richtung des Hotels führten. Aber so durcheinander, dass ich keine einzelnen Stimmen ausmachen konnte. Nur ein allgegenwärtiges Grunzen.

Die meisten von ihnen trugen die schrecklich schrillen Shirts mit dem Aufdruck „HNTS - Hell´s Next Top-Sukkubus“, die viel zu teuer verkauft wurden. Kapitalismus und Blutrünstigkeit gingen nun mal Hand in Hand.

Noch vor einigen Monaten hätte ich nicht gedacht, dass ich es bis hier hin schaffen würde. Ich meine, ich hatte alles gegeben was ich hatte, um hier sitzen zu dürfen. Aber wir waren am Anfang 14 Kandidatinnen gewesen. Eine schöner, stärker, blutrünstiger und verführerischer als die Nächste. Und doch waren sie alle Stück für Stück ausgeschieden. Zumindest elf von ihnen. Aber ich hatte es bis hier hin geschafft. Ich würde aus dem Finale als Siegerin hervorgehen. Ich musste. Es gab für uns sonst keinen anderen Weg.

Ich strich mir eine dunkle Haarsträhne aus dem Gesicht hinter meine rabenschwarzen Hörner und war einmal mehr froh, dass die Sänften mit Vorhängen ausgestattet waren, die an venezianischen Spiegel erinnerten. Von innen konnte ich alles sehen was dort draußen vor sich ging, aber mich konnte niemand sehen.

Ich biss mir auf die Lippe. Nicht mehr lang. Nur noch der morgige Tag. Nur noch eine weitere Challenge die entscheiden würde, wer von uns dreien das Finale gewinnen würde. Dann würde ich die 100.000 Seelen gewinnen und den Pass, der es mir gestatten würde endlich wieder an die Erdoberfläche zu gehen. Darauf warteten wir nun schon so lange. Und endlich war unser Traum zum greifen nah. Ich musste nur durchhalten. Ich musste nur stark genug sein. Ich musste nur besser sein.

Ich wischte meine schweißnassen Hände an dem Sitz ab und zuppelte noch einmal mein knappes Oberteil zurecht, sodass auch nichts zu sehen war, was ich nicht zeigen wollte. Es war mir egal, dass ich als Sukkubus mit Nacktheit kein Problem haben sollte. Es war mir egal, dass ich vor Selbstbewusstsein strotzen sollte. Aber alles was ich wollte war, es endlich geschafft zu haben. Der Erdenpass allein würde mir reichen.

Die Sänfte kam ruckelnd zum stehen und einer der Bodyguards öffnete den verzauberten Vorhang für mich.

Mit einem Schlag traf mich die Hitze der Stadt Dis. Die Lautstärke des Gebrülls und der Gestank nach verwesendem

Fleisch schlug mir entgegen. Ich widerstand dem Bedürfnis mir Ohren und Nase zuzuhalten und den Vorhang sofort wieder zuzuziehen, der mich bis eben geschützt hatte. Die Zähne aufeinandergepresst griff ich stattdessen nach der ausgestreckten, knöchernen Hand des Dämons und ließ mir hinaus helfen.

Ich rang mir ein falsches, aber überzeugendes Lächeln ab und hob meine freie Hand, um den kreischenden Dämonen zuzuwinken. Ich hörte das inzwischen gewohnte Klicken der Kameras. Wenn ich das Gedränge vorhin schon als besorgniserregend empfunden hatte, so war ich nicht auf jetzt vorbereitet gewesen. Neben meiner Sänfte hielten auch die von den anderen beiden Kandidatinnen. Aryssa und Mendra traten zu mir auf den Platz.

Mit Jeder von uns schien das Geschrei lauter zu werden und ich war noch nie so froh um die Bodyguards und die Absperrungen gewesen. Doch ich lächelte eisern weiter, ohne eine Miene zu verziehen. Ich zwinkerte einer Kamera zu, bevor ich mich umdrehte und mich auf den Weg zum Eingang des Hotels machte.

Die seelenlosen Menschenhüllen, die unsere Sänften trugen, versuchte ich dabei zu ignorieren. Wie unförmige Kartoffelsäcke hingen sie da, während die Hitze ihre Haut von den Knochen schmolz. Ich konnte nicht zu genau hinsehen. Der Zug um meinen Mund würde meine Gedanken verraten und das konnte ich mir nicht leisten. Nicht wenn ich für uns gewinnen wollte. Für Höllenbewohner waren Menschen weniger Wert als der Dreck unter unseren Sandalen, deswegen mussten sie das auch für mich sein.

Erneut zwinkerte ich einer laufenden Kamera zu, die unser Ankommen für die Folge morgen mitfilmte, und leckte mir lasziv über die roten Lippen.

Ich musste mich ins Zeug legen um die Punkte zu gewinnen, die mittels des „Fan Favorits“ zu holen waren. Auch wenn ich wusste, dass ich gegen Mendra wenig Chancen hatte.

Sie war zu schön. Zu stark. Zu skrupellos. Schon in der ersten Folge hatte sie sich, für alle ersichtlich, als Favoritin zu erkennen gegeben.

Das Bild blitzte vor meinem inneren Auge auf. Wie sie dagesessen hatte. Voll und ganz mit dem Blut der einen Kandidatin bedeckt. Ihre dunkle Haut und die langen braunen Haare hatte im Schein der Lampen geglänzt, ihre goldenen Hörner, ebenso wie die Flügel und ihr geschuppter Schwanz hatten geleuchtet. Und während sie genüsslich ihre Finger abgeleckt hatte, war die gesamte Bevölkerung der Hölle ausgerastet. Das war der Sukkubus, den sie bis zum Ende sehen wollten. Und bisher hatten sie genau das bekommen. Dagegen anzukommen würde mehr als schwer werden.

Die Tore der Halle wurden aufgestoßen und meine Gedanken wandten sich wieder der Gegenwart zu. Mit uns Kandidatinnen trat das Kamerateam und die Bodyguards mit ein, doch auch ihnen schenke ich kaum Beachtung. Ich war zu sehr damit beschäftigt den Dämonen durch die Öffnung zuzuwinken, bis sich diese schloss.

„Ihr habt eine Sanduhrumdrehung Zeit euch frisch zu machen und hier wieder einzufinden! Eure Teams warten in euren Zimmern auf euch!“, herrschte der Produzent uns unwirsch wie immer an, „Kein Kämpfen! Kein Streiten! Das könnt ihr morgen machen! Los jetzt!“

Eilig setzte ich mich in Bewegung und huschte in Richtung des Zimmers, das mir schon vergangene Woche zugeteilt worden war. Zum einen waren dreißig Minuten nicht viel, wenn man bedachte vor wessen kritische Augen ich neben der Kameralinse treten würde. Und zum anderen wollte ich so wenig Zeit wie möglich in der Nähe des Produzenten verbringen. Er gehörte zu der Familie von Beelzebub und war demnach genau wie dieser ein Fliegendämon. Was bedeutete, dass immer einige dieser widerlichen, übergroßen, schillernden Schmeißfliegen um ihn herumflogen.

Die Zeit war wie im Flug vergangen. Das Team für Make-up und Haare hatte alles gegeben und doch sah ich auf den ersten Blick noch so aus wie in dem Moment, indem ich aus der Sänfte gestiegen war. Es musste für die Zuschauer so aussehen, als ob keine Zeit zwischen der Ankunft in dem Hotel und der Begrüßung vergangen wäre.

Dafür, dass das hier Reality-Show hieß, war ganz schön wenig wirklich real.

Ich hing meinen Gedanken nach, als ich plötzlich gegen etwas stieß. Ich kam ins Straucheln und konnte mich nur mit Mühe aufrecht halten.

„Penlyn“, fauchte Mendra. Ihre sonst so vollen Lippen waren nichts weiter als ein schmaler Strich und ihre Augen funkelten bedrohlich. Ihr verzerrtes Gesicht bildete einen harten Kontrast zu ihrer restlichen wunderschönen, femininen Erscheinung.

„Fass mich noch einmal an und...“, begann sie, doch ich ließ sie nicht ausreden. Angriff war die beste Verteidigung.

„Droh mir nicht!“, meine Stimme klang tiefer als gewöhnlich und ich machte einen weiten Schritt auf sie zu.

„Oder ich kratzte dir nicht nur die Augen aus, sondern reiße deine Bauchdecke auf und...“

Einer der Bodyguards trat zwischen uns und zog mich von ihr weg. Sie bleckte die Zähne und zischte. Ich tat es ihr gleich. Ich durfte nicht zeigen, wie unangenehm mir das hier eigentlich war. Wie schwach ich war. Ich musste jetzt für uns stark sein.

„Pass auf! Ich werde dich morgen ausbluten lassen!", drohte sie mir, riss ihren Arm aus dem Griff des bulligen Dämons und stolzierte mit hocherhobener Nase an mir vorbei.

Nach einem kurzen Moment riss ich mich ebenfalls los und folgte ihr zurück in den Empfangsraum. Stellte mich auf meine Markierung und lächelte in die Kameras, die überall aufgebaut worden waren. Ein Blick nach oben auf die Galerie zeigte mir, dass unsere Juroren auch schon da waren.

Ganz rechts stand Orias in seiner Löwengestalt mit dem Schlangenschwanz. Auf der linken Seite stand der dunkle Soldat Cimeries. Die beiden flankierten die Person, die hier jedoch wirklich das Sagen hatte: Lilith.

Ihr goldenes Haar fiel in Wellen über ihre Schultern und das schneeweiße Kleid umschmeichelte ihre Figur. Sie war atemberaubend schön und der helle Lichtschein, der von ihr auszugehen schien, tat sein Übriges.

„Meine Lieben Finalen Drei", ihre glockenhelle Stimme erfüllte den ganzen Raum, „Ihr habt es schon so weit geschafft und der Weg zum Gewinn ist nicht mehr weit. Aber noch seid ihr nicht am Ziel. Morgen im Finale werdet ihr den ultimativen Test bestehen müssen, bevor sich entscheidet wer von euch Hell´s Next Top-Sukkubus wird!"

Die letzten Worte sagte sie in die Kamera, die direkt vor ihrem Gesicht aufgebaut worden war, statt zu uns. Am Anfang hatte ich es komisch gefunden, dass praktisch nie mit uns direkt gesprochen wurde, aber inzwischen hatte ich mich daran gewöhnt.

„So perfekt!", der Produzent klatschte in die Hände und seine Fliegen stoben kurz auf, bevor sie sich wieder auf seinen

Schultern niederließen. „Das haben wir. Die Mädchen haben heute Morgen schon die letzten Interviews gegeben, die wir dazwischen schneiden können. Ich brauche jetzt nur noch die letzten Prognosen der Juroren in einem Gespräch. Bereitet im Speisesaal einen Tisch mit Essen und Getränken vor, dass es wie eine natürliche Unterhaltung aussieht. Der Rest von euch hat den Rest des Tages frei. Foltert, sauft, mir egal – aber seid morgen zu den vereinbarten Zeiten da! Morgen die Show ist vor einem Live-Publikum. Heißt für euch alle – keine zweiten Takes! Wer es vermasselt, den Spieße ich von unten nach oben auf einen Stock und lasse ihn am Stadttor aufstellen und verrotten, während die Würmer euch fressen und eure Kinder direkt vor euren Augen gleich mit! Ich hoffe ich habe mich klar ausgedrückt!"

Er klatschte wieder in die Hände und verschwand mit einem Teil des Teams und den Juroren, während ich mit den anderen hier stand wie bestellt und nicht abgeholt. Das drehen einer Show war nicht halb so interessant wie ich es mir vorgestellt hatte. Die meiste Zeit bestand nur aus Warten.

Ich blickte an Mendra vorbei zu Aryssa. Ihr schulterlanges, weißes Haar umrahmte in weichen Wellen ihr Gesicht. Es war so geschminkt worden, dass sie süß und niedlich aussah, aber ich konnte nur zu deutlich das Blitzen in ihren Augen sehen. Es war das Gleiche wie in Mendras und meinen. Wir alle wollten gewinnen, unbedingt, und keine würde einer Anderen den Sieg schenken. Besonders wenn man bedachte, dass die Mädchen, die bisher ausgeschieden waren von einer von uns zerstückelt worden waren. Obwohl Mendra die erste gewesen war, stand ihr Aryssa in Sachen Grausamkeit in nichts nach. Ich hatte gesehen, wie sie einer anderen Teilnehmerin die Gliedmaßen ausgerissen und diese genüsslich verspeist hatte. Und wenn ich nicht aufpasste, dann würde sie mit mir das Gleiche tun.

Ich durfte sie nicht unterschätzen. Nicht, wenn ich für uns nach oben kommen wollte. Auf die Erde. Das war das Einzige was zählte und ich würde alles dafür tun. Ganz egal was es war.

Das Zimmer war schlicht eingerichtet und das Bett knarrte jedes Mal, wenn ich mich umdrehte. Es war als würde ich auf Nadeln schlafen. Schon das Essen war furchtbar gewesen, viel zu wenig Blut, um nach Irgendwas zu schmecken, da hatte ich wenigstens auf ein bequemes Bett gehofft.

Ich schnalzte mit der Zunge und drehte mich wieder um. Ich sollte langsam wirklich versuchen zu schlafen. Nicht dass ich es bräuchte, schließlich war ich ein Höllenwesen, aber es war allemal besser als hier zu liegen und Löcher in die Decke zu starren.

Es polterte auf dem Flur, doch ich störte mich wenig daran. Obwohl unsere Fans das Gebäude immer noch belagerten würden sie hier nicht hineinkommen. Lilith hatte wie immer einen Bannkreis um den Bereich gelegt in dem wir uns aufhielten. Schließlich waren wir die sechste Staffel und der Produzent wollte nicht, dass wieder eins „seiner Mädchen" in der Nacht von einem Fan gefunden wurde. Das eine Mal im vergangenen Jahr war nicht gut ausgegangen. Am schlimmsten hatte ihn wohl die Tatsache getroffen, dass er das Ganze nicht auf Kamera hatte und ausstrahlen konnte.

Ich rieb mir mit den Handflächen über die Augen. Ich wollte nicht darüber nachdenken. Der morgige Tag reichte aus um meinen Kopf zu beschäftigen.

Wenn es lief, wie die letzten Jahre, würden sie auf der Bühne nichts anderes aufstellen als einen großen Boxring und schauen, wer als letzter stehen würde. Aber der Produzent hatte etwas von einer überraschenden Wendung gefaselt und tatsächlich hatten wir diese Staffel wirklich etwas tun müssen. Hatten Aufgaben bekommen die nicht nur unsere Stärke, sondern auch unseren Verstand und Fähigkeiten getestet hatten. Also würde dieses Finale wahrscheinlich anders laufen.

Ein Klopfen an meiner Tür riss mich aus dem Strudel meiner Gedanken und in Sekundenbruchteilen saß ich kerzengerade im zerwühlten Bett.

Hatte ich mich verhört? Allein anatomisch gesehen war das unmöglich. Schließlich waren meine Ohren besser, als die jeden anderen Wesens, das ich kannte. Aber wer sollte jetzt noch an meiner Tür klopfen?

Ich krallte meine Finger in die Bettdecke und wartete. Einige Sekunden verstrichen und nichts passierte. Kein Laut war zu hören.

Gerade als ich mich wieder entspannen wollte klopfte es noch einmal.

Ich schwang die Beine aus dem Bett und mit wenigen Schritten stand ich vor der Tür und riss sie auf. Mein Schwanz zuckte nervös und meine Flügel zitterten.

Vor mir stand eine Gestalt, die in einen Mantel gewickelt war. Die Härchen auf meinem Körper stellten sich auf und ich spürte wie meine Pupillen sich verengten. Irgendwas an diesem Ding stimmte nicht. Gehörte nicht hier hin. Irgendwas... er roch so... komisch. Genau wie...

Mein Herz setzte einen Schlag aus und mein Kopf war wie leergefegt.

„Lucas“, hauchte ich und noch bevor ich begriff was ich da tat, griff ich um sein Handgelenk und zog in zu mir ins Zimmer.

Die Tür fiel hinter uns ins Schloss und ich schlang meine Arme um seinen Hals, während er seine um mich legte.

Natürlich kannte ich diesen Geruch. Ich liebte diesen Geruch. Er erinnerte mich immer daran wie wir in London in diesem kleinen Pub gesessen und den ganzen Abend lang warmes Bier getrunken hatten. Oder wie ich mich gefühlt hatte, jedes Mal wenn ich neben ihm aufgewacht war. Wie weich sein braunes Haar gewesen war, wenn es für seine Begriffe zu lang, für meine aber genau richtig gewesen war.

Wieso hatten sie auch nur die Tore zur Hölle geschlossen. Wenn sie einfach weiter offengeblieben wären, hatte ich ihn sehen können, wann immer ich wollte. Ich hätte einfach wann ich wollte die Erde besuchen können.

Moment!

Ich stieß ihn mit Wucht von mir. Ich hörte ihn Fluchen, als er nach hinten stolperte und gegen die Wand krachte.

„Was willst du hier?", fuhr ich ihn so laut ich konnte an. Ich hatte die Zähne fest aufeinandergepresst. Ich ließ ihm keine Zeit zu antworten oder auch nur zu realisieren was passiert war.

„Du bist ein MENSCH!", presste ich hervor, „WAS willst du hier? Wie kommst du hier runter?"

Meine Stimme zitterte. Ich konnte riechen, dass er sich verletzt hatte und einige Bluttropfen aus der aufgeschürften Haut hervortraten. Sofort sammelte sich gegen meinen Willen Speichel in meinem Mund.

„Dich sehen! Was sollte ich sonst hier wollen?"

Er stützte sich auf seine Hand und blickte zu mir auf. Er wirkte nicht im Geringsten so eingeschüchtert, wie ich es selbst von meiner Reaktion war. Seine grünen Augen funkelten schelmisch und sein rechter Mundwinkel zuckte verräterisch.

Ich hockte mich neben ihm und wusste nicht, ob ich ihn ohrfeigen oder küssen sollte.

„Das ist zu gefährlich! Wie bist du hier runtergekommen?"

Tot war er nicht. Dann würde er nicht so nach Mensch riechen. Dann wurde ich sein Herz nicht schlagen und sein Blut nicht fließen hören.

Energisch schluckte ich den Speichel runter. Ich hasste mich selbst dafür, dass ich noch immer nicht zu 100% gegen meine Instinkte ankam.

„Ich habe einen der Fährmänner bestochen. Der mit der Nummer 2769, von dem du schon mal gesprochen hattest. Und dann ging es wie ja auch in der göttlichen Komödie beschrieben."

Das Zucken um seine Mundwinkel wuchs in ein breites Grinsen an. Doch ich war nicht bereit mich zufrieden zu geben.

„Und wie kommt du dann bitte in die Stadt Dis?", herrschte ich. Der Fährmann 2769 befuhr den Fluss, der an die Stadt führte, für gewöhnlich nicht. Und auf dem Weg vom Limbus bis zum sechsten Kreis der Hölle hätte Lucas von einem Dämon erwischt werden müssen. Wie hatte er unentdeckt bleiben können?

Endlich gewann ich wieder die Oberhand über mein niederes Ich.

„Ich habe ihn überzeugt mich bis an den Eingang der Kanalisation zu bringen und auch dort auf mich zu warten", er grinste noch immer.

„Und wie kommst du dann in mein Zimmer?" zischte ich wütend. Meine Gedanken überschlügen sich. Scheinbar war Lilith Bannkreis nur auf Wesen von hier ausgelegt und nicht auf Menschen. Wieso auch – wer wäre als Sterblicher schon dumm genug, um freiwillig in die Hölle hinab zu steigen. Ich schluckte und starrte ihn weiter unnachgiebig an.

Langsam schien ihm zu dämmern, dass ich keinen Scherz machte.

„Ich wollte nicht, dass du dich sorgst. Ich bin hier, um dich noch einmal zu sehen, bevor es ernst wird.“

Ich lächelte ihn an, legte meine Hand an seine Wange und meine Stirn an seine. Mein Magen zog sich zusammen, meine Kehle war ganz trocken. Obwohl ich wusste, dass ich besorgt sein müsste, freute ich mich unfassbar ihn zu sehen. Er wusste genauso gut wie ich, dass es die Möglichkeit gab, dass ich es nicht schaffen würde. Dass ich nicht mal überleben würde. Er musste es nicht aussprechen, dass das der Grund für sein Kommen war. Dass er sich für den Fall der Fälle verabschieden wollte.

Und ich wollte nicht so erleichtert sein ihn hier zu sehen. Ein Mensch in der Hölle – das war zu gefährlich.

Ich verstand nicht mal wie er es geschafft hatte diesen Miesepeter zu überzeugen. Er hatte schon immer gemeckert, wenn ich die Geister mit den Nachrichten für Lucas mitgeschickt hatte. Aber er hatte mich nie verraten. Vielleicht hatte es ihn doch nicht so gestört wie er immer getan hatte?

Egal – Hauptsache Lucas war jetzt hier und kam sicher wieder an die Oberfläche. Sollte ich es schaffen den Wettbewerb zu gewinnen, würde ich ihm meine Seelen abtreten. Um die war es mir eh nie gegangen und auf der Erde bezahlte man eh eher mit Pfund, Euro, Dollar oder mit irgendwelchen anderen Münzen und Scheinen.

Mein Entschluss stand fest. Ich würde die Momente jetzt mit ihm genießen und ihn später zurück zum Fährmann begleiten, der ihn durch den Limbus sicher nach Hause bringen würde.

Ich zog ihn hoch und stand einen Moment unsicher vor ihm. Meine Hände fuhren langsam über seine Brust bis zu seinem Gesicht. Obwohl ich ihn schon hunderte oder sogar tausende Male geküsst hatte, stellten sich jedes Mal aufs Neue meine Härchen auf und mein Mund wurde trocken. Ich zitterte als ich meine Lippen leicht auf seine legte.

Mein Magen rebellierte und ich versuchte mich nicht zu sehr auf die Aufgabe vor mir zu konzentrieren. Jeder Dämon im Live-Publikum war nach Liliths Ausführung unserer ersten Challenge totenstill geworden. Als hätte man ihnen die dummen Köpfe abgeschlagen.

In meinem Kopf drehten sich die Gedanken. Es war das was wir Sukkuben taten. Es war normal. Dadurch blieben wir am Leben. Aber es war nicht richtig. Es fühlte sich nicht richtig an.

Die Aufgabe sollte die Top Zwei bestimmen.

Sie hatten Seelen aus dem Limbus hinabgebracht. Männliche, verlorene Seelen, die über alle Maßen verliebt waren. Bereit alles für die Liebe zu tun und auch zu verlieren. Unsere Aufgabe – sie alles und besonders ihre Liebste vergessen zu lassen und ihre Seelen dann zu fressen.

Das war unsere Aufgabe in diesem Universum. Leere Hüllen zu hinterlassen, die jeden Sinn und jeden Willen verloren hatten. Da war sogar der Tod, egal wie schmerzhaft, grausam und blutig er auch sein möchte, gnadenvoller.

Aber das war es, was wir tun sollten. Das war es, was die Gewinnerin auf der Erde tun sollte. Was ich tun sollte.

Was ich tun musste, wenn ich auch nur die geringste Chance auf ein Leben mit Lucas haben wollte. Ich hatte mir und ihm geschworen, dass ich alles tun würde, um mit ihm ins Kino gehen zu können. Mit ihm händchenhaltend am

Fluss entlang zu spazieren. Jede Sekunde auf der Erde mit ihm zu verbringen.

Ich schluckte hart. Ich würde das schaffen. Ich konnte das.

Lilith war noch dabei die „Spielregeln“ zu erläutern. Wir würden alle in separate Räume geführt werden, damit wir uns nicht gegenseitig ablenken oder helfen konnten. Kameras würden dann das Geschehen aufnehmen und es würde im Hauptsaal übertragen werden. Die Beiden die als Erstes fertig waren würden diese Runde gewinnen und in die Top Zwei aufsteigen.

Ich bekam kaum mit wie ich von einem Dämon aus der Crew abgeholt und in besagten Raum gebracht wurde. Meine Beine bewegten sich wie von selbst und das Jubeln der Zuschauer kam nicht bis zu mir durch. Stattdessen war mein Gehirn damit beschäftigt tausend Wege durchzugehen, wie ich ihn würde brechen können. Was ich würde tun müssen.

Es widerte mich an, dass ich meinen Magen schon fast knurren hören konnte. Und das noch bevor ich ihn gesehen hatte. Bevor ich die Möglichkeit gehabt hatte seinen Geruch wahrzunehmen.

Hatte es mir so sehr gefehlt? Diese ekelhafte Art und Weise meinen Hunger zu stillen? Ich war fest überzeugt gewesen, dass blutiges Fleisch reichen würde. Was wenn es das nicht tat?

Aber das war Unsinn. Wäre das nicht der Fall, hätte ich mich nicht in Lucas verliebt.

Nichts was ich tat, würde etwas daran ändern. Ich wollte das nicht. Ich hatte nur einfach keine Wahl. Und nach heute würde ich nie wieder das Monster sein, dass die Hölle von mir erwartete.

Nie wieder. Komme was wolle.

Der junge Mann, der da vor mir saß wie die Maus vor der

Schlange, war noch nicht lange tot. Dafür waren seine Kleider zu modern. Er wirkte verängstigt. Zurecht.

Seine blauen Augen huschten unruhig hin und her und seine blonden Locken fielen ihm ins runde Gesicht.

Langsam trat ich in den Raum und setzte mich neben ihm auf das Bett. Das einzige Möbelstück im Raum. Die Schlitze meines Rockes rutschten so, dass meine Beine frei waren. Sein Blick huschte kurz zu meinen Oberschenkeln, aber er wandte sich sofort wieder ab.

„Wie heißt sie?“, ich bemühte mich, meiner Stimme einen möglichst beruhigenden Ton zu verleihen. Er antwortete mir nicht und es fühlte sich an, als würde mein Herz in meine Magengegend sinken. Ich konnte nur hoffen, dass ich das hinkriegen würde. Ich rutschte noch ein ganz winziges Stück zu ihm hin.

„Hab keine Angst. Sie ist nicht hier unten. Sie ist in Sicherheit.“

Das war wahrscheinlich eine dreiste Lüge. Die wenigstens Menschen waren für das verklemmte, bärtige Alterchen gut genug, um in den Himmel zu kommen. Die meisten waren hier unten und waren im besten Fall die Sklaven von Dämonen.

„Und dir wird auch nichts passieren. Versprochen.“

Ich streckte vorsichtig meine Hand aus, aber ich berührte ihn nicht. Er war noch nicht soweit. Er war einer der Menschen, die denken mussten es wäre ihre eigene Entscheidung gewesen. Dabei hätte ich mich zu gern auf ihn gestürzt. Doch sie schmeckten besser, wenn sie es freiwillig waren.

„Es... tut weh“, flüsterte er so leise, dass ich ihn ohne mein gutes Gehör nicht verstanden hätte. Ich musste ein Lächeln unterdrücken. Ich hatte ihn an der Angel. Und wie ein Wurm, den man auf der Hälfte aufgespießt hatte, würde er nicht mehr loskommen.

„Was tut weh?“, fragte ich noch immer sanft.

Ich wusste, dass sich mein Zauber mit jedem Wort um ihn spann wie ein Kokon. Mit jedem Moment der verstrich tat er das was alle taten, wenn ich es darauf anlegte. Sie vergaßen alles um sich herum.

Aber es funktionierte nur dann, wenn er sie mich in ihre Köpfe ließen und das hatte er getan, indem er mit mir gesprochen hatte.

Ein Gefühl von Macht schoss mir durch die Adern und mir lief das Wasser im Mund zusammen. Es war fast unerträglich zu warten, jetzt wo ich einmal angefangen hatte. Ich wollte mich auf ihn stürzen, meinen Mund auf seinen pressen und ihm den Brustkorb aufreißen und das noch schlagende Herz aus der Brust reißen.

Meine Hand zuckte. Mir stieg der Geschmack von Galle in den Mund und ich versuchte mich zu erinnern warum das hier falsch war. Warum das hier etwas war, was ich nie wieder würde tun wollen.

„Willst du, dass ich dafür sorge, dass es aufhört weh zu tun?“

Meine Magie floss durch ihn wie flüssiges Blei. Sie infizierte jeden Fleck seines Körpers und erstickte den Widerstand der Seele im Keim.

Es fühlte sich an als wäre ich in Trance.

Wann hatte ich meine Hand auf sein Bein gelegt? Wie war er mir so nah gekommen, dass ich seinen Atem auf meinem Gesicht spüren konnte.

Seine Lippen waren leicht geöffnet und ich konnte sehen, dass er sie sich aufgebissen hatte, denn ein kleiner Rest Blut klebte an ihnen. Seine Augen waren milchig geworden und der Rausch in mir wurde immer stärker. Ich hatte am Anfang noch gespürt wie seine Seele sich gewehrt hatte. Wie sie an einer kleinen Rothaarigen gehangen hatte. Er hatte sie mehr geliebt als sich selbst. Und doch – mein Zauber hatte ihn vergessen lassen was sein eigentliches Ziel war. Ich hatte ihm genommen was seinem Dasein einen Sinn gegeben hatte.

Als er endlich nickte, konnte ich nicht mehr warten. Ich griff gierig in seine Haare und presste meine Lippen brutal auf seine.

Sofort merkte ich wie die Seele in Stücke zerfiel. Wie eine Sandburg auf die mit einem Baseballschläger eingeschlagen oder mit einem Maschinengewehr zerschossen wurde. Und ich saugte sie nur zu gern alle auf. Jedes kleine Bisschen nahm ich in mich auf.

Ich wusste nicht wie lange es dauerte, aber als ich mit ihm fertig war, ließ ich seinen hohlen Körper fallen. Ich schwankte und drückte mich vom Bett hoch.

Ich hasste mich. Ich hasste was ich war. Was ich dieser armen Seele angetan hatte. Und ich hasste, dass es mir gefallen hatte. Ich war ein Monster.

Ich schluckte. Ich hatte schon zu viel getan und geschafft um jetzt aufzugeben. Ich musste zu Lucas. Er war alles was meinem Leben einen Sinn gab und ich war so knapp am Ziel. Nur noch eine schlimme Tat. Nicht alle die schlimme Dinge taten waren auch gleichzeitig schlechte Wesen, oder?

Eine Gänsehaut breitete sich über meinem ganzen Körper aus, als der Dämon, der mich hineingeführt hatte, wieder auf die Hauptbühne brachte.

Noch immer war ich wie berauscht von der gefressenen Seele und hatte das Gefühl genauso zu glühen wie Lilith. Mein Gang war selbstbewusster und ein fast schon natürliches Lächeln breitete sich auf meinem Gesicht aus.

Der Gedanke an Lucas war mein rettender Anker. Mein Warum. Meine Motivation.

Nach mir öffnete sich eine weitere Tür und ich war schon darauf vorbereitet Mendra durch die Tür schweben zu sehen. Doch stattdessen sah ich eine kleine, zierliche Person komplett in Weiß. Aryssa.

Einen kurzen Moment war ich sprachlos, aber da stand sie schon neben mir und Lilith vor uns ergriff das Wort.

„Unsere finalen Zwei!“, die Menge jubelte wie verrückt.

„Schauen wir uns doch nochmal gemeinsam an, wie sie bewiesen haben, dass sie die perfekten Sukkuben sind!“

Wie auf Autopilot drehte ich mich noch immer lächelnd zu dem gigantischen Monitor zu. Ich wollte das nicht sehen, aber es würde schon nicht so widerlich sein wie es zu erleben.

Fast schon emotionslos beobachtete ich mich auf dem Bildschirm wie ich den armen Mann küsste. Ich konnte sehen wie seine Haut, mit jeder Sekunde die ich ihn berührte, langsam die Farbe verlor. Ich wollte wegsehen, aber da sprang das Bild um.

Ich sah wie Aryssa sich über einen brünetten Mann beugte und ihr Lippen auf seine presste.

Es fühlte sich an, als würde all meine Luft mit einem Schlag aus meinen Lungen gepresst. Mein Mund wurde trocken und meine Beine zitterten als würden sie gleich nachgeben.

Ich kannte ihn.

Aus Berlin, Budapest und aus den anderen Urlauben, die damals noch möglich gewesen waren. Morgens mit zerwühlten Haaren und Abends mit der alten, löchrigen Jogginghose.

Mein Blickfeld verschwamm und ich spürte wie mir eine blutige Träne aus dem Augenwinkel lief.

Lucas.

Mein Blick huschte zu Aryssa. Mit einem breiten, gehässigen Grinsen starrte sie nach oben und sah sich mit Freude an, wie sie die Seele eines Menschen und mein Zuhause zerstörte.

Ich wollte mich in einem Ball zusammenrollen und nie wieder aufstehen. Wollte nicht wahrhaben was ich da sah. Alles wofür ich gekämpft hatte, war mit einem Kuss nicht mehr da. Verschwunden.

Sie mussten ihn im Limbus aufgesammelt haben, als der Fährmann ihn abgesetzt hatte. Es war alles meine Schuld. Er war wegen mir unten gewesen. Er war wegen mir gestorben. Ich konnte nicht begreifen, was ich da vor mir sah. Mein Gehirn schien nicht verarbeiten zu wollen, was da passierte. Ich hatte das Gefühl mich übergeben zu müssen. Wieso? Wieso Lucas? Wieso jetzt wo wir dem Ziel so nah gewesen waren?

Mein Blick war noch immer auf meine Konkurrentin geheftet und Hass brannte sich durch meinen Körper. Die kleine, weiße, unschuldige Alyssa.

Ich würde sie zerstückeln. Würde sie den Schmerz spüren lassen der durch jede Ader meines Körpers brannte. Würde es sie büßen lassen!

Ich würde sie das hier nicht gewinnen lassen.

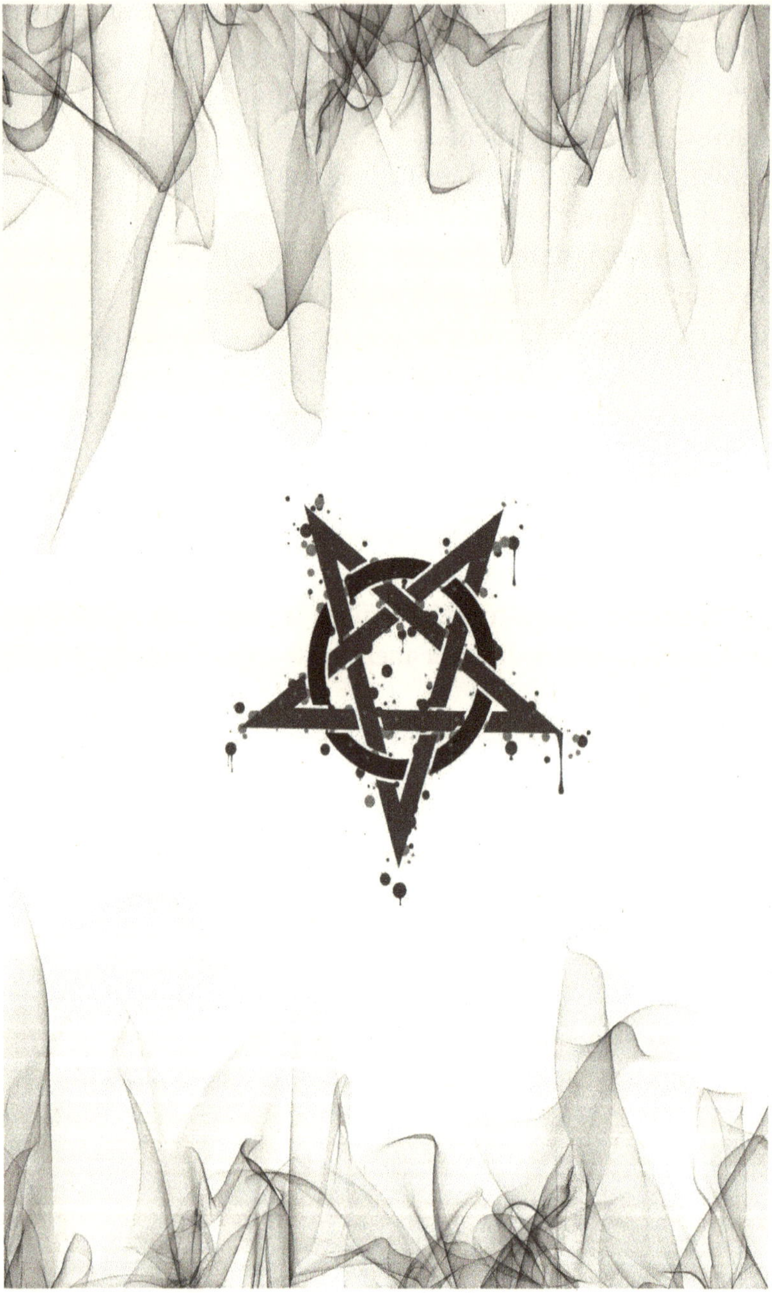

Veralina Humger

SCHWESTER UND NOVIZIN

Du musst los!« Yuna stupst mich sanft in die Seite und ich seufze schwer.

»Nur noch fünf Minuten!«, bettele ich und strecke die Arme nach ihr aus. Doch ihr mondlichtbleicher Körper gleitet aus den Laken.

»Nein«, sagt sie bestimmt, als auch die letzte Strähne der silbernen Haare vom Kissen neben mir fließt.

»Wir hatten Glück, dass sie uns bisher nicht erwischt haben, Novize.«

Ich verdrehe die Augen und setze mich auf, um sie in voller Pracht bewundern zu können. Sie weiß genau, dass ich es hasse, wenn sie mich auf meinen niedrigeren Rang aufmerksam macht.

»Nur noch ein paar Stunden. Heute Abend bin ich ein vollwertiges Mitglied des Ordens. Keine verwilderte Dämonin, kein Novize, sondern ein anerkannter Succubus!« Ich schenke ihr ein strahlendes Lächeln. Es wird wirklich Zeit, dass ich nachziehen darf. Yuna zieht mich schon zu lange damit auf, dass selbst ein Succubus nicht mit einer Jugendlichen

Schlafen sollte. Ob menschlich oder dämonisch.

»Wird vermutlich schräg, wenn ich dich demnächst »Schwester« nennen muss.« Bei dem Gedanken grinse ich breit. Yuna wirft mir einen bösen Blick zu, der mir bis in die Knochen fährt. Dann werden ihre Züge wieder weich.

»Das zeigt sich, Schwester.«

Ich verziehe das Gesicht.

»Bah, nee, das ist mir zu inzestuös«, erkläre ich.

Yuna kichert, zwinkert mir zu, streift sie sich die dunkelrote Robe über und wendet sich zur Tür.

»Ach ja«, sagt sie und wirft einen Blick über die Schulter: »Herzlichen Glückwunsch zum Geburtstag.« Dann verschwindet sie.

Keine Minute zu früh. Mir bleibt kaum Zeit, meine eigene, eher beige Robe überzuwerfen, als es auch schon an der Tür klopft. Ich atme kurz durch, hoffe, dass niemand Yunas Geruch an mir bemerken wird, öffne die Tür und starre in ein Meer aus roten Gewändern und Kerzenflammen. Alle Gesichter sind verhüllt unter den Kapuzen.

Ich frage mich flüchtig, welche von ihnen Yuna ist. Ihre Nähe wäre jetzt wirklich hilfreich. Ein nervöses Kribbeln fährt mir durch den gesamten Körper. Mein Magen schlägt einen Salto.

Die Gestalt, die mir am nächsten steht, beginnt zu sprechen.

»Asra, dämonische Tochter der Nacht, bist du bereit zur Aufnahme in den Orden?«

»Ja, ich bin bereit«, antworte ich brav.

»Bist du gewillt, dein Leben in den Dienst unserer Sache zu stellen?«, fragt die Hohepriesterin weiter.

»Ja, ich bin gewillt«, sage ich.

»Wirst du deine Gaben und deine Natur akzeptieren?« Die abschließende Frage jagt mir einen Schauer über den

Rücken. Meine Hände fühlen sich taub an. Ich schwitze unter dem hauchzarten Stoff der Robe.

»Ja.« Meine Stimme bebt und ich spüre, dass der ganze Raum die Luft anhält, als ich meinen Schwur beende »Ja, ich akzeptiere sie.«

Die Hohepriesterin nickt und ich kann das Lächeln trotz der Kapuze erkennen. Dann wendet sie sich zur Seite und gibt den Weg frei. Ich folge ihrer stummen Aufforderung und begebe mich an die Spitze dieser merkwürdigen Prozession.

Wir schreiten den Gang entlang und mein Herz schlägt so heftig, dass ich Angst habe, es könnte mir die Rippen brechen. Die schwarzen Wände schlucken das Licht der Kerzen beinahe vollständig. Aber ich bin ab heute ein Wesen der Nacht und sehe im Dunkeln hervorragend.

Zumindest sollte das so sein. Bisher merke ich nämlich nichts von meinem viel beschworenen Erbe und meinen neuen Kräften.

»Asra!«, mahnt mich die Stimme meiner Mutter unter einer Robe hervor. Die Frauen, die mich umschwärmen wie Blutstropfen kann ich nur an ihrer Statur unterscheiden. Sie haben sich die Kapuzen noch immer tief ins Gesicht gezogen und drängen mich unablässig voran, auf mein Schicksal zu.

Wie dramatisch, denke ich. Das wäre es vermutlich, wenn ich das Ganze so ernst nehmen würde, wie alle anderen hier. Ich meine, wir haben Dämonenblut und Succubus ist man, oder ist man nicht. Warum man dann noch einen Test bestehen muss, ist mir Schleierhaft. Ich wurde nach den Regeln des Ordens gezeugt und die entsprechenden Gene habe ich auch. Da wird man mich wohl aufnehmen.

Wen interessiert es da schon, ob ich ein Spätzünder bin? Kann ja nicht jeder perfekt zum achtzehnten Geburtstag die Fähigkeiten einer ausgewachsenen Dämonin haben.

Schließlich ... ich meine, Hallo? Dämonen? Warum bindet man da irgendwas an menschliche Maßstäbe. Aber gut, Traditionen ...

»Asra!«, ermahnt mich meine Mutter erneut und ich frage mich, wie sie meine Gedanken erraten kann. Leider bin ich so weit abgeglitten, dass ich nicht mitbekommen habe, dass ich bereits im Bannkreis stehe. Vor Schreck bekomme ich einen kleinen Schluckauf.

»Asra, Tochter der Nacht!« Die Worte der Hohepriesterin hallen durch das Gewölbe. »Hicks«, mache ich, fühle, wie mir die Hitze ins Gesicht schießt, und halte schnell die Luft an. Peinlich.

Die Kerzen werfen blutrote Schatten an die Wände.

»Schwester«, meldet sich die gleiche Stimme, deutlich sanfter wieder. Ich spüre, wie sich mir sämtliche Haare aufstellen.

Ein einfacher Titel, aber so viel Verantwortung.

»Wir haben deine erste Aufgabe für dich, Novizin Asra. Nach der Erfüllung darfst du dich in den Rang einer gleichberechtigten Schwester erheben.«

Ich nicke pflichtschuldig. Meine Witze sind mir vergangen. Eigentlich wollte ich cool bleiben, wenn das hier passiert, aber natürlich kann ich das jetzt nicht.

»Ich bin bereit. Für die letzte Prüfung.« Die Antwort perlt aus meinem Mund. Meine Stimme klingt hohl und fremd.

Ich senke den Kopf, atme tief durch und versuche, meinen Herzschlag zu beruhigen. Die Luft sirrt.

»Schwester, geh und erfülle ...«

»... deine Pflicht«, falle ich in Gedanken in die Worte der Priesterin ein.

Eine der Frauen in Dunkelrot kommt mit einem goldenen Tablett auf mich zu, auf dem der Umschlag mit den Informationen liegt.

Meine Finger zittern. Das Papier entgleitet mir einmal, bevor ich es zu fassen bekomme. Ich zucke zusammen, als ich das Wachssiegel streife und mir ein eisiger Schauer durch den Körper jagt. Diese Mädels verstehen sich echt darauf, einem Angst einzujagen.

Und wegen dem blöden Brief befinde ich mich jetzt an diesem Ort. Mitten in der Nacht. In einer feuchten Seitenstraße, in der er es ziemlich intensiv nach Urin und gammelndem Müll müffelt.

Ich hätte mir einen besseren Ausgangspunkt für meine erste Aufgabe vorstellen können. Etwas Hübsches, Warmes, Wohlriechendes, zum Beispiel. Aber hey, wer hat schon Ansprüche? Vielleicht wird's ja ganz toll. Und hoffentlich weniger dreckig.

Ich sehe mich um und überprüfe noch einmal die Nebenstraßen. Reiches Viertel, arme Stadt, mitten in der Nacht. Das wird bestimmt super easy. Es sei denn mich erdolcht irgendein Gangster, der sich um diese Zeit hier rumtreibt.

Hastig schüttele ich den Gedanken ab und konzentriere mich auf mein Ziel. Vor mir in der Straße tut sich endlich was. Ein junger Mann biegt um die Ecke und betritt den Gehweg.

Das muss er sein.

Ich werfe einen erneuten Blick auf den Zettel und betrachte das Foto. Im Licht der Straßenlaterne schimmert das goldene Haar des Fotografie-Typen. Und ein paar Meter weiter entdecke ich das gleiche Schimmern lebensgroß.

Das ist er also. Meine Eintrittskarte in den Orden.

Er biegt um eine Ecke und ich husche in den Schatten des nächsten Hauses. Langsam scheinen meine Augen mit der Dunkelheit besser klarzukommen. Vielleicht kommt die ein oder andere Fähigkeit wirklich heute schon zu mir? Ich lege doch keinen Schalter um und bin plötzlich erwachsen. So ist das bestimmt auch mit meiner Gabe. Das kann sicher etwas dauern.

Als ich aus meinen Gedanken aufschrecke, habe ich den Sichtkontakt zu Blondie verloren.

Ich stoße einen derben Fluch aus und haste um eine weitere Ecke. Einen Schritt zu schnell. Ich spüre, wie der Schatten von mir abfällt, den ich zur Tarnung erschaffen habe. Jetzt kann ich von vorne anfangen und den Typen laufen lassen, oder ich muss ihm in menschlicher Gestalt hinterher jagen. In einer hauchdünnen, fast transparenten Kutte.

Der Wind fährt mir unter den Stoff und streicht mit eisigen Fingern über meine Haut, als wolle er den Gedankengang untermalen. Ich fröstele.

Na fantastisch. Genau so habe ich mir das vorgestellt. Halbnackt hinter einem Mann herrennen, den man bestehlen möchte. Hoffentlich wird das nicht zur Gewohnheit, denke ich, während ich die Robe enger um mich ziehe und in die Richtung gehe, in der ich den Typen vermute.

Ein paar Straßen weiter hole ich ihn ein. Im Licht der nächstgelegenen Straßenlaterne kann ich ihn nun deutlicher erkennen. Er sieht noch besser aus, als auf dem Foto. Nicht, dass mich das beeindrucken würde. Mein Herz gehört nun mal Yuna. Und sie ist das umwerfendste Wesen, das ich mir vorstellen kann. Mich beeindruckt also so schnell niemand mit purer Schönheit.

Der Blondschopf wendet sich endlich einer großen Glastür zu und wirft einen kurzen Blick über die Schulter. Hastig ziehe ich mich in die Schatten zurück und versuche, mir den Mantel aus Nacht wieder überzuwerfen, aber die feinen Fäden verharken sich und ich bekomme die Dunkelheit nicht zu fassen. Mist.

Komm schon, Asra, du hast es hunderte Male geübt. Du bist ein Succubus, zur Hölle, das muss doch gehen. Ich schließe die Augen. Erneut konzentriere ich mich auf das sanfte Streichen der Nachtluft auf meiner Haut, strecke meine Gedanken nach der Textur der Nacht und lasse meine eigene Struktur hineingleiten. Ich blicke auf meine Hände. Sie schweben blass und gut sichtbar vor mir.

»Verdammt«, murre ich, entscheide mich, dann eben einfach so weiter hinter ihm herzugehen. Wird schon niemandem auffallen, dass da ein Mädel in einem Hauch von Nichts rumrennt.

Als ich aufsehe, ist der Kerl verschwunden. Ich fluche erneut. Hoffentlich ist er überhaupt durch die Tür gegangen, und nicht in die nächste Seitenstraße abgehauen.

So schnell ich kann, gleite ich aus der Gasse und recke die Nase ein wenig. Die Schwestern sollten eigentlich eine Fährte gelegt haben, bevor sie mich losschicken. Oder ich müsste den vertrauten Duft wahrnehmen. Dennoch liegt nur der Mief des Mülls in der Luft, der mir immer noch hartnäckig den Geruchssinn vernebelt.

Komm schon, ich werde es doch schaffen, dem Kerl zu folgen, und ihm das Serum aus dem Körper zu klauen! Wenn diese Sache nicht so kompliziert wäre. Warum muss unser magischer Treibstoff ausgerechnet in Schwanzträgern wachsen? Man hätte eine pflegeleichte Pflanze ziehen können. Oder ein dämonisches Nutztier, aber nein. Es müssen Männer sein. Und dann auch nur Freilaufende. Es wäre so leicht, die Typen in einen netten Stall zu sperren und

... Ich bremse meine Fantasie. Bevor ich eine hübsche Farm mit automatisierten Serumpumpen erspinnen kann.

Ich habe nichts gegen Chromosombenachteiligte, wirklich. Aber die stellen sich immer so an, dass die ein oder andere arme Schwester gezwungen ist... dieses mittelalterliche Märchen, von wegen wir schlafen mit denen ... Igitt.

Ich bleibe noch eine Weile vor dem Eingang des Gebäudes stehen, in der Hoffnung, dass er wieder herauskommt. Natürlich warte ich umsonst. Ich kann ihm jetzt folgen und die Gefahr eingehen, dass er weg ist, bevor ich alles nach ihm absuchen konnte, oder ich hoffe, dass er seinen Hintern vor Sonnenaufgang zurück auf die Straße bequemt.

Die Zeit läuft mir davon. Wenn ich nicht bald eine Entscheidung treffe, wird es hell. Dann habe ich die Prüfung versaut und werde vom Orden verstoßen. Für meine Mutter wäre das furchtbar. Mein Herz zieht schmerzhaft. Wenn das geschieht, darf ich Yuna nie wiedersehen.

Der Gedanke versetzt mir einen heftigen Stich, als würde man mir einen Dolch in den Unterleib rammen. Ohne Yuna leben ... ich schüttele den Kopf. Das ist keine Option.

Ich seufze und beschließe, etwas zu unternehmen.

In dem Foyer hinter der Glastür kann ich einen breiten Tisch erkennen, an dem ein Mann sitzt. Offensichtlich sowas wie der Torwächter. Kurz schnüffele ich. Vielleicht kann ich ja einfach das Ziel wechseln. Aber der Kerl riecht leider nicht wie eine Serum-Quelle. Das, was ich von dem bekommen würde, bedeckt sicher kaum den Boden vom Sammel-Röhrchen. Das gläserne Ding drückt genau in diesem Moment gegen meine Brust, wie zur Erinnerung. Es steckt in der kleinen Innentasche und vibriert in Erwartung seines Einsatzes.

Wie komme ich an dem Wachmann vorbei, wenn ich nur diesen Fetzen anhabe? Mega unauffällige Aufmachung.

Mir fällt ein, dass ich in meiner Ausbildung etwas von

kurzzeitigen Fassadenzaubern gelernt habe. Für ein paar Minuten müsste ich die Robe verdecken können, wenn meine Kraft es zulässt.

Ich bin eine Dämonin, verdammt. Die menschliche Gestalt ist im Prinzip ohnehin nichts weiter, als ein ausgedehnter, natürlicher Tarnzauber. Also sollte ich eine meisterhafte Illusionistin sein.

Genau mit den Worten hat Yuna versucht, mir diesen simplen Trick beizubringen, den jeder Succubus beherrscht. Das Ergebnis war ... sagen wir mal suboptimal.

Okay, dann mal los, Asra, du schaffst das.

Ein Outfit. Kein Ganzkörperding, nur ein paar Klamotten.

Jeans, T-Shirt.

Du kannst das!

Sekunden später trete ich angezogen wie eine höchst preiswerte Bordsteinschwalbe durch die Tür. Mehr als ein unfassbar kurzer Minirock und etwas, das man mit sehr viel Fantasie als BH bezeichnen könnte, wollte mir nicht gelingen. Die Schuhe sind nur Absätze und das Bild sirrt ab und zu ein bisschen, wenn ich mit der Konzentration abschweife, aber für ein paar Minuten dürfte es gehen.

Wie erwartet sitzt der Torwächter an einem Schalter und starrt mich an. Ich lächele und muss mich daran erinnern, dass das hier wirklich ein Mensch ist. Kein verkleideter Dämon. Diese Welt ist schon merkwürdig.

»Hallo, Sweety«, sage ich und unterdrücke angestrengt, den Würgereflex. Reiß dich zusammen!

Der Mann wirkt begeistert von dem billigen Look. Seine winzigen Augen funkeln, als er den Blick direkt auf meinen Busen richtet. Dann grinst er und ich kann beobachten, wie ihm das glitschige Zünglein über die schwulstigen Lippen fährt. Offenbar steht er auf käufliche Ware, oder vielleicht auch nur auf Frauen, die ihr Angebot so offen anpreisen wie ich.

Jedenfalls scheint er mir die Nummer abzunehmen, deshalb wackele ich lasziv mit den Hüften, lehne mich so an den Tisch, dass er ordentlich was zu sehen bekommt, und klimpere mit den Wimpern.

»Hier müsste gerade einer meiner Kunden angekommen sein. Können sie mir verraten, wo ich ihn jetzt finde?«, frage ich und gebe mir Mühe, meine Stimme erotisch klingen zu lassen, auch wenn dieser Torwächter deutlich übergewichtig, ziemlich alt und äußerst ungewaschen ist.

Offensichtlich überlegt er, ob er mir etwas sagen darf, denn sein Gesicht durchläuft verschiedene Ausdrücke. Statt einer Antwort zucken die Schweinsäuglein.

»Oh, das heißt, er wohnt gar nicht hier?«

Der Mann runzelt die Stirn und wirkt verwirrt. Verdammt, Asra, du hast irgendwas sehr Wichtiges übersehen.

Hinter mir klappert die Tür. Der Widerschein von bewegtem Glas spiegelt die Neonbeleuchtung auf der glattpolierten Oberfläche, auf der ich so dekorativ meine Brüste geparkt habe. Flüchtig bemerke ich eine Art Firmenlogo darauf. Gut, das könnte den merkwürdigen Blick vom Torwächter erklären. Aber der ist mir jetzt sowieso egal.

Als ich mich hastig umdrehe, kann ich das goldene Schimmern der Haare sehen. Bevor die Nacht meine Zielperson verschluckt.

Warum riecht er nicht nach Serum?

Er müsste so stark duften, dass er einige Häuser weiter noch zu riechen sein sollte. Wieso also liegt nur der Schweißgeruch vom Wachmann in der Luft? Hat sich der Orden vertan und er ist gar keine Quelle?

»Hat sich erledigt, mein Guter«, sage ich eilig, zwinkere dem

Wächter-Futzi nochmal zu und wackele davon. Dabei knicke ich in diesen verdammten hohen Hacken um. Vielleicht hätte ich lieber barfuß bleiben sollen, als meine Energie auf einen Absatz ohne Schuh zu verwenden?

Draußen lasse ich die Illusion sofort fallen und wechsele wieder zur Robe. So schnell, dass mir schwindelig wird. Fluchend halte ich mich an einer Hauswand fest, bis die Gasse aufhört, sich zu drehen.

Das Opfer ist verschwunden.

Ich unterdrücke einen frustrierten Aufschrei, da rieche ich es. Eine heftige Aufregung durchfährt mich. Ich vibriere. Dieser Geruch. Wie die olfaktorische Interpretation von Dominanz.

Da ist es.

Meine Nase führt mich um eine Ecke auf einen beleuchteten Parkplatz. Ein Typ im Anzug, mit Handy am Ohr, lehnt an einem teuren Auto. Der muss die Quelle sein! Aber der Duft widerspricht meinem Verstand. Es ist irgendwo anders. Hinter dem Kerl sehe ich nur Lichter und den weitgehend leeren Platz.

Es kann nur er sein.

Der Orden sagte, das Gen, das unser Serum produziert würde auch ein ganz bestimmtes Alpha-Männchen Verhalten fördern, irgendwas mit Hormonen und Testosteron. Mein Hirn hat sich bei dem vielen Blabla irgendwann abgeschaltet. Also habe ich keine Ahnung, wie genau das zusammenhängt. Es bedeutet jedenfalls, dass unsere Quellen ein gewisses Maß an Macht haben wollen. Deshalb sind unsere Ziele meistens solche Poser wie der Smartphone-Typ.

Als ich testweise an ihm vorbei laufe, trifft mich eine Windböe aus Aftershave, und wird mir klar, dass er tatsächlich nicht der Ursprung des Dufts ist.

Ich runzele die Stirn und gehe weiter.

Wo ist es?

Meine Nase zuckt.

Mein Blick fällt auf ein einzelnes Auto. Darin erkenne ich eine Gestalt. Aus dieser Entfernung ist unklar, ob der Schatten, der dort auf dem Fahrersitz hockt, wirklich ein Mann ist.

Kurz überlege ich, die Sache mit den Kleidern nochmal zu machen. Ich spüre nach und stelle fest, dass dieses Fünkchen Energie, mit dem ich die Illusion erzeugt habe, verschwunden ist. Vielleicht hilft Serum da tatsächlich. Ob ich mir eine Kostprobe abzweigen kann, bevor ich dem Orden das Röhrchen übergebe?

Mit langen Schritten gehe ich auf das Fahrzeug zu und ziehe mir die Kapuze vom Kopf, als ich in seine Sichtweite komme.

Ich weiß genau, was zu tun ist, ich habe das alles gelernt.

Tief durchatmen!

Dann klopfe ich an die Fensterscheibe. Die Gestalt dahinter liegt im Halbschatten. Tatsächlich fährt die Scheibe herunter und eine Stimme dringt aus dem Inneren des Wagens heraus.

»Ja?«, brüchig und rau, dennoch kann ich nicht definieren, wen ich hier vor mir habe. Der Geruch allerdings ist atemberaubend. Ein Muskel irgendwo in mir zuckt hektisch.

Ich brauche dieses Serum!

Meine Finger kribbeln.

Lass mich ihm nur ein bisschen ... Ich unterdrücke den Impuls mit aller Kraft und konzentriere mich auf meine Aufgabe.

»Hey«, sage ich freundlich und überlege, was ich tun muss, damit er mir die Tür öffnet. Von draußen kann ich ihm das Serum nicht abzapfen. Eigentlich muss ich ihm nur einen winzigen Riss in die Haut schneiden, und die Zauberworte sprechen, dann sollte sich die Flüssigkeit lösen und in das mitgebrachte Röhrchen fließen. Dafür ist es aber nötig, an ihn heranzukommen.

»Ich habe mich verlaufen«, sage ich.

»Und?«, antwortet der Fremde. Diesmal erkenne ich an seiner Stimme, dass es tatsächlich ein Mann ist. Er klingt jung, vielleicht zwei, drei Jahre älter als ich.

»Können sie mir zeigen, in welche Richtung die … ähm …«, mache ich. Ich habe vergessen, wo ich gerade bin. Kurz schaue ich zum Himmel, als könnte der es mir verraten, da entdecke ich einen schmalen Lichtstreifen. Die Morgendämmerung.

Nein.

Das ist nicht wahr.

Ich kann unmöglich so lange …

Mein Blick gleitet zurück zum Auto, aber der Sitz ist plötzlich leer. Angestrengt blinzele ich ins Wageninnere. Das darf auf keinen Fall passieren. Er ist … Er muss doch …

Auf dem Fahrersitz liegt ein Stück Papier. Ich erkenne sofort, was es ist: ein Brief mit dem Siegel des Ordens. Wie betäubt hebe ich ihn auf und stecke ihn in die Robe. Selbst ohne ihn zu öffnen, weiß ich, was darin steht.

Ich spüre, wie mir mit jedem Atemzug mehr von der Kraft meiner Schwestern entgleitet. Es ist, als würde ich mich mit den verstreichenden Sekunden nach und nach von ihnen lösen. Ihre Präsenz ist kurz überdeutlich. Als könnten sie mich berühren. Dann verlassen sie mich und nehmen ein Stück von mir mit.

Mein Herz wird immer kleiner.

Die Hohepriestern.

Mum.

Ich schreie, sinke auf den Asphalt. Als ich ganz zum Schluss auch Yuna verliere, streifen die ersten Strahlen des Morgenlichts die Tränen auf meinen Wangen.

Leveret Pale

LILITHS VERLORENES BORDOLL PARADISE

Hier soll deine verlorene Stadt voller Reichtümer liegen?«, fragte Rho, sein Jagdgewehr wie einen Wanderstock aufstützend. Mit der freien Hand schirmte der hochgewachsene Mann sein schmales Gesicht vor den glühenden Strahlen der Zwillingssonnen ab. »Ich sehe nur eine tote Ebene voller Steine, Steine und ... Moment mal ... sind das etwa ... ja, großartig, zur Krönung der ganzen Augenweide: Steine.« Er schnaubte. »Siehst du endlich ein, dass der Priester dich über den Tisch gezogen hat?«

»Du gehst mir seit Wochen mit dem gleichen Gejammer auf den Keks«, entgegnete sein stämmig gebauter Bruder Khan, der mit zusammengekniffenen Augen eine abgehalfterte Karte studierte. Er deutete mit seiner Pranke von Hand auf eine Reihe von Hügeln am Horizont. »Seht ihr die Felsen? Das sind die Spitzen der Berge, die einst das Tal umgaben, in welchem die Stadt stand, bevor sie ... ihr wisst schon von wem ... ausgelöscht wurde. Wir sind am Ziel.«

»So gut wie tot, meinst du. Wenn auch nur ein Bruchteil

von dem stimmt, was der Priester erzählt hat, ist dieser Ort verflucht… «

Der jüngste Bruder Lino, der hinter den beiden stand und die Zügel des braungescheckten Maultiers Lu hielt, das ihren Karren zog, seufzte. »Rho, könntest du mal zur Abwechslung mit Mut und Zuversicht vorangehen? In den Märchen sind es auch nie die Schwarzmaler, die die Schätze finden.«

Khan lachte und klopfte Rho auf den Rücken, sodass der hagere Mann wie ein Grashalm im Wind schwang. »Richtig, hör auf unseren kleinen Bruder. Wir werden reich von hier wegziehen. Reich an Erfahrungen und noch reicher an Schätzen … und wenn wir wieder zuhause sind so reich an Gold, dass wir nicht nur Vaters Hof werden zurückkaufen können. Wir werden so reich sein, dass wir mit Wein und Titten dein Maul für den Rest deines Lebens stopfen werden.« Er faltete die Karte zusammen und schob sie in die Innentasche seiner Weste.

Rho zog die Wangen zusammen, als hätte er in etwas ekelhaft Saures gebissen. »Oder wir werden bettelarm zurückkriechen, wenn wir es überhaupt überleben …«

»Halt doch die Klappe!«, rief Khan lachend. »Wir haben nur noch wenige Stunden bis die Sonnen untergehen. Bis dahin sollten wir unser Lager aufgeschlagen - und noch besser: einen Ort zum Graben gefunden haben.«

Rho schnaubte und legte sein Gewehr über die schmale Schulter. Das Maultier Lu wieherte.

Die drei Brüder setzten sich wieder in Bewegung. Die Steine knirschten unter den abgewetzten Rädern des knarzenden Karrens, auf dessen Ladefläche die Proviantkisten und Schaufeln klapperten. Der Schweiß lief in dicken Tropfen über die Wangen und Stirne. Khan lief mit großen Schritten voraus, um wie ein aufgescheuchter Stier im Zickzack die

Ebene auszukundschaften. Rho schlurfte seine langen Beine missmutig hinterherziehend und Flüche murmelnd hinterher. Lino versuchte an der Seite Lus Schritt zu halten, der unerbittlich weitertrottete.

Mit den Abständen zwischen den Brüdern wuchsen auch ihre Schatten, während die Sonnen den Horizont küssten und in ihren Rücken die ersten Sterne und Monde erschienen.

Ein kühler Wind pfiff über die Ebene. Khan verschwand als ruheloser, schwarzer Fleck in der Ferne. Rhos Litaneien über seine schmerzenden Knie wurden immer lauter und ausschweifender. Lino ließ sich mittlerweile von Lu führen und starrte nur noch erschöpft und in Gedanken versunken auf seine Füße. Er war von der wochenlangen Reise ausgelaugt, aber er musste seinen großen Brüdern beweisen, dass es kein Fehler gewesen war ihn nach unzähligen Bitten doch mitzunehmen.

Seine Beine waren längst taub vom Schmerz. Seine Augen fielen immer wieder zu. Im Halbschlaf kreisten seine Gedanken um Abenteuer, Dämonen und das Wort »Titten«, welches penetrant und unablässig in sein Bewusstsein drang. Er wusste nicht, was das so sonderbar vertraut klingende Wort bedeutete - und seine viel älteren Brüder waren schon viel zu weit weg, um sie zu fragen. Von dem Klang her, glaubte Lino, dass es sich dabei um eine Süßigkeit handeln musste. Oder um irgendsoeine Erwachsenenspeise wie Wein oder Traumharz. Ja, etwas sehr Leckeres, aber für ihn wahrscheinlich noch Verbotenes... aber Wein hatten seine großen Brüder ihm schon oft gegeben ... Er gähnte und wieder fielen ihm die Augen zu. Er nickte gerade im Gehen ein und ließ die Zügel los, als plötzlich sein Fuß an etwas hängen blieb. Er stolperte, stieß einen kurzen Überraschungsschrei aus und schlug auf. Ausgestreckt inmitten der harten Steine, aus denen noch die wohlige Wärme des Tages strömte, blieb er erschöpft liegen und schlief ein. Das letzte, was er hörte, war das sieh entfernende Poltern des Proviantwagens und Lus Wiehern.

Es war ein Kratzen und Schaben, das ihn weckte.

Schlagartig richtete er sich auf und blinzelte. Er saß in einem Zelt auf einer Schlafmatte, die Decke auf dem Schoß. Orange Lichtstrahlen brachen durch winzige Löcher in der alten Zeltplane. Draußen hörte er ein Schnaufen, begleitet von dem Knirschen von Sand und metallenem Kratzen.

Er rieb sich den Schlaf aus den Augen, wickelte seinen kleinen Körper in die Decke ein und kroch fröstelnd in die Morgendämmerung.

»Guten Morgen, liebster Bruder«, rief Khan ihm über die Schulter entgegen, während er mechanisch die Schaufel in ein Loch rammte und eine Ladung Steine und Sand nach der nächsten auf einen wachsenden Haufen daneben schleuderte. Der Karren und eine darauf aufgespannte Plane spendeten ihm etwas Schatten, der mit dem Aufsteigen der Sonnen rasant dahinschmolz.

»Dein liebster Bruder also?«, schmatzte es aus der entgegensetzten Richtung, wo Rho über der Glut eines Lagerfeuers Wasser aufkochte und auf getrockneten Früchten und Brotscheiben rumkaute. Lu stand hinter ihm, die Schnauze in einem Eimer Hafer versunken.

»Heul leise, Rho!«, lachte Khan, wischte mit dem Handrücken den Schweiß von der glänzenden Stirn und winkte Lino. »Komm her und sieh dir an, worüber du Glückspilz gestern gestolpert bist.«

»Ist es ein Schatz?«, rief Lino in heller Aufregung, die das Herz in seiner Brust zum Galoppieren brachte.

»Fast.« Khan trat einen Schritt zur Seite und deutete auf die Grube vor ihm. »Du bist über ein S gestolpert.«

»Ein S ... ?«, fragte Lino verdutzt, aber dann sah er es. Der geschwungene Buchstabe war halb so groß wie er selbst, und aus dickem Metall gefertigt, an dem rostige Löcher und schwarze Schlieren nagten.

»Und das ist nicht alles«, sein Bruder zog mit der Schaufelspitze durch die Grube an dem S vorbei zu einem weiteren silbrigen Metallstreifen. »Das hier sieht aus wie der Anfang eines E. Das muss ein Schriftzug sein – und wo Schriftzüge sind, ist wohl ein Gebäude nicht weit. Schnapp dir was zu Essen und danach mit dem faulen Miesepeter eine Schaufel. Es ist an der Zeit Schätze zu heben!«

Das ließ sich Lino nicht zweimal sagen. Er machte einen Satz zu Rho und schlang so hastig das ausgetrocknete Frühstück hinunter, dass es ihm beim Schlucken schmerzte. Etwas bitteren Tee hinterhergespült und schon hatte er eine Schaufel von der Ladefläche gezogen, und half eifrig beim Freilegen des E.

Sie schufteten den ganzen Vormittag, bis die Sonnen ihren Zenit erreichten und die Brüder vor der Hitze in die Schatten ihrer Zelte fliehen mussten. Sie aßen dort Nüsse und tranken schales, wochenaltes Wasser aus ihren Fellschläuchen, dann ruhten sie bis die Sonnen erneut hinab zum Horizont tanzten.

Als die kühle Dämmerung über die Ebene kroch, entzündete Khan Öllampen am Grubenrand. In ihrem flackernden Licht betrachteten die Brüder mit ihren von Staub grauen Kleidern und vom Dreck verschmierten Gesichtern und schmutzigen Händen, das Ergebnis ihrer Plackerei. Linos Arme pochten vor Schmerz und tief in ihm lastete eine unerträglich schwere Müdigkeit auf seinen Knochen, aber sein ganzer Verstand war hellwach, von Blitzen der Aufregung und des Wunderns erfüllt. Insgesamt hatten sie dreizehn elegante Buchstaben freigelegt: »RDOLL PARADISE.«

Hinter den Buchstaben schimmerte im Flammenlicht eine Mauer aus verwitterten, tümpelgrünem Marmor durch den Staub.

»Eindeutig die Außenseite eines Gebäudes«, stellte Khan fest und sprang wieder in die Grube, die mittlerweile hüfttief war. »Nur was für eins ist das?« Er lehnte sich vor und kratzte Erde von dem großen P, dabei murmelnd: »Paradise ... ein wunderschöner, magischer Ort ... Aber was bedeutet nur R-DOLL? R-DOLL?« Seine Pranke wanderte einer großen, haarigen Spinne gleich die Wand entlang. »Hier geht es noch weiter. Hier sind noch mehr Buchstaben ... wohin sie nur führen? Was sie uns wohl zu sagen haben? Welche Schätze sie verstecken?«

»Wir werden das zu unserem Leid spätestens erfahren, wenn wir den Rest freigelegt haben«, murrte Rho. »Aber bitte nicht mehr heute.« Er rammt seine Schaufel in den Boden, streckte seine schlaksigen Körper und wandte sich um. »Ich gehe schlafen. Wir können unserem Tod auch morgen noch entgegenschwitzen. Gute Nacht.«

Khan sah nicht einmal auf, als Rho in seinem Zelt verschwand und holte erneut mit der Schaufel aus, um mehr Geröll aus der Grubenwand zu brechen.

Lino stand unentschlossen schwankend am Rand. Doch so müde er war, bei der Vorstellung, was sie alles entdecken könnten, war an Schlaf nicht zu denken.

Jede Zelle seines Gehirns schien unter seinem Schädel erregt von Sehnsucht zu zappeln und wild die fantastischsten Wachträume von Kammern voller Gold und magischer Artefakte zu erzeugen, die er so schnell wie nur möglich finden wollte, finden musste.

Er packte seine Schaufel und sprang hinab zu Khan. Schweigend, umgeben von den im Mondlicht und Flammenschein umherzuckenden Schatten, gruben die beiden Besessenen immer weiter. Khan meißelte sich die Wand entlang, ein O freilegend, während Lino die grüne Marmorwand beharkte und sich in die Tiefe arbeitete. Sterne tanzten vor seinen Augen, der Schweiß tropfte die pochenden Schläfen hinab, während er rhythmisch wie in Trance die Schaufel in das Gestein rammte und den Auswurf über die Schulter davon schleuderte.

Plötzlich stach die Spitze seiner Schaufel ins Leere, ihr Stiel verschwand im Boden und der Schwung zog den überraschten Lino mit sich. Ein hallendes Poltern und Klirren ertönte unter ihm. Einen Meter unterhalb des Schriftzugs klaffte ein Loch unter einer Kante der Marmormauer auf, das immer größer werdend wie ein dunkler Schlund krachend die Steine und den Sand am Grund verschlang. Lino riss überrascht den Mund auf und ließ erschrocken die Schaufel fallen, aber da sackte bereits der Boden unter seinen Füßen weg. Der kleine Junge stürzte eine Geröllawine hinabrollend in die Finsternis. Sein winziger Körper überschlug sich einer Puppe gleich, Steine flogen um ihn herum, knallten gegen seine Beine und Schultern. Die Knochen seiner Finger knackten laut unter dem Gewicht eines größeren Brockens. Schreiend rollte und fiel Lino bis er über einen glatten Boden schlitterte, sich ein letztes Mal überschlug und mit dem Kopf auf etwas Weichem landete.

Schwer keuchend und mit Schmerzenstränen in den Augenwinkeln bleib Lino geschunden liegen. Staub und kleine Kieselsteine prasselten auf seinen Rücken. Durch die Dunkelheit hörte er aus der Ferne Khans tiefe Stimme brüllen: »Linoooo?«, begleitet vom Knallen herunterfallenden Gesteins.

»Hilfe!«, presste Lino gequält hervor.

»Bist du verletzt?«, hallte Khans Stimme aus der Höhe.

Für einen Moment zögerte Lino. Er wagte es nicht sich zu bewegen. Spürte er da warmes Blut an seinen Beinen? Nein, das war nur ... »Ich glaube nicht«, rief er hoch. »Vielleicht einen Finger gebrochen oder so, aber egal ... Bitte! Holt mich hier raus!«

»Wir holen dich gleich! Hast du einen festen Halt?«

Benommen vom Schmerz und auf seinen feuchten, geschwollenen Händen sich japsend aufstützend, versuchte er aufzustehen. Aber worauf immer er gelandet war, gab unter ihm nach, wabbelte als wäre es aus Fett gemacht, und durch seine verletzten Finger zuckte ein stechender Schmerz.

»Irgendwie schon ...« Aus Angst davor runterzurutschen und noch weiter zu stürzen oder sich zu verletzen, wagte er es nicht sich noch mehr zu bewegen.

»Bleib wo du bist! Ich hole Rho und Seile und wir kommen gleich runter ...«

»Beeilt euch! Ich habe Angst«, rief Lino, aber da hörte er bereits - fast übertönt von dem Pochen seines Herzens – die sich schnell von der Grube entfernenden Schritte Khans.

Während er wartete, gewöhnten sich seine Augen langsam an die Dunkelheit. Im schwachen Lichtschimmer der weit entfernten Lampen und Sterne tauchten Konturen eines Raums auf, die Decke, Türen, Podeste, runde Sessel, eine Art Theke ... Und überall verstreut, über Stühlen hängend, auf dem Boden liegend: menschliche Körper. Die Luft schien aus seinen Lungen verschwunden zu sein, alles zog sich kalt in ihm zusammen, als Lino realisierte, dass das Weiche, auf dem er lag, der Brustkorb eines Mannes war, dessen dunkel glänzenden Augenhöhlen ihn anklagend anstarrten. Um nicht laut zu schreien, biss er sich auf die Zunge, kniff seine eigenen

Augen zusammen und ballte die Fäuste. Seine Gedanken überstürzten sich, er ertrank in einem See aus Angst, Bildern davon wie sich kalte, tote Arme um ihn schlossen und der Mann, auf dem er lag, seine Zähne in ihn schlug ...

Es war unerträglich und es schien eine Ewigkeit zu vergehen, bis Khans und Rhos Stimmen über ihn ertönten und Erleichterung und Hoffnung warm durch Linos durchgefrorene Brust sickerten. Seine Brüder erkundigten sich nach ihm, er antwortete kleinlaut. Es polterte, Kieselsteine prasselten um ihn herum nieder und durch seine geschlossenen Lider drang plötzlich warmes, flackerndes Licht.

»Verdammte Scheiße«, fluchte Khans Stimme hinter ihm. Bevor Lino antworten konnte, packte ihn eine Hand an der Schulter und zog ihn hoch. Lino riss erleichtert die Augen auf und schlang die Arme um seinen Bruder, der ihn behutsam über den Rücken strich und murmelte: »Alles Gut, mein Kleiner, wir sind ja da, wir sind ja da.« Tränen rannen über Linos Wangen. Er fand keine Worte für die Erleichterung, die er empfand.

Hinter Khan tauchte Rho auf. Er ließ sich an einem Seil hinab, in einer Hand eine Öllampe haltend, das Gewehr um die Schulter gebunden. Er landete grunzend auf dem Berg aus Steinen und Sand unterhalb der Öffnung. Da ließ Khan seinen jüngeren Bruder los, klopft ihm auf den Rücken und ging an ihm vorbei, seine eigene Öllampe hoch über den Kopf erhoben, um alles auszuleuchten.

Lino drehte sich um, mit den Blick Khan folgend, der sich einen bewundernden Pfiff ausstoßend umsah. Nun, im Schein der brennenden Dochte, wirkte der Raum noch unheimlicher mit seinen in der Dunkelheit verschwindenden Enden und Ecken, mit den tanzenden und flackernden Schatten, mit seinen überall herumliegenden, reglosen Menschen, mit den

Möbeln aus edlem Marmor und schwarzen Metall, wobei alles von einer dicken, grauen Staubschicht überzogen war. Doch Lino erkannte nun auch eindeutig, dass dies einst eine Bar oder eine Kneipe gewesen sein musste. Die Theke mit den Zapfhähnen war unverkennbar, genauso wie das Funkeln der exotischen Glasflaschen in dem Regal dahinter, in denen noch dunkle, uralte Flüssigkeiten ruhten.

»Wer ... was ist das? Wer sind die alle? Sind das ... Tote?«, fragte Lino, sich schnäuzend und mit dem zitternden Finger auf den leblosen Mann zeigend, auf dessen Brustkorb er gelandet war.

»Menschen wären längst verwest und zerfallen. Das sind Dämonen ...«, murmelte Rho, der neben ihn trat, den Blick angewidert auf die Gestalt gerichtet. »Oder eher eine ganze Dämonenhorde.«

»Rho, musst du aus allem eine Horrorgeschichte spinnen? Das sind keine Dämonen ...«, sagte Khan. Im Gegensatz zu den beiden anderen, betrachtete er die umherliegenden Körper mit einem immer breiter wachsenden Lächeln und einem gierigen Glanz in den Augen. »Das sind Maschinen, Sklaven aus Metall, die die Alten erschufen und auf diese Welt mit sich brachten ... Sie nannten sie damals Roboter.«

»Aus Metall?«, fragte Lino verwundert, der sich nicht vorstellen konnte, dass hartes Metall etwas so weiches und lebendiges formen konnte.

»Ja, zumindest im Kern, wenn ich das richtig in Erinnerung habe. Ihre Haut ist allerdings aus magischen Materialien, die die Priester Kunststoffe nennen, weil sehr mächtige Magierkunst für deren Erschaffung notwendig war. Je mehr ein Roboter wie ein echter Mensch aussieht, desto kunstvoller die Magie hinter seiner Erschaffung ...«, Khan beugte sich hinab und strich über den Körper des Mannes. »Und dieser hier ist ein Meisterstück. Ich habe selbst bei meinem Besuch in der Hauptstadt keinen so echt aussehenden in einem so ausgezeichneten Zustand gesehen. Die meisten von ihnen dienen als Soldaten des Fürsten und sind in der Regel nicht viel mehr als furchterregenden, abgebrannte Gerippe. Allein für den hier werden wir mehr Geld bekommen, als wir auf Vaters Farm in einem ganzen Leben voller harter Arbeit verdient hätten.«

»Zumindest wäre es ehrliche Arbeit«, meinte Rho. »Die Alten setzten unvorstellbar böse Magie ein, um solche Wesen zu erschaffen, weshalb sie auch von ... ihr wisst schon wem ... bestraft wurden. Ich habe gehört, um solche Roboter wieder zum Leben zu erwecken, reiben die Priester ihre Kunsthaut mit geweihten Ölen aus menschlichem Fett und setzen ihnen in Kinderblut getränkte Seelensteine ein.«

Khan zuckte mit den Schultern. »Was interessiert mich, was der Fürst und seine verrückten Priester mit den Robotern tun, solange sie uns dafür bezahlen?«, er riss die Arme hoch und wirbelte wie ein Tänzer um seine eigene Achse. »Seht ihr das nicht? Hier sind Dutzende von diesen Robotern. Vielleicht hunderte. Jeder einzelne ein Vermögen wert. Wenn wir nur ein paar von ihnen hochbringen ...« Khan seufzte mit einem noch breiteren Grinsen. »Dann werden wir die reichsten Männer des Landes sein.«

»Dennoch«, sagte Lino verlegen » ... das sind nicht die Schätze, von denen ich geträumt hatte. Sie sind unheimlich.«

»Aber so viel mehr wert als alles andere!«, rief Khan enthusiastisch. »Du brauchst absolut keine Angst zu haben. Die Roboter sind sowieso alle tot, sie werden uns nicht beißen ...«

»Das zumindest stimmt allerdings nicht für alle von uns«, säuselte eine wunderschöne Frauenstimme, deren Klang ein angenehmes Kribbeln durch Linos Nervenbahnen jagte, welches zwischen seinen Beinen zusammenzulaufen schien. Ein Herzschlag später zuckte er erschrocken zusammen. Die drei Brüder wirbelten herum.

Aus der Dunkelheit am Ende des Raumes traten mit den eleganten Schritten ihrer langen Beine die vier schönsten Frauen ins Licht, die Lino je sah, mit Haut so klar wie poliertes Elfenbein, Augen wie Edelsteinen und jeweils mit brünetten, blondem, schwarzen und rotem Haar, das lang über ihr wohlgeformten Schultern fiel. Sie trugen lediglich dünne Unterwäsche, die gerade so die Spitzen ihrer üppigen Brüste und ihre Scham verdeckte.

Linos Mund klappte auf. Nicht einmal Göttinnen hatte er sich so schön vorgestellt.

»Wer seid ihr?«, rief Rho unbeeindruckt, der sein Gewehr hochgerissen hatte und auf die Fremden zielte.

Lino zuckte unwillkürlich zusammen und trat einen Schritt zurück. Was auch immer für eine Verzauberung und Bewunderung er gerade noch gespürt hatte, nun wurden sie von Misstrauen und Angst verdrängt.

Die vier Frauen blieben stehen. Die Vorderste reckte unbeeindruckt das Kinn und hob einladend ihre grazilen Arme. »Meine Herren, willkommen im Bordoll Paradise. Es ist uns eine Freude euch in unserem Tempel der Lust zu begrüßen, denn wir hatten schon sehr, sehr lange keine Besucher mehr. Mein Name ist Lilith, und dies sind meine Schwestern: Lamia, Mormo und Empusa. Stets zu euren Diensten.« Die vier Frauen verneigten sich anmutig.

»Tempel der Lust?«, knurrte Rho. Der zurückfahrende Sicherungshebel klackte. »Dämonenhort der Wolllust viel eher ...«

Aber Khan trat vor und im Vorbeigehen drückte er Rhos Gewehrlauf zum Boden hinab, »Nur ruhig, das sind

Robotersklaven, Rho«, flüsternd, und an die Frauen gewandt: »Was meint ihr damit, dass dies ein Tempel der Lust sei? Worin genau bestehen eure Dienste?«

Lilith leckte sich mit ihrer ungewöhnlich langen und spitzen Zunge über die karminrote Unterlippe und lächelte. »Dieser Ort wurde geschaffen, damit sich Frauen und Männer aus der ganzen Terranischen Föderation hier sorg- und schamlos dem Vergnügen hingeben können, mit uns als den Erfüllerinnen aller ihrer Wünsche und Fantasien ... Entsprechend richtet sich die Art unserer Dienste ganz nach den Wünschen unserer Gäste. Räumlichkeiten aller Art dafür stehen in den Gängen hinter und unter uns bereit. Nun solange unserer Batterien noch reichen ... Wir sind gerade aus einem Schlaf erwacht, der anscheinend Jahrhunderte dauerte, und unsere Energie ist so gut wie aufgebraucht. Wir haben nur noch wenige Stunden Lebenszeit übrig, um zu dienen und uns für dieses letzte Erwachen erkenntlich zu zeigen.«

»Tatsächlich ... das wäre ja eine tragische Verschwendung, würde wir diese Stunden ungenutzt verstreichen lassen«, raunte Khan einen weiteren Schritt auf die vier Roboterfrauen zumachend. Über sein Gesicht zog sich ein sonderbares, fast schon raubtierhaftes Lächeln, welches Lino so gar nicht gefiel. Rho schien ebenfalls nicht zu gefallen, denn er packte Khan am Handgelenk.

»Bruder«, zischte er. »Ich weiß wie verlockend das ist ...«

»Verlockend?«, murmelte Khan ohne sich umzudrehen. »Ich habe seit Monaten keine Frau mehr mit so wenig Stoff gesehen, geschweige denn berührt ...«

»Was für einen unverheirateten Mann das stolze Ergebnis einer tugendhaften Lebensführung und damit nicht erwähnenswert ist«, knurrte Rho angespannt. »Aber ich befürchte, weder deine Gedanken noch deine Ziele jetzt sind sonderlich tugendhaft.«

Khan gluckste. »Oh nein, sie sind so gar nicht an Tugenden orientiert, und im Gegensatz zu dir konnte ich noch nie viel damit anfangen. Aber sieh sie dir nur an. So berauschend schön, so willig ... und auch noch zu viert. Das ist ein Paradies. Wir wären töricht uns das entgehen zu lassen, bevor sie sterben und wir sie den Priestern werden überlassen müssen. Tu was du willst, aber ich kundschafte mal die Dienstleistungen dieses Ortes aus.«

Rho fluchte Schimpfworte, die Lino kaum verstand und auf die Khan schnippisch ähnliche zurückwarf, bevor er auf die weiblichen Roboter zulief und seine Arme um sie legte, als wären sie alte Freundinnen. Sie kicherten und küssten ihn auf Hals und Wangen, sodass er selbst im orangen Öllampenlicht und unter der dicken Drecksschicht rot anzulaufen schien. Sie trugen ihn quasi davon, verschwanden mit dem ältesten Bruder, der als letzte Handlung mit einem benommenen Lächeln seine Öllampe auf dem Boden abstellte und zurückließ.

»Diese Frauen ... sie machen mir Angst«, sagte Lino, Khan verzweifelt hinterherstarrend.

»Zumindest bin ich nicht der Einzige hier, der noch seinen Verstand beisammen hat«, sagte Rho mürrisch.

»Was machen wir jetzt?«

»Wir warten und hoffen, dass der Idiot zurückkehrt«, antwortete Rho und ließ sich mit einem Seufzer auf einen alten Barhocker fallen, dessen Metallstreben unter der nach Jahrhunderten des Rumstehens ungewohnten Last ächzten.

Aus fernen Gängen im Inneren des Bordoll Paradise hallte das Lachen der Roboterfrauen und Khans wie ein Mosaik albtraumhafter Laute, bald gefolgt von entzücktem Gelächter und dann rhythmischen Klatschgeräuschen und Stöhnen.

Lino verstand nicht genau, was dort geschah, aber er wagte es nicht zu fragen. So wie sein Bruder Rho da hockte auf einem der Stühle, schweigend den Kopf schüttelnd und auf seinem Gewehr gestützt, spürte er, dass es eins dieser Themen war, über die man besser nicht sprach. Und so lag er nur da, müde, lauschte unfreiwillig den sonderbaren Klängen und versuchte jeglichen Gedanken daran, woher sie kamen, aus seinem noch kindlichen Verstand zu verdrängen.

Irgendwann, als er sich nicht mehr schweigend von den immer lauter werdenden Geräuschen ablenken konnte, versuchte er ein Gespräch anzufangen und fragte Rho:

»Was sind eigentlich Titten?«

Rho starrte ihn mit leeren, fassungslosen Augen an – dann stahl sich ein kurzes Lächeln über seine schmalen Lippen und er schüttelte den Kopf. »Nicht jetzt Lino, das ist ein Thema für einen ... besseren Tag, okay?«

»Oh .... verstehe«, antwortete Lino kleinlaut und die beiden Brüder verstummten wieder.

Das Stöhnen, Schreien und Klatschen schien ewig zu dauern – bis es abrupt abbrach. Nach einem Pulsschlag langen Moment der Stille, wurde diese brutal zerrissen von Schmerzensschreien und einem metallischen Heulen, das klang wie das Sirren einer elektrischen Säge. Dann wieder Stille.

Rho sprang augenblicklich auf, das Gewehr auf die Tür richtend.

Kalter Schweiß brach aus Lino heraus. »Das klang wie ...«

»Ich sehe nach. Geh du hoch und pack unsere Sachen«, sagte Rho, und mehr zu sich selbst fluchend: »Verdammter Wichser. Ich wusste doch, dass das eine Falle sein muss.«

»Nein, nein ... Lass mich nicht allein«, schrie Lino.

»Jemand muss den Idioten retten. Aber du bist ein verdammtes Kind, also hoch mit dir. Wenn du oben bist, zieh die Seile ein und lass sie erst wieder herunter, wenn du Khan oder mich dich rufen hörst«, brüllte Rho, Tränen in den Augenwinkeln seines vor harter Entschlossenheit zur Maske verkrampften Gesichts.

Lino wollte protestieren, aber da war sein Bruder bereits mit dem Gewehr im Anschlag in der Dunkelheit verschwunden.

Weinend, zitternd und speiübel vor Angst, stolperte Lino zu den Seilen, die aus dem Loch in der Decke baumelten. Er wusste nicht, woher er die Kraft nahm, um sich mit seinen geschundenen Armen und gebrochenen Fingern hochzuziehen. Aber ehe er sich versah, krallte er sich benommen im Steinboden fest und hievte sich in das mildweiße Licht der Monde und Sterne. Er zuckte zusammen, als er einen Schuss hörte. Und noch einen. Dann gähnte unter ihm aus der dunklen Tiefe nur atemlose Stille.

Unter Tränen zog er die an Pflöcken befestigten Seile ein. Benommen und verwirrt taumelte er umher, machte ein Feuer, streichelte und fütterte mechanisch Lu, suchte nach einem Messer, um sich zu verteidigen, versuchte zu lauschen, versuchte vergeblich zu verstehen ... und irgendwann versank alles in tränengetränkter Finsternis.

Ein Kratzen und Schaben weckte ihn. Erschrocken riss er die Augen auf.

Er lag zusammengerollt auf einer Decke neben dem Lagerfeuer, dessen kleinen Flammen noch immer orange zum Nachthimmel leckten.

Für einen Augenblick hatte er fast vergessen, was zuvor unter der Erde geschehen war. Und als er sich wieder daran erinnerte, schüttelte er benommen den Kopf. Das musste ein Traum gewesen sein, alles andere wäre ... viel zu schrecklich.

Gerade als er dies dachte, ließen ihn die Geräusche von Schritten aufschrecken.

Zwei schemenhafte Gestalten kam wankend aus der Dunkelheit auf ihn zu.

»Rho? Khan?«, fragte Lino. »Geht es euch gut? Ich hatte einen fürchterlichen Albtraum, wir hätten unter den Buchstaben ... « Als Antwort kam nur ein kristallines Gackern. Nackte Roboterfrauen traten in das Licht der Flammen. Ihre Lippen, Finger und Oberschenkel trieften vor scharlachrot glänzendem Blut.

Adrian Schwarzenberger

SUCCUBÉ

In der Normandie im Frankenreiche ging einst die Sage von der Geisterfrau Succubé, die des Nachts hoch am Sternenhimmel auf ihrem Drachen über die Lande ritt. Stets war sie auf der Suche nach liebeshungrigen Abenteurern und leichtfertigen Jünglingen, die sie zu ihren Liebhabern machen konnte. Ihr Kuss, so sagt man, war so betörend, dass er einen Menschen alles Leid vergessen ließ. Aber er entzog einem gewöhnlichen Sterblichen auch alle Lebenskraft. Und doch lockte süßer Schrecken stets neue wagemutige und kühne Helden an, die sich ihr hingaben und in dem Bestreben, ihr Geheimnis zu ergründen, ihr Leben ließen.

Succubé, so erzählt man sich, war nicht immer so grausam gewesen. Sie war eine schöne Frau mit langem goldblondem Haar, das über ihren Rücken wallte, und Augen tief und blau wie das Meer. Doch sie war auch eitel und bewunderte ihre Schönheit selbst am meisten. Jeden Tag saß sie an der verbotenen Quelle, von der es hieß, wenn auch nur ein einzelnes Haar die Oberfläche des Wassers kräuselte, werde der Geist der Quelle denjenigen verwünschen, der seine Ruhe gestört hatte. So saß Succubé im strahlenden Sonnenschein und kämmte ihr goldenes Haar und betrachtete ihr makelloses Gesicht, das sich im klaren Wasser der Quelle spiegelte. Sie lachte über den bösen Glauben, dass der Quellgeist sie heimsuchen würde, und rief hochmütig: »Selbst wenn eines meiner wunderschönen Haare herabfallen würde, wie könnte es das Wasser der Quelle aufwühlen. Und auch wenn der Geist der Quelle mich erblickte, würde er schon von meiner Schönheit so geblendet, dass ihm alle bösen Gedanken und Verwünschungen im Halse stecken blieben.«

Der Quellgeist freilich hörte ihre hochfahrenden Worte und lauerte geduldig in der Tiefe des Wassers. Weil aber kein einziges ihrer goldenen Haare die Oberfläche berührte und den Frieden des Wassers störte, stieß er böse Verwünschungen aus und musste sich gedulden. »Warte nur, du eitles Ding«, drohte er zornig, »mein Tag wird schon noch kommen.«

Succubé freilich ahnte nicht, dass das Unheil schon in der Tiefe lauerte, und kämmte sorglos ihr goldenes Haar. Doch der Quellgeist war geduldig, denn die Tage der Sterblichen sind für ihn nur ein Gedanke, und die Jahre der Menschen vergehen für ihn wie ein Augenblick.

Und tatsächlich geschah es eines Tages, dass eines der goldenen Haare Succubés ins Wasser fiel und die spiegelglatte Oberfläche der Quelle aufwühlte. In Schaum und Gischt stieg der Quellgeist empor, das Haupt von einer Krone aus Perlen und Mondlicht beglänzt, und seine Stimme war wie das Tosen der Brandung und das Donnern der Wellen, wenn sie an den Meeresstrand rollen: »Du eitles Ding hast den Bann gebrochen. Wie oft haben dich deine Mutter und Großmutter gewarnt, den Frieden des Wassers nicht zu stören. Du aber hast nur Augen für dich, sitzt an der Quelle und kämmst dein Haar und liebst dein Spiegelbild und hilfst nicht beim

Spinnen und Nähen. So treffe dich denn mein Fluch, jedem, der dich liebt, mit einem Kuss den Tod zu bringen, und erst Ruhe zu finden, wenn du selbst einen anderen Menschen als dich zu lieben vermagst.«

»Ha«, rief Succubé hochmütig, »wie kannst du annehmen, eines meiner feinen Goldhaare habe den Frieden deines Wassers gestört. Etwas so Schönes zerbricht den Wasserspiegel nicht.«

Doch all ihre Worte halfen nichts, und der Fluch des Quellgeistes kam über sie: Succubés Schönheit ward vollendet, dass kein Mann ihr widerstehen konnte, doch ihr Herz wurde hart, und wenn sie auch nur die Lippen eines Mannes berührte, den sie nicht wahrhaft liebte, sollte dieser auf der Stelle tot umfallen. Im ersten Augenblick lachte Succubé noch über diesen Fluch. Kein Mann konnte den Blick von ihr wenden, und es werde sich schon einer finden, der diesen Fluch brechen konnte.

Schon bald aber spürte Succubé wie im Leben einer jeden Frau das Verlangen nach der Liebe eines Mannes, doch wann immer sich einer auf das Wagnis einließ, sie zu küssen, da schwand all seine Lebenskraft aus ihm, und er fiel tot um. Hass und Verzweiflung stritten in Succubés Herz miteinander, Hass auf den bösen Quellgeist, der ihr dies angetan hatte, und Verzweiflung, weil jeder Mann in den Tod ging, wenn er dem Reiz ihrer Schönheit erlag. Es dauerte auch nicht lange, da gingen Erzählungen von der Schönheit Succubés durch das ganze Land, und immer schwang die Warnung mit, sich nicht von ihr verführen zu lassen, wollte man nicht dem Fluch erliegen. Abenteuerlustige Helden, fahrende Ritter und Troubadoure machten sich auf die Suche nach Succubé, um das Herz der Schönen zu erobern, das kein Mann zu gewinnen vermochte. Sie ließen ihre Frauen und Kinder im Stich und ließen sich auf das Wagnis ein, die Verfluchte zu suchen, von der es hieß, kein Mann könne ihrer Schönheit widerstehen. Doch sie alle fanden den Tod und kehrten nie zurück.

Succubé machte sich einen herrlichen Palast zu eigen, dessen Männer ihr verfallen und dessen Frauen vor Grausen davongelaufen waren. Hier verbrachte sie ihre Tage in Einsamkeit und harrte der abenteuerlustigen und liebestollen Bewunderer, die sie verführen konnte. Des Nachts ritt sie auf einem Drachen durch die Lüfte und hielt Ausschau nach ihnen, um ihnen einen süßen Tod zu schenken, und in den Kellern des Schlosses lebten giftige Schlangen, die die Toten fraßen.

In jenen Tagen, so heißt es, lebte auch ein altes Königsgeschlecht, dessen Name längst vergessen ist. Der König hatte drei Söhne, und wie zahllose andere Jünglinge hatten sie die Geschichte der Succubé gehört, deren Antlitz so vollkommen war, dass ihr kein Mann widerstehen konnte. Den ältesten nannte man Prinz Louis, und kaum waren ihm die Worte zu Ohren gekommen, gab es für ihn kein Halten mehr. Er sattelte sein Pferd und machte sich auf den Weg, die schönste Frau zu finden, die man sich vorstellen konnte, und ihre Liebe zu gewinnen. Tage und Nächte zog er durch die Lande, bis er in der Abenddämmerung den Schrei ihres Drachen zu hören bekam. Bald sah er sie, wie sie durch die Wolken glitt und vor ihm herabstieg wie eine Göttin vom Himmel. Ihre unirdische Schönheit blendete ihn, und schon trafen sich ihre Lippen zu einem Kuss. Alle Wonnen der Welt erfüllten ihn, und sein Herz quoll über vor Glückseligkeit. Doch wie sich jedermann erzählte, erfüllte sich auch der Fluch, und von einem Augenblick auf den anderen schwand all seine Lebenskraft aus ihm, und er sank reglos zu Boden, im Moment des höchsten Glücks auf ewig entseelt. Succubé lud seinen leblosen Körper auf den Drachen und erhob sich wieder in die Lüfte, um ihn in ihr Schloss zu bringen, wo sie ihn den Schlangen zum Fraß vorwerfen würde. Keine Träne vergoss sie über den Toten, denn beweinen konnte man nur, wen man aufrichtig geliebt hatte.

Nicht lange danach machte sich auch der zweitälteste Prinz Philippe auf den Weg, Succubé zu suchen, ihre Schönheit zu schauen und ihre Liebe zu gewinnen. Er sattelte sein Pferd und ritt Tage und Nächte durch die Lande, bis er an ihr Schloss gelangte und durch das Tor eintrat. Auf seidenen Kissen lag Succubé da, einer Göttin oder Fee gleich, die sich nur halb hinter bestickten Vorhängen und seidenen Gardinen verbarg. Sie war die Verheißung und Erfüllung aller Träume zugleich, wie sie ihn mit ihrem Blick lockte und er langsam nähertrat. Ihre unirdische Schönheit blendete ihn, und schon trafen sich ihre Lippen zu einem Kuss. Alle Wonnen der Welt erfüllten ihn, und sein Herz quoll über vor Glückseligkeit. Doch wie sich jedermann erzählte, erfüllte sich auch der Fluch, und von einem Augenblick auf den anderen schwand all seine Lebenskraft aus ihm, und er sank reglos zu Boden, im Moment des höchsten Glücks auf ewig entseelt. Succubé rief ihre Schlangen und warf ihnen den leblosen Körper zum Fraß vor. Keine Träne vergoss sie über den Toten, denn beweinen konnte man nur, wen man aufrichtig geliebt hatte.

Als keine Nachricht von seinen beiden Brüdern kam, machte sich auch der jüngste Prinz Roland auf den Weg. Er sattelte sein Pferd und zog wie seine Brüder über die weiten Lande, ruhte bei Nacht und brach am frühen Morgen wieder auf, aß nur, wenn er Hunger hatte, und trank nur, wenn er durstig war.

Eines Tages - Roland wusste schon nicht mehr, wann er aufgebrochen war - traf er auf einen Tross fahrender

Händler, die wie er durch die Lande zogen. Gleich bat er sie um einen Bissen zu essen und einen Schluck zu trinken und fragte sie auch, ob er auf dem richtigen Weg war. Wie sie aber hörten, was das Ziel seiner Reise war, da mahnten sie ihn: »Kauft lieber einen guten Rat statt Speis und Trank.« Und sie gaben Roland gute Ratschläge kehrtzumachen und von seinem Ziel abzulassen. Noch aber ließ sich der Prinz nicht beirren und von seinem Weg abbringen, die Schönheit der Succubé zu schauen und ihre Liebe zu gewinnen. Einzig die Nacht verbrachte er im Lager der fahrenden Händler, denn in diesem Augenblick senkte sich schon die Dämmerung auf die Welt herab. Wie sie Roland in eines ihrer Zelte führten, da erblickte er dort ein wunderschönes Mädchen, wie er noch keines zuvor gesehen hatte. War er gar schon am Ziel seiner Reise angelangt? Dies musste Succubé sein, denn er konnte sich nicht vorstellen, dass es eine noch größere Schönheit geben sollte. Doch das Mädchen war nur die Tochter des Händlers.

Als Roland sie erblickte, da fühlte er sein Herz höher schlagen. In seiner Unschuld hatte er noch nie die Freuden der Liebe genossen, und allein der Anblick von soviel Schönheit vernebelte ihm die Sinne und ließ ihn alles vergessen. Der alte Händler merkte wohl, wie seine Tochter in den Augen des Prinzen Gefallen fand, und drängte ihn noch einmal, seinen verwegenen Plan aufzugeben, Succubé zu suchen. Sogleich versprach er ihm gar die Hand seiner Tochter, wenn er nur sein Leben nicht wegwerfe.

Roland verbrachte die Nacht im Zelt des Alten und mit seiner Tochter, und doch vermochten sie ihn nicht zu halten. Als er am Morgen aufbrechen wollte, da beknieten sie ihn und bettelten, von seiner Torheit abzulassen, die ihn nur in den Tod führen würde. Aber kein Wort konnte ihn umstimmen, und keine zärtliche Geste konnte seinen Sinn bekehren. So gab die Tochter des Händlers ihm einzig einen goldenen Ring mit auf den Weg und sagte: »Vergiss mich in der Fremde nicht. Ich werde deiner harren und die Hoffnung erst verlieren, wenn ich Todesnachricht von dir erhalte.« So sprach sie und musste ihn unter Tränen ziehen lassen.

Roland ritt weiter durch die Lande, und der goldene Ring an seinem Finger erinnerte ihn unentwegt an das schöne Mädchen. So kam er eines Tages an ein großes Feld, das lag ganz brach und öde und dürr da, und nur ein paar Frauen mühten sich mit der schweren Arbeit auf dem Acker ab. »Ihr Frauen«, fragte Prinz Roland, »was müht ihr euch mit der schweren Arbeit ab? Wo sind eure Männer, die sie tun sollten?«

Da sagten die Frauen: »Die sind alle auf die Suche nach der Succubé gegangen, aber mit einem Kuss hat sie ihnen die Lebenskraft geraubt, und keiner ist zurückgekehrt.«

So bedachte sich Roland, dass das Land verging, wenn die Männer nur der unerreichbaren Liebe nachjagten. Er ritt weiter durch die Lande, und der goldene Ring an seinem Finger ließ den Entschluss aufkeimen, den Fluch der Succubé zu brechen. So kam er eines Tages an einen großen Wald, in dem wuchsen die Bäume dicht und wild und versperrten ihm den Weg, und nur ein paar Frauen mühten sich mit der schweren Arbeit mit der Axt ab. »Ihr Frauen«, fragte Prinz Roland, »was müht ihr euch mit der schweren Arbeit ab? Wo sind eure Männer, die sie tun sollten?«

Da sagten die Frauen: »Die sind alle auf die Suche nach der Succubé gegangen, aber mit einem Kuss hat sie ihnen die Lebenskraft geraubt, und keiner ist zurückgekehrt.«

So bedachte sich Roland, dass das Land verging, wenn die Männer nur der unerreichbaren Liebe nachjagten. Er ritt weiter durch die Lande, und der goldene Ring an seinem Finger ließ den Entschluss wachsen, den Fluch der Succubé zu brechen. So kam er eines Tages durch eine große Stadt, die lag still und traurig da, und nur ein paar Frauen mühten sich mit der schweren Arbeit in der Schmiede ab. »Ihr Frauen«, fragte Prinz Roland, »was müht ihr euch mit der schweren Arbeit ab? Wo sind eure Männer, die sie tun sollten?«

Da sagten die Frauen: »Die sind alle auf die Suche nach der Succubé gegangen, aber mit einem Kuss hat sie ihnen die Lebenskraft geraubt, und keiner ist zurückgekehrt.«

So bedachte sich Roland, dass das Land verging, wenn die Männer nur der unerreichbaren Liebe nachjagten. Er ritt weiter durch die Lande, und der goldene Ring an seinem Finger ließ den Entschluss reifen, den Fluch der Succubé zu brechen. So gelangte er eines Tages schließlich an ein großes Schloss, das lag im Herzen der Normandie und war ganz einsam und verlassen. Hier lebte Succubé mit ihrem Drachen, auf dem sie Nacht für Nacht über den Himmel ritt, und ihren Schlangen, denen sie ihre toten Liebhaber zum Fraß vorwarf.

In ihrem seidenen Bett erwartete Succubé den Prinzen Roland schon, und bei ihrem Anblick war es wahrlich leicht, selbst den Tod zu vergessen. Sie war von einer Schönheit, die ganze Städte zu stürzen vermochte und ganze Reiche zu Fall bringen konnte, doch Roland blieb eisern. Succubé bot ihm Speis und Trank und ein Lager für die Nacht.

Als Succubé meinte, er schlafe, da schlich sie sich in sein Zimmer und begann ihn zu umgarnen und lockte und verführte ihn, dass er sich ihr hingeben mochte und sie ihm mit einem Kuss all seine Lebenskraft rauben konnte. Schon geriet Rolands Sinn ins Wanken, doch noch hielt er stand und packte den Ring an seiner Hand fester wie zur Mahnung und Warnung. Verwirrt ließ Succubé von ihm ab und zog sich zurück. Noch nie hatte sie erlebt, dass ein abenteuerlustiger Mann oder ein liebestoller schöner Jüngling ihren Reizen und Verlockungen widerstehen konnte.

Als Prinz Roland am nächsten Morgen erwachte, da führte Succubé ihn durch ihr Schloss und ihre Gärten, in denen die Rosen blühten und Lavendel, Rosmarin und Salbei betörend dufteten. Ganz wirr wurde Roland von all der Schönheit und den tausendfachen Gerüchen, die ihn in der sanften Brise des Windes umwehten. Eine Blume war verzückender als die andere, und er ging keinen Schritt, ohne dass sich Succubé um sein Vertrauen bemühte. Erst spät am Abend ging er zu Bett, wohlig erschöpft und satt von all der Anmut, die er über den Tag gesehen hatte.

Als Succubé meinte, er schlafe, da schlich sie sich in sein Bett und begann ihn zu umgarnen und lockte und verführte ihn, dass er sich ihr hingeben mochte und sie ihm mit einem Kuss all seine Lebenskraft rauben konnte. Immer mehr geriet Rolands Sinn ins Wanken, doch er hielt weiter stand und packte den Ring an seiner Hand fester wie zur Mahnung und Warnung. Verstört ließ Succubé von ihm ab und zog sich zurück. Noch nie hatte sie erlebt, dass ein abenteuerlustiger Mann oder ein liebestoller schöner Jüngling ihren Reizen und Verlockungen widerstehen konnte.

Als Prinz Roland am nächsten Morgen erwachte, da lag ihm Succubé zu Füßen, erfreute ihn mit Gesang und fröhlichen Spielen, köstlichen Speisen und rotem Wein und tat auch sonst alles, um seine Gunst zu gewinnen. Ganz wirr wurde Roland von all den Eindrücken, die ihn umgaben. Ein Lied war schöner als das andere, ein Spiel gefiel ihm mehr als das andere, ein Bissen schmeckte besser als der andere, und ein Schluck stieg ihm mehr zu Kopfe als der andere, und er konnte keinen Handgriff tun, ohne dass sich Succubé um seine Liebe bemühte. Erst spät am Abend ging er zu Bett, wohlig erschöpft und satt von all der Fülle, die er über den Tag genossen hatte.

Als Succubé meinte, er schlafe, da schlich sie sich in seine Träume und begann ihn zu umgarnen und lockte und verführte ihn, dass er sich ihr hingeben mochte und sie ihm mit einem Kuss all seine Lebenskraft rauben konnte. Mehr denn je geriet Rolands Sinn ins Wanken, doch noch immer hielt er unbeirrbar stand und packte den Ring an seiner Hand fester wie zur Mahnung und Warnung. Verzweifelt ließ Succubé von ihm ab und zog sich zurück. Noch nie hatte sie erlebt, dass ein abenteuerlustiger Mann oder ein liebestoller schöner Jüngling ihren Reizen und Verlockungen widerstehen konnte.

Als Prinz Roland am nächsten Morgen erwachte, da trat Succubé vor ihn und fragte, ob er sie denn gar nicht lieben könne. Sie zerbrach an Rolands Zurückweisung, weil sie in ihrer Eitelkeit nie gelernt hatte, einen anderen Menschen als sich selbst wahrhaft zu lieben, und ihr nun dasselbe widerfuhr wie all den Männern, denen sie den Tod gebracht hatte. Da zog Prinz Roland sein Schwert und schlug ihr den Kopf ab und ihren Schlangen und Drachen, und erst im letzten Augenblick erkannte sie, dass sie sich in den verliebt hatte, dessen Liebe längst einer anderen galt. So ward sie endlich von ihrem Fluch erlöst und starb in Frieden, und das Land ward von der unerreichbaren Liebe befreit, die die Männer in Scharen in den Tod gerissen hatte. Prinz Roland aber zog wieder von dannen und suchte die fahrenden Händler auf, deren Tochter er nun heiraten wollte. Denn ihr Ring und der Glaube an ihre Liebe und die Erinnerung an ihre Schönheit hatten ihm die Kraft gegeben, der Succubé zu widerstehen.

Verena Jung

FÜR IMMER VEREINT

Mareikes Bauch hatte sich für sportliche Betätigung entschieden. Die Organe missbrauchten den Zwölffingerdarm als Springseil und hüpften munter auf und ab. Sie schlang die Arme um ihre Mitte. Die Aufregung legte sich nicht. Wieso auch? Ihr standen sieben Tage Teambuilding mit ihrer Abteilung bevor.

Sie schnaubte und die Scheibe des Busses beschlug. *Als ob das etwas bringen würde. Vorm Teamleiter und dem Kursleiter spielen sie die zuvorkommenden Kollegen. Sobald die beiden nicht mehr in Hörweite sind oder hinsehen, mobben sie mich weiter.*

Sie atmete mehrmals tief ein und wieder aus. Die Atemübung verfehlte ihre Wirkung. Die Anspannung wuchs mit jedem Kilometer, mit dem sie sich der Herberge näherten. Zu allem Unglück hatte man ihr dieses Jahr den Wunsch auf ein Einzelzimmer verwehrt. Nach dieser Woche wüssten alle, ob sie schnarchte und wie sie in ihrem Nachthemd oder morgens nach dem Aufstehen aussah. Neuer Stoff, um sie fertigzumachen.

Missmutig betrachtete sie ihr blasses Spiegelbild im Fenster, das den Grund ihres Problems gnadenlos preisgab. *Ich weiß, wie ich aussehe. Müssen sie mir das wirklich ständig unter die Nase reiben? Schlimm genug, dass mir vor ein paar Wochen die Hose am Hintern aufgeplatzt ist, als ich zum Auffüllen des Druckerpapiers in die Hocke ging. Alle lachten und versuchten, sich mit gemeinen Sprüchen zu übertrumpfen. Anschließend lag an meinem Geburtstag ein Paket, eingewickelt in Geschenkpapier mit Rosenmuster und großer Schleife, auf meinem Schreibtisch, das eine besonders weite Hose mit viel Elastan im Gewebe enthielt. Sie verrenkten sich die Hälse, um meine Reaktion darauf mitzuerleben.*

Tränen brannten in ihren Augen und sie senkte den Kopf, damit niemand bemerkte, wie es ihr gerade ging. Die Chancen standen ungefähr gleich, dass man sie scheinheilig trösten oder ihr Gemeinheiten zuraunen würde. *Wie soll ich das eine Woche lang aushalten?*

In der Herberge ging es sofort los, als sie das Gepäck auf die Zimmer trugen.

»Huch, wie passen denn die Zelte zum Wechseln in diesen mickrigen Koffer? Du hast doch nicht vor, jeden Tag dasselbe zu tragen?«, fragte Steffi auf ihrem Gemeinschaftszimmer und riss die Augen auf. Verschwörerisch flüsterte sie laut genug, dass es auch Angelika hörte: »Du weißt, dass du schon nach zwei Stunden nach Schweiß riechst?«

»Zelte sind wasserabweisend«, stieß Angelika in dasselbe Horn. »Mareike hat sicher vor, bekleidet zu duschen. Damit spart sie zuhause die Waschmaschine.« Sie stellte sich demonstrativ vor die drei Spindtüren. »Mir soll es recht sein. Ich will nicht, dass sie aus Platzmangel Kleider in meinen Schrank unterzuschieben versucht. Mit zwei dieser Müllsäcke sind die schmalen Dinger übervoll.«

Warum können sie damit nicht einfach aufhören? Gibt es denn nichts Interessanteres, als über mich und mein Gewicht zu tratschen?

Wortlos räumte Mareike ihre Sachen in den Spind. Natürlich passten sie problemlos hinein, obwohl sie Kleidung für zehn Tage eingepackt hatte, um sich notfalls umziehen zu können. Sie flüchtete ins angrenzende Badezimmer, um ihren Waschbeutel abzulegen und ein paar Sekunden durchzuatmen. Ihre Kolleginnen waren schneller gewesen und breiteten sich bereits aus. Alle Flächen waren mit Parfum, Schminkutensilien, Föhn, Glätteisen und Haarbürsten belegt. Der dritte Becher war verspritzt, während in den beiden anderen die Zahnbürsten von Steffi und Angelika standen. Mareike schluckte, um nicht in Tränen auszubrechen.

»Würdet ihr mir bitte etwas Platz für meinen Waschbeutel freiräumen?«, rief sie ins Zimmer.

Sie wusste nicht, wieso sie sich das antat. Ihr war klar, dass darauf irgendeine Gehässigkeit folgen konnte.

Angelika streckte den Kopf ins Bad und schaute sich grinsend um, als ob sie prüfen wolle, dass sie wirklich jede Ecke ausnutzten. Sie nickte mit dem Kinn auf die Toilette und antwortete: »Auf dem Spülkasten ist Platz.«

»Da kann er runterfallen.« *Ganz sicher wird er das. Aus Versehen natürlich. Nachdem eine von euch aufgestanden ist und gerade abspülen wollte.*

»Ach was, wir passen auf.«

Wer's glaubt ... Mareike ging ins Zimmer zurück und legte den Waschbeutel auf ihre Ersatzschuhe. Lieber holte sie ihn zwei Mal täglich aus ihrem Spind, als dass sie sich am Ende unwissentlich die Zähne mit einer Zahnbürste putzte, die Bekanntschaft mit der Toilette gemacht hatte. Bei dem Gedanken schüttelte es sie. Ihren Kollegen war nichts widerlich genug.

Dass sie keine Grenzen kannten, bewies die Torte. Mutterseelenallein stand sie am fünften Jahrestag ihrer Leidenszeit auf ihrem Schreibtisch, als sie morgens ins Büro kam. Glücklich hatte sie verkündet, dieses nette Geschenk in der Mittagspause mit allen zu teilen. Im Kreis ihrer Kollegen schnitt sie den üppig mit Sahne verkleideten Kuchen an. Natürlich hatte es sich keiner nehmen lassen, das Schauspiel mitzuverfolgen! Der Anblick, als sie das erste Stück anhob, um es auf den Teller abzulegen, und Mehlwürmer von der Tortenschaufel auf die Sahnecreme fielen ... Die zuckenden, wabernden Leiber ... Mareike war nicht zimperlich, aber ihr Magen hatte damit schwer zu kämpfen gehabt. Beinahe hätte sie ihr Frühstück auf diese Ekeltorte gewürgt. Unter Gejohle hatte sie das Tortenstück mitsamt der Schaufel in den Mülleimer befördert und die Torte mit spitzen Fingern hinterhergeschoben. Zum Glück bestand der Chef auf Mülltüten. Sie knüpfte sie zu und stellte den Eimer raus vor das bodentiefe Fenster. Bei der Erinnerung krabbelte ihr eine Gänsehaut über den Rücken und sie spürte wieder den Würgereiz.

Ich muss das vergessen. Es darf mich nicht verfolgen. Das hörte sich vernünftig an. Trotzdem drehten sich ihre Gedanken unablässig um die vielen Spitzen und bösen Streiche.

»Angelika, kommst du? Wenn wir früh genug sind, bekommen wir Plätze in der ersten Reihe. Du weißt, dass ich ein Auge auf den Kursleiter geworfen habe«, drängte Steffi.

»Komme.«

Mareike verschloss die Spindtür, um den beiden zu folgen. Die schlugen ihr die Tür vor der Nase zu. Sie hörte, wie der Schlüssel ins Schloss gesteckt und umgedreht wurde. Hastig drückte sie die Türklinke. Wie erwartet, bewegte sich nichts.

Was soll das denn? Sie drehte sich zu dem Tischchen mit den drei Stühlen. *Jede von uns hat einen Schlü-* ... Die Tischplatte war leer. Kein Schlüssel. *Aber ich habe ihn dort hingelegt, um die Hände zum Auspacken freizuhaben. Habe ich ihn doch woanders abgelegt?* Unsicher suchte sie die anderen Flächen mit den Augen ab. Er war nirgendwo zu sehen.

Sie stürzte an die Tür und schlug dagegen. »He, macht auf!«, rief sie durch das Holz und horchte, ob Steffi und Angelika noch auf dem Flur standen.

Gekicher und das Geklapper der Stöckelschuhe entfernten sich.

Die haben mich ernsthaft hier eingesperrt! Mareike war unentschlossen, was sie davon halten sollte. Nüchtern betrachtet hatten die beiden ihr einen Gefallen getan. Sie umging die teambildenden Gemeinschaftsaufgaben, die ihr Schweißausbrüche bescherten. Freundlicherweise war sie in ihrem Zimmer gefangen. *Ich kann jederzeit auf Toilette und werde nicht verdursten. Das ist besser als der spinnenverseuchte Heizungskeller, zumal ich etwas zum Lesen eingepackt habe.*

So schön das klang, Mareike war es leid. Sie verbrachte täglich neun Stunden auf der Arbeit, die einem Spießrutenlauf glichen. Zuhause fand sie ebenfalls keine Ruhe, denn als ledige Bürokraft genügte das Geld für eine eigene Wohnung nicht. Also wohnte sie bei ihren Eltern, hilflos ihnen ausgesetzt. Ihre Mutter forderte Enkelkinder und setzte dabei diesen kritischen Blick auf, mit dem sie sie von oben bis unten musterte. Sie musste nicht sagen, dass das mit den Kindern ein Traum bliebe, solange Mareike wie eine Dampfnudel aussah und keinen Mann abbekam. Ihr Vater versuchte in solchen Situationen, sie in Schutz zu nehmen. Das konnte ihre

Mutter nicht leiden, sodass es immer in einem lautstarken Streit endete, wegen dem Mareike auf ihr Zimmer floh.

Das kann so nicht weitergehen. Mareike trat ans Fenster und schaute in den Innenhof hinunter. Auf dem Pflaster markierten aufgemalte Linien ein Fußballfeld. Sicher kamen ab und zu Schulklassen wegen eines Ausflugs hierher.

Wie tief es wohl runter geht? Das Zimmer liegt im dritten Stock. Müssten zwischen sieben und acht Metern sein. Reicht das, um sich umzubringen? Sie hatte oft an Selbstmord gedacht, bisher aber nie den Mut dazu aufgebracht. *Man würde dich vermissen,* meldete sich eine leise, zweifelnde Stimme zu Wort. Mareike lachte auf. *Ach ja? Wer denn? Mutter wird den Enkeln nachjammern, die es nie gegeben hat. Meine Kollegen werden Witze über den Fettfleck reißen, den der Boden verschandeln wird, sobald man meine Überreste weggekratzt hat. Ich habe seit der Grundschule keine Freunde mehr und Vater ...* Er wäre der Einzige, dem ihr Fehlen etwas ausmachen würde. Dafür wären die endlosen Streitereien mit ihrer Mutter vorbei. Jetzt war sie entschlossen, ihr sinnloses Dasein zu beenden.

Sie öffnete das Fenster, schob den Tisch darunter und kletterte darüber auf den Fenstersims. Vorsichtig beugte sie sich vor und bereute es sogleich. Schwindel erfasste sie und sie zog sich rasch etwas zurück, um nicht zu fallen.

Wie dämlich kann man eigentlich sein?, schimpfte sie mit sich. *Ich will mich hinunterstürzen und fürchte mich vor der Tiefe!*

Der kurze Blick hinab hatte trotzdem genügt. Sie glaubte nicht, dass ein Sturz aus dieser Höhe ihrem Leben mit Garantie ein Ende setzen würde.

Ich muss mit dem Kopf zuerst aufkommen, damit es klappt. Mit meinem Gewicht, das durch die Fallhöhe vervielfacht nachschiebt, zertrümmere ich mir mit Sicherheit den Schädel und verstauche mir dermaßen den Hals, dass nichts mehr zu retten sein kann. In ihrer Fantasie erschien ein schwarz lackierter Sarg in Übergröße, der geschlossen vorm Altar aufgebahrt stand, weil man den Trauergästen ihren zermatschten Anblick ersparen wollte. Sie zuckte mit den Schultern. *Na und? Hackt doch jeder auf meinem Aussehen herum. Dann haben sie wenigstens mal einen Grund dazu.*

Mareike atmete tief ein. Wieso, das wusste sie nicht. Vielleicht, um ihren Todessturz akustisch eindrucksvoll anzukündigen oder ihren Mut zu sammeln. Als sie sich kopfüber fallen ließ, entwich ihr ein befreites Seufzen.

Ein sanftes Licht, weder weiß noch bunt, fing sie auf. Es wärmte ihr verletztes Herz und heilte ihre geschundene Seele. Eine leichte Melodie verwob sich mit dem Leuchten und streichelte über ihren nackten Körper, nahm Gestalt an und bedeckte die wichtigen Stellen notdürftig.

Selbstmörder gehören eigentlich in die Hölle, aber bei so tragischen Schicksalen wie dem deinen kommt eine Ausnahmeregelung ins Spiel.

Die Worte waren direkt in ihrem Kopf. Sie gehörten einem Fremden mit einer dunklen Stimme, die sie wie ein warmes Dampfbad einhüllte.

Dann darf ich ins Paradies?

Ein erheitertes Lachen vibrierte in ihr. *Nein, dazu ist deine Seele zu verdorben. Menschen wie du, also einsame, jungfräuliche Selbstmörder* ... Mareike spürte die Hitze der Scham auf ihren Wangen. Sie hatte das Wettrennen, nicht als Jungfrau zu enden, verloren. *... holen auf Erden nach, was sie im Leben verpasst haben.*

Mareike horchte auf. *Wie soll das denn gehen? Gebt ihr*

mir eine zweite Chance? Inständig hoffte sie, dass man sie nicht in ihr altes Leben zurückschicken würde.

Wieder lachte es in ihr. *Aber nein. Wiedergeburt fällt unter den Zuständigkeitsbereich einer anderen Abteilung. Wenn du das wolltest, hast du dich für den falschen Glauben entschieden. Spürst du denn nicht die Veränderung? Zwischen den Welten gefangen, entwickelt deine Seele eine eigene Kraft, die dich in einen Sukkubus verwandelt. Oder in einen Inkubus. Das kannst du dir aussuchen und ist auch nicht in Stein gemeißelt.*

Automatisch schoss ihr der Erotikroman durch den Kopf, den sie mehrfach gelesen hatte, weil er ihren Körper zum Glühen brachte. Sukkuben und Inkuben, die es hemmungslos mit den Menschen trieben und dabei ...

Saugen die den Leuten nicht die Lebenskraft aus, während sie ... äh ...

Jetzt sei doch nicht so prüde, tadelte sie die Stimme. Mareike konnte sich vorstellen, wie derjenige dieses Gespräch genoss und dabei wie eine Katze grinste, die gerade ein Schälchen Sahne aufgeschleckt hatte. *Ja, die rauben ihren Sexualpartnern ihre Kraft. Keine Sorge. Im Gegensatz zu den Geschichten von Vampiren wissen Wesen wie du, wann ihr aufhören müsst, damit niemand stirbt.* Zögerlich und mit einem hypnotisierenden Tonfall fügte er hinzu: *Außer, ihr wollt es.*

Außer, ihr wollt es ... Heißt das, ich soll?

Was du tust, geht mich nichts mehr an. Ich habe dich über deine Situation aufgeklärt, für den Rest bist du verantwortlich. Wiedersehen und einen schönen Tag noch, ratterte der Sprecher herunter.

Kaum hatte er geendet, verschwanden das Licht und die Melodie um Mareike herum. Sie fühlte sich plötzlich wieder schwer, plump und träge. Ein starker Wind kam auf, wehte ihr entgegen, blies ihr in die Augen, bis sie tränten, und zerrte an ihren Haaren. Es dauerte ein paar Sekunden, bis sie begriff, dass sie fiel. Instinktiv öffnete sie ihre Flügel und fing sich in der Luft auf.

Flügel?! Erst jetzt sickerte in ihren Verstand, was man ihr gesagt hatte. Sie war ein Sukkubus und die waren laut dem, was sie bisher gelesen hatte, die optische pure Lust. Sie schaute an sich herab und entdeckte Kurven, die selbst für ein Curvy Model zu drall waren. *Das darf nicht wahr sein. Das muss ich mir genauer ansehen. Bestimmt liegt es an den Tränen.*

In ihrer Aufregung bekam sie einen Schluckauf. Hicksend ging sie in einen rücksichtslosen Sinkflug über und schoss auf das nächste Haus zu. Es war, als besäße sie keine Substanz. Für einen Wimpernschlag steckte sie in der Hauswand und bremste im Flur im ersten Stock ab. Verwirrt starrte sie auf die Wand und dann auf ihre Füße, die fest auf dem Boden standen.

Merkwürdig. Darüber sollte ich bei Gelegenheit nachdenken.

Mareike öffnete die nächste Tür und befand sich in einem Schlafzimmer. Darth Vader blickte sie von seinem Poster über dem Kopfende des Bettes an und schien ihr sagen zu wollen, dass er ihr Vater sei. Auf der schwarzen Bettwäsche prangte, soweit sie das in dem Gewühl aus Kissen und Bettdecke erkennen konnte, das Logo von Star Wars. Auf dem Boden lagen Legoteile verstreut, die vermutlich zusammengesetzt ein Raumschiff darstellen sollten.

Definitiv das falsche Zimmer. Hier wohnt ein Junge, maximal zehn Jahre alt.

Sie versuchte es nebenan und stand im Badezimmer.

Besser, aber in dem Spiegelschrank sehe ich nicht genug.

Gegenüber fand sie das elterliche Schlafzimmer und einen hohen Spiegel in einer der Schranktüren.

»Nein!«, heulte sie auf und schlug die Hände vor den Mund.

Tränen traten ihr in die Augen und rannen in Bächen über ihre Wangen, ehe sie von ihrem Kinn tropften.

Ihr sah ein viel zu molliger Sukkubus entgegen. Ihr Schwanz schlängelte sich kraftlos in der Luft, als wolle er ihren Gemütszustand unterstreichen. Die Hörner ringelten sich aus ihren Schläfen, was zumindest nicht allzu seltsam aussah.

Das ist eine Katastrophe. Unsterblich in diesem Körper? Es heißt, Sukkuben sollten dermaßen sexy sein, dass jeder Kerl mit ihnen schlafen will. Aber so mag man mich nicht einmal anschauen. Die werden mich genauso auslachen wie meine Kollegen! Es beschlich sie das Gefühl, etwas vergessen zu haben. Es drängte an die Oberfläche ihres Bewusstseins, doch es fiel ihr schwer, es zu fassen. *Natürlich!*, durchfuhr es sie. *Ich kann mich nach Belieben in einen Inkubus verwandeln. Vielleicht sehe ich dann besser aus.*

Ratlos, wie sie die magische Geschlechtsumwandlung durchführen solle, stellte sie sich vor, ein Mann zu sein. Das Spiegelbild ihres Körpers bewegte sich, verschwamm, nahm wieder an Schärfe zu und starrte ihr als ihr männliches Pendant entgegen.

Das wird ja immer schlimmer!

Die Wampe hing herunter und für die Brust bräuchte sie einen BH. Neugierig zog sie ihren Bauch hoch. So nah war sie einem Penis noch nie gekommen, was sich in Anbetracht ihres Aussehens wohl nie ändern würde. Entsetzt riss sie die Augen auf. Der Slip beulte sich extrem aus. Ihr fehlte der

Mut, das bisschen Stoff zur Seite zu ziehen, um sich dieses offensichtliche Prachtstück genau zu betrachten.

Wenn die immer so riesig sind, bin ich froh, als Jungfrau gestorben zu sein. Das muss wehtun!

Rasch nahm sie ihre Sukkubusgestalt an und fühlte sich gleich heimischer in ihrem Körper. Bei genauerer Betrachtung fiel ihr immerhin auf, dass kein silbriges Netz aus Schwangerschaftsstreifen mehr ihre Haut zierte und das Fleisch nicht so wabbelig war wie zu Lebzeiten. Ihre Haare glänzten und besaßen einen lebendigen Schwung, von dem sie früher nur geträumt hatte. Selbst ihre Augen leuchteten lebenslustig und ihre nun vollen Lippen konnte man durchaus sinnlich nennen.

Na ja, ist doch nicht so schlecht. Ich kann fliegen, bin ein wenig attraktiver und mir gefallen der Schwanz und die Hörner. Ich muss es positiv sehen. Meine Kollegen können mich nicht mehr mobben und ich bin trotzdem nicht in der Hölle gelandet. Außerdem habe ich noch von niemandem gehört, der sich einem Sukkubus oder Inkubus verweigert hätte. Ich sollte es gleich ausprobieren. Mir juckt es sowieso tierisch zwischen den Schenkeln und ich weiß genau, mit wem ich meine Fähigkeiten testen will.

Auf ihrem Flug zur Herberge dachte sie an Daniel. In ihrer Fantasie spielte er stets die männliche Hauptrolle in den Büchern. Und sie natürlich die weibliche. Der Gedanke an das Spiel seiner Muskeln unter dem Hemd hatte ihr mehr als einmal Lust bereitet. Doch nun war sie ein Sukkubus und sie plante, es genauso mit ihm zu treiben wie die Figuren in dem Erotikroman. Er würde ihr alles geben müssen, das er ihr durch sein gemeines Verhalten ihr gegenüber deutlich verweigert hatte.

Frustriert stellte sie bei ihrer Ankunft fest, dass ihre Kollegen beim Abendessen saßen. Sie würde sich eine ganze Weile gedulden müssen, wenn sie wie letztes Jahr im Anschluss ein paar Flaschen Wein vernichteten. Unsicher stand sie mitten in Daniels Dreibettzimmer und überlegte, wie sie sich die Zeit vertreiben solle.

Wenn ich schon hier bin, kann ich auch alle anderen verführen. Ich habe einen solchen Hunger auf Sex. Ich glaube nicht, dass Daniel ihn sättigen kann. Die Vorfreude ballte sich in ihrem Unterleib, erhitzte sie, sodass sie sich wünschte, sich den winzigen Stringtanga und die Lederbänder, die ihre Brust wie gierige Männerhände umfassten, vom Leib zu reißen.

Als es ihr zu viel wurde, trat sie an die Spinde und roch an der Kleidung ihrer Kollegen. Ihr Geruchssinn hatte sich verschärft, sodass sie trotz des starken Waschmittelgeruchs Spuren von Männerparfüm und Schweiß wahrnahm.

Nein, ich werde noch wahnsinnig! Wie lange brauchen die denn?

Entschlossen lief sie durch die Wände in die anderen Zimmer, schnupperte an der Kleidung der Bewohner und machte auch vor der von Steffi und Angelika nicht Halt.

Verdammt, ihre Slips riechen echt verführerisch. Da bekomme ich Appetit.

Beinahe rasend vor Lust, wartete sie. Kurz atmete sie auf, als ihre Kolleginnen die Tür aufschlossen.

»Ich kann es immer noch nicht fassen, dass sie sich aus dem Fenster gestürzt hat. Ich sagte ja von Anfang an, dass Mareike nicht normal ist.«

Angelika schüttelte den Kopf. »Meinst du, sie hat es wegen uns getan?«

»Blödsinn«, antwortete Steffi schroff. »Wir haben nur Spaß gemacht. Wegen sowas bringt man sich nicht um.«

»Stimmt.«

»Glaub mir, ohne sie sind wir besser dran. Keine ächzenden Bürostühle, kein Stöhnen, wenn sie aufsteht, keine mahnenden Blicke, wenn wir uns unterhalten. Unglaublich. Wie soll man einen solchen Menschen mögen?«

Die beiden schminkten sich ab, was eine gefühlte Ewigkeit dauerte, und putzten sich die Zähne. Der Anblick ihrer Körper in Unterwäsche entschädigte Mareike ein wenig für die Wartezeit, aber die zwei schienen es eilig zu haben, sich etwas überzuziehen.

»Ob sie hier herumspuken wird?«, fragte Angelika und zog ihr Nachthemd an.

»Du kommst auf Ideen.«

Steffi schlüpfte unter die Decke und verwehrte Mareike auch den Ausblick auf ihre langen Beine.

Einfach perfekt. Wie kann ein Mensch dermaßen schön sein? Kaum zu glauben, wie gemein sie sein kann.

Angelika legte sich ebenfalls hin und löschte das Licht. Bald waren ihre gleichmäßigen Atemzüge zu hören, die Mareikes Herzschlag fast übertönte. Ihre Zeit war gekommen. Wie ein Vampir, der seit hundert Jahren kein Blut mehr getrunken hatte, kam sie als Inkubus über ihre ehemaligen Kolleginnen. Sie wachten nicht auf, aber ihre willigen Körper zeigten deutlich, dass ihnen dieser nächtliche Besuch Vergnügen bereitete. Verzückt saugte Mareike ihnen die Energie ab. Sie fühlte sich wie neu geboren, stark und unbesiegbar, ja, sogar geliebt. In ihrem Rausch ging Mareike über ihre Grenzen hinaus und ließ leblose Hüllen zurück, als sie zu Daniels Zimmer zurückkehrte.

Als Sukkubus fuhr sie in ihrem Treiben fort. Die Enttäuschung, dass keiner ihrer drei Kollegen so gut bestückt wie sie als Inkubus war, währte nicht lange, da sie sie trotzdem zur Ekstase brachten.

Am Horizont war der erste Schimmer der Sonne zu erkennen, als Mareike satt und mit glühenden Wangen die Herberge verließ. Sie hatte niemanden aus ihrer Firma ausgelassen und ausnahmslos jeden bis auf den letzten Funken Energie ausgesaugt. Die Stimme hatte recht. Die Idee, es allen heimzuzahlen, war prima. Sie fühlte sich gleich noch besser, zu wissen, wie sie ihren Einstand als Sukkubus gefeiert hatte. Trotz ihrer mehr als drallen Kurven spürte sie ihr Gewicht nicht. Wie schwerelos tanzte sie auf den Hof hinaus, in den sie sich tags zuvor gestürzt hatte.

»Selbst als Sukkubus bist du eine optische Zumutung«, drang Daniels Stimme an ihr Ohr.

Ihr Herz setzte einige Schläge lang aus, während sie herumfuhr und sich ihren ehemaligen Kollegen gegenübersah. Wie eine Mauer standen sie vor ihr, mit Flügeln auf dem Rücken, anmutig geringelten Schwänzen und stattlichen Hörnern am Kopf. Ihre Schönheit lachte Mareike höhnisch ins Gesicht.

»Wie kann das sein?«, stotterte sie.

»Selbst schuld. Warst zu gierig. Bäh, wenn ich dran denke, dass du es mit mir getrieben hast ... Da bekomme ich das große Kotzen«, schimpfte Steffi.

Mareike griff sich an den Hals, der sich anfühlte, als würde jemand ihn zudrücken. Die Stimme hatte sie hereingelegt, sie angestachelt, ihre Kollegen vollständig auszusaugen – und somit in Sukkuben zu verwandeln.

»Ah, Mareike!« Ihr Abteilungsleiter verließ das Gebäude und kam auf sie zu. »Ist ja wunderbar. So ist die Abteilung wieder vereint.«

Stefanie & Jörg Fuchs Alameda

BELLATRIX DE MIEZEKATZ

Die Tür kracht zu. Mit weniger elegantem Sprung über drei Tische hinweg lande ich, Nanny Bellatrix de Miezekatz, auf meinen vier verkohlten Pfoten mitten im geheimen Beach-Club für besondere Wesen, dem Isas´ Breeze.

»Schnurr-Knurr. Mautz-Rautz«, stöhne ich. Nervös blicke ich durch die Menge und schnuppere die verschwitzte Luft ein. Kein Hundetyp in Riech- und Sichtweite. Man hat es nicht leicht als Katzenlady. Ich kann bleiben. Aber leider ist der Kerl, den ich irrsinnig dringend brauche, auch noch nicht da.

Die Chefin des Ladens rauscht an mir vorbei.

»Hey Isa«, rufe ich und warte, bis sie stehen bleibt und sich zu mir umdreht. »Einen Doppelten. Du weißt schon.« Ich zwinkere ihr zu. Sie nickt wissend.

Tapsig und dezent wackelig laufe ich an der Theke entlang. Oh nein, in der verspiegelten Wand zwischen den vielen Flaschen erblicken meine grünen Kulleraugen mein normalerweise weißes und flauschiges Fell, das heute aussieht, als hätte mich jemand durch einen Teilchenbeschleuniger gejagt. Besser ich suche mir einen Tisch, bevor mich in diesem Zustand der schnuckelige Oktopus-Barkeeper mit seinen acht Tentakeln ganz rollig macht.

Kaum setze ich mich, steht Isa vor mir, lächelnd und gut gelaunt wie immer. »Hier, dein Special Drink, Nanny Miezekatz.«

Sie stellt das Glas mit etwas Hochprozentigem vor mir ab. Am liebsten mag ich den Deckel des Cocktails: ein dicker Krebs mit zwei Mäusen in den Zangen. Meistens gibt der Krebs die Beilagen bereitwillig her. Wenn nicht, hilft es, ihn ein wenig zu kitzeln. Er gehört zum Personal und wird natürlich nicht verspeist, denn er kommt beim nächsten Mal wieder zum Einsatz.

»Danke! Schnurr-Knurr. An solchen Tagen wie heute brauche ich meinen Mäuse-Leckerschmecker-Drink mehr denn je.«

»Welcher Hund hat dich denn gebissen?«, fragt Isa. »Du siehst aus, als hättest du mit einem Rudel Werwölfe gefeiert.«

Erneut blicke ich suchend in alle Richtungen. Wo steckt nur mein Retter in der Not? Ohne ihn ist mein Zuhause verloren. Völlig durch den Wind wende ich mich Isa zu. »Ach, wenn du wüsstest, wie grässlich mein Tag war. Dabei hat er so katzig-gut angefangen. Vielleicht war es doch keine so geniale Idee, Nanny für Kinder mit speziellen Fähigkeiten zu werden.«

»So schlimm? Trotz deiner magischen Kulleraugen und dem Schlummerlandblick? Wenn *du* die nörgelnden Plagen nicht beruhigen kannst, schafft das niemand.« Isa krault mich mitfühlend hinter den Ohren.

Beinahe fange ich an zu schnurren. »Oh, ich sag dir, Superhelden-Babys sind schon eine harte Nummer! Aber was ich heute erlebt habe, übertrifft alles.«

Isa gibt dem Barkeeper ein Zeichen und setzt sich zu mir

an den Tisch. »Okki wird sicher ein paar Minuten ohne mich auskommen. Also, lass hören! Was ist passiert?«

Es war nicht schwer, meine fünf zu hütenden Babys zu hypnotisieren. Sie schlummerten zufrieden und träumten vermutlich vom Kampf gegen Superschurken. Ich genoss die Ruhe. Doch dann ertönte meine Eingangsglocke. Ich öffnete und es wurde schräg.

Leonardo D'Amore stand vor meiner Tür. *Der* Leonardo. Italiens größter Liebhaber. Unter einer halb zerrissenen Jeans lugten seine Ziegenbeine heraus. Ansonsten trug er nur noch einen roten Umhang, der offenbar nicht dazu bestimmt war, seinen muskulösen Oberkörper zu verbergen. Ich gab mir die größte Mühe, ihn nicht anzuspringen.

Obwohl jeder wusste, dass er ein Incubus war, hatten sich eine Menge Groupies vor meinem Haus versammelt. Es schien ihnen nichts auszumachen, dass seine Verführungskunst auf dämonischen Kräften beruhte. Seine Bodyguards hatten alle Hände voll zu tun, ihm die Meute vom Hals zu halten.

»Herr ... D'Amore ...«, stammelte ich und konnte mir das Schnurren kaum verkneifen. »Was verschafft mir die Ehre?«

Neben Leonardo, der mich mit seinen sexy Hörnern betörte, flatterte ein Baby mit zuckersüßen Dämonenflügelchen. Zwischen ihren roten Löckchen wuchsen ebenso entzückende Minihörnchen.

»Bezaubernd, die Kleine!«, sagte ich, ohne meinen Blick allzu lange von Leonardo abzuwenden.

Er nickte. »Miss de Miezekatz, das ist Little Succu, meine Tochter. Ich brauche ein Kindermädchen. Jetzt.«

»Ohne Voranmeldung?« Ich schluckte. Dämonenbabys

waren nicht mein Fachgebiet. »Eigentlich bin ich voll. Also ... nein ... ähm ... nicht betrunken. Ich meinte, ich habe keinen Platz mehr frei.«

Leonardo strich sich die blonden Haare aus dem Gesicht, zog eine Augenbraue nach oben und lächelte. »Aber meine Liebe, für *mein* Baby werden sie doch sicher noch ein Körbchen auftreiben können. Vielleicht trinken wir mal ein Glas Milch zusammen. Und nach meinem Fotoshooting bekommen sie von mir das schönste Bild signiert.«

Ich merkte, dass ich sabberte, und wischte mir schnell mit der Pfote über die Schnauze. »Feine Sache! Schnurr-Knurr. Und den Lohn könnte ich gut gebrauchen, denn in meinem Mäusevorratskeller sieht es ziemlich mau aus.« Ich nahm das Mädchen an die Hand. Ihr niedliches Teufelsschwänzchen wedelte im Takt ihres Augenklimperns.

Leonardo verschwand zwischen seinen Fans. Einer der Bodyguards schlug wortlos die Tür zu.

»Unhöflicher Gorilla! Knurr-Murr!«

Nun drehte ich mich mit Little Succu zu den drei Türen, hinter denen jeweils eine Spiralrutschbahn lag. Die erste führte in meinen Wohnbereich, die zweite in den Mäusevorratskeller und die dritte in das Spielparadies für die kleinen Racker.

»Schlafenszeit!«, sang ich, sofern man mein Katzengejammer Singen nennen konnte, und rutschte mit ihr ins Spielparadies.

PLUMPS! Eine Landung im Bällebad.

»Yippie, yippie«, rief Little Succu in einer ohrenbetäubenden Lautstärke und warf Bälle durchs Zimmer. »Spiel mit mir! Spiel mit mir! Spiel mit mir!«

Nur gut, dass die fünf anderen Babys bereits von mir hypnotisiert worden waren. Sie schlummerten tief und fest, bekamen von dem Lärm nichts mit und würden erst aufwachen, wenn ich mit der Kralle schnippte.

Selbstverständlich spielte ich ein paar Minuten lang Engelchen und Teufelchen mit ihr, bis meine Katzenohren es nicht mehr aushielten und es Zeit wurde, sie ins Bett zu bringen. Ich packte sie an den Ärmchen, blickte ihr tief in die Äuglein und fing an zu schnurren und zu surren.

Sie sah mich verdutzt an. »Will spielen! Will spielen! Will spielen!«, schrie sie immerzu.

Verdammt! Warum schlief Little Succu nicht ein? Ich versuchte es erneut. Wieder erfolglos.

»Das gibts doch gar nicht!«, fluchte ich. Diese kleine Göre reagierte nicht auf meine Hypnose. Wie ein Vogel flatterte sie mir aus den Pfoten und klatschte mir ihr Teufelsschwänzchen ins Gesicht. Ich landete auf dem Katzenpopo und sie hüpfte gut gelaunt zum Power-Baby.

»Baby, Baby, soll spielen mit mir! Spielen mit mir! Spielen mit mir!« Sie rüttelte an ihm. Natürlich passierte nichts. Ich schmunzelte überlegen.

Ihre Minihörnchen fingen an zu glühen und zu dampfen. Im nächsten Moment stand das grüne Power-Baby kerzengerade in seinem Bettchen und grinste frech. Unglaublich! Sonst kann nur ich die Kinder wecken.

»Spiel mit mir! Spiel mit mir! Spiel mit mir!«, rief Little Succu unentwegt dem Power-Baby zu. Das ließ sich der Grünling nicht zweimal sagen, hüpfte wie ein Flummi durch das Zimmer und zertrümmerte alles, was ihm in die Quere kam.

BUMM! PAUF! BADAPENG! Stofftiere, Spielzeugautos und sogar Schranktüren flogen durch den Raum. Ich konnte einige Teile gerade noch auffangen, bevor sie eines der anderen Babys trafen. Verzweifelt versuchte ich, das grüne Muskelbaby aufzuhalten, und jagte ihm hinterher. Schon knallte mir ein Feuerwehrauto an den Kopf. TATÜTATA, dröhnte es und ich rieb mir die Schnauze. »Knurr-Murr!«

Little Succu war natürlich keine große Hilfe, im Gegenteil, ihre Hörnchen qualmten und sie schrie immer noch, als hätte sie statt Stimmbändern ein Megafon im Hals: »Spiel mit mir! Spiel mit mir! Spiel mit mir!«

Ehe ich mich versah, war auch das Spider-Baby unterwegs, krabbelte über Kopf an der Decke umher. Über dem Power-Baby seilte es sich ab und fesselte ihn gnadenlos mit seinen Spinnenfäden.

Braves Ding! Ich schlug einen Haken, sprang zum Power-Baby und versetzte es ins Schlummerland. Als ich mich umdrehen wollte, um das Spider-Baby zu hypnotisieren, konnte ich meine Beine nicht mehr bewegen und fiel mit der Schnauze auf das Feuerwehrauto. TATÜTATA! Schon wieder. »Knurr-Murr!« Dieses heimtückische Spinnenbaby hatte meine Hinterpfoten zusammengebunden. Es stieg über meinen Rücken, baute sich vor mir auf und lachte voller Schadenfreude.

»Unterschätze niemals eine Katze«, miaute ich und packte ihn mit meinen Vorderpfoten. Im Nu hatte ich ihn zum Schlummern gebracht und mit meinen scharfen Krallen meine Beine aus seinen Fäden befreit.

»Nein! Knurr-Murr! Mautz-Rautz!« Im Augenwinkel sah ich das Superduper-Baby und das Aqua-Baby herumflitzen. Ich wünschte mich in mein molliges Katzenkörbchen zurück. Diese verzogene Succubus-Göre!

Das Superduper-Baby schoss Blitze durch seine Augen auf die wenigen Möbelstücke, die das Power-Baby bis dahin verschont hatte. Sie brannten lichterloh. Als wäre das nicht genug, zielte er auch noch auf das Aqua-Baby.

»Feuer, Feuer!«, mauzte ich, so laut es ging, obwohl

ich wusste, dass mich niemand der Nachbarn in dem schallgeschützten Spielzimmer hören konnte. Alles stand in Flammen. Das Feuerwehrauto, meine Pfoten und sogar das Aqua-Baby.

Doch im nächsten Moment sprudelte eine riesige Wasserfontäne aus dem Boden. Das Aqua-Baby grinste verschmitzt. Es löschte erst sich selbst und verschaffte dann dem Superduper-Baby eine deftige Abkühlung mit seinem Wasserstrahl.

»Ja! Spielen! Spielen! Spielen!«, brüllte Little Succu immer wieder mit ihrer grellen Stimme. Dabei stellten sich bei mir regelmäßig die Buckelhaare auf.

Zwischen den schreienden Bälgern hüpfte ich wie wild umher und überlegte, ob ich eher mit brennenden Pfoten oder doch lieber mit nassem Fell aufgeben sollte. Aqua-Baby nahm mir die Entscheidung ab. Meine Pfoten zischten in seinem Wasser. Nie mehr Meereswesen und Dämonen, schwor ich mir, während Little Succu an der Decke flatterte und den schwarzen Rauch genüsslich einsog.

Das Spielzimmer sah schlimmer aus als nach einer Ü-Dreißig-Speed-Dating-Veranstaltung im Isas´ Breeze. Und das will was heißen. Die Überreste meiner Einrichtung und verkohlte Spielsachen schwammen im Wasser umher. Was ein Katzenjammer. »Knurr-Murr-Knurr! Mautz-Rautz!«

Doch was war das? Ich schluckte. Aus dem Wasser tauchte das Freeze-Baby auf. »Oh nein! Nicht auch noch du!«

»Cool machen!«, kreischte er vergnügt und kletterte auf die Trümmer des Sofas. Er formte mit Zeigefinger und Daumen eine Pistole, kniff ein Auge zu und zielte auf den Spielteppich. »Alles cool machen!«

Mit letzter Kraft sprang ich dem frei stehenden Bücherregal entgegen. Im Flug sah ich noch, wie ein Strahl aus seinem Finger schoss und sekundenschnell alles vereiste, was in diesem Moment nicht in der Luft war. Sogar Freeze selbst erstarrte.

Meine Pfoten landeten zwischen tiefgekühlten Erziehungsratgebern und Bilderbüchern. Durch den Aufprall kippte das Regal samt mir auf den spiegelglatten Boden. Ich rollte mich zur Seite und fauchte die Wand an, wo mich das Power-Baby mit einem Spielzeugtraktor in der Wurfhand regungslos anvisierte.

Misstrauisch ließ ich meinen Blick über das Schlachtfeld schweifen. Die Super-Babys waren eingefroren. Alle. Auch Little Succu, die dem Grünling tatsächlich im Moment des Gefrierens ein Küsschen auf die Backe drückte. Früh übt sich, dachte ich nur und miaute erleichtert. Geradezu euphorisch nahm ich Anlauf, fuhr meine Krallen aus und glitt wie auf Schlittschuhen über das Eis.

Doch zu früh gefreut. Es knackte und dampfte, dort wo Little Succu das Power-Baby küsste. Sie war ja nicht irgendeine dahergelaufene Dämonin, sondern Leonardos Tochter. Ihre Hörner glühten heißer als ein Lötkolben. Nicht mehr lange und die Super-Racker würden auftauen und ihre Missetaten fortsetzen.

Beinahe rann mir ein verzweifeltes Tränchen aus dem linken Auge, da fiel mein Blick auf das einzige Teil, das nicht zu Bruch gegangen war: das gerahmte Foto meines großen Vorbildes und guten Freundes. In den Nachrichten hatte ich gehört, dass er seine Strafe im Gefängnis abgesessen hatte. Vor seiner Zeit im Knast pflegte er um diese Uhrzeit im Isas´ Breeze sein Nightbeer zu genießen. Vielleicht würde ich ihn dort antreffen. Nur er könnte mir jetzt noch helfen, aus diesem Schlamassel heil herauszukommen.

Ich schlitterte zu meiner geheimen Notrutsche und drückte den roten Knopf. Nichts passierte. Mit aller Kraft lehnte ich mich gegen die zugefrorene Klappe. Es knirschte und krachte. Letztendlich öffnete sich der Ausgang und ich purzelte durch das Rohr, bis ich im Sand landete. Von dort aus war es nur noch ein Katzensprung bis zum Beach-Club.

Isa schaut mich mitleidig an. Sie steht auf und verschwindet hinter der Theke. Kurz darauf kommt sie zurück und stellt mir einen weiteren Mäuse-Leckerschmecker-Drink vor die angesengten Schnurrhaare. »Hier, der geht aufs Haus. Den kannst du heute wirklich gebrauchen.«

Zwei Mäuse später blicke ich erneut durch die Menge und finde endlich, wonach ich gesucht habe.

Ich beuge mich nach unten auf alle vier Pfoten, spanne meine Muskeln an und konzentriere mich. Da kläfft mich ein Terrier-Mann doof von der Seite an. Vor Schreck springe ich zu früh los, lande auf einem Tisch, an dem zwei düstere Drachenmenschen Karten spielen.

PLATSCH! Versehentlich bade ich mit meiner Pfote in einem der Krüge. Der Schaum spritzt und vermasselt den beiden ihre Pokerfaces. Gerne würde ich das Bier von meinem Fell schlecken, aber der Typ, vermutlich der mit dem guten Blatt, greift mit seinen Pranken nach mir.

Nur weg. Ich springe, ohne genau zu zielen, leider auf einen Kopf, aus dem spitze Stacheln ragen.

»Autsch! Knurr-Murr!«

Meine Krallen fahren automatisch aus. Die Igel-Frau schnauft erschrocken und schüttelt sich, bis ich wie ein sterbender Schwan durch die Luft wirbele.

Zufällig lande ich genau auf den Platz, den ich angepeilt habe, nämlich auf dem Billardtisch, der von ein paar grimmig aussehenden Rockern belagert wird.

»Sandy, mein alter Freund, da bist du ja. Ich hätte dich fast nicht wiedererkannt.«

Ein kleines Männchen mit langen grauen Haaren und Lederjacke steht auf einem Stuhl und pfeift seine Kumpels zurück, die schon ihre Hände nach mir ausgestreckt haben. Sein weißes Ziegenbärtchen reicht mittlerweile bis zum Boden. Aber die Zipfelmütze ist noch dieselbe wie zu seinen besten Zeiten. Er stößt mit seinem Queue die weiße Kugel an, die daraufhin um mich herum saust und drei andere Kugeln einlocht, ohne mich zu berühren. Dann sieht er zu mir auf.

»Bellatrix. Schön dich zu sehen. Hat sich wohl schnell herumgesprochen, dass ich draußen bin.«

»Kam in den Nachrichten. Zweihundert Jahre Knast wegen Verstoß gegen das Betäubungsmittelgesetz waren auch echt ein schlechter Scherz! Aber ich muss zugeben, seitdem du den Kindern keinen Sand mehr in die Augen streust, habe ich eine Menge Kundschaft.«

»Das war ehrlich.« Sandy beugt sich erneut über den Tisch. Diesmal versenkt er die schwarze Kugel.

»Miaui-Maui. Nicht falsch verstehen! Ich freue mich wirklich, dass du aufgrund guter Führung ...«

»Von wegen!«, unterbricht mich einer seiner tätowierten Kumpels und haut Sandy so feste auf den Rücken, dass er beinahe vom Stuhl fällt. »Er wurde begnadigt. Von der Göttin der Gerechtigkeit höchstpersönlich. Wie hast du Justitia eigentlich rumgekriegt? War es der Bart? Die Zipfelmütze?«

Sandy schüttelte den Kopf. »Ich hatte Glück, dass sie nicht mit den Kindern ihres sechshundertsechsundsechzigsten Ehemanns zurechtkam. Luzifers hyperaktive Sprösslinge machten sich einen Spaß daraus, ihre Augenbinde zu verstecken – und zwar jeden Tag woanders. Dann wippten die Racker solange auf ihrer Balkenwaage, bis Justitia nicht mehr wusste, was Gut und Böse war. Als die Bengel ihr das Richtschwert klauten und damit auch noch einen Regenwurm zerteilten, fing sie an, durchzudrehen. Angeblich hat sie mein schadenfrohes Gesicht in ihrem Frühstücksmüsli gesehen.«

»Erzähl uns keinen Mist!«, droht sein Kumpel. »Du besuchst sie jeden Abend. Da läuft doch was.«

»Bewährungsauflage. Oder denkst du, Luzifers Kids fallen von selbst in den Schlaf der Gerechten?«

»Heißt das etwa, du darfst wieder Sand streuen?« Ich lege meinen niedlichsten Katzenwelpenblick auf und schnurre, was das Zeug hält.

»Lass stecken!«, befiehlt Sandy mit rauer Stimme. »Sag mir einfach, was du willst.«

Wenig später stehe ich mit dem rehabilitierten Schlafexperten in meinem Flur. Ein Stockwerk tiefer scheint ein Krieg zu toben.

Instinktiv hüpft Sandy in das richtige Rohr und rutscht geradewegs ins Spielparadies.

»Viel Glück!«, rufe ich ihm hinterher. Sekunden später wird es still. Er ist eben ein Profi.

Es klingelt. Ich öffne die Tür. Leonardo hält mir ein signiertes Foto entgegen, das mich augenblicklich dahinschmelzen lässt.

»Versprochen ist versprochen«, singt Leonardos betörende Stimme. »Wo ist denn meine Kleine?«

»Sie schläft«, antwortet Sandy, der unvermittelt neben mir steht.

»Ich fasse es nicht. Hast du Leonardo gerade zugezwinkert?«

Verlegen tritt Sandy von einem Fuß auf den anderen. »Was soll ich sagen? Ich war lange in Einzelhaft. Und er ist süß.«

Leonardo streicht sich die Haare aus dem Gesicht. Sein Blick fährt an Sandy hoch und runter. Seine Hörner fangen an zu glühen und zu dampfen. »Ich wollte schon immer mal mit dem Sandmann …«

»Spar dir deine dämonischen Kräfte fürs Schlafzimmer!«, unterbricht Sandy ihn. »Ich komme freiwillig mit.«

Leonardo schmeißt ein paar Scheine in den Flur, ohne seine Augen von dem Männchen abzulassen. »Little Succu bleibt bis morgen. Der Rest ist Trinkgeld.«

»He, Moment mal! Schnurr-Knurr!«

Der fiese Bodyguard schlägt mir schon wieder die Tür vor der Nase zu. Durch das Fenster sehe ich noch, wie Sandy und Leonardo in der Limousine verschwinden.

»Will spielen!«, schrillt es aus Rohr 3.

Meine Krallen bohren sich ins Parkett.

»Baby, Baby und Baby! Spiel mit mir! Anderes Baby und Baby auch!«

Meine Nackenhaare stellen sich auf.

»Yippie! Alle wach! Will spielen die ganze Nacht!«

Kurz darauf höre ich ein wildes Gepolter aus dem Raum unter mir. Mautz-Rautz. Mein Rücken verbiegt sich zu einem Katzenbuckel. Und bilde ich mir das nur ein oder lacht mich das Foto von Leonardo aus?

Mina Renard

IHR KUSS SCHMECKTE NACH KIRSCHEN

Warme Sonnenstrahlen fielen durch die deckenhohen Fenster, sie malten Staubbilder in die Luft über dem zerkratzten Parkettboden und ich rutschte auf meinen Socken zur Tür. Es klingelte zum zweiten Mal, stürmisch riss ich an der Türklinke.

»Emi«, mein Flüstern klang atemlos und ich schlang meine Arme um ihren Hals. Ihr Kuss schmeckte nach Kirschen. Nicht nach den süßen, dunkelroten Früchten, die im Spätsommer in den Bäumen hingen. Ihre Lippen klebten vom Zucker und sie schmeckte nach den Kirschlollis, die es überall gab, als ich noch ein Kind war. Sie erwiderte meinen Kuss und fuhr durch mein Haar. Es war irrsinnig schwer, damit aufzuhören. Ich küsste sie unglaublich gerne. Doch wir hatten heute leider noch andere Pläne. Ihre Augen blitzten und ich löste mich schweren Herzens von ihr. »Ich ziehe mich an, lauf nicht weg«.

Ich hastete über den glatten Boden und stolperte fast über meine eigenen Füße, dann schnappte ich meine dünne Jacke, sowie die Stiefel und war schon wieder bei ihr. Die Tür rastete mit einem leisen Klicken ein.

Der frühe Herbst trug einen schweren Duft nach Moos und Holz an meine Nase. Doch die Luft war frisch und kühl. Wir gingen gemeinsam über die Wiese vor dem Haus und auf der rechten Seite leuchteten die Bäume in orange, rot und gelb. Es war sonnig und die Libellen schwirrten am Waldrand. Dieser Anfang vom Herbst meinte es gut mit uns. Es regnete nie und die Temperaturen waren angenehm. Die Zeit zwischen dem heißen Sommer und dem grauen Herbst, wenn die Blätter gefallen waren und die Farben ausblieben, war meine Liebste, es hätte jeden Tag so sein können.

Emi griff nach meiner Hand und hielt sie fest. »Möchtest du heute erst in den Diner oder wollen wir ans Meer?«, fragte sie mich und ihre Schulter berührte meine, weil wir so nah nebeneinander gingen.

»Lass und zuerst in den Diner, die haben dort auf der Theke diese Kirschlollis für die Kinder stehen und ich habe urplötzlich Lust, so einen zu essen ... Wie das nur kommt«, neckte ich sie.

»Ich kann dir helfen, wenn die Lollis dir so sehr fehlen«, sagte sie dicht an meinem Ohr und zog mich zu sich. Ihr Blick war eindringlich, bevor sie mich wieder küsste. Wirklich, ich könnte das bis in alle Ewigkeit weitermachen. Langsam löste sie ihre Lippen von meinen. »Dein Magen knurrt wie eine bitterböse Katze. Nicht das du mir noch verhungerst«, flüsterte sie.

»Für dich würde ich verhungern, Emi Sorrow.« Ich fasste mir mit einer übertriebenen Geste an mein Herz und lachte sie an.

Emi zog mich hinter sich her und schüttelte tadelnd den Kopf. Damit überspielte sie ihre Verlegenheit, die ihre Wangen nun leicht rot färbte und die dieses zaghafte Lächeln in ihr Gesicht zauberte, das ich so mochte. Sie versteckte kleine Schwächen und ich forderte sie heraus. Ich liebte einfach alles an ihr. Jede Unsicherheit, die unerschütterliche Treue und ihre Dunkelheit. Genau in diesem Augenblick hätte ich sie gerne zurückgezogen und mit meiner Liebe erdrückt, aber sie mochte keine großen Gefühlsausbrüche. So hielt ich ihre Hand nur noch fester.

Ich erzählte ihr von dem Buch, das ich las. Dort gab es einen weißen Wunschdrachen und einen Jungen, der ein Teil von dieser fantastischen Welt wurde. Er erlebte ein Abenteuer, obwohl er selbst in einer Schule war und dort las. Sie fragte nach Details zur Geschichte und ich spürte, dass es sie wirklich interessierte. Ich steigerte mich so in meine Erzählung, dass ich gar nicht merkte, wie wir den Weg zum Diner zurückgelegt hatten. Die Leuchtreklame stach zwischen den ganzen Herbsttönen heraus, das Blau leuchtete und blinkte.

Wir öffneten die Tür und eine leise Klingel ertönte. Die Musikbox spielte Musik und es roch nach einer Mischung aus Zucker und Fett. Nun knurrte mein Magen wirklich, mir lief das Wasser im Mund zusammen. Mein Herz seufzte bestimmt, weil meine Schlagadern schon ankündigten, bald den Dienst zu versagen. Ich ließ mich auf die erste freie Sitzbank fallen. Emi ging ein Stück weiter und setzte sich mir gegenüber.

Hinter der Theke winkte uns Dana zu, die Bedienung des Ladens. Eine ältere Dame, deren Augen immer freundlich blickten und die mich an meine Oma erinnerten. Hätte ich Trost gesucht, wäre ich ihr sicher beim Ausweinen auf den Schoß gekrabbelt und hätte mich zusammengerollt. Noch bevor unsere Hintern die Bänke wirklich berührten, kam Dana mit wehender Schürze an unseren Tisch geeilt. »Ich habe auf euch gewartet, meine Lieben. Das gleiche wie immer, Jess?« Sie schaute mich fragend an.

»Natürlich, Pommes und Vanille-Milchshake«, sagte ich und grinste. Im Augenwinkel sah ich, dass Emi den Kopf schüttelte. Ihr langes, seidig schwarzes Haar war kaum auszublenden. Es schimmerte so dunkel, dass es sich immer unwillkürlich vom Hintergrund abhob.

»Ich liebe dich, Jess. Wirklich. Aber das ist so eklig«, sagte sie, dann schmunzelte sie und griff über den Tisch nach meinen Fingern. Manchmal, wenn ich die Pommes in meinen Milchshake stippte, bevor ich sie aß, konnte ich sogar die Gänsehaut sehen, die Emi davon bekam. Sie untertrieb nicht, sie fand es wirklich abstoßend.

Ich sah auf unsere Hände, da roch ich unerwartet den würzigen Duft von Vergissmeinnicht und Emis Kirschlollis. Der Geruch passte nicht in diese Umgebung, sodass ich die Augen schloss. Eine Erinnerung stieg in mir auf. Mit jedem Versuch es zu greifen und festzuhalten, entglitt es mir stärker.

Der Druck um meine Fingerspitzen verstärkte sich. Von irgendwo klang Emis Stimme, aber es hörte sich an, wie unter Wasser und ich konnte sie nicht verstehen. Es wurde immer dunkler um mich herum. Ich schüttelte meinen Kopf, um dieses Gefühl loszuwerden, und fixierte mich auf die Hand, die meine hielt und nicht losließ.

»Riechst du das?«, fragte ich sie, woraufhin der Geruch wieder verschwand und damit auch das dunkle Gefühl. Oder war es eine Erinnerung? War es überhaupt da gewesen? Ich wusste es nicht mehr.

»Was?«, fragte Emi mich und sah mich an. In ihrem Blick lag Sorge und ihr Körper war total angespannt. Sie beschützte mich, aber wovor?

»Eben roch es total nach Vergissmeinnicht. Diese kleinen blauen Blumen, die ich …«

»Hier, meine Liebe«, unterbrach Dana mich, »deine Bestellung.«

Ich lächelte sie freundlich an und nickte. Das hatte ich mir sicherlich eingebildet. Die Reste dieses bizarren Gefühls ertränkte ich mit einer Pommes im Milchshake und Emi verzog ihr Gesicht. »Wenn du es so widerlich findest, dann hättest du es bei unserem ersten Date sagen können. Nun halte es aus, Weib!«, ärgerte ich sie.

»Du hast dir zwar Pommes und Milchshake bestellt, aber du hast nicht eine einzige Pommes da drin ertränkt.« Sie zeigte vorwurfsvoll auf mein Glas. »Daran würde ich mich erinnern«, konterte Emi mit vorgetäuschter angewiderter Miene. Allerdings zuckte ihr linker Mundwinkel bei dem Versuch, ihre Emotionen zu kontrollieren. Das konnte sie nach all der Zeit immer noch nicht.

»Ach ja, warum bist du dir da so sicher?«

»Ich hätte sonst niemals gedacht, dass du die Frau bist, mit der ich mein Leben verbringen werde.« Bei diesem Geständnis setzte mein Herz kurz aus, danach holperte es, weil es den Takt verloren hatte. Meine Hand legte sich auf meine Brust, um es zu beruhigen. Emi schaute erschrocken, aber fing sich gleich wieder. Ich überspielte den Moment, weil ich nicht wusste, was ich sagen sollte, also versuchte ich ihr über den Tisch hinweg eine Vanille-Pommes in den Mund zu stecken.

Zum Meer fuhren wir mit dem alten, blauen Fahrrad, das an meinem Schuppen stand. Es hatte hier und da schon ein paar Rostflecken, das braune Leder vom Sitz war rissig und Emi strampelte so heftig, dass ich mir sicher war, dass die Kette gleich herausspringen würde. Der Lenker drückte unangenehm und ich hielt mich krampfhaft fest, um nicht vor unser Rad zu fallen, als ich mich zu ihr umdrehte. Sie schloss die Augen und hielt ihre Wangen in die Sonne. Das Licht zauberte einen goldenen Schimmer auf ihre Haut und ihre Wangen leuchteten rosig von der Anstrengung.

Ich verlor mich so in ihrem Anblick, dass ich meine Hände etwas locker ließ und schnell wieder fest Zugriff, um nicht vom Lenker zu rutschen.

»Bist du verrückt? Du kannst doch deine Augen nicht schließen, wenn wir diesen Berg hinab rasen«, schalt ich sie und musste trotzdem lachen.

Der Weg vor uns fiel steil bergab und endete in der unendlichen Weite des Meeres. Ich musste dem Drang widerstehen, den Lenker loszulassen und meine Arme zu heben, damit der Fahrtwind mit meinen Fingern spielte.

»Mach bloß deine Augen auf. Du siehst ja schon kaum was wegen mir«, rief ich ihr nach hinten zu, meinen Blick fest auf einen Punkt am Horizont gerichtet. Das Adrenalin pumpte durch meine Adern und mein Herz polterte.

»Du hättest dich nicht auf den Lenker setzten müssen. Das war deine Idee, aber hab keine Angst. Ich pass auf dich auf.«

Wir fuhren immer schneller den Berg hinab und ich hielt die Augen offen, obwohl der Wind mir die Tränen in die Augen trieb. Wir rauschten auf das Wasser zu und ich wusste, Emi hatte alles im Griff und wir würden sicher am Strand ankommen. Sie bremste sachte und ich stieg ab, dann drehte ich mich zu ihr um. Ihre Augen leuchteten und sie kam wackligen Fußes auf mich zu, ihr Mund verzog sich zu einem schiefen Grinsen. Mit ihren kühlen Fingern packte sie mein Kinn, drehte mein Gesicht leicht weg und küsste mich auf die Wange.

»Du mutiger kleiner Hasenfuß«, nuschelte sie in den Kuss.

Wir zogen unsere Schuhe aus, wie wir es immer taten, wenn wir am Meer waren. Ich vergrub gleich die Füße im Sand, um das Gefühl zu genießen. Die salzige Meeresluft atmete ich so tief ein, wie ich es schaffte. Meine Sinne konzentrierten sich auf den Wind, der durch meine braunen Locken strich und über meine erhitzten Wangen fuhr. Wir liefen bis zu dem Punkt, an dem der Sand noch weich und trocken war. Emi holte eine Decke aus ihrem Rucksack, eine Flasche Wein und sogar zwei zarte, bauchige Weingläser zog sie heraus. Sie sah mich dabei an und ich rollte demonstrativ mit den Augen, obwohl das warme kribbeln in meinem Bauch dafür sorgte, dass ich sie auf der Stelle heiraten wollte. Sie wusste, wie sehr ich es hasste, wenn sie direkt aus der Flasche trank und ich wusste, wie egal es ihr war, woraus sie ihren Wein trank. Doch trug sie für mich diese zerbrechlichen Gläser bis ans Meer.

Emi setzte sich auf die ausgebreitete Decke und kümmerte sich um die Flasche. Ich zerbrach die Korken immer beim Öffnen. Das war eine der Dinge, die ich bis zu meinem Tod nicht mehr lernen würde. Heute klang das Meeresrauschen anders. Melancholischer, als wäre es auf der Suche nach Hoffnung. Es trug Erinnerungen an Zuhause in mein Herz hinein.

Meine Beine trugen mich über den festen und feuchten Sand zum Wasser hinab. Bei jedem Schritt zuckte ich aufgrund der Kälte kurz zusammen, aber das Gefühl war nichts zum eisigen Schaum der Wellen, der dann meine Füße umspülte.

Mein Blick auf den Horizont gerichtet, konzentrierte ich mich auf das Rauschen in meinen Ohren, dass die Wellen an den Strand herantrug. Unter dem Rauschen erklang eine Melodie, die ich nur zu gut kannte. Der Sog um mein Herz erfasste mich hinterhältig und ich krallte die Zehen in den

Sand. Es war ein lächerlicher Versuch, nicht den Halt zu verlieren. Meine Finger bewegten sich, weil die Bewegungen zur Melodie durch mein Blut flossen. Der Pachelbel-Kanon wurde immer lauter, meine Finger bewegten sich zum Klang der Violine und ich passte mich dem Klavier an. Mit geschlossenen Augen spürte ich jeden Ton an meinem Herzen ziehen. Die Melodie wurde immer lauter, bis nichts mehr hier war, außer der Musik und mir. Etwas riss unangenehm an meinem Arm und das kalte Wasser umspülte meine Waden. Ich schaute an mir herunter und meine Hose war nass. Die Wellen brachen mit einem Getöse in meinen Ohren, sodass mir kurzzeitig übel wurde. Sofort war ich wieder am Strand. Emi zog an meiner Hand.

»Komm raus, Jess. Deine Hose ist schon völlig nass. Nicht, dass du dich noch erkältest, dann muss ich dich pflegen und dir Hühnerbrühe kochen. Du weißt, wie ekelhaft meine Suppe schmeckt«, sie lächelte matt und zog weiter an mir. Wusste ich, wie ihre Suppe schmeckte? Mein Kopf war leer und das Bild flackerte.

»Hey«, zog Emi mich zu sich, »bleib hier!« Und ihr Kuss schmeckte klebrig und nach Kirschen.

Wir gingen gemeinsam zur Decke zurück und ich freute mich auf den Sonnenuntergang. Ich legte mich auf die Seite und zog meine Beine an, mein Kopf ruhte auf Emis Schoß und sie strich immer wieder sachte über mein Haar. »Genau jetzt ist alles perfekt. Das Meer, der Spätsommer und du«, gestand ich ihr und schaute dabei aufs Wasser. »Könnte ich mein Leben noch einmal leben, dann würde ich dich schneller finden«, versprach Emi und dann fiel ich in die Schwärze.

Sie ging immer als Erstes zu dem silbernen Musikplayer und startete die Musik. Ihr Zeigefinger stockte in der Bewegung, bevor sie Play drückte.

Kurz spielten ihre Erinnerungen ihr einen Streich, als die Musik erneut zu spielen begann: Sie sah ein Bild von Jess, wie sie andächtig mit der Geige neben dem Klavier stand und in dem Moment, dem wichtigsten Moment, schaute sie zu ihr. Es war der letzte Augenblick, bevor sie zu spielen begann und sich in der Musik verlor. Heute war ihr dreißigster Geburtstag. Schon so lange war es her, dass Emi sie in echt hatte spielen hören. Nur die Aufnahmen mit ihrer Musik waren geblieben. Sie verscheuchte die Bilder ihrer Freundin. Hier war nicht der richtige Augenblick, um sich in einer *was wäre wenn, …* - Illusion zu verlieren. Danach tauschte sie die welken Vergissmeinnicht aus und stellte den zierlichen blauen Strauß wieder auf den kleinen Tisch.

Sie hoffte immer noch darauf, dass ihr Blick plötzlich ihren fand und ihre warmen Finger flatternd ihre Hand berührten. Eine Berührung wie der Flügelschlag eines Schmetterlings. Genauso zart und genauso bedeutend. Doch Jess lag reglos und still im Krankenhausbett, wie an all den unzähligen Tagen zuvor.

Angeschlossen an all die Monitore, die nur aufzeichnen konnten, wie das Leben mehr und mehr aus ihr schwand. Die Geräte im Krankenhauszimmer piepsten leise. Emi strich sich das schwarze Haar hinter ihr Ohr. Geräuschvoll zerkaute sie die Reste vom Lolli in ihrem Mund, den sie von der Anmeldung hatte mitgehen lassen, dann legt sie den klebrigen Stiel auf den Tisch neben das Bett und die Blumen. Sie zog ihre Schuhe aus und die Krankenhausdecke knisterte, als sie sich auf das Bett legte. »Hey meine Schöne«, flüsterte sie in die braunen Locken und strich über ihr Haar, »ich liebe es, wenn du dich an unser erstes Date erinnerst, aber jede deiner Erinnerungen, in die ich eintauche, macht es mir schwerer.«

Emi kuschelte sich an ihre Seite und legte die Hand auf Jess´ Herz. Die Schwestern hatten in der Nacht häufiger den Monitor überprüft und Emi musste sich jedes Mal in den Schatten verstecken. Heute Morgen zeigte es eine Anomalie auf dem EKG Ausschlag, die Ihnen Sorgen machte. Die Ärzte sprachen darüber und Emi lauschte.

Sie spürte schon lange, dass immer weniger von Jess´ übrig blieb. Ihre Seele löste sich langsam auf und war immer schwerer festzuhalten. Am schlimmsten vermisste sie Jess, wenn sie so wie jetzt direkt neben ihr lag. Jedes Stolpern zerschlug ihre trügerische Hoffnung, mit der sie sich selbst belog.

Sie konzentrierte sich auf den beruhigenden Takt und verdrängte alle Ängste, denn solange ihr Herz noch schlug, gehörten die Nächte ihnen gemeinsam. Eine Träne lief aus Emis Auge, als sie schluckte und blinzelte, um nicht zu weinen. Sie rann über ihre Wange und tropfte aufs Kissen, dann schloss der Succubus die Augen und verlor sich erneut in Jess Erinnerungen.

Warme Sonnenstrahlen fielen durch die deckenhohen Fenster, sie malten Staubbilder in die Luft über dem zerkratzten Parkettboden und ich rutschte auf meinen Socken zur Tür. Es klingelte zum zweiten Mal, stürmisch riss ich an der Türklinke. »Emi«, mein Flüstern klang atemlos und ich schlang meine Arme um ihren Hals. Ihr Kuss schmeckte nach Kirschen ...

Emi + Jess
Pachelbel Kanon

Marina C. Herrmann

SCHUTZUBUS

»Willst du wetten?«

»Ja, gerne!«

Gabriel konnte es nicht fassen und versuchte das gerade Gehörte zu verstehen. Er zupfte an dem weißen Mantel, der in Wellen bis auf den Boden reichte und fragte: »Gott? Ich möchte mich ja nicht einmischen, aber es klang gerade so, als hättest du einer Wette mit dem Teufel zugestimmt.« Seine Augen weiteten sich und erschrocken bekreuzigte er sich. Allein der Gedanke fühlte sich an wie eine Sünde.

Gott tätschelte sachte die Hand des Engels. Seine Stimme war warm wie ein junger Sommertag als er nickend sagte: »Da hast du richtig gehört mein lieber Gabriel. So lange haben wir keine Wettkämpfe mehr veranstaltet. Eine kleine Wette wird uns alle wieder etwas näher zusammen bringen.«

»Es gibt einen guten Grund, warum die Engel und die Dämonen sich nicht mehr herausfordern«, begann der Engel seinen Einwand zu erläutern, als er unterbrochen wurde.

»Weil ihr Memmen seid!«, lachte der Teufel mit dunkler, kratziger Stimme und seine Augen glühten wie ein Felder fressendes Feuer.

»Luzifer«, Gott hob mahnend den Finger, »bitte nicht in diesem Ton.«

»Du weißt, dass ich recht habe«, fauchte dieser, bevor er sich wieder an den Engel wand, der sich noch immer ängstlich an Gottes Mantel festhielt. »Ihr seid einfach schlechte Verlierer und kommt nicht einmal mit ein paar Verletzungen klar.«

Gabriel machte einen Schritt vor. »Unfair spielt ihr! Deshalb haben wir aufgehört.«

»Beruhigt euch wieder.« Die sanfte Stimme des Herrn wirkte entspannend auf den Engel, während der Teufel mit den Augen rollte. »Wir werden es versuchen. Bring mir dein Buch, Luzifer und ich suche mir einen jungen Dämon aus. Er oder sie wird am Schutzengelprogramm teilnehmen, mit uns speisen, Sport treiben und auch sonst jegliche Aktivität mit uns verbringen. Wichtig ist jedoch, dass du ihn oder sie sofort herrufst und für einen Monat uns überlässt. Der gewählte Teilnehmer oder die gewählte Teilnehmerin darf nicht wissen, dass es sich um eine Wette handelt.«

Der Teufel haderte. Dass er sich direkt von einem seiner Schützlinge trennen musste, hatte er nicht mit eingeplant. Er hätte ihn gerne vorher eingeweiht. Doch je länger er wartete, desto mehr würde er damit dem Engel zustimmen, dass die Dämonen unfair spielten und es auch hier versuchen würden.

Also zwang er sich zu einem falschen Lächeln, welches seine spitzen messergleichen Zähne zum Vorschein brachte und sagte: »Einverstanden. In einem Monat wirst du sehen, dass ein Dämon sich niemals zähmen lässt und niemals die Dienste eines Engels verrichtet.« Die letzten Worte hatte er Gabriel förmlich vor die Füße gespuckt.

Dann schnippte er mit den Fingern und ein dickes Buch erschien zwischen ihm und Gott. Der schwarze Einband war von dunkelblauem und violettem Dampf umgeben, der sich immer wieder verflüssigte und auf den Boden tropfte, wo er nach Verwesung stinkende Brandspuren hinterließ. Ein rotes Siegel hielt die Seiten fest umschlossen.

In all den Tausenden von Jahren hatte Gabriel noch nie das Buch des Teufels gesehen. Daher wusste er auch nicht, was ihn erwarten würde. Denn als der Teufel seine rot schimmernden Hände ausstreckte und mit seinen schwarzen Fingernägeln, die mehr den Krallen eines Raubtieres glichen, das Siegel öffnete, erklang ein Laut, den der Engel noch nie gehört hatte. Es klang als würden Knochen knacken, gepaart mit einem saftigen Quetschen als würde etwas zerplatzen. Als sich der Buchdeckel öffnete, änderte sich das Geräusch zu einem Kreischen, als würde jemand bei lebendigem Leibe gehäutet.

Gabriel wollte sich die Ohren zuhalten, doch zu groß war seine Neugier.

Luzifer ließ seine knochigen Finger über die Seiten tanzen. Wie durch Zauberhand blätterten sich die Seiten um. Jedes neue Blatt hatte einen eigenen Schrei. Von kurz und panisch, bis spitz und tödlich. Bis sie das Register der Jungdämonen erreicht hatten. Dann verstummten die Schreie und wurden von einem Wimmern abgelöst.

Der Teufel hob den Kopf, schob sein spitzes Kinn vor und hauchte: »Na los. Such dir jemanden aus. Wir werden sehen, wer gewinnt.«

Ohne sich die Liste anzusehen und ohne sein teuflisches Gegenüber aus den Augen zu lassen, hob Gott seine Hand. Ein Lichtstrahl fand den Weg aus seiner Handinnenfläche auf die Liste. Wild suchend fegte das Licht über das Blatt, bis es plötzlich zum Stehen kam.

Gabriel beugte sich vor.

»Tenebris«, las er mit zitternder Stimme vor.

Der Teufel schnippte erneut. Vor des Engels Füßen riss knackend der Boden auf und er musste aufpassen, dass er durch die Erschütterung nicht den Halt verlor. Eine rote Spirale führte so tief hinab, dass ihm nur vom Anblick schon schwindelig wurde. Dunkle Dämpfe stiegen auf, die sich hart in seine Lungen legten, und verkohlte Arme suchten elendig ihren Weg nach draußen, nur um immer wieder von den anderen zurück gezogen zu werden.

Neben dem Heulen und Kläffen der Höllenhunde, hörte man in der Entfernung Flügelschläge, die immer lauter wurden. Es mussten große Schwingen sein, die sich ihren Weg nach oben bahnten. Der Engel traute sich gar nicht, weiter hinab zu sehen. Zu groß war die Angst, es könnte etwas herauskommen, dass ihm die Seele entriss. Es klang als würde Glas zerbrechen, als der Dämon schließlich die Spirale verließ. Er schoss in den Himmel, stoppte in der Luft und breitete seine schwarzen Flügel aus. Kein Lichtstrahl drang durch die dicke Lederhaut, die die dicken Knochen an den Flügeln umspannte. Dann senkte sich der Dämon herab und landete hart neben der sich schließenden Spirale, eine Hand auf dem Boden abgestützt. Noch bevor der Dämon sich aufrichtete, hob er den Kopf.

Gabriel war überrascht, dass es sich um einen Succubus handelte. Bei dem Namen war alles möglich gewesen. Dennoch hatte er nicht mit einer Frau gerechnet. Ihr Schädel war von nur millimeterkurzen braunen Haaren übersät, ihre Augen so grün, wie Gabriel es nicht für möglich gehalten hatte und ihre Haut hatte einen rötlichen Schimmer wie die letzten Strahlen eines winterlichen Sonnenuntergangs. Ihr gesamtes Erscheinungsbild war so schmal, als würde sie unter der Last ihrer schwarzen Schwingen zerbrechen können. Auf ihrer Stirn wuchsen zwei schwarze Hörner, die nicht größer als

Daumen waren – der Beweis, dass sie noch ein Jüngling war. Sie trug eine schwarze Hose, dazu ebenso dunkle Stiefel und ein bauchfreies T-Shirt in der gleichen Farbe, alles aus eng anliegendem Leder.

»Tenebris.« Luzifer legte ihr seine Hand auf ihre Schulter, woraufhin sie aufstand – den Blick nicht von dem Engel abwendend. »Du wirst für einen Monat im Himmel wohnen.«

»Ich werde was?«, fragte sie laut und Gabriel hielt die Luft an. Nicht nur, weil es sich im Himmel niemand trauen würde, so mit seinem Herrn zu sprechen, sondern auch wegen des Klanges ihrer Stimme. So klar wie das Wasser eines kalten Baches und doch so dunkel und herrisch, wie das Feuer, welches in ihrem Blut kochte.

Da sprach Gott, der bisher nur die Situation beobachtet hatte: »Meine liebe Tenebris. Gerne möchte ich dich in unser Schutzengelprogramm aufnehmen. Dazu ist es wichtig, dass du in unserer Gesellschaft wohnst und für einige Zeit bei uns bleibst.«

»Einen Scheiß werde ich«, unterbrach sie ihn und machte einen wütenden Schritt auf ihn zu.

Gott, vollkommen unbeirrt, zog Gabriel zu sich und fuhr fort: »Gabriel wird dich bei allem, was du tust, begleiten und dir zur Seite stehen. Wenn du Fragen hast, kannst du dich bei ihm melden. Ich bin mir sicher, dass ihr euch verstehen werdet.«

Bevor einer der beiden noch etwas sagen konnte, nickten Gott und Luzifer sich zu. Gott nahm Gabriel an der Schulter, der Teufel griff nach Tenebris. Mit einem Ruck warfen sie die beiden nach oben in einen blauen Strudel, aus dem sich auch die stärksten Flügel nicht befreien konnten.

Kaum waren sie im Himmel angekommen, da stürzte sich Tenebris schon auf den Engel, riss ihn zu Boden und kam mit ihrem Gesicht so nah an seines, dass er ihren Geruch wahrnehmen konnte. Der Dämon hatte interessanterweise eine süßliche Note, wie frische Erdbeeren mit Minze.

»Wir sind ja ganz allein hier«, hauchte sie, strich mit ihrer linken Hand an seinem Gewand herunter und gab ihm einen seichten Kuss auf die Wange.

Gabriel schob sie von sich herunter, obwohl er etwas gespürt hatte, dass er noch nie empfunden hatte, hob seinen Finger und ermahnte sie: »Regel Nummer eins. Nicht anfassen, wenn jemand nicht angefasst werden möchte!«

Mit einer ausschweifenden Kopfbewegung, deutete er ihr den Weg und ging los. Sogleich umarmte sie ihn von hinten, zerzauste seine blonden Locken und schien ihm sachte in den Hals zu beißen, während sich ihre Flügel um ihn legten und vollkommen einhüllten.

»REGEL NUMMER EINS!« Gabriel schüttelte sie heftig ab und brachte seine Haare und sein Gewand wieder in die richtige Form, woraufhin sie nur lachte.

»Jaja, mein Kleiner«, säuselte sie und ging weiter. »Das wird ein spaßiger Monat.«

Beim Abendessen wolle jeder Mal einen Blick auf den Dämon erhaschen. Man brauchte plötzlich etwas vom anderen Tisch und musste zufällig an ihr vorbei oder man wollte jemandem vom Nachbartisch etwas unglaublich Wichtiges erzählen, sodass man sich kurz dazu gesellen musste.

Das entging Tenebris selbstverständlich nicht. Mehrfach saß sie still da, keine Bewegung ging durch ihren Körper und wenn der neue Beobachter nah genug war, bewarf sie ihn mit Essen oder schoss ihm ein Stück entgegen und verzerrte ihr hübsches Gesicht zu den grässlichsten Fratzen, die sich ein Engel nur vorstellen konnte.

An allen Plätzen wurde getuschelt. Jeder wollte wissen, warum denn nun ein Dämon unter ihnen saß und speiste, doch natürlich bekamen sie keine Antwort. Die Wette sollte ja geheim bleiben.

»Wir benutzen Besteck«, erklärte Gabriel und hielt Messer und Gabel nach oben. »Außerdem schließen wir den Mund beim Kauen, nimm kleinere Bissen.«

Tenebris streckte ihm daraufhin die Zunge heraus, gab einen Laut von sich, der einer sterbenden Ziege ähnelte und ließ ihn ihren halb zerkauten Salat sehen.

»Schön, dass ihr Besteck benutzt«, begann sie und nahm einen viel zu großen Schluck Wasser, sodass ihr die Hälfte am Kinn hinunter floss. »Wenn ihr solche Angst habt, euch dreckig zu machen. Und wenn man mit offenem Mund isst, passt mehr rein. Man kann also in kürzerer Zeit mehr essen. Das würde ich übrigens sehr gerne. Also richtig essen.«

Gabriel legte die Stirn in Falten, doch bevor er etwas sagen konnte – er kaute nämlich noch, da es sich für einen Engel nicht gehörte mit vollem Mund zu sprechen –, kam ihm Tenebris zuvor und ergriff wieder das Wort.

»Na, weil euer Essen einfach nur scheiße ist.«

Stille durchzog die umliegenden Plätze und der Succubus wurde mit finsteren Blicken und Kopfschütteln gestraft. Wie konnte sie es sich erlauben, so ein Wort in den Mund zu nehmen?

»Ja, was?«, raunte sie ihre Sitznachbarn an. »Euren blöden Salat und euer Wasser könnt ihr euch sonst wo hinschieben. Wo sind die Steaks, das Chili und das Bier, verdammt nochmal?«

»Du kannst Wein haben, wenn du möchtest«, sagte ein junges Engelmädchen mit dem Namen Angelica.

Tenebris zog die Augenbrauen hoch und nickte.

»Na, wer sagt's denn? Immerhin etwas. Immer her damit«, forderte sie und drückte die panisch dreinschauende Angelica mit Hilfe ihres Flügels an sich. »Du gefällst mir.«

Gabriel stützte sein Gesicht auf seine Hände und jammerte: »Regel Nummer eins.«

Nach einer Woche im Himmel zeigte der Succubus noch immer keine Veränderung – keine Verbesserung – seines Verhaltens. Gabriel hatte sich noch nie so sehr wie ein Versager gefühlt, doch Gott ermunterte ihn jeden Tag aufs Neue. Tenebris würde schon noch einlenken.

Die anderen Engel waren froh, dass Tenebris nicht mit ihnen in einem Schlafsaal nächtigte. Ein Dämon ihrer Art brauchte eine dunkle Ecke aus Stein und Metall und kein weiches Federbett, das am Morgen von Sonnenstrahlen erwärmt wurde.

Nun standen sie etwas abseits, denn der Dämon warf die Bälle härter als jeder Engel und scheute auch nicht davor zurück, seinen Gegenspielern ein Bein zu stellen oder sie direkt auf den Boden zu schubsen und mit ihnen zu ringen.

»Warum wurde die Sportstunde auf den Morgen verlegt?«, jammerten Angelica und einige andere. Normalerweise gingen die Engel am Morgen ihren Übungen nach, damit sie sich auf ihre spätere Laufbahn vorbereiten konnten. Abends konnten sie den Stress mit Sport abbauen und ihren Körper so für die Nacht ermüden. Seit Tenebris bei ihnen war, war alles umgedreht.

Gabriel legte den anderen nacheinander die Hände auf die Schultern oder auf den Kopf, sah sie mit einem ausgeglichenen und beruhigenden Ausdruck an und erklärte: »Für Tenebris ist es so einfacher. Ein Succubus ist nachts aktiver. Also müssen wir sie morgens richtig wach bekommen und können dann am Abend üben, weil sie das ermüdet. Und da wir gastfreundlich sind und die Bedürfnisse der anderen über unsere eigenen stellen, kommen wir ihr ein bisschen entgegen.«

»Hey«, ertönte in dem Moment die Stimme des Dämons hinter ihm. Tenebris hielt den Ball hoch und verzog den Mund leicht nach unten. »Er ist kaputt gegangen, schon wieder.«

Gabriel traute seinen Augen und Ohren kaum! Bisher war bei der Spielweise der hübschen Dämonin jeden Tag mindestens ein Ball kaputt gegangen, doch immer hatte sie die Schuld lauthals auf jemand anderen geschoben. Dass sie nun selbst kleinlaut zu ihm kam und auch noch einen Hauch von schuldigen Emotionen zeigte, ließ ihn innerlich jubeln.

Er nahm ihr den kaputten Ball ab und lachte: »Kein Problem, ich hole einen neuen.«

Nur wenige Minuten später überreichte er ihr den neuen Ball, den sie mit einem Lächeln annahm. Für einen Moment dachte der Engel, sie würde sich bedanken, doch das war wohl noch zu früh.

Stattdessen sagte sie mit weit aufgerissenen Augen: »Brennball ist ja schön und gut. Aber unten in der Hölle zünden wir die Bälle dabei wirklich an. Das sollten wir auch hier machen. Die Bälle gehen ja sowieso immer kaputt, so scheiße schlecht wie die anscheinend von euch produziert werden. Oder wir nehmen Steine, das fetzt so richtig.« Sie boxte ihm gegen die Schulter und sprang von einem Bein aufs andere.

Gabriel schnappte nach Luft und versuchte die richtigen Worte zu finden. Da rollte seine gehörnte Gesprächspartnerin nur die Augen und drehte sich um.

Dabei schlug sie ihm mit einer Flügelspitze leicht auf die Schulter und sagte: »Sollte nur ein Scherz sein. Whoops, keine Sorge, Regel Nummer eins.«

Da lächelte Gabriel wieder. Vielleicht hatte Gott recht – wie ja eigentlich immer. Vielleicht konnte man einen Dämon tatsächlich zähmen. Er schaute ihr und den anderen eine Weile zu. Dann klatschte er in die Hände und bedeutete allen so, zum Ende zu kommen.

Zufriedene Gesichter verließen den Sportplatz und Gabriel erinnerte alle daran, dass am Abend die erste Stunde der *»Schutzengel im Straßenverkehr«* stattfinden würde. Damit zauberte er allen ein Lächeln ins Gesicht. Freudensprünge wurden getan und Umarmungen verteilt. *»Schutzengel im Straßenverkehr«* machte allen zukünftigen Schutzengeln unglaublichen Spaß. Nicht nur eintönig um seine zu schützende Person herumschwirren, sondern wirklich aufpassen, dass nichts schiefging. Im Straßenverkehr konnte so viel passieren!

Nur Tenebris schien sich nicht zu freuen. Sie blieb auf dem Sportplatz und warf den Ball hart gegen den Basketballkorb. Gabriel wartete einige Sekunden, doch der Dämon dachte nicht daran den Platz zu verlassen.

»Kommst du? Die nächste Gruppe kommt gleich und braucht den Platz«, bat er sie, als er sich zu ihr gestellt hatte.

Wieder warf sie den Ball gegen den Korb – sie schien ihn mit Absicht abzuwerfen und wollte wohl keine Körbe erzielen. Dann noch einmal und noch einmal. Gabriel streckte den Arm aus, doch Tenebris drehte sich wütend fauchend zu ihm um und schrie: »REGEL NUMMER EINS!«

Der Engel zog erschrocken die Hand zurück und war sogleich entzückt.

»Du lernst schnell, das muss man dir lassen«, probierte er es mit sachter Stimme und hielt ihr die Hand hin. Widerwillig und mit einem genervten Stöhnen gab sie ihm den Ball, bevor sie sich zum Gehen aufmachte.

»Was ist los?«, wollte Gabriel wissen und klang sich ehrlich sorgend. Die junge Dämonin kannte diese Frage nur als Beginn eines Streits oder wenn sich jemand über einen lustig machte, daher irritierte sie seine Stimmlage für einen Moment und sie blieb mit verschränkten Armen stehen.

Es schien, als würde sie nach den richtigen Worten suchen und sie hauchte, mit so leiser Stimme, dass der Engel näher kommen musste: »Mir gefällt es nicht, wie die anderen mich ausgrenzen.«

»Man hat Angst vor dem Unbekannten. Sie meinen es nicht böse. Doch kennen sie nur die schrecklichen Geschichten über euch«, versuchte er die Situation zu erklären. »Ich finde es ganz toll, wie du dich bemühst.«

»Das Ding ist einfach, dass das normalerweise mein Alltag ist«, sie wandte sich ihm zu und ließ ihn ihre Tränen sehen – eine Geste, die für einen Dämon unglaublich viel Mut kostete und vollkommenes Vertrauen in sein Gegenüber bedeutete. »Ich bin diejenige, die andere ausgrenzt, die gemein ist, lacht, Streiche spielt und verletzt. Wenn ich vorher gewusst hätte, wie sich das anfühlt …« Sie hielt sich die Hände vor das Gesicht. »Auch wenn ihr es nicht glaubt, aber Engel können so grausam sein.«

Gabriel kam einen weiteren Schritt auf sie zu und streckte vorsichtig seine Hand aus. Sachte berührte er ihre Schulter und beruhigte sie: »Das tut mir unglaublich leid, dass es dir so schlecht geht. Aber du bist auf dem richtigen Weg. Du erkennst deine Fehler und kannst jetzt an ihnen arbeiten. Dann werden die anderen das auch sehen und dich in ihren Kreis aufnehmen.« Vorsichtig näherte er sich, legte die andere Hand um sie, drückte sie sachte an sich und wiegte sie beruhigend in ihren Armen, während sie ihren Tränen freien Lauf ließ. Keiner von beiden sagte mehr etwas. So standen sie dort auf dem Sportplatz für einige Minuten.

Dann löste sich der Succubus, lächelte, zögerte einen Moment und sagte dann kaum hörbar: »Danke.« Sofort machte sie sich auf und verließ den Platz.

»Vergiss nicht das *»Schutzengel im Straßenverkehr«* Training heute Abend. Bitte, komm auch dazu«, rief Gabriel ihr bittend hinterher. Und so geschah es auch.

»Heute werdet ihr geprüft. Ich bin so stolz auf jeden einzelnen von euch«, verkündete Gabriel und warf besonders Tenebris einen erfreuten Blick zu. Sie hatte sich in den letzten drei Wochen beinahe vorbildlich verhalten – den einen oder anderen Schubser und Schimpfwörter mal abgesehen. Doch sie aß mit Messer und Gabel, wenn es auch aussah, wie bei einem Kleinkind; versuchte den Mund beim Essen geschlossen zu halten, wobei sie dann meist genervt stöhnte und mit den Augen rollte; warf nicht mehr mit Essen oder anderen Gegenständen und hatte sogar einen Abend mit Angelica und ihren Freundinnen verbracht.

»Wie war der Monat?«, erschrocken drehten sich alle Engel um als sie die tiefe Stimme des Teufels vernahmen. Nur Tenebris sprang freudig von ihrem Platz auf und lief ihm entgegen. Sofort streckte er seine Hand aus und stoppte sie. Seine Stirn lag in tiefen Falten. Sein Schützling hatte ja wohl nicht angefangen, so etwas wie Freude zu empfinden, oder? Er musterte sie von oben bis unten und sagte dann: »Deine Haut ist blasser geworden.«

»Ja, das ist mir auch schon aufgefallen«, erwiderte der Succubus und hielt sich verlegen die Hände auf die Wangen.

»Sieht scheiße aus«, schnaufte Luzifer und brachte ein paar Engel mit einer wischenden Handbewegung dazu, ihm Platz zu machen. »Ein Dämon sollte rot schimmern, wie die Glut, die in ihm lodert und wie das Blut, das er aus seinen Feinden quetscht.«

Tenebris ließ traurig die Flügel sinken: »Es ist einfach von allein passiert und war ja keine Absicht. Es tut mir leid, wenn ich dich damit enttäusche.«

Der Teufel verzog den Mund. »Du enttäuscht mich mit dieser widerlichen Aussprache. Hör gefälligst auf dich zu entschuldigen oder bist du ein Schaf? Und was ist das für ein hässliches Ding an deinem Hals?« Er deutete mit seinen knochigen Fingern und angeekeltem Gesichtsausdruck auf die weiße Kette, die Tenebris um den Hals hängen hatte.

Sie nahm sie behutsam in die Hand und flüsterte ängstlich: »Die habe ich selbst gebastelt.«

Bevor Luzifer darauf reagieren konnte, unterbrach Gott, der soeben den Prüfungsplatz betreten hatte, die Unterhaltung, was nicht nur den Engeln, sondern auch Tenebris ein Lächeln aufs Gesicht zauberte.

»Wir werden jetzt mit der Schutzengelprüfung beginnen«, bestimmte er und nickte Gabriel zu, damit dieser im Programm fortfahren konnte.

Ein Engel nach dem anderen wurde gebeten, sich um einen anderen Engel, der damit den zu schützenden Menschen imitierte, zu kümmern. Sie achteten darauf, dass sie sich nicht verschluckten, nicht stolperten und sich nicht zu sehr aufregten. Als Höhepunkt mussten sie ihn über eine viel befahrene Straße bringen, die weder Ampeln noch Schilder hatte. Einige der älteren Engel stellten andere Fußgänger dar, während andere Engel dicke Wolken hin und her schoben, die damit Autos und Busse darstellten.

Mit jedem neuen Schüler, der die Aufgaben bewältigte, wurde Tenebris nervöser. Bisher hatte sie immer die gleichen Fehler gemacht. Ihre Schützlinge rutschten auf Treppen aus, bekamen Angst und fingen an sich mit anderen zu streiten, was zu Verletzungen des Körpers und des Geistes führen konnte. Außerdem hatte sie es noch nie geschafft, jemanden über die Straße zu führen, ohne dass er von einem Wolkenauto erfasst worden war. Es irritierte sie, dass sie nervös war, denn dieses Gefühl war neu für sie. Normalerweise würde sie ohne etwas zu üben einfach mit vollem Elan alles geben, so lauter und ausgefallener desto besser, denn das gefiel den anderen Dämonen. Doch der Himmel war eben nicht die Hölle. Hier wurde sie kritischer beäugt und beurteilt.

Dann wurde sie aufgerufen. Tenebris schaffte es, den Menschen, der von Angelica dargestellt wurde, sicher durch das Haus zu führen, jedoch stieß sie eine Vase um, die ihren Inhalt daraufhin über einen Stapel Zeitungen goss, was den Stresslevel des Engels steigen ließ.

Gabriel schien bisher dennoch zufrieden zu sein. Er verkniff sich ein Lachen, als er sah, wie sich der Teufel aufregte, immer wieder aufstand und schließlich sogar in eine Wolke boxte.

»Jetzt streng dich doch mal an, verdammte Scheiße!«, schrie Luzifer und wollte etwas nach Tenebris werfen, doch fand nichts, was nicht weich und flauschig war. »Wie kann man nur so blöd sein? Schubs sie die Treppe runter!«

Jetzt fehlte nur noch die Überquerung der Straße. Tenebris zitterte. Sie hatte noch nie gezittert. Sie hätte niemals gedacht, dass die Umgebung und die Leute, mit denen sie die Zeit verbrachte, ihre Persönlichkeit so sehr verändern könnten.

»Du schaffst das«, flüsterte Gabriel ihr zu und erinnerte Angelica noch einmal daran, dass sie sich die ganze Zeit still und neutral verhalten musste, damit Tenebris nach ihrem eigenen Ermessen handelte.

Angelica lief los. Sie hatte fast den Bürgersteig erreicht, als von rechts eine Wolke kam, die ein Fahrrad darstellen sollte. Tenebris riss dem Engel das Haarband aus den blonden Locken und ließ es auf den Boden fallen. Angelica blieb somit stehen und bückte sich. Erste Kollision erfolgreich vermieden.

Als sie die Straße erreichte, kam von links ein Wolkenauto. Angelica setzte den ersten Fuß auf die Fahrbahn. Tenebris schaute sich um. Womit sollte sie den Engel von ihrem Weg abbringen und beschützen? Das Haarband hatte sie bereits gelöst und einfach am Mantel zurückziehen, durfte sie nicht. So rannte der Succubus los, in eine kleine Menge von Engeln und schubste einen von ihnen vor den Wolkenbus, der sich daraufhin in Luft auflöste.

»STOPP!«, rief Gabriel. »Tenebris, was sollte das denn!?«

Luzifer lachte amüsiert und sah sich schon gewinnen. Doch da erhob sich Gott und schüttelte den Kopf.

»Alles in Ordnung, Gabriel«, sagte er und seine Engel sahen ihn verwirrt an. »Tenebris, erklär uns bitte, warum du das gemacht hast.«

Die junge Dämonin kam zu ihm und erläuterte: »Meine Aufgabe ist es, meinen Menschen zu beschützen und das habe ich getan.«

»Indem du eine Kollision herbeigeführt und damit jemanden getötet hast, also hättest.« Gabriel war zum Heulen zumute. So lange hatten sie trainiert, er hatte wirklich angefangen an sie zu glauben und dann das!

»Aber ich habe meine Aufgabe erfüllt. Angelica ist nichts passiert, sie hat die Straße erfolgreich überquert.«

»Aber in den Regeln steht, dass man einen Menschen nicht schützen darf, indem man einen anderen verletzt«, raunte Gabriel und wandte sich an Gott. »Das weißt du selbst am besten.«

»Ist das so?«, fragte dieser und zog die Augenbrauen hoch.

»Ja, das ist so. Sie hat verloren und ich habe gewonnen«, lachte der Teufel. Es klang als würde eine Hyäne sterben.

»Wo steht die Regel?«, fragte Gott.

Gabriel seufzte: »Im Regelbuch der Schutzengel.«

»Und ist Tenebris bereits ein Schutzengel?«

»Nein, sie ist noch in der Ausbildung und«, Gabriel lächelte, er wusste endlich, worauf Gott hinauswollte, »und sie ist nicht einmal ein Engel!«

»Richtig«, antwortete Gott. »Die Regeln gelten für die Engel, die bereits einen zugewiesenen Menschen haben. Doch Tenebris ist kein Engel und hat keinen Menschen. Sie ist in der Ausbildung und da darf man Fehler machen. Wenn sie also einen faulen Menschen hätte, der niemals sein Haus verlässt ...«

»Dann hätte sie die Prüfung bestanden«, vollendete Angelica den Satz.

Tenebris hatte nur stumm daneben gestanden und von einem zum anderen gesehen. Langsam regte sie sich wieder und fragte vorsichtig: »Ich habe also bestanden?«

»Nein, nein, NEIN!«, schrie Luzifer. »Das darf sie nicht. Das geht so nicht. Ihr dürft das nicht so machen!«

»Oh doch, du hättest die Wette genauer formulieren müssen, mein Freund«, lachte Gott und nahm ihn leicht an der Schulter. »Ein Jahr jeden Sonntag Chili-Watte, bitte.«

»Chili-Watte?«, fragte Gabriel entsetzt. Chili-Watte war eine seltene Süßigkeit, die es nur in der Hölle gab und die Luzifer sonst niemals teilte. Es war im Grunde genau wie Zuckerwatte, nur eben mit Chiligeschmack. Gott liebte sie. »Ich habe mir hier einen Monat lang den Arsch aufgerissen, für Chili-Watte!?«

»Gabriel!«, riefen die Engel und Gott synchron, während Tenebris sich lachend den Bauch hielt.

»Hast du gut von mir gelernt«, neckte sie ihn und zerzauste seine Haare, genau wie am ersten Tag, mit dem Unterschied, dass er es sich diesmal gefallen ließ. »Dann können wir ja jetzt feiern gehen. Ich war ja eh die letzte.«

So verließen sie das Prüfgelände und verbrachten den ganzen Abend lachend und tanzend im großen Speisesaal, auch Luzifer war herzlich dazu eingeladen. Doch saß dieser nur vor sich hin grummelnd in einer Ecke und stopfte sich mit Essen voll. Salat, wie eklig!

»Was passiert jetzt eigentlich mit mir?«, fragte Tenebris, nachdem sie sich von Gott hatte erklären lassen, warum sie überhaupt im Himmel gewesen war. »Muss ich zurück zu den Dämonen?«

»Wenn du bleiben möchtest, dann kannst du das gerne tun, meine Liebe«, beruhigte sie Gott, als er die Angst in ihrer Stimme hörte. »Du hast dich gut eingelebt. Hier zwingt dich keiner zu etwas. Wenn du gehen möchtest, dann geh; wenn du bleiben möchtest, dann bleib. Wir finden schon etwas für dich.«

»Als Schutzengel?«, fragte der Succubus und biss sich auf die Lippe. Sie wusste, dass das wohl eher nicht gut ausgehen würde.

Gott sog tief die Luft ein. Er verstand ihre Bedenken nur zu gut. Dann lehnte er sich leicht zu ihr rüber und sagte: »Wie gesagt, vielleicht finden wir ja einen extrem faulen Menschen für dich.«

Tenebris hüpfte klatschend auf der Stelle, wie es sonst nur die Engel taten. »Toll, Dankeschön.«

»Aber du wirst niemals ein Schutzengel sein«, bemerkte Gabriel als er sich neben sie stellte. Plötzliche Stille durchzog den Raum und Tenebris spürte einen Kloß im Hals. Gabriel sah sich um, bis er anfing zu lachen. »Sie ist kein Engel, also auch kein Schutzengel. Sie ist ein Succubus und damit unser erster Schutzubus.«

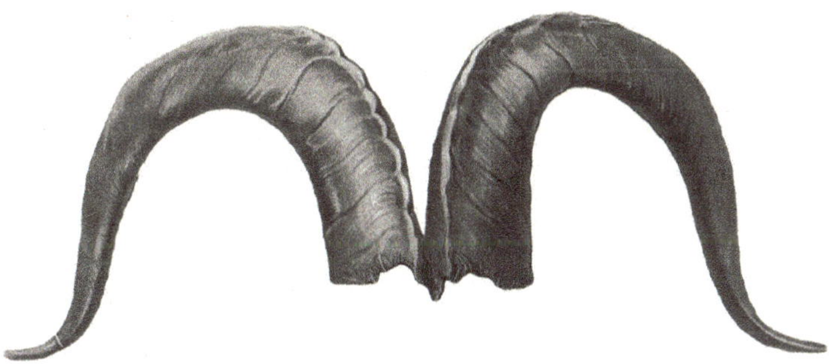

Ann A. Kalliope

SUCC. INC.

»Willkommen bei der Succ. Incorporated. Für jeden Lohn, den richtigen Dämon. Sie sprechen mit Levia Than. Was kann ich für Sie und damit gegen andere tun?«

Belia war soeben aus der Drehtür in den schmalen Eingangsbereich getreten und steuerte gewohnheitsmäßig den Stempelkasten an. Sie hörte dem Anruf mit nur einem halben Ohr zu.

»Wir verleihen in erster Linie Dämonen, vor allem Succuben und Incuben, aber auch Hexen, Druden, Alben, Nachmahre, Satyre,... was? Nein, Gespenster haben wir nicht im Angebot. Geister, Vampire und dergleichen führen wir nicht mehr. Das hat sich nicht gerechnet, da sie die Auftraggeber häufig gleich mit zu Tode erschreckt haben und das bevor wir den Zahlbetrag erhalten haben. Wenn Sie...«

Nachtein, nachtaus war es dasselbe. Ständig gingen Anrufe, Anbetungen und dergleichen mehr ein. Die Arbeit nahm kein Ende, dieser Job war wirklich sicher.

»Aha, und dachten Sie eher an einen Einzelauftrag oder benötigen Sie ein Team?... Einen Einzelauftrag, gerne. Kommen wir zur Bezahlung.«

Ein kleines Schmunzeln zuckte über Belias volle Lippen. Während sie ihre Ablasskarte zurück über den Haken an der Wand friemelte, warf sie einen verstohlenen Blick zur Mitarbeiterin der Anrufzentrale. Wie immer, wenn es um die Kosten ging, begann diese sich vor Nervosität die schwarze Hornbrille zurechtzurücken. Auch die babylonisch aufgetürmte Haarpracht bebte vor freudiger Erregung.

»...nun, ich muss sie darauf hinweisen, dass heute Sonntag ist. Sonntags sowie an jedem kirchlichen Feiertag erheben wir aufgrund erhöhter göttlicher Aktivität einen Kostenaufschlag von...«

Belia wäre gerne noch länger geblieben, doch sie musste sich sputen. Rasch begab sie sich in Richtung sechste Abteilung. Auf dem Weg grüßte sie einige ihr entgegenkommende Kollegen. Als sie aus dem »Non Paternoster« in der sechsten Unteretage ausstieg, steuerte sie zielstrebig auf den Personalbereich für Dämonen zu. Kurz bevor sie hineinging, streifte ihr Blick die Zahlen der Raumnummer, die einzeln neben dem Türrahmen angebracht waren. 6.6.9. war da zu lesen.

»Wann reparieren die das endlich?«, murmelte Belia und betrat mit einem leichten Kopfschütteln den fensterlosen Raum.

Alles sah aus wie immer. Das Deckenlicht war stechend hell und betonte damit den Dreck auf den Bodenfliesen umso mehr. An der einen Wand standen die angerosteten, verbeulten Metallspinte. Auf der gegenüberliegenden Seite war die kleine Teerküche aufgebaut. Auf dem Herd stand heute ein Topf, in dem etwas zu brodeln schien. Den größten Teil des Raumes nahmen allerdings die kleinen, wackeligen Tischchen ein, um die jeweils mehrere genauso wackelige Stühle angeordnet waren.

Es war wenig los, für einen Sonntag. In der Mitte des Raumes saßen zwei Incuben und eine Succubus um einen der Tische. Ein weiterer, junger Dämon hatte sich abseits in eine Ecke zurückgezogen. Ansonsten war der Raum leer. Belia steuerte auf die kleine Gruppe zu.

»N'Abend die Heerscharen. Und, wie geht's?«

»Oh, Belia, da bist du ja. Wir haben schon auf deine Ankunft gewartet«, antwortete einer der Incuben. Er hatte ein gutaussehendes, männliches Gesicht, schaute aber äußerst gelangweilt drein. In einer Hand hielt er eine Schnur, an deren anderen Ende ein zweigeteilter Gegenstand hing. Immer wieder ließ er diesen Gegenstand rhythmisch an der Schnur hoch- und runterlaufen. Er sah nicht einmal auf, als sich Belia den Stuhl zurechtrückte und dazusetzte.

»Bolo, was ist denn mit Nick los?«, fragte sie irritiert.

Der zweite Incubus lag, das Gesicht tief in den Armbeugen vergraben, halb über dem Tisch.

»Er ist gerade von seinem mehrtägigen Einsatz zurück, der nicht ganz wie erwartet gelaufen ist«, erklärte Bolo desinteressiert. »Er ist vollkommen erledigt.«

»Ich hasse Exorzismen«, hörte man eine erstickte Stimme, erschöpft und frustriert zugleich.

Belia nickte wissend. Sie kannte solche Einsätze, die gingen an die Substanz.

»Na vielleicht kann ich ein bisschen zur Aufmunterung beitragen. Gerade, beim Stempeln, habe ich einen Anruf mit der Schlange mitgekriegt. Es ging mal wieder um den Sonntagsaufschlag und...«

»Ich hasse Sonntage«, wurde Belia dumpf von Nick unterbrochen.

»Du meinst den alten Drachen?«, fragte Bolo unverändert eintönig nach.

»Genau«, fuhr Belia fort. »Ihr kennt doch ihren Tick. Sobald es um die Kohle geht, wird ihre Stimme noch strenger und sie fängt an ihre Brille hin- und herzuschieben. Es sieht einfach so albern aus. Ich musste mich echt zusammenreißen um nicht...«

»Ich fahr gleich aus der Haut!«

Die Succubus, die bis zu diesem Zeitpunkt in einer Zeitschrift gelesen und sich in keinster Weise am Gespräch beteiligt hatte, warf das Magazin nun auf das bisschen Tischplatte, das noch frei war, und schlug erbost mit der Faust darauf. Nick stöhnte schmerzhaft auf, bewegte sich aber nicht.

»Dieses miese Stück! Sollte ich die jemals wieder in die Finger kriegen, dann ist aber Armageddon!«

»He, immer langsam mit den apokalyptischen Reitern.« Belia hob beschwichtigend die Hände. »Wo brennt's denn?«

»Wo's brennt?«

Die Succubus griff erneut nach der Zeitschrift, klappte sie zu und hielt Belia dann das Titelblatt unter die Nase.

»Hier!«

Zuerst sprang Belia der Zeitschriftenname »Die Apokryphen« ins Auge. Sie kniff die Lider konzentriert zusammen. Dieses Schundblatt hatte sich auf die abwegigsten Gerüchte spezialisiert, was in der Branche gern gesehen und durchaus nützlich war.

»Erkennst du sie?«

Auf der seitengroßen Abbildung war eine hübsche, junge Frau zu sehen, die sich um den Hals eines mächtigen, furchteinflößenden Wesens schlang und dabei grinste wie eine Honigkuchenmähre. Darunter prangte in fetten Lettern die Schlagzeile: »Geschafft - SIE ist mit dem Teufel im Bunde!!«

»Ist das nicht...«, begann Belia.

»Ja, genau, es ist Luzi-Lou«, schimpfte die Succubus und zog die Zeitschrift wieder weg. »Versegnet nochmal!«

Der Fluch klang beinahe ein wenig weinerlich, fand Belia. Die Succubus sah auch leicht verzweifelt drein, während sie sich erneut durch die Seiten wühlte.

»Wir haben ihr alles beigebracht. Als sie bei uns aufschlug, wusste sie nichts. Wir haben sie unter unsere ledrigen Fittiche genommen. Und dann ist sie abgehauen, einfach so, ohne uns ein Wort zu sagen. Und jetzt ist sie anscheinend im 9. Kreis gelandet. Bei IHM!« Die Succubus deutete aufgelöst auf ein Foto mit dem unheilvollen Wesen. »Da wollte ich doch immer hin. Wie hat die das bloß hingekriegt? WIE?«

»Nun beruhige dich mal, Santana.« Belia tätschelte der Succubus die Hand. »Vielleicht macht Sie ihm ja den Pudel? Weißt du's?«

»Ich hasse Pudel«, kam es undeutlich von der Seite.

»Pah!«

Bockig warf Santana das Magazin auf den Boden und lehnte sich zurück. Ihre Peitsche, die zusammengerollt über der Stuhllehne hing, wurde etwas zur Seite gedrückt. Santana verschränkte wütend die Arme vor ihrem wogenden Busen, der aus ihrem Lackoberteil neckisch hervorlugte. Mit vorgeschobener Unterlippe sah sie sehr attraktiv aus.

»Belia, du weißt ganz genau, wohin meine Ambitionen gehen. Ja, okay. Ich mag meinen Job als Dämina, aber den wollte ich nicht bis in alle Ewigkeit machen. Und vor allem nicht in diesem Laden. Ich hab einfach keine Lust mehr.«

»Och«, meinte nun Bolo und lehnte sich nach vorne, »das ist aber schlecht fürs Geschäft, wenn meine kleine Sukkulente keine Lust mehr hat...«

»Hör auf damit!«, gab Santana garstig zurück. »Du sollst mich nicht so nennen!«

Bolo grinste zuerst diabolischer und setzte dann eine gespielte Schnute auf.

»Oh, ist meine kleine Kratzbürste, meine Sukkulente jetzt angestachelt. Meine Satanella...«

»Es reicht.«

»Bolo.« Belia setzte einen Geschichtsausdruck auf, der deutlich machte, dass es genug war. Etwas widerwillig aber dennoch amüsiert, entspannte sich der Incubus wieder.

»Ich glaube jeder von uns kann sich was Besseres vorstellen, als hier zu arbeiten. Darüber haben wir bereits einige Male gesprochen«, meinte Belia vermittelnd.

»Ich hasse sprechen.«

»Ja, das haben wir«, gab Santana zurück. Sie hatte sich wieder in der Gewalt. »Trotzdem, ich wollte immer nach ganz unten.«

»Habe ich euch eigentlich schon mal erzählt, dass ich früher Advocatus werden wollte«, ließ Bolo nebenbei fallen, während er seine Aufmerksamkeit wieder auf sein rollendes Geduldsspiel lenkte.

»Ach«, Belia war tatsächlich überrascht. »Wirklich?«

»Ja, aber daraus ist nie was geworden. Irgendwie war das dann doch alles nichts für mich. Den ganzen Tag hast du mit Testamenten zu tun, alten und neuen...«

»Ich hasse Testamente.«

»Naja«, gab Belia zu bedenken. »Aber du würdest auch Verträge abschließen und hohe Tiere vertreten. Und was das Ansehen anbelangt würdest du in den schlimmsten Kreisen verkehren.«

»Ich verkehre auch so schon genug, glaub mir Belia. Vielleicht nicht in den schlimmsten Kreisen, mag sein. Aber für den nächtlichen Hausgebrauch reicht mir das völlig. Das ist mir in den letzten zwei Äonen klar geworden.«

»Nun gut«, sagte Belia, machte eine kurze Geste der Gleichgültigkeit und lehnte sich ebenfalls entspannt zurück, »wenn das so ist... dann bleibt uns nur noch der Ruhestand. Ich meine, wenn wir je unsere Seelen auslösen können.«

»Hm, darüber habe ich auch schon nachgedacht.« Santana tippte mit ihrem langen, blutroten Fingernagel gegen die Wange. »Aber eine richtige Eingebung hatte ich noch nicht.«

»Ich könnte mir da schon was vorstellen«, sagte Bolo. »Ich würde gerne ein Weingut haben, vielleicht irgendwo auf einer der Inseln im Bermuda-Dreieck. Ist schön da und sehr ruhig gelegen. Vielleicht schreib ich dann auch noch ein Buch oder so.«

Belia nickte anerkennend mit dem Kopf.

»Nicht schlecht. Das könnte mir auch gefallen. Die Wasser-Wein-Nummer ist jetzt zwar nicht ganz mein Geschmack. Aber die Büchersache klingt interessant.«

»Ich hasse Bücher.«

»Ich weiß nicht«, überlegte Santana. »Das klingt einerseits höllisch gut, andererseits paradiesisch öde. Außerdem, denkt dran, wir alle haben uns diese Suppe hier eingebrockt. Die müssten wir sowieso erstmal auslöffeln.«

»Und genau das könnt ihr auch tun.«

Belia zuckte kurz zusammen. Jemand hielt eine Platte mit vier dampfenden Schüsseln in die Mitte des Tisches.

»Woah, Taroth, erschreck uns doch nicht so!« Auch Santana war zusammengefahren.

»Verzeihung. Ich wusste nicht, dass ihr so empfindlich seid«, meinte der imposante Dämon, der die Platte hielt, etwas verschnupft zurück. »Was kann ich dafür, wenn ihr derart in eure Zukunftspläne vertieft seid, dass ihr mein Hereinkommen nicht bemerkt.«

»Oh man, Suppe! Her damit.«

Bolo schnappte sich eine Schüssel und begann sofort daraus zu schlürfen.

»Lecker«, sagte er, als er das Gefäß kurz absetzte. »Du bist ein As, Taroth!«

Der Dämon entblößte die Reißzähne. Ihm gefiel es, wenn er für seine Speisen gelobt wurde.

»Danke. Aber das ist doch gar nichts.«

»Stimmt«, gab Bolo zurück. Er hatte die erste Schüssel bereits geleert und griff nach einer weiteren. »Von dem Satansbraten, den du uns vor vier Sonntagen serviert hast, träume ich manchmal sogar.«

»He Bolo«, warf Santana empört ein, während sie ebenfalls eine Schüssel von der Platte hob. »Du kannst doch nicht einfach noch eine Portion nehmen.«

»Wisscho nisch?« Diesmal setzte Bolo das Gefäß nicht einmal ab. »Nick wiel doch wahscheinlisch sowiescho keine Subbe.«

»Ich hasse Suppe«

»Scheht ih.«

Santana verdrehte die Augen und setzte den Rand der Schüssel an den Mund.

»Das A und O bei so einem Braten ist, ihn richtig lange schmoren zu lassen«, erklärte Taroth mit gewichtiger Miene. Er hielt dabei Daumen und Zeigefinger der freien Hand aufeinandergedrückt. »Man muss auf Garzeit und Temperatur achten. Lamm wird schnell trocken.«

»Du bist wirklich mit allen Weihwassern gewaschen.«

»Naja, ihr wisst ja, als Fehlerteufel muss man im Detail stecken und genau das tue ich beim Kochen und Backen. Gelernt ist eben gelernt. Ich habe meine Ausbildung im dritten Kreis gemacht. Glaubt ihr, da lasse ich was anbrennen? Oh nein, bestimmt nicht. Schließlich bin ich eine Legende.«

»Falsch, mein Freund, da muss ich dich korrigieren.« Bolo stellte die zweite geleerte Schüssel zurück. Er langte nach der dritten, warf aber zuerst einen fragenden Blick in Richtung Belia. Die winkte dankend ab. Bolo griff zu. »Du hattest einen Auftritt in einem Film, der hieß ‚Legende'.«

»Na und«, Taroth riss Bolo, nun wirklich gekränkt, die Schüssel aus der Hand und zog die Platte weg. Dann baute er sich zu seiner vollen Größe neben der Sitzgruppe auf. »Das ist mehr, als du je geschafft hast.«

Belia betrachtete Taroth ausgiebig. Er war von beeindruckender Statur. Sein Brustkorb war breit, sein Wuchs hoch. Die dunkelrote, makellose Haut spannte sich glatt über die wohlgeformten Muskelpakete. Seine schwarzen, wuchtigen Hörner, die sich nach vorne wanden, sowie sein markantes Kinn unterstrichen diese Stattlichkeit im höchsten Maße. Belia hatte Taroth schon immer äußerst attraktiv gefunden. Und niedlich. Die gelbe Schürze mit den Blümchen, die er sich umgeschnürt hatte, war winzig im Vergleich zu seinem kräftigen Leib.

»Ist ja gut, Kumpel«, lenkte Bolo ein. »Du hast recht, du bist eine Legende. Zumindest was deine Koch- und Backkünste anbelangt. Für mich war Kochen immer ein Buch mit sieben Siegeln, aber du bist darin legendär. Einverstanden?«

Taroth gab ein verärgertes Grollen von sich. Dann nahm er die leere Schüssel von Santana entgegen. Grummelnd ging er zur Teerküche, stellte die Platte mit den Gefäßen ab und das züngelnde Herdfeuer aus. Belia mochte es nicht, wenn Uneinigkeit zwischen ihnen schwelte. Auch wenn alle wussten, was Taroth antworten würde, stellte sie daher die Frage.

»He Taroth, was würdest du machen, wenn du einen freien Willen hättest?«

Augenblicklich erhellte sich das Gesicht des Dämons. Er kam zurück an den Tisch getippelt.

»Es ist lieb von dir, dass du fragst, Belia«, sagte er versöhnt. »Ich weiß nicht, ob ich es schon einmal erwähnt habe, aber ich würde ein Cafe oder ein Restaurant eröffnen.«

Die Anderen nickten stumm.

»Und es würde einen ganz tollen Namen bekommen. Ich dachte an sowas wie ‚In Teufels Küche' oder ‚Das Jüngste Gericht'...«

Während Taroth weiter von seinem Restaurant schwärmte, beugte sich Santana zu Belia rüber.

»Ich kann mir nicht helfen«, zischte sie. »Aber langsam krieg ich den Eindruck, er ist von dieser Idee besessen.«

Belia hob die Achseln etwas hilflos an.

»Er ist eben Feuer und Flamme für seine Sache«, flüsterte sie zurück. »Kochen und Backen sind seine Leidenschaft, dafür brennt er nun mal. Das müsstest doch gerade du am besten verstehen.«

»Du«, Santana gab Belia einen Klaps auf den Oberarm. »Jetzt dreh den Spieß nicht rum.«

»He!« Entrüstet stemmte Taroth die Hände in die Hüften und verlagerte sein Gewicht auf ein Bein. »Ich entblöße mich hier quasi vor euch. Seid gefälligst höflich und passt auf.«

»Ich hasse aufpassen.«

»Apropos aufpassen.« Santana hatte etwas entdeckt. Sie deutete an Taroth vorbei zum Eingang. Dabei schob sie die spitze Zunge in den Mundwinkel.

Belia folgte den krallenbestückten Fingern mit ihrem Blick. Dann lächelte sie genießerisch.

»Achtung, Frischfleisch auf sechs Uhr.«

Bolo und Taroth drehten sich um. Ein junger, sehr unsicher dreinblickender Dämon hatte den Raum betreten. Er hielt ein

Stück Pergament in der Hand und sah sich suchend um. Als er die Fünf sah, setzte er sich in Bewegung

»Oh nein, er kommt auf uns zu«, Taroth seufzte, »seid bitte nett zu ihm.«

»Wir sind immer nett zu Neulingen.« Santana bleckte die Zähne.

Der junge Dämon gab sich besonders unterwürfig, als er in die lauernden Gesichter blickte.

»Entschuldigung, heute ist meine erste Nacht hier. Ich wurde gerade zugeteilt. Ist das hier der Kreis der Teufel?«

»Verzieh dich! Kreis der Teufel. Quatsch!«, fuhr Bolo den Ankömmling wild an, sodass dieser einen Hüpfer zurückmachte. Bolo stützte sich auf die Knie und funkelte erbost. »Wir sind der Teufelskreis! Siehst du den Bub, der dort drüben sitzt?« Er deutete quer durch den Raum auf den Dämonen in der Ecke. »Das ist Beelze. Er ist Gründer des Kreises der Teufel. Oder besser gesagt, das was davon noch übrig ist, nach der letzten Anti-Mission.«

»Spalter!«, brüllten Belia, Santana und Bolo wie aus einem Munde hinüber.

»Ich hasse Spalter«, ergänzte Nick weiterhin regungslos in seine Arme sprechend.

Der Neuling hatte die Augen weit aufgerissen und presste die Lippen fest aufeinander. Er blinzelte zweimal ängstlich.

»D-d-danke«, war alles, was er herausbringen konnte. Dann drehte er sich um und schlich zu Beelze in die Ecke.

»Es ist doch jedes Mal dasselbe mit euch. Warum seid ihr so zu den Neuen?« Taroth beobachtete die beiden Dämonen. »Wir hatten auch alle unsere primae noctis. Könnt ihr euch noch erinnern?«

»Mag sein«, antwortete Belia. Den Neuling zu erschrecken hatte ihr Freude bereitet, doch war der Spaß viel zu schnell vorbei gewesen.

»Ich weiß nicht«, meinte Santana und schloss die Augen. Sie verschränkte die Arme hinter dem Kopf und streckte die Beine unter den Tisch. »Es ist schon so lange her.«

Aber Taroth gab sich nicht damit zufrieden.

»Also wirklich, wo ist denn euer Mitleid geblieben?«

Bolo lachte auf.

»Mitleid? Mit dem da?«

»Ja wieso denn nicht?« Taroth schien sich erneut empören zu wollen. »Schließlich sitzen wir alle im selben Fegefeuer.«

»Ich hasse fegen.«

»Naja, kann sein«, gab Bolo nun wieder gelangweilt zurück. »Aber trotzdem gibt es auch hier immer wieder welche, die sind gleicher als andere.«

»Luzi-Lou zum Beispiel«, sagte Santana ohne sich zu bewegen.

Bolo machte ein Geräusch der Zustimmung.

»Ach, das ist mal wieder typisch für euch. Ihr seid wirklich schrecklich. Mit euch kann man über sowas nicht reden. Sobald es darum geht, Verständnis für die Situation von anderen zu haben, die nicht zu eurer erlauchten Runde dazugehören, ist mit euch nichts anzufangen.«

Belia wollte etwas einwerfen, aber Taroth überging sie einfach.

»Aber was kann man da auch erwarten. Ihr wisst gar nicht, wie gut es euch geht. Ihr habt schließlich keine Ahnung wie es ist anders zu sein als ihr. Wie es zum Beispiel ist, wenn man jemand ist, der vielleicht so sein will wie ihr.«

»Sein will wie wir?«, wiederholte Belia irritiert. Santana runzelte die Stirn und öffnete ein Auge.

»Ja, genau, wie ihr«, setzte Taroth hinzu.

»Taroth, was meinst du? Von was sprichst du eigentlich?«

Der große Dämon senkte verschämt den Blick und knibbelte verlegen an seiner Schürze.

»Na, vielleicht davon, dass ich mit meiner jetzigen... Situation unzufrieden bin.«

»Ja aber das wissen wir doch. Du willst ein Restaurant und...«

»Nein, das meine ich nicht«, unterbrach Taroth Belia hastig. Dann senkte er wieder die Stimme. »Ich möchte eine Succubus sein. Ich möchte, dass ihr mich von jetzt an Tarte nennt.«

Die Drei sahen Taroth fassungslos an. Belia glaubte, dass sie sich verhört haben musste.

»Was?«, fragte Bolo verdattert.

»Das ist mein Recht als Dämon«, erläuterte Taroth.

»Aber Taroth, das... das...«, stammelte Bolo ehrlich überrumpelt. »Das geht doch nicht.«

»Unterdrücke mich bitte nicht.«

»Ich unterdrücke dich überhaupt nicht, Taroth, aber du bist nun mal kein Buhlteufel.«

Taroth drehte ihnen beleidigt den Rücken zu.

»Du bist eben... ein klassischer Dämon«, versuchte es Bolo nochmal, verstummte dann aber und blickte hilfesuchend zu Belia. Die wusste zuerst auch nicht, was sie sagen sollte. Dann fiel ihr etwas ein.

»Taroth...«

»Tarte!«

Belia setzte erneut an.

»Tarte, sieh mal, du bist einer der schlechtesten Dämonen, die ich kenne. Deine Fratze ist grauenerregend und dein Gestank widerwärtig.«

»Mit deinen Schmeicheleien erreichst du bei mir nichts, Belia, du weißt das.«

»Mag sein, aber...«

Ein technisches Knacken ertönte, gefolgt von einem kurzen Rauschen.

»Belia«, knarzte es verzerrt aus dem Lautsprecher über der Tür. »Du hast einen Einsatz. Begib dich umgehend zum Tor der Alpträume und empfange dort deine Dogmen.«

»Tor der Alpträume?«, schnalzte Santana. »Ich habe gehört, dass das wieder Probleme macht. Es soll angeblich nicht mehr richtig schließen oder die Verbindung ist instabil oder sowas. Und dann stürzt man ab, während man drin ist, und landet sonst irgendwo, aber nicht beim geplanten Menschen.«

»Ich hasse Menschen.«

»Dieser Moloch ist echt heruntergekommen, ich glaub ich such mir 'nen neuen«, sprach Bolo und begann wieder mit seinem Spiel herumzuhantieren.

Belia erhob sich. Sie winkte zum Abschied in die Runde. Als sie an Taroth vorbeiging, hielt sie kurz inne und legte ihm eine Hand auf den Arm.

»Lass uns später nochmal darüber sprechen, hm? Wir finden eine Erlösung für dich.«

Taroth blickte sie mit großen Augen an. Dann veränderte sich seine Miene.

»Oh Belia. Du bist mein Zuckerguss-Succubus!«, sagte er dankbar.

Belia musste lächeln. Sie tätschelte Taroth kurz, dann machte sie sich zu ihrem ersten Einsatz in dieser Nacht auf.

Peter R. Krüger

FLUCHT AUS DEM PARADIES

Etwas lief ganz gewaltig daneben. Die Sicherheitszentrale des Planeten Amazonia wurde in Schutt und Asche gelegt, während Atheria verzweifelt versuchte, den Fehler festzustellen. Mit Gewalt musste Sie von Ihrem Arbeitsplatz gezerrt werden, ehe der vermeintliche Defender, der die Amazonen beschützen sollte, die Hauptstadt fast vollständig verwüstete. Wutentbrannt flog der Drache immer und immer wieder über die Gebäude und spie einen verheerenden Feuerschwall nach dem nächsten. Alles wurde verbrannt.

Nur wenige Amazonen konnten fliehen, sich in den Wäldern verstecken. Die Katastrophe schien unaufhaltsam.

Doch dann hörte es auf. Von einem Moment auf den Anderen.

All das geschah vor einem Jahr, als eine Gruppe Männer vom Nachbarplaneten Celus III unerlaubt auf ihrer Welt landete. Das Sicherheitsprotokoll sah vor, dass sich die Amazonen durch die Aktivierung eines sogenannten Defenders vor Übergriffen der Männer schützen konnten, doch hatten einige Fehlentscheidungen fatale Folgen nach sich gezogen.

Wie oft wünschte sich Atheria im vergangenen Jahr, Das D-FILE System nicht aktiviert zu haben? Zu oft, wie sie fand. Und doch half all das Bedauern nichts.

»Atheria?«, vorsichtig lugte Niadra durch den Vorhang, der den Eingang des Zelts verdeckte, in dem sich die ehemalige Verwalterin aufhielt. »Es ist Zeit. Er ist da.«

Sie schluckte. Nun war es soweit.

»Ist er so gutaussehend, wie ihn die Anderen beschrieben haben?« Kaum hatte sie die Frage ausgesprochen, schon hielt sie sich selbst für eine Idiotin. Wen interessierte es, wie dieser Mann aussah?«

Doch Niadra nickte nur und verdrehte die Augen auf eine Weise, die fast schon an Wollust erinnerte.

Atheria richtete Ihre Kleidung. Sie wollte sich nicht anmerken lassen, dass es den Amazonen nicht gut ging. Der Fremde sollte ihre Stärke sehen, nicht Verzweiflung.

»Dann führe ihn herein. Ich will hören, was er zu sagen hat.«

Niadra tat, wie ihr geheißen. Sie nickte kurz und verschwand dann wieder hinter dem Vorhang. Nur einen Moment später betrat sie das Zelt und führte jemanden hinein, dessen Erscheinung Atheria den Atem verschlug.

Sie war selbst nicht mehr die Jüngste und hielt sich stets für Souverän genug, Verlockungen – welcher Art auch immer – standhalten zu können.

Doch dieser Mann strahlte eine Aura aus, die sich ihr um Herz und Verstand legte.

»B ... Bitte nehmt Platz«, forderte Sie ihn auf und war selbst überrascht, dass Sie ihre Stimme nicht unter Kontrolle hatte. Innerlich musste Sie sich dazu zwingen, ihre Beherrschung aufrecht zu erhalten.

»Danke, Atheria. Verwalterin von Amazonia.«

Es war wie ein Schlag ins Gesicht. Verwalterin war sie seit einem Jahr nicht mehr, weil es seitdem nichts mehr zu verwalten gab. Bis auf den armseligen Haufen an übriggebliebenen Amazonen, die sich nunmehr vor allem und jedem versteckten. Doch seine Stimme klang dabei so liebreizend, dass Sie ihm diesen Affront nicht übel nehmen konnte.

»Ihr habt um eine Audienz gebeten«, versuchte Sie nun das Thema auf den Grund seines Besuches zu lenken. »Was wollt Ihr von den Amazonen?«

Sein Blick wanderte auf den Tisch im Zelt, auf dem eine Karaffe und zwei Becher standen. Wie auf Kommando griff sie danach, goss etwas von dem Wein ein und bot ihm einen Becher an.

Der Fremde nahm ihn dankend an, doch Atheria fühlte sich seltsam. Einerseits unwohl, weil Sie eigentlich nicht vorhatte, derart gastfreundlich zu sein, andererseits war es ihr plötzlich ein großes Bedürfnis, ihn zufrieden zu stellen. Einen Mann! Das war etwas, das die Amazone vorher niemals in Erwägung gezogen hatte. Doch nun schien es das Selbstverständlichste der Welt zu sein.

Mit einem durchdringenden Blick musterte er sie und für einen Moment ertappte Sie sich dabei, wie sie sich fühlte, als würde er sie mit seinen Augen ausziehen. Nein, Sie wünschte es sich regelrecht.

»In mir findet ein Prozess statt, der mich beunruhigt«, begann er dann endlich das Gespräch. »Und ich benötige Eure Hilfe, um der Sache Herr zu werden.«

Nun setzte Sie sich ihm gegenüber, bewusst darauf bedacht, ihr Dekolleté besonders liebreizend in Pose zu setzen.

»Ich kann schon ahnen, was euch bewegt. Wenn ich euch dabei helfen kann, müsst ihr nur ein Wort sagen und ich werde euch zu Diensten sein.« Innerlich erschrak Sie. Hatte Sie diese verrucht klingende Zweideutigkeit eben tatsächlich ausgesprochen? Sein Grinsen ließ Sie erröten.

»Ein Angebot, dass ich noch vor vier Zyklen angenommen hätte«, jetzt ruhte sein Blick direkt auf ihrem Ausschnitt, »und das ehrlicherweise noch immer sehr verlockend ist. Möglicherweise gibt es tatsächlich etwas, mit dem ihr mich entschädigen könnt.«

Er legte eine Pause ein und in Ihrer Fantasie malte Sie sich in Sekundenschnelle die wildesten Abenteuer mit ihm aus. Nackt, ungezügelt, hemmungslos, ekstatisch.

»Ich weiß, dass es einen Fluchtjäger der Amazonen gibt, mit dem man diesen Planeten verlassen kann. Die Pegasus.«

Plötzlich war Sie mit ihm alleine im Weltraum. Die Pegasus als geheimes Liebesnest zwischen den Sternen, ewig nackt umschlungen, seinen warmen Körper in ihrem Schoß spürend ...

»Ich muss zurück nach Celus III!«

Zurück? Warum um alles in der Welt wollte er zu diesem hässlichen Planeten zurück?

Sie drängte ihre lustvollen Fantasien beiseite und versuchte, einen klaren Gedanken zu fassen.

»Was könnte euch Celus III zu bieten haben? Dort gibt es nur Mienenarbeiter und bestenfalls noch die ParadiseCorporation. Ein Reiseunternehmen, welches nach der Zerstörung unserer Hauptstadt wohl nicht mehr so lukrative Geschäfte macht. Hier habt ihr aber Amazonen, die euch zu Füßen liegen.« Um Ihren Worten mehr Gewicht zu verleihen, sank sie selbst auf die Knie. Geschickt streifte sie dabei einen Träger ihres Gewandes von der Schulter, so dass sein Blick automatisch auf mehr Haut fallen würde. Verführerische Haut, wie sie hoffte. »Sagt einfach was ihr wünscht und wir werden es ... ich werde es euch erfüllen. Egal, um was es sich dabei handelt. Ihr könnt alles von mir haben.«

Sie wusste, dass er diesen Anblick genoss. Sie konnte es in seinen Augen erkennen. Als er zu einer Antwort ansetzte, war Sie sich sicher, dass er sie jetzt gleich auf dem Boden lieben wollen würde. Und Sie wäre bereit gewesen.

»Die Pegasus, euch und die, die Ihr Niadra nennt«, sprach er dann und versetzte ihr damit einen Schlag.

»Niadra? Warum wollt Ihr Niadra? Bin ich euch etwa nicht schön genug?«

»Darum geht es nicht«, entgegnete er, griff nach ihren Armen und zog sie wieder auf die Beine. »Ich muss weg von diesem Planeten. Und zwar so schnell wie nur möglich.«

Jetzt schien Sie zu verstehen. »Der Drache!«

Der Fremde nickte.

»Er muss noch irgendwo da draußen sein«, meinte sie schließlich und deutete mit einer Armbewegung eine vage Richtung an. »Es war ein Fehler, eine weitere Akte der D-FILES öffnen zu wollen. Doch was hätten wir tun sollen?«

Mit fragendem Blick sah sie der unwiderstehliche Mann an. Konnte es sein, dass er gar nicht wusste, was passiert war?

Sie fühlte sich dazu verpflichtet, ihm eine Erklärung zu geben.

»Wir haben eine Abmachung mit der Regierung von Celus III. Wir sind Amazonen und wenn wir uns nicht selbst schützen, dann würden wir von Männern ausgebeutet, misshandelt und missbraucht werden. Doch ganz ohne Männer geht es eben doch nicht.« Ihr Augenaufschlag sollte ihn beschwichtigen. »Die ParadiseCorporation hat, in einem strengen Auswahlverfahren, geeignete Männer herausgesucht, die in unser fragiles System hineinpassen.

Entweder, um für uns zu arbeiten, oder um der Fortpflanzung zu dienen. Letzteres wurde in einem speziellen Verfahren der DNS Analyse und Chromosomenwäsche durch Entnahme von ...«

»Ich weiß!«, unterbrach er harsch, was Sie einen Moment lang schweigen ließ. In diesem Moment besann Sie sich darauf, dass auch Sie sich als Amazone eigentlich niemals den fleischlichen Gelüsten hingab. Was war anders an diesem Mann, dass Sie sich und ihre Prinzipien so schnell vergessen konnte?

»Als eines Tages ein gestohlenes Shuttle von Celus III auf Amazonia landete und sich mehrere brutale Männer daran machten, unsere friedliche Ordnung zu bedrohen, da hatten wir keine andere Wahl, als einen Defender heraufzubeschwören. Ein Wesen, dass uns beschützen und unsere Gegner vertreiben sollte.«

Der Fremde schwieg.

»Doch der Defender richtete sich gegen uns. Das D-FILE System war darauf ausgelegt, einen Menschen genetisch zu verändern. Im Normalfall hätte er über Jahrzehnte, vielleicht sogar Jahrhunderte unsere Welt beschützen können ...« Eine Träne bahnte sich ihren Weg und sie verlor die Stimme. Zu schmerzhaft war die Erinnerung an all die Amazonen, die sie durch diese Katastrophe verloren hatte.

»Doch euer Defender hatte sich nicht freiwillig gemeldet«, stellte der Fremde fest, als würde er ahnen, was geschehen war.

Sie schüttelte mit dem Kopf.

»Nachdem er die Eindringlinge besiegt hatte, richtete er sich gegen euch?«

»Er verbrannte so viele meiner Amazonen«, gab Sie schließlich zu. »Hunderte ... tausende. Sie konnten sich nicht wehren.« Vor Ihrem geistigen Auge erlebte Sie die schrecklichen Momente erneut. Der Angriff des Defenders und wie er sich auf alles stürzte, was er töten, oder zerstören konnte. Als wäre der leibhaftige Teufel in ihm. »Nur wenigen gelang die Flucht und wir fürchteten, dass er uns finden und restlos auslöschen würde.«

»Doch dann war er mit einem Mal nicht mehr zu sehen.«

Sie nickte. »Als wäre er vom Erdboden verschluckt worden. Dieser … Taryll …«, Sie spie seinen Namen aus, als wäre er ein faules Etwas in Ihrem Mund.

»Subjekt C-III-T-14-8«, warf der Fremde dazwischen und sorgte dadurch für Ihre Aufmerksamkeit.

»Woher wisst ihr …?«

Er grinste sie finster an.

»Aber … das kann nicht sein!«

»Es kann nicht nur sein«, erwiderte er nun in einem barschen Tonfall, »sondern es ist auch so!«

Und mit einem Mal verfinsterte sich sein Gesicht. Dunkle Ringe bildeten sich um seine Augen, während ihm kleine Hörner aus der Stirn wuchsen. Als er aufstand, bemerkte Sie einen roten Schwanz, der sich hinter ihm wand und wie aus dem Nichts heraus breiteten sich zwei rotschwarze Schwingen aus, die denen einer Fledermaus zu gleichen schienen.

»Was immer Ihr auch mit eurem D-FILE System vor hattet, es sorgte dafür, dass ich mich nun schon mehrfach verwandelt habe. Ich wollte lediglich ein schönes Leben führen und die Freuden genießen, die uns auf Celus III versprochen wurden. Ihr erinnert euch? Ungeahnte Freuden? Stunden voller Ekstase?

Daraus wurde nichts. Stattdessen wurde ich an eine Höllenmaschine angeschlossen und schließlich zu eurem perversen D-FILE System umgewandelt.«

Sie traute Ihren Augen nicht. Jetzt erkannte Sie ihn. »Ihr seid Taryll?«

»Das, was von ihm übrig ist.« Seine Pranken griffen nach ihren Armen. Sie wollte aufschreien, doch ein einziger Blick von ihm genügte, um Sie zum Schweigen zu bringen. Und nicht nur das. Obwohl Sie plötzlich Angst vor ihm hatte, fühlte Sie sich nur noch mehr zu ihm hingezogen. Etwas, das Sie vollends mit Schrecken erfüllte.

Sie sank in sich zusammen und begann zu weinen.

Niadra. Wo war Niadra? Hatte er ihr etwas angetan? Atheria hob ihren Blick und war erleichtert. Niadra stand noch da. Vor dem Zelt. Als wäre alles in bester Ordnung.

»Es nutzt nichts, zu schreien«, warf Taryll ein, als hätte er Ihren Gedanken gehört, bevor Sie sich selbst darüber klar war, was Sie vor hatte. »Niadra denkt, wie unterhalten uns in aller Freundschaft.« Er grinste boshaft. »Ein Vorteil dieser Gestalt.«

Aber wie ...?«

»Später!«, herrschte er Sie an. »Wie kommen wir zur Pegasus?«

Ihr Herz wurde ihr schwer. Hieß es nun, dass er Sie töten würde? Mit einem Mal gestand Sie sich ein, dass er allen Grund dazu hätte.

»Die Pegasus!«

»Es ist nicht weit«, gestand Sie. »Eine verborgene Startbasis. Ich ... ich habe den Code. Aber was wird aus meinen Amazonen?«

»Die werden schon alleine zurechtkommen. Du und Niadra, ihr kommt mit mir. Der Rest von euch ist auf sich gestellt.« Unsanft stieß er sie aus dem Zelt. Niadra, die dunkelhaarige Schönheit, schreckte auf. Doch als Sie Taryll sah, nun wieder in seiner verführerischen Gestalt eines Menschen, anstatt des Inkubus, der er war, lächelte Sie.

»Gehen wir?«, fragte Sie und in diesem Moment wurde Atheria bewusst, dass Niadra bereits von dem Wesen, das einst der Mensch Taryll gewesen war, verführt worden war.

Er trieb Sie durch die Zeltstadt der Amazonen, hielt beide zur Eile an und lächelte dabei, als wäre diese Flucht das Normalste auf der ganzen Welt. Seltsamerweise waren die Amazonen jedoch weder misstrauisch, noch stellten Sie Fragen. Atheria registrierte mit Erschrecken, dass der Inkubus, der einstmals Taryll war, Ihre gesamten Amazonen um den Finger gewickelt hatte. Seiner Flucht aus dem Paradies, welches Amazonia einstmals war, stand nichts mehr im Weg.

Konnte sie ihn in die Irre führen? Der Gedanke keimte auf, doch noch ehe Sie einen Plan schmieden konnte, wischte eine innere Stimme jeglichen Widerstand beiseite und in ihr regte sich erneut die Fantasie von wilder Ekstase zwischen den Sternen.

Es war ein Leichtes für Sie, die geheime Basis zu finden, sie mit ihrem Passwort zu öffnen und die Sequenz für den automatischen Katapultstart der Pegasus einzugeben.

»Warum habt Ihr den Fluchtjäger eigentlich nie selbst benutzt? Ihr hättet damit ohne weiteres entkommen können.«

Atheria schüttelte resigniert den Kopf. »Und meine Schwestern hier alleine lassen? Das kam für mich nicht in Frage. Bis Ihr in dieser Gestalt erschienen seid.«

Sie merkte, dass Taryll lächelte. Diesmal war es aber ein Lächeln, das Sie ganz und gar nicht einordnen konnte.

Er befahl ihr, alles Notwendige zu veranlassen, um das Schiff schnellstmöglich zu starten und sie gehorchte. Beinahe war es ihr, als wollte sie selbst schnellstmöglich den Planeten verlassen.

Der Countdown zum Katapultstart lief, die Anzeigen auf

der Kommandokonsole zeigten, dass alles im grünen Bereich war, so dass Atheria die Zeit nutzen wollte, mehr zu erfahren.

»Warum habt Ihr uns angegriffen?«

Er schwieg.

»Das D-FILE System hätte euch einfach nur zu einem Defender machen sollen. Warum habt Ihr dann uns angegriffen?«

Taryll blickte kurz zu Niadra, dann auf die Konsole und schließlich zu Atheria, ehe er antwortete. »Weil ich mich daran erinnern konnte, was Ihr mit mir getan habt. Ich wollte meine Rache!«

Niadra protestierte. «Das ist unmöglich! Niemals hat der Defender sich an die Umwandlung erinnert. Er kann gar nicht ...«

»Doch«, unterbrach Atheria dann schuldbewusst. »Er kann. Und ich muss eingestehen, dass das meine Schuld ist.«

Die letzte Phase des Countdowns wurde eingeleitet und Atheria spürte, wie der fragende Blick Niardas auf Ihr lastete.

»Ich gab den Befehl, Protomaterie für den Umwandlungsprozess zu benutzen, um den Vorgang zu beschleunigen.«

»Aber Protomaterie ist eine instabile ...«

»Das wusste ich. Und ich habe es dennoch befohlen.«

Die Sekunden zählten langsam aber stetig rückwärts.

»Aber Ihr habt keine Vorstellung davon, wie instabil die Sache ist«, klagte Taryll sie an.

»Das Defense Force Incubation and Liberty Evolution System arbeitet einwandfrei, wenn wir genug Zeit gehabt hätten, es auf ...«

»Zeit! Genau das ist es, verdammt nochmal«, unterbrach Taryll. Seine bisherige Zurückhaltung wich und gab einen Moment des Zorns preis. »Sie konnten es nicht abwarten, ihr Scheißprogramm an mir zu testen und diese verfluchte Protomaterie in mich reinzupumpen. Defense Force Incubation and Liberty Evolution System? Wer lässt sich eigentlich so einen dämlichen Namen einfallen? Ihr habt die schlimmsten Foltermethoden erfunden, die sich ein Mensch nur vorstellen kann. Und ich erinnere mich an alles. An meine Verstümmelung, als ich auf Amazonien angekommen bin, an meine Umwandlung zum Defender und an die anderen Erneuerungszyklen.«

»Erneuerungszyklen?« Atheria und Niadra stellten diese Frage gleichzeitig.

»Was glaubt Ihr denn? Dass ich einfach so von einem Drachen zu einem Inkubus wurde? Mitten im Flug setzte der erste Erneuerungszyklus ein und verwandelte mich in ein Einhorn. Hat jemals jemand ein Einhorn fliegen gesehen?«

Beide Amazonen schüttelten den Kopf. Der Countdown war nun bei den letzten zehn Sekunden angelangt.

»Und weil Einhörner nicht fliegen können, war der Sturz auch verdammt schmerzhaft. Was nutzt es, in einem See zu landen, wenn man direkt auf felsigen Untergrund aufschlägt? Nichts. Auch als Einhorn bricht man sich das Genick.«

»Und dann wurdet ihr ein Inkubus?« Niadras Frage amüsierte ihn. Offenbar verflog auch ein Teil seines Zorns.

»Euer toller Umwandlungstrick hatte da noch was anderes für mich im Sinn. Wiedergeboren als Phönix mitten in einem See. Wirklich amüsant, wenn man etliche Tode stirbt, weil einem das Wasser den Lebensfunken erlischt und man kurz darauf wiedergeboren wird. Immer und immer wieder. Es hat verdammt lange gedauert, bis ich endlich am Ufer war. Verwirrt und einsam.«

»Und brennend?«

»Nein, Atheria. Nicht mehr brennend. Es war mir fortan

nicht mehr vergönnt. Stattdessen setzte just in diesem Moment ein weiterer Erneuerungszyklus ein und machte aus mir das hier.« Er deutete mit einer schwungvollen Handbewegung auf sich selbst. »Ein Inkubus unter lauter Amazonen. Welch herrliche Ironie.«

Die Zeit lief. Auf der Konsole war nunmehr eine Vier zu sehen.

»Und eure Rache für unser Vergehen?«

»Drauf geschissen!«

Drei.

»Was nutzt es mir, mich an euch zu rächen, wenn ich mich andauernd in irgendetwas anderes verwandele?«

Zwei.

»Seid froh, dass ich den Phönix schon hinter mich gebracht habe. Hier in diesem kleinen Raumschiff wäre das nicht gut für euch ausgegangen ... urgh.«

Eins.

Die Amazonen schraken auf, als Taryll sich verkrampfte.

»Es geht schon wieder los!«, keuchte er. Sein Körper begann von innen heraus zu leuchten. »Verdammt, ich habe gehofft, die Ärzte auf Celus III können mir helfennnnghhh ...«

Null.

Angetrieben durch den eigenen Schub, unterstützt von einem Hochleistungskatapult wurde die Pegasus urplötzlich in die Höhe geschleudert. Ein fauchender Lärm erfüllte das Cockpit des Fluchtjägers und Atheria war sich sicher, dass ihre Amazonen auf dem Planeten nun ihren Blick gen Himmel richteten und den Flug der Pegasus verfolgten, bis der Jäger außer Sichtweite war.

Sie selbst kämpfte in diesem Moment jedoch mit ihrem eigenen Gewissen, weil ihr klar wurde, dass ihr Volk, dass Sie, dem Menschen Taryll großes Unrecht angetan hatte.

Sein Körper war inzwischen vollständig in Licht gehüllt und verformte sich.

Doch welche Form würde er nach Vollendung dieser Erneuerung annehmen und welche Wesenszüge würde er dann zeigen?

Sie wollte ihm helfen, doch zweifelte Sie daran, dass die Ärzte von Celus III dafür geeignet waren.

»Niadra, nimm Kurs auf Gamma Serpentis. Wir müssen zur Zitadelle!«

»Gamma Serpentis? Die Zitadelle?«

»Hast du schlechte Ohren? Mach schon! Wer weiß schon, was aus ihm wird. Kurs setzen und den Autopiloten ein. Mögen uns die Götter beistehen!« Sie wusste, dass es gefährlich war, Gamma Serpentis aufzusuchen. Die Technomagier der geheimnisvollen Zitadelle schätzten es nicht, in ihren Forschungen unterbrochen zu werden und verlangten üblicherweise einen hohen Preis, sollte man sie stören. Doch Atheria fürchtete sich davor, was als nächstes aus Taryll werden würde. Die Zitadelle auf Gamma Serpentis war ihre einzige Chance.

Hastig flogen Niadras Finger über den Astrogationscomputer. Mit einem kurzen Nicken bestätigte sie Atherias Befehl. Kurz darauf schienen sich die Sterne zu mehreren Leuchtbändern zu verlängern. Es kam Ihr so unwirklich vor.

Mit einem Lichtblitz verschwand die Pegasus und hinterließ nur die Dunkelheit des Weltraums zwischen den Planeten Amazonia und ihrer Nachbarwelt Celus III.

Agga Kastell

TRÄNEN LÜGEN NICHT

1

Er kommt auf mich zu, die Augen verschleiert, den Mund halb geöffnet. Seine Lippen verharren vor meinen wie eine Aufforderung. Dann berühren sie zart den sensiblen Amorbogen. Seine Zunge leckt über meine Unterlippe, findet den Weg in meine Mundhöhle, stupst gegen meine Zunge. Seine Küsse werden fordernder, schließlich gierig. Seine Finger zerren an meiner schwarzen Seidenbluse, reißen ungestüm die Knöpfe aus den Löchern, zerreißen das Gewebe. Die Träger meines BHs werden über beide Schultern heruntergezurrt, bis die BH-Schalen mit einem Plopp umklappen. Beim Anblick meiner üppigen, nackten Brüste stöhnt er auf, sein Blick wandert gierig von rechts nach links. Er kann sich nicht entscheiden und vergräbt seinen Kopf in meiner Halskuhle. Seine Lippen saugen an der Haut meines Halses, hinterlassen feuchte Markierungen wie Spuren im Schnee, wandern über das Schlüsselbein hinab zu den begehrten Hügeln, deren sanfter Weichheit mit den harten, braunen Spitzen nun seine Aufmerksamkeit gilt. Er knetet, leckt und saugt. Er unterbricht, um mich zur Couch zu drängen. Ich platziere mich dekorativ zwischen den Kissen, öffne den BH, werfe ihn hinter mich und fordere ihn mit einem Gurren auf, weiterzumachen. Als er meine Oberweite ausreichend bearbeitet hat, knabbert und beißt er sich über meinen runden Bauch hinab zu den wohlgeformten Hüften, dorthin, wo meine molligen Beine am dicksten sind und versenkt sein Gesicht in den Schatten.

Huh, der Knabe weiß, was er tut, was nicht so oft der Fall ist, wie es sein sollte. Ich bin stets erfreut, auf einen Gentleman zu stoßen, dem die Bedürfnisse seiner Mitspieler genauso wichtig sind wie seine eigenen. Aber es stört mich auch nicht, wenn ein kleiner Narziss meint, seine Egonummer abziehen zu müssen. Die Pheromone, die sie dabei ausstoßen, sind die Gleichen.

Meine Güte, hat der Typ ein Stehvermögen. Seit geschlagenen dreizehneinhalb Minuten beackert er meine Furche mit seinem Pflug. Ich seufze laut, dann stöhne ich und werfe die schwarzen Haare dekorativ um meinen Kopf. Schließlich gebe ich kleine Lustschreie von mir, was ihn so in Fahrt bringt, dass er zitternd und bebend in einem gewaltigen Spasmus kommt. Um das Bild abzurunden, biege ich den Rücken durch, schreie laut auf, er hat es sich verdient, bei all der Mühe, die er sich gegeben hat, und sinke dann zurück in die Kissen. Keuchend liegt er auf mir. Als sich seine Atmung normalisiert, rutscht er herunter, schiebt seinen Arm unter meinem Hals hindurch, schlingt den anderen um meinen Rücken und presst sich an mich. Ich bemühe mich nach besten Kräften, nicht zurückzuweichen, kuscheln ist wirklich nicht mein Ding, und tröste mich damit, dass es nicht lange dauern wird.

»Wow«, ächzt er, »was für eine Nummer. Ich heiße übrigens Tobias.«

»Und ich bin wow-was-für-eine-Nummer-Sabrina«, sage ich und grinse.

Nach zwei Minuten ist er eingeschlafen und schnarcht leise. Ich ergreife ein längliches Couchkissen, rutsche aus seiner Umarmung und schiebe dabei das Polster zwischen seine Arme. Er grunzt und drückt das Kissen an sich. Dann schläft er weiter, hört nicht einmal, wie ich mich anziehe, eine gefälschte Visitenkarte auf dem Tisch zurücklasse und die Wohnungstür hinter mir ins Schloss fällt. Im Moment glaubt er noch an das, was er für Liebe hält. Morgen wird er das nicht mehr tun. Seine Seele, schäumend vor Wut und Hass auf blöde Weiber und die Ungerechtigkeit des Lebens, gehört dann mir.

2

Bitte erlauben Sie, dass ich mich vorstelle. Ich bin ein Wesen von Reichtum und Geschmack. Ich wandle schon seit vielen, vielen Jahren hier, stahl Millionen Menschen Seele und Glauben. Mein Name ist Sabrina. Oder Adelgunde. Oder Richard. Wie Sie möchten. Ich mache mir nichts aus Namen. Und natürlich bin ich vollschlank oder dünn oder mager, ganz wie es die jeweilige Situation erfordert, einschließlich der entsprechenden Kleidung.

Gerade bin ich als füllige Goth unterwegs, ungefähr 24 Jahre alt, mit zerrissener Spitze unterm schwarzen Rock, löchrigen Netzstrumpfhosen und Springerstiefeln. Mein Auftraggeber setzte mich auf Tobias Host an, dessen Name ich schon kannte, bevor er ihn mir nannte. Zwei bis dreimal im Monat flattert mir eine »Dienstanweisung an Unterteufel

07« ins Haus. Früher per Pergament, dann als Brief oder Telegramm, heute via E-Mail. Ein Hoch auf das Internet. Es hat unsere Arbeit so vereinfacht. Nicht nur das Versenden von Nachrichten ist ein Klacks. Auch die Recherchen, die sich je nach Fall recht umfangreich gestalten und sich früher über Wochen hinziehen konnten, sind heute rationalisiert. Ein paar Klicks, einige Browserverläufe, zwei, drei angeblich sichere Internetseiten - et voilà, streng geheime Vorlieben und Abneigungen reihen sich fein säuberlich auf dem Identitätsbogen.

Der Klientenanalyse folgt der persönliche Einsatz. Ich besorge die favorisierte Kleidung und entsprechendes Spielzeug, mache mich mit zu besuchenden Lokalitäten vertraut und überdenke meine Vorgehensweise. Üben brauche ich nicht. Ich bin zu lange im Geschäft, als dass mir eine Situation irgendetwas Neues, Überraschendes bieten könnte. So lange im Geschäft, dass ich inzwischen zu Unterteufel 07 aufgestiegen bin und als Nullnummer mehr als einen Auftrag pro Monat erledige. Richtig geraten, zwischen mir und dem Objekt meiner Begierde, dem Meister, unserem Höllenfürsten Satan gibt es nur sechs weitere Succubi in der Befehlskette. Sechs Oberteufel, die die Abteilungen verwalten, Anweisungen erteilen, Ergebnisse kontrollieren und Verfehlungen registrieren.

Pannen darf man sich heutzutage in unserem Gewerbe nicht erlauben. Es gibt mehr Seelen in der Hölle als je zuvor und wenn ich meine Aufgaben nicht perfekt erledige, stehen fünfzig Deppen in der Schlange, die sich darum reißen, mich ersetzen zu dürfen. Natürlich besitze ich weitreichendere Erfahrungen und Kenntnisse als diese tumben Frischlinge. Dafür sind sie bei weitem nicht so anspruchsvoll wie ich, die ich seit Jahrtausenden meinen Dienst tue und schon ein wenig höllische Anerkennung erwarte. Diesem Sündenpfuhl an Arbeitskräften zu entkommen gilt all mein Sinnen und Trachten. Ich möchte unbedingt in die Riege der Oberteufel 01-06 aufsteigen, genauso wie 01-06 ebendies verhindern wollen. Jeder klammert sich an sein Pöstchen und die damit verbundene Macht. Dass es leider nur zwei Möglichkeiten gibt, um mein Ziel zu erreichen, verkompliziert die Sache: Entweder einer von 01-06 erlaubt sich einen katastrophalen Fehler, der die Menschheit entscheidend nach vorne bringt, oder ich erledige eine unmögliche Aufgabe.

Mit Papst Claudius dem Dritten schaffte ich es von 17 auf 16. Die Heilige Jungfrau von Deville katapultierte mich auf die 9. Nie von denen gehört? Na da sehen Sie es, das ist gründliche Arbeit. Und ja, ich kann auch als Mann, null problemo. Ich bin ein guter Succubus, überaus flexibel und anpassungsfähig und habe keinerlei Vorlieben. Außerdem bin ich penibel bis ins Detail. Mir fällt auf, wenn Oberteufel 01-06 eine Fehlinformation installieren, durch die ich scheitern könnte. Die falsche Haarfarbe kann ein Projekt zum Platzen bringen. Als Lackleder-Domina die Peitsche zu schwingen, obwohl Kuschelsex gewünscht wird, ruft keine Begeisterung hervor. Oder bei einer Frau als Mann aufzukreuzen, wo deren Vorliebe eindeutig dem eigenen Geschlecht gilt. So sind die kleinen Freuden der Konkurrenz. Tue recht und scheue niemand.

Ich laufe durch die dunkle, stille Stadt zu meinem Appartement in einer angesagten Gegend. Teuer ist es hier und sauber. Ein Taxi parkt am Bordstein. Ein älterer Mann steigt aus und hilft einer eleganten Frau aus dem Wagen, hält schützend die Hand zwischen Kopf und Fond, damit sie sich nicht stößt. Ohne dass sie es merkt, zupft er zwei Fussel von der Rückseite ihres Kragens und fährt glättend über das Gewebe. Dabei schließt er die Augen, atmet tief ein und lächelt.

Als ich ein junger, unerfahrener Unterteufel war, habe ich nicht verstanden, worum es bei diesem merkwürdigen, menschlichen Verhalten ging. Liebe? Was sollte das sein? Angeblich ist es der höchste Wert, nach dem ein Wesen streben kann. Literatur, Poesie, Kunst – alles ist voll von einem Gefühl, das von der Menschheit zu 98% missinterpretiert wird. Die zweibeinigen Dummsäcke glauben, dass Empfindungen aus dem Herzen kommen. Selten so gelacht. Das Herz ist ein Muskel, der sich ausdehnt und zusammenzieht und anfällig auf Störungen reagiert: Herzrasen, Herzstolpern bis zum zeitweiligen Aussetzen des Herzschlags. Und wer steuert das? Natürlich das Gehirn. Also ist im Umkehrumschluss die Liebe eine logische Entscheidung, die dann durch Hormonausschüttung die angeblichen Gefühle verursacht. Und genau deshalb scheitern so viele Menschen an der Liebe: Sie ist kein Herzflattern, das irgendwie irgendwo irgendwann entsteht und genauso schnell entschwindet. Sie ist ein rationaler Entschluss, an dem man festhalten muss, auch wenn es noch so dicke kommt. Zum Glück zählt die menschliche Rasse nicht zu den intelligentesten Geschöpfen und feste Entschlossenheit ist bei ihren Exemplaren eher selten. Wie gesagt, sie lassen sich von ihren diffusen Gefühlen leiten, die sie hierhin und dorthin katapultieren und die von außen leicht beeinflusst, verworfen und sogar ins Gegenteil verkehrt werden können. Gut für einen Succubus wie mich. Das vereinfacht meinen Broterwerb enorm.

Trotzdem habe ich mir das luxuriöse Appartement mit harter Arbeit verdient. Wissen Sie, wie anstrengend es ist, sich ständig als die Person zu präsentieren, die ein anderer erwartet? Ich gehe durch das Wohnzimmer mit riesiger

Couchlandschaft, Breitwandfernseher, Kamin und Bar. Im Schlafzimmer, rundes Bett, rote Samtvorhänge, schlüpfe ich aus den Klamotten. Ich sperre die Badtür ab, stelle mich unter die Doppeldusche und lasse all das Fleisch, das ich seit Stunden an mir trage, vom heißen Nass herunterwaschen. Können Sie sich vorstellen, wie eklig das früher war, als wir in Badezubern saßen und sich das Fett im Wasser ablöste? Ein Hoch auf die Moderne.

Unter den warmen, festen Wasserstrahlen wandle ich meine Gestalt in seine Ursprungsform zurück. Nein, Sie wollen nicht wissen, wie ich wirklich aussehe. Altertümliche Drucke geben sich redlich Mühe, Succubi so darzustellen, dass das menschliche Auge ihre Struktur begreifen kann. Aber, wie bereits erwähnt, Menschen sind nicht die geistreichste Lebensform. Ich gehe durch die Ankleide, drücke an der Wand hinter einem Schuhregal auf einen verborgenen Mechanismus und warte, bis das Gestell zur Seite schwingt. Die Höhle dahinter ist feucht, es tropft allenthalben und das Licht ist spärlich. Meine Hauptnahrungsquelle ist sexuelle Energie, aber gegen einen physischen Snack ist nichts einzuwenden. Ich fange eine herumschwirrende Fledermaus, verflüssige mit meinem Schweiß ihre Innereien und sauge sie aus. Dann rolle ich mich unter einem Steinvorsprung zusammen und schlafe.

3

Auf dem Server erwartet mich die nächste »Dienstanweisung an Unterteufel 07«. Ich bin genervt, dass sie mir keinen einzigen Tag Pause gönnen, schaue die Mail natürlich trotzdem an.

Mein neuer Klient heißt Derek Graum, ist 32 Jahre alt

und ein ansehnliches Exemplar seiner Gattung. 1,85 Meter groß, blondes Strubbelhaar, dunkelbraune Augen und falls der Wollpullover nichts kaschiert, breitschultrig und schmalhüftig. Yeah, Spaß bei der Arbeit. Er ist evangelischer Pfarrer, Jogger und unverheiratet. Sein Lieblingsthema Liebe kommt in fast allen Predigten vor. Ich wittere den Pferdefuß von Oberteufel 01-06. Was haben sie sich diesmal ausgedacht, um mich aufs Kreuz zu legen? Ich checke die Fakten. Falls sie korrekt sind, ist Derek Graum ein Heiliger. Er hat keinerlei Vorlieben, seine zukünftige Partnerin sollte lediglich ein freundliches, zugewandtes Wesen besitzen und sich für die öffentlichen Belange seiner Gemeinde interessieren. Er wünscht sich wahre Liebe. Ja kennt der Mann denn keine Scham, so etwas Altruistisches auf einer Partnerseite kundzutun? Dabei hat er weder ein Haus noch ein imposantes Auto vorzuweisen. Dafür Stolz und Ehre und eine feste Verwurzelung in einem Glauben, der sich nur mit dem Unmöglichen zufriedengibt. Mist. Die von sich selbst Überzeugten sind am schwierigsten zu knacken. Irgendetwas stimmt mit ihm nicht. Ich zapfe meine Quellen an, die mir mitteilen, dass Derek Graum als Kind einen schlimmen Unfall hatte und von einem Engel gerettet und gezeichnet wurde. Er ist also Gottes kleiner Liebling und damit ein ganz spezieller Fall. Mist, Mist, Mist. Ich werde verhungert sein, lange bevor ich diesen Knaben erlegt habe. Und ich werde sehr vorsichtig sein müssen, denn sollte der heilige Derek Graum keine Falle sein, ist er mein Fahrschein zu Oberteufel 06.

Ist heute Sonntag? Supi, dann nix wie losgelegt.

4

Die Predigt über 1. Korinther 13 handelt natürlich von der Liebe und ist kurz und knackig. Meine dunklen Locken fallen hinter mir fast bis auf die Kirchenbank, als ich meine strahlend blauen Augen zur Kanzel erhebe und gebannt dem Vortrag lausche. Danach geht Pfarrer Graum mit leichtem Hinken zwischen den gut gefüllten Bänken der Gläubigen hindurch zum Eingangsportal. Stimmt, er hatte vor drei Monaten einen Motorradunfall, komplizierter Wadenbeinbruch. Ich reihe mich in die Schlange ein, die an Hochwürden vorbeidefiliert. Die alte Frau vor mir bedankt sich mit tränenumflortem Blick für die salbungsvolle Predigt.

Tränen. Noch so ein Menschending, das ich nicht verstehe. Sie flennen bei jeder Gelegenheit, plärren, heulen, schluchzen. 70% der Heulattacken sind fake und sollen ein Gegenüber dazu bringen, zu tun, was dieses niemals vorhatte. Auch ich habe schon Tränen als Waffe eingesetzt und weiß, dass sie funktionieren. Ich mache es jedoch nicht gerne, das ist so entwürdigend. Das groteske Gesicht, die verzerrte Stimme, die auslaufende Flüssigkeit, die ich mit Wasser imitieren muss – ekelhaft. Als Succubus kann ich Weinen so gut wie ein Mensch vortäuschen. Doch um echte Tränen zu produzieren, müsste ich Gefühle haben und die sind, wie Sie gewiss bemerkt haben, bei mir nicht vorhanden. Ein Succubus, der echte Tränen heult, verrät sich selbst, seinen satanischen Arbeitgeber und die gute Sache, der er dient.

Die alte Frau ließ endlich die Hand von Derek Graum los. Ich ergriff die Bazillenschleuder und drückte kräftig zu.

»Sind Sie neu in meiner Gemeinde?«, fragte er freundlich mit ruhiger, tiefer Stimme.

»Bin ich«, antwortete ich und schlucke herunter, was

ich dachte: So neu, dass du mir heute Abend das regionale Telefonbuch vorlesen darfst.

»Kommen Sie doch noch mit auf einen Kaffee ins Gemeindehaus«, sagte Derek.

Jetzt weiß ich, wo die herausströmenden Massen hinpilgerten.

»Danke, beim nächsten Mal vielleicht.«

Ich verschwand Richtung Parkplatz und ließ einen frischen Wind mein Haar dekorativ hinter mir her wehen. Seine geweiteten Pupillen hatte ich sehr wohl bemerkt und verbuchte sie als ersten Pluspunkt.

5

Der Kaffee im Gemeindehaus, das Frühlingsfest im Pfarrgarten, ein Orgelkonzert in der Kirche, eine Lesung in der Bibliothek. Gähn. Ich lasse mir alle Zeit der Welt, Derek das Gefühl zu geben, dass ich nicht so leicht zu erobern bin. Willst du was gelten, mach dich selten. Er war angetan, als er erfuhr, dass ich Tänzerin am Staatsballett bin. Gerade anrüchig genug, um Interesse zu wecken, aber noch innerhalb der Norm. Was haben Menschenmänner nur mit ihrem Gefallene-Mädchen-Syndrom? Wieso flippen sie aus, nur weil man eine weiße Strumpfhose trägt? Wirklich. Probieren Sie das ruhig mal zu Hause aus. Flaute im Bett? Nix wie in die blickdichten, weißen Nylons geschlüpft und jeder Knabe verliert den Verstand. Und wenn ein Mann wie Derek eine Jungfrau (räusper) in Nöten vor den zügellosen Untiefen einer Tanzkompanie retten kann, bietet er womöglich umso schneller eine solide Partnerschaft an, mit allem was dazu gehört, als rettenden Hafen sozusagen. Ich lud Derek zu einer Premierenvorstellung in die Staatsoper ein. Als er mich in meinen weißen Strümpfchen mit Tüllröckchen zu Schwanensee auf der Bühne herumhopsen sah, konnte ich über die Distanz der Zuschauerränge fühlen, wie sich der feste Zehn-Finger-Klammergriff um seine eiserne Moral löste. Mit ein paar Pheromonen und einer freizügigeinladenden Situation hätte ich ihn womöglich schon zu diesem Zeitpunkt plattmachen können. Das hätte ihn jedoch lediglich in seiner Meinung bestärkt, sich von allzu losen Frauenzimmern fernzuhalten. Ich aber wollte ihn ganz und gar, gebrochen und voller Hass, um ihn vollkommen zerstört zurückzulassen.

Wobei ich zugeben muss, dass mich seine liebevolle Art, seine fürsorglichen Manieren, seine Höflichkeit und Ehrlichkeit beeindruckten. Er brachte mir Kleinigkeiten mit, die zeigten, wie aufmerksam er war. Blumensträuße und Konfekt? So einfallslos war Derek nicht. Er überreichte mir eine Flasche Aloe Vera, weil ich angemerkt hatte, dass ich meine Haut gerne feucht hielt. Dafür küsste ich ihn zart auf die Wange und ließ dabei die Pheromone fliegen.

Ich schenkte ihm einen Gedichtband von Novalis aus dem Antiquariat, nachdem er einen Satz daraus rezitiert hatte. Er umschlang mich einen Moment zu lange und drückte seine Lippen auf meine Stirn.

Ich erhielt einen Schal, bestickt mit Mohnblüten, weil ich behauptet hatte, es seien meine Lieblingsblumen. Ich presste Derek vor Freude an mich, bis ich eine leichte Bewegung in seiner Hose spürte, dann hauchte ich ihm einen Kuss auf seinen Mundwinkel.

Er freute sich über ein Päckchen Tabil, ein Gewürz, das er in Tunesien zu schätzen gelernt hatte und küsste mich zwischen Ohr und Kieferknochen, verharrte dort und atmete tief ein und aus. Hui, gewagt, gewagt. Ich war nicht an Zärtlichkeiten gewöhnt, die Zuneigung transportierten, aber nicht dem Zweck dienten, den anderen in die Kiste zu bekommen. Ich ertappte mich dabei, wie ich am helllichten Tag über Derek sinnierte, auch wenn keine Notwendigkeit bestand, an einen nächsten Schritt zu denken. Ich erwischte mich mit einem dümmlichen Lächeln auf den Lippen, als mir seine wohlüberlegten Geschenke einfielen, sein Haar, wie es im Wind wehte, der Geruch seiner Haut auf meiner ... Würg. Ich musste wirklich aufpassen, die nötige berufliche Distanz zu wahren und mich nicht in irgendwelche antisuccubischen Gefühlsduseleien zu verstricken. Mist. Zum ersten Mal in meiner Karriere war ich gezwungen, mit echten Gefühlen zu spielen, was mir nicht gefiel. Ich schüttelte die ungewohnten Gedanken ab. Vielleicht sollte ich stattdessen das Finale planen. Derek Graum war bis über beide Ohren in mich verliebt. Worauf wartete ich?

Seit vier Monaten ackerte ich schon an ihm herum. Dabei hielten mich die kleinen Energiesnacks am Leben, die ich mir zwischendurch mit wahllos aufgegabelten Menschen gönnte, die aber weit von einer nahrhaften, weil intensiveren Energieaufnahme entfernt waren. Oberteufel 01 schaltete sich gestern ein und fragte, wie lange ich noch gedächte, kostbare Arbeitszeit an dieses Individuum zu verschwenden? Ich solle endlich losschlagen, um danach mein stark aufgelaufenes Arbeitspensum abzuarbeiten. Höflich, aber bestimmt, erklärte ich, dass besondere Opfer einwandfreie Maßnahmen erforderten und es unser Arbeitgeber sicher begrüßen würde, einen auserwählten Gottesmann im Repertoire zu haben.

6

Derek fragte mich so zögerlich, ob ich Lust auf einen Kurztrip nach Edinburgh hätte, dass ich dachte, ich hätte es vielleicht mit der Rolle der Reservierten ein klein wenig übertrieben. Er wollte für drei Tage eine Ferienwohnung mit Selbstversorgung mieten und von dort aus ein paar Ausflüge unternehmen. Vor Erleichterung sackten mir die Schultern nach unten. Endlich war es soweit. Wir zwei beide in einer kleinen Wohnung, wobei sonnenklar war, dass die getrennten Schlafzimmer nur Alibifunktion hatten. Die leise Stimme, die mir zuflüsterte, dass es doch so schön sei, verwöhnt zu werden, geliebt zu werden, und ob ich das wirklich aufgeben wollte, ignorierte ich mit eiserner Härte. Ich hatte schließlich einen Job zu erledigen.

Edinburgh zählt nicht zu den romantischen Städten wie Paris oder Wien, sollte es aber. Die Burg, an deren Ausbau ich mich noch gut erinnern konnte, ist pittoresk. 1371 hatte ich dort David II., den Sohn von Robert the Bruce, betört. Er starb kurz darauf an der Schmach der Schande, sich mit der dunklen Seite eingelassen zu haben. Tja, damals hatten manche Menschen noch Ehre im Leib. Danach fiel die Königswürde an die Stuarts, deren Geschlecht erst kurz an der Macht und deshalb so viel einfacher zum Bösen zu verführen war. Und ich stieg von 31 auf die 30. Edinburgh. Was für erfreuliche Erinnerungen. Ich mochte die schmalen Gässchen mit Kopfsteinpflaster, die Lichter, den Whisky, die Feierfreudigkeit und das nahrhafte Essen. Der Haggis, den wir in einem winzigen Lokal orderten, schmeckte so lecker wie vor 650 Jahren, die Neeps und Tatties dazu waren – sorry, Chef – göttlich. Derek langte über den Tisch und streichelte meine Wange.

»Sollen wir zurück in unsere Ferienwohnung gehen?«, fragte er und seine Augen loderten vor Verlangen.

Ich drehte den Kopf und küsste innig seine Handfläche.

Eng umschlungen schlenderten wir zum B&B. Während ich mich im Bad frisch machte – ein Euphemismus für: Ich lasse ihm Zeit, sich zu sortieren, denn ich musste mich nicht frisch machen, ich war immer frisch – entfachte er das Feuer im Kamin und zündete die mitgebrachten Kerzen an. Ich hatte mir etwas Bequemeres angezogen, Hosen, die mit einem Ruck vom angestammten Platz entfernt werden konnten und ein Spitzenjäckchen mit versteckten Taschen. Als ich aus der Badezimmertür trat, flackerten überall Kerzenflammen, im Kamin knisterte ein Feuer und tauchte den Raum in weiches, diffuses Licht.

Er kam auf mich zu, die Augen verschleiert, der Mund halb geöffnet. Seine Lippen verharrten vor meinen wie eine Aufforderung. Dann berührten sie zart den sensiblen Amorbogen. Endlich. Ich hielt seinen Kopf in meinen Händen wie einen kostbaren Gegenstand und bedeckte sein Gesicht mit kleinen, verlangenden Küssen. Kurz leckte ich über seine Lippen, er erschauerte.

»Du bist so schön«, flüsterte ich und streichelte sanft und zärtlich seinen Hinterkopf, seinen Nacken, seine Schultern unter dem Hemd. »Der schönste Mann, den ich je gesehen habe. Ich will unbedingt mit dir zusammen sein. Ich liebe dich so sehr.«

Er sah mich ergriffen an, von Rührung überwältigt. Sein Gesicht zuckte. Seine Augen verschwammen. Und da war sie, im rechten Augenwinkel, eine echte Träne. Groß, tropfenförmig und feucht zog sie ihre Spur Richtung Nase. Aus der versteckten Tasche meiner Spitzenjacke angelte ich blitzschnell eine winzige Glasphiole, fing das kostbare Nass mit dem Rand auf und verstöpselte sie.

»Hab dich!«, krähte ich, den Tropfen im Gefäß hin und her schwenkend. »Ich habe gewonnen!«

06 wandelte ihre Gestalt und fauchte vor Wut. Rauchwölkchen dampften aus ihren Körperöffnungen. Kein schöner Anblick.

»Du blöde Schlampe«, kreischte sie. »Seit wann weißt du es?«

»Derek Graum starb bei dem Motorradunfall vor sieben Monaten. Diesmal hielt kein Engel seine Hand über ihn. Du dachtest, ich käme nicht dahinter, weil er oben bei der Konkurrenz einquartiert ist und nicht bei uns unten.«

»Ich hasse dich, du gemeines Aas. Ich hasse dich.«

06 hatte sich nicht mehr unter Kontrolle. Sie sprang herum wie ein Schachtelteufelchen, raste Wände und Decken entlang, riss vor Zorn ihren Leib knirschend bis zur Mitte auf und torkelte dann vor Schmerzen durchs Zimmer, bis sie über die Kante des Kamins stolperte und im lodernden Feuerholz landete. Zischend löste sich ihr Körper in den Flammen auf. Es stank gewaltig.

7

Ich habe die Tage in Edinburgh sehr genossen. Ferien sollte ich mir viel öfter gönnen und das werde ich auch. Als die neue 06 kann ich es mir hin und wieder erlauben. Ich darf nur nicht nachlässig werden und meiner Position allzu sicher sein. Was dann passiert, wissen Sie ja inzwischen.

Geben Sie es zu, für einen Moment dachten Sie, ich, Succubus 07, würde mich der Liebe ergeben.

Der Liebe!

Sorry, aber darüber werde ich noch im nächsten Jahrhundert lachen.

Markus Cremer

HAUER, HÜFTGOLD UND EIN AUFTRAG AUS DER HÖLLE

»Rache ist süß. Rache ist schön. Rache ist unsere Aufgabe.«
Leitspruch der Gilde der dämonischen Liebesdienerinnen

Der glatzköpfige Mann griff mit ungelenken Fingern von hinten an ihre Brüste. Ardat stöhnte lustvoll auf und stieß hervor: »Du bist so ... phantastisch.« Mit einem Ruck zerriss er den Träger ihres Kleides.

Da er es nicht sah, verdrehte sie die Augen nach oben und labte sich an der Vorstellung, wie dieser Gauner um Gnade winseln würde, wenn er ihre wahre Absicht erfuhr. Der Spiegel an der Decke stellte eine noch größere Monstrosität als das überdimensionierte Bett dar.

»Du wirst Augen machen«, sagte der lederhäutige Sklavenhändler und hantierte an seinem Gürtel herum.

Wenn er jetzt sagt, dass ich noch nie einen solchen Kerl ...

Ihr Gedanke wurde durch die gehauchte Mitteilung des Mannes zersägt, der sagte: »Wenn du mich erst einmal gehabt hast, dann willst du keinen anderen Mann mehr!«

Mehr von der Sorte sind auch schwer zu ertragen. Wenn es nicht um die Lebensessenz ging, würde ich ...

»Du hast so einen herrlichen Körper«, grunzte der Mann und ließ seine Hose zu Boden fallen. Was Ardat sah, beeindruckte sie nicht. Es gelang ihr kaum, ein Gähnen zu unterdrücken.

»Du bist so schlank und begehrenswert, ich kann kaum erwarten -«

»Du würdest mich also nicht begehrenswert finden, wenn ich ... fülliger wäre?«

»Bist du verrückt!« Der Mann lachte. »Du bist perfekt!«

Weil ich mich in diese Form gebracht habe!

»Das war nicht die Frage!«, beharrte sie. »Wenn ich üppiger wäre als jetzt, was würdest du dann denken?«

»Halt den Mund!«, knurrte der Mann. »Ich bezahle dich nicht für -« Er holte aus, aber Ardat fing seine Faust mühelos ab.

Jetzt reicht es!

Sie ließ die Illusion fallen und verwandelte sich in ihre wahrhaftige Gestalt.

»Du Teufel!« Der Mann fuhr zurück, wobei er an den Rand des Bettes geriet und mit den Armen strampelte, um nicht abzustürzen.

Innerlich seufzte Ardat und ihr Schwanz schlug auf die Bettdecke.

Immer wieder dasselbe, dachte sie.

Mit beherrschter Stimme erklärte sie: »Nicht nur Teufel haben Hörner, Flügel und einen Schwanz, klar?«

»Was bist du dann?«, krächzte der Mann.

»Eine Sukkubus«, antwortete sie und setzte ein Lächeln auf. Sie ignorierte die Tatsache, dass ihre messerscharfen Zähne auf die meisten anderen Kreaturen beängstigend wirkten. »Betörend, nicht wahr?«

Seine aufgerissenen Augen versuchten förmlich, jedes Detail ihres wahren Körpers aufzusaugen. Ardat fühlte sich bestätigt.

»Das ist also nicht begehrenswert?« Um ihr Argument zu unterstreichen, fuhr sie über ihre beachtliche Oberweite und die stattliche Taille. In ihrer wirklichen Form benötigte sie tatsächlich mehr Raum.

Besonders um die Hüften rum.

»Na ja, ich -«, stammelte der Mann. »Eigentlich mag ich Schlanke lieber, als -«

Das hat er nicht gesagt!

Weißglühender Zorn stieg in ihr auf. Jede andere Antwort hätte dem schmierigen Sklavenhändler einen lustvollen Tod beschert, so jedoch schnellte sie vor. Vor Schreck fiel er von der Bettkante und verschwand damit aus ihrem Sichtfeld. Das laute Knacken ließ sie zusammenzucken.

»Das hätte nicht passieren dürfen«, murmelte sie und krabbelte zum Bettende. Der Tote lag mit abgewinkeltem Kopf neben einem Beistelltisch aus Hartholz.

Hastig sprang sie hin und presste ihre Lippen auf seine. Sie sog die Luft ein, doch wie sie befürchtet hatte, war es zu spät. Die Seele war bereits fort.

»Verflucht!« Ardat schlug mit der Faust auf den Beistelltisch.

Ich kann nicht schon wieder ohne Lebensessenz auftauchen.

Das gibt Ärger, dachte sie und verwandelte sich zurück in ihre andere Form. Schon wieder.

»Du bist eine Schande für unsere Gilde!«, brüllte die Vorsteherin Belili, die selbst wütend und in ihrer wahren

Gestalt makellos aussah. Die Lederflügel glänzten in einem samtigen Schwarz, welches zu ihren gedrehten Hörnern passte.

In der Pause, die Ardat brauchte, um ihre Gedanken zu sortieren, war nur das Geräusch von Gänsekielen auf Pergamentpapier zu vernehmen. Bis auf die Musterschülerin Irdu, die neben der Vorsteherin im Zentrum des Gildensaals stand, beschäftigten sich die anderen Sukkuben mit der Abschrift der Lehrbücher.

»Ich wollte nur …« Ardat verstummte, als sich bei ihren Worten die Miene der Vorsteherin verdüsterte. Ihr fiel auf, dass alle anderen Sukkuben sich in ihrer wahren Gestalt zeigten. Der vernichtende Blick der Vorsteherin ärgerte Ardat nicht so sehr wie der amüsierte Ausdruck der rothaarigen Irdu.

Das Miststück hat schon immer auf mich herabgeschaut.

Zu Ardats Leidwesen schaute die Musterschülerin ganz buchstäblich auf sie herab, da der Schreibtisch der Gildenvorsteherin auf einem Podest stand.

»Deine Erscheinung ist eine Schande!«

Das zerrissene Kleid schien auf Ardats Haut zu brennen.

»Ich kann mich kurz verwandeln und -«

»Erspare uns diesen Anblick!«, fauchte Belili sie an. Ihr Schwanz peitschte den Marmorboden. Ein vielstimmiges Kichern waberte durch den Saal.

Kurz schloss Ardat die Augen.

»Der Auftrag wurde abgeschlossen«, brachte sie mühsam beherrscht vor. »Der Sklavenhändler ist tot und -«

»Ob er lebt oder vermodert ist mir gleich!«, brüllte Belili. »Wir brauchen die Lebensessenz! Ich werde den Eindruck nicht los, dass deine Hörner nach innen wachsen!«

Wieder erklang leises Gekicher.

»Es war ein Unfall.« Selbst in ihren eigenen Ohren klang die Ausrede nicht annehmbar.

»Du bist ein Unfall!« Belili fauchte weitere Beleidigungen in ihre Richtung.

»Was kann ich tun, um -«, versuchte Ardat es erneut, doch wieder wurde sie unterbrochen.

»Dein Versagen beschädigt den Ruf dieser Einrichtung«, sagte die Vorsteherin. »Ich bin geneigt, dich -«

»Verzeihung«, meldete sich Irdu, »eine letzte Chance hätte Ardat verdient.« Das Lächeln der Sukkubus wurde breiter. »Der letzte Auftrag wurde zwar abgelehnt, aber ...« Sie ließ den Satz offen. Die Schüler an den Tischen sogen die Luft ein.

Kein gutes Zeichen!

»In der Tat«, sagte die Vorsteherin und bückte sich in aufreizender Langsamkeit. Trotz ihres hohen Alters gelang es ihr damit, die Aufmerksamkeit aller im Saal auf sich zu ziehen. Was Ardat weniger gefiel, war die Tatsache, dass die Vorsteherin eine kleine Dose aus einem Abfallbehälter fischte.

Das gefällt mir immer weniger!

»Ich bin gnädig«, erklärte die Vorsteherin und blicke beifallheischend in die Runde. »Keine soll sagen, ich würde ihr nicht die Möglichkeit geben, für eine desaströse Leistung Wiedergutmachung zu leisten.«

»Jetzt?« Ardat glaubte nicht, was ihr hier widerfuhr.

»Sofort!« Die Gildenvorsteherin lächelte freudlos. »Es ist deine letzte Chance.«

»Was, wenn sie es wieder nicht schafft?«, warf die rothaarige Irdu ein, deren Tonfall beinahe an echte Mitteilnahme heranreichte.

»Meine Gilde duldet keine Versagerinnen!« Belili offenbarte ihre spitzen Zähne. »Du weißt, was dich bei einem weiteren Versagen erwartet?«

»Der Schandkreis?«, versuchte es Ardat mit einem Scherz, doch keiner lachte. Nur Irdu lächelte sie breit an.

»Danach wirst du nicht mehr Teil unserer Gemeinschaft sein, verstanden?« Belili zeigte ihre Zähne. »Irdu, ich wähle dich zur Vollstreckerin meines Willens.«

»Ich danke für diese Ehre«, antwortete Irdu laut und blickte Ardat dabei aus den Augenwinkeln an. Leiser fügte sie hinzu: »Ich kann es kaum erwarten.«

Ardat schluckte. Sie wurde das Gefühl nicht los, dass man nur auf ihr Scheitern wartete.

»Ich muss mich erst vorbereiteten«, brachte Ardat vor, um Zeit zu schinden.

»Für diesen Auftrag wird es reichen«, antwortete Belili und übergab ihr eine kleine Dose aus Kupfer. »Der Kunde hat schönes Haar.« Wieder das zahnbewehrte Lächeln.

»Ich bin schon unterwegs«, sagte Ardat und schnappte sich die Dose.

Etwas ist hier faul, sagte sie sich.

Sie drehte den Deckel auf, entnahm die schwarzen Haare und konzentrierte sich.

»Viel Glück«, rief ihr Irdu zu.

Das gefällt mir gar nicht!

Grünliche Energie umfasste die Haare und ein dünner Faden bildete sich. Ardat wusste, was folgen würde. Eine weitere Sache, die sie an ihrem Dasein nicht mochte. Sie biss die Zähne zusammen und bereitete sich auf die magische Reise vor. Ein grüner Schleier legte sich über ihre Augen.

Wie schön wäre es, wenn ich einmal einen einfachen Auftrag kriegen könnte, dachte sie. Ein attraktiver Mensch, der sich leicht um den Finger wickeln lässt. Aber das wäre natürlich zu einfach …

Sie öffnete die Augen und wünschte sich, sie hätte es nicht getan. Sie sah nicht einen Troll, sondern gleich drei.

Trolle! Ausgerechnet Trolle!

Von allen möglichen Kreaturen bestachen diese Muskelberge nur durch ihre starke Mägen und ihre schwache Auffassungsgabe. Während Ardat im Schatten sichtbar wurde, überlegte sie, wie sie ihre äußere Form an das Aussehen der Trolle anpassen könnte. Gefielen ihnen lange besser als breite Hauer?

Was gefällt einem Troll überhaupt?

Zu ihrem Leidwesen musste sie sich eingestehen, dass sie keine Ahnung hatte, wie eine verführerische Trollin aussah.

Unschlüssig starrte sie auf die drei Gestalten und wunderte sich darüber, was sie vor dem zweiflügeligen Portal trieben. Der ganze Ort kam ihr vage bekannt vor. Ein buckliger Troll kniete vor dem Schloss und entnahm seiner bunten Weste seltsame Gegenstände. Obwohl etwas größer als Ardat, war er der Kleinste des Trios.

»Jetzt mach schon schneller, Snag«, schnauzte ihn der dünnste der drei Trolle an. Er trug einen dunklen Umhang und mehrere Seile mit Kletterhaken über der Schulter. Selbst bei der Fackelbeleuchtung erkannte Ardat, dass etwas mit dessen Augen nicht stimmte. Der nächste Satz des riesenhaften Trolls bestätigte ihre Beobachtung: »Keine Sorge, Triefauge. Der Boss kümmert sich um die Wachen.« Der riesige Troll bestand nur aus Muskeln und trug eine dunkle Lederrüstung, die an vielen Stellen mit Metallplatten repariert worden war. Sie vermutete, dass die Art, wie er sprach, mit dem Verband um seinen Kopf zusammenhing. Jeder Buchstabe quälte sich mühevoll aus dem breiten Maul.

»Quatsch nicht rum, sondern halt die Fackel ruhig«, meckerte der bucklige Snag den Muskelberg an.

Diebe!, durchfuhr es Ardat. Eine Diebesbande von Trollen?

Sie berührte die Locke in ihrer Hand.

Von denen ist es keiner.

Sie konzentrierte sich, um ihr Opfer zu finden.

Seltsam, normalerweise tauche ich immer dort auf, wo ...

Eine tiefe Stimme unterbrach ihre Gedanken: »Verlaufen?«

Was ihre Aufmerksamkeit zusätzlich fesselte, war die kalte Klinge an ihrem Hals. »Oder nur neugierig?«

Er ist es.

Ein überwältigender Geruch nach Moschus fuhr ihr in die Nase. Kein Parfum. Ein natürlicher Duft, der ihr gefiel.

»Sehe ich so gefährlich aus?« Sie berührte die Klinge und drehte sich langsam herum.

Noch ein Troll!

Das grüne Muster auf seiner rauen Haut stand in Kontrast zu ihrer marmorgleichen Haut. Die Hauer waren gleichmäßig und schneeweiß. Am meisten faszinierten sie die Augen des Trolls. Selbst in dem schlechten Licht bemerkte sie das purpurne Leuchten, welchen von einem gelben Ring umgeben war.

»Du siehst nach Ärger aus.« Er musterte ihre Erscheinung. Aus zahlreichen Begebenheiten wusste sie um die Wirkung, die die sie umgebende Illusion auf Menschen hatte. Sie drückte ihren Rücken durch und schob hierdurch ihren Busen deutlich nach oben. Noch nie hatte sie jemanden getroffen, der diesem Anblick nicht verfiel.

Dann werden Trolle erst recht nicht widerstehen können.

»Vielleicht sollten wir uns zurückziehen und darüber reden?«, schlug sie vor, wobei sie auf einen gurrenden Unterton in ihrer Stimme achtete.

»Ganz falscher Zeitpunkt.« Die Tatsache, dass er eine seiner buschigen Augenbrauen hob, verbuchte sie als Teilerfolg. Eine Hand, so groß wie ihr Kopf, wanderte ihren Hals hinab. Sich etwas schüttelnd, verstärkte sie das Wippen ihrer Brüste.

Der Wurm ist am Haken, dachte sie und lächelte ihn an. Seine Finger fuhren über ihr Hinterteil, bevor er über ihre Hüften wischte. Sie hatte mit einer deutlich gröberen Behandlung gerechnet, doch diese blieb aus. Er zog die Hand zurück.

»Du bist unbewaffnet«, brummte er. »Wenn du keine Wache bist, was bist du dann?« Gleichzeitig schob er sie aus dem Schatten ins Licht. Der schlanke Troll mit dem Namen Triefauge bemerkte sie zuerst und sagte: »Hat unser Anführer etwas zum Spielen mitgebracht?«

»Sieht nett aus«, sagte der große Troll.

»Ich bin nett«, versuchte es Ardat erneut mit ihrem verführerischsten Tonfall. »Sehr nett sogar. Ich heiße Ardat, aber für euch kann ich auch -«

»Verdammt, dafür haben wir keine Zeit, Grank«, meinte Snag, der weiter am Schloss herumhantierte.

»Wir können die Braut nicht hierlassen!«, hielt Triefauge dagegen.

»Dann machen wir sie halt kalt, du Idiot«, schlug Snag vor. »Ich bin sicher -«

»Wir nehmen sie mit«, unterbrach ihn Grank. Die Art, wie der westentragende Troll den Mund zuklappte, bewies Ardat endgültig, wer in dieser Gruppe das Sagen hatte.

»Ich bin Bull«, begrüßte sie der große Troll und sprach noch langsamer als zuvor.

Ardat schöpfte Hoffnung, dass ihr Zauber vielleicht doch noch Wirkung zeigte.

Brauchte Magie bei Trollen mehr Zeit?

»Ich weiß«, erwiderte Ardat. Das Portal und der ganze Raum, in dem sie sich befand, weckten ungute Erinnerungen in ihr.

»Wie lange noch, Snag?«, wollte Grank wissen. »Ich habe Pläne für diese Nacht.« Seine purpurnen Augen fixierten sie.

»Ich habe ebenfalls Pläne«, gurrte Ardat.

»Ihre Stimme klingt komisch«, meinte Bull und kratzte sich seinen gewaltigen Schädel.

»Meine Pläne hängen davon ab, was wir im obersten Stockwerk dieses Turms finden«, erklärte Grank.

Das kann doch nicht sein!

»Wir sind in einem Turm?«, fragte Ardat. »Wer wohnt hier?«

»Die Braut ist entweder unheimlich clever oder unheimlich bekloppt«, murmelte Snag und schob einen weiteren Dietrich in das Schloss.

Das Lächeln ihrer Rivalin Irdu fiel ihr wieder ein.

Die Haare befanden sich im Mülleimer. Der Auftrag war abgewiesen worden! Trolle werden in den Unterlagen der Sukkuben nicht erwähnt.

Diese Erkenntnisse trafen sie wie Hammerschläge.

Unterliegen Trolle überhaupt dem Zauber einer Sukkubus?

»Du weißt nicht, wo du dich befindest?«, fragte Grank. In seinem Tonfall mischten sich Unverständnis und Mitleid. Ein Zug, von dem sie nicht gedacht hätte, dass er Trollen zu eigen sein konnte.

»Ich bin... es ist eine lange Geschichte«, antwortete sie, spürte aber, dass sie mehr ergänzen musste, um nicht völlig verdächtig zu wirken. »Ein Zauber brachte mich hierher.«

»Eine Magierin?«, fragte Snag und drehte sich zu ihr um. »Vielleicht ist die Braut das Lehrmädchen des Hausherrn?«

»Stimmt das?«, fragte Grank. »Arbeitest du für Meister Brunton?«

Weitere Hammerschläge ließen sie taumeln. Nicht genug damit, dass sie es mit Trollen zu tun hatte, nein, sie befand sich auf dem Territorium ihres allerersten Opfers. Dem ersten Auftrag ihrer Laufbahn und noch dazu ihr größtes Versagen. Sie hatte gehofft, den Namen Brunton nie mehr hören zu müssen.

»Alles klar?«, fragte Grank.

»S-Schon gut«, antwortete sie und schüttelte den Kopf. »Es ist nur so...« Sie wusste nicht, wie sie weitermachen sollte. Konnte sie einem Troll vertrauen?

Einem Troll, dessen Seele ich rauben soll!, erinnerte sie sich selbst. Egal, was habe ich zu verlieren?

»Ihr könnt doch nicht in diesen Magierturm einbrechen!«, stieß Ardat hervor.

»Warum nicht?«, wollte Grank wissen.

»Weil... ich meine, ihr seid...«

»Trolle?«, fragte Grank und sah sie scharf an.

»Das war ja klar!«, mischte sich Snag ein. »Weil wir alles blöde Hauerträger sind, richtig?«

Fast hätte sich Ardat in ihre wahre Form verwandelt, doch sie beherrschte sich.

»Wie wollt ihr gegen einen mächtigen Magier bestehen?«

»Selbst die großen Magier können nicht endlos zaubern«, erklärte Grank und seine Augen leuchteten dabei. »Ich habe mir alles genau überlegt. Wenn wir ihn ablenken, kann es einer von uns schaffen.«

»Was schaffen?«, fragte Ardat.

Grank beugte sich vor und sein Geruch stieg in ihre Nase. Etwas daran versetzte sie in einen Zustand der Leichtigkeit.

»Ein Freund von uns hat gesehen, wie er Gräber ausgehoben

und die Toten gestohlen hat. Der Sohn unseres Freundes wurde ebenfalls entweiht.«

Das darf nicht wahr sein!

»Ich kenne Brunton«, erklärte sie, »und -«

»Du bist sein Lehrmädchen?«, fragte Snag erneut. »Wusste ich es doch.« Er zog einen Dolch aus seinem Gürtel.

»Besser wir brechen ihr die Arme, damit sie nicht zaubern kann«, schlug Triefauge vor. »Anschließend kann ich sie fesseln.« Er klopft auf seine umgehängten Seile.

»Lasst sie ausreden«, meinte Grank.

»Danke.« Sie nickte in seine Richtung. »Ich war schon einmal hier.« Bevor Snag Luft holen konnte, fuhr sie rasch fort: »Ich sollte ihn töten.«

Vier Augenpaare starrten sie an.

»Du willst eine Attentäterin sein?« Snag verschränkte die langen Arme vor seiner Brust. »Du bist nicht einmal bewaffnet.«

»Es gibt mehrere Wege, ein Blutwiesel zu häuten«, antwortete sie mit einem alten Sprichwort. Ein paar Sekunden später kicherte Bull.

»Gut pariert«, meinte Grank. »Vielleicht sprichst du die Wahrheit.«

»Möglicherweise will sie uns nur irreführen und in eine Falle lotsen?«, meinte Triefauge.

»Möglich«, erwiderte Grank und lächelte breit. »Finden wir es heraus.«

»Wie denn?«, fragte Bull.

»Du warst schon einmal hier?«, fragte Grank.

»Vor langer Zeit.«

Tatsächlich kommt es mir wie Jahrhunderte vor.

»Die Braut lügt!«, meinte Snag. »Die würde doch alles sagen, um ihren Kopf aus der Schlinge zu ziehen.«

Zu ihrem Unglauben begann Triefauge damit, aus dem Seil eine Schlinge zu binden.

»Jetzt bin ich gespannt, was sie macht«, sagte Snag. »Ich wette, gleich kommt -«

Ohne sich um den verhinderten Schlossknacker zu kümmern, wandte sie sich an den freundlichen Riesen: »Bull, leuchtest du bitte mal den oberen Teil der Tür an?«

Der Riese blickte zu Grank und als dieser nickte, folgte er der Aufforderung.

»So kann ich nicht arbeiten!«, meckerte Snag.

Ardat ignorierte ihn, denn im Licht der Fackel erkannte sie mit ihren geschärften Sinnen etwas, was den Trollen offenkundig verborgen blieb.

»Leg die Dietriche weg«, forderte sie den buckligen Snag auf. »Damit wirst du hier in tausend Jahren nicht eindringen.«

»Was?« Snags Stimme überschlug sie. »Ich bin -«

»Nutzlos, wenn die Tür mit magischen Runen verschlossen wurde«, sagte sie und strich über die geschwungenen Linien, die für ihre Augen als blasser Schimmer zu erkennen waren. Unter ihren Fingerspitzen lösten sich die Runen auf.

Sie war sich der Blicke auf ihrem Rücken bewusst. Ihr fiel auf, dass der Moschusgeruch der anderen Trolle nicht so übermächtig war, wie bei ihrem Anführer Grank.

Zufall?

Normalerweise machte ihr Aufmerksamkeit, besonders wenn sie ihrem illusionären Aussehen galt, nichts aus. In diesem Fall bemerkte sie eine Aufregung an sich, die sie seit Jahren nicht mehr verspürt hatte.

Ist es sein Moschusgeruch?

»Jetzt sollte es gehen«, sagte sie und drehte sich herum. Zu ihrer Überraschung bemerkte sie, dass Grank auf ihren Hintern gestarrt hatte. Wirkte ihr Zauber doch?

»Du musst mehr essen«, riet er ihr.

»Zu mager«, steuerte Bull bei und nickte mehrfach mit dem Kopf.

»Was?« Verwirrt fasste sie sich an ihr Hinterteil und schüttelte den Kopf. Das hatte sie noch nie gehört.

»Streichelst du jetzt länger über die Tür oder was wird damit?«

Statt einer Antwort berührte sie mit der Fingerspitze die massive Tür und sie schwang auf. Zu spät fiel ihr ein, dass dies nicht die cleverste Idee gewesen sein könnte. Die Trolle schienen dies ebenfalls zu denken und brachten sich in Deckung. Allein in der Türöffnung starrte Ardat in das Turmzimmer hinein. Bei dem Raum schien es sich um eine Art Laboratorium zu handeln. Der Gestank von Schwefel und anderen Ingredienzien wehten ihr entgegen. Auf im Raum verteilten Tischen standen Glasgerätschaften und Käfige. An den Wänden lehnten Regale mit dicken Büchern. Diese ganzen Eindrücke verblassten neben der überlebensgroßen Darstellung, die eine freie Wand des Turmzimmers einnahm.

»Ist ja schräg«, murmelte sie und betrachtete die Abbildung einer nackten Sukkubus. Von den Hörnern über die Flügel bis hin zu den spitzen Zähnen war jede Einzelheit vom Künstler beachtet worden. Das Gekritzel neben der Zeichnung schien sich mit Schwachstellen der Sukkuben zu beschäftigen. Je näher sie sich die Zeichnung ansah, desto mehr fiel ihr die Ähnlichkeit auf.

Sieht aus wie ein Spiegelbild von mir.

»Das gefällt mir gar nicht«, sagte Ardat.

»Ich finde es nicht schlecht«, bemerkte Grank hinter ihr. Für einen Troll seiner Größe konnte er sich bemerkenswert gut anschleichen, stellte sie fest. »Hat etwas mehr auf den Hüften und -« Er hielt inne und betrachtete sie von der Seite.

»Mit dem richtigen Köpfchen ...«

»Sieht aus wie Ardat«, stellte Bull fest und kicherte.

»Verdammter Zufall«, tat Snag die Beobachtung ab. »Die Braut hier ist kein Sukkubus.« Er deutete auf die Wand. »Sie hat weder Flügel, Hörner, noch einen Schwanz.«

»Magie geht seltsame Wege«, sagte Grank und bewegte sich vorsichtig zur nächsten Tür.

Dahinter, dies wusste Ardat, lag die Treppe zum Schlafzimmer des Magiers. Dort hatte sie vor Jahren versucht, Brunton die Seele auszusaugen. Bevor sie zur Tat schreiten konnte, hatte er mit seinen nekromantischen Forschungen geprahlt. Schon bald, hatte er verkündet, würde er versuchen, die Leiche eines Knaben wiederzubeleben. Dies hatte sie derart aus dem Konzept gebracht, dass sie unachtsam wurde. Die Transformation in ihre wahre Gestalt hatte ihn ebenso überrascht, wie sie selbst. Ihr vor Aufregung umherpeitschender Schwanz hatte mehrere alchemistische Substanzen vom Regal in seinen Schoß gefegt. Sie war geflohen und hatte ihn schreiend zurückgelassen. Leid hatte er ihr nicht getan.

Zumindest nicht sehr.

Bull trat neben sie und sein trüber Blick wechselte zwischen ihr und dem Bild an der Wand. Nachdenklich fuhr er sich über den Schädel, wobei er den Verband nur vorsichtig tätschelte.

»Wir sollten besser -« Weiter kam Ardat nicht, denn die Tür zur Treppe schwang auf. Die Trolle reagierten unverzüglich und brachten sich hinter den massiven Labortischen in Deckung. Ardat tat es ihnen gleich und tauchte ab. Im Spiegel an der Wand betrachtete sie die Person, die durch die Tür schritt. Gekleidet in eine dunkle Robe und mit gewaltiger Körperfülle schwebte der Magier über den Boden.

»Ich bin Meister Brunton!«, dröhnte seine magisch

verstärkte Stimme durch den Raum. Die Tonlage klang absurd tief und hätte eher zu einem Dämon gepasst.

Auf diese Ankündigung folgte eine lange Pause, in der sich Ardat das aufgedunsene Gesicht ihres früheren Opfers genauer ansah. »Ich weiß, dass sich Diebe hier befinden! Ich weiß, wer ihr seid. Euer Kommen wurde mir gemeldet!«

Das klingt gar nicht gut!

Er bewegte die Hände in einem komplexen Muster vor seinem Gesicht. Ein Labortisch erhob sich in die Luft. Triefauge, plötzlich ohne Deckung, zog einen Dolch hervor und warf ihn auf den Magier. Auf der einen Seite bewunderte Ardat seine Geistesgegenwart, doch auf der anderen Seite war dieser Angriff zum Scheitern verurteilt. Wie von ihr befürchtete, lenkte ein magischer Stoß die Waffe zur Seite.

»Narr!«, ertönte die unnatürliche Stimme. Der Labortisch sauste auf Triefauge herab und begrub ihn unter sich.

Ehe Ardat etwas unternehmen konnte, pfiff Grank. Bull und Snag stürmten von zwei entgegengesetzten Seiten auf den Magier zu. Schräg hinter Meister Brunton erhob sich Grank aus seinem Versteck. In den Händen hielt er kurze Schwerter. Ein flammender Stoß flog aus Bruntons Finger auf Snag zu und wirbelte ihn durch den Raum. Augenblicklich wandte sich der Magier dem riesigen Bull zu. Beide Hände vor sich haltend, formte er eine sonderbare Figur in der Luft, bevor er die linke Hand zur Faust schloss. Bull machte noch einen Schritt, bevor er sich an die Kehle packte und nach Luft rang. Der gewaltige Troll schaffte einen letzten Schritt, dann sank er in die Knie. Röchelnd drehte er sich im Kreis. Die Abwehr beider Angriffe schien für Ardat in dem Bruchteil eines Atemzugs erfolgt zu sein, doch Grank nutzte die Ablenkung des Magiers für seinen Angriff. Die letzten Schritte, die ihn von Brunton trennten, überwand er in einem gewaltigen

Sprung. Während er sich abstieß rief er etwas, was sie kaum verstand, doch es klang nach: »Lauf!«

Die Klingen erhoben, fiel er dem Magier in den Rücken. Die Wucht des Aufpralls trieb Brunton vorwärts. Funken sprühten, als Grank die Kurzschwerter nach vorne stieß. Ardat konnte seine seildicken Adern hervortreten sehen, doch eine unsichtbare Barriere schützte den Magier. Eine weitere Geste Bruntons entfesselte ein Geflecht von orangen Fäden, die den Troll umschlangen. Je mehr sich Grank gegen die Gebilde wehrte, desto mehr entstanden. In seinem Blick lag ein flehentlicher Ausdruck.

Er wollte mich schützen! Warum?

Brunton wischte sich imaginären Staub von seinem Umhang.

»Wenn ich mit euch fertig bin, werdet ihr darum betteln, dass ich euch in Säure auflöse.«

Die Tür nach unten war nicht weit entfernt.

Dann wäre mein Auftrag wieder nicht erfüllt!

Erneut ging ihr Blick zur Tür, dann zu dem gefesselten Grank und dem röchelnden Bull. Sie wusste, was die Gildenvorsteherin Belili von ihr verlangte.

Was würde Irdu tun?

Der Gedanke an die verhasste Musterschülerin gab den Ausschlag. Instinktiv entschied sie sich gegen die Flucht.

Langsam richtete sie sich auf und sagte laut: »Meister Brunton, richtig?« Sie machte keine Anstalten ihn anzugreifen, sondern blieb stehen.

Der Magier fuhr herum, seine Hände vor sich ausgestreckt.

»Wer bist du?«, brüllte er.

Ardat bemühte sich, weder Bull, noch Grank anzuschauen, als sie antwortete: »Jemand, der sich entschuldigen möchte.«

Bei diesen Worten biss sie sich auf die Lippen.

»Wofür entschuldigen?«, schallte es ihr entgegen. »Ich kenne dich nicht, du bist -« Er brach ab und betrachtete sie eingehender.

»D-Du?«, sprach er mit einer Stimme, die an ein kleines Kind erinnerte. Er lächelte breit. Ein beunruhigender Anblick.

Ich bringe ihn durcheinander!

»Ich wäre schon eher gekommen«, begann sie und senkte den Blick.

»Schon eher?«, wiederholte er und klang vollkommen verstört.

»Meine Gilde hielt mich gefangen ...«

Mühsam durchforstete sie ihr Gedächtnis nach dem Erscheinungsbild, welches sie bei ihm verwendet hatte.

Darum verwenden viele Sukkuben immer die gleiche Gestalt für ihre Aufträge.

»Ich bin es«, sagte sie und änderte ihr Aussehen in eine jungenhafte Blondine mit Elfeneinschlag. »Endlich können wir zusammen sein.« Sie garnierte ihre Worte mit einem strahlenden Lächeln.

»Zusammen?«, wiederholte Brunton mit piepsiger Stimme.. Ardat hörte Unverständnis und Wut gleichermaßen heraus.

»Nach dem was du mir angetan hast?«

Ihr kamen Zweifel, was ihren Plan anging. Die aufgedunsene Figur und die merkwürdige Stimme erinnerten sie fatal an einen Eunuchen.

»Oh«, entfuhr es ihr, als sie die Puzzleteile zusammenbrachte.

»Das ist alles!« Er kreischte und es kam ihr so vor, als klirrten die Gläser auf den Regalen. »Du hast mein Leben zerstört!«

Sollte ich Mitleid empfinden?

»Alles passt perfekt«, sagte er in zufriedenem Tonfall.

Er ist völlig verrückt!

»Ich wusste, dass diese Kretins in meinen Turm eindringen würden«, erklärte er. »Es hat Monate gedauert, den Kontakt zur Gilde der dämonischen Liebesdienerinnen herzustellen. Ich hätte jede Sukkubus genommen, doch ausgerechnet du?«

Grank streifte die schlaff gewordenen Fäden ab und erhob sich.

»Du hast die Gilde kontaktiert?«, lenkte Ardat den Magier ab. »Wen genau?«

»Eine Sukkubus mit Namen Irdu.«

»Diese Schlange!«

»Sie sprach auch nicht nett von dir.« Brunton wirkte amüsiert. »Sie wird gleich zu meiner kleinen Feier dazustoßen.«

»Du aber nicht!«, knurrte Grank und stieß beide Kurzschwerter in den Rücken des Magiers.

»N-Nein!«, röchelte Brunton. »I-I-Ich -« Er sackte zusammen. Grank zog die Schwerter zurück und Blut ergoss sich auf den Steinboden.

»Der raubt keine Leichen mehr.«

Ächzend erhoben sich Snag, Bull und Triefauge. Jeder der Trolle war verletzt, doch keiner schien ernsthaft verwundet zu sein.

»Ich fürchte, wir kriegen gleich -«

»Schon klar«, unterbrach Grank. »Ich habe es gehört.«

Mit knappen Worten wies er jedem Mitglied des Teams eine Aufgabe zu.

Flügelrauschen verriet die Ankunft Irdus, bevor sie in Sicht kam. Wie Ardat es erwartet hatte, erschien ihre Rivalin in einem der offenen Fenster. Der Anblick des toten Meister Brunton wischte das Grinsen von ihren Zügen. Eine Schlinge legte sich über ihren Hals. Tiefauge zog und riss sie damit vom Sims in den Raum hinein. Kreischend schlug sie um sich, doch Snag warf ein zweites Seil.

»Du solltest dieses Ungeziefer töten!«, schrie Irdu und verwandelte sich in eine Kreatur, die eine Mischung aus Elfin und Troll darstellte.

Sie hat auch keine Ahnung, wie eine Trollin aussieht.

»Hässlich«, gab Bull von sich, der einen Labortisch anhob und dabei nicht einmal besonders angestrengt wirkte.

Irdu verwandelte sich zurück und zerfetzte ein Seil mit ihren Krallen.

»Ihr könnt mich nicht besiegen, ihr dämlichen Trolle!«

»Weitere letzte Worte?«, fragte Grank.

Irdu hielt in ihrer Raserei inne und sah ihn fragend an. Einen Augenblick darauf krachte der Labortisch auf sie herab. Ihre Beine verwandelten sich mehrere Male, bevor sie schließlich erstarrten.

»Danke«, war alles, was Ardat hervorbrachte.

»Kein Ding«, sagte Bull.

»Wir sollten uns mal umsehen«, schlug Snag vor.

»Macht ruhig«, erwiderte Grank. »Ich möchte mit Ardat sprechen.« Die drei Trolle eilten ins Obergeschoss.

»Du bist nicht geflohen, als du es konntest.« Grank blickte sie an. »Gut.«

»Sieht so aus, als wäre ich in der Gilde nicht mehr willkommen.« Ardat betrachtete die Überreste der toten Irdu.

»Ich könnte eine Partnerin gebrauchen«, sagte er.

»Warum ich?« Ardat legte den Kopf zur Seite.

»An dir ist mehr dran, als man sieht.«

»Tatsächlich?«

»Ich bin nicht so dumm, wie ich aussehe.« Grank lächelte.

»Und ich sehe jetzt schöner aus, als ich in Wahrheit bin.«

»Dann passt es doch!«, war seine Antwort.

Ardat konzentrierte sich und zeigte sich in ihrer wahren Form, komplett mit Hörnern, Flügeln, Krallen und Schwanz.

Der Augenblick der Wahrheit.

Er musterte sie, dann zuckte er mit den Schultern und sagte: »Ist mir egal, wie du aussiehst.« Nach einer Pause fügte er hinzu: »Du bist richtig, wie du bist.«

Gini Paper

LILLY – EIN SUCCUBUS AUF ABWEGEN

Seit Tausenden von Jahren ist es das Schicksal der Succuben, sterbliche Männer zu verführen und Nachkommen zu zeugen«, belehrt mich Lamya aufgeregt und reibt sich genervt über die glänzenden Hörner, die aus ihrer Schädeldecke emporragen. Wenn sie sich über etwas ärgert, macht sie das ständig und jedes Mal möchte ich ihr dabei die Zunge rausstrecken. So als wäre ich ein fünfzigjähriger Succubus, also praktisch noch im Teenageralter. Mit meinen zweihundertzweiundzwanzig Jahren, den spitz zugedrehten Hörnern und meinen violett schimmernden Augen sollte ich mich mit einem solchen Verhalten allerdings zurücknehmen, denn auch wenn ich von dieser sich wiederholenden Predigt mehr als genug habe, hat Lamya nicht ganz unrecht. Mein Schicksal und das meiner Freundinnen ist es tatsächlich, jungen Männern den Kopf zu verdrehen und so den Fortbestand der Succuben und Incubi zu gewährleisten.

Ich neige den Kopf ein wenig bevor ich, wieder einmal, um Entschuldigung bitte, nur um dann doch ein gutes Argument zu finden, warum ich genau das nicht tun möchte. »Du hast ja recht mit dem was du sagt, dennoch kennst du auch meine Seite der Dinge und ich möchte nicht blind durch die Gegend laufen und irgendeinem dahergelaufenen Menschen erlauben, mich zu betatschen. Es gibt doch ausreichend Succuben, die das liebend gerne für mich übernehmen. Erst gestern hat mir Seyr angeboten, meine Jagd zu übernehmen, wenn es denn soweit ist. Du weißt doch, wie sehr sie sich auf diese ganzen Rituale und Zeremonien freut. Wir sind genau drei Monde auseinander, das reicht um meine Einnistung zu übernehmen. Außerdem-«

»Beelzebub, steh uns bei!«, unterbricht sie mich lautstark und schlägt mit der Faust auf den Tisch, neben den sie stehen geblieben ist. »Was Seyr tut oder nicht tut, ist alles, aber nicht dein Problem. Und weil wir schon bei *außerdem* sind, der Mensch soll dir nicht die Zehen kitzeln, sondern einen Nachkommen zeugen, dazu braucht es nicht viel.«

Ich verschränke die Arme vor der Brust und schnaufe. »Aber-«

Ein perfekt manikürter, schwarzer Finger wedelt in beeindruckender Geschwindigkeit vor meinem Gesicht. »Nein! Kein aber und kein außerdem! Du hast genau vier Wochen um dir einen Menschen für die Jagd zu suchen. Erfülle deine Pflicht, sonst wird dir der Leibhaftige ungemütlich«, mahnt sie mich und scheucht mich aus ihrem Büro. Ich stapfe enttäuscht den Gang zu meinen Räumlichkeiten entlang und ignoriere dabei die herumlungernden Incubi, die sich während der jagdfreien Zeiten mit den Succuben vergnügen.

Noch bevor ich mich in meiner Frustration vergraben hätte können, reißt Seyr die Tür wieder auf und steht mitten im Raum. Ihre weißen Haare stehen wirr vom Kopf, dennoch sieht diese Frisur an ihr gewollt künstlerisch aus. »Wie ist es gelaufen?« Ich hole eine Flasche von dem gekühlten Rotwein aus meinem Kühlschrank und befülle zwei Gläser bis knapp unter den Rand. Seyr schnalzt mit der Zunge und sagt: »So ist es also gelaufen.« Ich verziehe den Mund, stoße mit meinem bauchigen Glas gegen ihres und exe den wohlschmeckenden Alkohol.

»Du kennst sie ja, sie hat mir wieder *die* Predigt gehalten.«

Ihre linke Augenbraue zieht sich hoch und hebt sich auf ihrer dunklen Haut perfekt ab. »Jetzt ist es also schon *die* Predigt?«

Ich zucke mit den Schultern und schnappe mir die Flasche. Wer braucht schon ein Weinglas, wenn er aus der Flasche trinken kann? »Wenn man sie zum zwanzigsten Mal hört, ja. Ach, keine Ahnung was ich noch dazu sagen soll. Sie steckt noch immer in ihren altmodischen Denkweisen fest und findet darin keinen Platz für jugendliche Frische", beschwere ich mich zwischen ein paar Schlucken. Es braucht lange, bis der Alkohol in meinem schwarzen Blut seine gewünschte Wirkung erzielt.

Seyrs Mundwinkel heben sich zu einem teuflischen Lächeln. »Andere würden es vermutlich Blasphemie nennen aber jugendliche Frische klingt auch nicht übel«, sagt sie lachend und stürzt den Rest ihres Glases hinunter. »Was hältst du davon, wenn wir gleich ein wenig tanzen gehen und unsere verdammte Seele baumeln lassen?«

Ich sehe die skeptisch an. »Sag wie es ist, du möchtest jagen gehen, stimmt's?« Meine Begeisterung über ihren spontanen Besuch verflüchtigt sich gerade, auch wenn ich genau weiß, dass sie es nicht böse meint.

Ihr geschmeidiges Kopfnicken zeugt von wenig Reue. »Es ist Jagdsaison, Lilly, und ich habe Appetit auf Sterblichen«, antwortet sie und leckt sich über die Lippen, als würde noch ein wenig frisches Blut daran haften. Nein, eigentlich müssen wir unsere *Beute* nicht beißen aber Seyr steht nun Mal auf den extra Kick. Und weil ich eine wunderbare Freundin bin und weiteren Drinks nicht abgeneigt, gebe ich mich geschlagen.

Seyrs Outfit ist eine Mischung aus Catwoman und Gothic Braut. Wenn es jemand in vollen Zügen genießt, ein Dämon zu sein, dann sie. Selbst ihre menschliche Gestalt ist aufreizend und für die jungen Herren sehr ansprechend. Ich hingegen, halte es eher schlicht. Schwarze Jeans und weißes Trägertop müssen ausreichen. Mein violettes Haar ist bereits auffallend genug.

Das *Mephistos* ist brechend voll an diesem Abend und obwohl es noch nicht einmal Mitternacht ist, stehen die Menschen Schlange, um den Club betreten zu dürfen. Succuben und Incubi müssen keine Ausweiskontrollen durchlaufen, wir sind hier so etwas wie die VIP's und kommen durch den zweiten Eingang. Die dröhnenden Gitarrenriffs von Dio's *Holy Diver* dringen in meine Ohren und lassen meinen Puls schneller werden. Ich liebe den Song, nicht nur weil er symbolisch für alles steht, was ich bin, sondern schlichtweg, weil ich Heavy Metal richtig geil finde. An der Bar wird uns beiden Platz gemacht, das ist selbstverständlich. James bringt uns beiden einen Long Island Ice Tea und zwinkert Sayr dabei zu. Wir wissen beide, dass er schon lange ein Auge auf sie geworfen hat, eigentlich praktisch für sie und die Erfüllung ihrer Bestimmung aber Seyr liebt die Jagd zu sehr, als dass sie es sich so einfach machen würde. Irgendwie tut mir der Kerl leid, er hatte nie auch nur einen Hauch einer Chance bei ihr, obwohl sein Schmachten schon utopische Ausmaße annimmt. Der Cocktail ist süffig und wir bestellen uns in kürzester Zeit den nächsten, bis der Moment kommt, in dem Seyr in ihren Jagdmodus kippt und sich mit einem kurzen Nicken in die Menge verabschiedet. Wahrscheinlich hat sie ihr Opfer gefunden.

Ich hingegen lehne an der Bar, habe die Beine überschlagen und nippe an meinem Drink. Mein Blick schweift über die Menge, die in Dämonen und Sterbliche unterteilt ist und dessen Menschen keine Ahnung haben, dass sie sich unter Raubtieren wie Seyr befinden. Die Stimmung könnte nicht ausgelassener sein. Sterbliche Männer schmiegen sich an die Rücken der Succuben und die Incubi werden es nicht leid, ihre weibliche Beute zu umgarnen. Vielleicht sollte ich es auch einfach versuchen. Mich in das Geschehen stürzen, Sterbliche bezirzen, *jagen*. Mein schwarzes Herz sagt mir allerdings unerbittlich, dass ich es nicht tun soll, weil ich nun Mal anders bin als meine Familie und Freunde. Dieses dumme Herz flüstert mir Dinge ins Ohr, die ich liebend gerne wie den Wein vorhin in mich aufsauge. *Du kannst dich verlieben*, sagt es zum Beispiel. *Du kannst für einen Menschen Gefühle haben*, zischelt es unentwegt. Und was mache ich? Ich verleugne meine Herkunft, mein Sein und glaube auch noch an diese Verrücktheiten, weil ich daran glauben *will*.

Ein tiefes »*Hey*« reißt mich aus meinen Gedanken. Ich drehe mich um meine eigene Achse, versuche herauszufinden, von woher es gekommen ist und erstarre einen Moment später. Vor mir steht ein großer, breitschultriger Kerl mit schwarzem Haar und tiefbraunen Augen, die mich freundlich ansehen. »Hey, sorry, habe ich dich erschreckt?«, fragt er mich und verzieht dabei ein wenig die Lippen. Gerade so viel, dass auf einer Seite ein Grübchen erscheint, das jede menschliche Frau wohl dahinschmelzen ließe.

Ich erwidere sein Lächeln und schüttle den Kopf. »Nein, nein, ich war nur gerade im Gedanken. Kennen wir uns?« Meine Frage ist nicht unbegründet, immerhin bin ich nicht selten hier, doch an sein Gesicht könnte ich mich bestimmt erinnern. Natürlich nicht, wegen dem Grübchen, nein, sondern einfach aus Gründen.

Er schiebt seine große Gestalt näher zum Bartresen und stützt sich mit einem Ellbogen auf der Oberfläche ab, sodass ich mich wieder bequemer hinsetzen kann. »Noch nicht«, antwortet er und lacht gleichzeitig, weil sich mein Gesicht ein wenig verzieht, als hätte ich in eine Zitrone gebissen. »Tut mir leid, der Spruch war ziemlich flach oder?« Sein Lachen ist ansteckend und melodisch, tief und ... sexy. Außerdem hat er recht.

»Unterirdisch würde ich sagen aber du hast Glück, ich habe einen ausgeprägten Sinn für Humor.« Ich zwinkere und bemerke, wie erleichtert er deshalb ist.

»Gott sei Dank, ich dachte schon, du würdest mir eine Ohrfeige verpassen«, antwortet er und greift sich mit der flachen Hand an die Brust. Eine Brust, die unter dem schlichten, schwarzen Shirt bestimmt stahlhart ist.

Ich winke ab. »Ach was, ich kann doch keiner Fliege etwas zu leide tun«, lüge ich. Wenn der wüsste, was ich nicht alles tun könnte. Ich könnte seinem Leben innerhalb eines Sekundenbruchteils ein Ende bereiten, noch bevor er begreifen würde was überhaupt passiert.

»Kann ich dir einen ausgeben?« Sein Interesse an mir ist unverkennbar, nicht nur, weil ich als Succubus die Gefühle der Menschen stärker wahrnehmen kann, als sie selbst, sondern weil seine ganze Körperhaltung das ausstrahlt. »Du musst nicht, ich meine, wenn du nicht willst«, setzt er hinterher und bringt mich damit zum Schmunzeln.

»Sehr gerne. Ich nehme noch einen Long Island Ice Tea, bitte.« Er gibt die Bestellung auf und schiebt sich ebenfalls einen Hocker zur Bar, sodass wir uns ein wenig schief gegenübersitzen und uns ansehen können. Die kalten Getränke werden vor uns abgestellt und ich bedanke mich für die Einladung, während wir anstoßen.

»Ich bin übrigens Colin«, stellt er sich mir vor und streckt mir die Hand entgegen, die ich nach einem Moment des Überlegens entgegennehme und schüttle. Seine rauen Handinnenflächen lassen vermuten, dass er viel mit ihnen arbeitet. Vielleicht am Bau oder als Tischler.

»Lilly«, sage ich und ziehe bedauernd die Hand zurück. Die Berührung unserer Hände war sehr angenehm, definitiv eine Sache, die ich gerne länger gemacht hätte. Wenn Lamya das sehen könnte, würde sie gleichzeitig jubeln und den Kopf schütteln. Jubeln, weil ich endlich einen Sterblichen gefunden habe, der mir zusagt und Kopf schütteln, weil ich nicht beabsichtige, mich Colin so zu nähern, wie es mein Schicksal verlangt. Ich verdränge den Gedanken an die angepisste Lamya und ergötze mich an dem Anblick Colins voller Lippen, die sich gerade gegen den Rand seines Glases mit Vodka Tonic drücken. Sein Kehlkopf hüpft erfreut, als die kalte Flüssigkeit seinen Rachen benetzt und ich muss aufpassen dieses Verhalten nicht mindestens genauso erfreut weiter zu beobachten.

Meine Finger schließen sich fester um mein Glas und lassen es beinahe zwischen meinen starken Fingern bersten, doch dann findet sein Blick wieder in meinen und bringt den Klumpen in meiner Brust unkontrolliert zum Hämmern. Ist dieses Gefühl, das sich da in meinem Inneren zusammenbraut das, was Menschen als Liebe bezeichnen? Meines Wissens nach, dauert es länger, als ein kurzer Baraufenthalt, um sich ineinander zu verlieben, aber was weiß ich schon.

»Bist du zum ersten Mal hier?«, unterbreche ich meine wirren Gedanken. Mir wäre dieser Mann ganz bestimmt schon hier aufgefallen, denn er strahlt etwas ganz Besonderes aus. Eine Art Aura, die ich mit all meinen Sinnen nun wahrnehmen kann und die mich fasziniert, wie keine jemals zuvor. Oder aber der Alkohol steigt mir nun doch zu Kopf und löst diese Emotionen in mir aus.

Colin nickt. »Ja, ich bin vor nicht allzu langer Zeit nach Kansas gezogen, um meine Werkstatt hierher zu verlagern. Ich kenne noch niemanden aber die Stadt scheint sehr aufgeschlossen und freundlich zu sein.« Innerlich klopfe ich mir auf die Schulter, weil ich wusste, dass er einem handwerklichen Job nachgeht.

»Eine Werkstatt? Was machst du denn, wenn ich fragen darf?«

»Ich bin Mechaniker für Motorräder, im Speziellen Harleys. Die Werkstatt habe ich von meinem Vater vor zwei Jahren übernommen, nachdem er ... verstorben ist. »Ich liebe meinen Beruf, aber an der alten Werkstatt hingen einfach zu viele Erinnerungen an ihn, also habe ich mich entschieden, hierher zu kommen. Das ist sozusagen mein Neustart und ich wollte mich ein wenig unter die Leute mischen.«

Fast bin ich geneigt, ihm zu sagen, dass er mit dem Besuch im *Mephistos* keine gute Wahl getroffen hat, um Bekanntschaften zu knüpfen. Wenn er wüsste, in welchem Morast an teuflischen Geschöpfen er sich hier eingefunden hat, würde er mir bestimmt zustimmen. Andererseits hätte ich dann auch nicht das Vergnügen seiner Gesellschaft und ich muss mir eingestehen, dass ich genau die gerade sehr genieße. »Das mit deinem Vater tut mir sehr leid«, bekunde ich mein Beileid und frage mich, was mit seiner Mutter ist, die er nicht erwähnt hat. Ist es unhöflich ihn danach zu fragen? Vermutlich schon, also unterdrücke ich meine Neugierde.

Seine Miene verzieht sich für einen kurzen Augenblick, der

gleich wieder vorüber ist. »Erzähl mir von dir, Lilly.« Meine Gedanken rasen, fahren Achterbahn und wissen nicht recht, wie sie sich sortieren sollen. *Öhm, naja, ich bin ein Succubus, zweihundertzweiundzwanzig Jahre alt und mein größter Stolz sind meine violett schimmernden Hörner, die ich täglich auf Hochglanz poliere. Meine Hobbys sind: Sterblichen die Essenz der Lenden zu stehlen und dämonische Rituale bei Mondlicht.* Ob er wohl ein Date mit mir möchte, fragt meine innere zynische Stimme.

Ein Augenrollen zurückhaltend, zucke ich mit einer Schulter und umklammere das Glas ein wenig fester, als wäre es mein Anker. »Über mich gibt es nicht wirklich etwas Spannendes zu erzählen«, antworte ich. »Ich bin im letzten Studiensemester und stehe kurz vor den abschließenden Prüfungen, wohne schon seit Geburt an in Kansas City und oh ja, ich liebe Blaubeerkuchen.« Colins Mundwinkel zucken bei meiner Antwort verräterisch, doch er hält sein Lachen zurück. Natürlich haben wir Succuben und Incubi eine Geschichte bekommen, die wir erzählen, sobald wir auf die Jagd gehen. Von unserem echten Leben können wir schlecht berichten, da würde sich kein einziger der Sterblichen auch nur eine Sekunde länger in unserer Nähe aufhalten. Ich bin wohl einer der wenigen Dämonen, die es hassen, zu lügen.

Die Musik im Hintergrund wird immer lauter und obwohl ich mit meinen Fähigkeiten steuern kann, ob ich etwas wahrnehmen möchte und in welcher Intensität, wäre es mir gerade lieber, Colin und ich würden nicht in diesem Club voller Dämonen und Menschen sitzen, dabei zusehen, wie sie sich gegenseitig mit den Mündern verschlingen und Körperflüssigkeiten austauschen.

»Blaubeerkuchen also?« Colins Augen leuchten begeistert auf.

»Bei mir um die Ecke befindet es ein Café und wie der Zufall es möchte, gibt es dort den besten Blaubeerkuchen der Stadt. Zumindest habe ich mir das sagen lassen«, erzählt er, trinkt sein Glas leer und betrachtet mich erwartungsvoll. »Darf ich dich denn zu einem Stück Kuchen einladen?«, setzt er hinterher, als ich nicht gleich darauf anspringe. Mein Kopf sagt mit Lamyas Stimme, ich soll die Chance nutzen, diesen verdammten Kuchen essen und dann mit ihm in die Wohnung gehen, um meine Pflicht zu erfüllen. Mein Herz sagt, dieser Mann gibt mir Lieblingskuchen, wann fragt er mich endlich, ob ich ihn heiraten möchte? »Okay?« Natürlich will ich dieses verdammte Stück Kuchen, aber sicher nicht deshalb, um dann tatsächlich bei ihm in der Wohnung zu landen.

Colin schnaubt vergnügt. »Okay? Ist das eine Frage oder die Antwort?« Ich trinke meinen Cocktail aus, straffe meine Schultern und rutsche vom Barhocker. »Meine Antwort. Ich würde sehr gerne ein Stück Kuchen mit dir essen, Colin.«

Er lacht herzlich und tut es mir gleich. Während wir uns einen Weg aus der Bar bahnen, werfe ich einen Blick in die Menge, in der Hoffnung Seyr zu entdecken aber diese scheint bereits schwer beschäftigt zu sein.

Das Café hat tatsächlich den besten Blaubeerkuchen und ich frage mich ernsthaft wie es sein kann, dass ich noch nie hier gewesen bin.

»Also Kansas, hm?«, sage ich nach einer Weile, in der wir einfach nur den süßen Geschmack von zuckrigen Beeren genossen haben. Die Sitzecke in der wir Platz genommen haben, ist gemütlich eingerichtet, das Ambiente sehr locker und selbst der Kaffee fantastisch, doch am besten gefällt mir die Gesellschaft.

Colin legt die Gabel auf seinen Teller und nickt. »Hätte nie gedacht, dass es mich mal hierher ziehen würde. Mein Dad war immer ein großer Fan der Stadt und so habe ich mir gedacht, wieso nicht? Kurz bevor er starb, meinte er, hier würde mein Schicksal liegen und ich hoffe, er hatte damit recht.«

Ach Colin, wärst du doch nie ins Mephisto gegangen ...

Der Zug um seine Augen wirkt traurig aber nur kurz, dann lächelt er wieder. »Es gefällt mir jedenfalls immer besser hier«, fügt er hinzu und sieht mir dabei direkt in die Augen, sodass ich seinen Blick festhalten muss.

Ich spüre, wie mir die Röte in die Wangen steigt und mein Bauch eigenartige Dinge mit mir anstellt und meine Mundwinkel ziehen sich wie automatisch hoch. Colins Hand hebt sich an mein Gesicht und während er sich meine violette Strähne zwischen die Finger klemmt, um sie hinter mein Ohr zu stecken, halte ich vor Aufregung die Luft an. Seine Fingerspitzen hinterlassen ein angenehmes Kribbeln auf meiner Haut, streicheln sanft den Rand meines Ohres entlang und verschwinden viel zu schnell von meiner erhitzten Wange. Menschen nennen dies wohl *Schmetterlinge im Bauch haben,* ich nenne es lieber *Beelzebubs Dreizack zwischen den Eingeweiden haben.* Lamya würde mir mit dem Dreizack wohl in den Allerwertesten pieken, wenn sie meine Gedanken hören könnte, die sich alles andere, als um die Zeugung kleiner garstiger Dämonenbabys dreht. Plötzlich wird mein Mund ganz trocken, also schnappe ich mir mein Wasserglas und sauge am Strohhalm, als würde mein Leben davon abhängen. Das Glas ist halb leer, bis ich endlich wieder meine Fassung erlange.

»War das wieder eine deiner kitschigen Versuche, mich um den Finger zu wickeln?« Wir müssen beide lachen und es fühlt sich einfach herrlich an.

Er zuckt mit den Schultern. »Funktioniert es denn?«

»Und ob!«

Scheiß auf blasphemische, dämonenbalgzeugende Gedanken, ich wusste doch schon immer, dass ich anders bin, als meine Freunde. Ich kann Gefühle empfinden, Colin ist wohl das beste Beispiel dafür und ich kann mich für ein halbwegs normales Leben entscheiden, denn ich bin genau das, was alle fürchten: eine Dämonin auf Abwegen.

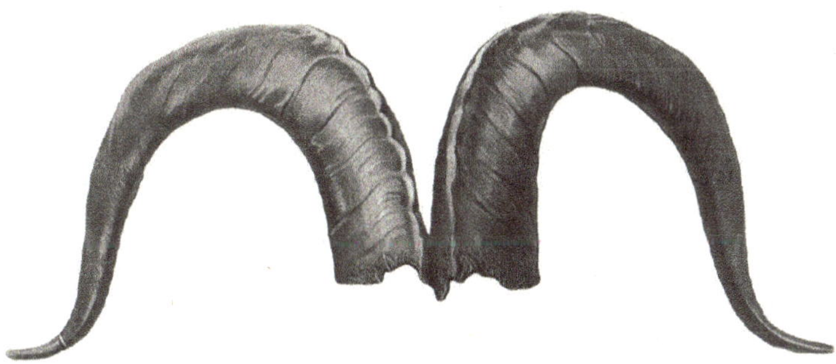

Gundel Steigenberger

GEZWITSCHER

Wenn ich etwas eklig finde, dann ist es Sex.«
Mit diesem Satz hat alles angefangen.
Ich bin ja sonst nicht so zurückhaltend, aber diese Sexgeschichte geht mir schon gehörig gegen den Strich. Ich meine, warum macht da jeder so ein Gewese darum? Nackter Busen hier, Buttplug da. Der Hipster, der was auf sich hält, trägt so was ja heutzutage im Schlenkertäschchen mit sich rum. Und ich mein, man kann wirklich kaum seinen Account aufrufen, ohne mit Bildern von allen möglichen Geschlechtsteilen belästigt zu werden.

Äks!

Da wird mir ja schlecht.

Also habe ich meine Meinung kundgetan, das gehört sich für den Dämon von Welt heute so, gib es ihnen und zwar richtig, und danach brach der Sturm über mich herein.

Meine Mama hat gesagt, das hätte ich ja wohl kommen sehen müssen. Aber meine Mama ist auch sexsüchtig und macht nichts, als arme, unschuldige Männer ins Verderben reißen. Sie betrachtet das als anständigen Zeitvertreib. Und mein Vater ist der totale Opportunist, immer nur das, was andere sagen, ansonsten Mimimi und ab und zu lässt er sich mit meiner Mutter auf ihre Sexspielchen ein. Sie tauschen dann Samen aus.

Ich muss kotzen!

So, fertig. Und das ist meine Familie. Da muss man doch gar nichts mehr fragen. Kein Wunder, dass ich so dünn bin.

Eine Freundin von mir hat mich getröstet, Familie kann man sich nicht aussuchen und so. Und ja, sie findet es richtig, wenn ich meine Meinung im Internet kundtue, jeder hat das Recht und so. Aber als ich dann von den Sexuellen überrannt wurde, hat sie sich auch nicht mehr gerührt. Mein Posteingang war plötzlich total leer, bis auf die Spinner eben.

Ich solle bald sterben und ich müsse nur mal so richtig durchgenommen werden, dann werde ich schon sehen, wie geil ein ordentlicher Fick sei! Und meine armen, abgestorbenen Gehirnzellen würden sie dann auch beleben, und sie fänden es gut, mich mal …

Ich hör hier mal auf. Ich war heut schon zweimal aufm Klo, das reicht.

Jedenfalls, meine Freunde waren plötzlich auch alle der Meinung, ich hätte es übertrieben – auch wenn das natürlich nicht ginge, so mit Beleidigungen – und ich solle mich vielleicht ein bisschen zurückhalten und ach so: Don't feed the trolls!

Wenn die wüssten! Trolle sind ziemlich enthaltsam, eine fast schon asketische Spezies. Sehr angenehm. Und höflich. Manchmal träumte ich von der Ruhe im Norden.

Ich erhielt aber nicht nur den ganzen Du-musst-sterben-oder-ficken-Scheiß, sondern eben auch Anfragen von Menschen, die sich voll verstanden fühlten und die gerne wollten, dass ich noch lauter und dauernder für sie spräche, damit sie mehr Anerkennung und Hilfe bekämen. Menschen, die mit Sex auch nicht allzu viel am Hut hatten. Menschen, die sich zwar fortpflanzten, ansonsten aber jeden Orgasmus für überbewertet hielten. Manche pflanzten sich auch nicht fort, zugegeben, weil sie schon den notwendigen zwischenmenschlichen Akt der Fortpflanzung so schrecklich fanden wie ich. Aber wir wollen uns mal nicht in Details verlieren.

Diese Menschen waren offensichtlich unterdrückt und sie brauchten einen Sprecher. Jemanden, der ihre Lebenseinstellung bekannt machte und ihnen zu Anerkennung verhalf.

Ich weiß.

Wir Dämonen sind nicht gerade dafür bekannt, dass wir Menschen *helfen*.

Aber heh, das war doch zur Abwechslung mal was Neues. Ein Hilferuf, das Gefühl, gebraucht zu werden. Ich mein, ich war ja schon das schwarze Schaf der Familie.

Also wurde ich – totally out of character – Sprecher der Asexuellen-Gemeinde!

Geil!

Ich schrieb täglich, mein Social-Media-Account quoll über. Ich kam nicht mehr nach mit all dem Teilen, Rückteilen, Antworten, Blockieren und Melden. Ich wurde überrannt von Menschen, die offenbar seit Jahrtausenden darauf warteten, dass mal jemand laut sagt, dass Sex scheiße ist.

Durchatmen. Lächeln. An meine Mama denken, die sich sicherlich vor Scham unter dem Tisch verkroch. Und die Daddy anwies, *auf gar keinem Fall irgendwem zu erzählen, dass der Spinner unser Sohn ist*!

Ein gutes Gefühl.

Plötzlich bestand die halbe Welt aus Acern. Ich schrieb

sogar ein Buch. Titel: »Der Nichtgebrauch der Lüste«. Die Sexuellen wurden zu einer Minderheit, die sich erst lautstark übergangen fühlte, dann eine Kampagne gegen mich anzettelte und schließlich auf Anschläge umstieg. Ich musste mehr als einmal unter Polizeischutz von einer Acer-Veranstaltung weggebracht werden.

Menschen.

Die sind einfach total unausgeglichen. Nicht wie wir Dämonen. Immer hoch und runter. Wir waren inzwischen eine weltweite Gemeinde und hatten überall Niederlassungen und Informationszentren und ich war den ganzen Tag am Arbeiten und Schuften. Mindestens drei Mal in der Woche rief meine Mama an und warnte mich davor, so weiterzumachen. Ich ignorierte sie.

Dann eines Tages, ich war mit meiner damaligen Freundin Leyla – die übrigens aus einem dieser Länder kam, in denen man nicht mal »Fick dich!« sagen kann, ohne verhaftet zu werden, aber sich alle heimlich in den Arsch ficken – in so einem Nordseebad, um über angemessene Kleidung am Badestrand zu sprechen, da macht es mitten in der Nacht plötzlich Krach! Geschrei, meine Zimmertür schlägt auf, das Flurlicht fällt herein. Drei Dämonen (Schwänze!) stürmen rein, in schwarzer Kleidung mit Sturmhaube, reißen die Gewehre hoch und ballen wie wild in den Raum. Leila ist sofort tot. Ich, nahe am Fenster, hechte hoch und breche splitternd durch das Glas, überschlage mich drei Mal und lande im weichen Sand, springe auf, rase den Strand entlang, aufs Wasser zu. Hinter mir Schüsse, Sand und Holzstücke fliegen durch die Luft. Ich hechte ins Wasser und schwimme um mein Leben.

Norwegen habe ich drei Tage später erreicht. Einer meiner Zehen war abgefroren und ich brauchte eine Woche, um wieder auf die Beine zu kommen. Ich schlug mich in die Wildnis durch, bat um Asyl und wurde von den Trollen freundlich aufgenommen.

Als ich mich das erste Mal getraut habe, wieder ins Internet zu schauen, hatte eine Acer-Diktatur Mitteleuropa vereinigt, allen Frauen einen Hijab verpasst, den Männern einen Keuschheitsgürtel und Sex unter Strafe gestellt. Es gab einen Fortpflanzungsplan, um das Überleben der Menschheit sicherzustellen, ansonsten war kein körperlicher Kontakt erlaubt. Alle lebten in Einzelkabinen, damit es nicht zu unbeabsichtigten Berührungen kam, die Kinder wurden gezüchtet und in Kollektiven großgezogen. Meine Eltern waren entweder untergetaucht oder ebenfalls tot.

Ein paar Sexuelle hatten sich nach Russland geflüchtet und dort unter Putins Nachfolgern ein Refugium gegründet. In Südamerika herrschten Freizügigkeit und Anarchie und das gesamte Land lebte in Nudistenkolonien. Es hatte einen Atomkrieg gegeben, um die Sache mit dem Sex zu entscheiden, seitdem beschoss Russland regelmäßig die Mongolei und Mittelchina, Mexiko nahm Sex-Flüchtlinge auf und im Pazifik gab es angeblich versteckte Inseln, auf denen man weiterhin jeden noch so perversen Traum ausleben konnte. Egal, wohin man kam, man musste aufpassen, dass einem nicht eine Bombe auf den Kopf fiel.

Das war es also, was die Menschen aus meinem Spruch gemacht hatten. Tja, denen war echt nicht zu helfen!

Lexy Sky

MEIN FLUCH

Komm schon, Ci! Du weißt, du hast nicht wirklich eine Wahl. Und willst du nicht lieber die Kontrolle behalten?« Meine beste Freundin hat Recht. Aber sie hat auch keine Ahnung. Sie ist nicht wie ich, sie hat das unglaubliche Glück, ein ganz normaler Mensch zu sein. Süß, unschuldig, alltäglich, langweilig, wundervoll normal. Ich dagegen ... Naja. Man sieht es mir nicht unbedingt an. Mit meinen 1,64 nicht wirklich durchtrainerten Metern, den etwas zu üppigen Kurven, die ich normalerweise in weit geschnittenen Jeans und Hoodies verstecke, dem straßenköterblonden Haar, das mir in einem frechen Bob gerne in die graublauen Augen fällt, falle ich nicht auf. Nicht auf den ersten Blick. Nicht so lange meine ganz besondere Aura nicht wirkt. Und glaubt mir, ich tue mein Bestes, damit das nicht passiert.

Ich liebe es, nicht aufzufallen, in der Masse zu verschwinden, zu beobachten und mehr nicht. Leider ist es mir nicht beschieden, das lange genießen zu können. Nicht seit ich 18 bin. Nicht, seit das verfluchte Erbe meines Vaters sich in meinem Blut ausgebreitet hat und das Menschliche darin mehr und mehr ausbrennt. Er hat meine Mutter im Sturm erobert damals, schon als sie ihn das erste Mal sah. Sie war ein braves Mädchen bis dahin, anständig, mit großen Hoffnungen für die Zukunft. Er hat sie geschwängert und verlassen, in einer Nacht, von der sie noch immer heimlich schwärmt. Und mir nicht mehr hinterlassen als einen faden Geschmack, was die Zuverlässigkeit von Männern angeht – und jene tickende Zeitbombe, die mein wunderschön langweiliges Leben völlig unvorbereitet in die Luft gejagt hat.

Mein 18. Geburtstag ... natürlich habe ich darauf hingefiebert. Mags und ich haben eine große Party vorbereitet, wir wollten das Stadtgespräch werden damit. Ihr Geburtstag ist nur drei Tage nach meinem; wir haben zusammen gefeiert, seit wir uns in der ersten Klasse kennengelernt haben. Ein Blick, kein Wort – eine Seelenverwandtschaft. Würde ich auf Frauen stehen, ich hätte nicht länger nach meinem Glück suchen müssen. Leider ist mein Körper aber anders programmiert und sie hat in mir schon immer die Zwillingsschwester aus dem Bauch einer anderen Mutter gesehen, also haben wir nie in diese Richtung experimentiert.

Meine eigene Mutter hat mich nie so geliebt wie den Mann, der mich gezeugt hat. Zu Beginn hat sie sich noch um mich gekümmert, aber sie hat nie aufgehört, auf ihn zu warten. Obwohl sie wusste, was er war, er es ihr gesagt hatte, als er ging, glaubte sie fest daran, dass er zurückkehren würde irgendwann. Nach und nach hat das ihre ganze Energie beansprucht, bis nichts mehr für mich übrig war. Sie hat sich einen Schrein der Erinnerungen an ihn gebaut und sich mehr und mehr darin zurückgezogen, sich an die irre Vorstellung geklammert, wenn sie hier brav auf ihn wartet, wenn sie ihn nur genug liebt, kommt er irgendwann zu ihr zurück.

Das ist nie passiert.

Bei Mags Eltern dagegen war ich von Anfang an willkommen. Klar, ich habe sie verehrt, mich an alle Regeln gehalten, alles getan, damit man mich mochte. Das gefiel ihnen und so haben sie mich sogar in Pflege genommen, als meine Mutter schließlich vor Sehnsucht verging, an gebrochenem Herzen starb, wie immer man das nennen will. So wurden meine beste Freundin und ich tatsächlich Schwestern.

Margarethe und Cäcilia, Mags und Ci. Wir waren und sind unzertrennlich, haben uns immer gegenseitig unterstützt und waren füreinander da, auch wenn wir in vielen Dingen ganz unterschiedlich sind, wir haben uns einfach perfekt ergänzt. Dass ich unsere Freundschaft auf eine so harte Probe stellen würde, habe ich nicht geahnt. Wenn, hätte ich sie schon viel früher vergrault. So sind wir beide in diese Katastrophe gestürzt und sie hatte am Ende fast mehr darunter zu leiden als ich ...

Die Party lief gut, es gab heiße Beats, kalte Drinks, alle hatten Spaß. Wir hatten das Haus für uns, die Eltern vertrauten uns und waren übers Wochenende weggefahren. Perfekte Voraussetzungen. Mags und ich hatten uns extra sexy herausgeputzt, außerdem waren wir die Geburtstagskinder, daher hatte ich mir am Anfang keine Gedanken darüber gemacht, wie die Jungs plötzlich auf mich reagierten. Mehr als sonst. Sehr viel mehr als sonst. Gut, normalerweise war ich eher Mauerblümchen und hab mich nicht wirklich eingebracht. Heute wollte ich einfach nur Spaß haben, wild und hemmungslos sein, wie ich es mir immer erträumt hatte. Vielleicht endlich den Jungen meiner Träume ansprechen, um den ich schon ein halbes Jahr herumschlich. Ich war nicht ungeküsst, aber bisher hatte sich noch nie mehr ergeben. Mit ihm konnte ich es mir nicht nur vorstellen, ich tat das auch, fast jede Nacht.

Zum ersten Mal bemerkte er mich. Wir hatten ihn und ein paar seiner Freunde eingeladen, damit es nicht so auffiel, aber Mags wusste natürlich von meiner Schwärmerei. Sie hatte eine Freundin, mit der sie sehr glücklich war, und seither versuchte sie mich zu verkuppeln, aber meine natürliche Schüchternheit hatte das bisher verhindert. Doch jetzt musste ich ihn nicht einmal ansprechen. Er kam von sich aus und machte mir Komplimente, dass mir die Knie weich wurden. Doch auch die anderen Jungs umschwärmten mich wie Motten das Licht. Ich hatte die Auswahl, ich hätte wohl jeden auf der Party haben können, was ich ohne Zurückhaltung genoss.

Es stieg mir zu Kopf wie zu viel Alkohol, ließ mich nicht nachfragen, Ich flirtete mit allen und genoss die Aufmerksamkeit hemmungslos. Auch als es mehr als Worte wurden, mein Körper reagierte auf die kleinen unauffälligen Berührungen, es gefiel mir. Das Kribbeln in mir wurde stärker und je stärker es wurde, desto mehr umringten mich die Jungs. So langsam fiel es auf und Mags beobachtete mich besorgt. Doch ich lachte sie aus, als sie mich aus dem Mittelpunkt ziehen wollte, der ich geworden war. Die neidischen, hasserfüllten Blicke der anderen Mädchen ließen mich kalt.

Die Tatsache, dass einige der Jungs in festen Händen waren? Es war mir plötzlich egal. Als sie anfingen, sich gegenseitig von mir wegzuschubsen? Das gefiel mir, es bestärkte dieses schwindelerregende Gefühl in mir und ich reizte sie noch zusätzlich, indem ich mal den einen, mal den anderen bevorzugte. Mein Lachen klang selbst in meinen eigenen Ohren sexy und ein Blick in den Spiegel bestätigte mir, dass ich so unwiderstehlich aussah, wie ich mich plötzlich fühlte. Eine Hand landete auf meinem Po, jemand beugte sich vor, um mich zu küssen, als mein Schwarm plötzlich dazwischen ging.

Oh, wie seine Augen blitzten! Wie drohend er sich vor den anderen aufbaute. Seine Worte gingen mir durch und durch und ließen mich wohlig erschauern.

»Sie gehört mir!«

Er packte mich und trug mich aus dem Zimmer, hinaus in den Garten, während hinter uns eine Schlägerei ausbrach. Es interessierte mich nicht, ich hatte nur noch Augen für ihn. Willenlos ließ ich mich aufs Gras legen und genoss sein Gewicht auf mir, öffnete meine Lippen für seinen Kuss… und dann…

Lust durchzuckte mich wie ein Blitz, ich hatte das Gefühl in Flammen aufzugehen. Leidenschaftlich klammerte ich mich an ihm fest, sog die Luft ein, seine Luft ein, umschlang ihn mit Armen und Beinen, weil er sich plötzlich von mir wegbewegte. Doch das konnte ich nicht zulassen, ich wollte ihn doch, ich gehörte ganz ihm und er mir! Mein! Er war mein, er war MEIN!

»Ci!«

Ich weiß nicht, wie oft Mags meinen Namen schon geschrien hatte, wie verzweifelt sie an meinem Arm riss, zeigten später die deutlichen Spuren auf meiner Haut. Ich kam wieder zu mir, verwirrt, desorientiert – was war geschehen? War mein erstes Mal tatsächlich so erderschütternd gewesen, dass ich komplett den Kontakt zur Realität verloren hatte? Ich schüttelte den Kopf, um ihn klar zu bekommen und starrte meine beste Freundin an: »Was?«

Sie erwiderte den Blick hilflos und verängstigt. Jetzt erst wurde mir bewusst, dass da ein totes Gewicht auf mir lag und mich zu Boden drückte. Ich wendete den Blick von ihr ab und meine Augen wurden sehr weit. Denn das war nicht nur bildlich gesprochen. Das war real. Entsetzt schrie ich auf und schob mit hektischen Bewegungen die Leiche von mir herunter, krabbelte rückwärts von ihm weg und schrie, schrie, schrie, bis Mags sich förmlich auf mich warf und mir den Mund zuhielt.

Wir sahen uns lange Minuten an, dann ließ sie ihre Hand sinken.

»Was ist passiert?«, fragten wir synchron und ein hysterisches Schluchzen drang aus meiner Kehle.

»Drinnen... gab es eine Schlägerei. Ich bin in den Garten geflüchtet und ... ihr habt geknutscht und dann war da dieses grelle Licht und... es sah aus, als ob... als würdest... du... ihn aussaugen. Sein Leben aus ihm heraussaugen. Und dabei... dabei...« Ihre Stimme versagte.

Aber ich konnte wieder sprechen und so beendete ich den Satz bitter: »Und dabei hatte ich den besten Orgasmus meines Lebens.«

Wieder sahen wir uns minutenlang schweigend an. Sie wusste von meiner Entstehung. Sie wusste von meinem Vater. Sie wusste, was ich war, sie wusste, was das bedeutete, ich sah es in ihrem Blick. Und ich wusste es jetzt auch. Ich war wie Er. Verflucht dazu, meine Sexpartner zu töten, wie eine schwarze Witwe, hilflos dem Drang ausgeliefert, davon abhängig, wenn ich leben wollte. Nichts, was ich dagegen tun konnte... so stand es in den Büchern, die meine Mutter gefunden hatte, als sie nach meinem Vater suchte. Nach meinem Vater, dem Incubus. Doch ich hatte niemals geglaubt, auch nicht eine Sekunde darüber nachgedacht, dass er mir das vererbt haben könnte. Sie war doch ganz normal und ich war doch kein Mann? Und außerdem – mein Vater hatte es doch steuern können, er hatte meine Mutter doch am Leben gelassen?

»Vielleicht gibt es einen Weg, wie du... es in den Griff bekommen kannst.« Natürlich wusste meine beste Freundin genau, wohin meine Gedanken abgedriftet waren.

Sie kannte mich so gut wie ich mich selbst. Ihr Lächeln war zittrig, aber aufmunternd und sie hob die Hand in meine Richtung. Reflexartig schob ich mich rückwärts von ihr weg. Ich hatte Angst vor mir selbst. Was wenn von dieser Energie noch in mir war, wenn ich als nächstes SIE töten würde?

»Hör auf damit. Du fühlst dich nicht sexuell von mir angezogen und ich nicht von dir. Ich bin sicher und das weißt du auch«, tadelte Mags und die Wut war deutlich in ihrer Stimme zu hören.

Die ganze Situation war so verfahren, dass ich am liebsten laut aufgelacht hätte. Doch dann fiel mein Blick auf ihn und mir verging jedes Lachen. Ich hatte einen Menschen getötet. Jemanden, der mir wichtig war, in den ich seit Monaten verliebt gewesen war. Ich hatte sein Leben beendet, er hatte keine Chance gegen mich gehabt. Ich war ein Monster, das nicht verdiente weiterzuleben. Mir drehte sich der Magen um und ich übergab mich, spuckte alles aus, was ich den Tag über zu mir genommen hatte, während sich in meinem Kopf alles überschlug. Ich war Schuld, ich hatte ihn getötet, ich war eine Mörderin, eine Bestie, völlig unkontrolliert, unmenschlich, irre.

Wieder holte Mags Stimme mich aus meinen Gedanken. »Wir müssen hier weg. Sie werden dich einsperren, auch wenn du nichts dagegen tun konntest. Wir werden einen Weg finden, dein Wesen unter Kontrolle zu bringen – und das wieder gutmachen irgendwie. Komm schon, wir dürfen keine Zeit mehr verschwenden«, trieb sie mich an und streckte mir die Hand hin, um mir aufzuhelfen.

Ich verstand kein Wort von dem, was sie sagte, aber ich reagierte auf die Dringlichkeit in ihrer Stimme. Willenlos ließ ich mich zum Haus ziehen, sah zu, wie sie unsere Koffer packte. Die Party hatte sich inzwischen aufgelöst, keinem war etwas aufgefallen. Doch das merkte ich gar nicht wirklich, denn ich war wie betäubt, nahm alles nur wie durch einen Schleier wahr. Wenig später saßen wir im Auto, mit allem, was sie wichtig fand, auf dem Weg aus der Stadt. So weit weg, wie es nur ging. Niemand sollte uns finden und zur Rechenschaft ziehen.

Das ist meine Geschichte. Mags hat alles, was sie kannte, ihre Familie und ihre Liebe für mich aufgegeben. Sie hat es mich keine Sekunde spüren lassen, wenn man ihr zuhört, war das ein großes Abenteuer für sie. Etwas, das sie eigentlich schon immer wollte, wofür sie nur einen Auslöser brauchte. Sie ist glücklich in dem neuen Leben, das wir uns hier aufgebaut haben. Endlich kann sie ganz offen sie selbst sein und genießt das deutlich. Offiziell sind wir Schwestern. Wir haben eine schöne Wohnung, ein gutes Auskommen, auch wenn ich natürlich nicht regulär arbeiten gehen kann. Doch man kann auch von zuhause, ohne direkten sozialen Kontakt, sehr gut Geld verdienen. Meine Hotline ist sehr gefragt. Wer mich anruft, kommt definitiv auf seine Kosten. Manchmal ist es amüsant, meistens stumpfe Plackerei, aber es ist auszuhalten. Es zahlt alle unsere Rechnungen, soweit ist alles gut.

Das einzige Problem ist meine unselige Natur. Alle drei Monate verlangt mein Körper nach einer ganz speziellen Dosis und nichts, was ich tue, kann mich davon abhalten, sie mir zu holen. Wir haben alles versucht. Das Internet durchforstet, das Darkweb, unzählige Bibliotheken. Wir haben mit Medikamenten experimentiert, die unterschiedlichsten Behandlungsmethoden angewendet. Nichts konnte mich bisher davon abhalten, der Begierde nachzugeben und in einem glorreichen Akt das Leben eines anderen auszulöschen.

Zwei Mal ist es seither schon passiert. Wir haben die Anzeichen erkannt, das plötzliche Interesse jedes Mannes in der Umgebung. So konnten wir es zumindest von unserem Leben fernhalten, mir mein Opfer weit weg von dem Ort suchen, an dem wir uns eine neue Existenz aufgebaut haben. Aber ich bin nicht stolz darauf, wie denn auch? Ich bin eine Mörderin und ich werde es wieder tun. Und das Schlimmste daran? Anscheinend bin ich unsterblich, nicht einmal diese Möglichkeit bleibt mir, dem Fluch zu entkommen. Ich kann mich nicht selbst töten, ich kann nur anderen das Leben nehmen.

Diesmal wollen wir etwas ganz Neues versuchen. Es war Mags‘ Idee. Natürlich. Sie hat die besten Ideen, immer, und sie würde mich nie aufgeben. Es sind erst zweieinhalb Monate um seit dem letzten Mal. Ich spüre das Ziehen in mir bereits leicht, aber es ist kein Vergleich zu dem unbändigen Drang, wenn meine Natur ausbricht. Vielleicht bedeutet das, dass ich es diesmal kontrollieren kann, so wie es mein Vater konnte, als er mich zeugte. Dass ich abbrechen kann, bevor ich zu viel nehme, dieses Mal. Dass ich mein Opfer benutze und schwäche – aber eben nicht töte.

Darum sind wir hier. Die Disco ist angesagt unter jungen Leuten in der Stadt. So sehr, dass sogar wir davon gehört haben, auch wenn wir nicht gerade in der Nähe wohnen. Perfekt, wenn es schief geht, aber daran soll ich nicht denken. Nervös schaue ich an mir herunter. Das eng anliegende Minikleid umschmeichelt meine weiblichen Formen, ich habe mich sogar leicht geschminkt. Wenn meine Ausstrahlung nicht in Hochform ist, falle ich noch immer nicht wirklich auf, doch heute habe ich mir Mühe gegeben. Ich atme tief durch, erwidere Mags‘ hoffnungsvollen Blick mit einem zittrigen Lächeln und straffe mich. Showtime. Jetzt zählt es.

Laute Musik schlägt mir entgegen, als ich die Tür aufdrücke, rasch eintrete, bevor ich es mir anders überlegen kann. Mags ist direkt neben mir, ihr Blick huscht über die Menschenmassen, die sich hier drängen. Die Tanzfläche ist voll, der Beat geht direkt ins Blut. Sie drückt meine Hand, dann werden wir auch schon getrennt. Es ist mir lieber so, ich will nicht, dass sie ein weiteres Mal zusehen muss, wie ich ein Leben auslösche. So sehr ich positiv denken und an ein gutes Gelingen glauben will, tief in mir weiß ich es besser. Das Kribbeln wird stärker, breitet sich aus. Die verfluchte Seele in mir spürt, dass ich auf der Jagd bin und macht sich bereit. Meine Kehle wird trocken, dafür treten Tränen in meine Augen. Es wird wieder passieren...

Mein Blick zuckt über die Tänzer, zur Bar hin, dann zu den dunklen Ecken, in denen sich so manches Pärchen gefunden hat. Ich will mir niemanden aussuchen, das Schicksal soll entscheiden, wer mich anspricht, wer mein Opfer wird. Aber dann bemerke ich etwas Seltsames. Der Typ mit dem Bart scheint doch etwas zu alt für das blutjunge Ding, das er da anspricht. Ihr Lächeln wirkt nicht besonders angetan, aber sie nimmt den Drink an, den er ihr spendiert. Ich weiß nicht warum, aber meine Aufmerksamkeit ist geweckt. So fällt mir auf, was sonst wohl keiner bemerkt. Wie sie leicht zu schwanken beginnt, kaum dass sie die Hälfte des Glases geleert hat. Wie ihr Blick glasig wird und sie nach der Tischkante greift.

Mein Blut beginnt zu kochen, als er sie fürsorglich in den Arm nimmt, ihr etwas zuflüstert, sie dann vorsichtig, ganz der Kavalier, an die frische Luft begleitet. Sie hängt geradezu an ihm, ihr Kopf gegen seinen Hals gelehnt, ihre Füße schleifen leicht über den Boden. Es ist so klar, was da gerade passiert. Meine Hände ballen sich zu Fäusten und ich presse die Zähne aufeinander. Dieses Schwein! Als sie an mir vorübergehen, fange ich sein triumphierendes Grinsen auf, er kann seine Erregung kaum mehr verbergen.

Fast hasse ich mich dafür, wie mein Körper auf diesen Anblick reagiert. Von einer Sekunde auf die andere stehe ich in Flammen, brauche ich es plötzlich. Die Männer ringsum heben den Kopf, suchen nach der plötzlichen Anziehung. Der Kerl, der direkt neben mir steht, lächelt mich breit an und öffnet den Mund für einen der schmierigen Anmachsprüche, wie ich sie schon tausendmal gehört habe. Doch ich ignoriere ihn, denn ich habe plötzlich ein Ziel.

Meine Lippen verziehen sich zu einem lieblichen Lächeln und ich schwebe geradezu hinaus, dem Bärtigen hinterher. Mags hatte Recht. Wenn ich nicht zu lange warte, behalte ich die Kontrolle. Nicht darüber, ob ich töte. Aber darüber, wer mein Opfer ist. Und der Typ verdient es. Jede einzelne schmerzhafte Sekunde. Er wird nie wieder einer Frau weh tun. Und er wird nur der Erste sein. Von heute an bin ich eine Frau mit einer Mission. Succubusavenger.

Marie Loth

EIN DÄMON TISCHT AUF!

Heute ist der Tag. Der, an dem sich alles ändern wird. Heute ist mein Geburtstag. Nicht irgendeiner, denn genau heute werde ich 144 Jahre alt. Das entspricht in Menschenjahren geschätzt dem 16. Lebensjahr. Wie habe ich die letzten Monate darauf hingefiebert. Habe die Wochen, Tage, Stunden gezählt, bis es endlich so weit ist. Wie Kaugummi hat sich die Zeit gezogen. Aber jetzt ist er da. Der Moment, in dem sich alles entscheiden wird. Der Tag, an dem sich die Weichen für meine Zukunft stellen.

Bei den Dämonen ist es seit jeher so, dass der Fürst höchst persönlich darüber entscheidet, zu was für eine Art Höllengeschöpf seine Untertanen ausgebildet werden. Dazu reicht ihm ein kleiner Tropfen Blut, um die Bestimmung des Jungdämons herauszuschmecken. Dieses Ritual nennt sich Typisierung und wird als das zweite satanische Sakrament gebührend zelebriert. Das erste satanische Sakrament ist die Blutstaufe kurz nach der Geburt. Hierbei wird der Dämonenfrischling in warmes Ziegenblut getaucht.

Die ganze Familie ist angereist und wartet gespannt darauf, was der hohe Fürst aus meinem Blut herausschmecken wird. Zu was für einer Art Dämon ich berufen bin.

Aufgeregt verharre ich, vor der schweren hölzernen Tür der großen Halle. Der Zeremonienmeister wird gleich kommen und mich hineinführen. Für diesen Anlass trage ich das traditionelle, blutrote Samtkleid, das schon viele vor mir getragen haben und etliche nach mir tragen werden. Es ist aufreizend geschnitten und liegt um die Hüften etwas enger als bei anderen Dämonenmädchen. Die Familie hat unterdessen längst auf den schweren Bänken im Saal platz genommen.

Ich bin meiner Mutter ganzer Stolz. Wann immer sie kann, spricht sie in den höchsten Tönen von mir. Es ist mir unangenehm, wenn sie mich so anpreist, obgleich es nicht zu übersehen ist, dass ich mit Schönheit gesegnet bin.

»Mythika übertrifft selbst mich an Schönheit und Liebreiz«, höre ich ihre Stimme zwischen den Türen hindurch. »Ihre Augen ziehen jeden in den Bann. Sie glänzen wie schwarze Löcher in ihrem puppenartigen Gesicht. Mythikas nachtschwarzes Haar ist wie feinste Seide. Ihr Teint gleicht dem eines frisch geborenen Dämons. Ihr zartes Violett ergibt die perfekte Mischung aus meinem Weinrot und dem Azurblau ihres Vaters«, zählt meine Mutter weiter auf. Ich verdrehe die Augen. Das macht sie immer, wenn ihre Schwestern da sind.

»Ihre Haut riecht nach Jasmin, das hat sie natürlich meinen guten Sukkubusgenen zu verdanken, immerhin bin ich die bekannteste, und betörendste Sukkubus aller sieben Höllen! Flügel wie ich hat sie leider keine, dafür aber meinen Stachelschwanz. Leider hat sie aber auch die Hörner ihres Vaters. Bei Satan, sie sind nicht so ausgeprägt wie bei ihm und fügen sich vollendend in ihr reizvolles Gesicht«, preist sie mich weiter vor unseren Verwandten an. Wieso ihr überhaupt jemand zuhört, ist mir schleierhaft. Ständig erzählt sie dasselbe, das muss doch langweilig werden.

»Und sie hat ihres Vaters füllige Gestalt«, sagt sie eher beiläufig. Hinter der Tür verschlucke ich mich bei dem Satz. Das hätte sie sich auch sparen können.

»Es ist ihr einziger Makel«, fügt sie hinzu. Na ja, als Makel würde ich das jetzt weniger bezeichnen. Meine Rundungen sind üppiger, als bei anderen, das stimmt und um Bauch und Oberschenkel habe ich eine extra Wohlstandsschicht, wirke aber keineswegs unförmig. Im Gegenteil, mein Vater sagt immer, ich bin das, was man als echtes *Rubensdämonsweib* bezeichnen kann.

Vater ist nun mal etwas fülliger. Um genau zu sein, zählt er schon mehrere Tonnen. Aber wie er trage ich die überflüssigen Pfunde selbstbewusst und erhobenen Hauptes. Er hat mir beigebracht, dass es nichts ist, wofür man sich schämen muss.

Er ist der berüchtigtste Fressdämon der sieben Höllen und steht Mutter an Erfolg und Einfluss in nichts nach. Ihre Heirat war eine Zweckheirat, um das Machtverhältnis der Familien weiter auszubauen. Ich bin das einzige Kind, das aus dieser Verbindung hervorgegangen ist. Obgleich meine Eltern mich auf ihre Art lieben, ist die Anhäufung von Macht das einzige Band, das sie noch zusammenhält. Vater überschüttet mich mit Geschenken und Essen, Mutter hat für die beste Schulausbildung gesorgt und steht mir immer mit Rat zur Seite. Logischerweise musste ich diese *gut* gemeinten Ratschläge befolgen. Sie will, dass ich genauso erfolgreich werde wie sie.

»Bei Satan, bitte lass mich etwas werden, mit dem ich meine Eltern stolz machen kann«, bete ich leise vor mich hin.

Die Tür wird aufgerissen. Ich zucke zusammen. Der Zeremonienmeister taucht im gleichen Augenblick aus einer rauchigen Wolke neben mir auf. Ein Hauch von Schwefel steigt mir in die Nase. In meinem Bauch kribbelt es gewaltig. Jetzt wird es ernst.

»Bereit?«, fragt er und streckt mir seine Hand entgegen. Ich nicke und er führt mich hinein. Es ist aufregend und ich fühle mich wie eine Fürstin. Im Raum ist es mucksmäuschenstill. Alle halten gespannt den Atem an. Einzig meine Schritte hallen durch den Gang zwischen den Stuhlreihen nach. Fackeln an den Seiten des Ganges und Wänden tauchen den Saal in ein unheimliches Licht. Ich erkenne Lucifers Thorn. Früher habe ich angenommen, er wäre aus Schädeln, Knochen und Gebeinen gefallener Engel, aber er ist nichts mehr als ein großer, schwerer Holzstuhl. Vor den Stufen, die zum Thron hinauf führen, ist ein steinerner Altar aufgebaut. Mir ist klar, was jetzt gleich passieren wird.

Der Zeremoniar steuert genau darauf zu und deutet mir mit einer Handbewegung an, mich hinzulegen. Kerzen werden angezündet, die Gäste raunen unheilige Gebete. Der Zeremonienmeister verstreicht Blut auf meiner Stirn, den Handgelenken und Fesseln. Dann geht alles viel zu schnell. Der Fürst erscheint, aus einer schwarzroten Rauchwolke. Mein kleines Herz schlägt mir bis zum Hals. So nah war ich dem Meister bisher noch nie. Er beugt sich über mich. Es kribbelt im Bauch. Lucifer kommt mir näher und sieht mir dabei in die Augen. Er verlangte das, was er von jedem weiblichen Dämon während der Zeremonie einfordert. Einen Kuss. Mein erster Kuss! Zart setzte er an, umspielt meine Lippen mit seiner Zunge. Dann beißt er zu. Es schmerzt und ich will mich ihm entziehen, aber er lässt nicht von mir ab. Genüsslich kostet er mein Blut.

Nach einer gefühlten Ewigkeit zieht er sich zurück. Erst sieht er mich mit Bedauern an und wirft dann meiner Mutter einen vernichtenden Blick zu.

»Sukkubus«, wirft er in den Raum. Meine Mutter ist die Erste, die Beifall spendet. Der Fürst verschwindet, wie er gekommen ist, und alle begeben sich zum großen Opferschmaus.

»Sukkubus«, hallt es in meinem Kopf nach. Ist die Wahl, des hohen Fürsten die Richtige? Sein Entschluss ist nicht abwegig, immerhin ist meine Mutter ebenfalls eine Sukkubus. Bis vor der Typisierung hätte ich nie einen Zweifel daran gehabt, doch jetzt dazu bestimmt zu werden, fühlt sich eigenartig fremd an. Ich bin mir nicht sicher, ob das der richtige Weg für mich ist. Aber es gilt als Hochverrat, die Entscheidungen des dunklen Lords anzuzweifeln, also halte ich lieber den Mund.

Mein Vater, der am Ende des Tisches sitzt, ist der Einzige, der meine innere Zerrissenheit bemerkt. Er schaut mich aus traurigen Augen an. Und dann tut er das, was er noch nie getan hat. Er teilt sein Essen mit mir. Mit zwei Fingern greift er nach einem Törtchen aus dem riesigen Berg vor ihm. Bei ihm sieht es aus, als würde er mir ein Bonbon reichen, dabei ist das Gebäck so groß wie mein Teller. Dann kleckst er etwas Sahne darauf. Ich liebe Sahne! Er schaut mich einige Augenblicke verständnisvoll an, ehe er damit fortfährt, weitere Köstlichkeiten in sich hinein zu schaufeln. Die Anderen feiern ausgelassen und frohlocken dabei der Entscheidung des Fürsten. Allen voran meine Mutter, die den dunklen Lord bis in die tiefsten Höllen lobpreist.

Nach drei Tagen des Feierns beginnt meine Ausbildung. Ich werde in die Akademie der verführerischen Künste geschickt. Dort werde ich in den Lehren des Tantra und den Verstrickungen der Fesselkunst unterwiesen. Giacomo Casanova höchst persönlich weiht uns in die List der Verführung ein. Meine Leistungen sind eher durchschnittlich und ich empfinde die Kurse mehr als Pflicht. Hervor stoße ich dagegen in aphrodisierenden Tränken. Ich habe, wie mir scheint ein Händchen dafür, Erdbeeren oder Austern so zu verkochen, dass es meine Opfer schier verrückt vor Verlangen macht.

Das Leben in der Akademie ist nicht leicht. Von den Mitschülern werde ich meist ausgeschlossen. Mit meiner fülligen Gestalt passe ich nicht in die Vorstellung der anderen, wie eine Sukkubus auszusehen hat. Doch das stört mich nicht weiter. Ich habe schon in früher Kindheit gelernt, mit solchen Vorurteilen umzugehen.

Die Tage der Examensprüfung rücken immer näher. Es wird Zeit, einen Menschen zu verführen. Mutter fiebert dem Ereignis fast mehr entgegen, als ich selbst. Ich warte mit ihr und Vater zusammen auf den Brief, in dem das Gebiet steht, in dem ich zur Jagd gehen soll. Zu dritt sitzen wir im Wohnbereich, als das Schreiben durch einen Feuerball vor uns auftaucht. Mutter schreit erfreut auf, während mein Vater nervös Erdbeertörtchen in sich hinein stopft.

Äußerst verabscheuenswürdigste Mythika,

mit dem allergrößten Bedauern freuen wir uns, Ihnen mitzuteilen, dass sie zu den Examen zugelassen wurden. Ihre Aufgabe ist es, einen der Hell's Eyes zu sukkubinieren.

Gezeichnet
Fürst Lucifer

Auf der Rückseite finde ich eine Beschreibung des Rockerclubs mit Zeit und Ortsangaben. Dazu einige weitere nützliche Informationen rund um die Mitglieder.

»Zu wem will er dich schicken?«, will meine Mutter wissen und reißt mir den Brief aus der Hand.

»Da Nama klingt doch liab«, versucht mein Vater meine Mutter zu beschwichtigen.

»Das ist eine Frechheit! Das lasse ich mir nicht gefallen!«, schimpft meine Mutter los. »Ich muss sofort mit dem Fürsten sprechen, das kann nicht sein Ernst sein.« Ihr Plan, mich in das britische Königshaus zu integrieren ist offenbar gescheitert.

»Bisd damisch? Nix mochst. Du hosd des Kind scho genug in de Scheise eini geritdn!«, quetscht mein Vater zwischen zwei Bissen hervor. »Des hosd aloa du zua vantwoadn!« Als ich das schuldvolle Gesicht von Mutter erkenne, blicke ich verständnislos zu Vater.

»Den Faist hod se bestochen, dass du in ihra Fuaßstapfa drittst!«, fügt er hinzu. Es grenzt an ein Wunder, dass man ihn so deutlich versteht, hat er doch einen halben Ochsen zwischen den Zähnen. »Wa am Deife a Grube grobd, foid selbst hinein!«, sagt er zu Mutter, schultert die Keule und verlässt die Höhle.

»Ich wusste es«, flüstere ich. »Es hat sich von Anfang an falsch angefühlt. Wie konntest du mir das nur antun?«, will ich wissen.

»Aber Liebes, ich wollte doch nur das Beste für dich!«

»Das was für dich das Beste ist, ist aber nicht unbedingt das Beste für mich.«

Ich verschwinde in die Menschenwelt. Sofort ändert sich meine Gestalt. Das Lila meiner Haut weicht einem zarten Rosa. Ich taste nach den Hörnern, aber sie sind verschwunden. Auch der Schwanz ist nicht mehr zu sehen. »Sehr gut«, denke ich und trete aus den Schatten. Es gibt nichts mehr, was mich in der Hölle hält. Mutter hat mich verraten. Für sie zählen nur Macht und Einfluss, ich bin ihr doch vollkommen egal. Doch sie entscheidet nicht länger über mein Leben. Vater sind die Hände gebunden. Es würde ihm keiner glauben, dass der Fürst von meiner Mutter bestochen worden ist.

Im Grunde habe ich nur zwei Möglichkeiten. Ich kann davonlaufen und damit den Zorn Lucifers höchst persönlich auf mich ziehen. Das hätte zur Folge, dass ich aus allen sieben Höllen verbannt werde. Oder ich tue das, was von mir verlangt wird. Tapfer strecke ich meinen Rücken durch und mache mich auf den Weg in die Kneipe der Hell´s Eyes.

Ich komme in einem versteckten Hinterhof an, in dem verbeulte und demolierte Autos stehen. Zu meiner rechten reihen sich Harleys und andere Motorräder. So genau kenne ich mich da nicht aus. Es riecht nach Benzin und Öl.

Eine Tür schlägt auf, ich zucke zusammen. Ein Mann kommt torkelnd und grölend heraus. Er muss sich an der Wand abstützen und dreht mir dabei den Rücken zu. Sofort fällt mir die Weste der Hell´s Eyes auf. Auf seinem Rücken prangt ein Abbild Lucifers mit einem riesigen Auge. Trotz seiner Bierfahne weht sofort sein männlicher Duft zu mir herüber. Sein Testosteronspiegel ist hoch. Ich rieche, was er will und nicht bekommen hat.

Tief sauge ich seinen Duft in mir auf, strecke den Rücken durch und gehe auf ihn zu. Das Klacken meiner Absätze hallt durch die Nacht und der Kerl dreht sich erwartungsvoll zu mir um.

Als seine Augen es endlich geschafft haben, sich auf mich zu fokussieren, kneift er sie misstrauisch zusammen. »Wer bist du denn? Und was hast du hier zu suchen?«, meint er. Aber ich lasse mich nicht von ihm abwimmeln. Kommt er erst in den Genuss meines unwiderstehlichen Duftes, hat er keine Chance mehr. Selbstsicher werfe ich das Haar hinter die Schulter. Langsam komme ich ihm mit schwingenden Hüften näher. Ich mache es so, wie Casanova es mir beigebracht hat. Der Kerl sieht mich wie paralysiert an. Meine Sukkubusaura beginnt zu wirken. Sie ist wie ein Gift, das die Männer betäubt. Etwa fünf Schritte trennen uns voneinander. Sein Duft wird immer intensiver. Wind kommt auf und weht von mir zu ihm hinüber. Noch drei Schritte. Er steht ohne Regung da, dann verzieht er die Nase und niest mir mitten ins Gesicht.

»Sorry, ich hab Heuschnupfen. Dein Parfüm ....« – »Hatschi« Mehr bringt er nicht zu Stande und torkelt davon. Ok, das war nichts. Aber wo der herkommt, sind mit Sicherheit noch mehr.

Ich wage mich in die Bar, sie ist nicht sonderlich groß. Die

Luft ist stickig. Es gibt ein paar Tische, ein Billardtisch, ein Dartsautomat und ein Tresen. Was allerdings wichtiger ist, sie ist randvoll mit potentiellen Opfern. Der Geruch nach Testosteron und gestählter Männlichkeit trifft mich wie ein Schlag. Gierig sauge ich ihn in mir auf, bis mir schwindlig ist.

Ich sehe mich um und erspähe einen jungen Mann. Sein Bizeps sticht durch die enge Weste der Hell´s Eyes regelrecht hervor. Sein wallendes langes Haar reicht ihm bis auf die Schultern. Als er sich umdreht, fällt mir sofort sein Sixpack auf. Er trägt kein Hemd. Oh ja, das ist die Art Opfer, wie es im Buche steht.

Wieder werfe ich mein Haar nach hinten und stolziere auf den schwindelerregenden Absätzen zu ihm hinüber. Fast habe ich ihn erreicht, als ich umknicke. So ein Mist! Ich schaue zu meinem Opfer, aber er hat mich nicht bemerkt. Am Tresen bestelle ich eine Flasche Bier und positioniere mich so, dass er mich genau sehen kann. Lasziv setzte ich mich auf den Barhocker, ziehe den Bauch ein und strecke die Brust raus. Der Kerl schaut inzwischen zu mir her. Mit der Zunge spiele ich am Flaschenrand und ernte ein verschmitztes Lächeln. Er hat angebissen. Mit dem Ellbogen stupst er seinen Nachbarn an und zeigt mit dem Finger auf mich. Ich setze zum Trinken an und verschlucke mich bitterlich. Im selben Moment höre ich, wie die Kerle lachen und sich über mich lustig machen. Das ist zu viel für mich, normalerweise komme ich mit Ablehnung besser klar, doch auch eine Dämonenhaut ist nicht unverwundbar. So schnell ich eben auf den verdammt hohen Hacken laufen kann, verlasse ich die Bar.

Am nächsten Abend versuche ich erneut mein Glück. Es bleibt mir nur noch dieser Abend, um meine Aufgabe zu lösen, sonst gilt die Prüfung als nicht bestanden. Wieder stehe ich zwischen den Mannsbildern in der Bar. Lucifer sei Dank, ist mir dieses Mal nicht so schwindelig wie gestern. Für heute habe ich mir ein anderes Opfer auserkoren. Mit ihm muss es klappen. Er ist etwas schmächtiger, aber dennoch von stattlicher Figur. Junge und knackige männliche Exemplare haben genug überschüssiges Testosteron zum Absaugen.

Mein Opfer sitzt an einem Tisch und unterhält sich angeregt mit seinen Freunden. Mit schwingenden Hüften stolziere ich an ihm vorbei und ernte begeisternde Pfiffe. Die erste Hürde ist geschafft. An der Bar bestelle ich mir ein Bier. Mit der Flasche in der Hand wage ich mich, mutiger als ich mich fühle zu den Männern am Tisch. Lasziv schwinge ich mein Haar hinter die Schulter. Das potentielle Opfer lächelt. Ich sehe ihm tief in die Augen. Schnappe den Stuhl neben mir und drehe die Lehne nach vorn. Ich will mich setzen, aber er bricht unter meinem Gewicht zusammen. Das Bier leert sich über mir aus. Die Männer lachen und ich lasse mich von ihnen anstecken. Obwohl mir die Sache unendlich peinlich ist, muss es ulkig ausgesehen haben.

»Ich muss mich frisch machen, kannst du mir die Toiletten zeigen!«, frage ich den Kerl, den ich mir als Opfer ausgesucht habe.

»Ist gleich da hinten«, antwortet er und zeigt mit dem Finger auf einen versteckten Gang neben der Bar.

»Willst du mir vielleicht helfen?«, frage ich und setze damit alles auf eine Karte. Dabei sehe ich ihm tief in die Augen und wickle mir selbst eine Haarsträhne um den Finger. Der Kerl kommt näher. Uns trennen nur wenige Zentimeter voneinander. Er beugt sich zu mir herunter. Ich spüre seine Hände auf den Hüften.

»Dürfen meine Freunde auch mit? An dir ist genug dran, du reichst für uns alle!«, feixt er. Seine Finger krallen sich in die Fettschicht um meinen Bauch.

Das ist zu viel! Den Tränen nahe renne ich aus der Bar.

»Mädel, was machst du denn da?«, erkundigt sich jemand. Ich sitze weinend an einer Straßenecke. Ein angeleinter Hund schnüffelt an mir, winselt und schleckt mit der Zunge über mein Gesicht. Ob er merkt, wie es mir geht?

»Nichts, lassen Sie mich einfach in Ruhe, ich komme schon klar.«

»Nix da, du kommst mit. Ich kann dich nicht hier alleine lassen. Weißt du eigentlich, was sich in der Gegend für Typen rumtreiben? Das ist nichts für dich!«, spricht die Stimme. Ich drehe mich um und erkenne einen dickeren älteren Mann mit Vollbart und Glatze in grauem Mantel. Er reicht mir die Hand und zieht mich auf die Beine. Ein bisschen erinnert er mich an meinen Vater. Ich hake mich bei ihm unter, aber wo will er hin? Der Alte steuert direkt auf die Bar zu. Widerwillig bleibe ich stehen und schüttle den Kopf. Das ist nicht der richtige Ort für so einen netten, älteren Mann.

»Alles gut Kleines, komm einfach mit. Ich heiße übrigens Sven und wie heißt du?«

»Mythika«, stammele ich unbeholfen.

»Wie? Mü ... Müssti, ach ich nenn dich einfach Mathilda, das kann ich besser aussprechen.« Wir betreten den Schankraum. Sofort springt einer der Kerle auf Sven zu, nimmt seinen Mantel und den Hund entgegen. Ich staune Bauklötze. Sven muss ein hohes Tier der Hell´s Eyes sein. Unter dem Mantel trägt er die Weste mit dem Teufel hinten drauf. Seine Oberarme sind voll mit Tätowierungen und erst jetzt fallen mir seine Lederhose und die Bikerstiefel auf. Er zeigt mir mit einer Handbewegung an, mich an einen der Tische zu setzen. Die Kerle, die sich vorhin über mich lustig gemacht haben, erstarren, als sie mich in Svens Gegenwart entdecken.

»Du siehst traurig aus. Was macht dich denn glücklich, mein Kind?«, will er wissen.

»Kochen oder backen«, kommt es wie aus der Pistole geschossen aus meinem Mund.

»Dann back was für mich!«, fordert er mich auf und ruft dem Küchenchef. »Axel, lass die Kleine mal in die Küche!« Auffordernd nickt er mir zu und ich stehe mit wackeligen Knien auf. Was erwartet er von mir?

Offenbar werden hier im hinteren Bereich der Bar Drogen verschoben. Ich entdecke zwei Frauen, die einige Tütchen mit Gras zwischen Bananen verstauen. Das ist mein Glück, denn dadurch finde ich haufenweise Kisten mit Früchten, Nüssen und anderen exotischen Zutaten in dieser Spelunke. Sofort fange ich an, Erdbeeren zu verrühren, Muskatnüsse zu reiben und Granatäpfel zu zerkleinern. Ich gebe mein Bestes und wende all das Wissen aus: *Aphrodisierende Tränke* an, und verwebe es mit meinen Backkünsten. Es dauert nicht lange, da duftete es aus dem Ofen nach leckerem Kuchen. Voller Stolz und mit deutlich besserer Laune trage ich eine Stunde später meine fertige Torte in den Schankraum und stelle sie vor Sven auf den Tisch. Er bittet Axel um Teller und Gabel und schneidet sich ein riesiges Stück heraus. Genüsslich lässt er den ersten Bissen auf der Zunge zergehen.

»Das müsst ihr probieren Leute! Das ist der beste Kuchen, den ich je gegessen habe!«, sagt Sven und gibt damit den Startschuss für die Anderen. Beherzt greifen die Männer zu. Selbst Axel kostet von der Torte und nickt eifrig, während er kaut.

Sie haben alles bis auf den letzten Krümel verputzt. Eigentlich müssten sie vor Verlangen zergehen. Aber das einzige, was ich von ihnen bekomme, ist ein anerkennender Schulterklopfer. Der ein oder andere fragt nach dem Rezept oder erkundigt sich, wo ich so gut backen gelernt habe, doch keiner geht auf meine Avancen ein. Wehmütig blicke ich den Männern hinterher, wissend, dass ich meine Aufgabe nicht erfüllt habe. Sven ist der Einzige, der zurückbleibt. Wir unterhalten uns bis tief in die Nacht und er erzählt mir aus seinem Leben. Ihn kann ich nicht sukkubinieren, es wäre nicht richtig.

Als ich zurück in die Akademie der verführerischen Künste komme, werde ich sehnsüchtigst erwartet. All die Sukkuben, die sich noch vor wenigen Tagen geschämt haben, mit mir gesehen zu werden, scharen sich um mich. Sie wollen wissen, wie in allen sieben Höllen es mir gelungen ist, so viel Männer gleichzeitig zu sukkubinieren.

»Wie ich habe die Prüfung bestanden?«, will ich wissen.

»Ja, erzähl schon, was hast du gemacht? Du hast sämtliche Rekorde gebrochen!«

»Ich hab nichts gemacht, ich hab nur gebacken.«

»Hast du dein Wissen aus aphrodisierende Tränke angewandt?«, will eine der anderen weiter hinten wissen, ich nicke. Sie boxt sich durch die Menge und sieht mich mit leuchtenden Augen an. Ich weiß, dass sie genauso wenig Sukkubus werden wollte wie ich. »Wie, dann müssen wir gar nicht mit den Menschen ins Bett?«, fragt sie ungläubig.

»Wie mir scheint nicht unbedingt«, sagt eine andere Sukkubus. »Wobei ....«, sie macht eine Pause und dreht mir den Rücken zu, »Wobei ich, je nachdem, was mir über den Weg läuft manchmal doch die direkte Art vorziehen würde.«, sinniert sie und kichert.

Stephanie Lammers

TOCHTER DER HÖLLE

Es dunkelt bereits, als Gabriel und ich an der Spitze unserer Legion an einem zur Unkenntlichkeit überwucherten Ortsschild vorbeireiten.

Ich könnte die Navigatorin fragen, wie die Stadt früher hieß, doch wozu?

Unter all den rotgelben Flechten lässt sich nicht erkennen, was für Gebäude hier einmal standen. Einkaufszentrum? Möbelhaus? Gewerbegebiet jedenfalls, doch die Hölle hat sich alles einverleibt, Straßen, Parkplätze und Gebäude überwuchert wie ein Geschwür. Die widerwärtigen, fetten Ranken platzen unter den Stiefeln der unseren wie Eiterbeulen. Hier und da bilden mannshohe fleischige Höllimaschpilze geometrische Kreise. Gut. Pilze bedeuten Brennmaterial für die Lagerfeuer und volle Kochtöpfe.

In der Ferne ragen bröckelnde Hochhaustürme wie abgenagte Knochen aus dem Würgegriff der bunt schillernden Vegetation, dazwischen vereinzelt Kirchtürme. Gebaut für die Ewigkeit sind sie standhafter als alle Bürotürme oder Banken.

Kira, die Zugführerin der berittenen Vorhut, eilt uns entgegen.

Wir zügeln unsere Reittiere. Gabriel tätschelt den Hals seiner lammfrommen Schimmelstute, während mein Höllenross faucht und die Reißer bleckt. Elidor wittert Blut, genau wie ich! Mit eisernem Griff halte ich ihn im Zaum.

Kira nimmt in respektvollem Abstand Haltung an.

Ihr Blick wandert zwischen Gabriel und mir hin und her. Ehrfurcht, Hoffnung und Begehren kämpfen darin um die Oberhand.

Gabriels Schönheit ist die der Himmlischen: überirdisch und zugleich schrecklich. Selbst mir versetzt die Makellosigkeit seiner Züge regelmäßig einen Stich ins Herz.

Er schenkt ihr ein Lächeln, jenes hoffnungsstiftende himmlische Lächeln, das uns mehr Kampfkraft verleiht als unsere Schnellfeuerwaffen. »Ein guter Lagerplatz, Zugführerin«, sagt er.

Ich stelle mich in den Steigbügeln auf und schaue mich um.

Die Bauplätze für die Barackenzelte sind ausgewiesen und der Graben für die Latrinen ist ausgehoben. Gute Arbeit. Aber einige der Kämpfer tragen frische Verbände und etwas abseits liegen zwei zugedeckte Körper.

Kira folgt meinem Blick und schüttelt bedauernd den Kopf. »Zwei von den Neuen.«

»Was ist passiert?«, frage ich.

»Wildhunde. Ein ganzes Rudel. Mehr als zwanzig ausgewachsene Tiere, aber wir haben sie alle erledigt.« Sie grinst.

»Frischfleisch«, murmele ich.

Sie nickt, doch ihr Grinsen verliert an Strahlkraft, als sie merkt, dass mein Blick an den verhüllten Leichen klebt.

»Schwerverletzte?«, fragt Gabriel.

Kira schüttelt den Kopf. »Nur Schrammen. Nichts, was die Heiler nicht ruckzuck beheben können.«

»Ein guter Lagerplatz«, wiederhole ich Gabriels Urteil,

weil ich spüre, dass sie in Hochstimmung ist, und ich wissen will, warum.

Kira nickt. »Die Hunde hatten ihr Revier in einer Tiefgarage.«

»Und?«

»Wir haben ein Dutzend Welpen erbeutet.«

Noch mehr Hunde. Na schön. Die meisten Hunde mögen mich nicht. Sie spüren meine dämonische Natur. Aber die Sterblichen haben das Bedürfnis, sich um andere Lebewesen zu kümmern, und sei es nur ein Hund. Ersatz für das Kind, das keiner von ihnen mehr bekommen kann.

»Es kommt noch besser. Da waren mindestens zwanzig Autowracks. Richtig gut erhalten. Genug Metall für die wichtigsten Reparaturen.«

Das sind tatsächlich gute Neuigkeiten. Auch wenn zwei Menschenleben für etwas Stahl und ein paar Welpen ein hoher Preis sind.

»Ausgezeichnet.«

»Außerdem ...«

»Ja?«

»Dort drüben.« Die Zugführerin weist auf eine hohe Mauer. »Kaum Bewuchs. Wir könnten die rasch säubern.« Sie schaut mich erwartungsvoll an.

Ich blicke zu Gabriel hinüber. Wir sind fast am Ziel, aber es widerstrebt mir, jetzt schon die metaphorischen Korken knallen zu lassen. Besser, wir ruhen uns aus. Schließlich ist es gut möglich, dass wir morgen auf Widerstand stoßen.

Gabriel lächelt nur und in meinem Herzen geht die Sonne auf.

»Na schön«, sage ich. »Ich gebe den Techis Bescheid, damit sie den Beamer aufbauen.«

Kira strahlt, salutiert und eilt davon.

Um uns herum rücken die Züge unserer Legion ins Lager ein. Ich sage Legion, aber tatsächlich ruft das Wort ein falsches Bild hervor. Der bunt zusammengewürfelte Haufen erschöpfter Männer und Frauen, der ans uns vorbeistolpert, hat wenig mit einer römischen Legion zu tun und erst recht nichts mit den Heerscharen der Hölle. Unsere Leute sind auch keine richtigen Soldaten. Nur weil man weiß, welches Ende seiner Waffe man in Richtung Feind halten muss, ist man noch lange kein Kämpfer. Ich weiß das am besten, denn ich habe im Laufe der Äonen so ziemlich jede menschliche Armee kämpfen sehen und die höllischen Heerscharen obendrein.

Aber das Schicksal hat uns zusammengeschweißt.

Habe ich Schicksal gesagt?

Unsinn! Gabriel und ich, wir haben diese Menschen um uns geschart, weil uns ein gemeinsames Ziel eint. Mit Schicksal hat das nichts zu tun. Außerdem weigere ich mich zu glauben, dass mein Handeln vorbestimmt ist. Wenn wir die Himmelswiege finden, dann nicht, weil eine höhere Macht uns den Weg gewiesen hat, sondern weil wir niemals aufgegeben haben!

Ich schwinge mich aus dem Sattel.

Gabriel folgt meinem Beispiel.

Ich würde ihn am liebsten küssen, hier und jetzt, würde die Pein seiner Berührung hinnehmen, nur um seine Lippen auf meinen zu spüren.

Ich kann sehen, dass es ihm genauso geht, lese die gleiche Leidenschaft, den gleichen Hunger in seinen Augen.

Der Moment verfliegt. Außerdem haben wir beide heute Abend noch Pflichten. Ich strecke meine klauenbewehrte Hand aus. »Hast du gehört, Liebster? Heute Abend gibts Hundegulasch.«

Gabriel lacht und reicht mir die Zügel seiner Stute. »Ich kanns kaum erwarten.«

Natürlich braucht keiner von uns beiden menschliche Nahrung. Gabriel lebt wie alle Himmlischen von Anbetung und Ehrfurcht. Und ich? Als Sukkubus lebe ich von Träumen und Fantasien und dem erregenden Wechselspiel von Begehren und Gewissensbissen.

Daher lehnen wir – wie immer – dankend ab, als man uns einige Stunden später auf unserem gemeinsamen Rundgang durchs Lager einen Blechnapf voll Gulasch anbietet.

Aber beim Fusel sagen wir nicht nein.

Wir kippen den erdigbitteren Pilzschnaps runter und scherzen mit den Sterblichen. Gabriel zitiert dabei Shakespeare, ohne dass die Leute es merken. Die wenigsten von ihnen können lesen und wenn, dann lesen sie nur in der Heiligen Schrift.

Einige sind noch nicht lange mit uns unterwegs. Sie erzählen stockend von aufgegebenen Häusern, von verwaisten Dörfern und Städten, von zurückgelassenen Menschen, von ihrer Sehnsucht nach einer eigenen Familie. Dabei schauen sie Gabriel an, als wäre er der Heilige Gral.

Schließlich bedanken wir uns für den Schnaps und gehen weiter, zum nächsten Lagerfeuer.

Und auch bei der Filmvorführung sagen wir nicht nein.

Die Bluray ist zerschrammt und abgenudelt, aber der Player bringt es immer noch zuwege, einzelne Szenen abzuspielen. Und so singen wir alle mit Rami Malek »We Are The Champions«. Unser Chor von über sechshundert Stimmen tönt durch die zerstörte Stadt, untermalt durch das Jaulen unserer Hunde.

Gabriels behandschuhte Hand findet meine.

In solchen Augenblicken bin ich ganz ich selbst. Dann

bin ich es, die sich nach einem Blick oder einer Berührung verzehrt. Die begehrt.

Nach dem Film kommt das Lager allmählich zur Ruhe. Die Wachen sind eingeteilt, die Barackenzelte voller Schlafender. Dicht gedrängt liegen sie nebeneinander, auf Klappliegen und Matten, unter Decken und in Schlafsäcken.

Meine Ohren sind scharf. Ich höre jenseits der Zeltplanen nicht nur Schnarchen und ruhige Atemzüge, sondern auch Flüstern und hier und da unterdrücktes Stöhnen.

Gabriel und ich haben ein eigenes Zelt, ein buntes, mehrfach geflicktes Ding, das aussieht, als stamme es von einem Mittelaltermarkt. Wir besitzen sogar ein Bett, das jeden Abend für uns abgeladen und zusammengebaut wird. Das wir aber nicht teilen dürfen, jedenfalls nicht im biblischen Sinne.

Nein, zwischen uns liegt kein Schwert wie in den mittelalterlichen Legenden. Die Wirklichkeit ist schlimmer: Unsere Körper sind wie Feuer und Wasser. Oder eher wie Materie und Antimaterie. Inkompatibel. Wir wurden geschaffen, Krieg zu führen. Wir können einander zwar bekämpfen und vernichten, aber die körperliche Vereinigung ist uns verwehrt. Jede Berührung, jeder Kuss verbrennt uns, straft uns mit höllischem und himmlischem Feuer, heiß genug, um uns beide zu verzehren.

Ungehorsam ist ein hart erkämpfter Teil von mir und Schmerzen schrecken mich nicht. Aber Gabriels Vernichtung will ich nicht in Kauf nehmen.

Und so liegen wir Nacht für Nacht nebeneinander, vollständig bekleidet. Einander nahe und zugleich so fern.

Gabriel schließt die Augen, als würde er schlafen. Aber es

ist eher so, als sei er eine Maschine, die herunterfährt. Oder wie ein Laptop, den man zuklappt. Inaktiv. Im Standby. Die Himmlischen haben nie verstanden, wie man träumt, und durften es auch niemals lernen, während wir Dämonen Träume formen und durchschreiten können.

Auch heute warte ich, bis Gabriel »heruntergefahren« ist, bevor ich mich in den Schlaf sinken lasse.

In den Traum hinein ist es nur ein Schritt. Diese Welt des Unterbewussten ist ein diffuses Gebilde aus Schatten, verzerrter Vegetation und Augenpaaren, die im Dunkeln leuchten. Und sie riecht nach Grab. In der Ferne hört man Kinderlachen, aber es klingt blechern, als würde dort immer wieder der gleiche kurze Audioclip abgespielt.

Gabriel liegt regungslos neben mir. Ich nehme meine wahre Gestalt an und hauche ihm einen Beinahe-Kuss auf die Lippen, obwohl ich weiß, dass er es nicht spürt und sich im Wachen nicht erinnern wird.

Dann trete ich vor unser Zelt.

Die Träumer rufen nach mir. Ich spüre ihren Hunger nach Vereinigung, der für meinesgleichen unwiderstehlich ist. Ihr unterbewusstes Begehren liegt in der Luft wie ein Lockduft; ihre Unruhe, die schnelle Bewegung ihrer Augen unter den Lidern, erinnert mich an das Zappeln eines Beutetiers im Netz einer Spinne.

Wie zur Antwort schlage ich mit meinen ledrigen Flügeln, die nur hier stark genug sind, mich zu tragen.

Einen Moment lang genieße ich meine Macht. Ich könnte grauenvolle Kreaturen erschaffen, weit schlimmer als die absonderlichen Bestien, mit denen wir es auf unserem Marsch zu tun bekamen, und diese auf die Träumer hetzen. Ich könnte mir mit ihrem Schrecken den Bauch vollschlagen. Meine Krallen zucken bei dem Gedanken.

Doch dann vertreibe ich die gefräßige Dunkelheit mit ihrem Grabeshauch und schaffe ein mildes Zwielicht, das der Morgendämmerung gleicht. Dazu ein bisschen Vogelzwitschern? Warum nicht, auch wenn es Nachtigallen längst nicht mehr gibt.

Während ich zu den Barackenzelten fliege, versuche ich mich zu entscheiden. Kira? Sie hat gute Arbeit geleistet. Doch sie liegt in einem tiefen, traumlosen Schlummer, den ich nicht stören will. Besonders da es ein gutes Dutzend Träumer gibt, die mir reif für einen Besuch scheinen.

Ich kenne sie alle beim Namen. Die meisten haben mir irgendwann ihre Geschichte erzählt. Lauter Erzählungen von Verlust, Leid und Hoffnungslosigkeit, die sich in den Grundzügen gleichen, aber doch einzigartig sind.

Am Ende entscheide ich mich für Roland, einen unserer Hundetrainer. Er wäre schon längst an der Reihe gewesen. Wahrscheinlich hielt mich seine Rechtschaffenheit von ihm fern. Roland ist einer von denen, die trotz der Großen Vergeltung immer noch Hoffnung aus der Heiligen Schrift ziehen.

Ich bin eine Dämonin: Für mich hat Rechtschaffenheit immer einen schalen Beigeschmack. Aber heute will ich mich davon nicht stoppen lassen.

Ich trete durch die Traum-Zeltwand, finde ihn inmitten der Schläfer und lege ihm die Hand auf die Stirn. Sofort verändere ich mich. Meine rote Lederhaut nimmt einen warmen, dunklen Ton an, und mein drahtiges Kupferhaar wandelt sich zu ordentlich geflochtenen Cornrows. Ich bin nicht überrascht, sondern lasse mich von der Verwandlung mitreißen. Ich weiß längst, dass Roland ein Auge auf unsere Recyclerin Sorelle geworfen hat. Und ich weiß auch, dass sie ihn sehr schätzt.

Natürlich könnte ich ihm in Pin-up-Manier beiwohnen: aufreizend geschminkt, mit lackierten Nägeln, Wespentaille und wogenden Brüsten.

Sorelle zu sein gefällt mir besser.

Roland öffnet die Augen und setzt sich auf. Sein Traum-Ich sieht zwanzig Jahre jünger aus, als er ist, und weniger müde.

»Sorelle«, sagt er.

Lächelnd lege ich ihm einen Finger auf die Lippen. Mit einem Kopfnicken fordere ich ihn auf, mitzukommen.

Er zögert nicht, sondern folgt mir aus dem Zelt. Draußen schaut er sich erstaunt um. Verzückt lauscht er der Nachtigall.

Dann fällt sein Blick auf das rote Zelt, das ich mit einer Handbewegung errichtet habe.

Roland schaut mich an. »Lilith.«

Ich nicke.

»Ich hatte schon gedacht…«, er verstummt abrupt. Er wirkt peinlich berührt. Unbewusst fasst er sich an die die Brust, wo sein Dogtag und ein silbernes Kruzifix an einer Kugelkette baumeln. Doch er greift nicht nach dem Kreuz, sondern nach zwei schlichten Goldringen. Alles, was ihm von seiner Ehe geblieben ist, wie er mir berichtete, als er damals zu uns stieß.

»Würdest du das bitte weglegen?« Ich weise auf das religiöse Symbol.

Er zögert kaum merklich, dann nimmt er das Kreuz von der Kette und lässt es ins weiche Gras fallen. Nachher, wenn er aufwacht, wird es wieder an seinem Hals hängen.

Ich fasse ihn bei der Hand und führe ihn ins Zelt.

Es bedarf keiner großen Verführung. Wir nippen an einem roten Bordeaux, dann zerren seine Hände gierig an meiner Kleidung, die nur dazu da ist, abgestreift zu werden. Wir lassen uns auf ein Bett fallen, das nach frischen Laken riecht, sauber, mit einem Hauch von Lavendel.

Seine Leidenschaft reißt mich mit. Ich genieße, wie seine Hände meinen nachgemachten Körper erkunden, trinke lustvoll Küsse von seinen Lippen, ergreife mal die Initiative, nur um mich im nächsten Augenblick ganz hinzugeben. Dabei nähre ich mich von seiner Erregung, die von seinen unterschwelligen Schuldgefühlen gerade die richtige Würze erhält. Als Roland mit einem langgezogenen Stöhnen zum Höhepunkt kommt, bin ich bereit.

Lebenskraft.

Er liegt auf dem Rücken und starrt mich an. In seinen geweiteten Augen liegt Ehrfurcht – und eine Frage.

Zugleich spüre ich, wie sein Geist ruhiger wird. Nicht lange und er wird tiefer driften, in einen Schlaf, der frei von Alpträumen und Ängsten ist.

Ich lächele und lege beide Hände auf meinen Bauch. Doch bevor ich etwas sagen kann, bricht Chaos aus. Lärm. Hundegebell. Schüsse?

Roland ist plötzlich durchscheinend, dann verschwunden. Nicht im Tiefschlaf, sondern wach. Aber was zur Hölle hat ihn geweckt!?

Im nächsten Augenblick finde ich mich in meinem Zelt und in meinem eigenen Körper wieder.

Schreie! Hunde, die wie rasend bellen. Dazu ein Stakkato von Gewehr- und Pistolenschüssen.

Wir werden angegriffen!

Neben mir setzt sich Gabriel auf, im Sekundenbruchteil von null auf hellwach. Er greift nach seinem Schwertgehänge und stürzt aus dem Zelt.

Ich nehme mir die Zeit, meinen Pistolengürtel anzulegen, dann folge ich ihm.

Mündungsfeuer erhellt die nächtliche Schwärze.

Ein Schrei ertönt: »Wickler!«

Andere Stimmen greifen den Ruf auf.

Jemand dreht die Kurbel an der Alarmsirene. Das schrille Heulen übertönt die Warnschreie. Guter Einfall. Nur leider sind Wickler nicht geräuschempfindlich und auch nicht von Lärm abzuschrecken, anders als Wildhunde oder Blutsauger. Um uns herum herrscht Chaos. Die Lagerwachen feuern wahllos in den Himmel, in der Hoffnung, die angreifenden Riesenfalter zu treffen, während die aus dem Schlaf Gerissenen aus den Zelten stolpern und nach ihren Gewehren greifen.

Ich suche den pechschwarzen Himmel nach Zielen ab.

Es ist Monate her, dass wir das letzte Mal den Sternenhimmel gesehen haben. Die nachtschwarzen Wickler heben sich vom Himmel kaum ab. Selbst ich kann mit meiner Nachtsicht nicht viel erkennen. Nach Gehör zu schießen kommt auch nicht in Frage. Wickler sind zwar keine lautlosen Flieger, aber an Lauschen ist bei dem Getöse nicht zu denken.

»Wir brauchen Licht!«, ruft Gabriel.

Gleichzeitig zückt er sein Flammenschwert. Gleißend blaues Licht erhellt unsere Umgebung.

Keinen Augenblick zu früh.

Über mir schwebt ein finsterer Schatten.

Sofort reiße ich den Blaster aus dem Holster, lege an und drücke ab. Einmal, zweimal. Mit verschmorten Flügeln taumelt der dämonische Nachtfalter zu Boden.

Gabriel brüllt Befehle.

Öl wird ins Feuer gegossen. Meterhohe Stichflammen schießen in den Himmel und erhellen das Schlachtfeld.

Ein Blutwickler wird von einer Feuerlohe getroffen und taumelt samt seiner menschlichen, um sich schlagenden Beute zu Boden, wo ein gezielter Schuss dem Monster den

Rest gibt. Im Nu wirft sich Sorelle mit einer Decke auf den brennenden Kameraden, um die Flammen zu ersticken.

Unsere Schützen reißen die Gewehre und Blaster hoch und feuern wie wild auf die geflügelten Angreifer, die im Feuerschein besser zu sehen sind. Doch zu spät. Einige der Wickler haben bereits mit ihren widerhakenbewehrten Unterschenkeln zugeschlagen und gewinnen wieder an Höhe, egal wie wild ihre Beute um sich schlägt.

»Schießt!«, ertönt eine Stimme von irgendwo über mir. Ich erkenne Nikolai, unseren Kaplan. »Schießt, Gott verdammt noch mal! Schießt das verdammte Vieh vom Himmel!«

Doch die Schützen haben Angst, ihn zu treffen.

Mir gehts genauso. Mein Finger liegt am Abzug, doch auf diese Entfernung taugt mein Blaster nicht viel.

Nikolai zerrt hektisch an den Verschlüssen seines Parkas. Da, die Jacke ist offen. Er zieht die Arme aus den Ärmeln und fällt. Vier oder fünf Meter tief. Er durchschlägt die faulige Kappe eines giftgrünen Schwämmlings und kommt reglos auf einem Trümmerhaufen zu liegen. Seine Jacke bleibt in den Klauen des Wicklers zurück.

Wir drücken ab. Treffer!

Der Falter trudelt mit zerfetzten Flügeln vom Himmel.

Ich erspähe einen unserer Sanis. Er steht wie angewurzelt. Einer von den Neuen.

Ich versetze ihm eine Ohrfeige. Dann schicke ich ihn los, Nikolai zu verarzten. Mit einer Geste fordert Gabriel zwei Schützen auf, dem Sani Feuerschutz zu geben.

Ich gerate in Kampfeswut. Fauchend stürme ich hierhin und dahin, schieße, bis der Akku meines Blasters versagt.

Langsam verstummen die Waffen.

Immer mehr Schützen stellen das Feuer ein.

Die Wickler sind fort. Wir haben über ein Dutzend der Kreaturen erledigt. Aber nicht alle.

Um uns herum beginnen Aufräumarbeiten. Sanitäter verarzten bei Fackelschein die Verletzten.

Nicht zum ersten Mal bedauere ich, dass Gabriel als Gefallener von der Gnade Gottes weitgehend abgeschnitten ist, sonst hätte er die Verletzten im Handumdrehen heilen können.

»Wer fehlt?«, fragt Gabriel knapp.

Nacheinander erstatten die Gruppenführer Bericht. Über Tote, Verletzte und Verschleppte.

Lauter vertraute Namen.

Auf der Liste der Verschleppten stehen acht Namen:

Habib, Lukasz, Marja, Ole, Pietro, Summer, Yolo und Roland.

Gabriel schaut mich fragend an. Er will wissen, ob es das Risiko lohnt, sich auf die Spur der verschleppten Männer und Frauen zu setzen. Ob wir ihre genetische Vielfalt für unsere schöne neue Zukunft brauchen.

Gefühllos? Natürlich. Er ist ein Engel, besteht zu neun Zehnteln aus Regeln und nur zu einem Zehntel aus Empathie. Wenn überhaupt.

Trotzdem liebe ich ihn.

Ich winke meine Adjutantin zu mir. »Sind meine Flügel schon repariert?«

Sie schüttelt den Kopf. »Wir mussten zuerst-«

Mit einer Geste schneide ich ihr das Wort ab. »Finde Sorelle!«

Sie eilt davon.

»Wo ist Jona?«

Die alte Navigatorin wird zu mir geführt.

»Siehst du, wo unsere Leute sind?«, frage ich.

Jona schaut konzentriert in die Ferne. Ihre blinden Augen sehen aus, als wären sie von Raureif überzogen. Gleichzeitig malt sie unsichtbare Linien auf ihre Handfläche. Ihre Lippen bewegen sich, als würde sie etwas im Kopf berechnen.

Dann zeigt sie entschlossen ins Dunkel.

Mein Richtungssinn ist unfehlbar, daher weiß ich, dass sie auf die bröckelnden Hochhaustürme zeigt, die ich bei unserem Einmarsch ins Lager erspäht habe. Das passt ins Bild. Wickler bauen ihre Nester gern an hochgelegenen Orten.

»Welcher von den sechs Türmen?«

Sie überlegt kurz. »Der zweite von links. Oberstes Stockwerk.«

»Und die Wiege?«, frage ich.

Sie dreht sich mit ausgestrecktem Arm, als sei sie eine Kompassnadel. »Unverändert«, sagt sie schließlich. »Morgen Nachmittag werden wir da sein.«

Ich drücke ihr zum Dank die Hand und nehme mir vor, sie möglichst bald wieder ins rote Zelt mitzunehmen. Eine Gabe wie die ihre ist kostbar.

Inzwischen ist Sorelle gefunden. Sie ist blass und stinkt nach Ruß.

Ich berühre sanft ihre frisch verbundenen Hände. »Kannst du trotzdem meine Flügel reparieren?«

Sie schluckt.

»Die Wickler haben acht von uns verschleppt«, klärt Jona sie auf.

Sorelle strafft die Schultern. »Ich will es versuchen.«

Ich verkneife mir den Hinweis, dass es eilt. Wir wissen alle, dass es auf jede Minute ankommt.

Gabriel geht rasch ins Zelt. Als er zurückkehrt, trägt er seine blau leuchtende Engelsrüstung. Das Schwert steckt in einer Scheide auf dem Rücken. Den Helm hat er unter den Arm geklemmt. Mir reicht er Kampfhandschuhe und Flammenlanze.

Bis zu den Autowracks in der Tiefgarage ist es ein Marsch von zehn Minuten. Unterwegs gibt Gabriel Anweisungen für den Fall, dass wir nicht zurückkehren.

Das Parkdeck stinkt nach Hund und Exkrementen, aber es ist, wie Kira gesagt hat: Die Autowracks sind gut erhalten. Sorelle wickelt die Verbände ab und legt die verbannten Hände auf das Dach eines alten VW.

Ihre Hände fangen an in mattem Orange zu leuchten. Wärme fließt. Sie beißt sich auf die Lippen. Tränen des Schmerzes laufen über ihr Gesicht. Doch dann wird ihre Miene starr und ihre Augen beginnen zu glühen. Das Autodach fängt an zu zerfließen; gleißend hell und so flink wie Quecksilber verformt sich der Stahl unter Sorelles Händen. Filigrane Streifen aus Metall entstehen.

Ich stehe bereit, den defekten Flügel habe ich aufgefächert. Mehrere Streben fehlen, seit mich ein Unwetter mit Blitzen vom Himmel geholt hat.

Sorelle arbeitet schnell. Mit geschickten Fingern setzt sie die noch glühenden Teile in die Lücken ein und schweißt sie fest, nahtloser, als eine computergesteuerte Maschine es könnte.

Mit einem Keuchen zieht sie die Finger weg. Das Metall verändert seine Farbe, kühlt ab.

Sorelles Hände sehen schlimm aus. Wie Klumpen aus rohem Fleisch. Sie zittert vor Schmerz.

»Danke.« Spontan küsse ich sie auf die Wange.

Sie schenkt mir ein mattes Lächeln.

Der Sanitäter, der uns begleitet hat, sieht mich tadelnd an, dann zückt er seine schmerzstillenden Tinkturen.

»Los gehts«, sagt Gabriel und tippt sich aufs Handgelenk, auch wenn keiner von uns mehr eine Armbanduhr besitzt.

Ich werfe ihm eine Kusshand zu und folge ihm aus der

Tiefgarage. Sorelle lasse ich der Obhut des Sanis zurück.

Draußen streife ich die Camouflage-Jacke von den Schultern. Meine Adjutantin eilt herbei, zieht mir den Harnisch über und befestigt die mechanischen Flügel an den verkrüppelten Stümpfen meiner Schwingen. Ich checke den Sitz der Gurte, während sie alle Schnallen schließt.

Acht Namen: Habib, Lukasz, Marja, Ole, Pietro, Summer, Yolo und Roland. Ich sage die Namen in meinem Kopf auf wie ein Mantra.

Ich schlüpfe in meine Handschuhe und ergreife die gesegnete Flammenlanze, die ich besser nicht mit bloßer Hand berühren sollte, von der ich aber innig hoffe, dass sie den Dämonen zusätzlichen Schaden zufügen wird. Wickler nehmen von konventionellen Waffen Schaden. Gesegnete Waffen? Nun ja, die legen noch mal ordentlich einen drauf.

Neben mir entfaltet Gabriel seine silbrigen Schwingen: schneeweiße Engelsflügel, die so makellos aussehen wie in einem Renaissance-Gemälde.

Seine Rüstung leuchtet bläulich im Dunkel. »Dass man auf Frauen immer so lange warten muss.« Er lacht und setzt den Helm auf. »Wer zuerst am Turm ist!«

Schon ist Gabriel in der Luft.

Ich schlage mit den Flügeln, die zu gleichen Teilen aus Technik, Natur und Magie gefertigt sind, und rase pfeilschnell hinter dem blauen Leuchten seiner Rüstung her. Als wäre Gabriel der Stern von Bethlehem und ich dazu verdammt, ihm zu folgen.

Zu Fuß hätten wir Stunden gebraucht, den Turm zu erreichen. Durch die Lüfte brauchen wir nur wenige Minuten.

Beim Näherkommen merke ich, dass zwei der Hochhaustürme matt leuchten. Mit meiner Nachtsicht kann ich die Türme gut sehen, sogar Einzelheiten. Die Biolumineszenz wird zweifellos von den Höllimaschen abgegeben, jenen Pilzen, deren Myzelium so weite Teile der Erde erobert hat.

Der zweite Turm von links ist einer der beiden leuchtenden. Umso besser.

Gabriel drosselt das Tempo. Selbst ihm ist klar, dass wir uns erst umschauen sollten, bevor wir angreifen.

Mit gezückten Waffen umkreisen wir den Turm: Gabriel führt sein heiliges Schwert, dessen Klinge blaue Blitze umspielen, und ich umklammere meine Flammenlanze. Meine voll aufgeladenen Pistolen stecken griffbereit im Holster.

Die riesigen Nachtfalter sind nirgends zu sehen, aber was die Navigatorin gesagt hat, stimmt. Die Wickler haben ihr Nestgespinst am höchsten Punkt des Turms gebaut. Das gesamte Dachgeschoss ist von seinem silbrigweißen Gespinst eingehüllt.

Vorsichtig umrunden wir den Hochhausturm, jederzeit darauf gefasst, von einem Dutzend der dämonischen Falter attackiert zu werden.

Nichts dergleichen geschieht. Doch als wir die Rückseite erreichen, sehen wir unsere Leute.

Die Wickler haben sie von Kopf bis Fuß eingesponnen und kopfüber an die Außenmauer geklebt. Dort, sechzig Meter über dem Erdboden, baumeln die Unseren nebeneinander wie acht bleiche Würste in einem Rauchfang, gehalten von dem Klebfaden, der ihre Beine fesselt. Neben ihnen spielt eine schwache Brise mit mehr als einem Dutzend schlaffer weißer Gebilde, die aussehen wie Bettlaken, an denen vereinzelte Knochen und Schädel kleben - Überreste früherer Kokons.

Vier von acht Hüllen hängen bewegungslos an der Hauswand, doch in dreien der Gespinste sehe ich Bewegung. Ein weiterer Kokon ist von oben bis unten aufgeschlitzt. Marja ist es gelungen, die Arme frei zu bekommen. In ihrer

Hand blitzt ein Messer. Damit versucht sie, den Gefangenen neben sich zu erreichen.

Plötzlich erstarrt sie in der Bewegung.

Dann fängt sie an zu schreien.

Aus dem verwüsteten Inneren des Gebäudes, wo von Büromöbeln und Druckern nicht einmal mehr Trümmer geblieben sind, rücken sie heran: blassgelbe Würmer, nein, Larven in verschiedenen Stadien. Dutzende. Die kleineren von ihnen sind handspannenlang, die Größten haben die Länge eines menschlichen Arms und sind genauso dick und zudem mit dünnen weißen Stacheln bedeckt. Mit ihrem dunkleren Kopf sehen die Larven aus als trügen sie eine Kappe. Zielstrebig schieben sich die Raupen auf ihr Lebendfutter zu. An der senkrechten Hauswand bewegen sie sich genauso sicher wie auf ebenem Boden.

Marja schreit und hackt mit dem Messer auf die Stränge ein, die ihre Füße ans Haus fesseln.

Ist sie wahnsinnig? Den Sturz wird sie niemals überleben. Sechzig Meter!

Ich rase auf sie zu, die Lanze ausgestreckt, um auf die anrückenden Larven zu feuern.

Eine Bewegung im Augenwinkel lässt mich herumwirbeln. Über uns!

»Wickler!«, rufe ich. Zu mehr komme ich nicht. Ich lege die Flügel an und lasse mich fallen. Knapp entgehe ich den Fangbeinen zweier Falter. Gerate ins Trudeln.

Mindestens ein Dutzend. Über uns. Um uns herum.

Wo zur Hölle kommen die her?

Ich schlage heftig mit den Flügeln und bin erleichtert, als die Schwingen gehorchen und mein Sturz in einen kontrollierten Gleitflug übergeht. Sorelles Reparatur hält. Noch.

Über mir stinkt es nach verschmortem Chitin. Ein

glimmender Falter trudelt an mir vorbei in die Tiefe.

Steigflug.

Endlich habe ich ein Ziel vor mir. Ich beschleunige. Dann ein Knopfdruck und meine Lanze spuckt Feuer. Erwische zwei Falter, die lautlos in Flammen aufgeben. Ich liebe meine Lanze. Auf kurze Entfernung nicht zu schlagen!

Ein schriller Schrei saust an mir vorbei nach unten.

Marja!

Ich jage hinterher. Doch zu langsam. Ich höre ihren Körper aufschlagen, und ziehe wieder hoch. Ihr kann ich nicht mehr helfen, aber vielleicht den anderen.

Über mir zucken Blitze.

Gabriel holt die Falter nach und nach vom Himmel.

Ich rase wieder nach oben, zur obersten Etage. Zurück zu den Kokons.

Die Larven lassen sich von dem Luftkampf in ihrer Nähe nicht stören. Unbeirrt haben sie den ersten Kokon erreicht. Die größeren haben die dunklen Köpfe ins Innere gebohrt. Bilde ich es mir ein oder kann ich wirklich ihr Schmatzen hören?

Die Schreie, die aus dem Kokon kommen, sind jedenfalls keine Einbildung.

Die kleineren Raupen kriechen derweil weiter, auf ihr nächstes Opfer zu.

Es ist zu spät, meine Lanze auf die krabbelnde Brut abzufeuern. Ich würde nur unsere eigenen Leute treffen. Wütend richte ich die Waffe auf die Öffnung im Stockwerk und drücke mehrmals hintereinander ab. Wenn darin noch mehr von den Larven lauern oder dort noch Eier liegen, will ich wenigstens diese vernichten.

Eine riesige Feuerlohe jagt durchs Stockwerk. Es stinkt nach Chitin und Schwefel.

Ich wechsle die glühende Lanze in die andere Hand und

ziehe meinen Blaster.

Ich verlasse mich drauf, dass Gabriel mir den Rücken freihält, und feuere rasch nacheinander auf die größeren Raupen. Fast jeder Schuss ein Treffer.

Aber die Larven kriechen weiter, erreichen den zweiten Kokon. Ich stecke die Pistole ins Holster, zücke mein Messer und fliege näher heran.

Mein Ziel ist der vierte Kokon, in dem es heftig zappelt. Ich schlitze die Außenhülle am unteren Ende auf und erkenne Lukasz, einen unserer Köche. Ein fröhlicher Kerl, den ich mehr als einmal in meinem roten Zelt hatte. Er streckt mir die Hand entgegen. Ich gebe ihm eine meiner Pistolen.

Während ich Yolo befreie, höre ich Lukasz hinter mir feuern.

Nach dem vierten oder fünften Schuss verstummt das Schreien im ersten Kokon.

Zweimal muss ich meine Befreiungsaktion unterbrechen, einmal, um einem Angriff auszuweichen, und einmal, um Gabriel beizustehen.

Am Ende gelingt es mir jedoch, die Überlebenden loszumachen und sie nacheinander sicher auf dem Boden abzusetzen. Fünf von ihnen. Nur fünf.

Gabriel stößt als Letzter zu uns.

»Ist das Nest zerstört?«, frage ich.

Er nickt und legt die blutbefleckten Flügel an. »Restlos. Die ausgewachsenen Falter wohnten dort drüben.« Er zeigt auf ein zweites etwas kleineres Hochhaus.

Lukasz tritt mit steinerner Miene zu uns und reicht mir wortlos Marjas Hundemarke.

Ich fliege nochmals nach oben. Eigentlich will ich nur die beiden Dogtags holen, aber dann trage ich doch die ganzen Kokons hinunter. Wir legen sie neben Marjas zerschmetterten Körper.

Lukasz sammelt Summers Marke ein. Ihre Gesichtszüge sind so friedlich, dass ich denke, sie war bereits tot, als die Larven sie erreichten.

Ich nehme Rolands Dogtag an mich, zusammen mit dem Kruzifix und den Eheringen. Dabei passe ich auf, dass mich das Kreuz nicht verbrennt.

Dann richte ich die Flammenlanze auf die drei Toten. Ich drücke den Knopf und höre nicht auf zu drücken, bis die drei Körper vollständig zu Asche zerfallen sind.

»Sind die drei verloren?«, fragt Gabriel leise.

Ich schüttele den Kopf und lege die Hand auf meinen Bauch. In mir schlummert die Zukunft.

Ich bin ein Sukkubus. In mir trage ich alles, was nötig ist, um einen neuen Roland, eine neue Marja und eine neue Summer zu zeugen. Das Leben, das ich stehle, wenn ich Sterblichen beiliege, ist nicht verloren. Ich kann es aufbewahren.

Früher konnten wir dieses gestohlene Erbgut auch weitergeben, auf diese Weise Menschenkinder zeugen, sogar Dämonen und Engel. Doch die Große Vergeltung hat dem ein Ende gesetzt. Seit mehr als zwei Jahrzehnten wurden keine Kinder mehr geboren. Nicht einmal neue Dämonen oder Himmlische. Es ist, als hätte Gott das Interesse an seiner Schöpfung verloren. Alles einfach hingeworfen.

Ich kann es ihm nicht einmal vorwerfen, wenn ich daran denke, was die Menschen aus der Erde gemacht haben.

»Gehen wir«, reißt mich Gabriel aus meinen düsteren Gedanken. »Es ist ein weiter Weg bis zum Camp.«

Ich nicke und stecke Rolands Marke ein.

Wachsam, die Waffen schussbereit, marschieren wir im Licht von Gabriels Schwert los.

Über uns nimmt der Himmel langsam eine aschgraue

Farbe an. Der Morgen dämmert.

Bald haben wir genug Licht, dass Gabriel sein Schwert in die Scheide stecken kann.

Vielleicht werde ich Sorelle fragen, ob sie ein Kind von Roland will. Aber erst wenn wir am Ziel sind; erst wenn wir sie gefunden haben: die Himmelswiege.

Wenn es sie denn wirklich gibt.

Den Überlieferungen der Hölle zufolge wurde sie kurz vor der Katastrophe geschaffen. Eine wunderbare Maschine, halb Technik, halb Magie, in der Lage, Leben zu schenken, wo Unfruchtbarkeit herrscht. In der Lage, allen, die uns folgen, Kinder zu schenken.

Vielleicht sogar Gabriel und mir.

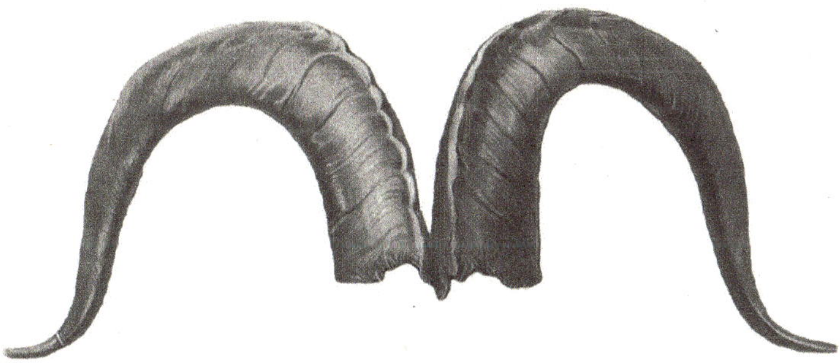

ILLUSTRATIONEN

Seite 75 - Adrian Schwarzberger

Seite 90 - Noel d'Óc

Seite 133 - Christina Port

Seite 149 - Silke Katharina Weiler

Seite 281 - Sabrina Laura Kliese

Seite 292 - Adrian Schwarzberger

Seite 331 - Mina Renard

Seite 364 - Ann A. Kalliope

Seite 415 - Markus Cremer

Seite 461 - Tobias Kerle

alle weiteren Illustrationen wurden unter
Verwendung von Pixabay erstellt von Julia Reimann

DER HERAUSGEBER

Sascha Eichelberg wurde 1988 in Berlin geboren. Nach seinem Studium im bereich Game Design beschloss er seine Fähigkeiten im Talawah Verlag einzubringen. Seit 2019 ist auch der Hawkify Books Verlag ein Teil der Talawah Familie. Nach dem Erfolg von “The U-Files - Die Einhorn Akten” beschloss er, aus dieser tollen Anthologie eine ganze Reihe von Kurzgeschichtensammlungen zu entwickeln. Zukünftig wird in jedem Jahr eine weitere Anthologie erscheinen. Neben seiner Tätigkeit als Verleger und Herausgeber schreibt Sascha außerdem an seinem eigenen Roman und demnächst wird tatsächlich die erste Kurzgeschichte veröffentlicht, die er selbst zu Papier gebracht hat. In seiner Freizeit verbringt er gerne Zeit mit seiner Familie, spielt am Computer oder liest ein gutes Buch. Er wohnt zur Zeit mit seiner Frau, seinen beiden Kindern, einem Labrador und einem Meerschweinchen am Rand von Berlin.

DIE AUTOREN

A. M. Winter

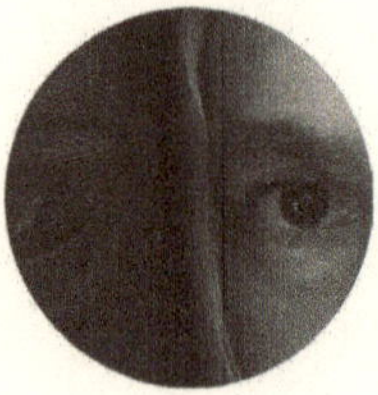

Die Autorin, wohnhaft in Süddeutschland, begeistert sich schon seit der Schulzeit für das Schreiben, hat aber vor dieser Kurzgeschichte noch keinen Text veröffentlicht. Sie arbeitet derzeit an ihrem ersten Roman, der den Titel »Eliane – Mut zum Glück« tragen wird.

Günter Gerstbrein

Günter Gerstbrein war schon immer von fantastischen Geschichten fasziniert. Weder ein Mathe-Studium noch die Arbeit mit Bits und Bytes konnten das ändern.

Bisherige Erscheinungen:
»Der Schrat« in »Der Pakt der Seherin«
(Hybrid Verlag, 2019)
»Kreative Differenzen« in »The D-Files«
(Talawah Verlag, 2020)

Nele Sickel

Nele Sickel, Jahrgang 1990, Exilberlinerin, lebt und schreibt in Braunschweig. Zu ihren literarischen Vorlieben zählen skurrile Figuren, Raumschiffe und prägnante Enden. Ihre Texte erscheinen regelmäßig in Anthologien und Zeitschriften.

Mehr über die Autorin unter: **www.perpetuum-narrabile.de**

Veröffentlichungen:
»Nachbarn«, Talawah Verlag 2020
»The ‰-Files – Die Promille Akten«, Talawah Verlag 2021

Anna Kügler-Stietenroth

Anna Kügler-Stietenroth verliert sich für ihr Leben gern in Geschichten und Fantasien. Sie veröffentlicht auf ihrem Blog und in Anthologien.

Blog: **www.kreativ-leben.blog**

Adrian Schwarzenberger

Ein Leben ohne Stift und Zettel ist möglich, aber sinnlos. Nach diesem Motto schreibt Adrian Schwarzenberger Märchen und Fantasy, ob lustig oder traurig, lehrreich oder zauberhaft. Und um seinem Leitsatz treu zu bleiben, hat er in der Malerei seine zweite Leidenschaft entdeckt.

www.meister-adrian.online

»Das Pferdchen mit der goldenen Mähne und andere Märchen«
»Die gläserne Rose und andere Märchen«

Lyakon

Lyakon ist geborener Säubrenner und Scyomant. Er lebt seit einigen Jahren in einer Hütte in den Leiwener Wäldern. Dort verbringt er seine Zeit mit dem Beschwören von Geistern sowie dem Schreiben von Geschichten aus den Bereichen Fantasy und Mystery

Homepage: www.lyakon.de

Mario Hammer

Mario Hammer wurde am 18.10.1978 geboren. Er ist verheiratet und lebt mit seiner Frau Tanja und Labrador-Dame Nicki in Bochum.

Seite: **www.facebook.com/AutorMarioHammer**

»Time Dwarf's Inn: Der Preis der Magie« – Selbstverlag (2017)
»Axt im Ork!« – The P-Files – Anthologie – Talawah Verlag (2018)
»Der Seher von Nyr« – The A-Files – Anthologie – Talawah Verlag (2019)

Lyxa Knäulspitz

Lyxa Knäulspitz mag Geschichten jeder Art (am liebsten im Buchformat) und ist seit kurzem bemüht, selbst welche zu schreiben.

www.facebook.com/lyxa.knaulspitz/

Christina Wermescher

Nach ihrem Studium zur Diplom-Kauffrau entdeckte Christina Wermescher durch ein Auslandspraktikum ihre Liebe zu England, wo sie dann auch promovierte. Bevor sie Schriftstellerin wurde, arbeitete sie bei verschiedenen Unternehmen in den Bereichen Einkauf und Qualitätsmanagement.
Sie reist nicht nur gerne mittels Geschichten, sondern auch in der Realität. Von Kuba bis Vietnam, den USA und China hat sie schon zahlreiche Orte besucht und möchte keine dieser Erfahrungen missen. Sie fühlt sich nicht nur in ihrer bayrischen Heimat, sondern auf der ganzen Welt zu Hause, solange ihr Mann und ihr Sohn dabei sind.

www.instagram.com/christina_wermescher

Die Entführung der Dinharazade, Romantischer Fantasyroman, Amrûn Verlag, 2021
Schatten über Kreta, Kriminalroman, Midnight by Ullstein, 2021
Die Weihnachtsdiebin. Eiskalt erwischt, Romantischer Kriminalroman, Piper Digital, 2020

Kristin Ullmann

Kristin, 26, entdeckte die Liebe zum Lesen spät. Die verlorene Zeit holte sie auf und kann sich ein Leben ohne Geschichten nicht mehr vorstellen.

Webseite: **www.kristin-ullmann.de**

Bisherige Veröffentlichungen:
Your Soul in Wonderland - Follow Me to Wonderland 1 (Mai 2019)
Our Souls in Your Dream - Follow Me to Wonderland 2 (Juli 2020)
My Soul in Your Hands - Follow Me to Wonderland 3 (September 2021)

Silke Katharina Weiler

Silke Katharina Weiler war schon als Kind nie ohne Buch anzutreffen. Seit 2018 füllt sie selbst leere Blätter mit Leben. Immer dabei: ihr Notizbuch. Denn Geschichten lauern überall!

www.silke-k-weiler.de

Bibliographie:
Das Erbe Bereliens – Die Legende vom steinernen Buch (BoD – 2018/2020)
Stadt ohne Nacht (BoD – 2021)

Lea Baumgart

Lea Baumgart ist Autorin von Novellen und Kurzgeschichten im Bereich der Phantastik. Weitere Informationen finden sich unter:

www.leabaumgart.wixsite.com/autoren-website

Markus Heitkamp

Markus Heitkamp, von Freunden liebevoll »Grummel« genannt, Baujahr 69 wuchs im Ruhrgebiet auf und wohnt jetzt mit seiner Frau und seinen Söhnen in einem Haus in Mitten von Nirgendwo in Niedersachsen. Er verfasst und veröffentlicht seit 2012 Horror-, SciFi- und Fantasy-Kurzgeschichten.

www.facebook.com/Terrorisnuss

German Kaiju, Leseratten Verlag
Räubertochters Kinder, Edition Roter Drache
Die Reisen des jungen Haselhorn, Verlag Torsten Low

Nora Bendzko:

Nora Bendzko, 1994 in München geboren, wuchs in einer teils deutschen, teils marokkanischen Familie auf. Sie ist Autorin, Metalsängerin, Lektorin, in Wien lebende Studentin der dunklen Künste. Als Selfpublisherin konnte sie sich einen Namen mit ihren Galgenmärchen machen. Im Juni 2021 erschien mit „Die Götter müssen sterben“ ihr Verlagsdebüt bei Droemer Knaur.

Mehr Infos zu ihrem Schaffen gibt es auf: **www.norabendzko.com**

Jessie Weber

Jessie Weber ist Kielerin, Autorin, Lektorin, Hobbytortenbäckerin, Mittelalterdarstellerin, Rechtschreibfreak und liebt Reisen und Buchveranstaltungen.

Kontakt und weitere Informationen:
www.buchgezeiten.eu

Veröffentlichungen (Auszug):
Als Jessica Weber:
»Die Welt so stille«, Acabus Verlag 2019
»Das Leuchten der Freiheit«, beHeartbeat (Bastei Lübbe Verlag) 2021
Als Marie Caroline Bonnet:
»Die Malerin von Paris«, beHeartbeat (Bastei Lübbe Verlag) 2020

Lea Denkel

Neben ihrer Familie, dem D&D spielen und Katzen, waren phantastische Geschichten und Schreiben schon immer eine große Liebe von Lea Denkel.

www.instagram.com/life__of__books/

Veralina Humger

Veralina Humger verliert sich gerne in fremden Welten und begann schon als Kind mit ihren ersten Kurzgeschichten.

Instagram: **Veralina.Humger_Autorin**

Leveret Pale

Leveret Pale ist eins der Pseudonyme des Schriftstellers Nikodem Skrobisz.

www.leveret-pale.de

Publikationen:
»Der Faschist« (2020)
»Revolte gegen die Clown-Welt« in »Abgefuckte Welt« (2020)
»Der Jäger von Carcosa« in »The D-Files – Die Drachen Akten« (2020)

Verena Jung

Verena Jung (* 1985) lebt mit Mann und »Kleintierzoo« im gemütlichen Saarland. Sie verschlingt Bücher, malt, häkelt, strickt und singt gerne.

Ihre Autorenseite findet man unter:
www.verenajung.de.

Bibliographie
28. September 2020: Die Magie des Neujahrsfestes in der Anthologie The D-Files: Die Drachen Akten, erschienen im Talawah Verlag
01. Oktober 2020: Der Kürbisgeist in der Anthologie In Samhains Schatten, erschienen im Verlag Saphir im Stahl
17. Oktober 2020: Hexenmeister Jakob Wolff – Die Teufelshand: 1799, erschienen im Leseratten Verlag

Stefanie und Jörg Fuchs Alameda

Stefanie und Jörg Fuchs Alameda leben mit ihren zwei Kindern und drei verfressenen Katern im Hessischen Spessart. Sie arbeiten beide in der Forschung und feiern mit ihrer S-Files-Story ihr Kurzgeschichten-Debüt als Autorenduo.
Noch mehr Geschichten von Jörg findet Ihr in sämtlichen bisherigen Talawah-Files sowie in »Waypoint FiftyNine« und vielen weiteren Anthologien.

Wer mehr erfahren möchte, besuche gerne diese Website:
www.joergfuchsalameda.de

Mina Renard

Mina Renard, reiste schon früh nach Phantasien, sprang mit Alice ins Kaninchenloch und suchte im Schrank ihrer Oma die Tür nach Narnia.

www.instagram.com/frollein_renard

Veröffentlichungen:
Der Fluch des Hades von Mina Renard
(Gedankenreich Verlag, 2021)

Marina C. Herrmann

Sie liebt Musik, Tiere und die Natur. Ihre Texte sind jedoch meist pessimistisch, weshalb sie hauptsächlich Dramen und Dystopien schreibt.

Instagram: @marinac.herrmann

Luisa – Flugzeuge und Sternschnuppen,
Twentysix, 2016
Die Fujel (Band 1): Mirayias Entscheidung, Twentysix, 2020
Mikky und Bella, in: respekTiere (Anthologie), herausgegeben von Christoph Grimm, BoD, 2020

Ann A. Kalliope

Mit viel Phantasie und einem Faible für Herzblut-Geschichten ausgerüstet, liebt es Ann A. Kalliope, Zauberwelten zu betreten.

Weitere Informationen gibt's auf
www.fantasy-kalliope.de.

Publikation
»#KlingGlöckchenKling« in »Geschichten unterm Tannenbaum« (Telegenos-Verlag, 2020)

Peter R. Krüger

Seit einigen Jahren ist er als Schriftsteller in der Phantastik unterwegs und hat be-reits mehrere Veröffentlichungen in Kleinverlagen vorzuweisen. Die FILES-Anthologien bereichert er nun schon zum dritten Mal in Folge.

Mehr Informationen zu weiteren Veröffentlichungen unter: **www.perok.berlin**

Bereits erschienen:
»Drakaria – Die Prophezeiung der Sklaven« Roman (2020)
»Es lebe Raumpatrouille Orion« Sachbuch (2021)
»Sternenlicht 4 – Der Fehler im System« Roman (2021)

Agga Kastell

Agga Kastell ist ein echtes «Rheingauer Mädsche", zwischen Reben, Rosen und Riesling schreibt sie ihre Fantasygeschichten. Ob ein Drache ein misshandeltes Kind rächt, ein Junge als Skelett in der Anderswelt seinen Platz sucht oder ein Riesenkrake einen Menschen als Haustier hält - ihre Geschichten stecken voller schräger Figuren, absurder Komik und überraschender Plots.

www.aggakastell.com

Veröffentlichungen
In Samhains Schatten: Sekundenkleber (Saphir im Stahl)
Wundersame Haustiere: Tausend Türen (Lindwurmverlag)
Göttergarn: Schinken der Macht (Leserattenverlag)

Markus Cremer

Exzentrischer Autor aus dem Aachener Umland mit einer Vorliebe für Abenteuer, Horror und Steampunk. Mit der Lizenz zum Schreiben ...

www.facebook.com/Autor.MarkusC

Veröffentlichungen
Archibald Leach und die Monstrositäten des Marquis de Mortemarte, Art Skript Phantastik Verlag
Kurzgeschichtenbeiträge in über 70 Anthologien

Gini Paper

Gini Paper braucht das geschriebene Wort wie die Luft zum Atmen. Sie schreibt leidenschaftlich gerne Geschichten mit Herzblut und Witz.

www.instagram.com/gini_paper/

Publikationen:
Damned in Love – Traum³ Verlag 2021
Hot Stranger Ich gehöre dir – Blue Panther Books 2021
Süßes Fleisch – Pohlmann Verlag 2021

Gundel Steigenberger

Gundel Steigenberger lebt in Schweden, ist promovierte Chemikerin und arbeitet als Lektorin. Sie liest und schreibt Phantastisches.

Homepage: **www.eine-nuance-phantastisch.de**

Veröffentlichungen:
Im Garten, c't 01/2021
Der alte Apfelbaum in »Geschichten aus dem Keller«, ohneohren, 2020
An Terra, in »Das Jahr 2101 – Was aus uns wurde – Post-Climate-Fiction-Stories«, Verlag für Moderne Phantastik

Lexy Sky

Lexy Sky schreibt mit Vorliebe Romantasy/Märchen, aber als Lexy Baginsky auch New Age Liebesromane. Herzschmerz ist ihre Leidenschaft.

www.facebook.com/Lexy4Sky

War einmal was? (Lexy Sky)
#Badboys bringens nicht (Lexy Baginsky)

Marie Loth

Marie Lot lebt in Bayern. Wenn sie nicht dabei ist, ihre Fantastereien aufzuschreiben, spielt sie mit Kindern, verschlingt Bücher oder ärgert ihren Mann.

Mehr über die Autorin auf:
Facebook: Marie Loth; Instergram Loth.Marie

Kurzgeschichten in den D-Files, Talawah Verlag: «Hortnung muss sein«

Stephanie Lammers

Kurzgeschichten, Rollenspiel-Abenteuer, Gedichte, Fanfiction – Stephanie Lammers war und ist in den verschiedensten Bereichen als Autorin bzw. Übersetzerin unterwegs – und zwar meistens auf den Pfaden der Phantastik. Sie lebt mit ihrer schreibbegeisterten Familie in Braunschweig.

Nähere Infos unter: **www.tastengewitter.de**

Kurzgeschichten in Anthologien, z.B. »P-Files« (Talawah-Verlag, 2018), »Fast menschlich« (Eridanus-Verlag, 2020) und »Keksgekrümel« (Chaos Pony-Verlag, 2019).

The A-Files: Die Amazonen Akten

Amazonen. Sie sind stolz, sie sind stark, sie sind unerschrocken. Legenden ranken sich um ihren Mut und ihre Schlachten, ihre Siege und ihre Niederlagen. Aber woher kommen sie eigentlich? Wo wollen sie hin? Und wo machen sie Urlaub?

Lange mussten wir auf die Antworten warten, nun sind sie endlich da: Die Amazonen-Akten enthüllen in 32 Geschichten völlig ungeahnte Wahrheiten über die kriegerischsten Wesen der Mythenwelt. Hier werdet ihr alles finden: Roboter, Räuber und Raumschiffe. Abenteuer und Ungeheuer. Zauber und Zorn. Magie und Märchen.

ISBN: 978-3947550319
Preis: 15,90 €

The P-Files: Die Phönix Akten

Diese Anthologie enthält 31 Kurzgeschichten rund um den Phönix. Von klassischer Fantasy, über Märchen bis hin zu Thriller und History ist für jeden etwas dabei. Auf 520 Seiten finden sich Geschichten zum schmunzeln, zum nachdenken und zum träumen.

Warum nur ein Leben leben, wenn es auch tausend sein können? Das ist der Leitsatz des Phönix, der aus der Asche wiedergeboren wird und unsterblich ist. In 31 Kurzgeschichten rund um den brennendsten Vogel der Welt werdet ihr alles finden: Wahrheit und Wahnsinn, Evolution und Revolution, Abenteuer und Ungeheuer, Zauber und Zorn, Hoffnung und Verzweiflung, Magie und Märchen. Die Phönix-Akten offenbaren wie Phönixe sterben und wiedergeboren werden, wie Menschen und Vögel leben, wie sie lustiges und grauenvolles erleben.

ISBN: 9783947550081
Preis: 14,90 €

The D-Files: Die Drachen Akten

Auf mächtigen Schwingen rauschen sie heran. Mit flammendem Atem, Krallen und Rauch versetzen sie Mensch und Tier in Angst und Schrecken. Sie rauben Ritter, horten Prinzessinnen und fressen Schätze. Oder war es doch andersrum? Jetzt könnt ihr es herausfinden.

In 34 Geschichten enthüllen die Drachen-Akten bahnbrechende Wahrheiten über die ältesten Wesen der Mythenwelt. Hier werdet ihr alles finden: Bestien und Biester. Abenteuer und Ungeheuer. Zauber und Zorn. Magie und Märchen.

ISBN: 9783947550449
Preis: 15,90 €